L'ARIOSTE

—

ROLAND FURIEUX modèle

Paris. — Société anonyme d'Imprimerie. — PAUL DUPONT, Dr.

L'ARIOSTE

ROLAND FURIEUX

TRADUCTION NOUVELLE

AVEC

UNE INTRODUCTION ET DES NOTES

PAR

C. HIPPEAU

TOME PREMIER

PARIS

GARNIER FRÈRES, LIBRAIRES-ÉDITEURS

6, RUE DES SAINTS-PÈRES, 6

INTRODUCTION

Une traduction de l'Arioste, quelque soin qu'on y
apporte, ne peut donner qu'une idée imparfaite du
Roland furieux et du génie de son auteur. C'est dans
le texte qu'il faut lire le chef-d'œuvre de l'Arioste ;
mais malheureusement notre éducation littéraire n'a
pas encore réalisé le progrès que rêvent pour elle
tous les hommes qui, s'occupant de l'instruction publique, voudraient qu'elle s'appuyât principalement
sur l'étude des langues vivantes. En attendant, il faut
bien que ceux qui sont privés de cet avantage ne
demeurent pas entièrement étrangers à ces grandes
productions de l'esprit humain dont chaque pays
s'honore, pourvu que l'on se pénètre bien de cette
vérité que l'auteur d'une traduction ne saurait avoir
la prétention de remplacer son modèle.

La vie de l'Arioste (*Ludovico Ariosto*) est assez
connue pour que nous nous dispensions d'entrer ici
dans de grands détails. Après en avoir retracé les
circonstances les plus importantes, nous nous atta-
cherons surtout à caractériser brièvement son œuvre
et à marquer sa place dans la littérature italienne.

Né le 8 septembre 1464, dans la forteresse de Reggio, dans le duché de Modène, l'Arioste était fils d'un
membre du tribunal de Ferrare et l'aîné de dix enfants.
— Les dispositions précoces qu'il montra pour la

poésie engagèrent son père à l'envoyer au collége de Ferrare où il fit de brillantes études. Comme la plupart des poëtes, il fut obligé d'abord de lutter contre les craintes qu'éprouvent ordinairement les pères de famille trouvant bien plus de périls que d'avantages pour un jeune homme dans la carrière des arts.

> *La famille en pâlit et vit en frémissant*
> *Dans la poudre du greffe un poëte naissant.*
>   (BOILEAU, *épitre* V.)

Il dut, pendant cinq ans, pour céder aux désirs de son père, étudier la jurisprudence ; mais le penchant qui l'entraînait vers la poésie lui fit abandonner les livres de droit pour ne s'occuper que de travaux dramatiques et poétiques. Il avait, étant à peine sorti de l'enfance, composé plusieurs pièces, dont l'une avait pour sujet l'aventure de Pyrame et Thisbé. Un recueil de poésies lyriques italiennes et latines le fit connaître au cardinal Hippolyte d'Este, frère du duc de Ferrare, Hercule Ier, à qui son père été avait longtemps attaché. Ce cardinal aimait et cultivait les sciences et s'était acquis la réputation de protecteur des lettres. Il s'attacha l'Arioste en qualité de gentilhomme. Reconnaissant en lui d'autres talents que celui de poète, il l'employa à des affaires importantes et se fit accompagner de lui dans plusieurs voyages.

Alphonse, frère d'Hippolyte et son successeur au duché de Ferrare, en 1505, ne lui montra pas moins de confiance. L'Arioste fut député par lui auprès du pape Jules II dans deux occasions importantes : la première fois, lorsque le duc fut menacé par toutes les forces vénitiennes avec lesquelles il ignorait que le pontife était ligué secrètement ; la seconde fois, pour fléchir ce pape irrité contre lui parce qu'il était resté attaché aux Français que le souverain pontife avait abandonnés aussitôt qu'il avait cessé d'avoir besoin d'eux.

Quoique le négociateur n'eût rien obtenu de ce pape irascible, il put du moins déployer, dans cette double mission, un courage et une intelligence qui augmentèrent l'estime et le crédit dont il jouissait auprès des princes de la maison d'Este. Il avait donné même des preuves de sa valeur dans un combat sur les bords du Pô où il se trouva avec plusieurs gentilshommes du duc, et il eut plus de part qu'aucun d'eux à la victoire. L'attachement qu'il ne cessa pendant toute sa vie de porter à cette illustre famille l'engagea, surtout pour complaire au cardinal Hippolyte, à composer l'admirable poëme qu'il considérait comme un monument élevé à la gloire de cette maison souveraine, mais qui devait immortaliser son nom dans l'Italie et dans le monde.

On sait que le cardinal Hippolyte, dont il devait immortaliser le nom, ayant eu connaissance de son manuscrit, fut loin de comprendre l'importance de cette œuvre. On connaît les paroles qu'il adressa à l'auteur en le lui rendant : « Ah ! messire Louis, où avez-vous pris tant de sottises? » Il employait, au lieu de ce dernier mot, une expression intraduisible dans notre langue (1). Ce fut après la publication de son poëme, en 1516, qu'il se brouilla avec le cardinal, dont le jugement ne l'avait nullement découragé, car il savait bien qu'il serait tôt ou tard cassé par l'opinion publique. Dès son apparition, en effet, il fut l'objet d'une admiration universelle.

Le cardinal ne pardonna pas à l'Arioste d'avoir

_____

(1) *Dove, diavolo, messer Ludovico, avete pigliat, tante coglionerie ?*

refusé de l'accompagner en Hongrie où l'appelaient
ses affaires et où il fut retenu pendant près de deux
ans. En vain le poëte avait donné pour raison de son
refus la faiblesse de sa santé et les soins que récla-
maient de lui les affaires de sa famille. Le prétendu
Mécène ne voulut admettre aucune excuse, et son
mécontentement fut même si vif qu'il devint presque
de la haine.

L'Arioste se trouva alors à Ferrare dans la position la plus désagréable, quoique le duc Al-
phonse Ier l'eût pris, à son tour, sous sa protection
et l'eût admis dans son intimité. Il ne put néanmoins
le tirer de ses embarras de fortune et de famille. Il
ne possédait que de bien faibles ressources et ne recevait du duc pour tous gages qu'une pension modique
assise, dit-on, sur les gabelles ou un autre impôt de
ce genre. L'impôt ayant été supprimé par Alphonse,
le poëte perdit sa rente et le duc, par une insouciance
assez ordinaire aux grands, ne songea pas à le remplacer. Il perdit, quelque temps après, un procès
dans lequel il eut le malheur d'avoir pour juge un
ennemi personnel. Un autre juge l'ayant engagé à
renoncer à ses prétentions par la crainte de perdre la
bienveillance du duc de Ferrare, il y consentit, et il
ne lui resta plus alors qu'un petit revenu sur la
chancellerie de Milan, qui lui valait vingt-cinq écus
tous les quatre mois, c'est-à-dire 450 ou 500 livres
par an. « Voilà pourtant, dit Ginguené (1), toutes les
récompenses qu'Arioste obtint de cette famille si
magnifique et si libérale ! Voilà le prix de ses longs
services, des dangers auxquels il s'était exposé pour
elle et de ses immortels travaux ! » — L'Arioste a
lui-même signalé ce résultat de ses services dans une

_____

(1) *Histoire littéraire de l'Italie*, t. IV, p. 357.

devise qui représentait une ruche dont un ingrat villageois chassait ou tuait les abeilles par la fumée d'un feu de paille, afin d'en extraire le miel, avec ces simples mots : *Ex bono malum*, le mal pour le bien (1). Il avait d'autant plus de raison de se plaindre de l'ingratitude de ses maîtres, que ses ouvrages immortels n'avaient pas échappé au sort de toutes les productions poétiques les plus renommées. Il avait été obligé probablement de publier à ses frais le *Roland furieux*. M. L. Lalanne (2) a signalé un traité conclu avec le libraire Jacopo dei Gigli, de Ferrare, auquel il cédait cent exemplaires au prix d'environ 150 francs. Il était dit que chaque exemplaire ne pourrait être vendu plus de 40 sous, ce qui peut donner une idée des bénéfices que pouvaient recueillir de cette publication le libraire et l'auteur.

En 1522, le duc de Ferrare investit son protégé d'une fonction qui ne s'accordait guère avec le caractère et les occupations d'un poëte. Il le nomma gouverneur d'un district de l'Apennin appelé la *Garfagnana*, alors en proie à des troubles causés par les guerres que s'y faisaient plusieurs factions ennemies.

L'Arioste prouva qu'un poëte peut-être un excellent gouverneur. Non-seulement il s'acquitta à merveille de son emploi, mais il parvint encore à s'acquérir une grande autorité sur les factieux. Pourquoi ne rappellerions-nous pas ici l'anecdote si souvent rapportée, mais qui fait tant d'honneur à l'auteur de l'*Orlando Furioso*? Un jour qu'il était sorti en robe de chambre d'une forteresse dont il faisait sa rési-

(1) Cette devise se trouve dans la première édition d'*Orlando furioso*. Ferrara, Gio. Mazocco, 1516, in-quarto : elle a été reproduite dans la plupart des autres.

2) *Curiosités bibliographiques*, p. 330.

dence, et s'était engagé dans ces défilés où plusieurs
de ces factieux s'étaient retirés sous la conduite de
leurs chefs Dominique Moreto et Philippe Pacchione,
tous deux ennemis mortels, il tomba entre les mains
de plusieurs de ces brigands. L'un d'eux le reconnut
et avertit ses compagnons que leur prisonnier était
le signor Arioste. A ce nom, tous tombèrent à ses
pieds et le reconduisirent avec respect jusqu'à la forteresse.

Il habitait encore ce triste pays lorsque Clément VII fut élevé au souverain pontificat. Le secré-
taire d'état du duc Alphonse fut chargé de proposer à
l'Arioste le titre d'ambassadeur-résidant auprès du
nouveau pape. L'auteur du *Roland* refusa, n'ayant
d'autre désir que de retourner à Ferrare et comptant
d'ailleurs aussi peu sur les Médicis que sur les
princes de la maison d'Este.

De retour à Ferrare, il fit représenter pour les
fêtes de la cour, auxquelles le duc Alphonse donnait
tous ses soins, plusieurs comédies (1) qu'il avait
autrefois composées. Le duc voulut qu'elles fussent
magnifiquement représentées et fit bâtir exprès un
théâtre d'après les dessins et sous la direction du
poëte lui-même. Les acteurs étaient des gentilshommes de la cour et d'autres personnes distinguées.
L'un des fils du duc récita même le prologue de
l'une de ces comédies la première fois qu'elles furent
jouées. L'Arioste traduisit pour les mêmes spectacles
et pour les mêmes acteurs deux comédies de Térence
l'*Andrienne* et l'*Eunuque*; on peut regretter la perte
de ces deux traductions.

---

(1) Ces comédies ont pour titre : *La Cassaria*, *I Supposili*,
Il Negronte et *Lama Lecca;* cette dernière fut jouée en 1528.

Ces amusements de cour ne lui firent pas perdre
de vue l'œuvre qui devait être son véritable titre de
gloire. La première édition de son *Orlando* ne l'avait
nullement satisfait. Plusieurs autres l'avaient suivie,
et pour les rendre plus parfaites il fit plusieurs
voyages, afin de recueillir les conseils de quelques
savants ses contemporains et ses amis tels que le
cardinal *Bembo* (1), le *Molza*, le *Navagero*, mettant
à profit leurs critiques et y ajoutant le résultat de
ses propres réflexions. Il donna, en 1532, en quarante-six chants, l'édition qui est restée ; mais malgré
tous ses soins, l'exécution typographique avait été s
détestable qu'il en conçut un véritable chagrin, et il
préparait encore une nouvelle édition de son poëme
quand il fut attaqué de la maladie dont il mourut à
l'âge de 59 ans, le 6 juin 1533. On a donné plusieurs
causes de cette maladie : il est probable qu'elle fut
due seulement à l'excès du travail.

Il avait expressément demandé que son corps fût
enterré avec la plus grande simplicité dans la vieille
église de Saint-Benoît. En 1572, un gentilhomme de
Ferrare, Agostine, qui avait été dans sa jeunesse
disciple de l'Arioste, lui fit ériger à ses frais, dans la
nouvelle église des Bénédictins, un mausolée en
très-beau marbre, surmonté de la statue du poëte
plus grande que nature. Ce fut le disciple lui-même
qui voulut transporter les restes précieux du poëte
objet de son amour et de son admiration et le déposer
de sa main dans le tombeau qu'il lui avait fait pré-

---

(1) Bembo avait engagé l'Arioste à composer un poëme dans
cette langue latine qui plaisait si fort au cardinal. « J'aime mieux,
lui répondit-il, être le premier des poëtes de la Toscane, qu'à
peine le second parmi les latins. »

parer. Cette cérémonie eut lieu le 6 juin 1578, quarante-cinq ans après la mort de l'Arioste. Une épitaphe latine y fut inscrite par Lorenzo Frizzolio. Enfin, quarante autres années après, Louis Arioste, petit-fils du poëte, fit élever à sa mémoire un monument plus riche et plus magnifique encore que le premier.

« L'Arioste, dit Ginguené, avait une belle figure, les traits réguliers, le teint vif et animé, l'air ouvert, bon et spirituel. Sa taille était haute et bien prise, son tempérament robuste et sain, si l'on en excepte un catarrhe dont il fut quelquefois attaqué. Sa conversation était agréable et piquante, respirait la franchise et l'urbanité autant que l'esprit. Les auteurs qui ont écrit sa vie avec le plus de détails prétendent qu'il était peu studieux, qu'il ne lisait qu'un petit nombre de livres choisis et surtout Catulle, Virgile, Horace et Tibulle, dont il a plus d'une fois imité les vers, travaillant avec peu de suite, très-difficile sur ce qu'il avait fait, corrigeant ses vers et les recorrigeant sans cesse. Il aimait les jardins et les traitait comme ses vers, en ne se lassant jamais de semer, de planter, de transplanter, de changer les dispositions des carrés et des allées. Il avait un autre goût plus dispendieux, celui de bâtir et de faire dans sa maison des changements continuels, et il plaisantait souvent sur le malheur de ne pouvoir changer aussi facilement et à aussi peu de frais sa maison que ses vers. Sur l'entrée de cette maison il avait fait graver ce distique latin :

Parva, sed apta mihi, sed nulli obnoxia, sed non
  Sordida, parta meo sed tamen ære domus.

Ces deux vers ont été traduits ainsi par Ginguené :

> Petite, mais commode, elle est faite pour moi :
>   Rien de honteux ne l'a souillée ;
>   Personne ne m'y fait la loi
> Et de mes propres fonds enfin je l'ai payée.

Lorsque le cardinal d'Este demandait d'un ton narquois à l'Arioste où il avait pris ce qu'il nommait des *bagatelles* (1) (je me sers d'un mot honnête), il ne savait pas qu'il posait une question grave, celle de l'origine des fictions historiques et poétiques à la fois que l'auteur a répandues avec une admirable profusion dans son ouvrage. S'il s'agissait de savoir où le poëte avait pris l'art inimitable avec lequel se produisent et s'enchaînent les récits merveilleux dont le fil habilement rompu se renoue sans cesse avec la plus rare facilité, les gracieuses peintures, les réflexions piquantes, les traits d'esprit empreints à la fois de naïveté et d'ironie, les descriptions si vives et si brillantes empruntées à une observation attentive des phénomènes de la nature, les innombrables allusions qui attestent une connaissance approfondie de la géographie et de l'histoire, l'Arioste aurait pu répondre qu'il n'était redevable à personne de toute cette partie de son œuvre : c'était le magnifique produit de l'imagination la plus riche et du génie le plus fécond.

Quant au sujet même de son livre, aux personnages mis en scène, aux événements qu'ils y racontent, il n'était pas difficile d'en trouver l'origine.

(1(Le cardinal, dit Voltaire, aurait dû ajouter : « *Dove avete pigliato tante cose divine?* où avez-vous pris tant de choses divines ? » Le poëte n'est-il pas appelé par l'Italie le *divin Arioste ?*

C'est moins par l'invention du sujet de ses vers que par la manière dont il l'a traité, en se l'appropriant et en lui imprimant le cachet de son génie, que l'Arioste a pris la première place parmi les conteurs de l'Italie et effacé la gloire de ses devanciers que son poëme a fait oublier. Il serait cependant injuste de ne pas reconnaître que l'Arioste dans son *Roland furieux* avait recueilli, en quelque sorte, la succession d'un ingénieux poëte, le Bojardo, auteur du Roland amoureux (*Orlando innamorato*). Le comte Bojardo (Matteo Marie) était né à Sandiano, près Reggio, vers 1434, et il était mort à Reggio en 1494. Les ducs de Ferrare, Borso d'Este et Hercule Ier, lui conférèrent plusieurs emplois et entre autres le gouvernement de Reggio, en 1478. Il fit, pour l'amusement de ses souverains devenus ses bienfaiteurs, ce que l'Arioste devait faire plus tard, obéissant au même sentiment de reconnaissance, pour les princes de la maison d'Este. Son *Roland amoureux* se compose de soixante-dix-neuf chants divisés en trois livres. Il fut imprimé à Venise en 1486 (1); une seconde édition fut mise au jour en 1495 par l'ordre du comte Camille, fils de Bojardo. Le comte de Tressan, traducteur de l'Arioste, donna en 1722 la traduction de son prédécesseur.

Une analyse de ce poëme, auquel l'auteur ne put donner la main, montrerait clairement que l'Arioste a conservé sur tous les points les traditions que Bojardo avait recueillies lui-même dans les poëtes antérieurs, sur les principaux personnages de son poëme. Charlemagne, Roland, Renaud, Agramant,

(1) Cette première édition, extrêmement rare, a pour titre BOIARDO, *Orlando innamorato, Venezia, Piero dei Siosi*, 1486, in-4°. Elle est imprimée en caractères gothiques à deux colonnes contenant chacune cinq octaves.

Ferragus, presque tous les guerriers chrétiens et
Sarrasins, les femmes qui y jouent un si grand rôle,
Angélique, Bradamante, Marphise y sont représentés
sous les traits que nous retrouvons dans le *Furioso*.
Mais où Bojardo lui-même avait-il trouvé ces différents types et la matière des récits qu'il n'avait pas
inventés? La critique s'est appliquée de nos jours à en
rechercher l'origine : elle est remontée de siècle en
siècle jusqu'à l'époque où elle a pu en constater la
première apparition.

Avant Bojardo, un grand nombre de poëtes
italiens s'étaient exercés sur le même sujet et avaient
célébré la gloire des paladins français qui y occupent la première place et doivent principalement
leur renommée européenne aux services rendus par
eux au monde chrétien en repoussant les invasions
des Sarrasins.

On connaît le *Morgante Maggiore* de Louis Pulci,
le *Mambriano* de l'Aveugle de Ferrare (*Francesco
Bello*) moins célèbre que le premier. C'étaient Lau-
rent de Médicis et Lucrèce Tornabuoni sa mère qui
avaient donné à Louis Pulci pour sujet d'un poëme
épique les exploits de Charlemagne et de Roland.
Il s'était servi principalement de la chronique fauss-
sement attribuée à l'archevêque Turpin. Le poëte
est loin d'avoir pris son sujet au sérieux. Dans les
vingt-huit chants dont se compose son œuvre, il n'a
cherché qu'à se divertir aux dépens de ses héros et
de ses lecteurs. Il n'en était pas de même des auteurs d'autres compositions sur les sujets chevaleresques qui avaient précédé Pulci.

Trois poëmes ont exercé sur tous les récits du
même genre une grande influence : ce sont *Buova*

_____
(1) Tome IV, p. 200.

d'Antona, la *Spagna* et la *Regina Ancroja*, dont on peut lire une analyse dans l'estimable ouvrage de Ginguené (1). Mais le livre qui a recueilli les plus intéressantes traditions relatives aux héros et aux faits que nous retrouverons dans le grand poëme de l'Arioste, atteste par son titre même que ce n'est pas aux Italiens que l'on doit la matière et le fond de tous ces différents ouvrages. C'est dans les *Reali di Francia*, les *Royaux de France*, un des ouvrages les plus répandus en Italie et dont chaque année voit paraître des éditions nouvelles, que se retrouvent surtout les traditions françaises. C'est, en effet, le génie épique de la France qui a donné naissance à toutes ces épopées longtemps considérées comme des œuvres originales et admirées souvent comme des productions italiennes. Il est remarquable qu'après avoir proclamé comme un axiome que les *Français n'ont pas la tête épique*, la critique a dû se raviser lorsque des études nouvelles ont révélé l'existence de toute une époque essentiellement épique, pendant laquelle le génie national a fait éclore des poëmes qu'un injuste dédain avait dans les siècles dits littéraires considérés comme des œuvres barbares. Il a fallu que la philologie vînt prêter ses lumières à l'histoire, et la publication dans leur texte primitif d'un grand nombre de poëmes, dont quelques-uns sont des chefs-d'œuvre, a restitué à la France une gloire trop longtemps méconnue. Depuis le IXe siècle, la langue française, fille du latin, n'avait cessé de progresser pour arriver, au XIIIe siècle, à sa forme définitive. Les poëtes n'avaient pas manqué, pour la revêtir successivement en demeurant fidèles aux traditions populaires, des qualités qui la distinguèrent dès son début, et dont

la première est cette clarté qui a été une des principales causes de son universalité.

Le développement historique de notre nation avait
naturellement fourni aux poëtes trois sortes de sujets :
le premier a été inspiré par le grand nom de Charlemagne et son rôle en Europe : ses exploits et ceux
des guerriers qui l'accompagnèrent dans ses expédi-
tions ont formé successivement et en s'agrandissant
sans cesse tout ce cycle poétique des poëmes car-
lovingiens (1). Une autre source, à laquelle ont largement puisé nos trouvères et nos troubadours, prove-
nait des traditions bretonnes relatives au fameux
Arthur et aux *Chevaliers de la table ronde*. L'amour
et les aventures merveilleuses formaient le fond
principal de ce second cycle (2). Enfin, l'antiquité
n'avait pu disparaître sans laisser quelques livres
dans les souvenirs populaires, et les poëtes avaient
célébré quelques-uns des faits et des personnages
célèbres dont le souvenir n'avait pas péri. Les ro-
mans d'*Alexandre*, d'*Enéas*, de *Troie*, etc., appartiennent à cette troisième branche.

C'est à ces trois sources et principalement aux
deux premières que l'Arioste a largement puisé (3).
Le héros principal de l'*Orlando furioso*, le fameux

(1) La précieuse collection publiée sous les auspices du
ministre de l'instruction publique et sous la direction de
M. Guessard, *La collection des anciens poëtes de la France*,
se compose aujourd'hui de dix volumes. Elle devait en contenir quarante.

(2) Nous avons publié nous-même quelques poëmes appartenant à cette branche.

(3) Un des commentateurs de l'Arioste, Ruscelli, comparant
le *Roland furieux* à l'*Iliade* et à l'*Énéide*, a reconnu dans les
personnages du poëme italien ceux de ces deux poëmes ; selon
lui, Charlemagne est le roi Latinus ; Agramant, Turnus ;

Roland, appartenait essentiellement au cycle de Charlemagne, et il faut remonter jusqu'à Charlemagne lui-même pour saisir dans son principe l'épopée dont il a été le héros. Il exista du VIIe au Xe siècle des chants en langue latine ou en langue vulgaire, où le peuple exprimait ses sentiments d'admiration pour les héros qui s'illustraient dans les combats. Ces chants, passant de bouche en bouche, recueillis par les poëtes, sont devenus peu à peu des compositions plus vastes, et c'est ainsi que la France s'est trouvée en possession d'une épopée nationale semblable à toutes les épopées dignes de ce nom que nous trouvons chez tous les peuples aux époques de l'histoire désignée sous le nom d'*Ages héroïques*. Le poëme qui répond à toutes les conditions requises pour ce qu'on entend aujourd'hui par épopée, est celui dans lequel est célébré l'événement de l'histoire de Charlemagne qui avait laissé dans le souvenir des peuples une impression profonde, *la défaite de Roncevaux*.

La publication de la *Chanson de Roland*, dont le manuscrit unique se trouve à la bibliothèque d'Oxford, a ouvert la voie à toutes celles qui l'ont suivie et dont l'étude a été l'objet d'un intérêt toujours croissant de la part de l'Europe savante. Tous les poëmes du moyen-âge successivement mis au jour ne permettent plus de douter que les *Reali di Franćia* et tous les ouvrages du même genre ne sont que des reflets plus ou moins brillants de notre épopée nationale. L'Arioste et le Tasse s'en sont inspirés, de

Roland, Achille ; Rodomont, Mézence ; et Marphise, Pentesilée ; Bradamante, Camille ; les femmes nomades, les amazones ; l'hippogriffe, le cheval Pégase ; et il trouve les mêmes assimilations dans une foule d'aventures et de détails.

même que Boccace et les conteurs italiens se sont inspirés, dans leurs œuvres longtemps considérées comme des compositions originales, des contes et des fabliaux de notre vieille France.

Cette part faite à la question des origines n'enlève rien à l'admiration que mérite l'*Orlando furioso*. Sur le fond primitif que lui avaient légué ses prédécesseurs, il a semé une foule de merveilleuses inventions que lui a fournies sa brillante imagination.

On est émerveillé en présence du nombre presque infini d'épisodes répandue dans son poëme. On ne peut lire qu'avec plaisir, même dans une traduction, des histoires telles que celles d'Olympe et de l'ingrat Birène, de Médor et d'Angélique, de cette charmante Isabelle fidèle jusqu'à la mort et au martyre à la mémoire de son amant. A ces touchants épisodes il faut en ajouter d'autres d'un genre différent, tels que ceux où sont mis en scène Doralice, Joconde, Griffon, Martan, Origile, Richardet, etc. L'histoire de Roger retenu dans l'île d'Alcine et oubliant auprès d'une enchanteresse ses devoirs de chevalier et de chrétien a paru si intéressante et si morale à l'auteur de la *Jérusalem délivrée*, qu'il l'a reproduite dans son inimitable épisode des *Jardins d'Armide*. Mais avant l'Arioste lui-même, le trouvère du XIIIe siècle français, auteur du Bel inconnu (*Li biaus Desconneus*) (1), avait placé son héros dans une situation toute pareille, et il pourrait très-bien se faire qu'il fallût remonter jusqu'à lui pour trouver la première idée d'un sujet si supérieurement traité par les deux poëtes italiens.

(1) J'ai publié en 1862 ce joli poëme, d'après le manuscrit unique libéralement mis à ma disposition par M. le duc d'Aumale.

L'Arioste, qui a introduit dans son poëme tant de personnages, a su donner à chacun d'eux un caractère particulier. Leurs passions, leurs vertus, leurs vices sont peints de couleurs si naturelles et si vives qu'on s'intéresse à eux comme à des êtres réels, qu'on s'associe à leur fortune bonne ou mauvaise, qu'on les quitte avec regret et qu'on les retrouve avec plaisir.

Tous ces guerriers si braves (*i cavalieri*) ne le sont pas cependant de la même manière. La valeur de Roland, de Renaud, de Roger, de Brandimart, de Bradamante, ne ressemble pas à celle de Sacripant de Ferragus, de Mandricard et de Rodomont, de Marphise. Les dames (*le donne*) ont trouvé en l'Arioste un intelligent appréciateur de leurs charmes : comprenant d'autant mieux leurs séductions qu'il en a ressenti les effets (1); il n'a pas apporté moins de soins à la peinture des caractères qu'il leur a donnés : ce sont pour la plupart des portraits achevés. Il n'est ni moins exact ni moins varié dans de nombreuses descriptions dont les aventures de ses héros lui fournissent l'occasion. Il nous fait assister à toutes les scènes dont il présente l'image parée des couleurs les plus riches et relevée par les plus savantes comparaisons.

On a justement admiré les préambules par lesquels s'ouvrent la plupart de ses chants :

« Dans l'*Orlando furioso*, dit Voltaire (heureux imitateur de ce genre de beautés dans le plus célèbre de ses poëmes), il y a un mérite inconnu à toute l'antiquité : c'est celui de ses exordes. Chaque chant est

---

(1) Il avoue au début de son poëme qu'il comprend d'autan mieux la folie de Roland que l'amour l'a mis lui-même dans une semblable situation d'esprit :

Se da colci, che tal quasi m'ha fatto,
Che 'l poco ingenio adhor', adhor mi lima, etc.

comme un palais enchanté dont le vestibule est toujours dans un goût différent, tantôt majestueux, tantôt
simple, même grotesque. C'est de la morale, ou de la
gaîté ou de la galanterie, et toujours du naturel et de
la vérité. »

Quelques-unes de ses fictions poétiques appartiennent à l'antiquité, et surtout à l'*Odyssée* d'Homère.
«Mais, dit encore Voltaire en faisant cette remarque, le
roman de l'Arioste est si plein, si varié, si fécond en
beautés de tous les genres qu'il m'est arrivé plus d'une
fois, après l'avoir lu tout entier, de n'avoir d'autre
désir que d'en recommencer la lecture. Quel est donc
le charme de la poésie naturelle ? Je n'ai jamais pu
lire un seul chant de ce poëme dans nos traductions
en prose. Ce qui m'a toujours charmé dans ce prodi-
gieux ouvrage, c'est que l'auteur, toujours au-dessus
de sa matière, la traite en badinant. Il dit les choses les
plus sublimes sans effort et il les finit souvent par
un trait qui n'est ni déplacé ni recherché. C'est à la
fois l'*Iliade*, l'*Odyssée* et *Don Quichotte*. »

On peut souscrire à ces diverses appréciations
faites par l'écrivain qui entre ses immenses qualités
a possédé au plus haut degré celle du goût.

C'est dans la belle langue italienne qu'il avait lu et
relu l'*Orlando furioso*, dont aucune traduction ne peut
donner, comme nous l'avons dit plus haut, qu'une idée
insuffisante. Si la nôtre pouvait inspirer au lecteur le
désir de se procurer la satisfaction à laquelle Voltaire
attachait avec raison tant de prix, nous croirions
n'avoir pas tout à fait perdu notre temps.

C. HIPPEAU.

ROLAND FURIEUX

CHANT PREMIER

ARGUMENT

Renaud de Montauban, poursuivant la belle Angélique, rencontre Ferragus qui l'arrête et le défie au combat. — Pendant ce temps la dame trouve Sacripant qu'elle prend pour
guide. — La valeureuse Bradamante lutte contre Sacripant,
le renverse et empêche ses desseins amoureux. — Arrivée
de Renaud. — Il adore Angélique, qui n'éprouve pour lui que
de la haine. — Effet produit par deux fontaines ayant des
vertus opposées.

I. — Je chante les dames, les chevaliers, les armes,
les amours, la galanterie et les généreuses entreprises
qui eurent lieu à l'époque où les Maures, passant la mer
d'Afrique, firent éprouver tant de maux à la France. Ils
obéissaient à la colère et à la fureur de leur jeune roi
Agramant, qui s'était vanté de venger la mort de
Trojan, son père, sur Charles, empereur des Romains.

II. — Je dirai aussi de Roland des choses qui n'ont
jamais été racontées ni en prose ni en vers; je dirai
comment l'amour changea, chez ce héros, en fureur et
en folie une sagesse jusqu'alors si admirée : pourvu, du
moins, que la beauté qui m'a presque rendu semblable à

lui, et qui d'heure en heure m'enlève quelque chose de mon esprit, m'en laisse assez pour que je puisse accomplir ma promesse.

III. — Daignez agréer, généreuse race d'Hercule, ornement et splendeur de notre siècle, Hippolyte, daignez agréer ce que veut et peut seulement vous offrir votre humble serviteur. Mes paroles et mes écrits seuls peuvent payer ce que je vous dois. Qu'on ne me reproche pas de vous donner si peu, quand je vous offre tout ce qu'il est en mon pouvoir de donner.

IV. — Parmi tant de héros dont je me propose d'illustrer les noms, vous m'entendrez parler de ce Roger, votre ancêtre, antique souche de vos illustres aïeux ; je vous raconterai sa haute valeur et ses belles actions, si, du moins, vous me prêtez l'oreille, et si vos pensées élevées s'abaissent un peu, jusqu'à faire une place à mes vers au milieu d'elles.

V. — Roland, depuis longtemps, était amoureux d'Angélique ; pour elle, il avait laissé dans les Indes, en Médie, en Tartarie, de nombreux et immortels trophées. Tous deux, revenus en Occident, étaient arrivés au pied des Pyrénées, où le roi Charles, suivi des peuples de France et d'Allemagne, avait établi son camp.

VI. — Il voulait faire repentir les rois Marsile et Agramant de la folle hardiesse qu'ils avaient eue, l'un d'avoir amené d'Afrique tout ce qu'il avait trouvé d'hommes capables de porter l'épée ou la lance, l'autre d'avoir poussé l'Espagne à détruire le beau royaume de France. Roland arrivait donc à propos : mais bientôt il eut à regretter son retour.

VII. — Peu de temps après, sa maîtresse lui fut ravie. Oh ! comme le jugement de l'homme est sujet à l'erreur ! Celle que de l'Orient à l'Occident il a défendue par tant de combats lui est enlevée au milieu de ses amis, en son propre pays, sans qu'il puisse tirer son épée. Le sage empereur voulait ainsi éteindre un dangereux embrasement.

VIII. — Peu de jours auparavant une grande querelle s'était élevée entre le comte Roland et son cousin Renaud ; tous deux avaient pour cette rare beauté le cœur brûlant d'un amoureux désir. Charles, à qui cette rivalité déplaisait parce qu'elle rendait impossibles les services qu'il attendait d'eux, enleva la dame qui en était la cause et la remit entre les mains du duc de Bavière.

IX. — Il promettait qu'elle serait la récompense de celui qui, dans la bataille de cette grande journée, tuerait le plus d'infidèles, et dont la main se signalerait par les plus beaux coups. Mais le succès fut contraire à ses vœux : les peuples baptisés furent mis en déroute, le duc et beaucoup d'autres faits prisonniers, et le pavillon royal abandonné.

X. — La beauté qui devait être la récompense du vainqueur resta seule, et, présageant qu'en ce jour la fortune serait contraire aux chrétiens, elle sauta sur un cheval dès qu'elle le put, et prit la fuite. Elle entra dans un bois, et dans un étroit sentier rencontra un chevalier qui venait à pied vers elle.

XI. — Il avait la cuirasse sur le dos, le casque en tête, l'épée au côté et l'écu au bras, courant par la forêt plus agilement que le paysan à demi nu qui dispute le prix de la course. Jamais une timide bergère ne détourne si promptement le pied à la vue d'un cruel serpent, que ne fit Angélique en serrant la bride de son cheval quand elle aperçut le guerrier qui s'avançait.

XII. — Ce paladin si agile était le fils d'Aymon, seigneur de Montauban ; il venait, par un étrange accident, de voir son cheval Bayard s'échapper de ses mains. A peine eut-il aperçu la belle, qu'il reconnut, malgré la distance, la forme angélique et le beau visage qui le retenaient dans d'amoureuses chaînes.

XIII. — Mais la dame tournant son cheval à droite, le lance à toute bride dans la forêt, sans chercher si les endroits sont épais ou découverts, sans s'inquiéter si le chemin est le meilleur et le plus sûr. Toute pâle et toute tremblante, elle laisse son coursier prendre la route qui lui plaît. Après avoir longtemps couru dans cette haute et profonde forêt, elle arriva au bord d'une rivière.

XIV. — Là se trouvait Ferragus tout en sueur et couvert de poussière : il s'était retiré de la bataille, pressé par un grand besoin de se désaltérer et de se reposer; puis il y était resté malgré lui, parce qu'en voulant à la hâte puiser de l'eau, il avait laissé tomber son casque dans la rivière, d'où il cherchait en vain à le retirer.

XV. — La belle accourait au plus vite, en poussant des cris d'épouvante. A sa voix le Sarrasin saute sur le bord, la considère, et la reconnaît, quoique toute pâle de peur et d'émotion. Bien que depuis longtemps il n'en ait reçu de nouvelles, il ne doute pas que ce ne soit la belle Angélique.

XVI. — Et comme il était galant, et que peut-être il n'avait pas moins que les deux cousins le cœur plein d'amour, il l'assista de tout son pouvoir. Puis, comme s'il avait son casque, hardi et joyeux, il tire son épée et court, plein de menace, au-devant de Renaud, qui le craint peu. Non-seulement ils s'étaient déjà vus plusieurs fois, mais ils avaient encore dans plus d'un combat mesuré leurs forces.

XVII. — Ils commencèrent alors une terrible lutte, à pied, comme ils étaient, et avec leurs épées nues; non-seulement leurs cuirasses et leurs cottes de maille, mais des enclumes même, n'auraient pu résister à leurs coups. Pendant qu'ils s'acharnent l'un contre l'autre, le cheval d'Angélique avait doublé le pas; elle le presse le plus possible des talons, et le pousse à travers les bois et la campagne.

XVIII. — Les deux guerriers tentèrent longtemps en vain de triompher l'un de l'autre; leur valeur était égale et ils étaient aussi habiles l'un que l'autre dans le métier des armes. Le seigneur de Montauban rompit le premier le silence, incapable de maîtriser la flamme qui le dévorait :

XIX. — « Païen, dit-il en s'adressant au guerrier espagnol, tu crois n'avoir fait tort qu'à moi seul, mais tu t'es nui à toi-même. Car si les rayons éclatants de ce nouveau soleil ont embrasé ton âme, quel avantage trouves-tu à me retarder ici ? Que tu me tues ou que je vive, n'espère pas posséder cette belle qui s'éloigne pendant que nous restons ici.

XX. — « Ne vaudrait-il pas mieux, puisque tu l'aimes aussi, essayer de lui barrer le chemin, de l'arrêter, de la retenir avant qu'elle aille plus loin ? Quand nous l'aurons en notre pouvoir, alors nos épées décideront à qui elle doit appartenir. Autrement, je vois que d'un si long combat nous ne pourrons recueillir autre chose que du mal. »

XXI. — La proposition ne déplut pas au païen ; le combat fut suspendu et entre eux s'établit aussitôt une telle trêve — si tant est que la haine et la colère puissent oublier — que le païen s'éloignant de ces frais ruisseaux ne voulut pas laisser à pied le vaillant fils d'Aymon. Il le prie avec une telle insistance qu'il le prend en croupe, et galope avec lui sur les traces d'Angélique.

XXII. — O admirable loyauté des anciens chevaliers ! Ils étaient rivaux, et de religions ennemies ; leur corps était encore endolori par les rudes coups qu'ils s'étaient portés, et néanmoins ils vont ensemble sans défiance à travers les obscures forêts et les sentiers tortueux. Le coursier, pressé par quatre éperons, arrive en un lieu où aboutissent deux chemins.

XXIII. — Et comme ils ignorent celle des deux routes qu'Angélique a prise, l'une et l'autre portant des traces nouvelles entre lesquelles on ne remarque aucune différence, ils s'en remettent au hasard ; Renaud prend d'un côté, le Sarrasin de l'autre ; mais, après avoir longtemps couru dans la forêt, Ferragus finit par se retrouver au lieu d'où il était parti.

XXIV. — Il était arrivé au bord de la rivière, au lieu même où son casque était tombé dans l'eau. Désespérant de rencontrer sa dame, et voulant ravoir ce casque qu'il ne peut apercevoir au fond du fleuve, il descend jusqu'au bord de l'humide rivage, à l'endroit où il était tombé; mais le casque est tellement enfoncé dans le sable qu'il aura bien de la peine à l'en retirer.

XXV. — Avec un grand rameau d'arbre dont il a fait, en l'élaguant, une longue perche, il sonde la rivière et la fouille jusqu'au fond. Il ne laisse aucun endroit qu'il ne batte et qu'il ne touche. Tandis que, s'obstinant dans un impuissant labeur, il prolonge sa recherche, il voit du milieu du fleuve s'élever jusqu'à la ceinture un chevalier au fier regard.

XXVI. — Il était, sauf la tête, armé de toutes pièces, et tenait un casque dans la main droite; c'était précisément celui que Ferragus cherchait en vain depuis si longtemps. Le chevalier, d'une voix irritée, s'adressant à Ferragus : — « Parjure, fils de Maure, dit-il, pourquoi regrettes-tu de ne pouvoir retrouver ce casque, que tu devais me rendre depuis si longtemps?

XXVII. — « Souviens-toi, païen, que lorsque tu tuas le frère d'Angélique, et ce frère c'est moi, tu me promis de jeter aussitôt dans l'eau mon casque et les autres pièces de mon armure! Si le hasard me favorise aujourd'hui, s'il a fait ce que je désirais et ce que tu ne voulus pas faire, dois-tu t'en fâcher? et si tu as à te plaindre de quelque chose, c'est d'avoir manqué à ta parole!

XXVIII. — « Mais si tu désires posséder un heaume de fine trempe, cherches-en un autre que tu puisses acquérir avec plus d'honneur. Le paladin Roland en possède un pareil, Renaud aussi, et peut-être un meilleur : l'un appartint à Almont, l'autre à Mambrin. Gagne l'un des deux par ta valeur; quant à celui-ci, que tu devais me laisser, tu feras bien de me l'abandonner en effet. »

XXIX. — A la vue de ce fantôme apparaissant ainsi à l'improviste au-dessus de l'eau, le Sarrasin sentit ses cheveux se dresser sur sa tête et son visage changer de couleur; il resta sans voix et sans réponse. Puis entendant Argail (c'était le nom du guerrier qu'il avait autrefois mis à mort en ce lieu) lui reprocher d'avoir été parjure à sa foi, il se sentit enflammé au dedans et au dehors de colère et de honte.

XXX. — Il n'a pas le temps de penser à d'autres excuses. Il sait bien que l'autre a dit la vérité : il reste donc sans réponse et bouche close. Mais la honte lui brise le cœur au point qu'il jure par l'âme de sa mère Lanfeuse que jamais casque ne lui couvrira la tête, si ce n'est celui que jadis Roland, en Aspremont, arracha de la tête du fier Almont.

XXXI. — Ce serment, il le garda mieux que le premier. Enfin il s'éloigne mécontent; pendant plusieurs jours soucieux et chagrin, il cherche le paladin de côté et d'autre, partout où il espère le trouver. Le vaillant Renaud avait, de son côté, une aventure différente, pendant qu'il suivait l'autre route.

XXXII. — Il avait fait quelques pas à peine quand il vit son fin coursier partir en bondissant devant lui : — « Arrête, cher Bayard, arrête, lui dit-il, il m'est trop pénible d'être sans toi. » Mais l'animal est sourd à ses cris et ne lui obéit pas; il s'éloigne au contraire plus vite encore, et Renaud le poursuit plein de colère..... Mais revenons à Angélique et suivons-la dans sa fuite.

XXXIII. — Elle va courant au milieu des forêts effrayantes et obscures, à travers des lieux inhabités, déserts et sauvages. Le mouvement d'une branche, du feuillage des chênes, des hêtres, des ormeaux, lui inspire des frayeurs subites, lui fait prendre les chémins les plus détournés; toute ombre qu'elle aperçoit, ou dans les montagnes, ou dans les vallées, lui fait toujours craindre d'avoir Renaud derrière elle.

XXXIV. — Telle une jeune biche, ou une chèvre, qui

ayant vu dans le bois où elle est née un éopard étrangler sa mère et lui ouvrir les entrailles, se dérobe soudain et échappe à la cruelle bête, s'enfuit de forêt en forêt, effrayée et tremblante, et à chaque buisson qu'elle touche en passant se croit déjà dans la gueule de l'animal sans pitié.

XXXV. — Ce jour, la nuit suivante, et la moitié du lendemain, Angélique erre sans savoir où elle va. Enfin elle arrive dans un petit bois délicieux, mollement agité par un doux zéphyr. Deux clairs ruisseaux murmurent à l'entour et y renouvellent une herbe toujours tendre. Dans leur cours lent et paisible parmi de petits cailloux, ils font entendre aux oreilles charmées un doux murmure.

XXXVI. — Se croyant en sûreté et à mille lieues de Renaud, harassée des fatigues de la chaleur et de sa course, elle se dispose à prendre quelque repos. Elle met pied à terre au milieu des fleurs, ôte la bride à son coursier, et le laisse aller paître ; celui-ci va çà et là, le long des clairs ruisseaux, dont les bords sont couverts d'herbes verdoyantes.

XXXVII. — Soudain elle aperçoit un beau buisson d'aubépines en fleurs et de roses vermeilles, qui semblent se mirer dans une onde pure, et que l'épaisseur des grands chênes défend contre les rayons du soleil. Une large échancrure au milieu de son épais ombrage offre un frais asile. Les feuilles et les rameaux sont entremêlés au point d'empêcher le soleil et la vue même d'y pénétrer.

XXXVIII. — A l'intérieur, l'herbe tendre forme un lit qui invite le passant à s'y arrêter; la belle dame se place au milieu, s'y couche et s'y endort. Mais elle n'y resta pas longtemps sans croire entendre les pas d'un cheval venant de son côté! Elle se lève doucement, et aperçoit un chevalier armé qui arrivait au bord du ruisseau.

XXXIX. — Est-ce un ami ou un ennemi? Elle l'ignore;

son âme incertaine est partagée entre la crainte et l'espérance ; en attendant la fin de cette aventure elle n'ose faire entendre un seul soupir. Le chevalier descend sur la rive, la tête appuyée sur son bras, en proie à une rêverie si profonde qu'on le prendrait pour une pierre insensible.

XL. — Seigneur, le chevalier resta ainsi pendant plus d'une heure, triste, pensif et la tête baissée. Puis il se mit, d'une voix plaintive et faible, à exhaler de si tendres plaintes, qu'il eût ému de pitié les plus durs rochers et attendri le tigre le plus cruel. Il pleurait et soupirait tellement que ses joues ressemblaient à un ruisseau et sa poitrine au mont Gibel.

XLI. — « O pensée, disait-il, qui glaces et enflammes mon cœur, et causes la douleur qui le ronge et le mine, que dois-je faire, puisque je suis arrivé trop tard, et qu'un autre a déjà cueilli le fruit ? J'ai obtenu à peine une parole, un regard, et un autre a conquis les dépouilles opimes ! Ah ! si ni un fruit ni une fleur ne doit être mon partage, pourquoi mon cœur s'affligerait-il plus longtemps pour elle ?

XLII. — « La jeune vierge est comme la rose que l'on voit, dans un beau jardin, sur l'épine où elle est née, rester solitaire et respectée ; tant que le troupeau et le berger n'en approchent point, le doux zéphyr, la blanche rosée, l'eau et la terre travaillent à l'embellir ; les jeunes gens et les dames amoureuses se plaisent à en orner leurs cheveux et leur sein.

XLIII. — « Mais elle n'est pas plus tôt séparée de sa tige maternelle et de sa verte branche, que tout ce que les hommes et le ciel lui prodiguaient de faveur, de grâce, de beauté, est perdu pour elle. De même, la jeune fille qui laisse cueillir la fleur qui doit lui être plus chère que ses beaux yeux et que sa vie même perd aussitôt le prix qu'elle avait dans le cœur de tous les autres amants.

XLIV. — « Que les autres la méprisent ; mais qu'elle

1.

soit aimée de celui-là seul à qui elle s'est abandonnée.
O fortune cruelle et ingrate! Les autres triomphent, et
moi je meurs délaissé. Mais pourrait-il se faire que je
ne l'aimasse plus? Pourrais-je oublier celle qui est ma
vie? Ah! que plutôt mes jours s'achèvent maintenant,
que je meure si je ne dois plus l'aimer! »

XLV. — Si l'on me demande quel est ce chevalier qui
verse tant de larmes au bord de ce ruisseau, je répon-
drai que c'est le roi de Circassie, Sacripant, qui brûle
d'amour; je dirai aussi que l'amour est la seule et
première cause de son tourment : car c'est un des
amoureux de la belle Angélique, qui l'a bien vite reconnu.

XLVI. — C'est cet amour qui l'avait attiré des extrémités de l'Orient vers le pays où le soleil se couche,
ayant appris dans l'Inde, avec une grande douleur,
qu'elle avait suivi Roland en Orient; puis que de retour
en France l'empereur l'avait dérobée aux yeux de tous,
la promettant pour récompense à celui de ses amants
qui dans ce jour serait le plus ferme soutien du royaume
des Lys.

XLVII. — Il s'était rendu au camp, et avait vu la déroute que venait d'essuyer le roi. Il avait alors cherché
les traces de la belle Angélique, et n'avait pu encore la
retrouver. Telle est la triste nouvelle qui cause tant de
douleur à son amour, qui l'afflige, le fait soupirer, et
lui arrache des plaintes capables d'arrêter dans sa
course le soleil ému de pitié.

XLVIII. — Pendant que ce chevalier se lamente, se
désole, et que de ses yeux il fait deux tièdes fontaines,
pendant qu'il prononce ces paroles et d'autres qu'il n'est
pas besoin de dire, son heureuse fortune permet qu'Angélique entende ses plaintes. C'est ainsi que dans une
heure, dans un moment, surviennent des événements
qui ne se représenteraient pas dans un espace de plus
de mille ans.

XLIX. — Avec une grande attention, Angélique a

écouté les plaintes et les paroles et a vu la triste contenance de celui dont l'amour la poursuit. Ce n'est pas la
première fois qu'elle entend ses tendres aveux : mais
plus dure et plus froide qu'une pierre, elle ferme son
cœur à la pitié, comme celle qui méprise tout le monde,
ne croyant aucun homme digne d'elle.

L. — Néanmoins, se voyant seule ainsi dans cette
forêt, elle n'hésite pas à le prendre pour guide ; quand
on est dans l'eau jusqu'au menton, il faudrait être bien
obstiné pour ne pas crier à l'aide. Si elle perd cette occasion, pourra-t-elle trouver un protecteur plus sûr ?
Elle avait reconnu d'ailleurs depuis longtemps dans ce
roi le plus loyal de tous les amants.

LI. — Son dessein sans doute n'est pas d'adoucir le
tourment qui accable ce chevalier, ni de le dédommager
de ses souffrances, en lui accordant ce bonheur que les
amants envient ; mais elle veut imaginer quelque ruse,
et ourdir quelque trame qui l'entretiennent dans une
vaine espérance, afin de se servir de lui au besoin ; se
réservant de se montrer envers lui dure et hautaine
comme par le passé.

LII. — Elle sort de l'épais et obscur buisson et apparaît tout à coup éblouissante de beauté : telles se montrent sur la scène Diane ou Vénus, sortant d'une forêt,
ou d'une grotte ombragée. « La paix soit avec toi, dit-
elle en se montrant à lui : Dieu veuille défendre avec
toi mon honneur, et chasse de ton cœur la fausse opinion que tu as conçue de moi ! »

LIII. — Non, jamais une mère n'a revu avec autant
de joie et de surprise le fils qu'elle avait cru mort et
qu'elle avait pleuré, en voyant revenir l'armée sans
lui, que n'en montra le Sarrasin quand il vit apparaître
subitement la taille élancée, l'élégante tournure et le
visage vraiment angélique de la dame.

LIV. — Plein d'un délicieux et amoureux transport, il
court à son amante, à sa divinité : celle-ci enlace son cou
de ses deux bras, ce que sans doute elle n'eût pas fait

au Cathai. En le voyant auprès d'elle, sa pensée se tourne vers le royaume de son père, vers le lieu de sa naissance, et peu à peu elle retrouve l'espoir de revoir bientôt sa riche demeure.

LV. — Elle raconte en détail à Sacripant ce qui s'est passé depuis le jour où elle l'envoya demander des secours en Orient, au roi des Séricanes, Nabate, et comment Roland la préserva souvent de la mort, du déshonneur et de mille dangers; comment elle avait gardé la fleur de sa virginité, telle qu'elle l'avait en sortant du sein de sa mère.

LVI. — Cela pouvait être vrai, mais n'aurait pas convaincu un homme maître de sa raison; Sacripant cependant trouva la chose fort possible, car il était tombé souvent dans de bien plus graves illusions. L'amour rend invisible à l'homme ce qu'il voit, l'amour lui fait voir ce qui n'est pas. Le chevalier la crut donc : le malheureux accorde une facile créance à ce qu'il désire.

LVII. — « Si le chevalier d'Angers a été assez simple pour ne pas profiter d'une occasion favorable, se disait à lui-même Sacripant, tant pis pour lui; car jamais la fortune ne lui fournira une pareille faveur. Quant à moi, je n'ai nullement envie de l'imiter; je ne lâcherai pas l'occasion qui m'est offerte, et que plus tard je regretterais en vain de n'avoir pas saisie.

LVIII. — « Je cueillerai cette fraîche rose du matin; si j'attendais, la saison en pourrait passer. Je sais bien, d'ailleurs, qu'on ne peut faire aux dames une chose qui leur soit plus douce et plus agréable, quoiqu'elles semblent la dédaigner, et s'en affliger jusqu'à verser des larmes. Je ne me laisserai arrêter ni par un refus, ni par une feinte colère, jusqu'à ce que mes pensées et mes désirs soient devenus une douce réalité. »

LIX. — En se parlant ainsi à lui-même, Sacripant se préparait au doux assaut. Tout à coup, une grande rumeur venant du bois voisin retentit à son oreille, et le force malgré lui d'abandonner son entreprise. Aussitôt il met son casque, observant l'antique usage d'être toujours armé de pied en cap : il court à son cheval, le bride, monte en selle et saisit sa lance.

LX. — Voilà que sort du bois un cavalier à l'air vaillant et fier : ses armes sont blanches comme la neige; pour cimier il porte un panache blanc. Le roi Sacripant, furieux de ce que cette arrivée importune ait mis obstacle au bonheur qu'il espérait, regarde le chevalier avec mépris et colère.

LXI. — Puis, quand il s'est approché de lui, il le défie au combat, espérant bien lui faire vider les arçons. Celui-ci, qui ne croit pas valoir moins que lui, veut en donner la preuve; il arrête ces orgueilleuses menaces, pique des deux et met sur-le-champ sa lance en arrêt. Sacripant fond sur lui comme un ouragan, et ils courent l'un contre l'autre, tête contre tête.

LXII. — Les lions et les taureaux, dans leurs luttes, ne se précipitent pas plus furieusement l'un sur l'autre que ne le firent ces deux guerriers dans leur fier assaut. Leurs boucliers sont également percés de part en part; tout tremble à leur choc, de la terre au ciel, depuis les vallons humides jusqu'aux cimes nues des montagnes; heureusement pour eux leurs hauberts étaient d'une trempe parfaite, car autrement leurs corps eussent été traversés.

LXIII. — Les chevaux se précipitèrent en droite ligne l'un au devant de l'autre, se heurtant front contre front à la façon des béliers. Le cheval du guerrier païen tomba raide mort; il passait pour un des meilleurs; l'autre s'abattit aussi, mais se releva aussitôt sous l'étreinte des éperons; celui du roi Sacripant reste étendu sur son maître, l'écrasant de tout son poids.

LXIV. — Le champion inconnu demeura ferme sur ses arçons; voyant son adversaire à terre avec son cheval, et jugeant qu'il avait poussé assez loin le combat, il ne s'occupa point de recommencer la lutte; il s'enfonça au

contraire droit dans la forêt, en courant à bride abattue ;
et avant que le païen eût pu se dégager complétement,
il était déjà loin d'un mille au moins.

LXV. — De même que le laboureur, terrifié et aba-
sourdi après que la foudre est tombée, se lève de l'endroit où l'épouvantable bruit l'a renversé près de ses
bœufs frappés à mort, et voit sans branches ni feuillage
le pin que d'habitude il apercevait au loin, de même le
païen se relève, forcé de rester à pied, à la vue d'Angélique, témoin de sa mésaventure.

LXVI. — Il soupire et gémit, non pas d'avoir le pied
démis ou le bras fracassé, mais de honte seulement ;
jamais ni avant ni depuis ce jour pareille rougeur ne
couvrit son visage. Ce qui le mortifia bien plus encore,
ce fut de voir sa dame l'aider à se débarrasser du
lourd fardeau qu'il avait sur le corps. Et il fût, je crois,
resté là muet, si elle ne lui eût rendu la voix et la
parole.

LXVII. — « Allons, seigneur, lui disait-elle, cessez de
vous plaindre ; si vous êtes tombé, ce n'est pas votre
faute, mais celle de votre cheval, qui avait plus besoin
de nourriture et de repos, que d'une nouvelle lutte. Et
ce chevalier n'a pas lieu d'ailleurs de se vanter de son
succès ; il est clair que le vaincu c'est lui. Je puis l'af-
firmer, car j'ai été témoin que le premier il a abandonné
le champ de bataille. »

LXVIII. — Pendant qu'elle console ainsi le Sarrasin,
voilà qu'arrive en galopant, monté sur un roussin, portant un cor et une petite valise à son côté, un messager
qui semble à la fois inquiet et harassé de fatigue. Quand
il fut près de Sacripant, il lui demanda s'il n'avait pas
vu passer dans la forêt un chevalier avec une blanche
armure et un panache blanc sur la tête.

LIX. — Sacripant répondit : « C'est lui qui m'a abattu,
comme tu le vois ; et il vient de s'éloigner à l'instant
même. Mais dis-moi, je te prie, quel est son nom ; que
je sache du moins quel homme m'a ainsi mis à pied. —

Je puis vous satisfaire sans retard, dit l'autre; apprenez que celui qui vous a désarçonné est une belle dame de la plus haute valeur.

LXX. — « Grande est sa vaillance, mais sa beauté est plus grande encore, et pour ne pas vous cacher plus longtemps son nom fameux, celle qui vient de vous ravir tout l'honneur que vous aviez conquis dans le monde, c'est Bradamante. » Il dit, et lâche la bride à son cheval, laissant le Sarrasin peu joyeux, ne sachant que dire ou que faire, le visage tout couvert de honte et de confusion.

LXXI. — Après avoir longtemps songé en vain à sa triste aventure, et voyant finalement qu'il se trouve toujours vaincu par une femme (plus il y pense et plus sa douleur est vive), il monte sur le cheval d'Angélique, morne et pensif, sans proférer une parole, prend doucement en croupe la dame et remet ses projets pour un temps plus heureux et un endroit plus tranquille.

LXXII. — Ils n'avaient pas fait une lieue, qu'ils entendent la forêt et les environs retentir d'un tel fracas que tout paraît trembler autour d'eux. Puis ils aperçoivent un grand coursier, dont le superbe harnachement est couvert d'or; il franchit les fossés et les ruisseaux, brise les arbres et renverse tout ce qu'il trouve sur son chemin.

LXXIII. — « Si les rameaux touffus et le brouillard ne trompent pas mes yeux, dit Angélique, ce cheval qui se fraye un passage au milieu du bois, avec tant de fracas, c'est Bayard : oui, certainement, c'est Bayard, je le reconnais. Comme il a deviné que nous avons besoin de lui ! Il voit qu'on est mal avec un seul cheval pour deux, il vient nous tirer d'embarras. »

LXXIV. — Le Circassien descend, s'approche du coursier et se dispose à mettre la main à son frein; celui-ci répond en présentant sa croupe; plus prompt que l'éclair il se retourne, mais sa ruade n'arriva pas à son adresse. Malheur au chevalier s'il eût été atteint! Les

coups de ce cheval ont une telle puissance qu'ils brise-
raient une montagne d'airain.

LXXV. — Alors l'animal se dirige doucement vers la
dame, avec humilité et une intelligence apparente ; tel
un chien bondit autour de son maître, quand il le revoit
après deux ou trois jours d'absence. Bayard se ressou-
venait encore d'elle ; il se rappelait qu'en Albraque elle
lui avait donné à manger de sa main : c'était à l'époque
où Renaud, ingrat et cruel alors, était tant aimé d'elle.

LXXVI. — De sa main gauche elle saisit la bride, et
de l'autre lui touche et caresse le cou et le poitrail ; ce
cheval, dont l'intelligence était merveilleuse, se soumet
à elle, aussi doux qu'un agneau. Alors Sacripant prend
son temps, s'élance sur Bayard, et le tient ferme et
serré. La dame, abandonnant la croupe du palefroi, se
place sur la selle laissée libre.

LXXVII. — Mais en tournant par hasard les yeux,
elle voit venir à pied un guerrier aux armes retentis-
santes : elle frémit de dédain et de colère, en reconnaissant le fils du duc d'Aymon. Il l'aime plus que sa propre
vie et ne désire qu'elle, tandis qu'elle le hait et le fuit
plus que la grue ne fuit le faucon. Jadis il la haïssait
plus que la mort, et elle l'aimait éperdument : combien
leur sort est aujourd'hui changé !

LXXVIII. — Ce contraste provient de deux fontaines
dont la liqueur produit deux effets contraires. Elles sont
toutes deux dans les Ardennes, et voisines l'une de
l'autre ; la première remplit le cœur d'un amoureux
transport, et celui qui boit de la seconde demeure sans
amour et toute son ardeur se change en glace. Renaud
a bu l'une, et l'amour le consume ; Angélique a bu
l'autre, elle le hait et le fuit.

LXXIX. — Cette liqueur, mêlée d'un poison secret
qui tourne en haine les idées d'amour, fait que la dame,
en revoyant Renaud, sent tout à coup ses beaux yeux
se couvrir d'un voile ; alors d'une voix tremblante, et
avec la tristesse dans le regard, elle supplie et conjure

Sacripant de ne pas attendre que ce guerrier soit plus près d'eux, et de s'enfuir de suite avec elle.

LXXX. — « Suis-je donc, dit le Sarrasin, suis-je donc tombé si bas dans votre estime, que vous me trouviez inutile et incapable de vous défendre contre lui? Avez-vous déjà oublié les combats d'Albraque, et cette nuit où seul et sans armes je vous servis de rempart contre Agrican et toute une armée? »

LXXXI. — Elle ne répond rien et ne sait ce qu'elle doit faire; Renaud est déjà arrivé trop près d'eux : il menace de loin le Sarrasin, dès qu'il a aperçu le cheval et reconnu l'angélique visage qui a rempli son cœur de tant d'amour. Mais ce qui se passa entre ces deux fiers rivaux, je le raconterai dans un autre chant.

CHANT DEUXIÈME

ARGUMENT

Combat de Renaud et de Sacripant. — Il est interrompu par un esprit que leur envoie un ermite magicien. — Renaud poursuit Angélique vers Paris. — Charles envoie ce héros en Ecosse. — Il s'embarque à Calais. — Tempête. — Pendant ce temps, Bradamante à la recherche de Roger trouve Pinabel de Mayence qui veut la tuer. — Combat entre Roger, Gradasse et le magicien. — Les deux guerriers sont vaincus. — Bradamante rencontre un messager de Marsile. — Entraînée par l'amour, elle suit Pinabel, qui la trahit et la fait tomber dans la grotte de Merlin.

I. — Injuste amour, pourquoi fais-tu si rarement s'accorder nos désirs? D'où vient, perfide, que tu te plais tant à voir la désunion de deux cœurs? Tu me détournes d'un ruisseau facile et clair, pour me pousser vers un abîme sans fond. Tu m'éloignes de celle qui a mon cœur, et tu veux que j'adore celle qui n'a pour moi que de la haine !

II. — Tu permets que Renaud trouve belle Angélique, il est pour elle laid et déplaisant; jadis elle le trouvait beau et l'aimait, lui la haïssait autant qu'on peut haïr. Il s'afflige à cette heure et se tourmente en vain. La pareille lui est bien rendue : elle le hait, et l'exècre au point qu'elle lui préférerait la mort.

III. — Renaud dit au Sarrasin d'un ton orgueilleux : « Larron, descends de mon cheval; je n'ai pas l'habitude de souffrir qu'on s'approprie mon bien, et je le fais payer cher à qui veut me le ravir. Je veux même t'enlever cette dame, car je me ferais un crime de te la laisser : un si parfait coursier, une si digne dame ne sont pas faits certainement pour un voleur comme toi. »

IV. — « Tu en as menti, et je ne suis pas un voleur, répond le Sarrasin avec non moins de hauteur. Celui qui te qualifierait de larron serait plus dans le vrai; c'est du moins ce que la renommée m'a appris. Nous allons voir tout de suite qui de nous sera le plus digne de ce coursier et de la dame, quoique je sois d'accord avec toi pour proclamer que rien au monde ne l'égale en beauté. »

V. — De même que l'on voit quelquefois deux chiens vigoureux, excités par la jalousie ou tout autre motif de haine, s'approcher en grinçant des dents, les yeux hagards et plus rouges qu'un tison ardent; puis en venir à se déchirer, avec leurs dents aiguës, écumants de rage et le poil hérissé : de même le Circassien et le héros de Clermont s'attaquent avec leurs épées meurtrières.

VI. — L'un est à pied, l'autre à cheval; mais quel avantage croyez-vous qu'en retire le Sarrasin? aucun. Il est peut-être moins adroit qu'un page sans expérience. Le coursier Bayard, par un instinct naturel, se garde bien de vouloir faire du mal à son maître, et le Circassien a beau le presser de la main et de l'éperon, il s'obstine à ne vouloir faire un seul pas.

VII. — Si son cavalier veut le pousser en avant, il s'arrête ; veut-il le retenir, il court et galope. Puis il se cache la tête entre les jambes, se cabre et lance force ruades. Le Sarrasin, voyant que le moment est mal choisi pour dompter ce fier animal, s'appuie ferme sur l'un des arçons, se hausse, et s'élance à terre du côté gauche.

VIII. — Délivré par ce saut léger de la furie obstinée de Bayard, le païen commence alors un combat digne de chevaliers d'une si grande valeur. Leurs deux épées résonnent ; elles s'élèvent et s'abaissent tour à tour ; les marteaux de Vulcain sont moins rapides quand, dans sa caverne enfumée, il forge les foudres de Jupiter.

IX. — Leurs coups allongés, feints et serrés font voir qu'ils sont maîtres en ce jeu Tantôt on les voit s'élever, tantôt s'abaisser ; tantôt se parer, tantôt se découvrir ; tantôt fondre en avant, tantôt reculer, rabattre les coups, et souvent les esquiver ; ils tournent autour l'un de l'autre, et dès que l'un cède d'un pas, l'autre le remplace aussitôt.

X. — Enfin Renaud lève son épée sur la tête de Sacripant et lui en assène un coup de toutes ses forces ; celui-ci oppose son bouclier formé d'un os, et couvert d'un plastron d'acier de bonne et fine trempe : Flamberge le met en pièces, malgré sa dimension et sa grosseur ; la forêt en gémit et résonne ; l'os et l'acier sont brisés comme une glace, et le bras du Sarrasin en reste tout engourdi.

XI. — En voyant l'effet de ce terrible coup, la timide Angélique sent son beau visage pâlir de frayeur. Comme un coupable qui marche au supplice, elle comprend qu'elle n'a pas de temps à perdre, si elle ne veut pas tomber entre les mains de Renaud, de ce Renaud qu'elle hait aussi fortement qu'elle en est misérablement aimée.

XII. — Elle fait tourner son cheval, s'enfonce dans la forêt et le pousse dans un rude et étroit chemin ; de temps en temps, à demi morte de peur, elle se retourne, croyant voir Renaud attaché à ses pas. Elle n'avait pas dans sa fuite fait beaucoup de chemin, lorsqu'au bord d'une vallée elle rencontre un ermite : il portait une longue barbe tombant jusqu'à mi-corps; son extérieur pieux inspirait la vénération.

XIII. — Les années et le jeûne l'avaient affaibli; il s'avançait lentement sur un âne ; son maintien lui donnait plus qu'à tout autre l'air d'une personne d'une conscience pure et scrupuleuse. En voyant le visage décoloré d'Angélique qui venait à lui, il oublia sa faiblesse et ses fatigues et se sentit tout ému de pitié.

XIV. — La dame pria le frère de lui indiquer la route qui la conduirait à un port de mer ; elle voulait quitter la France et ne plus entendre parler de Renaud. Le frère, qui savait la nécromancie, s'empressa de l'assurer que bientôt il la tirerait de tout péril; et il fouilla aussitôt dans sa poche.

XV. — Il en tira un livre dont l'effet fut miraculeux : à peine avait-il lu la première page que l'on vit apparaître un esprit sous la forme d'un valet. Celui-ci, obéissant au charme, se dirige, sur l'ordre de l'ermite, vers la partie du bois où les deux chevaliers, en présence l'un de l'autre, continuaient leur combat, et se met hardiment entre eux.

XVI. — « De grâce, dit-il, que l'un de vous me montre quel avantage il retirera de la mort de son adversaire : quel sera le prix de vos fatigues, qu'adviendra-t-il de l'issue de votre combat? C'est le comte Roland qui sans débat et sans lutte, sans avoir rompu une seule maille, conduira à Paris la dame qui vous a attirés ici et a été le sujet de votre querelle.

XVII. — « J'ai rencontré à une demi-lieue d'ici Roland qui se rend à Paris avec Angélique. Ils riaient entre eux et se moquaient de la sottise qui vous pousse à vous acharner l'un contre l'autre sans aucun profit. Ne vous serait-il pas plus avantageux, pendant qu'ils ne sont pas encore loin, de suivre leurs traces? Quand une fois Roland la tiendra dans Paris, il ne vous la laissera plus jamais revoir. »

XVIII. — A cette nouvelle, vous eussiez vu les chevaliers se troubler, confus et stupéfaits, se reprochant leur peu de jugement et de réflexion pour s'être ainsi laissé jouer par leur rival. Mais le vaillant Renaud s'approche de son cheval, il exhale sa fureur en soupirs, et plein de dépit et de colère, il jure que s'il rencontre Roland il lui arrachera le cœur.

XIX. — Bayard passe du côté où son maître l'attend : celui-ci s'élance sur le coursier, pique des deux, et s'éloigne sans inviter le chevalier, qu'il laisse à pied dans le bois, à monter en croupe et sans même lui dire adieu. Le généreux coursier se sentant pressé par son maître brise et renverse tout ce qui s'oppose à son passage; ni les fossés, ni les rivières, ni les rochers, ni les buissons ne sont capables d'arrêter sa course.

XX. — Ne vous étonnez pas, seigneur, si Renaud vient maintenant aisément à bout de Bayard, qu'il avait poursuivi pendant plusieurs jours sans avoir pu seulement lui toucher la bride. Ce n'était pas malicieusement que le coursier, doué d'entendement humain, s'était ainsi fait suivre pendant tant de lieues; c'était pour mener son maître près de la dame pour laquelle il l'entendait se plaindre et soupirer.

XXI. — Quand il l'eut vue s'enfuir du pavillon, le noble coursier la suivit des yeux; il n'était alors monté par personne, son maître l'ayant quitté pour aller combattre un baron non moins fameux dans l'exercice des armes. Bayard se mit donc à la trace de la dame, pour la remettre entre les mains de son seigneur.

XXII. — Voilà pourquoi il fuyait ainsi devant son maître, l'attirant dans cette grande forêt, sans se laisser monter, de peur qu'ensuite il ne lui fît prendre une autre route. Grâce à lui en effet, Renaud trouva la dame, une et deux fois, mais sans succès : ce fut d'abord Ferragus qui lui fit obstacle, et la seconde fois, ce fut le Circassien, comme on l'a vu.

XXIII. — Maintenant Bayard, se fiant encore aux paroles de l'esprit, qui indique à Renaud de fausses traces d'Angélique, redevient doux et traitable, comme d'habitude ; mais Renaud, brûlant d'amour et enflammé de colère, le pousse à toute bride sur le chemin de Paris, et dans la passion qui l'emporte, tout lui semble lent, non-seulement son cheval, mais le vent même.

XXIV. — Il s'arrête à peine la nuit, tant il a hâte de combattre le chevalier d'Angers ; il a ajouté foi aux paroles trompeuses du cauteleux magicien. Après avoir couru sans s'arrêter le soir et le lendemain, il découvre le lieu où le roi Charles, épuisé et mis en déroute, s'était retiré avec les débris de son armée.

XXV. — Et comme il s'attend à se voir attaquer et assiéger par le roi d'Afrique, il s'occupe activement de rassembler la plus grande troupe possible de bons et vaillants soldats, de réunir des vivres et de réparer les murailles ; et sans différer, il se procure tout ce qu'il peut pour la défense, songeant à envoyer quelqu'un en Angleterre, afin d'en tirer des troupes dont il puisse former un nouveau camp.

XXVI. — Il veut de nouveau tenir la campagne et tenter les hasards de la guerre. Il dépêche donc Renaud en Bretagne, que l'on a depuis appelée Angleterre. Le paladin se plaint fort de cette mission ; non qu'il porte de la haine à ce pays, mais parce que Charles le presse de partir sur-le-champ, sans lui laisser même retarder son départ d'un jour.

XXVII. — Renaud ne fit jamais rien avec plus de regret : ce départ l'empêchait de rechercher le visage charmant qui lui avait ravi le cœur ; mais pour obéir à Charlemagne, il se mit promptement en route ; en peu d'heures il arriva à Calais, et s'embarqua le jour même.

XXVIII. — Son grand désir de revenir bientôt le fait mettre à la voile contre la volonté de tout l'équipage :

la mer semblait mauvaise et menaçait d'une grande tempête; le vent, furieux de se voir bravé par un téméraire, excite un terrible orage sur les mers d'alentour avec une telle fureur, qu'il soulève les vagues jusqu'aux huniers.

XXIX. — Alors les matelots expérimentés carguent et abaissent promptement les grandes voiles, et veulent retourner en arrière et regagner le port dont ils ont fait sortir le navire si mal à propos. « Il ne me convient pas, dit le vent, de supporter la grande liberté que vous avez prise. » Il souffle, il siffle, il les menace d'un naufrage s'ils veulent aller ailleurs que dans les lieux où il les veut pousser.

XXX. — Le cruel redouble sa violence; il souffle tantôt à la poupe, tantôt à la proue. Les matelots tournent de côté et d'autre avec les petites voiles et sont emportés vers la haute mer. Mais comme il me faut un grand nombre de fils pour la toile que j'ai l'intention d'ourdir, je laisserai Renaud et son navire agité par les flots, et je reprendrai l'histoire de sa sœur Bradamante.

XXXI. — Je parlerai donc de cette noble dame, qui renversa le roi Sacripant. Elle était la digne sœur de Renaud, et la fille du duc Aymon et de Béatrix. Sa grande valeur et le généreux courage qu'elle avait montré en maintes occasions, n'étaient pas moins estimés par Charles et toute la France que le mérite éclatant du noble Renaud.

XXXII. — La dame était aimée d'un chevalier venu d'Afrique avec le roi Agramant; il était né de l'union de la malheureuse fille d'Agolant et de Roger. Elle, qui n'était pas née d'un ours ou d'un lion sauvage, ne dédaigna pas un tel amant : toutefois la fortune ne leur avait permis de se voir et de se parler encore qu'une seule fois.

XXXIII. — Depuis, Bradamante cherchait partout son amant, qui portait le nom de son père, et elle cheminait aussi tranquille sans compagnie, que si elle eût eu une escorte de mille escadrons. Après avoir fait baiser au roi de Circassie la face de notre antique mère, elle traversa une forêt, arriva de là à une montagne, et se trouva près d'une belle fontaine.

XXXIV. — Cette fontaine court au milieu d'un pré, planté de vieux arbres qui la couvrent de leur ombre. Son agréable murmure invite les passants à y boire et à s'y reposer. Il y a d'un côté, à gauche, un coteau bien planté qui la défend contre les chaleurs du midi. A peine la jeune dame y a-t-elle jeté les yeux, qu'elle aperçoit un chevalier.

XXXV. — Ce chevalier, assis à l'ombre du bocage, était morne, pensif, solitaire ; il s'était couché sur un tapis de fleurs vertes, blanches, rouges et jaunes, au bord de ce ruisseau clair et limpide. Son bouclier et son casque étaient suspendus non loin de lui à la branche d'un ormeau où il avait aussi attaché son cheval. Il avait les yeux remplis de larmes et fixés à terre ; il semblait accablé de douleur et de fatigue.

XXXVI. — Le désir et la curiosité qui poussent chacun à s'informer des nouvelles d'autrui excitèrent la dame à demander au chevalier quel était le sujet de son tourment. Il le lui révéla tout entier, encouragé qu'il était par les douces paroles et l'extérieur distingué de la dame, qu'au premier regard il prit pour un guerrier généreux.

XXXVII. — Il commença ainsi : « Seigneur, j'étais à la tête de fantassins et de cavaliers, et j'allais au camp où Charlemagne attendait Marsille pour l'arrêter à la descente de la montagne : j'avais avec moi une belle et jeune dame pour qui mon cœur brûlait d'un fervent amour ; j'aperçus tout à coup près de Rodonne un chevalier armé qui montait un cheval ailé.

XXXVIII. — « A peine le larron (était-ce un mortel ou une âme horrible sortie des enfers ?) vit-il ma belle et chère dame, que, pareil à un faucon qui s'abat sur sa proie, il s'abaisse et se relève en un clin d'œil, étend les bras et l'emporte éperdue. Je n'étais pas encore remis de cet assaut, lorsque j'entendis dans les airs les cris de ma dame.

XXXIX. — « Ainsi fait le milan vorace quand il emporte et ravit le pauvre petit poulet d'auprès de sa mère qui, se reprochant ensuite sa négligence, l'appelle en vain et glousse inutilement. Je ne pouvais pas suivre cet homme qui volait, j'étais enfermé dans les montagnes, au pied d'un rocher à pic ; et de plus, mon cheval était si fatigué qu'à peine avançait-il parmi ces chemins escarpés et pénibles.

XL. — « Cependant, il me semblait que j'aurais moins souffert si l'on m'eût arraché le cœur de la poitrine. Je laissai mes hommes continuer leur route sans moi et sans aucun chef, puis, à travers les moins difficiles de ces rochers escarpés, je pris le chemin que me montrait l'amour, celui qui me semblait avoir été suivi par le ravisseur de tout ce qui faisait ma consolation et mon bonheur.

XLI. — « Pendant six jours je marchai matin et soir au milieu de précipices et de rochers effrayants et sans pareils ; on ne voyait ni sentier, ni chemin, ni aucun vestige humain. J'arrive enfin à un vallon désert et sauvage, tout environné de cimes élevées et de cavernes épouvantables; au milieu et à l'extrémité d'un rocher se dressait un château, fort bien situé et merveilleusement beau.

XLII. — « De loin, il brillait comme une flamme ardente. Il n'est construit ni en brique ni en marbre ; à mesure que je m'approche de ces murs brillants, l'ouvrage me semble de plus en plus beau et admirable. J'ai su depuis que des démons industrieux, contraints par des enchantements et des paroles magiques, avaient entouré ce bel édifice d'un acier forgé au feu d'enfer et trempé dans l'onde du Styx !

XLIII. — « Toutes les tours brillent de cet acier, si poli que l'on n'y pourrait découvrir aucune tache de rouille. Mon coupable larron court le pays nuit et jour et se réfugie dans ce lieu ; rien ne peut faire obstacle à ce qu'il veut ravir; on ne peut que le poursuivre en vain de cris et de malédictions. C'est là qu'il retient ma dame,

ou plutôt toute mon âme, et j'ai perdu à jamais l'espoir
de la retrouver.

XLIV. — « Hélas ! que puis-je faire de plus que de regarder de loin cette roche où tout mon bien est enfermé !
Je suis comme le renard qui, entendant d'en bas crier
son petit dans le nid de l'aigle, tourne tout autour et ne
sait que faire, n'ayant pas d'ailes pour y atteindre. Le
rocher est si escarpé et le château construit de telle
façon que les oiseaux seuls peuvent y arriver.

XLV. — « Pendant que j'étais arrêté en ce lieu, voici
venir deux cavaliers guidés par un nain. Mon espérance
s'accroît encore de mes désirs ; mais vain était cet espoir,
vains étaient ces désirs. C'étaient deux guerriers de la
plus grande valeur ; l'un était Gradasse, roi de Sericane ; l'autre, le jeune et courageux Roger, très-estimé
à la cour d'Afrique.

XLVI. — « Ils viennent, me dit le nain, pour faire
preuve de leur courage contre le seigneur de ce château,
qui, par une route étrange, inconnue et nouvelle, chevauche tout armé sur un oiseau quadrupède. — Ah ! seigneurs, leur dis-je, ayez pitié de ma cruelle aventure,
de mon sort barbare et injuste ! quand vous serez vainqueurs, comme je l'espère, je vous en conjure, rendez-
moi ma dame.

XLVII. — « Je leur raconte alors comment elle m'a été
enlevée, et mes larmes les convainquent de ma douleur.
Ils m'offrent leur double secours, et descendent de la montagne escarpée et ardue. — J'assiste de loin à la bataille,
priant Dieu de leur donner la victoire. Il y avait au-dessous
du château une plaine de l'étendue de deux jets de pierre.

XLVIII. — « Ils arrivent au pied de ce rocher élevé, et
là chacun d'eux veut combattre le premier. — Mais soit
par l'effet du sort, soit que Roger se soucie peu de cet
honneur, c'est le roi de Sericane qui le premier sonne
du cor : le rocher et la forteresse en retentissent jusqu'à
leur faîte, et voici sortir de la porte un chevalier, monté
sur un cheval ailé.

XLIX. — « Il commence par s'élever peu à peu comme a coutume de faire la grue voyageuse, qui, après avoir d'abord couru, s'élève de terre d'une brasse ou deux, déploie ses ailes dans toute leur étendue et s'envole légèrement. De même le magicien pousse son vol à une hauteur que l'aigle même pourrait à peine atteindre.

L. — « Quand il croit le moment venu, il tourne sa monture qui ferme ses ailes et fond droit sur la terre, comme un faucon bien dressé fond du ciel quand il voit lever la perdrix ou le ramier. La lance en arrêt, le cavalier se précipite en fendant les airs, avec un bruit épouvantable. Gradasse l'a à peine vu descendre qu'il le sent tout à coup à côté de lui et reçoit ses coups.

LI. — « Le magicien rompt la lance sur lui; c'est en vain que Gradasse veut le frapper, il ne trouve que le vent et l'air. Cet homme volant n'en interrompt pas pour cela son vol, et s'éloigne. — Et par un habile mouvement il renverse sur la verte prairie la vigoureuse Alfane : c'était la jument de Gradasse, la plus belle et la meilleure qui ait jamais porté une selle.

LII. — « Ce guerrier volant remonte ensuite vers la nue; là, il tourne, fond en bas, et vient frapper Roger à l'improviste, lui qui avait porté toute son attention sur Gradasse. Roger est presque anéanti par ce rude coup; son coursier lui-même recule de quelques pas; Roger se retourne pour frapper à son tour, et il aperçoit son agresseur bien haut dans l'air, loin de toute atteinte.

LIII. — « Le magicien frappe tantôt Gradasse, tantôt Roger, soit à la tête, soit à la poitrine, soit au dos. Et les coups qui lui sont portés ne l'atteignent pas : il est si leste, que c'est à peine si on l'aperçoit : il fait de grands cercles en tournoyant, et quand il menace l'un, c'est l'autre qu'il frappe. Il éblouit tellement leurs yeux à tous deux qu'il leur est impossible de voir par où ils sont frappés.

LIV. — « Ce combat entre les deux guerriers renversés et l'autre dans les airs dura jusqu'à l'heure où un voile

sombre descendant sur la terre enlève toute couleur
aux plus belles choses. Cela eut lieu comme je vous le
raconte, et je n'y ajoute pas un mot : je l'ai vu, je le
sais, mais je ne le dis pas encore avec assurance, car
cette chose merveilleuse a plus l'air d'un conte que d'une
histoire.

LV. — « Ce cavalier céleste avait couvert d'un drap de
soie l'écu qu'il portait au bras. Je ne sais pas pourquoi
il le tint si longtemps ainsi caché sous cette étoffe : car
dès qu'il le découvre, quiconque l'aperçoit est frappé
d'éblouissement, est renversé comme un corps inanimé,
et tombe en la puissance du magicien.

LVI. — « Ce bouclier brille comme une escarboucle ;
aucune lumière ne jette autant d'éclat. Aux rayons d'une
telle lumière, les deux chevaliers tombent aveuglés et
sans connaissance. Quoique assez éloigné, je perdis
moi-même l'usage de mes sens ; ce ne fut qu'au bout
d'un assez long temps que je repris mes esprits ; mais
guerriers et nain avaient disparu ; je ne voyais plus
que la campagne déserte et la montagne obscure.

LVII. — « Je pensai alors que l'enchanteur avait emporté à la fois les deux chevaliers, après les avoir
privés, par la vertu de cet éblouissement, de leur liberté,
et m'avoir enlevé à moi tout espoir. Je partis donc en
envoyant mes derniers adieux à ce lieu qui renfermait
mon cœur. Jugez maintenant si les peines cruelles que
cause l'amour peuvent se comparer à la mienne ! »

LVIII. — Et le chevalier retomba dans sa première
douleur, après en avoir ainsi raconté le sujet. C'était le
comte Pinabel, fils d'Anselme d'Hauterive, de la maison
de Mayence. — Au milieu de sa criminelle famille, il ne
voulut pas être le seul courtois et loyal ; il préféra l'égaler
et même la surpasser par ses vices grossiers et hideux.

LIX. — La belle dame se taisait, changeant de visage
au récit du Mayençais. Quand elle entendit prononcer
le nom de Roger, la joie éclata sur son front ; mais
quand elle réfléchit ensuite qu'il était captif, elle fut toute

émue de pitié et d'amour; et non contente de se faire
raconter cette histoire une ou deux fois, elle se la fit
répéter encore.

LX. — Quand elle crut en être assez instruite, elle
dit : « Chevalier, soyez sans crainte; ma présence en ces
lieux peut vous être douce, et ce jour pourrait bien être
heureux pour vous : allons de suite vers cette demeure, qui renferme un si riche trésor; nos fatigues ne
seront pas vaines, pourvu que la fortune ne nous soit
pas ennemie. »

LXI. — Le cavalier répondit : « Vous voulez que je
traverse de nouveau les montagnes et que je vous
montre le chemin! Il m'importe peu de perdre mes pas,
quand j'ai perdu tout ce que j'avais de plus précieux.
Mais vous cherchez des fers à travers les ruines et les
précipices, et j'en serai cause : vous n'aurez pas au
moins à vous plaindre ensuite de moi, si malgré mes
avertissements vous vous obstinez à vouloir y marcher. »

LXII. — A ces mots, il monte sur son coursier, et
se fait le guide de cette courageuse dame, qui pour
l'amour de Roger va braver le magicien au péril de sa
vie et de sa liberté. En ce moment un messager arrive
derrière eux criant de toutes ses forces : « Arrêtez! arrêtez! » C'était le même messager qui avait appris au
Circassien le nom de celle qui l'avait renversé.

LXIII. — Ce courrier apportait à Bradamante des
nouvelles de Montpellier et de Narbonne, qui avaient ar-
boré les étendards de la guerre, ainsi que des rivages
d'Aigues-Mortes et de Marseille mal fortifiée et privée
de celle qui devait la défendre. Cette ville lui demandait, par ce message, conseil et secours, et se recommandait à elle.

LXIV. — La ville, avec les lieux circonvoisins, entre
le Var et le Rhône jusqu'à la mer, Charlemagne les avait
donnés à la fille du duc d'Aymon, en qui il avait mis
son espoir et sa confiance, car il était plein d'admiration pour la valeur de sa nièce; et, comme je l'ai dit, ce

courrier était venu de Marseille pour implorer son secours.

LXV. — La jeune dame demeure incertaine, ne sachant si elle retournera, oui ou non ; d'un côté l'honneur
et le devoir l'y engagent, de l'autre l'amour dont elle brûle
la retient. Elle se décide enfin à suivre son dessein et
à tirer Roger de ce lieu enchanté ; et si sa valeur ne peut
en venir à bout, elle restera plutôt prisonnière avec lui.

LXVI. — Elle s'excusa de telle façon que le messager
parut satisfait et partit content. Puis, tournant bride,
elle continua son chemin avec Pinabel, qui ne montrait
pas une grande joie depuis qu'il avait appris qu'elle était
de la race qu'il détestait si fort, en public et en secret ; et
déjà il redoute un malheur prochain quand elle découvrira qu'il est de la maison de Mayence.

LXVII. — Il existait depuis longtemps une violente
inimitié entre les maisons de Mayence et de Clermont.
Plus d'une fois il y avait eu lutte entre elles, et des flots
de sang avaient été répandus. Et en ce moment le perfide
comte cherchait comment il pourrait trahir la trop con-
fiante jeune femme. Il pense à l'abandonner s'il le peut,
et à prendre une autre route.

LXVIII. — Il a l'esprit tellement pénétré de cette haine
native, sa peur et son inquiétude sont telles, que, sans y
faire attention, il quitte la route, et se trouve tout à coup
dans une sombre forêt, au milieu de laquelle se dressait
une montagne dont la cime nue se terminait par une
dure roche. Mais la fille du duc de Dordone le suit toujours et ne le quitte pas.

LXIX. — Quand le Mayençais se vit dans le bois, il
pensa alors à se débarrasser de la dame. « Avant que le
ciel ne se couvre davantage, dit-il, il serait mieux pour
nous de chercher quelque lieu de refuge. Au delà de
cette montagne, si je reconnais bien cet endroit, se
trouve un riche château au milieu d'une vallée. Attendez-moi ici, du haut de ce rocher je veux m'en assurer
de mes propres yeux. »

LXX. — En disant cela, il pousse son cheval sur le sommet de cette montagne déserte, regarde partout s'il ne découvrira pas quelque route détournée par où il puisse dérober sa trace à la guerrière. Il aperçoit alors tout à coup, près d'une roche, une caverne de plus de trente brasses de profondeur ; le roc qui descend jusqu'au fond est taillé à pic et fort escarpé ; au bas se trouve une porte.

LXXI. — Cette porte large et spacieuse conduisait à une salle plus vaste ; il en sortait une clarté qui semblait être une torche ardente au milieu de la montagne. Pendant que ce traître songeait à son dessein, la dame qui le suivait de loin, craignant fort de perdre sa trace, arriva à l'ouverture de la caverne.

LXXII. — Voyant que son projet de la perdre ou de la tuer allait manquer, Pinabel imagine un nouvel expédient assez étrange. Il va au-devant d'elle, la fait monter à l'endroit où le rocher était creux et profond, et lui dit qu'il a vu dans le fond une dame du plus agréable visage ;

LXXIII. — Qu'à en juger par son air, par ses riches vêtements, elle devait être d'une noble famille ; mais qu'elle était si troublée et si émue que l'on devinait assez qu'elle était enfermée là contre son gré. Pour connaître sa condition, il avait déjà tenté d'y entrer, mais du fond de la caverne était sorti un homme tout en fureur qui l'y avait fait rentrer.

LXXIV. — Bradamante, aussi courageuse que mal avisée, ajoute foi aux paroles de Pinabel, et, désirant secourir cette dame, elle cherche un moyen de la tirer de là. En jetant les yeux de côté et d'autre, elle aperçoit une longue branche verte qui s'élevait à la cime touffue d'un orme ; elle la coupe aussitôt avec son épée et la plonge dans la caverne.

LXXV. — Elle confie un des bouts à Pinabel, et se suspend à l'autre, après s'être introduite dans la caverne. Pinabel en souriant lui demande si elle sait bien sauter ; et en même temps il ouvre les mains en lui disant : « Je voudrais que tous les tiens fussent ici avec toi, pour en éteindre la race d'un seul coup! »

LXXVI. — Mais l'aventure de la trop crédule Bradamante ne tourna pas comme le voulait Pinabel : la branche forte et solide porta la première au fond; elle se rompit à la vérité, mais elle soutint la guerrière et la sauva de la mort. La dame resta quelque temps évanouie, ainsi que je le dirai dans l'autre chant.

CHANT TROISIÈME

ARGUMENT

Bradamante revenue à elle trouve dans la grotte Mélisse. — Apparition de Merlin. — Ses prédictions. — Mélisse révèle à Bradamante les noms des chevaliers qui naîtront d'elle. — Eloge de la maison d'Este. — Mélisse apprend à Bradamante le moyen de délivrer Roger. — Description de l'enchanteur et de la bague d'Angélique enlevée à Brunel. — Rencontre de Bradamante et de Brunel.

I. — Qui me donnera la voix et les paroles qui conviennent pour un pareil sujet? Qui prêtera des ailes à mes vers pour qu'ils arrivent à la hauteur de mes conceptions? C'est maintenant qu'il me faut embraser mon cœur d'une ardeur plus grande que de coutume. Cette partie de mon ouvrage regarde surtout mon maître, car j'y célébrerai ses aïeux et leur origine.

II. — De tous les illustres seigneurs que le ciel a choisis pour gouverner la terre, tu n'as jamais vu, ô Phébus qui illumines le vaste univers, une race plus glorieuse, pendant la paix ou pendant la guerre, ni qui ait conservé plus brillamment sa noblesse, et qui la conservera, si je ne suis trompé par l'esprit prophétique qui m'inspire, tant que le ciel tournera autour des pôles.

III. — Et comme je veux chanter en entier la gloire de cette maison, j'aurais besoin, au lieu de ma lyre, de celle qui te servit à remercier le monarque des cieux après la défaite des géants. Que ne puis-je recevoir de toi des instruments meilleurs, et propres à tailler une si digne pierre! A ces belles descriptions je veux appliquer toute la force de mon génie.

IV. — J'enlèverai cependant les premières et rudes écailles avec mon ciseau malhabile; et peut-être plus tard, par un travail assidu, rendrai-je cet ouvrage plus parfait. Mais revenons à celui dont nulle cuirasse, nul bouclier ne pourrait garantir le cœur; je veux parler de Pinabel de Mayence, qui avait bien espéré faire mourir Bradamante.

V. — Le traître pensant que la dame a trouvé la mort au fond de cet abîme, quitte, le visage tout-pâle, ce triste lieu qu'il vient de souiller par un crime; il retourne promptement vers son cheval et monte en selle; et, comme celui qui n'a pas l'âme droite, qui entasse crime sur crime, faute sur faute, il emmène avec lui le cheval de Bradamante.

VI. — Mais laissons ce lâche, qui, pendant qu'il tend des piéges à la vie d'autrui, court lui-même au-devant de la mort, et revenons à la dame, à qui cette trahison pouvait donner en même temps la mort et la sépulture. Quand elle se releva tout étourdie de sa chute sur cette dure pierre, elle alla vers la porte qui donnait accès dans la seconde caverne, plus large et plus profonde.

VII. — Cette grotte carrée et spacieuse avait l'air d'une église sainte et vénérable; de remarquables colonnes d'albâtre, d'une belle architecture, la soutenaient. Un autel couvert d'ornements se dressait au milieu, et devant brûlait une lampe, dont la brillante et vive lumière envoyait ses rayons à l'une et l'autre grotte.

VIII. — En se voyant dans un lieu si saint et si sacré,

la dame se sentit pénétrée de respect et de dévotion ;
elle s'agenouilla et commença du cœur et à haute voix
une fervente prière à Dieu. Pendant ce temps, une
petite porte, qui se trouvait en face de la première, crie
sur ses gonds, s'ouvre, et il en sort une dame les pieds
nus et sans ceinture, la chevelure en désordre, qui
la salue par son nom.

IX. — Elle lui dit : « O généreuse Bradamante, tu n'es
pas venue ici sans la volonté divine ; depuis longtemps
l'esprit prophétique de Merlin m'avait prédit que tu
viendrais visiter ses reliques sacrées par un chemin
extraordinaire, et je suis restée ici pour te révéler ce
que les cieux ont décidé de ton sort.

X. — « C'est ici la grotte fameuse taillée par Merlin,
le savant magicien, et (comme tu l'as peut-être entendu
déjà raconter) où il fut trompé par la dame du Lac. Le
tombeau où reposent ses restes est ici ; c'est ici qu'il se
coucha vivant pour lui complaire, c'est ici que la mort le
surprit.

XI. — « Son âme, vivante encore, n'a pas quitté son
corps privé de vie ; elle y restera jusqu'au jour où la trompette de l'Ange résonnera, pour l'appeler dans le ciel
ou l'en exclure, selon qu'il aura été corbeau ou colombe.
Sa parole vit, et tu pourras entendre comme elle sort
encore claire et distincte de ce tombeau de marbre : il
répond toujours à quiconque vient l'interroger sur le
passé ou l'avenir.

XII. — « Voilà plusieurs jours que je suis arrivée en
ce lieu, d'un pays fort éloigné, pour que Merlin m'éclair-
cît sur un mystère qui a rapport à mes études ; et
comme j'avais le désir de te voir, je me suis arrêtée ici
un mois de plus que je ne voulais. Merlin, qui m'avait
toujours prédit juste, m'a précisément annoncé ton arrivée pour aujourd'hui. »

XIII. — A ces paroles, la fille d'Aymon demeure interdite et muette : elle a le cœur si plein de toutes ces
merveilles qu'elle ne sait si elle dort ou si elle veille ;

enfin baissant les yeux, humble et confuse (tant elle était modeste), elle répond : « Quel est donc mon mérite, pour que les prophètes daignent prédire ainsi ma venue ? »

XIV. — Tout heureuse cependant d'une si extraordinaire aventure, elle se laisse aller à suivre la magicienne, qui la conduit au tombeau où sont renfermés l'âme et les ossements de Merlin. C'était une pierre dure, polie et brillante, rouge comme du feu, de sorte que la salle, quoique le soleil n'y pénétrât pas, était éclairée d'une éclatante lumière.

XV. — Soit que la nature de certains marbres ait pour effet de faire paraître les ombres comme le fait un flambeau, soit que cela arrive par les fumigations, les charmes, ou les signes imprimés aux étoiles que l'on observe (cequi est plus vraisemblable), dans tous les cas, cette clarté faisait paraître plus belles encore les peintures et les sculptures qui ornaient ce saint lieu.

XVI. — A peine Bradamante eut-elle posé le pied sur le seuil de cette secrète demeure, que l'esprit vivant de la dépouille mortelle lui dit d'une voix claire et distincte : « Que la fortune soit favorable à tous tes vœux, ô chaste et très-noble dame ! De ton sein sortira la race féconde qui doit être l'honneur de l'Italie et du monde entier.

XVII. — L'antique sang des princes de Troie, réunissant par lui, en toi, ses deux plus grandes branches, deviendra l'ornement, la gloire et les délices des nations que le soleil éclaire depuis l'Indus jusqu'au Tage, et du Nil au Danube, de tout ce qui vit entre les deux pôles. Tes descendants, élevés aux premiers honneurs, seront marquis, ducs et empereurs !

XVIII. — « Ce seront les capitaines et les valeureux chevaliers sortis de toi qui feront recouvrer à l'Italie son antique splendeur et ses armes invincibles. Là, tiendront le sceptre ces princes qui feront, comme le sage Auguste et le prudent Numa, par leur sagesse, leur bonté et leur fermeté, revivre l'ancien âge d'or.

XIX. — « Afin donc que puisse s'accomplir la volonté

du ciel qui, de tout temps, t'a destinée à l'hymen de
Roger, poursuis courageusement ton entreprise. Aucun
obstacle ne pourra troubler ton dessein, ni t'empêcher
de vaincre au premier assaut le brigand qui retient
le guerrier auquel est attaché ton bonheur. »

XX. — Merlin se tut après avoir ainsi parlé, pour
laisser la magicienne montrer à Bradamante les portraits
de chacun de ses descendants. Elle avait déjà rassemblé
un grand nombre d'esprits. Venaient-ils de l'enfer ou de
quelque autre lieu? je ne saurais le dire; et tous étaient
réunis dans un même endroit, sous des figures et des
formes différentes.

XXI. — Puis elle fait entrer la jeune dame dans
l'église, où elle avait tracé un cercle qui la pouvait contenir tout étendue, et même plus grand qu'elle d'une
palme; et pour que Bradamante ne fût pas gênée par les
esprits, elle l'avait couverte d'un grand *pentacule*, en
lui recommandant le silence et l'attention; puis elle ouvrit un livre et conjura les démons.

XXII. — Soudain voici qu'en dehors de la première
grotte, une grande multitude d'ombres se précipite vers
le cercle sacré; mais, comme elle veut entrer, la porte
lui est fermée, comme s'il y eût eu tout autour des
murailles ou des fossés. Après avoir tourné trois fois
autour du cercle ainsi qu'il leur était ordonné, les ombres
entrent sous la belle voûte où reposent les restes du
grand prophète.

XXIII. — « Si je voulais, disait l'enchanteresse à Bradamante, t'apprendre les noms et les exploits de ceux
que les esprits présentent à tes yeux même avant leur
naissance, je ne sais quand je pourrais me séparer de
toi. Une nuit ne suffirait pas pour un si long récit; j'en
choisirai seulement quelques-uns selon que l'occasion
et le temps me le permettront.

XXIV. — « Considère donc d'abord celui-ci, qui te
ressemble par son noble extérieur et sa physionomie
agréable; il sera le chef de ta famille en Italie, et naîtra

de toi et de Roger. Sa main arrosera la terre du sang des Poitiers, et saura venger son père que des traîtres auront cruellement mis à mort.

XXV. — « Il renversera par sa valeur Didier, roi des Lombards, et obtiendra par son mérite le beau royaume d'Este et de Calaon et la puissance souveraine. Celui qui vient après est ton neveu Ubert, l'honneur des armes et de l'Hespérie ; il défendra plus d'une fois contre les barbares la sainte Église.

XXVI. — « Regarde maintenant Albert, cet invincible capitaine qui doit orner de trophées tant de temples ; Hugues son fils est avec lui ; il fera la conquête de Milan, et arborera les couleuvres. Cet autre est Anzo qui, après son frère, conservera le royaume des Insubriens. Voici Albertas dont les sages conseils chasseront d'Italie Béranger et son fils.

XXVII. — « Il saura mériter d'épouser Alda, la fille de l'Empereur Othon. Vois cet autre Hugues (ô belle succession de héros!), qui ne s'éloigne point de la valeur paternelle ! Ce sera lui qui, pour un juste motif, réprimera l'orgueil des superbes Romains et arrachera de leur mains Othon III et le souverain Pontife, en faisant le siège de leur ville.

XXVIII. — « Voici Foulques, qui semble laisser à son frère tout ce qu'il a en Italie, et s'en va prendre possession d'un grand duché au milieu de l'Allemagne. Il donnera la main à la maison de Saxe prête à s'éteindre d'un côté, et, par l'héritage qu'il aura de sa mère, il la remettra sur pied avec ses successeurs.

XXIX. — « Celui qui vient vers nous est Azzon II, plus ami de la galanterie que de la guerre ; il est entre ses deux fils Bertoldo et Albertazzo. L'un vaincra Henri II, et Parme verra toute la campagne arrosée de l'horrible sang tudesque. L'autre sera l'époux de la sage, chaste et glorieuse comtesse Mathilde.

XXX. — « Sa vertu le rendra digne d'un tel mariage ; et ce sera, à cette époque, un grand honneur de recevoir

la fille d'Henri I et, en dot, la moitié du royaume d'Italie.
Voici le cher fils de ce Bertoldo ; c'est ton cher Renaud
qui aura l'honneur insigne d'arracher l'Église des mains
de l'impie Frédéric Barberousse.

XXXI. — « Voici un autre Azzon ; il sera seigneur
de Vérone, aura un grand pouvoir et un beau territoire ;
il sera nommé marquis d'Ancône par Othon IV et Hono-
rius II. Il serait trop long pour moi de te montrer tous
ceux de ton sang qui auront le gonfalon du consistoire,
et de te raconter tous les combats qu'ils soutiendront pour
la défense de l'Église romaine.

XXXII. — « Voici Obizzo et Foulques, et les autres Azzon, les autres Hugues, les deux Henri, le fils près de son
père ; les deux Guelfes, dont l'un soumettra l'Ombrie,
et revêtira le manteau ducal de Spolète. Voici celui qui
étanchera le sang de l'Italie, pansera ses larges plaies,
et changera ses pleurs en allégresse : je veux parler de
celui (et elle montrait Azzon V) qui mettra en déroute
Ezzelin, le fera prisonnier et l'exterminera.

XXXIII. — « Ezzelin, ce tyran inhumain, que l'on croira
fils du démon, fera tant de mal à ses sujets par son
oppression et en détruisant le beau pays ausonien, que,
auprès de lui, Marius, Sylla, Néron, Caïus et Antoine
sembleront débonnaires ; l'empereur Frédéric II sera
vaincu et renversé tout à fait par ce même Azzon.

XXXIV. — « Sous un sceptre plus clément, il régnera
sur le beau pays arrosé par le fleuve sur les bords duquel Apollon, de sa lyre plaintive, pleura son fils qui avait
mal gouverné le soleil, quand les pleurs des Héliades
furent changées en gouttes d'ambre et que Cycnus revêtit son blanc plumage. Pour récompense de tant de
services il recevra cette terre du Siége apostolique.

XXXV. — « Dois-je omettre son frère Aldobrandin qui
portera secours au Pontife contre Othon IV et le parti
gibelin arrivés déjà presque au Capitole, maîtres de
tous les lieux voisins et vainqueurs des peuples de
l'Ombrie et de Pise ? Ne pouvant secourir le Pontife sans

beaucoup d'argent, il en empruntera aux Florentins.

XXXVI. — « Et n'ayant pas de gage plus précieux, il remettra comme garantie son frère entre leurs mains. Il déploiera alors ses étendards victorieux et taillera en pièces les Allemands; ensuite il rétablira l'Église et punira justement les comtes de Celano. Il finira ses jours encore dans leur plus belle fleur au service du souverain Pontife.

XXXVII. — « Il laissera son frère Azzon héritier du territoire d'Ancône et de Pisaure, et de toutes les villes, depuis Tronto jusqu'à l'Isaure, entre la mer et les Apennins; il lui léguera aussi sa grandeur d'âme, son courage, sa vertu, dons plus précieux encore que les diamants et l'or. Car la fortune donne et enlève tout autre bien, la vertu seule résiste à sa puissance.

XXXVIII. — « Voici Renaud, dont la valeur n'aurait pas eu moins d'éclat, si la mort ou la fortune ne se fussent montrées cruellement jalouses de l'élévation si merveilleuse d'une si noble race. Les plaintes que Naples fera entendre iront jusqu'au lieu où son père sera retenu en ôtage. Voici maintenant Obize qui, tout jeune encore, vient d'être appelé à succéder à son aïeul.

XXXIX. — « A ses états il ajoutera l'agréable ville de Reggio et la vaillante Modène. Telle sera sa valeur que les peuples, d'une commune voix, le demanderont pour les gouverner. Voici l'un de ses fils, Azzon VI, gonfalonier de la Sainte-Croix; il recevra le duché d'Adria en épousant la fille de Charles II, roi de Sicile.

XL. — « Regarde dans ce groupe aimable et distingué l'élite des plus illustres princes, Obize, Aldobrandin, Nicolo Zoppo et Albert, tout plein d'amour et de clémence. Je ne te dirai point, pour ne pas te retenir trop longtemps, comment ils joindront à leur beau royaume, par leur grande fermeté, Faenza et Adria, qui doit son nom aux flots indomptés de la mer.

XLI. — « De même que le pays qui produit les roses et qui a reçu de la Grèce son doux nom, la ville, assise au

milieu de marais poissonneux, redoute le voisinage des
deux embouchures du Pô, où habitent les peuples qui
souhaitent la mer agitée et les vents en fureur. Je ne
parlerai pas d'Argenta, de Lugo et de mille autres châteaux et villes très-peuplés.

XLII. — « Voici Niccolo, qui, encore dans sa tendre
jeunesse, a été choisi par le peuple pour gouverner son
pays; il rend vains et inutiles les desseins de Tidée, qui
avait excité contre lui la guerre civile. Les exercices de
son enfance seront de se rompre à l'escrime et aux ma-
nœuvres de la guerre. C'est par les premières études
de sa jeunesse qu'il deviendra la fleur de tous les guerriers.

XLIII. — « Il réduira à néant et tournera à son profit
les complots de ses sujets rebelles. Il connaîtra si bien
toutes les ruses qu'il sera bien mal aisé de le pouvoir
tromper. C'est trop tard que Othon III, cruel tyran de
Reggio et de Parme, s'en apercevra. Il lui ravira du
même coup ses états et son odieuse vie.

XLIV. — « Ta maison depuis lors ira toujours en
augmentant sans jamais s'écarter du droit chemin, sans
jamais nuire à qui que ce soit, ni faire injure à personne,
du moins la première. Aussi le grand maître de l'univers, content de cela, ne lui a point prescrit de limite;
il a voulu qu'elle durât toujours, prospérant de plus en
plus tant que le ciel tournera autour de ses pôles.

XLV. — « Voici Léonello et le premier duc, la gloire
de son siècle, le fameux Borso; il est assis sur un trône
de paix, et il ornera ses provinces de plus de trophées
qu'aucun autre pays. Il enfermera Mars dans un cachot
ténébreux et enchaînera sa fureur en lui attachant les
mains par derrière. Ce prince n'aura qu'une pensée, celle
de rendre son peuple heureux.

XLVI. — « Voici maintenant venir Hercule, avec son
pied à demi brûlé et sa marche débile; il semble reprocher à ses voisins comment, après avoir arrêté d'un seul
de ses regards leur camp mis en fuite, ils ont osé, pour

prix de ses services, lui faire la guerre et le poursuivre jusqu'à la mer. Je ne saurais dire si ce prince aura plus de gloire dans la guerre que dans la paix.

XLVII. — « Les peuples de la Pouille, de la Calabre et de Lucanie conserveront longtemps la mémoire de ses hauts faits ; c'est là qu'il remportera un grand avantage sur le roi des Catalans, dans un combat singulier. Outre le renom d'invincible capitaine, que lui donneront ses nombreuses victoires, il acquerra par son courage la seigneurie qu'il eût dû posséder trente ans plus tôt.

XLVIII. — « Ses sujets auront pour lui la plus grande reconnaissance que l'on puisse avoir pour un prince ; non pas parce qu'il aura changé d'insalubres marais en terrains fertiles ; non pas pour avoir entouré ses citadelles de murs et de fossés, et les avoir embellies de temples et de palais, de places publiques, de théâtres et de mille autres monuments ;

XLIX. — « Non pour les avoir défendues contre les griffes et l'audace du lion ailé de Saint-Marc ; non pour être demeuré neutre et en paix pendant que la France portait partout la guerre en Italie, et l'accablait d'impôts et de terreur ; ce n'est de ces services ni de tant d'autres que les sujets d'Hercule lui seront reconnaissants ;

L. — « Ce sera surtout parce qu'il leur aura laissé une race généreuse, le juste ALPHONSE et le bienfaisant HIPPOLYTE, qui seront ce que l'antique renommée raconte des fils du cygne tyndarien, qui se privaient alternativement du soleil pour se plonger dans les ténèbres infernales : chacun d'eux sera toujours prêt à se dévouer courageusement pour sauver son frère de la mort.

LI. — « Le grand amour de ce beau couple sera pour les peuples un plus sûr rempart que si Vulcain avait, de sa propre main, ceint la ville d'une double ceinture de fer. Alphonse joindra si bien la sagesse à la clémence que dans le siècle suivant les peuples croiront qu'Astrée est revenue dans ces climats, où règnent tour à tour les chaleurs de l'été et la glace des hivers.

LII. — « Il lui faudra une prudence et une valeur égales
à celles de son père, car il aura contre lui d'un côté
l'armée vénitienne et de l'autre une femme ; doit-on dire
avec plus de justice sa marâtre ou sa mère ? Si elle est
sa mère, elle ne sera pas pour lui plus clémente que
Médée et Progné pour leurs enfants.

LIII. — « Et chaque fois que de nuit ou de jour il sortira de la ville avec ses troupes, chaque fois ses ennemis compteront une défaite et une déroute mémorables
soit sur terre, soit sur mer. Les peuples de la Romagne,
injustement conduits contre leurs voisins, qui étaient
auparavant leurs amis et leurs alliés, en seront punis et
arroseront de leur sang les pays que baignent le Pô, le
Santerne et le Zaniole.

LIV. — « Sur les mêmes confins, les Espagnols merce-
naires du grand pasteur des peuples le connaîtront aussi ;
peu de temps après, il leur prendra Bastia et mettra à
mort le gouverneur après l'avoir fait prisonnier ; et, pour
les punir, il ne laissera pas un seul homme depuis le
simple soldat jusqu'au capitaine qui puisse porter à Rome
la nouvelle de la prise de la place et de la mort du général.

LV. — « Ce sera lui qui, par sa prudence et ses armes,
aura l'honneur, dans les plaines de la Romagne, de
donner à l'armée française une grande victoire contre
Jules et les Espagnols. Les chevaux nageront jusqu'au
ventre dans le sang humain par toute la campagne, et
on manquera d'hommes pour ensevelir Allemands, Grecs,
Espagnols, Italiens et Français.

LVI. — « Celui-ci qui, en habits pontificaux, couvre
d'un chapeau de pourpre sa chevelure sacrée, c'est le
libéral, le magnanime et très-grand cardinal de l'Église
romaine Hippolyte, qui deviendra un sujet éternel de
louanges dans toutes les langues, en prose ou en vers.
Fasse le juste ciel que son siècle fameux ait son Virgile
comme celui d'Auguste a eu le sien !

LVII. — « Il sera l'ornement de son illustre famille,
comme le soleil embellit la machine du monde beaucoup

plus que ne le font la lune et les étoiles, toute autre lumière lui étant toujours inférieure. Je le vois sortir avec ses troupes ; il y en a peu à pied et moins encore à cheval, et il revient tout joyeux d'avoir pris quinze galères et mille autres vaisseaux qu'il amènera à son rivage.

LVIII. — « Vois maintenant les deux Sigismond ; regarde les cinq fils chéris d'Alphonse ; il n'y a ni montagne ni mer qui puisse empêcher que leur renommée ne se répande par tout le monde. L'un est Hercule II, gendre du roi de France ; l'autre (pour que tu les connaisses tous) est Hippolyte, qui ne fera pas moins d'honneur à sa maison et ne brillera pas moins que son oncle.

LIX. — « François est le troisième ; les deux autres se nomment Alphonse ; mais, comme je l'ai déjà dit, si je te montrais ici toutes les branches qui descendront de toi et illustreront ta race, l'astre du jour aurait le temps de faire plusieurs fois place à la nuit ; il est donc à propos, ne t'en déplaise, que je renvoie les ombres et que je suspende mon récit. »

LX. — Ainsi, avec l'assentiment de la dame, la docte enchanteresse ferma son livre. Tous les esprits disparurent alors de la salle où étaient enfermés les restes du prophète. Bradamante, quand il lui fut possible de parler, ouvrit la bouche et demanda : « Quels sont ces deux hommes si tristes que j'ai vus entre Hippolyte et Alphonse ?

LXI. — « Ils s'approchent en soupirant, semblent tenir les yeux baissés, et paraissent manquer de courage ; leurs frères ont l'air de marcher loin d'eux et de les éviter. » A cette question, la magicienne parut changer de visage, et ses yeux devinrent deux sources de larmes, elle s'écria : « Ah ! infortunés ! dans quel abîme vous ont conduits les conseils pervers !

LXII. — « O noble et digne race du généreux Hercule, que leurs crimes ne soient pas supérieurs à ta clémence ; ces malheureux sont de ton sang ; que ta justice le cède à la pitié ! » Ensuite elle ajouta d'un ton plus bas : « Je

ne dirai rien de plus de cette aventure ; conserve de
paroles de douceur à la bouche et ne te fâche pas si j
ne veux pas la remplir d'amertume.

LXIII. — « Sitôt que poindra au ciel la première clarté
nous prendrons le chemin le plus direct pour aller
ce château d'acier qui brille tant et où Roger vit sou
la puissance d'un autre. Je serai ta compagne et to
guide jusqu'au sortir de cette épaisse forêt. Ensuite
quand nous serons au bord de la mer, je te montrera
si bien la route que tu ne pourras pas te perdre. »

LXIV. — La vaillante jeune femme passa là toute l
nuit, et elle en employa une grande partie à s'entreteni
avec Merlin qui lui conseilla de se rendre de suite auprè
de son Roger. Elle quitta cette demeure souterrain
quand le ciel s'illumina d'une nouvelle clarté ; pendan
longtemps le chemin fut obscur et inconnu pour elle
la magicienne l'avait accompagnée.

LXV. — Enfin elles arrivèrent à une descente rapid
à travers les montagnes inaccessibles aux humains
sans prendre aucun repos, elles traversèrent précipices e
torrents ; et, afin que le chemin fût moins ennuyeux e
pour adoucir les fatigues du voyage, elles s'entretinren
de choses qui leur parurent les plus agréables, les plu
divertissantes et les plus douces.

LXVI. — La plus grande partie de la conversatio
fut employée par la savante magicienne à apprendre a
Bradamante les moyens, les artifices et les ruses don
elle devait user pour délivrer Roger. « Si tu étai
Pallas ou Mars, disait-elle, et si tu conduisais à t
solde plus de troupes que n'en ont ensemble le ro
Charles et le roi Agramant, tu ne pourrais résister au
magicien qui le retient.

LXVII. — « Car, outre que sa roche inexpugnable
est ceinte d'une muraille d'acier, et qu'elle est si haute
que seul son destrier, qui court et vole dans les airs
peut y entrer, il a encore un bouclier mortel dont le vi
éclat, dès qu'il le découvre, éblouit les yeux ; il enlève

l'usage de la vue, et frappe tellement les sens que l'on tombe soudain comme si l'on était sans vie.

LXVIII. — « Tu crois peut-être que tu pourras combattre en fermant les yeux ; mais alors comment pourrais-tu savoir pendant le combat où porter tes coups et comment éviter ceux de ton adversaire ? Pour te dérober à cette éblouissante lumière, et rendre vains tous les autres enchantements, je te montrerai un remède, un moyen prompt ; c'est le seul qui soit au monde.

LXIX. — « Le roi Agramant d'Afrique a laissé à un de ses barons, Brunel, un anneau qui fut dérobé dans l'Inde à une reine ; Brunel est en route à quelques lieues de nous. Cet anneau a une telle vertu que, quand on le porte à son doigt, on ne craint nul sortilége et nul enchantement. Brunel est aussi savant aux ruses et aux tromperies que celui qui détient Roger est expert en sorcelleries.

LXX. — « Ce Brunel si habile et si astucieux, comme je te l'ai dit, est envoyé par son roi, afin qu'au moyen de son esprit, et par le secours de cet anneau éprouvé tant de fois, il retire de cette roche Roger qui y est retenu. Il s'est vanté de le faire, et l'a promis à son maître, qui aime Roger plus que personne.

LXXI. — « Mais pour que ton Roger doive à toi seule et non au roi Agramant d'avoir été retiré de cette prison enchantée, je t'apprendrai le moyen dont tu devras te servir. Tu marcheras pendant trois jours le long du rivage de la mer que tu découvriras près d'ici ; le troisième jour, dans la même hôtellerie que toi, arrivera celui qui porte l'anneau.

LXXII. — « Pour le reconnaître, tu sauras que sa taille n'a pas quatre pieds de haut ; sa tête est crépue, ses cheveux sont noirs, et sa peau basanée, son visage est pâle, et il a une barbe extraordinairement grande ; ses yeux sont battus, son regard louche, son nez épaté et ses sourcils épais ; pour achever son portrait, son habit est court et étroit comme ceux des courriers.

3.

LXXIII. — « Tu chercheras l'occasion de causer avec lui de ces enchantements étranges; alors tu feras paraître (comme tu l'as en effet) le désir d'en venir aux mains avec le magicien. Mais ne lui laisse pas croire qu'on t'a parlé de cet anneau qui détruit les enchantements. Il s'offrira de lui-même à te montrer le chemin qui conduit à la roche et à t'y accompagner.

LXXIV. — « Tu iras derrière lui, et quand tu seras assez près de cette roche pour la découvrir, tu le mettras à mort. Que nulle commisération ne t'empêche de suivre mon conseil; qu'il ne devine rien surtout de tes projets, et qu'il n'ait pas le temps de se garantir avec l'anneau; car il disparaîtrait à ta vue, s'il pouvait mettre cet anneau merveilleux dans sa bouche. »

LXXV. — En parlant ainsi, elles arrivent au bord de la mer, près de Bordeaux sur la Garonne, et là, non sans verser quelques larmes, les deux héroïnes se séparèrent. La fille d'Aymon, qui ne s'endormira pas tant qu'elle n'aura pas tiré de prison son amant, fait tant de chemin, qu'en une soirée elle arrive à l'hôtellerie où était déjà Brunel.

LXXVI. — A peine l'a-t-elle aperçu qu'elle le reconnaît, tant sa figure est restée gravée dans son souvenir; elle lui demande d'où il vient, où il va; l'autre lui répond, mais chaque mot est un mensonge. La dame, déjà prévenue, ne lui cède pas en dissimulation; elle lui cache sa patrie, sa famille, son nom, son sexe, et ne détourne pas les yeux de lui un seul instant.

LXXVII. — Ses regards sont sans cesse fixés sur ses mains, craignant toujours d'être volée par lui, elle ne le laisse pas trop approcher d'elle, ayant été bien informée de ses ruses. Ils marchaient ainsi tous deux, quand leurs oreilles furent frappées d'une grande rumeur. Je vous dirai, seigneur, dans un autre chant, quelle en était la cause, car je dois penser à prendre un peu de repos.

CHANT QUATRIÈME

ARGUMENT

Bradamante enlève à Brunel son anneau, et combat Atlant le magicien. — Elle délivre Roger et détruit le château. — Roger monté sur l'hippogriffe s'envole dans les airs. — Renaud arrive en Ecosse. — Il part pour secourir Ginevra. — Dans une forêt il rencontre Dalinde et l'arrache des mains de deux assassins.

I. — Quoique la dissimulation soit le plus souvent blâmée, et qu'elle soit l'indice d'un mauvais esprit, il y a cependant de nombreux cas où elle a eu des résultats évidemment bons ; elle a souvent sauvé des dangers, des reproches et de la mort. Sur cette terre, nous ne conversons pas toujours avec des amis ; plus obscure que sereine, cette vie mortelle est en proie à mille envieux.

II. — Si ce n'est qu'après une longue épreuve et avec beaucoup de peine que l'on finit par trouver un ami véritable, à qui l'on puisse parler sans soupçon et lui ouvrir son cœur tout entier, que devait faire la belle amie de Roger avec ce Brunel dont l'âme fausse et trompeuse n'était que feinte et perfidie, comme l'avait dépeint la magicienne ?

III. — Bradamante, s'y voyant contrainte, use donc aussi de ruse avec le père de la dissimulation, et, comme je l'ai dit, elle tient ses yeux attachés sur les mains criminelles de ce voleur. Mais tout à coup un grand bruit vient frapper ses oreilles, et la dame de s'écrier : « O glorieuse mère ! ô roi du ciel ! Qu'est-ce que tout ceci ? » et elle est bientôt au lieu même d'où part cette rumeur.

IV. — Elle aperçoit l'hôtelier et sa famille, qui à la fenêtre, qui dans la rue, les yeux levés au ciel, comme

pour voir une éclipse ou une comète. La dame vit alors
une autre merveille bien plus difficile à croire : elle
aperçut un grand cheval ailé, traversant les airs emportant un cavalier tout armé.

V. — Ses ailes étaient fort larges et de diverses couleurs; sur son dos était un cavalier armé d'un fer lumineux et brillant et se dirigeant droit vers le couchant.
Bientôt il disparut derrière les hautes montagnes. C'était,
comme le disait l'hôtelier, et il était dans le vrai, un
magicien qui prenait souvent cette route, en s'éloignant
plus ou moins.

VI. — « Tantôt il s'élève en volant jusqu'aux étoiles,
tantôt il semble raser la terre, ravissant toutes les belles
dames qu'il trouve sur son chemin, au point que les
pauvres femmes qui ont de la beauté ou croient en
avoir, de peur d'être enlevées par ce larron, n'osent pas
s'exposer à la clarté du soleil.

VII. — « Il habite un château dans les Pyrénées, continue l'hôtelier, construit par enchantement, tout d'acier,
si brillant et si beau que rien au monde n'est si admirable. Déjà beaucoup de chevaliers y ont été, mais pas
un ne se vantera d'en être revenu. Je pense, seigneur,
et je le crains fort, qu'ils ont été pris et mis à mort. »

VIII. — La dame écoute tout, et en profite, espérant
arriver, comme elle le fera en effet avec l'anneau
extraordinaire, à chasser le magicien de son palais.
Elle dit à l'hôtelier : « Trouve-moi un des tiens qui connaisse mieux le chemin que moi; je ne puis supporter
plus longtemps le désir que j'éprouve d'aller combattre
contre ce magicien. »

IX. — « Vous ne manquerez pas de guide, lui répondit
alors Brunel, et j'irai avec vous. J'ai le tracé de la route
sur moi, et plusieurs autres choses vous rendront ma
compagnie agréable. » Il voulait parler de l'anneau,
mais il ne le montra pas de peur d'avoir à s'en repentir.
— « Je me réjouis que vous veniez avec moi, » dit-elle,
espérant bien s'emparer de l'anneau.

X. — Elle dit au Sarrasin ce qu'elle jugea utile à son dessein, et lui cacha ce qui aurait pu lui nuire près de lui. L'hôtelier avait un cheval qui lui plaisait, bon pour la bataille et pour la marche. Elle l'acheta et partit le lendemain matin au point du jour. Elle prit sa route par une vallée étroite, avec Brunel marchant tantôt devant, tantôt derrière.

XI. — De montagnes en montagnes, et de bois en bois, ils parvinrent enfin au sommet des Pyrénées d'où l'on peut voir, quand le temps n'est pas sombre, la France et l'Espagne et les deux mers, de même que du haut des Apennins, de la colline d'où l'on arrive à Camaldoli, on découvre la mer Adriatique et la mer de Toscane. De là, par un chemin rude et fatigant, on descend dans une profonde vallée.

XII. — Du milieu de cette vallée, l'on voit se dresser un rocher dont la cime est entourée d'un superbe mur d'acier; il s'élève tant vers le ciel, qu'il laisse bien au-dessous de lui tout ce qui l'entoure, et que personne, s'il n'a des ailes, ne songe à y atteindre. Toute entreprise tentée dans ce but serait sans effet. « C'est là, dit Brunel, que l'enchanteur retient captifs les dames et les chevaliers. »

XIII. — Taillé sur ses quatre faces, ce roc semblait être coupé à pic; on n'y apercevait d'aucun côté ni voies, ni degrés pour y atteindre, et l'on voyait bien qu'un semblable lieu ne pouvait être que l'asile et le nid d'un animal pourvu d'ailes. Bradamante comprit alors que le moment était venu d'enlever au Sarrazin son anneau et la vie.

XIV. — Mais tremper ainsi ses mains dans le sang d'un homme désarmé, d'une condition si misérable, lui parut une action honteuse; ne pourrait-elle pas s'emparer de l'anneau sans le mettre à mort? Brunel ne se tenant nullement sur ses gardes, elle le saisit, le lia fortement à un sapin dont la cime était très-élevée, et ensuite lui arracha l'anneau qu'il portait à son doigt.

XV. — En vain Brunel pleure, gémit et se lamente, la guerrière refuse de le délivrer; descendant lentement de la montagne, jusqu'à ce qu'elle soit parvenue dans la plaine au-dessous de la tour, elle prend son cor pour forcer l'enchanteur à se présenter au combat; d'une voix menaçante elle l'appelle dans la plaine et le défie.

XVI. — Aussitôt qu'il entend le son du cor et l'appel de Bradamante, l'enchanteur sort de sa retraite; son coursier ailé le porte dans les airs d'où il se précipite sur la guerrière qu'il prend pour un chevalier redoutable. La dame s'aperçoit qu'il n'a ni lance, ni épée, ni massue qui puisse briser ni percer sa cuirasse : elle se prépare hardiment au combat.

XVII. — L'enchanteur, en effet, ne portait à son bras gauche qu'un bouclier recouvert d'une soie vermeille; dans sa main droite était un livre dans lequel il lisait pour produire ses singuliers prodiges; tantôt on eût cru qu'il courait une lance et qu'il faisait mordre la poussière à plus d'un guerrier, tantôt aussi il semblait s'escrimer avec l'épée ou la massue contre un adversaire éloigné que ses coups ne pouvaient atteindre.

XVIII. — Son destrier était un être réel et non imaginaire, une jument l'avait engendré d'un griffon; par les plumes, les ailes, les pieds de devant, la tête et les griffes il ressemblait à son père; ses autres membres étaient ceux de sa mère. On lui avait donné le nom d'hippogriffe: c'est des monts Riphées, au delà des mers glaciales, que viennent ces animaux, du reste très-rares.

XIX. — Par ses enchantements, le magicien avait tiré son coursier de ces pays lointains; dès qu'il fut en sa possession, il n'eut d'autre soin que de le dresser, de le dompter, en sorte qu'il put après un mois le monter avec selle et bride, le diriger à volonté de tous côtés, sur la terre et dans les airs, sans aucune peine. Ce n'était pas un cheval imaginaire, une illusion produite

par des enchantements comme tout le reste ; c'était un
être naturel et plein de vie.

XX. — Toutes les autres choses étaient fictives; un
art magique faisait paraître rouge ce qui était jaune.
Mais rien ne pouvait faire illusion à la guerrière pré-
servée d'erreur par la puissance de l'anneau. Néanmoins
elle porte ses coups dans les airs; elle pousse son coursier tantôt d'un côté, tantôt d'un autre; elle se débat et
se travaille, selon les instructions qu'elle a reçues avant
son départ.

XXI. — Quand elle s'est exercée ainsi quelque temps
à combattre sur son cheval, elle saute à terre afin d'exécuter plus aisément les instructions que lui a données
l'habile magicienne ; mais l'enchanteur, qui croit que
l'on ne peut lui résister et qui ignore ce que peut Bradamante, a recours à son dernier charme. Il découvre
son bouclier et il ne doute point que sa lumière enchantée
ne fasse tomber aussitôt à ses pieds son adversaire.

XXII. — Il pouvait tout d'abord découvrir ainsi son
écu sans s'amuser à tenir en suspens les chevaliers ;
mais c'était pour lui un plaisir de les voir pendant
quelque temps courir la lance ou brandir l'épée. C'est
ainsi que parfois un chat rusé joue avec la souris et que
lorsque le jeu l'ennuie il lui donne un coup de dent et
la met à mort.

XXIII. — Le magicien, dans tous les combats précédents, avait été le chat et les chevaliers la souris ; mais
les choses changèrent de face quand la guerrière, en
possession de l'anneau, se présenta pour le combattre.
Attentive et l'œil fixé sur tout ce qu'elle doit faire pour
empêcher l'enchanteur de prendre avantage sur elle,
dès qu'elle le vit découvrir son écu, elle ferma les yeux
et se laissa tomber à terre.

XXIV. — Ce n'était pas que l'éclat de ce brillant acier
lui eût été aussi funeste qu'aux autres guerriers, mais
elle avait pour but de forcer l'enchanteur à descendre de
son coursier et à s'approcher d'elle; sa ruse lui réussit à

merveille, car elle ne fut pas plus tôt à terre que le coursier se précipitant à tire d'ailes vint, après de long circuits, se poser tout près d'elle.

XXV. — Le magicien laisse à l'arçon de la selle bouclier qu'il a déjà recouvert, et s'avance à pied vers Bradamante qui le guettait, comme un loup caché dans un buisson attend un jeune chevreuil; dès qu'elle le voit à sa portée elle se lève et le saisit avec force; le malheureux avait laissé tomber par terre le livre qui l'aida dans toutes ses entreprises.

XXVI. — Il était accouru vers la guerrière avec une chaîne qu'il avait coutume de porter à sa ceinture, ne doutant pas qu'il s'emparerait bientôt d'elle et qu'il l'enchaînerait aussi facilement qu'il avait précédemment enchaîné les autres guerriers. Mais déjà la guerrière le tenait étendu par terre, et s'il ne lui opposa aucune résistance, je le trouve bien excusable, car bien inégale était la lutte entre un vieillard si faible et une si puissante ennemie.

XXVII. — Déjà, prête à lui couper la tête, elle leva son bras vainqueur; mais en voyant l'air abattu du vieillard, elle suspendit son coup, regardant comme indigne d'elle la mort d'un vénérable vieillard à la mine consternée, dont le visage ridé et les cheveux blancs annonçaient au moins soixante-dix ans.

XXVIII. — « Jeune homme, s'écriait-il en versant des larmes, arrache-moi la vie ! » Mais autant il marquait d'empressement à mourir, autant Bradamante avait de répugnance à le frapper. Elle était curieuse de savoir le nom de cet enchanteur et dans quel dessein il avait construit dans un lieu si sauvage cette demeure inattaquable d'où il descendait pour porter le ravage dans tout le pays.

XXIX. — « Hélas! ce n'est pas dans une mauvaise intention, s'écria le vieil enchanteur, continuant à pleurer; ce n'est pas pour cacher des larcins que je me suis construit cette forteresse sur la cime d'un rocher, ce ne fut au contraire que pour sauver les jours d'un aimable chevalier objet de mon amour, car mon art m'avait appris que bientôt il devait se faire chrétien et périr victime d'une infâme trahison.

XXX. — « Le soleil d'un pôle à l'autre ne voit rien d'aussi beau, d'aussi parfait qu'un tel chevalier ; Roger est son nom, et moi, malheureux Atlant, je l'ai élevé dès sa plus tendre enfance ; le désir d'acquérir de la gloire et son fatal destin l'ont conduit en France à la suite du roi Agramant, et moi qui l'aimais plus tendrement qu'un père aime son fils, je n'ai d'autre désir que de le tirer de ce royaume et l'arracher au péril qui le menace.

XXXI. — « Cette belle forteresse, je ne l'ai bâtie que pour y mettre Roger en sûreté. Je m'emparai de lui comme j'espérais aujourd'hui m'emparer de toi. Tu y verras une foule de dames et de chevaliers et d'autres personnages illustres que j'ai réunis pour que Roger ne songeât pas à m'échapper en se trouvant dans une si noble compagnie.

XXXII. — « Pour leur enlever le désir de quitter ces lieux, j'ai eu soin de leur procurer tous les plaisirs désirables, excepté la liberté. Tout ce que l'on peut trouver, dans toutes les parties du monde, d'agréable et d'amusant, se trouve dans mon château : musique, chansons, parures, jeux, bonne chère, enfin tout ce qui peut contenter leurs sens, ils le trouvent sans peine. Hélas ! tout me réussissait ; j'avais si bien semé que j'espérais une heureuse récolte, et toi tu viens renverser toutes mes espérances !

XXXIII. — « Ah ! si ton âme est aussi belle que ta figure, n'empêche pas le succès du dessein si honnête et si légitime que j'ai conçu ; prends cet écu, je te le donne ; prends ce coursier ailé qui fend si rapidement les airs, et ne prétends rien de plus sur mon château. Fais-en sortir quelques-uns de tes amis ; délivre même tous mes autres prisonniers, peu m'importe ; mais laisse-moi du moins mon cher Roger, je ne te demande rien de plus.

XXXIV. — « Si tu es résolu à me l'enlever, du moins, avant de le ramener en France, arrache-moi cette âme malheureuse, qui n'habite plus qu'une vieille écorce prête à tomber d'elle-même. — Vieillard, répond Bradamante, c'est précisément Roger que je veux mettre en liberté ; tes cris et tes supplications seront impuissants ; quant à ce bouclier et à ce coursier, tu prétends en vain me les offrir comme un don ; ne sont-ils pas à moi et non à toi, puisque je t'ai vaincu ?

XXXV. — « D'ailleurs s'ils t'appartenaient encore, un échange ou un don ne me conviendrait pas. Tu dis que tu as privé Roger de sa liberté, pour le soustraire aux décrets du ciel et à l'influence des astres ? Mais ou tu ne sais pas ce que le ciel a résolu de lui, ou, si tu le sais, tu ne peux l'éviter. Ou plutôt, si tu ne vois pas le danger que tu cours toi-même, comment pourrais-tu prévoir le malheur d'autrui ?

XXXVI. — « Ne me presse pas de t'arracher la vie, tes prières seraient inutiles, et si tu veux mourir, quand même le monde entier refuserait de t'ôter la vie, un homme de cœur peut toujours se délivrer d'une existence importune ; mais avant que ton âme se sépare de ton corps il faut que les portes de ta prison s'ouvrent pour tous tes prisonniers. » En disant ces paroles, Bradamante se dirige avec le magicien enchaîné vers le château.

XXXVII. — Garrotté avec sa propre chaîne, Atlant s'avançait ayant à ses côtés la jeune fille qui, malgré l'air désespéré du vieillard, n'était pas sans défiance. Ils ne marchèrent pas longtemps sans trouver une petite ouverture au bas du rocher et un escalier tournant par lequel on montait jusqu'à la porte du château.

XXXVIII. — Atlant écarta du seuil une pierre portant sculptés des signes et des figures inconnus. Cette pierre recouvrait des vases de terre appelés d'un nom vulgaire, de chaudières qui fumaient continuellement et recélaient un feu caché ; il les mit en pièces, et en un moment la colline parut déserte, inhospitalière et sauvage ; on n'y aperçut plus ni tour, ni murailles, comme s'il n'y avait jamais eu de forteresse.

XXXIX. — Le magicien alors s'échappa d'auprès de Bradamante semblable à la mouche qui se dérobe à la toile d'une araignée ; son château disparut en même temps que lui, laissant en liberté les dames et les chevaliers se trouvant hors de cette splendide demeure au milieu de la campagne. Quelques-uns ne se virent pas avec plaisir dans ce nouvel état et dans une liberté qui les privait de grands plaisirs.

XL. — Dans le nombre étaient Gradasse, Sacripant et Prasilde, noble chevalier venu de l'Orient avec Renaud. Irolde qui le suivait et lui formaient un couple de vrais amis ; enfin la belle Bradamante y trouva ce Roger tant désiré qui, en la reconnaissant, lui fit l'accueil le plus bienveillant et le plus empressé.

XLI. — Bradamante, en effet, lui était plus chère que ses yeux, que son cœur, que sa propre vie ; il l'avait aimée depuis le jour où, à sa prière, elle avait ôté son casque et reçu une blessure à la tête. Inutile de dire comment et par qui elle fut blessée et comment à travers les forêts les plus âpres et les plus sauvages ils s'étaient cherchés sans cesse sans pouvoir se rencontrer.

XLII. — Il la voit maintenant, il sait qu'elle seule l'a délivré et, son cœur débordant de joie, il se croit le plus fortuné des mortels. Ils descendirent tous deux de la montagne jusqu'au vallon où Bradamante avait été victorieuse de l'enchanteur ; là était encore l'hippogriffe ayant à l'arçon de la selle le bouclier couvert de son voile.

XLIII. — Bradamante s'avance pour le saisir au frein ; le coursier merveilleux semble attendre qu'elle soit près de lui, et alors, déployant ses ailes dans l'air pur, il va se poser tout près de là à mi-côte. La guerrière le suit et il continue de la même manière à s'élever dans les airs sans trop s'éloigner d'elle ; c'est ainsi que la corneille sur le sable desséché entraîne sur ses pas le chien qui la poursuit, tantôt d'un côté, tantôt d'un autre.

XLIV. — Roger, Gradasse, Sacripant et tous les chevaliers descendus ensemble de la montagne se dispersent courant de tous côtés, partout où ils espèrent que le cheval ailé s'arrêtera. L'intelligent animal, après avoir plusieurs fois fait courir après lui les autres guerriers, les uns sur le sommet du roc, les autres parmi les fondrières humides des rochers, s'arrêta enfin tout auprès de Roger.

XLV. — C'était l'œuvre du vieil Atlant qui, dans sa compassion pour Roger, ne cherchait qu'à le dérober au péril qui le menaçait; c'était le seul objet de ses pensées, c'était son souci unique : il lui envoyait donc l'hippogriffe pour qu'il l'enlevât et l'emmenât loin de l'Europe. Roger le saisit, croyant pouvoir le conduire ; mais l'animal s'arrête et refuse de le suivre.

XLVI. — Roger descend alors de son coursier généreux (Frontin était son nom) et s'élance sur celui qui peut fendre les airs, et, le piquant de l'éperon, cherche à stimuler son ardeur. L'hippogriffe galope pendant quelques instants, puis, s'appuyant sur la pointe de ses pieds, prend son vol dans les nues, plus agile et plus léger que le gerfaut à qui le chasseur a enlevé tout à coup le chaperon et montré la proie.

XLVII. — En voyant emporté si haut d'une manière si périlleuse son cher Roger, la belle dame demeure stupéfaite; sa douleur est si vive qu'elle semble privée de sentiment; le souvenir de Ganymède enlevé du palais de son père et transporté dans les airs lui revient en mémoire ; elle craint pour Roger un sort semblable, car Roger n'est ni moins beau ni moins charmant que le favori de Jupiter.

XLVIII. — Les yeux fixés vers le ciel, elle le suit tant qu'elle peut l'apercevoir, et lorsqu'il s'est éloigné de manière à n'être plus à la portée de sa vue, elle ne cesse de le suivre encore par la pensée. Pendant ce temps, elle ne peut ni ne veut donner trève ou relâche ses soupirs, à ses gémissements et à ses plaintes, et enfin, quand Roger a entièrement disparu, elle tourne les yeux vers son bon destrier Frontin.

XLIX. — Elle prend le parti de ne pas l'abandonner de peur que le premier venu ne s'en empare. Elle l'emmènera avec elle, elle le rendra à son maître qu'elle espère revoir encore. Cependant le cheval ailé s'élève de plus en plus sans que Roger puisse l'arrêter; déjà il voit au-dessous de lui les cimes les plus hautes, tout s'abaisse à ses yeux de manière qu'il ne peut distinguer ni les parties élevées ni les plaines.

L. — Parvenu à une hauteur si grande qu'en l'apercevant de la terre on ne voit qu'un petit point dans l'espace, le coursier dirige son vol vers les lieux où le soleil se plonge dans l'Océan; il s'en va dans les airs comme un vaisseau bien espalmé lorsqu'un vent favorable le pousse à travers les ondes. Laissons-le aller, car il fera un long voyage, et revenons au paladin Renaud.

LI. — Renaud, pendant deux jours, ballotté par les vents, parcourt les vastes plages de la mer, tantôt au couchant, tantôt vers le nord, car nuit et jour le vent qui l'emporte ne cesse de souffler. Enfin il aborde au rivage de l'Écosse, là où s'élève la forêt calédonienne, où, sous l'ombre épaisse des chênes antiques, on entend souvent résonner le bruit des armes.

LII. — Dans cette forêt errent les chevaliers les plus fameux de toute la Bretagne et des pays voisins ou lointains de France, de Norwége et d'Allemagne. Celui qui manquerait de courage ne pourrait s'y hasarder, car là où il chercherait la gloire il trouverait la mort, dans ces lieux que distinguèrent par leurs hauts faits Tristan, Lancelot, Galasse, Arthur et Gauvain.

LIII. — Mille autres chevaliers, héros de l'ancienne et de la nouvelle Table Ronde, ont aussi parcouru ces lieux qui conservent encore les traces, les monuments et les glorieux trophées. Renaud prend ses armes, monte sur

son fidèle Bayard et aussitôt se fait descendre sur ce
rivages ombreux ; il ordonne au pilote de faire diligence
et d'aller l'attendre à Berwick.

LIV. — Sans bouclier, sans guide, le chevalier s'e
va par la forêt immense ; il prend tantôt un sentier, tan
tôt un autre, choisissant de préférence la route où il croi
pouvoir courir les aventures les plus étranges. Enfin, l
premier jour, il arrive dans une abbaye qui dépense l
plus grande partie de son revenu pour recevoir et hé
berger les cavaliers et les dames que le hasard amèn
dans son voisinage.

LV. — Grand accueil font les moines et l'abbé à Renaud qui leur demande, non sans avoir amplement ré
paré ses forces par un copieux repas, comment le
paladins ont pu si souvent rencontrer des aventures e
ces lieux et comment on pouvait par quelques faits glorieux y montrer si l'on était digne d'estime ou de blâme

LVI. — « C'est en errant dans ces bosquets, lui répon-
dent-ils, que l'on trouve en grand nombre des aventures
extraordinaires ; mais comme ces lieux sont encore peu
fréquentés et sauvages, les exploits des guerriers sont le
plus souvent inconnus. Cherchez donc, ajoutent-ils, cherchez des lieux où vos exploits ne restent pas ignorés,
afin que la renommée qui récompense les guerriers de
leurs périls et de leurs travaux puisse les apprendre
au monde.

LVII. — « Et si vous voulez faire preuve de valeur, il
se présente pour vous une entreprise supérieure à toutes
celles qui se sont jamais offertes aux héros anciens et
modernes. La fille de notre roi a besoin dans ce moment
d'être aidée et secourue contre un baron nommé Lurcain qui veut lui enlever à la fois et l'honneur et la vie.

LVIII. — « Ce Lurcain, poussé par la haine et non par
la raison, l'a accusée devant son père de l'avoir surprise
au milieu de la nuit attirant vers elle un amant sur un
balcon. Elle est de par les lois du royaume condamnée
au feu, à moins qu'elle ne trouve, dans un mois, un che-

valier qui prenne sa défense. Ce terme est presque ré-
volu ; il faut donc qu'un champion force l'accusateur à
avouer qu'il a menti.

LIX. — « La loi d'Écosse, cette loi impie et cruelle, ordonne que toute femme, quelle que soit sa condition, qui
aura eu commerce avec un homme dont elle n'est pas la
femme légitime, subisse la mort. Cette mort est inévitable s'il ne se présente un guerrier assez courageux
pour prendre sa défense, en soutenant qu'elle est innocente et qu'elle n'a pas mérité la mort.

LX. — « Le roi, pénétré de douleur pour la belle Ginevra (c'est le nom de sa fille), a fait publier par les cités
et les châteaux que, si quelqu'un prend sa défense pour
détruire cette imputation calomnieuse, il l'épousera
pourvu qu'il soit d'une noble famille, et recevra une position sociale en proportion avec le haut rang de la dame.

LXI. — « Mais si dans l'espace d'un mois personne ne
se présente, ou si celui qui prendra sa défense ne réussit
pas, elle subira son arrêt. Voilà, sire chevalier, une aventure qui vous convient mieux que d'errer ainsi à travers
les bois. Car, outre l'honneur et la gloire qui seront
votre partage jusqu'à la dernière postérité, vous obtien-
drez pour épouse la plus belle de toutes les femmes qui se
trouvent depuis les Indes jusqu'aux colonnes d'Hercule.

LXII. — « Vous acquerrez aussi des richesses et un
rang qui vous assureront à jamais une vie heureuse et
la faveur du roi, si, grâce à votre valeur, ce monarque
recouvre l'honneur que sa fille a perdu. Les lois de la
chevalerie ne vous obligent-elles pas d'ailleurs à venger
d'une si cruelle injure la jeune fille qui, au jugement de
tous, est un vrai modèle de vertu ? »

LXIII. — Renaud resta quelque temps pensif, puis il
répondit : « Quoi ! une jeune fille devra mourir parce
qu'elle aura ouvert ses bras à un amant si désiré ? Ma-
lédiction sur l'auteur d'une pareille loi ! Celle qui est
digne de mort, c'est la femme insensible et non celle qui
couronne les vœux d'un fidèle amant.

LXIV. — « Que Ginevra ait donné ou non un rendez-vous à son amant, peu m'importe. Je l'en féliciterais au contraire si la chose fût demeurée secrète. Dans tous les cas, je suis résolu à prendre sa défense. Donnez-moi donc un guide qui me conduise le plus tôt possible aux lieux qu'habite son accusateur; j'espère bien, avec l'aide de Dieu, la soustraire au péril qui la menace

LXV. — « Je n'assurerai point qu'elle n'a pas commis de faute, je l'ignore, et je craindrais de trahir la vérité; mais je soutiendrai que pour un pareil acte elle ne mérite aucune punition; je soutiendrai qu'il faut être fou ou injuste pour avoir fait une pareille loi; elle est inique, il faut donc l'abroger et en imaginer une autre plus sensée.

LXVI. — « Si une ardeur partagée, si un désir égal entraînent et poussent l'un et l'autre sexe vers le but charmant et doux que se propose l'amour considéré par l'ignorant vulgaire comme un crime, faut-il pour cela blâmer ou punir une femme d'avoir eu un ou plusieurs amants, tandis que l'homme peut céder à toutes ses passions, s'en glorifier même, sans encourir aucune punition ?

LXVII. — « Cette inégalité dans la loi fait un véritable tort aux femmes, et j'espère bien faire voir, avec l'aide de Dieu, que c'est un grand mal d'avoir toléré si longtemps un pareil abus. » — Un assentiment universel accueillit les paroles de Renaud; les moines convinrent que les anciens avaient été injustes et cruels en édictant une loi si barbare, et que le roi qui pouvait la corriger avait tort de ne l'avoir pas fait.

LXVIII. — Aussitôt que la lumière blanche et vermeille eut éclairé le lendemain notre hémisphère, Renaud prit ses armes, monta sur Bayard, et choisit dans l'abbaye même un écuyer qui l'accompagna à plusieurs milles, à travers les sentiers horribles et tortueux du bois, jusqu'aux lieux où le combat devait décider du sort de la jeune demoiselle.

LXIX. — Pour abréger leur route ils avaient quitté le grand chemin pour un moindre sentier, quand tout à coup de grands gémissements dont toute la forêt retentissait se firent entendre dans le voisinage. Renaud pique Bayard et son compagnon le roussin qu'il montait, se dirigeant du côté d'une vallée d'où partaient les cris. Ils aperçurent se débattant entre deux brigands une jeune fille qui leur parut très-belle.

LXX. — Mais elle versait des larmes et paraissait plus affligée que fille, femme, ou une autre personne le fut jamais. A ses côtés les deux scélérats, l'épée en main, étaient prêt à rougir la terre de son sang. La jeune fille cherchait, à force de prières, à éloigner le moment de sa mort et à exciter leur pitié. En ce moment Renaud arrive, l'aperçoit et accourt vers elle en jetant des cris menaçants.

LXXI. — Dès que les bandits le voient venir de loin ils tournent le dos et vont se blottir dans la profonde vallée. Sans s'occuper de les poursuivre, Renaud vole auprès de la dame ; il veut savoir pour quel crime elle a encouru une si cruelle punition et, pour gagner du temps, il la fait monter en croupe et reprend sa route à travers le sentier.

LXXII. — Tout en chevauchant et en la regardant de plus près, il trouve qu'elle est très-belle et très-gracieuse, bien qu'elle paraisse encore en proie à la terreur qu'elle venait d'éprouver en se voyant si près de la mort. Renaud demande une seconde fois la cause d'un traitement si cruel, et la dame d'une voix timide et douce commence le récit que vous entendrez dans le chant suivant.

CHANT CINQUIÈME

ARGUMENT

Episode de Dalinde et de Ginevra. — Celle-ci est accusée de
trahison. — Ariodant, son amant, va se jeter dans la mer. —
Son frère Lurcain, instruit de sa mort par un pèlerin, accuse
Ginevra et offre de prouver son crime dans un combat singulier. — Ariodant, déguisé, vient se battre contre son frère
pour défendre l'innocence de Ginevra. — Renaud arrive et
dévoile au roi la perfidie de Polinesso duc d'Albanie. — Renaud le force à combattre et le tue après lui avoir arraché
l'aveu de son crime. — Ariodant ôte son casque et se fait
connaître.

I. — Tous les animaux qui sont sur la terre, ou
vivent tranquilles et demeurent en paix, ou, s'ils en
viennent aux mains et ont quelques démêlés, ce n'est
jamais à sa compagne que le mâle fait la guerre. L'ours
avec l'ourse errent en sûreté au milieu des bois. La
lionne repose en paix à côté du lion ; la louve vit sans
crainte auprès du loup ; la génisse enfin n'a pas peur
du taureau.

II. — Quelle peste infernale ! quelle mégère est
venue porter le trouble dans le cœur des humains ? Partout le mari et la femme s'accablent de propos injurieux, se meurtrissent la figure, la rendent noire et livide,
inondent enfin de larmes leur couche nuptiale. Que dis-
je de larmes ? c'est de sang que dans leur colère ils la
baignent plus d'une fois !

III. — Pour moi, il me semble que non-seulement
l'homme commet un grand crime, mais qu'il agit contre
la nature et se révolte contre Dieu, lorsqu'il s'oublie
jusqu'à frapper la figure d'une belle femme, à arracher
un cheveu de sa tête. Mais lui verser du poison, em-

ployer le lacet ou le couteau pour lui enlever la vie, non je ne croirai jamais qu'un être capable d'une telle action soit un homme. Ce ne peut être, sous une figure humaine, qu'un esprit sorti de l'enfer.

IV. — Tels devaient être les deux brigands dont Renaud délivra la dame qu'ils avaient conduite au milieu de ces obscurs vallons pour que l'on n'entendît jamais parler d'elle. Je l'ai laissée au moment où elle se disposait à raconter sa triste aventure aux paladins accourus généreusement à son secours. Je reprends donc son histoire.

V. — La dame commença en ces termes : « L'action que vous allez entendre dépasse en cruauté et en atrocité celles qui jadis furent commises à Thèbes, à Mycènes, à Argos, dans tous les lieux enfin célèbres par les crimes les plus barbares. Et si le soleil, en rayonnant sur le monde, éclaire ces climats d'une plus faible lumière, je pense qu'il y vient à regret pour ne point voir un peuple aussi féroce.

VI. — « Que des hommes se montrent cruels envers leurs ennemis, cela s'est vu dans tous les temps ; mais arracher la vie à ceux dont l'unique désir est de faire leur bonheur, c'est le comble de l'injustice et de l'impiété. Pour vous instruire plus complétement des motifs qui ont porté ces deux hommes à trancher le fil de mes jours contre toute raison, à la fleur de mon âge, il faut que je reprenne les choses de plus haut.

VII. — « Sachez, seigneur, que toute jeune encore, je fus mise au service de la fille d'un roi. Je grandis avec elle, et dans sa cour j'occupai une place honorable et distinguée. Mais le cruel amour jaloux de mon bonheur me rendit hélas son esclave, il fut cause que je regardai comme supérieur à tout autre cavalier, en beauté et en amabilité, le jeune duc d'Albanie.

VIII. — « Comme il parut m'aimer avec passion, je lui donnai toute mon âme. On entend bien des discours, on voit le visage d'un amant, mais combien il est difficile de connaître ce qui se passe dans son cœur! Je crus en lui, je l'aimai, j'eus la faiblesse de le recevoir dans mon lit, sans songer que j'étais dans une des chambres royales dont Ginevra elle-même faisait son appartement secret.

IX. — « Là, elle avait renfermé ses objets les plus précieux; là même, souvent, elle venait chercher le sommeil. On y entrait par un balcon qui s'avançait hors du mur; et c'est par là que mon amant arrivait jusqu'à moi. Je lui jetais du balcon l'échelle de corde qui l'aidait à monter, toutes les fois que je désirais l'avoir avec moi.

X. — « Je le fis venir bien souvent; car Ginevra, ayant coutume de changer souvent de lit, m'en donnait la facilité : tantôt elle voulait éviter la chaleur, tantôt le froid. Le duc d'Albanie ne put être aperçu quand il montait ainsi chez moi, parce que cette partie du palais donnait sur quelques vieilles maisons et que personne n'y passait ni le jour ni la nuit.

XI. — « C'est ainsi que pendant bien des jours et bien des mois, nous goûtâmes ensemble les plaisirs d'un amour partagé. Mon amour s'accrut de plus en plus et s'enflamma tellement que je me sentais intérieurement tout en feu. J'étais tellement aveugle, que je ne vis pas que le duc était plus habile à feindre l'amour qu'à l'éprouver, bien que des signes certains eussent dû me faire reconnaître sa perfidie.

XII. — « Quelque temps après, il se déclara l'amant de la belle Ginevra. Son amour commença-t-il alors, ou existait-il déjà lorsque je lui avais donné mon cœur? je l'ignore. Apprenez jusqu'à quel point il avait pris d'empire sur mon cœur, puisqu'il eut l'audace de me déclarer cet amour, et qu'il ne rougit pas même de me prier de lui venir en aide.

XIII. — « Il me disait, à la vérité, que son amour pour Ginevra n'égalait pas celui qu'il avait pour moi, qu'il feignait pour elle un ardente passion, mais qu'il espérait en feignant d'en être épris l'obtenir en mariage légitime; il obtiendrait facilement l'agrément du roi si la princesse y consentait; car il était d'un sang et d'une condition tels qu'après le roi il n'y avait personne dans le royaume qui pût être plus digne d'elle.

XIV. — « Il me persuada que si, grâce à moi, il pouvait devenir le gendre du roi, auprès duquel un sujet ne pouvait s'élever par un plus haut degré de fortune, il m'en serait reconnaissant; qu'il n'oublierait jamais un pareil service; il m'assurait enfin qu'il me préférerait toujours à son épouse et à toute autre femme et continuerait à être mon amant.

XV. — « Je n'avais d'autre souci que de le satisfaire, je n'aurais su ni voulu le contrarier en rien; je n'étais heureuse que dans les jours où j'avais pu lui complaire. Je saisis donc la première occasion qui se présenta de parler de lui, de faire son éloge, et je mis tous mes soins et toute mon adresse à rendre Ginevra favorable à son amour.

XVI. — « Je le fis de bon cœur et tout ce qui était possible pour réussir je le tentai, j'en atteste le ciel; mais ce fut en vain, je ne pus parvenir à mettre le duc dans les bonnes grâces de Ginevra; car, de son côté, elle avait mis toutes ses pensées et tous ses désirs dans l'amour qu'elle éprouvait pour un jeune chevalier, beau, aimable, bien fait, arrivé d'un pays lointain au royaume d'Écosse.

XVII. — « Ce chevalier quittait l'Italie avec un de ses jeunes frères pour s'établir en cette cour, et, depuis son arrivée, il s'était fait une telle réputation par ses hauts faits que toute la Bretagne ne possédait pas un guerrier plus parfait. Le roi l'aimait et le lui prouva en lui donnant avec libéralité des châteaux, des villes, des gouvernements, et en le mettant au rang de ses plus nobles barons.

XVIII. — « Cher au roi, Ariodant ne l'était pas moins à sa fille, non-seulement à cause de son admirable valeur, mais encore parce qu'elle ne put douter de l'amour qu'il éprouvait pour elle. Jamais le Vésuve, l'Etna, la ville

4.

de Troie ne brûlèrent de tant de feux que n'en renfer
mait le cœur d'Ariodant brûlant d'amour pour la prin
cesse.

XIX. — « Cet amour sincère, cette fidélité parfaite qu
Ginevra avait vouée à Ariodant l'empêchèrent de m'écou
ter quand je lui parlai du duc. Jamais je ne pus obteni
de réponse favorable, et plus au contraire je la priai
pour lui, plus je m'efforçais de lui concilier ses bonne
grâces, plus elle se montrait dédaigneuse, plus elle ra
baissait son mérite, plus sa haine pour lui se manifestait

XX. — « Souvent je cherchais à engager mon aman
à renoncer à son chimérique espoir ; je lui disais qu'il n
changerait jamais le cœur de Ginevra possédé par u
autre amour ; je lui fis voir clairement qu'elle était telle
ment éprise d'Ariodant, que toutes les eaux de la me
n'auraient pas suffi pour éteindre la moindre étincelle
de l'immense flamme qui embrasait son âme.

XXI. — « En m'entendant parler souvent ainsi, Poli
nesso (c'était le nom du duc d'Albanie) comprit et recon
nut bientôt par lui-même que son amour était fort ma
accueilli ; non-seulement il renonça à son amour, mais
dans son orgueil, indigné de se voir préférer un autre
il ne respira plus que la haine et la vengeance.

XXII. — « Il ne s'occupa qu'à faire naître entre
Ginevra et son amant la discorde et la mésintelli
gence, et même à susciter entre eux une inimitié si terrible qu'ils ne pussent jamais se souffrir. Il songea
comment il pourrait plonger Ginevra dans une si grande
ignominie que, morte ou vivante, elle ne pourrait s'en
retirer. Cet horrible dessein, il ne voulut en faire part
ni à moi, ni à d'autres, il ne le confia qu'à lui-même.

XXIII. — « Ayant pris sa résolution : « Ma chère Da
linde, me dit-il (c'est ainsi que je m'appelle), tu dois
savoir que de la racine d'un arbre quatre ou cinq fois
coupé sortent cependant plusieurs rejetons ; il en est de
même de ma malheureuse passion. Malgré son peu de
succès, elle est comprimée ; mais son germe existe encore

au point que je ne puis renoncer à l'espoir d'obtenir l'objet de mes vœux.

XXIV. — « Si je désire Ginevra, ce n'est point par amour du plaisir que je pourrais goûter, mais parce que je ne voudrais pas en avoir le démenti. Ne pouvant parvenir à mon but dans toute sa réalité, je trouverai du bonheur à l'atteindre en imagination. Je veux donc que le jour où tu me donneras un rendez-vous, alors que Ginevra se sera mise au lit après avoir quitté ses vêtements, tu t'en revêtes toi-même.

XXV. — « Attache-toi à l'imiter dans la manière dont elle se pare, dont elle dispose ses cheveux, efforce-toi de lui ressembler le plus qu'il te sera possible et puis viens au balcon avec l'échelle de corde. J'arriverai à toi en rêvant que c'est Ginevra dont tu auras pris les vêtements et, m'abusant moi-même, je pourrai étouffer en quelques instants mes importuns désirs. »

XXVI. — « Il dit, et moi, malheureuse qui n'étais maîtresse ni de mes sens, ni de moi, je ne soupçonnai même pas que ses prières cachaient un artifice qui ne devait être que trop évident. Je parus sur le balcon revêtue des habits de Ginevra, je lui jetai l'échelle dont il s'était si longtemps servi et je ne compris sa perfidie que lorsqu'elle était déjà sans remède.

XXVII. — « Dans le même temps, le duc qui avait été lié d'amitié avec Ariodant avant qu'ils fussent rivaux à l'occasion de Ginevra, lui avait tenu à peu près ce discours : « Je m'étonne qu'après vous avoir toujours distingué et chéri entre toutes les personnes de mon rang, je me trouve par vous si mal récompensé de cette affection.

XXVIII. — « Je sais certainement que vous êtes au courant des liaisons qui existent depuis longtemps entre Ginevra et moi et que je suis sur le point d'obtenir sa main de mon roi. Pourquoi donc vous mettre dans l'embarras ? Pourquoi lui donnez-vous votre cœur sans pouvoir en espérer le moindre succès ? Par le ciel !

j'aurais respecté complétement votre amour, si j'eusse
été à votre place et vous à la mienne. »

XXIX. — « Et moi, répondit Ariodant, vous m'étonnez
encore plus, car j'ai aimé Ginevra avant même que vous
l'eussiez vue. Vous connaissez, je n'en doute pas, quel
est notre amour l'un pour l'autre, et qu'il ne peut en
exister un plus ardent. Devenir ma femme est son
unique désir et j'ai la certitude que vous savez vous-
même qu'elle ne vous aime pas.

XXX. — « Pourquoi donc n'avez-vous pas envers moi,
au nom de l'amitié qui nous lie, les égards que vous
exigez de moi, et que j'aurais en effet pour vous si vous
étiez plus que moi dans les bonnes grâces de Ginevra?
Je n'espère pas moins que vous l'obtenir pour épouse,
bien que vous soyez dans ce pays plus riche que moi.
Je possède autant que vous la faveur du roi, et quant à
sa fille elle m'aime beaucoup plus qu'elle ne vous aime. »

XXXI. — « Ah! répondit le duc, combien grande est
l'erreur où vous a conduit un fol amour! Vous vous
croyez le plus aimé, je crois aussi l'être et nous pouvons
en avoir la preuve. Faites-moi savoir quelles relations
vous avez eues avec elle, et je vous dévoilerai tous mes
secrets. Et alors celui qui de nous deux reconnaîtra son
infériorité cédera sa place au vainqueur et cherchera
fortune ailleurs.

XXXII. — « Je ferai serment, si vous l'exigez, de ne rien
dire de ce que vous me révélerez, mais je vous demande
aussi de m'assurer de tenir secret ce que je pourrai vous
apprendre. Ils jurèrent donc tous deux d'un commun
accord la main sur les Évangiles, et après qu'ils se furent
promis mutuellement le secret, Ariodant parla le premier.

XXXIII. — « Il raconta simplement et avec franchise
comment les choses s'étaient passées entre lui et Ginevra:
elle lui avait juré, de bouche et par écrit, qu'elle ne serait
jamais l'épouse d'un autre que lui et que, si le roi s'opposait à son mariage, elle refuserait tout autre parti
pour vivre seule pendant le reste de ses jours.

XXXIV. — « Pour lui, elle espérait que la valeur dont il
avait fait preuve dans plus d'un combat et dont il espérait bien donner d'autres témoignages pour le service,
l'honneur, et la gloire du roi et de l'État, le grandirait
encore tellement dans l'estime du souverain, qu'il le juge-
rait digne de la main de sa fille, surtout lorsqu'il saurait
qu'il ne lui était pas indifférent.

XXXV. — « Voilà ajouta-t-il, où j'en suis avec elle et
je ne pense pas qu'aucun autre puisse se vanter d'être
traité de la même manière. Je ne demande rien de plus,
je ne désire obtenir aucune autre preuve de son amour,
je n'en voudrais pas de plus effective jusqu'à ce qu'il
plaise au ciel de l'unir à moi par un hymen légitime. Ce
serait d'ailleurs en vain que j'en exigerais davantage
avant ce moment si désiré, car je sais combien Ginevra
est supérieure par sa sagesse aux autres femmes. »

XXXVI — « Quand Ariodant eut exposé sincèrement le
prix qu'il attendait de sa constance, Polinesso, qui était
bien résolu à brouiller Ginevra et son amant, prit la parole en ces termes : « Il s'en faut de beaucoup que vous
soyez si bien traité que moi ; je veux vous en convaincre
et vous en faire convenir vous-même. Quand vous aurez
vu sur quoi se fonde mon bonheur, vous serez forcé de
convenir que je suis le seul privilégié.

XXXVII. — « Ginevra vous trompe ; elle n'a pour vous
ni amour ni estime, elle vous repait de belles paroles et
de vaines espérances. Et puis, quand je suis avec elle,
elle traite votre amour de folie et elle s'en moque. J'ai
vraiment bien d'autres preuves de son amour que des
promesses et des contes en l'air. Puisque je l'ai juré,
je vais vous dire en secret ce que je ferais peut-être
mieux de tenir caché.

XXXVIII. — « Il ne se passe pas de mois sans que
trois, quatre, cinq et même dix fois, je ne la tienne toute
nue entre mes bras au sein d'une volupté qui flatte son
amoureuse ardeur ; ainsi vous pouvez voir ce que sont
auprès de mes jouissances et de ma félicité toutes les

balivernes dont vous semblez si content. Cédez-moi dor[…]
la place et cherchez une autre conquête puisque vot[…]
partage est si peu de chose auprès du mien.

XXXIX. — « Je ne puis vous croire, répondit Ariodan[…]
et je suis sûr que vous mentez: vous avez imaginé tou[…]
cela pour m'effrayer et me faire renoncer au bonheu[…]
que j'espère. Mais vos discours sont si injurieux pou[…]
elle que j'exige que vous les souteniez. Je vous prou[…]
verai sur l'heure que vous n'êtes pas seulement un in[…]
posteur mais encore un traître. »

XL. — « Il serait peu convenable, reprit le duc, de nou[…]
battre pour une chose dont je pourrai, quand vous[…]
voudrez, vous offrir et mettre sous vos yeux une preu[…]
évidente. » Ces paroles atterrèrent Ariodant. Un fro[…]
mortel courut dans tous ses membres, et s'il eût ajou[…]
une foi entière aux assertions d'Ariodant, il serait mo[…]
de douleur.

XLI. — « Le cœur déchiré et la face pâle, Arioda[…]
répond d'une voix tremblante et d'un ton amer: « Rend[…]
moi témoin d'une bonne fortune si rare et je vous pr[…]
mets d'abandonner une femme si prodigue pour vou[…]
et pour moi si réservée. Mais ne croyez pas que je[…]
juge aussi coupable que vous le dites, tant que je n[…]
m'en serai pas assuré par mes propres yeux. »

XLII. — « Quand il en sera temps je vous avertirai[…]
dit Polinesso et il le quitte à ces mots. Il ne se passa p[…]
deux nuits, continua Dalinde, sans que j'appelasse le du[…]
auprès de moi, et celui-ci, pour faire tomber son riv[…]
dans les filets qu'il avait si bien préparés, alla le trou[…]
ver et lui dit de se cacher la nuit suivante dans une ru[…]
voisine par laquelle il ne passait personne.

XLIII. — « Il lui montra un lieu voisin du balcon où[…]
avait coutume de monter. Ariodant avait été pris d[…]
soupçon qu'on l'avait fait venir dans ce lieu écarté pou[…]
lui tendre quelque piége, et l'assassiner, sous prétex[…]
de lui montrer ce qu'il croyait impossible de la part d[…]
Ginevra.

XLIV. — « Il se détermina à y venir, mais de manière à 'être pas moins fort que son rival dans le cas où il 'erait assailli. Il voulait se garantir contre tout danger e mort. Il avait un jeune frère aussi hardi que prudent, u nom de Lurcain ; c'était l'homme de la cour dont la aleur était la plus redoutée, et Ariodant se croyait plus n sûreté auprès de lui que s'il eût été entouré de dix éfenseurs.

XLV. — « Il l'appelle à ses côtés, lui fait prendre ses rmes et l'emmène la nuit, sans cependant lui communi:- quer son secret. Il n'aurait voulu le déclarer ni à lui ni à personne. Il le plaça loin de lui, à la distance d'un jet de pierre. — « Si je t'appelle, lui dit-il, viens aussitôt. Si tu n'entends rien, reste à ta place, mon frère, je t'en conjure au nom de ton amitié pour moi. »

XLVI. — « Sois tranquille, répond Lurcain, j'obéirai. » Alors Ariodant s'avance en silence, se cache dans une des maisons solitaires situées aux environs du balcon. De l'autre côté s'avance aussi l'infâme, le traître Poli- nesso, joyeux de déshonorer Ginevra. Il me fait son signal ordinaire, à moi malheureuse qui ne me doutais pas de sa trahison.

XLVII. — « Je m'étais revêtue d'une robe blanche toute brodée d'or ; un réseau couronné de roses incarnates ornait ma tête. C'était la parure que portait ordinaire- ment Ginevra et dont toute autre personne n'eût osé se servir. Au signal qu'il me donna je m'avançai sur le bal- con, qui était placé de telle sorte qu'on pouvait m'aper- cevoir en face et de tous les côtés.

XLVIII. — « Au même instant, Lurcain craignant pour les jours de son frère, ou poussé peut-être par la curiosité qui nous porte toujours à savoir ce qui arrive aux au- tres, l'avait suivi secrètement pas à pas dans l'ombre le long du sentier le plus obscur, et s'était caché à moins de dix pas de distance dans la maison où se tenait son frère.

XLIX. — « Pour moi, ne sachant rien de ce qui se

passait, parée comme je viens de le dire, j'étais sur le b[al]
con où plus d'une fois j'étais venue sans qu'il en résult[e]
d'inconvénients. Mes vêtements éclairés par la lune s[e]
distinguaient parfaitement, et comme j'avais quelque re[s]
semblance avec Ginevra, j'en avais toute l'apparence [et]
l'on pouvait aisément nous prendre l'une pour l'autr[e]

L. — « Il y avait un assez grand espace entre le ba[l]
con et les maisons où les deux frères se tenaient caché[s]
le duc put donc aisément leur persuader ce qui n'ét[ait]
pourtant qu'une erreur et une illusion. Qu'on juge de [la]
douleur et du profond désespoir dans lesquels f[ut]
plongé Ariodant! Polinesso arrive, saisit l'échelle qu[e]
je lui jette d'en haut et s'élance sur le balcon.

LI. — « Dès qu'il est près de moi, je jette mes bra[s]
autour de son cou, pensant bien n'être vue de personne[,]
je couvre de baisers sa bouche et tout son visag[e]
comme j'avais coutume de le faire dès qu'il arrivait, [et]
il affecte, lui, de me faire encore plus de caresses qu'[à]
l'ordinaire pour favoriser sa fourberie. De loin le mal[-]
heureux Ariodant est présent à ce spectacle et rien n[e]
lui échappe.

LII. — « Accablé de douleur, Ariodant veut à l'instan[t]
même se donner la mort; il pose à terre la poignée de
son épée pour se précipiter sur la pointe; mais Lurcain
qui avait vu avec surprise le duc auprès de moi, sans
savoir cependant qui il était, voit le geste de son frère,
comprend son dessein et accourt.

LIII. — « Il arrête son bras et l'empêche de se percer
le sein; un instant plus tard, ou s'il eût été un peu plus
éloigné, il n'aurait pu arriver assez tôt pour prévenir ce
coup funeste. — « Ah! malheureux frère! s'écria-t-il, ah!
frère insensé, as-tu donc perdu l'esprit pour te donner
la mort à cause d'une femme? Plût à Dieu qu'elles dis-
parussent toutes comme les nuages qu'emportent les
vents!

LIV. — « Songe plutôt à la faire mourir comme elle le
mérite; et si tu veux mourir, que ce soit pour une occa-

sion plus glorieuse. Tu pouvais l'aimer quand tu ignorais sa perfidie ; maintenant tu ne lui dois que ta haine.
Tu as vu de tes propres yeux que ce n'est qu'une vile
prostituée ; conserve donc ce fer que tu tournais contre
toi-même pour prouver son crime en présence du roi ! »

LV. — « Quand Ariodant vit son frère auprès de lui,
il renonça à son triste dessein ; mais il n'abandonna pas
la résolution qu'il avait prise de se donner la mort.
Il s'éloigne, le cœur non pas seulement percé, mais encore déchiré par la plus affreuse douleur ; il dit cependant à son frère que la fureur qui l'animait était dissipée.

LVI. — « Le lendemain matin, sans dire mot à son frère
ou à d'autres, il se mit en route guidé par son mortel
désespoir. Depuis, on n'en eut pendant plusieurs jours
aucune nouvelle. Personne, excepté le duc et son frère,
ne savait la cause de son départ. Dans le palais du roi
et dans toute l'Écosse, ce départ fut l'objet des supposi-
tion les plus diverses.

LVII. — « Au bout de huit jours environ, un voyageur
vint à la cour et raconta à Ginevra une triste aventure :
Ariodant s'était volontairement jeté dans la mer pour y
chercher la mort. Ce n'était ni le vent du nord, ni celui
de l'occident qui avait causé cet accident ; le malheureux,
prenant son élan de la cime d'un rocher qui s'avançait
dans la mer, s'y était précipité la tête la première.

LVIII. — « Je l'avais rencontré sur la route, disait le
voyageur, avant qu'il exécutât ce dessein. — « Viens avec
moi, me dit-il, viens, viens, afin que tu sois témoin de
mon trépas et que tu le racontes à Ginevra. Dis-lui que
l'unique cause de l'acte que tu viens de me voir accomplir tout à l'heure vient de ce que j'ai trop vu. Heureux
si mes yeux eussent été pour toujours fermés à la lumière. »

LIX. — « Nous étions dans ce moment sur le cap peu
élevé qui s'avance dans la mer du côté de l'Irlande ; et
en disant ces mots il s'élança du rocher et s'abîma dans
les ondes. Je l'ai laissé dans la mer et je suis venu en

toute hâte pour vous apprendre cette nouvelle. » En entendant ces mots, Ginevra épouvantée, et la pâleur sur le visage, n'offrit déjà plus que l'image de la mort.

LX. — « Que ne dit-elle, que ne fit-elle pas ? Quand elle se vit seule sur le lit confident de sa douleur, elle se frappe le sein, déchire ses vêtements, arrache et disperse ses beaux cheveux dorés, elle répète mille fois les dernières paroles d'Ariodant attribuant son malheureux sort à ce qu'il avait trop vu.

LXI. — « L'aventure de ce chevalier qui de désespoir s'était donné la mort se répandit bientôt partout. Ni le roi, ni les chanceliers, ni les dames de la cour ne purent retenir leurs larmes, mais plus que tous les autres Lurcain se livra à un profond désespoir, et sa douleur fut si grande qu'à l'exemple de son frère il faillit s'arracher la vie de sa propre main.

LXII. — « A force de se répéter que c'était Ginevra qui avait causé la mort de son frère et que l'acte coupable dont il avait été le témoin avait pu seul le livrer à cet excès, un désir aveugle de se venger s'empara de lui ; il ne craignit pas de perdre les bonnes grâces du roi et de se rendre odieux à ce prince et au pays.

LXIII. — « Il se présenta au roi en un moment où la foule se pressait à la cour et osa lui dire : — « Apprenez, sire, que votre fille, votre coupable fille a pu seule troubler l'esprit de mon frère, au point qu'il s'est donné la mort. En voyant qu'elle avait manqué aux lois de la chasteté et de l'honneur, un si violent désespoir a pénétré son cœur, qu'il n'a trouvé de consolation que dans la mort.

LXIV. — « Ils s'aimaient, les sentiments les plus honnêtes l'animaient, je ne crains pas de vous les dévoiler. Il espérait par sa valeur et ses signalés services obtenir de vous sa main. Mais tandis que le malheureux respirait au loin le parfum qu'exhalait cette tendre fleur, il l'a vu cueillir par un autre qui s'empara de l'arbre, déroba le fruit qu'il avait désiré. »

LXV. — « Poursuivant son discours, il raconta comment il avait vu venir Ginevra sur le balcon, comment elle avait jeté une échelle dont s'était saisi un amant dont il ignorait le nom. Il avait vu monter sur le balcon cet homme qui, pour n'être point reconnu, avait déguisé ses habits et caché ses cheveux; il ajouta enfin que tout ce qu'il venait d'avancer, il était prêt à le soutenir les armes à la main.

LXVI. — « Vous pouvez vous figurer la douleur du père en entendant accuser ainsi sa fille. D'un côté, il apprend sur elle des choses qu'il n'aurait jamais pu imaginer et qui lui causent la plus profonde surprise ; de l'autre, il sait que si aucun guerrier ne prend sa défense et ne dément les assertions de Lurcain, il sera forcé de la condamner et d'ordonner son supplice.

LXVII. — « Vous n'ignorez pas, je pense, seigneur, la loi de notre pays qui condamne à mort toute dame ou toute demoiselle qui s'est abandonnée à un autre qu'à son époux. Elle mourra, si elle ne trouve dans le mois pour défenseur un chevalier assez vaillant pour soutenir contre son accusateur qu'elle est innocente et qu'elle ne mérite pas la mort.

LXVIII. — « Pour la sauver, le roi, qui la croit accusée à tort, a fait publier partout qu'il la donnera pour femme avec une riche dot à celui qui la lavera de l'infamie dont elle est accusée injustement. En attendant, il n'est question encore d'aucun guerrier qui se soit présenté, tous se regardent les uns les autres, car la crainte qu'inspire Lurcain est si grande que nul guerrier n'ose se mesurer avec lui.

LXIX. — « Le malheur veut encore que le frère de Ginevra, Zerbino, soit absent du royaume ; il parcourt depuis plusieurs mois les pays étrangers où il donne partout des preuves de son courage et de sa vaillance. Si cet intrépide guerrier se trouvait près d'ici, ou du moins à portée de recevoir bientôt la nouvelle de ce qui s'y passe, sa sœur trouverait au moins un bras pour la défendre.

LXX. — « Le roi, qui pendant ce temps songe à s'assurer par d'autres preuves que celle des armes de la vérité ou de la fausseté des accusations, pour savoir si c'est à droit ou sans raison que mourra sa fille, a fait arrêter plusieurs de ses suivantes qui ne peuvent manquer d'être instruites du crime s'il existe ; j'ai donc jugé que si moi-même j'étais arrêtée, le duc et moi serions exposés à un grand péril.

LXXI. — « Quittant la cour au milieu de la nuit même, j'accourus chez le duc et lui montrai quel danger nous courrions l'un et l'autre si j'étais arrêtée ; il a loué ma sagesse en m'assurant que je n'avais rien à craindre. Après m'avoir donné cette assurance il m'a engagée à me réfugier dans une de ses forteresses, voisine de ces lieux, en me faisant accompagner de deux de ses hommes.

LXXII. — « Vous avez vu, seigneur, quelles preuves d'amour j'avais données à Polinesso ; après des témoignages si nombreux vous avez pu juger combien je devais lui être chère ; maintenant apprenez de quel prix il a payé ma tendresse, et voyez si une femme qui aimait si tendrement ne méritait pas d'être aimée.

LXXIII. — « Cet ingrat, ce perfide, ce cruel a pu soupçonner ma foi ; il a eu peur que je ne révélasse quelque jour ses artifices et ses ruses infâmes ; il a imaginé, sous prétexte de m'éloigner et de me cacher jusqu'à ce que la colère et la fureur du roi fussent apaisées, de m'envoyer dans une forteresse, et c'était à la mort qu'il m'envoyait.

LXXIV. — « Les guides auxquels il m'avait confiée avaient secrètement reçu de lui l'ordre de me donner la mort pour prix de ma fidélité, lorsqu'ils m'auraient entraînée au milieu de cette forêt sauvage ; ils auraient accompli cet ordre si vous ne fussiez accouru à mes cris. Amour, est-ce donc ainsi que tu traites ceux qui se soumettent à tes lois ! » Tel fut le récit que fit à Renaud Dalinde en continuant sa route avec ce chevalier.

LXXV. — Renaud fut heureux de l'agréable aventure qui lui avait fait rencontrer la demoiselle qui lui avait raconté toute l'histoire de l'innocente Ginevra, et si il avait espéré prendre sa défense lorsqu'il la croyait faussement accusée, il fut bien plus résolu à se présenter hardiment au combat en voyant avec évidence qu'elle avait été victime d'une calomnie.

LXXVI. — Vers la cité de Saint-André où se trouvait le roi avec toute sa famille, et où devait aussi avoir lieu le combat décisif au sujet de sa fille, Renaud s'empressa de diriger ses pas. La ville n'était éloignée que de quelques milles; il arriva dans un lieu voisin où il reçut d'un écuyer des nouvelles toutes récentes.

LXXVII. — Un chevalier étranger était arrivé pour prendre la défense de Ginevra; personne ne connaissait les insignes qui ornaient son écu; il marchait la visière entièrement fermée, et depuis son arrivée nul n'avait pu voir son visage à découvert; l'écuyer lui-même qui le servait répétait avec serment qu'il ignorait qui il était.

LXXVIII. — Les deux voyageurs n'allèrent pas loin sans se trouver sous les murs de la ville et près de la porte. Dalinde avait peur de s'avancer; mais, rassurée par Renaud, elle continua sa route. La porte était fermée, Renaud demanda au gardien pourquoi il la tenait ainsi close; celui-ci lui répondit que c'était parce que tout le peuple était sorti pour assister à une bataille.

LXXIX. — Cette bataille, qui devait avoir lieu entre Lurcain et un chevalier étranger dans une vaste et spacieuse prairie, était déjà commencée. La porte s'ouvrit devant le seigneur de Saint-Alban et se referma sur lui aussitôt. Il traversa la ville qui lui semblait déserte, et laissa sa compagne dans une hôtellerie.

LXXX. — « Vous y pourrez, lui dit-il, m'attendre ici en sûreté jusqu'à mon retour, qui sera prompt. » Puis il s'avance au galop vers le lieu du combat où les deux guerriers avaient déjà échangé de grands coups et con-

tinuaient à se frapper sans relâche. Lurcain soutenait la
lutte animé de fureur contre Ginevra, et son rival ne
montrait pas moins de courage pour la défendre.

LXXXI. — Six chevaliers à pied et armés de cuirasses
étaient dans le champ clos avec le duc d'Albanie, monté
sur un coursier vigoureux et de bonne race; c'était lui
qui en sa qualité de connétable avait la garde de la
place et du camp. En voyant Ginevra exposée à un si
grand péril il avait la joie au cœur et l'orgueil sur le
front.

LXXXII. — Renaud traverse la foule, au milieu de
laquelle Bayard lui ouvre un large chemin. En voyant le
coursier venir rapide comme la tempête, le peuple s'empresse de s'écarter et de lui faire place. Le paladin paraît d'un air fier et majestueux et chacun reconnaît en
lui la fleur des plus vaillants guerriers. Il s'arrête en
face du siége où s'est placé le roi, et tous s'approchent,
curieux d'entendre ses paroles.

LXXXIII. — « Grand prince, dit Renaud, ne laissez pas
continuer plus longtemps ce combat. Quel que soit celui
des deux guerriers qui succombe, sachez que vous le
laisseriez injustement périr. L'un croit avoir raison et
il est dans l'erreur; il croit dire la vérité et il ne sait pas
qu'il ment. Mais la même erreur qui a poussé son frère
à s'arracher la vie lui a mis les armes à la main.

LXXXIV. — « L'autre ignore s'il a tort ou raison; mais
un sentiment généreux et une pure bonté l'ont engagé
à s'exposer volontairement à la mort, pour ne pas voir
périr une beauté si rare. Je viens sauver l'innocence et
punir la perfidie; mais au nom de Dieu, séparez, avant
tout, les combattants et écoutez ce que j'ai à vous raconter. »

LXXXV. — Frappé de l'air d'autorité et du ton impo-
sant avec lesquels Renaud s'exprime, le roi, admirant la
beauté de son visage, ordonne de la voix et du geste
que le combat cesse sur-le-champ. Alors Renaud lui
expose dans les plus grands détails, ainsi qu'aux barons

du royaume, aux chevaliers et au peuple rassemblé autour de lui, l'infâme trahison tramée par Polinesso contre Ginevra.

LXXXVI. — Il offre ensuite de prouver par les armes la vérité de ce qu'il venait de dire. Polinesso est appelé, il se présente, mais avec un visage troublé ; il nie d'abord tout avec audace. — « Soit, dit Renaud, nous allons voir qui de nous deux a dit vrai. » Ils étaient tous deux armés, la lice était ouverte, il fallait en venir immédiatement aux mains.

LXXXVII. — Oh ! quelle est la joie du roi ! quelle est celle du peuple en voyant l'innocence de Ginevra sur le point d'être reconnue ! Tous espèrent que Dieu montrera clairement que c'est injustement que l'on a accusé sa vertu. On sait combien cruel, orgueilleux et avide est le duc d'Albanie et personne n'est surpris qu'il ait pu inventer un si cruel stratagème.

LXXXVIII. — Polinesso, la pâleur sur le visage, la crainte dans le cœur est là, triste et consterné. Au troisième appel de la trompette, il met sa lance en arrêt, Renaud en fait autant et court sur lui, désireux de terminer la lutte d'un seul coup. Il cherche à lui passer sa lance au travers du corps. L'effet répond à son désir, il la lui enfonce dans la poitrine jusqu'au milieu du manche.

LXXXIX. — La poitrine traversée par le tronçon de la lance, Polinesso est jeté sur le sol, à plus de six brasses de son coursier. Renaud saute à terre et avant qu'il n'ait eu le temps de se relever il lui arrache son casque. Polinesso, hors d'état de résister, lui demande merci du ton le plus humble et, en présence du roi et de toute la cour, confesse le crime qui l'a conduit à la mort.

XC. — En achevant de parler, il rendit le dernier soupir. Il perd la parole avec la vie. Le roi, transporté de joie en voyant sa fille délivrée à la fois de la mort et de l'infamie, éprouve une joie plus grande que si après avoir perdu la couronne il lui eût été donné de la replacer le jour même sur sa tête; il rend à Renaud les plus grands honneurs.

XCI. — Quand le héros a quitté son casque, le roi le reconnaît, car il l'avait déjà vu plusieurs fois; il lève les mains au ciel et remercie Dieu de lui avoir envoyé si à propos un si noble défenseur. Le chevalier inconnu qui était accouru au secours de l'infortunée Ginevra et s'était armé pour elle s'était retiré à l'écart et avait été témoin de tout ce qui s'était passé.

XCII. — Invité par le roi à révéler son nom, ou du moins à laisser voir son visage pour recevoir la récompense de ses bonnes intentions, l'inconnu se fit longtemps prier; mais enfin il leva son casque et fit voir à tous ce que je vous apprendrai dans l'autre chant, s'il vous est agréable de l'écouter.

CHANT SIXIÈME

ARGUMENT

Le roi donne à Ariodant sa fille Ginevra en mariage, avec le duché d'Albanie. — Roger arrive dans l'île d'Alcine dont le poëte fait une longue description. — Il rencontre Astolphe métamorphosé en myrte. — Celui-ci lui raconte les séductions d'Alcine et lui donne des conseils pour échapper aux dangers qui le menacent. — Roger attaqué par les monstres de l'île, est secouru par deux nymphes qui le conduisent au palais d'Alcine. — Ils arrivent au port gardé par Eriphile.

I. — Malheureux est celui qui commettant un crime espère qu'il restera toujours secret! Lors même que toutes les voix se tairaient, autour de lui retentiraient l'air et la terre elle-même, au sein de laquelle il croit son forfait enseveli. Dieu use quelquefois d'indulgence envers le crime, mais il permet enfin qu'il entraîne le coupable qui, de lui-même et sans enquête, se découvre par son imprudence.

II. — Il avait cru, cet infâme Polinesso, que son crime serait éternellement enseveli s'il se délivrait de Dalinde, qui seule le savait et le pouvait révéler. En joignant ainsi un nouveau crime au premier, il hâta la punition qu'il aurait peut-être longtemps attendue. Il eût pu le différer, parvenir même à l'éviter, mais sa précipitation devint la cause de sa mort.

III. — Ses amis, son rang, la vie, et ce qui est le plus grand de tous les biens, l'honneur, il perdit tout à la fois. J'ai dit plus haut combien d'instances furent faites auprès du chevalier que personne ne connaissait encore. Il leva enfin la visière de son casque et découvrit un visage que l'on avait vu bien souvent, car c'était Ariodant lui-même, cet Ariodant si connu, dont toute l'Écosse avait pleuré le trépas.

IV. — C'était Ariodant que Ginevra éplorée avait cru mort, qui avait été pleuré par son frère, par le roi, par la cour, par le peuple tout entier, Ariodant, si célèbre par sa vaillance et ses vertus. On crut alors que tout ce que le pèlerin avait raconté de sa mort n'était qu'un mensonge, et cependant il était vrai qu'il l'avait vu se précipiter la tête la première du haut d'un rocher dans les flots de la mer.

V. — Mais comme il arrive souvent qu'un homme au désespoir appelle et désire la mort lorsqu'elle est éloignée et recule devant elle quand il en est proche, tant elle lui paraît horrible et dure, Ariodant, dès l'instant où il fut plongé dans la mer, eut regret de mourir. Il était fort, vigoureux et adroit, intrépide plus que tout autre homme; il se mit donc à nager et regagna le rivage.

VI. — Condamnant alors comme une indigne faiblesse le désir qu'il avait eu de quitter la vie, il se mit en route,

5.

baigné des flots de la mer, et il arriva à la retraite d'un ermite. Il voulait y rester en secret jusqu'à ce qu'il eût appris si Ginevra se réjouissait de sa mort ou si elle en ressentait de la douleur et de la pitié.

VII. — D'abord il entendit avec tristesse annoncer qu'elle était en danger de mourir tant sa douleur était grande. Le bruit de cette aventure se répandit tellement au dehors que l'on ne parlait d'autre chose dans toute la Bretagne ; c'était un résultat bien différent de ce qu'il croyait avoir vu pour son malheur. Bientôt il apprit aussi comment Lurcain avait accusé Ginevra devant son père.

VIII. — Sa colère alors contre son frère ne fut pas moindre que la passion dont il avait brûlé précédemment pour elle. L'accusation lui parut trop cruelle et trop impie, bien que Lurcain l'eût mise en avant dans l'intérêt de son frère. Il apprit enfin qu'aucun chevalier ne prenait sa défense, parce que Lurcain avait une telle réputation de force et de valeur que personne n'osait se battre contre lui.

IX. — Tous ceux qui le connaissaient le jugeaient tellement discret, sage et prudent, qu'il n'aurait jamais risqué de perdre la vie si ce qu'il affirmait n'était pas vrai. Pour ce motif, la plus grande partie des chevaliers craignaient de prendre sans raison la défense de Ginevra. Après de longues réflexions, Ariodant résolut de s'opposer aux accusations de son frère.

X. — « Hélas ! se disait-il, je ne pourrais souffrir que cette jeune fille pérît à cause de moi ; ma mort serait trop cruelle et trop douloureuse si je la voyais descendre avant moi au tombeau. Elle est ma dame et ma maîtresse, elle est la lumière de mes yeux. Je veux, à tort ou à raison, combattre en sa faveur ou mourir sur le champ de bataille.

XI. — « Je sais que j'ai tort de la défendre, qu'on me le reprochera. Qu'importe ! j'en mourrai, mais cette perspective ne me découragerait pas si je ne savais que, par ma mort, la belle Ginevra sera ensuite condamnée et sacrifiée ; j'emporterai en mourant une seule consolation, c'est que si son Polinesso l'aime encore, elle pourra voir qu'il n'a pas fait un pas pour venir à son secours.

XII. — « Et moi, qu'elle a si cruellement offensé, elle verra que je n'ai pas craint de mourir pour la sauver. En même temps, je me vengerai de mon frère qui s'est si mal à propos enflammé de colère ; je l'en ferai repentir lorsqu'il aura la douleur de voir le résultat de sa cruelle entreprise. Il aura cru venger son frère et il lui aura donné la mort de sa propre main. »

XIII. — Ariodant ayant pris cette résolution, se procura une armure nouvelle, un autre coursier couvert d'une cotte d'armes noire, armé d'un bouclier noir emmaillé de feuilles mortes. Il emmena avec lui un écuyer inconnu dans le pays que le hasard lui avait fait rencontrer. C'est sous ce déguisement, comme je l'ai dit, qu'il se présenta pour combattre Lurcain.

XIV. — Ce qui arriva, vous le savez : le roi en reconnaissant Ariodant eut autant de joie que lui en avait fait éprouver la délivrance de sa fille. Il se dit qu'il ne pourrait jamais trouver un amant plus fidèle et plus sincère puisque, malgré l'outrage qu'il croyait avoir reçu de sa maîtresse, il n'avait pas craint de prendre sa défense contre son propre frère.

XV. — Cédant à son inclination, car il l'aimait extrêmement, aux prières de toute la cour, à celle de Renaud plus pressant que tous les autres, il unit son sort à celui de sa fille. Le duché d'Albanie, qui faisait retour au roi par la mort de Polinesso, ne pouvant vaquer plus à propos, il en fit la dot de sa fille.

XVI. — Renaud obtint la grâce de Dàlinde. Elle ne fut point punie de sa coupable erreur et, pour acquitter un vœu autant que pour abandonner un monde qui ne lui inspirait que du dégoût, elle donna à Dieu toutes ses pensées. Elle quitta incontinent l'Écosse pour aller s'enfermer dans un monastère en Danemark. Mais il est temps que nous retournions à Roger, que nous avons laissé fendant les airs sur son cheval ailé.

XVII. — Quoiqu'il fût doué d'une âme intrépide et que son visage ne portât aucune altération, je crois cependant que dans cette circonstance son cœur dut trembler plus que les feuilles des arbres agitées par le vent. Il avait déjà laissé bien loin derrière lui toute l'Europe et dépassé de beaucoup toutes les bornes qu'Hercule avait autrefois prescrites aux navigateurs.

XVIII. — Cet hippogriffe, cet oiseau si grand et si étrange l'emportait sur ses ailes avec tant de rapidité qu'il eût devancé d'un long trait celui qui porte les foudres de Jupiter. Aucun animal habitué à fendre rapidement les airs n'aurait pu égaler sa course précipitée. Je ne crois même pas que le tonnerre et la foudre tombent du ciel sur la terre avec plus de rapidité.

XIX. — Quand le coursier aux longues ailes eut traversé en droite ligne et sans se détourner un grand espace, il fit de longs détours comme s'il eût été fatigué de parcourir les airs, et se mit à planer au-dessus d'une île semblable à celle où la nymphe Aréthuse, après avoir causé de longs tourments à son amant, et voulant se dérober à lui, passa en vain sous la mer en s'ouvrant un chemin caché et étrange.

XX. — Roger n'avait rien vu de plus beau ni de plus charmant que cette île en traversant les airs, et quand bien même il eût parcouru l'univers, il n'aurait pu trouver un séjour plus enchanté que celui vers lequel son coursier, parcourant un cercle immense, vint le déposer. Il y vit de tous côtés des plaines cultivées, d'agréables coteaux, des fontaines limpides, des rivages ombragés et de doux gazons.

XXI. — D'agréables bosquets plantés de lauriers odoriférants, de palmiers, de myrtes, de cèdres, d'orangers chargés de fruits et de fleurs, offraient les formes les plus belles et les plus variées ; leurs ombrages épais formaient un rempart contre les chaleurs brûlantes de l'été,

et, à travers leurs rameaux, les rossignols, voltigeant en
sécurité, remplissaient l'air de leurs chants.

XXII. — Entre les roses empourprées et les lis les
plus blancs, où les doux zéphyrs entretiennent une éternelle fraîcheur, les lièvres et les lapins circulent en
liberté, et les cerfs, le front haut et superbe, sans craindre l'arme meurtrière du chasseur, y paissent tranquillement l'herbe fleurie; les daims, les chevreuils bondis-
sent avec légèreté dans ces lieux champêtres.

XXIII. — Quand l'hippogriffe fut assez près de terre
pour que Roger pût y descendre sans péril, le guerrier
s'élança hors de la selle et se trouva sur le gazon émaillé
de fleurs; toutefois, il retint en sa main les rênes, peu
désireux de voir son cheval lui échapper et prendre son
vol; puis il le rattacha sur le rivage à un myrte vert,
entre un laurier et un pin.

XXIV. — Dans ce lieu même qu'arrosait une fontaine
entourée de cèdres et de fertiles palmiers, Roger dépose
son bouclier, lève son casque, ôte ses gantelets et se
tournant tantôt vers la montagne, tantôt du côté de la
mer, reçoit sur son visage le souffle rafraîchissant des
zéphyrs qui, avec un doux murmure, agitent les hautes
cimes des hêtres et des aulnes.

XXV. — Tantôt il baigne ses lèvres desséchées dans
l'onde fraîche et pure, tantôt il y plonge ses mains pour
chasser de ses veines le feu que sa pesante cuirasse y
a allumé. Qu'on ne s'étonne pas que cette cuirasse lui
ait été insupportable, car il n'est jamais resté dans le
même lieu, et tout couvert de ses armes il a parcouru
sans jamais se reposer trois milliers de milles.

XXVI. — L'hippogriffe de Roger, sous les ombrages
les plus frais et sur l'herbe la plus épaisse, fait cependant tous ses efforts pour fuir, épouvanté de je ne sais
quoi d'extraordinaire qui obscurcit tout le bois. Il secoue si violemment le myrte auquel il est attaché qu'il
en fait tomber toutes les feuilles sur la terre; les feuilles
en tombant couvrent le pied du myrte tout autour, mais

malgré les plus violents efforts, il ne peut parvenir à s'en détacher.

XXVII. — De même qu'un tronc d'arbre, creusé en dedans par le desséchement de sa moelle, pétille à l'intérieur et bouillonne avec bruit lorsque, mis au feu, l'air humide contenu dans ses cavités est raréfié par la chaleur, jusqu'à ce qu'enfin il puisse s'en échapper par une issue, ainsi le myrte, violemment ébranlé, semble se courroucer, frémit, murmure et enfin entr'ouvre son écorce.

XXVIII. — Alors il en sort cette parole claire et distincte que prononce une voix faible et triste : « Ah! si tu es un chevalier sensible et courtois, ainsi que le fait supposer la beauté de ta figure, éloigne, je t'en prie, de mon arbre ce malfaisant animal. Je souffre assez de mes propres douleurs sans que des maux étrangers viennent encore les augmenter. »

XXIX. — Aux premiers accents de cette triste voix, Roger tourne ses yeux vers le myrte et s'en approche aussitôt. Dès qu'il est assuré que c'est bien de l'arbuste qu'ils sortaient, il éprouve une stupéfaction plus grande qu'il n'en avait jamais pu ressentir. Il s'empresse d'aller délier son coursier et, les joues colorées par l'étonnement : « Qui que tu sois, s'écrie-t-il, pardonne-moi, esprit humain ou déesse de ces bois.

XXX. — « J'ignorais que sous cette rude écorce se cachait un être vivant et j'ai laissé endommager ton beau feuillage et faire injure à ton myrte plein de vie ; mais ne refuse pas pour cela de m'apprendre qui tu es, toi qui, sous un corps sauvage et horrible, caches une âme douée de raison et de vie. Que le ciel te défende contre la grêle et les orages !

XXXI. — « Si, aujourd'hui ou plus tard, je puis réparer cet outrage par quelque service, je te jure au nom de celle que j'aime, par la beauté qui possède la meilleure partie de mon cœur, que mes paroles ou mes actions feront en sorte de mériter ta reconnaissance. »

Lorsque Roger eut fini de parler, le myrte frémit depuis sa cime jusque dans ses racines.

XXXII. — Il vit alors son écorce se couvrir d'une vapeur humide semblable à celle d'une branche verte qui sent l'ardeur du feu après lui avoir longtemps résisté. Le myrte lui parla ainsi : « Ta courtoisie me force à te découvrir en même temps qui je fus autrefois, et par qui j'ai été métamorphosé en myrte sur cette plage délicieuse.

XXXIII. — « Astolphe était mon nom; j'étais un chevalier français des plus renommés dans les combats, j'étais cousin de Renaud et de Roland, dont la renommée a pénétré jusqu'aux extrémités de la terre. A moi devait un jour appartenir toute l'Angleterre après la mort de mon père Othon. Pourvu de grâce et de beauté, je devins cher à plus d'une belle dame et je devins enfin malheureux par ma faute.

XXXIV. — « Je revenais des îles lointaines que la mer des Indes baigne à l'Orient, de ces îles où Renaud et quelques-uns de ses compagnons furent enfermés avec moi dans des cachots obscurs et profonds, et dont nous ne fûmes délivrés que par les efforts généreux de l'incomparable Roland. Je voguais au couchant, le long des rivages sur lesquels sévit avec rage le vent du nord.

XXXV. — « Et comme notre route ou plutôt un dur et cruel destin nous poussait, nous abordâmes un matin sur une belle plage où s'élevait au-dessus des ondes le château de la puissante Alcine. Là, nous trouvâmes qu'elle en était sortie, et que seule sur le rivage elle attirait sans filets et sans hameçons tous les poissons qu'elle voulait prendre.

XXXVI. — « Les dauphins rapides y accouraient, le thon pesant y arrivait la gueule béante, les veaux marins et les phoques sortaient de l'onde, étonnés d'être arrachés à leur profond sommeil; les mulets, les barbues, les saumons, les raies nageaient en foule accourant le plus vite qu'ils pouvaient; les phisitères, les orques et les

baleines relevant leurs dos immenses au-dessus de
flots, arrivaient à la file avec le même empressement

XXXVII. — « Une de ces baleines, la plus grande qu
l'on eût jamais vue sur les mers, élevait sur les ondes sa
lées ses vastes épaules offrant une superficie de plus d
onze pas. Elle se tenait immobile ; aucun mouvement n
l'agitait ; nous fûmes tous en proie à la même erreur, ca
nous la prîmes pour une petite île tant il y avait de dis
tance de sa tête à sa queue.

XXXVIII. — « Alcine faisait sortir de l'eau tous ce
poissons par ses seules paroles et par ses enchantements
Elle était sœur de la fée Morgane. Était-elle jumelle
ou Alcine était-elle née avant ou après elle ? je ne sau
rais le dire. Aussitôt qu'elle m'eut vu, mon aspect e
ma figure lui plurent, comme l'air avec lequel elle m
regarda sembla me l'indiquer ; elle songea alors à me sé
parer de mes camarades par son adresse artificieuse ; ell
n'y réussit que trop bien.

XXXIX. — « Elle s'avance vers moi, de l'air le plu
gracieux, avec les manières les plus prévenantes. « Che
valier, me dit-elle, s'il vous plaît de venir aujourd'hu
avec moi loger dans mon palais, je vous ferai voir le
produits de ma pêche ; vous y verrez des poissons d
toutes les espèces, les uns couverts d'écailles, les autre
mous, quelques-uns hérissés de poils, tous plus nom
breux que les étoiles du ciel.

XL. — « S'il vous plaît de voir une sirène qui pa
ses accents apaise les flots, suivez-moi de ce bord su
l'autre rivage où elle a coutume de venir à cette heure.
Et alors, elle nous montra cette énorme baleine que nou
avions prise pour une île, comme je vous l'ai dit, et mo
qui fus toujours téméraire, et je ne m'en repens que trop
je n'hésitai pas à monter sur le dos de ce poisson.

XLI. — « Renaud et Dudon me faisaient tous deu
signe de ne pas y aller, je ne les écoutai pas. La fé
Alcine, le visage souriant, quitte mes deux compagnon
et me suit sur la baleine qui de suite, obéissant à se

ordres, fend à la nage l'onde salée. Je me repentis aussitôt de ma folie, mais j'étais déjà loin du rivage.

XLII. — « Renaud se jeta dans les ondes pour me secourir; mais il faillit y être englouti, car un furieux vent du nord s'éleva, couvrant de nuages le ciel et la terre. Je ne sais quel a été le sort du fils d'Aymon; Alcine s'empressa de me rassurer; tout le jour et la nuit suivante, elle me retint sur le monstre au milieu de la mer.

XLIII. — « Nous arrivâmes enfin à cette île charmante dont Alcine possède la plus grande partie ; elle l'a usurpée sur une de ses sœurs déclarée par son père son héritière unique, parce qu'elle était sa seule fille légitime, comme me l'a dit une personne bien informée ; les deux autres sont le fruit d'un inceste.

XLIV. — « Et autant ces deux fées sont pleines de perfidie et de scélératesse et vivent en proie aux vices les plus infâmes et les plus abominables, autant l'autre vit avec chasteté, ouvrant son âme à toutes les vertus. Ses deux sœurs sont liguées contre elle, et déjà plusieurs fois elles ont réuni des troupes pour la chasser de l'île, elles lui ont à plusieurs reprises enlevé plus de cent châteaux.

XLV. — « Celle-ci, qui se nomme Logistille, ne posséderait plus un pouce de terre si ses états n'étaient pas fermés d'un côté par un golfe, et de l'autre par une montagne inhabitée. C'est ainsi que l'Angleterre et l'Écosse sont séparées par une montagne et une rivière. Mais Alcine et Morgane ne seront satisfaites que lorsqu'elles lui auront enlevé les domaines qu'elle possède encore.

XLVI. — « Ce couple infâme, livré à tous les vices, abhorre la chaste et vertueuse Logistille. Pour reprendre mon récit et vous apprendre comment je fus change en plante, je vous dirai qu'Alcine me retenait au sein des délices et s'enivrait tout entière de son amour pour moi, et moi-même, en la voyant si belle et si aimable, je brûlais pour elle d'un égal amour.

XLVII. — « Ses membres délicats et charmants faisaien
tout mon bonheur. Il me semblait qu'elle réunissait er
elle tous les charmes qui sont répartis par le ciel entr
les mortels qui en possèdent les uns plus, les autre
moins, mais que personne ne possède en totalité. I
ne me souvenait plus ni de la France, ni de toute espèce
de devoir. Contempler son visage était ma seule occu-
pation. Toutes mes pensées, tous mes projets n'avaien
qu'elle pour but : tout le reste du monde m'était indifférent.

XLVIII. — « Elle n'avait pas moins d'amour pour moi
peut-être même davantage ; elle me préférait à tous ses
amants, et elle en avait eu beaucoup avant moi. J'étais
son conseiller, je ne la quittais ni de nuit, ni de jour
Par ses ordres, je commandais à tous les autres, elle
n'avait foi qu'en moi; elle ne s'en rapportait qu'à moi
elle ne parlait enfin qu'à moi nuit et jour.

XLIX. — « Hélas ! à quoi bon rappeler mes douleurs
puisque j'ai perdu l'espoir d'y remédier ? Pourquoi rappeler mon bonheur passé lorsque je souffre aujourd'hu
des maux extrêmes ? Au moment même où je me croyais
le plus heureux des hommes, où je me flattais qu'Alcine
ne pouvait m'aimer plus qu'elle ne faisait, elle m'enleva
le cœur qu'elle m'avait donné, et ne s'occupa plus que
d'une passion nouvelle.

L. — « Je connus trop tard l'inconstance de son âme
habituée à aimer et à cesser d'aimer en un moment. Il
n'y avait pas plus de deux mois que j'étais dans son
empire, qu'un nouvel amant avait déjà pris ma place.
La fée alors se détourna de moi avec dédain ; je perdis
toute sa faveur, et j'appris alors qu'elle avait traité ainsi
mille autres amants, et toujours sans d'autres raisons
que son caprice.

LI. — « Dans la crainte qu'ils n'aillent dans le monde
raconter sa vie licencieuse, elle les métamorphose tous
dans ce domaine fertile et elle change les uns en sapins,
les autres en oliviers, ceux-ci en palmiers, ceux-là en

cèdres, quelques-uns enfin en myrtes, ainsi que vous
m'avez trouvé moi-même sur ce rivage fleuri. Il y en a
qu'elle change en fontaines limpides ou en bêtes sauvages, selon qu'il plaît à cette fée hautaine.

LII. — « Quant à vous, seigneur, puisque vous êtes
arrivé d'une manière inusitée dans cette île fatale, vous
serez cause que quelqu'un de ses amants va se trouver
changé en rocher, en fontaine ou en arbre. Vous allez
posséder Alcine et sa puissance suprême, votre bonheur surpassera celui de tous les mortels ; mais soyez
sûr que vous aussi subirez un sort semblable au mien
et que vous deviendrez bête sauvage ou fontaine, arbre
ou rocher.

LIII. — « Si je vous donne volontiers cet avis, ce
n'est pas que j'espère vous être utile, mais c'est pour-
que vous sachiez d'avance ce qui doit vous arriver, et
que vous connaissiez les mœurs de cette fée. Peut-être,
après tout, comme on diffère par la figure aussi bien que
par le talent et l'esprit, peut-être saurez-vous échapper
au danger dans lequel mille autres sont tombés. »

LIV. — Roger, qui avait appris par la renommée
qu'Astolphe était le cousin de celle qu'il aimait, s'affligea
de le voir transformé en une plante stérile après avoir
perdu son corps et sa figure. Par l'amour qu'il ressentait pour Bradamante, amour qu'il avait conçu sans savoir de quelle manière, il aurait bien voulu le servir ;
mais ne sachant comment s'y prendre, il ne pouvait
qu'essayer de le consoler.

LV. — Il le consola le mieux qu'il put. Il lui demande s'il y avait un chemin conduisant au royaume de
Logistille par la plaine ou par la montagne sans passer
par celui d'Alcine. — « Il en existe bien un autre, répondit
l'arbre, mais il est plein de rochers sauvages. » En ga-
gnant un peu sur la droite, on devait parvenir à la cime
la plus élevée de la montagne.

LVI. — Mais il ne devait point s'imaginer qu'il continuerait longtemps cette route sans y rencontrer une

compagnie nombreuse de monstres audacieux, don
Alcine se sert en guise de murs et de fossés pour empê
cher la sortie de ses états. Roger remercia le myrt
de ses indications. Instruit de ce qu'il doit faire, il parti
en lui disant adieu.

LVII. — Il arrive près de son coursier, le délie, l
prend par les rênes et le fait marcher derrière lui. Il n
veut pas le monter comme précédemment, craignant
d'être emporté malgré ses efforts. Il pense en lui-mêm
aux moyens de pénétrer sain et sauf dans le royaum
de Logistille, fermement décidé à faire tous ses effort
pour ne pas tomber entre les mains d'Alcine.

LVIII. — Il aurait bien voulu monter sur son hippo
griffe et lui faire faire un nouveau voyage à traver
les airs, mais il craint de commettre une faute plu
grande encore que la première, car l'animal n'obéissai
que bien difficilement au frein. « Je passerai plutôt pa
force, dit-il en lui-même, si je suis assez vigoureux pou
triompher des obstacles. » Mais ce n'était là qu'un vai
discours, car il avait fait à peine deux milles le long d
la mer qu'il aperçut la belle cité d'Alcine.

LIX. — On découvre au loin une longue muraill
tournant autour d'un vaste pays. On dirait que par sa hau
teur elle touche le ciel, et que ce mur soit d'or depuis l
terre jusqu'à son sommet. Il y a des gens qui ne seron
pas de mon avis et qui prétendront que ce mur n'es
qu'un produit de l'alchimie. Peut-être est-ce vrai, peut-
être est-ce une erreur, peut-être sont-ils mieux informés que moi, et cependant je pense qu'il était d'or puis
qu'il en avait l'éclat.

LX. — Dès que Roger fut près de cette riche murailll
qui n'avait point sa pareille dans tout le monde, il laiss
le chemin large et direct qui à travers la plaine con
duisait à la grande porte de la ville. L'intrépide guer
rier prit à main droite la route plus sûre qui condui
sait à la montagne ; mais il rencontra bientôt une troup
horrible et furieuse qui lui barra le chemin et l'arrêta

LXI. — On n'a jamais vu un groupe plus bizarre, des sages plus monstrueux, des êtres plus difformes; les ʙs, depuis le cou jusqu'aux pieds, ont la forme humaine, ꝭis ayant des têtes de singe ou de chat; quelques-uns ꝭppent la terre avec des pieds de bouc; d'autres sont ꝭs centaures agiles et légers; on y voit des vieillards ꝭbéciles, des jeunes gens impudents, les uns tout nus, ꝭ autres couverts de peaux d'animaux extraordinaires.

LXII. — Ceux-ci galopent sur un coursier sans rênes; ꝭux-là marchent lentement sur un bœuf ou sur un âne. ꝭautres s'élancent en croupe sur un centaure, d'autres ꝭcore sont portés sur des autruches, des aigles ou des ꝭues. L'un porte à la bouche un cor, l'autre une coupe; ꝭlui-ci est mâle, celui-là femelle, cet autre hermaphro-ꝭte. L'un est armé d'un crochet, l'autre porte une ꝭhelle de corde ou une fourche de fer, ou une lime ꝭurde.

LXIII. — Le chef de cette troupe avait un ventre ꝭnflé et un visage rebondi; il était porté par une tortue ꝭui cheminait avec lenteur; il avait à ses côtés des gens ꝭui le soutenaient parce qu'il était tellement ivre que sa ꝭte penchait sur ses genoux; les uns lui essuyaient le ꝭont et le menton, les autres agitaient ses vêtements ꝭour l'éventer.

LXIV. — L'un de ces monstres, homme par les pieds ꝭ par le ventre, avait le cou, les oreilles et la tête d'un ꝭhien; il se mit à aboyer contre Roger pour le forcer à ꝭentrer dans la ville d'Alcine qu'il laissait derrière lui. ꝭe chevalier lui dit : « Je n'en ferai rien tant que ma main ꝭura la force de manier cette arme. » En parlant ainsi, il ꝭi présenta la pointe aiguë de son épée dirigée vers ꝭon visage.

LXV. — Ce monstre essaye de le percer de sa lance; ꝭais Roger fond rapidement sur lui, le frappe d'estoc à ꝭravers le ventre et fait sortir la pointe de son épée d'une ꝭalme au delà de son dos. Il embrasse son écu, s'élance ꝭu milieu des monstres qui réunissant leurs efforts l'at-

taquent de tous côtés. L'un veut le frapper, l'autre le
saisir ; Roger tient tête à tous et en fait un grand carnage.

LXVI. — Il va pourfendant cette race maudite, l'un
jusqu'aux dents, l'autre jusqu'à la poitrine. Il n'est ni
casque, ni bouclier, ni cotte de mailles, ni cuirasse qui
résiste à ses coups ; mais il est si serré de près par les
assaillants qu'il lui faudrait pour se faire place et pousser
loin de lui cette horrible troupe avoir plus de bras que
n'en eut Briarée.

LXVII. — S'il se fût avisé alors de découvrir le bouclier qui avait appartenu au magicien, je veux parler de
cet écu qui éblouissait la vue et qu'Atlant avait suspendu
à l'arçon de sa selle, il se serait débarrassé promptement de cette canaille, en la privant de la vue et en la
faisant tomber à ses pieds. Mais peut-être dédaignait-il
ce genre de combat, préférant vaincre par la force plutôt
que par la ruse.

LXVIII. — Quoi qu'il en soit, il eût mieux aimé mourir
que de se rendre prisonnier à une troupe si méprisable.
En ce moment, il voit sortir de la porte du mur tout
éclatant d'or, dont j'ai parlé, deux jeunes filles dont le
maintien et les habillements prouvaient qu'elles n'étaient
pas d'une naissance obscure, qu'elles n'avaient pas été
nourries chez des bergers, mais plutôt au milieu des délices du palais des rois.

LXIX. — Elles étaient toutes deux montées sur des
licornes dont la blancheur effaçait celle de l'hermine,
toutes les deux d'une ravissante beauté et revêtues
d'un costume si élégant et d'une forme si singulière,
qu'il faudrait, à l'homme qui les contemple, l'œil d'une
divinité pour porter sur elles un jugement. Ce serait
la beauté elle-même, si elle se présentait sous une forme
mortelle.

LXX. Elles se dirigent toutes deux vers la prairie où
Roger était assailli par cette troupe horrible, qui s'éloigne à l'aspect des deux demoiselles. Celles-ci tendent la

main au chevalier dont les joues brillent de l'incarnat des roses. Il leur rend grâce de leur empressement à le secourir, et pour leur complaire il consent volontiers à reprendre le chemin de la porte d'or.

LXXI. — Les ornements qui couronnent cette belle porte et y forment une saillie sont couverts sur tous les points des pierres précieuses les plus rares de l'Orient ; ils reposent par leurs quatre faces sur autant de colonnes énormes du plus pur diamant. Que ce soit une apparence ou une réalité qui frappe les yeux, on ne saurait rien imaginer de plus agréable et de plus beau.

LXXII. — Sur le seuil de la porte, et autour des colonnes, courent en se jouant des jeunes filles folâtres. Si elles eussent gardé dans leurs jeux les bienséances qui conviennent aux femmes, elles en auraient paru plus belles. Toutes étaient vêtues de robes vertes et portaient sur la tête des couronnes de fleurs nouvelles. Avec l'air le plus prévenant et le plus gracieux, elles firent entrer Roger dans ce paradis.

LXXIII. — C'était bien le nom que l'on pouvait donner à ce lieu enchanté, où je m'imagine que l'amour avait pris naissance. On y vit au milieu des danses et des jeux, et toutes les heures se passent en fêtes. Les soucis et les inquiétudes de la vieillesse n'y pénètrent jamais dans les cœurs. On ignore la misère, la maladie, et la corne d'abondance s'y trouve toujours pleine.

LXXIV. — Là, il semble que le gracieux mois d'avril sourit éternellement d'un front serein et joyeux. On n'y voit que des jeunes gens et des jeunes filles : l'un au bord d'une fontaine fait entendre les accents les plus doux et les plus tendres ; d'autres, à l'ombre des arbres ou des coteaux, jouent, dansent, se livrent aux exercices les plus agréables ; tel autre, retiré à l'écart, découvre à une amie son amoureuse flamme.

LXXV. — Sur les sommets des pins, des lauriers, des hêtres, sur la tête hérissée des sapins, de charmants petits amours voltigent en se jouant, les uns joyeux de leurs victoires, les autres prenant leurs flèches et visant les cœurs qu'ils veulent percer, les autres tendant des filets. On en voit encore d'occupés à tremper leurs flèches dans un ruisseau, d'autres les aiguisent sur la meule tournante.

LXXVI. — Là, on offrit à Roger un grand coursier de poil alezan, fort et courageux, dont le harnais était richement couvert de pierres précieuses et d'or fin. Quant à l'hippogriffe habitué à obéir au vieil enchanteur maure, il est confié à la garde d'un jeune homme qui le conduit à pas lents derrière Roger.

LXXVII. — Les deux belles personnes amoureuses, qui avaient défendu Roger contre la troupe ennemie qui s'opposait à son passage lorsqu'il avait voulu prendre à droite, lui dirent : « Seigneur, les glorieux exploits dont la renommée est parvenue jusqu'à nous nous inspirent la hardiesse d'implorer votre secours pour notre défense.

LXXVIII. — « Nous allons trouver bientôt sur notre route un canal qui partage cette plaine en deux parties. Une méchante femme nommée Ériphile défend l'entrée du pont. Elle attaque, trompe et vole tous ceux qui veulent passer sur l'autre rive. Elle a la taille d'une géante et de longues dents; sa morsure est venimeuse, ses ongles aigus déchirent comme les griffes d'un ours.

LXXIX. — « Non-seulement elle porte le trouble sur le chemin qui sans elle serait libre, mais encore elle infeste toute la plaine en portant le ravage tantôt d'un côté, tantôt de l'autre. Sachez que parmi les assassins qui vous ont assailli au dehors de la belle porte, plusieurs sont ses fils; tous la suivent, tous sont cruels, barbares et rapaces. »

LXXX. — Roger répondit : « Je suis tout prêt à soutenir pour vous, non pas seulement un combat, mais cent s'il le faut. Usez de ma personne et de tout ce qu'elle peut faire à votre gré et selon vos besoins. Si j'ai endossé la cuirasse et la cotte de mailles, ce n'est pour acquérir ni terre, ni argent ; je veux employer mes armes pour le service d'autrui et surtout pour défendre de belles dames comme vous. »

LXXXI. — Les jeunes filles adressent au chevalier des remercîments pour des offres si dignes d'un chevalier tel que lui, et en s'entretenant de la sorte ils arrivèrent jusqu'aux lieux d'où ils aperçurent le pont et la rivière. La fière Eriphile leur apparut alors avec son armure d'or toute couverte d'émeraudes et de saphirs. Mais c'est dans le chant suivant que je vous dirai comment Roger s'exposa au péril en la combattant.

CHANT SEPTIÈME

ARGUMENT

Roger attaque Eriphile et la terrasse. — Il entre dans le palais d'Alcine dont le poëte décrit les charmes puissants. — Roger en devient amoureux. — Vie délicieuse que mènent les deux amants dans cette île enchantée. — Bradamante est instruite par Mélisse que Roger est tombé au pouvoir d'Alcine. — Elle donne à Mélisse la bague enchantée à l'aide de laquelle elle est transportée dans l'île d'Alcine sous la figure d'Atlant. — Elle adresse à Roger les reproches qu'il mérite pour s'être abandonné ainsi aux délices d'une existence indigne d'un chevalier tel que lui. — Ses paroles l'éclairent ; il sent renaître son courage ; il quitte l'hippogriffe et se dirige vers le pays qu'habite Logistille.

I. — Quand on voyage loin de sa patrie, on voit des choses que l'on croyait bien différentes de ce qu'on avait cru auparavant ; quand ensuite on veut les raconter, le narrateur passe pour un menteur, et ne trouve que

des incrédules. Le vulgaire insensé ne croit que ce
qu'il voit et que ce qu'il touche ; cela seul est pour lui
clair et évident. Donc, je crois bien que les hommes
inexpérimentés n'ajouteront pas foi à mes récits.

II. — Que je trouve peu ou beaucoup d'incrédules,
peu m'importe ; je ne fais nulle attention à ce que peut
dire le sot et ignorant vulgaire. Quant à vous qui aimez
la clarté dans les discours, je sais bien que vous ne les
traiterez pas de mensonges ; c'est à vous seuls que je
m'adresse et que je veux plaire, à vous seuls je désire
que le fruit de mon travail soit agréable. Je vous ai
laissés au moment où Roger découvrait le pont et la
rivière gardés par la fière Eriphile.

III. — Elle était armée de l'acier le plus fin, orné de
pierres précieuses de diverses couleurs, de rubis ver-
meils, de jaunes chrysolithes, de vertes émeraudes et de
chatoyantes jacinthes ; elle était montée non sur un cheval,
mais sur un loup. Sur ce loup couvert d'un harnais riche
et d'une forme bizarre, elle s'était avancée vers l'endroit
où l'on traverse le fleuve.

IV. — Je ne crois pas que la Pouille possède de loups
plus énormes ; celui-ci était plus gros et plus haut qu'un
bœuf ; aucun frein n'est blanchi par l'écume de sa gueule,
je ne sais comment la géante le manie et le dirige à son
gré. L'horrible femme avait sur son armure une cotte
d'armes de couleur noire, semblable, sauf la couleur, au
vêtement que les évêques et les prélats portent à la
cour.

V. — Sur son bouclier et sur son cimier s'élevait un
crapaud venimeux dont la peau était gonflée. Les deux
demoiselles la montrèrent à Roger au delà du pont,
toute prête à soutenir la lutte contre lui, à lui faire
affront et à lui barrer le chemin, comme elle faisait à
tous les assaillants. Elle crie à Roger de retourner sur
ses pas : pour toute réponse il saisit sa lance, la menace
et la défie.

VI. — Aussi hardie et aussi prompte, la géante se

tient ferme sur ses arçons et éperonne le grand loup. Au milieu de sa course elle met sa lance en arrêt ; la terre tremble sous ses pas ; mais dans cette terrible rencontre, elle reste étendue sur la prairie, frappée par Roger au-dessous de son casque et si violemment enlevée de la selle qu'elle va tomber plus de six brasses en arrière.

VII. — Tirant l'épée qu'il portait à son côté, Roger allait lui couper la tête, ce qui n'était pas difficile, car Eriphile à demi-morte était gisante parmi l'herbe et les fleurs ; mais les dames lui crièrent : « Arrêtez ! qu'il vous suffise de l'avoir vaincue. Renoncez à exercer sur elle votre terrible vengeance. Remettez, remettez, noble chevalier, votre épée au fourreau ; traversons le pont, et suivons notre route. »

VIII. — Les voilà donc traversant le milieu d'un bois par un sentier rude et difficile. Outre qu'il était étroit et pierreux, il montait à pic jusqu'à la colline. Dès qu'ils en eurent atteint la cime, ils entrèrent dans une prairie spacieuse où leurs yeux aperçurent le palais le plus agréable et le plus beau qu'on eût vu dans le monde.

IX. — La belle Alcine s'avança de quelques pas hors des premières portes vers Roger et lui fit avec l'air d'une reine le plus bienveillant accueil au milieu de sa cour distinguée et brillante. Le chevalier reçut de tous côtés tant de marques d'honneur et de respect, qu'on n'aurait pu faire davantage s'il eût été un dieu descendu du céleste séjour.

X. — Ce beau palais n'excitait pas seulement l'admiration parce qu'il surpassait tout autre en richesses, mais parce qu'il renfermait la plus agréable et la plus charmante société qui fût au monde. Tout l'entourage d'Alcine brillait des mêmes grâces et des mêmes fleurs de beauté ; mais Alcine les surpassait toutes par ses charmes, autant que l'éclat du soleil surpasse celui des autres astres.

XI. — Les formes de son beau corps étaient si parfaites que les peintres les plus habiles n'auraient pu en

imaginer de semblables. Sa blonde chevelure retombant
en boucles gracieuses avait un éclat plus brillant que
celui de l'or; sur ses joues délicates était répandu un
agréable mélange de roses et de lis; son front, plus
pur et plus blanc que l'ivoire, terminait gracieusement
et dans une juste mesure le haut de son visage.

XII. — Sous deux sourcils noirs et formant deux arcs
légers, brillaient deux yeux noirs ou plutôt deux soleils
pleins de douceur, mais avares de leurs regards. L'a-
mour semblait voltiger et se jouer tout autour de ces
beaux yeux; c'est de là qu'épuisant son carquois, il lance
les traits qui le rendent maître des cœurs. Au milieu de
ce charmant visage s'élève un nez si parfait, que l'envie
même n'y trouverait rien à reprendre.

XIII. — Au-dessous, comme entre deux petites vallées,
est une bouche vermeille qui montre deux rangs de
perles choisies que des lèvres admirables de douceur
et de beauté ouvrent et ferment tour à tour. C'est de
cette bouche que sortent des paroles si suaves et si
flatteuses qu'elles amolliraient les cœurs les plus durs
et les plus farouches; c'est là que s'épanouit ce sourire
enchanteur qui fait voir quand elle le veut le paradis
sur la terre.

XIV. — Son cou est plus blanc que la neige, sa poitrine a la couleur du lait, le cou est d'une rondeur parfaite, la poitrine large et relevée; deux pommes fermes
et semblables à l'ivoire s'élèvent ou s'abaissent comme
les ondes qui baignent le rivage lorsqu'un doux zéphyr
les agite. Le reste de son corps, caché même pour les
yeux d'un argus, laisse deviner cependant que ce que
l'on ne voit pas doit répondre à ce que l'on voit.

XV. — Ses deux bras sont formés dans les plus justes
proportions, elle montre souvent sa main blanche un
peu longue et étroite où l'on n'aperçoit aucune rugosité
ni aucune veine; un pied mince, rond, admirable en
son contour, ajoute un dernier charme à sa divine personne. Et ses traits angéliques qui n'ont pu prendre

naissance que dans le ciel ne se dérobent sous aucun voile.

XVI. — Qu'elle parle, qu'elle rie, qu'elle chante ou qu'elle marche, tous ses mouvements sont autant de nœuds qui captivent. Qu'on ne s'étonne point que Roger s'y laisse prendre en la voyant si attrayante et si favorablement disposée pour lui. Tout ce que le myrte avait pu lui dire de la perfidie et de la méchanceté d'Alcine ne le retient pas. Est-il possible qu'avec un sourire si séduisant on puisse craindre la perfidie et la noirceur?

XVII. — Il croit plutôt que si Astolphe a été changé en arbre sur le rivage, il l'a bien mérité par son ingratitude et sa conduite coupable, qu'il aurait même peut-être mérité un traitement plus sévère. Tout ce qu'il lui a raconté ne peut-être qu'un mensonge. C'est la vengeance, le dépit et l'envie qui l'ont porté à jeter le blâme sur Alcine et lui ont dicté toutes ses impostures.

XVIII. — La belle Bradamante qui lui était si chère est en ce moment bannie entièrement de son cœur. Par un de ses enchantements, Alcine avait fait disparaître toutes les passions dont son cœur était précédemment agité; elle le remplit d'un unique amour, c'est elle seule qui le possède, ce sont ses traits seuls qui y sont gravés. On doit donc pardonner au bon Roger si dans cette occasion il se montre inconstant et léger.

XIX. — A la table d'Alcine, les cithares, les harpes, les lyres et d'autres instruments harmonieux font retentir l'air d'alentour des sons les plus doux et des plus suaves accords. On ne manque pas d'y chanter les joies et les ivresses de l'amour; les fictions poétiques les plus variées y font naître les sensations les plus voluptueuses.

XX. — Les fêtes les plus splendides et les plus somptueuses données par les successeurs de Ninus, le banquet si vanté donné par Cléopâtre au héros romain, pourraient-ils être comparés à la splendide fête préparée par l'amoureuse fée pour le galant Roger? Je ne crois pas qu'on puisse même lui comparer le repas que Ganymède sert au souverain des dieux.

XXI. — On enlève les tables du festin, tous se rangent en cercle et commencent un jeu très-amusant qui consiste à se demander mutuellement à l'oreille quelque secret à leur volonté. Ce fut pour les deux amants une occasion commode pour se faire confidence de leurs sentiments amoureux. Leur dernière résolution fut qu'ils passeraient la nuit ensemble.

XXII. — Le jeu fut bientôt fini, longtemps même avant l'heure ordinaire. Alors des pages entrés dans la salle avec des torches, chassent les ténèbres et répandent une vive lumière. Avec une compagnie nombreuse qui le suit ou le précède, Roger est conduit dans une chambre fraîche, élégamment ornée, la meilleure de tout le château pour se livrer au repos.

XXIII. — On lui offre de nouveau un vin généreux, et suivant l'usage, quelques confitures; après quoi, toute la compagnie le quitte en lui témoignant les égards les plus respectueux et chacun gagne sa chambre à coucher. Roger entre dans des draps d'un lin parfumé que l'on dirait avoir été tissu par les mains d'Arachné. Il s'y tient en prêtant une oreille attentive pour s'assurer si la belle Alcine ne venait pas encore.

XXIV. — Au moindre bruit qu'il entend, espérant toujours qu'elle arrivait, il levait la tête, il croyait l'entendre, et cependant il n'entendait rien. Alors il soupirait désabusé de son erreur; quelquefois il sautait du lit, allait ouvrir la porte; il regardait de tous côtés au dehors, et ne voyant personne, il maudissait mille fois les heures si lentes et si tardives.

XXV. — Souvent il se disait en lui-même: La voici qui vient; et il se mettait à compter tous les pas qu'Alcine pouvait faire depuis sa chambre jusqu'à celle où il l'attendait. Ces pensées et beaucoup d'autres aussi chimériques l'agitaient avant l'arrivée de sa belle maîtresse. Il craint quelque empêchement qui lui fera comprendre l'intervalle qui existe trop souvent entre la main et le fruit qu'elle doit cueillir.

XXVI. — Alcine après s'être longtemps baignée, parfumée des essences les plus exquises, voyant qu'elle ne pouvait différer son départ, car il régnait partout autour d'elle le plus profond silence, sortit seule de sa chambre, et par une voie secrète se dirigea en silence vers Roger dont l'âme était combattue si vivement entre la crainte et l'espérance.

XXVII. — Aussitôt que le successeur d'Astolphe voit apparaître cette séduisante étoile, il sent circuler dans ses sens dont il n'est plus le maître une flamme brûlante comme si du soufre eût coulé dans toutes ses veines. En voyant tant de beauté il nage dans une mer de délices et de voluptés; il s'élance hors du lit, la prend entre ses bras et n'attend même pas qu'elle se dépouille de ses vêtements.

XXVIII. — Elle n'avait cependant ni robe, ni jupon; elle s'était couverte seulement d'un léger manteau qu'elle avait mis par-dessus une chemise d'une extrême blancheur et de la plus grande finesse. Lorsque Roger l'embrassa le manteau tomba de lui-même et elle resta avec ce seul voile léger et transparent qui ne la couvrait pas plus par derrière et par devant qu'un cristal pur ne cacherait des lis et des roses.

XXIX. — Le lierre ne s'enroule pas plus étroitement autour de l'arbre qu'il entoure que ces deux amants ne se pressent l'un contre l'autre. Ils recueillent dans une aspiration délicieuse sur les lèvres l'un de l'autre un parfum plus suave que n'en produisent l'Inde et Saba sur leurs rivages odoriférants. Leurs langues confondues exprimaient seules les délices dont ils s'enivrent.

XXX. — Toutes ces choses étaient secrètes ou du moins personne n'en parlait; car on est rarement blâmé de sa discrétion et c'est souvent une vertu. Tout l'entourage d'Alcine fait à Roger le plus gracieux accueil, et avec une rare habileté chacun le révère et s'incline devant lui selon les instructions de l'amoureuse Alcine.

XXXI. — Il n'est point de plaisir que ne goûtent les deux amants. Alcine les a tous réunis dans sa demeure délicieuse. Deux ou trois fois par jour ils changent de vêtements préparés tantôt pour un usage, tantôt pour un autre. Ils sont toujours en fêtes ; les festins, les joûtes, la lutte, le théâtre, le bain, la danse, partagent leurs heures ; quelquefois à l'ombre des coteaux, au bord d'une claire fontaine Alcine et Roger lisent ensemble les récits d'amour des héros des siècles passés.

XXXII. — Quelquefois, à travers les vallées ombragées et les riantes collines, ils chassent devant eux les lièvres timides, ou bien avec des chiens bien dressés, battant à grand bruit les haies et les buissons, ils en font sortir les faisans ; d'autres fois, sur les genévriers odoriférants, ils tendent des lacets ou de légers gluaux aux grives ; quelquefois, avec un appât trompeur ou avec des filets, ils troublent les poissons au fond de leur tranquille retraite.

XXXIII. — Tandis que Roger passait ainsi ses jours dans les jeux et les fêtes, Charlemagne et Agramant se préparaient aux combats. Je ne veux pas que cette magicienne me fasse oublier ces héros, je ne veux pas laisser Bradamante en proie à sa douleur après avoir vu son amant désiré emporté loin d'elle par une route bien étrange et bien extraordinaire, sans savoir où il pourrait aller.

XXXIV. — C'est d'elle que je parlerai d'abord. Pendant bien des jours, elle erra, sans retrouver son amant, parmi les bosquets couverts d'ombre, les plaines brûlées par le soleil, les villes et les bourgs, les coteaux et les plaines. Mais il était si loin d'elle que ses recherches furent vaines. Souvent elle entra dans le camp des Sarrasins sans y trouver le moindre indice au sujet de son cher Roger.

XXXV. — Chaque jour elle demande de ses nouvelles à plus de cent personnes ; aucune d'elles ne peut lui

donner la moindre information. Elle va de logis en
logis, elle parcourt les tentes et les pavillons: elle peut
sans danger passer à travers les cavaliers et les piétons
grâce à son anneau magique qui la soustrait aux yeux
des mortels aussitôt qu'elle l'a mis dans sa bouche.

XXXVI. — Elle ne peut ni ne veut croire que Roger
soit mort, car la mort d'un héros si fameux se répan-
drait depuis l'Hydaspe jusques aux lieux où le soleil se
couche. Elle ne sait quelle route prendre, soit dans le
ciel, soit sur la terre; son imagination l'égare et cependant la malheureuse amante ne cesse de le chercher,
n'ayant pour compagnons que ses soupirs, ses regrets
et ses cruelles douleurs.

XXXVII. — Elle eut enfin la pensée de se diriger
vers la caverne qui contenait les os du prophète Merlin
et de faire entendre autour de cette grotte des cris si per-
çants qu'ils attendriraient le marbre le plus insensible.
Si elle peut savoir que Roger vit encore, ou que la
parque inexorable a tranché le fil d'une vie si charmante,
elle prendra dans l'un ou l'autre cas la résolution qu'elle
croira la plus sage.

XXXVIII. — Pour accomplir son projet, elle prend le
chemin qui conduit aux forêts les plus voisines du Pon-
thieu, où la tombe prophétique de Merlin est cachée au
milieu d'un désert sauvage; mais une fée avait l'esprit
sans cesse occupé de Bradamante : je veux parler de
celle qui dans la grotte lui avait fait connaître sa famille et son origine.

XXXIX. — Cette bonne et sage magicienne, qui s'est
sans cesse intéressée à la guerrière, sachant que d'elle
et de Renaud devaient sortir des héros invincibles, des
demi-dieux, voulait savoir chaque jour ce qu'elle faisait,
ce qu'elle disait et chaque jour consultait le sort sur
ses destinées. Elle connaît tout ce qui regarde Roger,
sa délivrance, son emprisonnement et son voyage dans
l'Inde.

XL. — Elle l'avait vu, sur le coursier indomptable et

sans frein dont il n'était pas le maître, parcourir un intervalle immense, par un chemin périlleux et extraordinaire ; elle n'ignorait pas qu'il menait une vie agréable, voluptueuse, au sein des plaisirs de la table, dans une oisiveté énervante, ayant perdu le souvenir de son roi, de sa maîtresse et de son propre honneur.

XLI. — C'est ainsi que dans une longue inertie, l'aimable chevalier avait pu consumer la fleur de ses plus belles années, au risque de perdre en même temps son âme et son corps. Ce souvenir qui seul reste de nous, lorsque notre corps fragile a péri, ce souvenir qui fait vivre l'homme au delà du tombeau et le conserve après le trépas, aurait donc été ou détruit ou enseveli dans sa fleur.

XLII. — Mais la bienfaisante magicienne qui prenait de lui plus de soin qu'il n'en prenait lui-même, chercha le moyen de l'arracher de ces lieux malsains pour le conduire, malgré lui, à travers les sentiers les plus rudes et les plus sauvages, à la vertu, semblable à l'habile médecin qui emploie le fer, le feu et le poison lui-même pour guérir les malades, sachant bien que si ces remèdes violents causent d'abord de la douleur, ils finissent par leur rendre la santé et mériter des actions de grâces.

XLIII. — Mélisse n'était pas indulgente, et son attachement à Roger ne l'aveuglait pas sur ses défauts, comme le faisait Atlant, qui ne songeait qu'à conserver ses jours. Il préférait qu'il vécût longtemps sans gloire et sans honneur, plutôt que de voir retrancher une seule des années de sa vie voluptueuse.

XLIV. — Il l'avait relégué dans l'île d'Alcine pour que dans sa cour il oubliât les combats. Profondément versé dans la magie et sachant employer des enchantements de toutes sortes, il avait resserré tellement le nœud qui unissait la fée à son amant que Roger n'aurait pu le rompre eût-il vécu aussi longtemps que le vieux Nestor.

XLV. — Retournons à Mélisse qui connaissait si bien l'avenir. Je dis qu'elle prit la voie la plu., directe qui pût lui faire rencontrer l'amoureuse et errante fille du duc Aymon. En voyant la magicienne dévouée, Bradamante bannit l'inquiétude qui la tourmentait pour se livrer à l'espérance. Mélisse ne lui cacha pas la vérité ; elle lui apprit que Roger était retenu dans le palais d'Alcine.

XLVI. — La jeune fille faillit mourir en apprenant que son amant était si loin d'elle. Elle craint surtout le danger que courait son amour si l'on ne trouvait immédiatement un sûr remède. Mais la bonne fée la rassure, elle jette sur sa plaie un baume propre à l'adoucir, elle lui promet et lui jure que dans peu de jours elle fera revenir Roger auprès d'elle.

XLVII. — « Puisque tu possèdes, lui dit-elle, ma chère fille, un anneau dont la puissance détruit tous les enchantements, je ne doute nullement qu'en l'arrachant du lieu où Alcine retient ton amant prisonnier, je ne triomphe de ses efforts et ne ramène avec moi l'objet de tes pensées inquiètes. Ce soir, dès la première heure, je pars, et je serai dans l'Inde au lever de l'aurore. »

XLVIII. — Elle poursuit en lui faisant part des moyens qu'elle se propose d'employer pour arracher son cher amant à ce séjour de mollesse et de volupté ; elle est sûre de le ramener en France. Bradamante ôte l'anneau de son doigt ; elle aurait donné volontiers non-seulement cet objet précieux, mais son cœur, mais sa vie, pour assurer le retour de son cher Roger.

XLIX. — Elle donne l'anneau à Mélisse et se recommande à elle, mais elle lui recommande surtout Roger. Elle la charge de mille et mille saluts pour lui ; puis, par une autre route, elle se dirige vers la Provence. La fée, prend la route contraire, et pour exécuter plus promptement sa tâche, fait, le soir, apparaître un coursier qui avait un pied roux et le reste du corps noir.

L. — C'était, je pense, quelque lutin, quelque farfadet

qu'elle avait à cette occasion évoqué de l'enfer. Sans
souliers et sans ceinture, les cheveux épars et horriblement mêlés, elle s'élance sur le coursier magique ; mais
auparavant elle ôta l'anneau de son doigt pour qu'il ne
nuisît point à ses enchantements ; puis elle marcha si
précipitamment que de grand matin elle se trouva dans
l'île d'Alcine.

LI. — Là, elle se métamorphosa d'une manière merveilleuse : sa taille se grandit de plus d'une palme, ses
membres grossirent à proportion. Elle disposa son corps
jusqu'à ce qu'elle crût ressembler à s'y méprendre au
magicien, à cet Atlant qui avait élevé Roger avec tant
de soin. Une longue barbe lui couvre le menton, son
front et sa peau se sillonnent de rides.

LII. — De visage, de gestes et de paroles elle imita
si bien Atlant que l'on pouvait aisément la prendre pour
lui. Alors elle se cacha, guettant avec la plus grande
attention l'instant où Alcine s'éloignerait de son amant.
C'est ce qui arriva enfin un jour, et ce fut un grand miracle, car la magicienne ne pouvait supporter une
heure seule l'absence de Roger.

LIII. — Roger se trouva seul un matin comme Mélisse
le désirait, respirant la fraîcheur de l'air le long d'un
agréable ruisseau qui allait se perdre du haut d'une colline dans l'eau limpide et délicieuse d'un petit lac ; ses
vêtements efféminés et pleins de mollesse ne respiraient
que les délices et le plaisir ; c'était Alcine qui de ses
propres mains, avec un art admirable, avait tissu ses
habits d'or et de soie.

LIV. — Un collier splendide de riches pierres précieuses descendait de son cou sur sa poitrine, et ses bras
autrefois si nerveux étaient entourés de riches bracelets,
un fil d'or délié lui perçait chaque oreille en y formant un
anneau auquel étaient suspendues deux grosses perles
telles que n'en possédèrent jamais l'Inde et l'Arabie.

LV. — Ses cheveux bouclés étaient encore humides
des plus suaves parfums et des plus précieux. Tout dans

sa personne respirait la volupté comme s'il eût passé ses jours à Valence au service des dames. De tout ce qu'il avait été, il ne restait plus que son nom; tout le reste était corrompu. C'est dans cet état que Mélisse trouva Roger, tristement métamorphosé par les enchantements d'Alcine.

LVI. — Mélisse, sous la forme d'Atlant, dont elle avait pris l'apparence, s'avança vers Roger avec ce visage grave et austère qu'il avait été habitué à vénérer, avec cet œil courroucé et menaçant qui avait si souvent fait trembler son enfance. « Quoi! lui dit-il, est-ce là le fruit que j'ai si longtemps attendu de mes sueurs ?

LVII. — « Est-ce pour cela que la moelle des lions et des ours a été ta première nourriture ? T'ai-je appris tout enfant à étrangler les serpents dans leurs horribles cavernes et dans leurs antres terribles, à arracher les ongles des panthères et des tigres, à briser les défenses des sangliers vivants, pour que tu fusses maintenant, après une éducation si sévère, l'Athis ou l'Adonis d'Alcine?

LVIII. — « Est-ce donc pour cela que j'ai observé les étoiles, les fibres des animaux, les horoscopes, les réponses du sort, les augures, les songes et toute cette science à laquelle j'ai consacré mes études ? Est-ce là ce que je m'étais promis, lorsque tu n'étais encore qu'à la mamelle? Je me disais que tu surpasserais les exploits des plus grands hommes, lorsque tu aurais atteint l'âge où je te vois aujourd'hui !

LIX. — « Quel beau commencement pour me faire espérer que tu seras un jour un Alexandre, un Jules César, un Scipion! Qui aurait jamais pu croire, hélas! que tu deviendrais l'esclave d'Alcine ? Et pour que ta honte se manifeste à tous les yeux, tu portes à ton cou et à tes bras les chaînes avec lesquelles elle te conduit selon ses caprices.

LX. — « Si ta propre gloire, si les hauts faits auxquels le ciel t'a destiné ne peuvent t'émouvoir, pourquoi prives-tu ta postérité des biens que je t'ai si souvent prédits? Hélas! ne détruis pas pour l'éternité le ventre d'où le ciel veut que soit conçue par toi la race glorieuse et surhumaine dont l'éclat dans le monde surpassera celui du soleil.

LXI. — « Ah! n'empêche donc pas que les âmes les plus nobles déjà conçues dans les idées éternelles ne prennent successivement corps sur la terre en procédant du cep qui doit avoir en toi sa racine! N'empêche pas les mille triomphes et les mille conquêtes que tes fils, tes petits-fils, tes successeurs, doivent recueillir au prix des labeurs et des blessures, pour l'honneur de l'Italie à qui ils doivent rendre sa première gloire!

LXII. — « Mais pour te persuader il n'est pas nécessaire de te montrer ces grandes âmes illustres, invincibles, glorieuses et saintes qui doivent fleurir sur ta tige féconde; il devrait te suffire de songer à deux d'entre elles, à Hippolyte et à son frère, ces héros si fameux que le monde n'a jusqu'à présent rien connu de plus accompli dans tous les degrés par lesquels s'élèvent les vertus humaines.

LXIII. — « C'est de ces deux princes que j'avais coutume de te parler plus souvent que de tous les autres, non-seulement parce qu'ils posséderont la plus grande partie des vertus qui distingueront tes descendants, mais parce que tu écoutais les récits que je te faisais d'eux avec plus d'attention que ceux qui concernaient les autres héros issus de toi. Je te voyais heureux et fier de ce que ces héros si renommés dussent être un jour tes petits-fils.

LXIV. — « Qu'a donc cette femme, qui règne sur ton cœur si despotiquement, que ne possèdent mille autres courtisanes? cette femme qui, après avoir été la maîtresse de tant d'autres, n'a su, tu le sais bien, assurer le bonheur d'aucun d'eux? Mais pour apprendre ce qu'est cette Alcine, et pour soulever le voile qui couvre son art et ses artifices, mets à ton doigt cet anneau et retourne auprès d'elle, tu pourras alors juger de sa beauté. »

LXV. — Roger, interdit et confus, tenait ses yeux fixés sur la terre et ne savait que répondre. La magicienne alors lui met au petit doigt l'anneau, et aussitôt Roger se reconnaît. Dès qu'il fut revenu à lui-même, il se sentit accablé d'une telle honte qu'il aurait désiré être à mille pieds sous terre pour dérober son visage à la vue de tous les hommes.

LXVI. — La bonne fée reprit alors, en lui parlant, sa forme ordinaire ; elle avait réussi dans son entreprise ; elle n'avait donc plus besoin de paraître sous la figure d'Atlant, et pour vous dire ce que je ne vous avais pas fait savoir jusqu'à présent, elle se nommait Mélisse. Elle se fit connaître sous son nom à Roger et lui apprit le motif de sa venue.

LXVII. — Elle lui était envoyée par la beauté qui, pleine d'amour pour lui, le regrettait sans cesse et ne pouvait vivre sans lui ; elle venait le délivrer des chaînes où une puissance magique le retenait. Elle avait pris la figure d'Atlant de Carène pour lui inspirer plus de confiance ; mais puisqu'il avait désormais recouvré sa raison, elle voulait tout lui découvrir et ne lui laisser rien ignorer.

LXVIII. — « Cette charmante fille qui t'aime tant, qui sera toujours digne de ton amour, à laquelle, tu dois t'en souvenir, tu es redevable de ta liberté, t'envoie par moi cet anneau qui rend impuissants tous les enchantements, et elle t'aurait envoyé son cœur même s'il eût eu le pouvoir, comme cet anneau, de te sauver. »

LXIX. — Elle continua en lui exposant tout l'amour qu'avait eu et que conservait pour lui Bradamante. Elle vanta aussi sa grande valeur autant que la vérité et son attachement le lui permettaient. Elle employa enfin, en messagère habile, tous les moyens de toucher son cœur, et elle inspira à Roger pour Alcine une haine aussi violente que celle que l'on éprouve pour les choses les plus horribles.

LXX. — Autant il l'avait aimée, autant il la prit en haine ; et qu'on ne s'en étonne point, car tout son amour n'était que le résultat forcé de l'enchantement : l'anneau qu'il avait reçu en détruisait le charme. Cet anneau lui fit voir encore que toute la beauté d'Alcine était empruntée ; depuis la tête jusqu'aux pieds, rien ne lui appartenait : la beauté disparut et la laideur resta.

LXXI. — Comme un petit enfant qui, ayant caché un fruit mûr, oublie dans quel lieu il l'a déposé et qui, revenant après plusieurs jours, le retrouve et s'étonne de le voir pourri et tout gâté, bien différent de ce qu'il était auparavant, et alors, au lieu de le chérir comme autrefois, le méprise, le dédaigne et le rejette avec dégoût ;

LXXII. — De même, lorsque Mélisse le fit retourner vers la fée, muni de cet anneau contre lequel ne peuvent prévaloir, tant qu'il le porte à son doigt, les efforts de la magie, Roger retrouva, contre son attente, au lieu de la beauté qu'il avait quittée, une femme si laide qu'il n'en aurait trouvé aucune plus horrible et plus vieille sur toute la surface de la terre.

LXXIII. — Il ne vit plus dans Alcine qu'un visage pâle, ridé, décharné, avec quelques cheveux blancs rares sur la tête ; elle n'avait pas six palmes de hauteur et toutes ses dents étaient tombées de sa bouche. En effet, elle avait vécu plus longtemps qu'Hécube, plus longtemps que la sibylle de Cumes, plus que toutes les femmes parvenues à la plus grande vieillesse. Elle avait employé des moyens puissants, ignorés de notre époque, qui pouvaient la faire paraître à son gré jeune et belle.

LXXIV. — Jeune et belle, elle ne l'était que par l'effet de son art, et c'est ainsi qu'avant Roger elle en avait trompé beaucoup d'autres. Mais l'anneau découvrit le dessous des cartes et dissipa l'erreur dans laquelle tant d'amants étaient tombés. Ne soyez donc pas surpris si du cœur de Roger disparut tout à coup toute pensée d'amour pour Alcine, puisqu'il la trouvait sous une forme que toutes ses ruses ne pouvaient lui cacher.

LXXV. — Mais, d'après le conseil de Mélisse, il sut conserver auprès d'Alcine son air accoutumé jusqu'à ce qu'il se fut armé depuis les pieds jusqu'à la tête des armes qu'il avait si longtemps négligées, et, pour enlever à Alcine tout soupçon, il feignit de vouloir éprouver s'il pouvait encore s'en servir, s'il n'était point devenu trop gros depuis le temps qu'il les avait endossées.

LXXVI. — Il attache à son côté son épée Balisarde (c'est ainsi qu'il la nommait), il prend en même temps le merveilleux bouclier qui non-seulement avait coutume d'éblouir les yeux par son éclat, mais qui jetait l'âme dans un tel accablement qu'elle semblait être séparée du corps; il le prend et le met à son cou, enveloppé du voile de soie dont il était couvert.

LXXVII. — Il va ensuite à l'écurie, fait mettre la bride et la selle à un coursier plus noir que la poix (c'est celui que lui avait indiqué Mélisse), sachant combien il était léger à la course; ceux qui le connaissaient le nommaient Rabican: c'est précisément celui que la baleine avait apporté dans l'île d'Alcine avec le cavalier qui est aujourd'hui le jouet des vents et des flots.

LXXVIII. — Il aurait pu prendre l'hippogriffe qu'il trouva attaché auprès de Rabican; mais la magicienne lui avait dit : « Rappelle-toi que ce cheval est indocile au frein. » Puis elle lui apprit qu'elle avait l'intention de le retirer de ce lieu pour le conduire dans un endroit où l'on pourrait le soumettre au frein et le conduire ensuite partout où l'on voudrait.

LXXIX. — « En ne le prenant pas, ajouta-t-elle, vous ne donnerez aucun soupçon sur la fuite que vous projetez. » Roger suivit en tout les instructions de Mélisse, car cette fée invisible était sans cesse présente à son oreille. A l'aide de ces précautions, Roger quitta le palais voluptueux de cette vieille courtisane, et il arriva à une porte qui conduisait aux états de Logistille.

LXXX. — Il attaque à l'improviste les gardes à travers lesquels il se précipite l'épée à la main, blessant l'un, tuant l'autre; puis il traverse le pont, et avant qu'Alcine s'aperçût de sa fuite, il était déjà bien loin. Je dirai dans le chant suivant le chemin qu'il avait pris et comment il arriva aux états de Logistille.

CHANT HUITIÈME

ARGUMENT

Roger est attaqué par un guerrier envoyé par Alcine. — Il découvre l'écu d'Atlant. — Alcine se met à sa poursuite. — Mélisse rétablit les chevaliers captifs dans leurs premières formes. — Elle arrive avec Astolphe au palais de Logistille. — Pendant ce temps, Renaud demande des troupes aux rois d'Écosse et d'Angleterre. — Un ermite fait entrer un malin esprit dans le corps du cheval d'Angélique, qui, en traversant la mer, est prise par des corsaires. — L'auteur, à ce propos, raconte l'histoire de Protée. — Angélique est condamnée à être dévorée par un monstre. — Incendie de Paris éteint par une pluie descendue du ciel. — Roland s'éloigne de Paris.

I. — Oh! combien il existe parmi nous d'enchanteresses, combien sont nombreux aussi les enchanteurs sans qu'on les connaisse! De combien d'hommes et de femmes ont-ils surpris l'amour, par leurs artifices et par les masques dont ils couvrent leurs visages! Ils n'ont pas pour nous tromper recours aux conjurations des esprits, à l'observation des étoiles; c'est par la dissimulation, le mensonge et la fraude qu'ils enlacent les cœurs dans leurs nœuds indissolubles.

II. — Celui qui posséderait l'anneau d'Angélique, ou plutôt qui serait guidé par le flambeau de la raison, découvrirait sans peine les traits des hommes ou des femmes, malgré l'art et la feinte dont ils couvrent leurs

visages. Tel nous paraît bon et vertueux qui, dépouillé
de son masque, ne serait pour nous qu'un être grossier
et méprisable.

Ce fut un grand bonheur pour Roger de posséder
l'anneau qui lui fit voir les choses sous leur vrai jour.

III. — Ainsi que je l'ai dit, Roger, dissimulant sa résolution, était sorti toute armé, monté sur Rabican ;
il avait pris à la porte de la ville les gardes à l'improviste, et, en se trouvant au milieu d'eux, il avait su
faire un bon usage de son épée. Laissant celui-ci mort,
cet autre dangereusement blessé, il avait forcé la bar-
rière et traversé le pont. Il se dirigeait vers le bois,
quand accourut à lui un des serviteurs de la fée.

IV. — Ce serviteur portait sur le poing un faucon
qu'il faisait à son plaisir voler tout le jour ou à travers
les champs ou le long d'un étang voisin. Il y recueil-
lait ordinairement une abondante proie. Un chien fidèle
était à ses côtés, et il montait un cheval d'assez pauvre
mine. Voyant Roger courir avec tant de vitesse, il pensa
qu'il voulait s'enfuir.

V. — Il vient à sa rencontre, et lui demande d'un a..
impérieux pourquoi il court si vite. Le bon Roger
ne lui fait aucune réponse, et le chasseur alors, ne doutant plus qu'il ne veuille s'échapper, se met en devoir
de l'arrêter, étend vers lui son bras gauche et lui dit :
« Que diras-tu si dans l'instant je t'arrête ? Cet oiseau
suffira pour suspendre la course ? »

VI. — Aussitôt il lâche son faucon qui bat des ailes et
s'élance avec une rapidité que ne pourrait égaler Rabican ; en même temps il saute de son cheval dont il enlève la bride et l'animal part comme un trait lancé par
un arc puissant, aussi terrible par ses ruades que par
ses morsures. Le serviteur le suit avec autant de rapidité que si le vent l'eût emporté.

VII. — Le chien ne veut pas rester en arrière et suit
Rabican avec l'impétuosité du léopard qui poursuit un
lièvre. Roger aurait honte de se laisser devancer, il se

retourne vers le valet qui venait à pied si gaillardement, et voyant qu'il ne porte d'autre arme qu'une petite baguette, celle dont il se sert pour fustiger ses chiens, il dédaigne de tirer l'épée contre lui.

VIII. — Le valet s'approche et le frappe rudement, en même temps le chien lui mord le pied gauche, le cheval débridé lui lance deux ou trois ruades contre le flanc droit, le faucon tourne autour de lui et souvent le déchire avec ses serres, et enfin Rubican, effrayé par ses cris, obéit à peine à la main et à l'éperon.

IX. — Roger, dans son impatience, saisit son épée, et pour chasser cette canaille, il menace tantôt le valet, tantôt le chien, ou du taillant ou de la pointe de son épée; cette troupe importune s'acharne encore plus sur lui; de côté et d'autre elle occupe tout le chemin. Roger voit alors combien il serait honteux et dangereux pour lui d'être arrêté plus longtemps par ces misérables ennemis.

X. — Il sait aussi que, pour peu qu'il reste en ce lieu, il aura bientôt à ses trousses Alcine et tout son peuple; déjà retentit dans toute la vallée le bruit sonore des tambours, des cloches et des trompettes. Mais tirer l'épée contre un valet sans arme et contre un chien, lui paraît indigne de son courage. C'est à un autre usage que doit être employée son épée; le moyen le plus sûr et le plus prompt de se débarrasser de ses assaillants est de découvrir le bouclier qui fut l'ouvrage d'Atlant.

XI. — Il leva le voile rouge qui depuis plusieurs jours enveloppait le bouclier; aussitôt, l'effet si souvent produit se renouvelle, l'éclat de sa lumière frappe les yeux du chasseur, du cheval et du chien qui tombent en perdant tout sentiment, et les ailes traînantes du faucon ne peuvent le soutenir dans les airs. Roger les laisse anéantis dans leur assoupissement profond.

XII. — Alcine pendant ce temps avait appris que Roger avait forcé les portes de la ville et tué un grand nombre de ses gardiens. A cette nouvelle, succombant à sa douleur, elle était restée à demi-morte.

Elle déchire ses vêtements, se frappe le visage en s'accusant de sottise et de maladresse. Puis elle veut faire prendre les armes sans délai à tout son peuple, qu'elle rassemble autour d'elle.

XIII. — Elle le partage en deux bandes, lance la première sur la route par où Roger s'enfuit, range l'autre sur le port, la fait embarquer et lui fait immédiatement lever l'ancre. Les voiles déployées obscurcissent la mer; Alcine, elle-même, dans son désespoir, est montée sur un des vaisseaux, et dans son impatience de retrouver Roger, elle laisse sa ville sans défense.

XIV. — Comme aucune garde n'est laissée dans le palais, Mélisse qui se tenait en garde pour délivrer les misérables détenus dans cet empire maudit, trouva l'occasion la plus favorable et la plus facile d'aller à son gré à chacune des portes, de brûler les images, de rompre les nœuds et d'effacer tous les caractères magiques, toutes les traces des enchantements.

XV. — Alors, précipitant sa course à travers la campagne, elle rend leurs formes primitives à tous les amants que la magicienne avait changés en ruisseaux, en bêtes, en arbres et en rochers. Tous ainsi délivrés se mirent sur les traces de Roger, cherchant leur salut dans les états de Logistille, d'où ils purent se diriger dans la Scythie, la Perse, l'Inde ou la Grèce.

XVI. — Mélisse les renvoya dans leurs pays, pénétrés de reconnaissance pour leur libératrice. Avant tous les autres, elle avait rendu la forme humaine au prince d'Angleterre. Sa parenté avec Bradamante et les prières suppliantes du bon Roger lui rendirent en cette occasion le plus grand service. Il lui donna même son anneau, afin qu'elle pût le secourir d'une manière plus efficace.

XVII. — Donc, je le répète, à la prière de Roger, le bon paladin reprit sa première figure; mais Mélisse ne croit pas avoir assez fait pour lui si elle ne lui faisait recouvrer ses armes et surtout cette lance d'or qui, du premier coup, désarçonne le cavalier qu'elle touche. Elle appartint d'abord à Argail, puis à Astolphe, qui l'un et l'autre acquirent, grâce à cette arme, une grande renommée en France.

XVIII. — Mélisse trouva cette lance d'or cachée par Alcine dans son palais, puis tout le reste de l'armure qu'elle se hâta de retirer de cette demeure fatale. Elle monta sur le coursier ailé du magicien Africain, y fit monter Astolphe en croupe derrière elle, et ils arrivèrent ainsi tous deux au palais de Logistille une heure avant l'arrivée de Roger.

XIX. — Celui-ci déjà, à travers les rochers et les buissons épineux, s'avançait vers la sage fée. De précipices en précipices, par des sentiers perdus, raboteux, inhospitaliers et sauvages, il arrive enfin, après bien des peines, vers l'heure de midi, sur une plage aride, nue, stérile et déserte, entre la mer et une montagne brûlée par le soleil du midi.

XX. — Ses rayons ardents frappaient les coteaux voisins et la chaleur qu'ils réfléchissaient enflammait tellement l'air et le sable qu'elle aurait suffi pour faire fondre le verre. Les oiseaux silencieux reposaient mollement à l'ombre. La cigale seule, de son chant monotone, assourdissait, à travers les rameaux épais des arbres touffus, les vallées, les montagnes, la mer et le ciel.

XXI. — La chaleur, la soif, la fatigue causées par une course interminable à travers une route sablonneuse, faisaient à Roger la compagnie la plus triste et la plus ennuyeuse le long de cette plage déserte brûlée par le soleil. Mais je ne voudrais pas vous parler sans cesse et vous occuper d'un même objet; je laisserai donc Roger exposé sur ce sable brûlant, et, retournant vers l'Écosse, j'irai trouver Renaud.

XXII. — Le roi, sa fille et le pays tout entier avaient accueilli Renaud avec une considération exceptionnelle; il exposa en détails pourquoi il était arrivé en Écosse : que c'était au nom de son roi qu'il était venu demander des secours de ce royaume et de celui d'Angleterre. Il joignit aux prières de Charlemagne les plus fortes raisons qui justifiaient sa demande

XXIII. — Le roi lui répondit sans balancer qu'autant qu'il serait en son pouvoir, il voulait se mettre au service de Charles et de son empire, pour son utilité et son honneur. En peu de jours, il réunirait le plus grand nombre de cavaliers et, si lui-même n'était pas retenu par l'âge, il assurait qu'il n'hésiterait pas à se mettre à la tête de cette armée.

XXIV. — Son grand âge ne pourrait cependant le retenir s'il n'avait un fils qui, par sa valeur et son habileté, était digne de ce commandement. Malheureusement il ne se trouvait pas alors dans le royaume ; mais il espérait qu'il serait bientôt de retour, et qu'en attendant il allait réunir les troupes que son fils trouverait prêtes à son arrivée.

XXV. Le roi d'Écosse ordonne à l'instant dans tout son royaume à ses trésoriers de lever des cavaliers et des fantassins ; des navires sont appareillés, des munitions de guerre préparées, des vivres et de l'argent rassemblés en quantité. Aussitôt Renaud partit pour l'Angleterre, accompagné à son départ par le roi d'Écosse jusqu'à Berwick, et le bon prince versa des larmes en se séparant de lui.

XXVI. — Un vent favorable souffle à la poupe ; Renaud s'embarque, fait à tous ses adieux ; le nocher déploie au vent les voiles, on lève l'ancre, et le vaisseau vogue jusqu'à l'endroit où la superbe Tamise unit ses eaux avec les flots amers de l'Océan. Un courant impétueux conduit sûrement les navigateurs, secondant les voiles et les rames, jusqu'à Londres.

XXVII. — Renaud était chargé par Charlemagne et par le roi Othon, assiégé alors dans Paris avec l'empereur, de remettre au prince de Galles des lettres l'invitant à rassembler de tous côtés tout ce que le pays pourrait fournir en infanterie et en cavalerie, et à faire passer le tout à Calais pour secourir la France et son roi.

XXVIII. — Le prince de Galles dont je parle tenait les rênes de l'empire à la place d'Othon ; il rendit au fils d'Aymon de si grands honneurs qu'il n'aurait pu faire davantage pour le roi lui-même. Il satisfit à ses demandes, ordonnant à tous ceux qui portaient les armes dans la Grande-Bretagne et dans les îles d'alentour de se trouver sur les bords de la mer au jour qu'il indiqua.

XXIX. — Mais, Seigneur, je suis obligé d'imiter l'habile joueur d'instruments qui est obligé de changer souvent ses cordes, de varier les sons en passant alternativement du grave à l'aigu. Pendant que je m'occupe ici de Renaud, le souvenir de la belle Angélique revient à ma pensée ; je l'avais laissée fuyant ce chevalier au moment où elle rencontra un ermite.

XXX. — Je veux pendant quelque temps poursuivre son histoire. Je disais donc qu'elle demandait avec une grande inquiétude comment elle pourrait arriver sur le bord de la mer ; qu'elle avait tant de peur de Renaud qu'elle aurait cru mourir si elle n'avait mis la mer entre elle et lui ; elle ne se croyait pas en sûreté dans toute l'Europe ; mais l'ermite, qui se plaisait à rester auprès d'elle, cherchait à l'amuser par de vains récits.

XXXI. — Cette beauté si rare avait fait impression sur son cœur et réchauffé ses sens glacés par l'âge : mais voyant qu'elle faisait peu d'attention à sa personne et qu'elle n'était nullement décidée à rester longtemps avec lui, il piqua son âne de cent coups d'éperon sans pouvoir triompher de sa lenteur ; l'animal opiniâtre refusa d'obéir. Il ne veut ni galoper, ni trotter, à peine consent-il à aller au pas.

XXXII. — Angélique était déjà bien loin et il avait presque perdu sa trace. Le moine eut alors recours à la noire caverne d'où il fit sortir une troupe de démons. Il en choisit un dans toute la bande, l'informe de ce qu'il exige de son service et le fait entrer ensuite dans le corps du cheval qui emporte loin de lui la dame de son cœur.

XXXIII. — Tel qu'un chien habile donne la chasse aux lièvres et aux renards dans la montagne et qui, voyant sa proie aller d'un côté, va l'attendre de l'autre, en ayant l'air d'abandonner sa trace, mais bientôt arrive au passage et saisit sa proie, lui ouvre et déchire les flancs : ainsi l'ermite, par des sentiers divers, espère atteindre Angélique par quelque endroit qu'elle passe.

XXXIV. — Quel est son dessein ? je le comprends parfaitement et je vous le dirai, mais dans un autre lieu. Quant à Angélique, croyant ne rien avoir à craindre de ce côté, elle voyageait tantôt à grandes, tantôt à petites journées. Le démon tapi dans le ventre du cheval ressemblait à un feu qui, après avoir longtemps couvé, éclate tout à coup par un si grave incendie qu'on ne peut l'éteindre ni même y échapper.

XXXV. — La demoiselle avait pris le sentier le long de la grande mer qui baigne les côtes de Gascogne ; elle guidait son cheval près du rivage dans les lieux où le sable battu par la mer a le plus de solidité. En ce moment, le fier démon pousse le cheval dans l'eau assez avant pour qu'il se mette à la nage. Angélique terrifiée ne sait prendre d'autre parti que de se tenir fortement à la selle.

XXXVI. — Elle a beau tirer les rênes, elle ne peut parvenir qu'à le faire avancer de plus en plus dans la mer. Elle tenait ses vêtements au-dessus de l'onde pour ne pas les mouiller et soulevait ses pieds ; ses cheveux épars retombaient sur ses épaules, et les vents se jouaient au milieu d'eux, tandis que les aquilons et les autres vents furieux semblaient retenir leur haleine, attentifs aussi bien que la mer à contempler cette merveilleuse beauté.

XXXVII. — C'est en vain qu'elle tournait ses beaux yeux vers la terre, tandis que les pleurs baignaient ses joues et son beau sein. Elle voyait fuir derrière elle le

rivage qui semblait diminuer de plus en plus et enfin
disparaître. Nageant vers la droite, le coursier fait un
grand détour et va la porter à terre au milieu de rochers
menaçants et de sombres cavernes. Les voiles de la nuit
commençaient à s'étendre de tous côtés.

XXXVIII. — En se voyant seule dans ce désert sauvage dont l'aspect inspirait l'effroi, à l'heure où le soleil se plongeant dans les flots laisse dans l'obscurité
l'air et la terre, elle demeura immobile, en sorte que
quiconque l'eût vue alors n'aurait pu distinguer si
c'était un être animé et sensible ou quelque roche ayant
la forme humaine.

XXXIX. — Stupide et les yeux fixés sur un sable
inconnu, les cheveux détachés et mêlés, les mains
jointes et les lèvres immobiles, elle levait vers le ciel ses
yeux languissants. Ils semblaient accuser le suprême
moteur qui avait déchaîné pour son malheur tous les
destins. Ainsi demeura-t-elle quelque temps sans mouvement, étonnée, puis enfin elle abandonna sa bouche
aux plaintes et ses yeux aux larmes.

XL. — « Fortune, dit-elle, que te reste-t-il de plus à
faire pour t'assouvir de mon infortune et de mon déshonneur? Que puis-je te donner désormais, sinon cette
misérable vie? Mais tu ne la désires pas, puisque tu as
mis tant d'empressement à me tirer de la mer où j'aurais
pu voir la fin de mes tristes jours, tu n'as d'autre désir
que de me tourmenter encore avant que je meure.

XLI — « Mais je ne vois pas comment tu pourrais me
nuire d'une façon plus cruelle que tu ne l'as fait jusqu'ici. Par toi, j'ai été chassée d'un trône où je n'espère
plus remonter. Par toi, j'ai perdu l'honneur, perte irré-
parable, car si en effet je suis irréprochable, je laisse
croire à chacun par ma vie vagabonde que mon déshonneur est réel.

XLII. — « Quel bonheur peut espérer dans le monde
la femme dont on soupçonne la vertu? C'est un malheur
pour moi que d'être jeune, d'avoir une beauté si vantée,

à tort ou à raison. Je ne puis remercier le ciel de ses dons devenus la cause de ma perte. C'est pour cela qu'est déjà mort Argail mon frère, que n'ont pu préserver ses armes enchantées.

XLIII. — « C'est pour moi qu'Agrican, le roi de Tartarie, a vaincu Galafron, mon père, qui était grand Khan du Cathai. A quelle condition m'a réduite cette beauté fatale qui me force à changer d'asile du soir au matin ! O fortune ! si tu m'as enlevé mes domaines, mon honneur et mes parents, si tu m'as fait tout le mal qui est en ton pouvoir, pour quelle nouvelle douleur m'as-tu donc réservée ?

XLIV. — « Si dans ta cruauté tu ne jugeais pas suffisante une mort au sein de la mer, envoie si tu le veux contre moi une bête cruelle qui me dévore, si cela peut te satisfaire et mettre un terme à mes souffrances. Pourvu que je périsse, quelque affreux que soit mon supplice, je t'en rendrai grâces. » C'est ainsi que la pauvre Angélique s'exprimait, en versant un torrent de larmes, lorsque tout à coup elle aperçut l'ermite.

XLV. — Celui-ci l'avait aussi vue du sommet d'un rocher, arrêtée au pied même de ce roc, affligée et pleine d'angoisses. Il y avait déjà six jours qu'un démon l'avait amenée dans ce lieu par un chemin inconnu. Il s'approcha d'Angélique en affectant un air dévot qui l'aurait fait prendre pour un Paul ou un Hilarion.

XLVI. — En le voyant, la jeune fille se rassura ; elle était loin de se douter de ses intentions, et bien qu'elle eût encore sur son visage une pâleur mortelle, ses craintes se calmèrent peu à peu. Dès qu'il fut près d'elle : « O mon père, lui cria-t-elle, ayez pitié de moi ! car je suis arrivée à un bien mauvais port ! » Et alors, d'une voix entrecoupée par ses sanglots, elle lui raconta ce que le perfide savait aussi bien qu'elle.

XLVII. — L'ermite se mit d'abord à la rassurer avec quelques bonnes raisons pleines de dévotion, et en lui parlant il porta ses mains audacieuses, tantôt sur son sein, tantôt sur ses joues humides. Peu à peu il devient plus hardi, il cherche à la prendre dans ses bras. Angélique, indignée, le frappe d'une main sur la poitrine et de l'autre le repousse, et une honnête rougeur se répand sur tout son visage.

XLVIII. — L'ermite portait à son côté un étui qu'il ouvrit et d'où il tira une petite fiole pleine d'une liqueur dont il répandit légèrement quelques gouttes sur ces yeux charmants où brillait le plus brûlant flambeau que possède l'amour. Aussitôt le sommeil les ferma au contact de cette liqueur funeste, et Angélique étendue mollement sur le sable demeura exposée à toutes les tentatives de ce vieillard immonde.

XLIX. — Il l'embrasse, il la caresse tout à son aise sans que la jeune fille endormie puisse lui opposer la moindre résistance. Il baise tantôt son beau sein, tantôt sa bouche ; personne ne peut le voir dans ce lieu sauvage et solitaire. Malheureusement ses sens ne répondent point à ses ardents désirs, son corps affaibli par l'âge le trahit et le retient dans une impuissance absolue.

L. — Il essaye tous les moyens et tous les artifices ; rien ne peut lui rendre la vigueur qu'il a perdue. Il a beau s'agiter avec une sorte de furie, il s'épuise en vains efforts et il tombe endormi auprès de la dame qu'un nouveau malheur vient accabler encore. O fortune, tu ne cesses jamais de poursuivre le malheureux dont tu as résolu de faire ton jouet !

LI. — Mais avant de vous raconter ce nouveau malheur, j'ai besoin de m'écarter un peu de la route que j'avais prise.

Dans les mers du couchant et au delà de l'Irlande, se trouve une île que l'on appelle Ébude. Elle a peu d'habitants depuis que l'orque farouche et d'autres animaux marins qu'y conduisit Protée pour assouvir sa vengeance, y eurent porté leurs ravages.

LII.—Les antiques histoires vraies ou fausses racontent

que cette île fut autrefois possédée par un roi puissant, dont la fille était si belle et si gracieuse que, s'étant un jour avancée sur le bord de la mer, sa vue seule enflamma Protée de l'amour le plus ardent. Un jour qu'il la trouva seule, il la saisit et laissa dans son sein un gage de son amour.

LIII. — Le père en fut aussi surpris qu'attristé ; c'était le plus impitoyable et le plus cruel des princes. Ni les excuses, ni les prières de sa fille ne purent le fléchir, tant la colère domina son cœur ; et, malgré son état de grossesse, il la fit mettre à mort et il fit même périr son petit-fils, malgré son innocence, avant même qu'il eût vu le jour.

LIV. — Protée, le dieu marin, pasteur des grands troupeaux de Neptune et souverain des mers, ressentit une profonde douleur de la mort de son amante. Dans sa fureur, il viola toutes les lois et toutes les règles de la nature. Il appelle et conduit sur le rivage les orques, les phoques et tous les monstres marins, qui détruisent non-seulement les troupeaux, mais les villes, les campagnes et les laboureurs.

LV. — Souvent même, ces monstres s'approchent des murailles qui entourent les villes et leur livrent un furieux assaut ; nuit et jour, les habitants armés, frappés de terreur, montent une ennuyeuse garde ; toutes les campagnes sont abandonnées, et l'on n'imagine, comme remède à tant de maux, que d'aller consulter sur cet événement l'oracle, qui leur fit cette réponse :

LVI. — « Il fallait qu'ils trouvassent une jeune fille égale en beauté, et qu'ils la conduisissent à Protée pour remplacer celle qu'il avait perdue sur le rivage de la mer. S'il se contentait de cette offrande et trouvait la jeune fille à son gré, la mer et la terre cesseraient d'être désolées, sinon, il fallait en exposer une seconde, puis une troisième, jusqu'à ce qu'il fût satisfait. »

LVII. — C'est ainsi que commença dans cette île la triste condition des jeunes filles les plus remarquables par leur beauté. Chaque jour, on en présente une à Protée, jusqu'à ce qu'il trouve celle qui devra lui plaire. La première et toutes les autres furent mises à mort, car une orque, qui reste sur le rivage lorsque les phoques et le reste du troupeau l'ont quitté, les dévore toutes les unes après les autres.

LVIII. — Que cette histoire de Protée soit vraie ou fausse, je ne sais qui pourrait me le dire ; ce qui est certain, c'est que dans ce pays subsiste l'usage barbare, remontant à une époque ancienne, de livrer les jeunes filles à l'orque monstrueuse qui se repaît de leur chair. Si c'est un malheur dans tous les pays d'être femme, ce malheur est encore plus grand dans celui-ci que partout ailleurs.

LIX. — Qu'elles sont malheureuses les jeunes filles qu'un destin cruel jette sur ces funestes bords, où les habitants se tiennent sur le rivage pour saisir les étrangères, et en faire un holocauste sacrilége ! Plus ils sacrifient de jeunes filles étrangères, moins le nombre de leurs propres filles diminue. Mais comme les vents ne leur apportent pas toujours une proie, ils vont en chercher sur toutes les côtes.

LX. — Ils parcourent les mers sur des barques légères et des brigantins, et soit au loin, soit auprès, ils allégent leurs propres maux en se procurant des victimes étrangères, tantôt par la force et la violence, quelquefois par trahison, quelquefois avec de l'or, ou en les abusant par de vaines promesses. Et dans tous les lieux ils ont des tours et des prisons remplies de filles appartenant à diverses contrées.

LXI. — Une de leurs barques rasant un jour les bords d'une île arriva sur le rivage solitaire où la malheureuse Angélique dormait étendue sur la terre au milieu des buissons et des fleurs. Quelques matelots descendirent à terre pour y chercher du bois et de l'eau douce. Ils y trouvèrent cette Angélique, cette fleur de toutes les beautés.

LXII. — O trop chère et trop charmante proie pour cette race barbare et vile! O fortune cruelle! Qui croirait que tel est ton empire sur les choses humaines que tu puisses réserver au repas d'un monstre la beauté divine que le roi Agrican, le puissant monarque des Indes avait fait venir des portes du Caucase avec la moitié de la Scythie pour y chercher la mort.

LXIII. — Cette beauté suprême, pour laquelle Sacripant exposa son honneur et son beau royaume, cette beauté céleste qui ternit la gloire et égara la raison de l'illustre comte d'Angers, cette belle Angélique, enfin, qui bouleversa tout l'Orient ou le calma à son gré, maintenant seule et abandonnée, ne peut pas même trouver un seul homme qui lui adresse une parole consolante!

LXIV. — Plongée dans un accablant sommeil, elle fut chargée de chaînes avant qu'elle se réveillât. Les matelots la transportent avec le prêtre magicien dans leur barque déjà pleine d'une foule éplorée et malheureuse. La voile était restée au sommet du mât, le vent y souffle et conduit la barque à l'île funeste. Là, Angélique est enfermée dans une obscure prison, jusqu'au jour où l'on aura décidé de son sort.

LXV. — Cependant, sa beauté extraordinaire avait touché de compassion cette nation féroce, qui différa sa mort de plusieurs jours, la réservant pour une dernière extrémité. Tant qu'ils eurent à leur disposition des jeunes filles étrangères, ils firent grâce à l'angélique beauté. A la fin, elle fut conduite au monstre par le peuple tout entier, qui la suivit en versant des larmes.

LXVI. — Qui pourrait exprimer les angoisses, les cris, les gémissements et les plaintes dont retentit le ciel? Je m'étonne que les rivages ne se fendirent pas lorsqu'elle fut déposée sur cette dure et froide pierre, où enchaînée, privée de tout secours, elle attendit une mort abominable et horrible. Je ne le dirai pas, car la douleur qui m'accable moi-même me force à porter mes chants sur d'autres sujets.

LXVII. — J'espère trouver des accents moins lugubres, jusqu'à ce que mon esprit consterné se ranime, car il n'y a point de serpent ni de tigresse privée de ses petits et transportée de rage, il n'y a pas, de l'Atlas aux rivages de la mer Rouge, d'animal venimeux errant dans les sables brûlants, qui ne fût ému de pitié en voyant Angélique attachée sur cet affreux rocher.

LXVIII. — Oh! si Roland, qui courait alors à Paris pour la chercher, eût connu son malheur, ou s'il eût été connu des deux guerriers que le vieil ermite avait trompés par son adresse au moyen du messager sorti du fond des enfers, ils auraient à travers mille morts suivi les pas d'Angélique pour lui porter secours. Mais que pourraient-ils faire, lors même qu'ils en seraient informés, puisqu'ils sont si loin d'elle!

LXIX. — Paris était à cette époque assiégé par le fils célèbre du roi Trojan, et cette ville avait été réduite à une telle extrémité qu'elle avait été sur le point de tomber entre les mains de ses ennemis. Si les vœux et les offrandes n'eussent pas apaisé le ciel qui fit tomber sur le sol une abondante pluie dont l'air fut obscurci, ce jour-là, le Saint-Empire et le grand nom de France auraient succombé sous la lance d'un roi d'Afrique.

LXX. — Le souverain créateur du monde, prêtant l'oreille aux justes réclamations du vieux Charlemagne, abaissa ses regards sur Paris et fit tomber une pluie abondante pour éteindre un embrasement que n'aurait pu arrêter la main d'aucun mortel. Il est donc sage l'homme qui a recours à Dieu, car c'est de lui seul qu'il peut attendre une assistance certaine. C'est ce qu'éprouva alors le vieil empereur, qui dut son salut à la protection divine.

LXXI. — Pendant la nuit, Roland se laissa aller sur son lit à la fougue rapide de ses pensées: il les porte tantôt sur un objet, tantôt sur un autre, ou bien il les concentre sur un seul point, sans cependant pouvoir les fixer. C'est ainsi que la lumière tremblante du soleil ou celle de

l'astre de la nuit, réfléchie sur la surface d'une onde
pure, court par sauts et par bonds sur les toits des maisons, à droite et à gauche, en haut et en bas.

LXXII. — La beauté qui lui revient sans cesse à
l'esprit, ou plutôt dont l'image ne l'a jamais quitté,
rallume tous les feux de son cœur et rend plus ardente
que jamais une flamme qui semblait assoupie. Angélique était venue avec lui en Occident des extrémités du
Cathai, puis il l'avait perdue et n'avait pu retrouver sa
trace depuis la fatale déroute de Charlemagne près de
Bordeaux.

LXXIII. — Cet événement lui causait une grande
douleur et ravivait en lui le vain souvenir de son imprudence. « Oh! chère âme! s'écriait-il, combien a été
lâche ma conduite envers toi! Hélas! qu'il m'est dur de
penser que je pouvais t'avoir nuit et jour à mes côtés
puisque ta bonté ne me le défendait pas, et que pourtant
j'ai eu la faiblesse de te laisser remettre entre les mains
du duc Nayme, sans avoir le courage de m'opposer à une
telle injure!

LXXIV. — « N'avais-je pas bien des raisons pour
m'excuser? Charlemagne ne les eût pas repoussées. Et s'il
l'avait fait, qui aurait pu me forcer et me contraindre à
t'abandonner? Ne pouvais-je pas recourir aux armes
plutôt que de céder, plutôt que de souffrir qu'on m'ar-
rachât le cœur? Mais ni Charles ni toute son armée
n'aurait eu assez de puissance pour t'arracher de mes
mains.

LXXV. — « Si du moins l'on t'avait placée en lieu sûr,
dans Paris ou dans quelque bonne forteresse! Mais
t'avoir remise entre les mains du duc Nayme, n'était-ce
pas m'exposer à te perdre en te confiant à lui! Quel
autre pouvait être un meilleur gardien pour toi, quel
autre que moi t'aurait défendue jusqu'à la mort? Je devais te garder plus chèrement que mon cœur, que mes
yeux; je devais, je pouvais le faire, et je ne l'ai pas
fait!

LXXVI. — « Hélas! âme de ma vie, où es-tu mainte
nant? Sans moi, toi si jeune et si belle, n'es-tu pas
comme la timide brebis égarée dans les bois, lorsque le
soleil est couché, espérant être entendue du berger, et
courant de côté et d'autre, en bêlant si tristement que le
loup entendant de loin ses plaintes accourt, et le malheureux berger pleure en vain sa perte?

LXXVII. — « O ma douce espérance, où donc es-tu?
T'en vas-tu seulette, errante encore? ou bien des loups
ravissants ne t'ont-ils pas trouvée hors de la garde de
ton fidèle Roland? Et la fleur divine qui devait me rendre l'égal des dieux, cette fleur que j'ai toujours voulu
conserver intacte, plein de respect pour ta pudeur, hélas!
pauvre âme chaste et pure, ils te l'auront cueillie par la
force et la violence!

LXXVIII. — « Que je suis malheureux! que je suis
misérable! Je ne puis désirer que la mort s'ils m'ont
cueilli cette fleur charmante. Seigneur Dieu! fais-moi
souffrir les plus cruels supplices, plutôt que j'aie à dé-
plorer une pareille infortune! Si mes craintes sont jus-
tifiées, je m'enlèverai la vie de mes propres mains
séparant de mon corps mon âme désespérée! » Tel était
le désespoir auquel Roland s'abandonnait en faisant
entendre les plus profonds soupirs.

LXXIX. — Déjà, sur tous les points de la terre, les
animaux fatigués réparaient dans le sommeil leurs
forces épuisées, les uns sur la plume, les autres sur la
dure et froide pierre, ceux-ci sur l'herbe, ceux-là sur
les branches des hêtres et des myrtes. Toi seul, Roland, tu peux à peine abaisser tes paupières fatiguées.
Déchiré par les pensées les plus amères et les plus
tristes, tu ne peux même pas dans un court et léger
sommeil faire un moment trêve à tes poignantes douleurs.

LXXX. — Il semblait à Roland que sur un vert rivage
émaillé des fleurs les plus odoriférantes, il admirait ce
bel ivoire et cette pourpre naissante que l'amour lui-

même avait peints de ses propres mains, et les deux
astres brillants qui retiennent l'âme captive dans les
filets de l'amour. Je veux parler de ces deux beaux yeux
et de ce doux visage qui lui avaient ravi et emporté au
loin son cœur.

LXXXI. — Il éprouvait alors le plus grand plaisir, la
plus grande félicité qui puisse charmer un amant heureux. Mais tout à coup gronde une tempête qui renverse
les fleurs et abat les arbres. Jamais un pareil ouragan
n'exerce ses ravages lorsque les vents du nord, du midi
et de l'orient se livrent de violents combats. Il semblait
à Roland qu'il parcourait les plus affreux déserts sans
pouvoir y trouver un abri.

LXXXII. — Le malheureux s'imaginait de plus, sans
savoir pourquoi, qu'il perdait son Angélique, disparue
au milieu d'un brouillard épais. Alors il faisait retentir
les bois et les plaines, mille et mille fois, du beau nom
d'Angélique. Pendant qu'il se disait en lui-même en
vain: « Ah! que je suis malheureux! qui donc a changé
mon bonheur et ma joie en un amer poison? » il entendait sa maîtresse qui implorait en gémissant son secours
et sa protection.

LXXXIII. — Le voilà qui court de tous côtés vers les
lieux où il croit entendre cette voix gémissante, il se
fatigue en vain; et combien sa douleur devient âpre et
atroce, lorsqu'il n'aperçoit plus la douce lumière qui
charmait son regard! Tout à coup, il entend d'un autre
côté une voix qui lui crie : « N'espère plus jouir sur
cette terre de la vue de celle que tu adores. » A cet horrible cri Roland s'éveille et se trouve baigné de larmes.

LXXXIV. — Il ne réfléchit pas combien sont trompeuses les images que la crainte ou les désirs suscitent
dans nos songes. Il s'inquiète comme d'une réalité du
sort d'Angélique et déplore le malheur ou l'affront qui
l'accable, il s'élance hors de son lit, en proie à un accès
de fureur. Il s'arme de toutes pièces, monte sur Bride-
d'or, refusant le service de tous ses écuyers.

LXXXV. — Il veut pouvoir pénétrer partout où bon lui semblera sans que sa dignité puisse recevoir aucune atteinte. Il ne prend donc point la cotte d'armes ornée d'argent et de gueules, si renommée dans les combats. Il en choisit une toute noire conforme à sa douleur. Il l'avait autrefois conquise sur un émir sarrasin qu'il avait tué de ses propres mains.

LXXXVI — Il part au milieu de la nuit sans en avertir son oncle et sans lui dire adieu. Il ne voulut même pas prendre congé de Brandimar son fidèle compagnon d'armes qui lui était si cher. Le lendemain, à peine le soleil, ayant ses beaux cheveux épars, était-il sorti du palais empourpré de l'aurore, à peine avait-il commencé à dissiper les ombres humides et épaisses, que Charlemagne s'aperçut du départ de Roland.

LXXXVII. — Ce fut avec un grand déplaisir que l'empereur apprit que son neveu était parti pendant la nuit. Il aurait dû rester auprès de lui et lui prêter le secours de son bras. Il ne peut modérer sa colère, il se plaint vivement, il l'accable de reproches, il l'accuse, il le menace même s'il ne revient pas vers lui, de le punir avec rigueur de son abandon.

LXXXVIII. — Brandimar, que Roland aimait autant que lui-même, ne resta pas en arrière; il courut après lui. espérant sans doute l'engager à revenir, ou ne pouvant supporter les reproches et le blâme dont son ami était l'objet. Il voulut à peine attendre pour sortir du palais l'arrivée des ombres du soir, il cacha même son départ à sa chère Fleur-de-lis, de peur qu'elle n'essayât de le retenir.

LXXXIX. — Cette Fleur-de-lis était une jeune fille qu'il aimait tendrement et dont il se séparait rarement. Ses habitudes, ses grâces, sa beauté égalaient son esprit et sa prudence. Et si Brandimar n'avait pas pris congé d'elle, c'est qu'il avait espéré revenir le jour même. Mais les aventures qui survinrent ne lui permirent pas d'accomplir son projet.

XC. — Elle l'attendit en vain pendant un mois, et voyant qu'il ne revenait point, elle fut si désolée de son absence qu'elle partit sans guide et sans écuyer et parcourut sans le rencontrer bien des pays, comme vous l'apprendra la suite de son histoire. Mais je ne veux pas vous entretenir plus longtemps de ces deux amants, car je trouve plus important de rechercher ce qu'était devenu le fils d'Aglant.

XCI. — Lorsque celui-ci eut changé les glorieuses insignes d'Almon, il s'approcha de la porte et dit tout bas au capitaine à qui la garde en était confiée : « Ouvrez, je suis le comte. » Aussitôt le pont-levis s'abaissa et le guerrier, prenant aussitôt la route la plus courte pour arriver aux ennemis, marcha à grands pas. Ce qui s'ensuivit vous l'apprendrez dans le chant suivant.

CHANT NEUVIÈME

ARGUMENT

Roland passe à travers le camp ennemi. — Il promet de délivrer les femmes de l'île d'Eude. — Il est jeté sur la côte de Hollande. — Olympe lui raconte son histoire. — Il entreprend de la venger et y réussit. — Il part pour l'Irlande, emporte le fusil et le jette dans la mer.

I. — Quel empire exerce donc sur le cœur qu'il possède ce traître et cruel dieu d'amour, puisqu'il a fait oublier à Roland l'inviolable fidélité qu'il devait à son seigneur! Ce guerrier si sage, si prudent, défenseur si zélé de l'Église, entraîné maintenant par un fol amour, s'inquiète peu de son oncle, de lui-même, et encore moins de Dieu.

II. — Mais je ne suis que trop disposé à l'excuser et je me réjouis même d'avoir un si bon compagnon de ma folie. Car moi aussi, je suis languissant et tiède pour le bien et, comme lui, je me sens plein de force et de vie pour faire le mal. Roland s'en va donc couvert de ses armes noires, sans songer aux nombreux amis qu'il abandonne. Il se dirige vers les lieux où les armées d'Afrique et d'Espagne faisaient toutes leurs dispositions pour la guerre.

III. — Mais ce n'était pas une armée, c'était une foule d'hommes dispersés par l'orage et réfugiés sous les arbres et sous les toits par groupes de dix, de vingt, de quatre, de sept, de huit, les uns à peu de distance, les autres plus éloignés ; accablés de lassitude et de travail, ils succombent au sommeil, celui-ci étendu sur la terre, celui-là tenant sa tête appuyée sur sa main ; ils dorment et le comte pourrait facilement en tuer un grand nombre : mais il ne croit pas devoir tirer ici sa Durandal.

IV. — Son âme est trop généreuse et trop noble pour se résigner à frapper les gens endormis ; il ne songe d'ailleurs qu'à courir partout pour découvrir quelques traces de son Angélique. Trouve-t-il quelqu'un qui veille, il lui dépeint en soupirant et ses vêtements et sa personne, et puis il le supplie par grâce de lui indiquer par où il doit aller pour la rencontrer.

V. — Aussitôt que la brillante lumière du soleil a dissipé les ombres de la nuit, il parcourt le camp des Maures en tous sens ; il peut le faire en toute sécurité puisqu'il est recouvert d'armes arabes. D'ailleurs il trouvait d'autant plus de facilité dans ses recherches qu'il ne parlait pas seulement la langue française, mais qu'il maniait aussi bien la langue africaine que s'il fût né et eût été élevé à Tripoli.

VI. — Il employa trois jours à parcourir ainsi le camp sans aucun succès ; il alla ensuite dans les villes et dans les bourgs. Ne se contentant pas de parcourir tous les districts de France, il pousse ses investigations dans l'Auvergne, dans la Gascogne, dont il visite les plus petites bourgades. Il cherche enfin son Angélique depuis la Provence jusqu'à la Bretagne, depuis la Picardie jusqu'aux extrémités de l'Espagne.

VII. — C'était vers la fin d'octobre et le commencement de novembre, dans la saison où l'on voit les branches se dépouiller et les plantes tremblantes perdre leurs feuillages et se montrer toutes nues, dans le temps où les oiseaux prêts à partir se rassemblent en grandes troupes, que Roland avait commencé son amoureuse enquête. Il la continua pendant tout l'hiver et la poursuivit encore au printemps.

VIII. — Un jour qu'il passait, selon son habitude, d'un pays dans un autre, il arriva sur le bord d'un ruisseau qui sépare la Normandie de la Bretagne et porte ses eaux paisibles vers la mer voisine. Mais la neige abondante venant à se fondre et des torrents de pluie s'échappant des montagnes, cette rivière gonflée et toute blanche d'écume était devenue un torrent impétueux qui avait entraîné avec lui le pont sur lequel elle pouvait être traversée.

IX. — Le paladin jette les yeux le long du rivage dans tous les sens, afin de voir s'il ne découvrira pas (car il n'a ni les nageoires d'un poisson, ni les ailes d'un oiseau) quelque moyen de passer sur l'autre rive; tout à coup il voit s'avancer vers lui un petit bateau à la poupe duquel est assise une demoiselle qui lui fit signe de venir à elle, sans permettre cependant à la barque de toucher la terre.

X. — Elle ne voulait pas aborder, craignant sans doute que le guerrier n'essayât de monter malgré elle dans l'embarcation. Roland la prie de le prendre avec elle et de le passer de l'autre côté du fleuve. Mais elle lui dit : « Aucun chevalier n'entrera dans ma barque avant de m'avoir juré sur sa foi qu'il entreprendra à ma requête l'entreprise la plus juste et la plus honorable du monde.

XI. — « Si donc vous désirez, chevalier, que je vous conduise de l'autre côté, promettez-moi que vous irez avant la fin du mois prochain vous joindre au roi d'Irlande, qui réunit autour de lui une superbe armée pour aller détruire cette île d'Ébude qui est la plus barbare de toutes celles que baignent les mers.

XII. — « Vous n'ignorez pas qu'au delà de l'Irlande, parmi de nombreuses îles, il en est une que l'on nomme Ébude : une loi du pays contraint ses habitants à parcourir en pillant tous les lieux d'alentour, et toutes les jeunes filles dont ils peuvent s'emparer sont livrées à un monstre vorace qui vient chaque jour sur le rivage où il trouve toujours une jeune demoiselle dont il fait sa pâture.

XIII. — « Les marchands et les corsaires qui voyagent sur ces côtes lui en fournissent en nombre, et toujours des plus belles ; vous pouvez calculer combien de jeunes femmes ou de jeunes filles ont déjà péri en en comptant une par jour. Si la pitié trouve quelque asile dans votre âme, si votre cœur n'est pas rebelle à l'amour, vous vous trouverez heureux de faire partie de ces héros d'élite qui s'arment pour une si juste cause. »

XIV. — Roland ne la laissa pas achever ; il jura d'être le premier engagé dans cette entreprise. Jamais il ne pouvait entendre parler d'un acte inique et brutal sans être ému et sans souffrir. En l'écoutant, il se met à penser et bientôt à craindre que ces barbares n'aient enlevé Angélique, puisque, après avoir parcouru tant de lieux, il n'en a pu apprendre aucune nouvelle.

XV. — Troublé par une pareille pensée, il renonce à toute autre résolution, et il s'abandonne vivement au projet de se rendre sur-le-champ à cette île sauvage. Avant la fin du jour suivant il était à Saint-Malo où, trouvant un vaisseau tout prêt à partir, il s'y embarque. On déploie les voiles, et, dès la même nuit, il dépasse le mont Saint-Michel.

XVI. — Il laisse sur la gauche Breace et Landriglier,

il rase les longs rivages de Bretagne, se dirige vers les
côtes blanches qui ont fait donner à l'Angleterre le nom
d'Albion; mais le vent qui soufflait du midi tourna
tout à coup vers le nord-ouest, et souffla avec tant de
furie qu'il fallut carguer toutes les voiles et s'abandonner à son caprice.

XVII. — Autant le vaisseau avait fait de chemin en
avant dans l'espace de quatre jours, autant il en fit en
arrière pendant un seul jour. L'habile nocher tenait
constamment la haute mer, dans la crainte que le vaisseau ne se brisât en touchant la terre comme un verre
fragile. Le vent, après avoir fait rage pendant quatre
jours, changea et permit au vaisseau d'entrer librement
dans le fleuve d'Anvers, au lieu où il se jette dans la
mer.

XVIII. — Aussitôt que le pilote harassé de fatigue fut
entré dans l'embouchure du fleuve avec son vaisseau
demi-brisé et qu'il eut abordé sur une terre située sur
la rive droite du fleuve, un vieillard se présenta à eux
accablé de vieillesse comme l'attestaient ses cheveux
blancs; il les salua avec politesse et se tourna vers le
comte, qu'il regarda comme le chef de la troupe.

XIX. — Il le pria de la part d'une demoiselle de consentir à venir la trouver, en assurant que non-seulement elle était belle, mais encore qu'elle n'avait pas
d'égale au monde pour son affabilité et sa douceur. S'il
préférait l'attendre, elle viendrait elle-même le trouver
sur son vaisseau; mais il ne voudrait sans doute pas se
montrer à son égard plus difficile que ne l'avaient été
les autres chevaliers descendus sur ce rivage.

XX. — Il n'était aucun chevalier arrivé dans ces lieux
par terre ou par mer, qui refusât un entretien avec la
demoiselle, et ne consentît à l'aider de ses conseils dans
la cruelle situation où elle se trouvait. En entendant ces
mots, Roland ne perd pas un instant, sort du vaisseau
et s'élance sur le rivage. Toujours généreux et courtois,
il n'hésite pas à suivre le vieillard.

8.

XXI. — Celui-ci le conduisit dans l'intérieur d'un palais, où il trouve au sortir de l'escalier une jeune femme dans le deuil et l'affliction, autant qu'on pouvait en juger par son visage et les noirs vêtements qui couvraient de tous côtés les chambres et les salles de ce château. Elle fit à Roland un accueil plein de grâce et de politesse, le fit asseoir auprès d'elle, et lui parla en ces termes :

XXII. — « Sachez d'abord que je suis la fille du comte de Hollande, qui m'aimait si tendrement, quoique je ne fusse pas son unique enfant et que j'eusse deux frères, que, quelles que fussent mes demandes, jamais je n'éprouvai le moindre refus. J'étais heureuse et contente de mon sort, lorsqu'un duc étranger arriva dans ce pays.

XXIII. — « C'était le duc de Zélande : il se rendait dans la Biscaye pour combattre les Sarrasins. Il était alors dans la fleur de la jeunesse et de la beauté, et l'amour auquel j'étais jusque-là demeurée étrangère me faisant sentir ses premiers feux, me rendirent son esclave; d'autant plus qu'à en juger par toutes les apparences je croyais, je crois encore, et je ne crois pas être dans l'erreur, qu'il m'aimait et qu'il m'aime toujours d'un cœur sincère.

XXIV. — « Les quarante jours pendant lesquels les vents contraires le retinrent près de nous, ces vents contraires pour les autres, mais propices pour moi, ne me semblèrent qu'un moment, tant ils s'écoulèrent d'une aile rapide. Nous eûmes ensemble plusieurs entretiens dont la conclusion fut qu'il m'épouserait à son retour, d'une manière solennelle, et je lui fis la même promesse.

XXV. — « Birène, c'est le nom de ce fidèle amant, m'avait à peine quittée, que le roi de Frise, dont les états ne sont séparés des nôtres que par un léger bras de mer, désirant me donner pour époux son fils unique nommé Arbante, envoya en Hollande, à la cour de mon père, les seigneurs les plus distingués pour lui demander ma main.

XXVI. — « Je ne pouvais manquer à la foi promise, et quand même je l'eusse voulu, l'amour se serait opposé à ce comble d'ingratitude Je cherchai donc à faire rompre les négociations déjà entamées et qui arrivaient à leur conclusion, et je déclarai à mon père que j'aimerais mieux mourir que d'épouser le prince de Frise.

XXVII. — « Mon excellent père, qui n'avait d'autre bonheur que de faire le mien et qui n'aurait jamais voulu me contrarier, voulant faire cesser mes plaintes et me consoler, rompit la négociation, ce qui causa à l'orgueilleux roi de Frise un dépit si vif et excita tellement sa colère, qu'il entra dans la Hollande et nous livra une guerre cruelle dans laquelle périrent tous mes parents.

XXVIII. — « Ce roi, outre sa force prodigieuse et une puissance qu'aucun prince de notre âge ne pourrait égaler, est si ingénieux à faire le mal, que la puissance, la hardiesse et le génie ne peuvent rien contre lui. Il possède une arme telle que les anciens ni les modernes, excepté lui, n'en ont jamais connu de semblable. C'est un fer creux, long de deux brasses, contenant une poudre qui chasse avec impétuosité une balle.

XXIX. — ‹ A l'extrémité de ce fer, et par le bout où il est fermé, se trouve un ressort que l'on voit à peine. Il le touche avec autant de légèreté que le chirurgien touche la veine qu'il veut ouvrir, et, à l'instant, la balle est chassée avec un tel bruit que l'on croit entendre le tonnerre et voir briller un éclair. Et de même que la foudre détruit tout sur son passage, cette arme terrible perce, brûle, abat et fracasse tout ce qu'elle atteint.

XXX. — « Par deux fois, grâce à ce fatal engin, il a mis notre armée en déroute et tué mes deux frères. Dans un premier assaut, l'aîné eut son haubert fracassé et la balle lui traversa le cœur. Dans un second, mon plus jeune frère, au moment où il cherchait à s'échapper, fut frappé de loin derrière l'épaule par la balle qui vint sortir par sa poitrine.

XXXI. — « Mon père, se défendant un jour dans le seu

château qu'il eût conservé, car il avait perdu tous les
autres, le roi de Frise le tua d'un coup de cette arme
meurtrière. Pendant qu'il allait de côté et d'autre, pour
donner des ordres et s'en retournait, il fut atteint au
milieu du front par la balle que lui lança ce traître, qui
l'avait visé de loin.

XXXII. — « Ayant perdu mes frères et mon père, et
restée seule héritière de l'île de Hollande, le roi de Frise,
désireux d'affermir sa domination dans cette île, me fit
savoir, ainsi qu'à mes sujets, qu'il m'accorderait la paix
si je voulais consentir à épouser son fils Arbante, ce
que je lui avais refusé déjà.

XXXIII. — « Moi, non-seulement à cause de la haine
violente que je porte à ce tyran et à toute sa race infâme,
au monstre qui a tué mon père, mes frères, saccagé,
détruit, brûlé mon pays, mais encore parce que je veux
demeurer fidèle à celui qui a reçu ma foi et à qui j'ai
promis que je n'appartiendrais à aucun autre que lui,
avant qu'il fût de retour d'Espagne,

XXXIV. — « Je répondis qu'il pouvait ajouter cent
autres maux à ceux que je souffrais et m'enlever le reste
de mes états, mais que plutôt d'obéir à ses ordres, j'aimais mieux être brûlée vive et que mes cendres fussent
jetées au vent. Mes sujets s'efforcèrent de me faire
changer de résolution. Les uns me prièrent, les autres me
menacèrent de me livrer à lui, ainsi que mon pays, afin
que mon opiniâtreté ne les perdît pas tous.

XXXV. — « Voyant que leurs remontrances et leurs
prières étaient inutiles et que je refusais de m'y rendre,
ils s'entendirent avec le duc de Frise et, comme ils m'en
avaient menacé, ils lui livrèrent ma personne et mes
états. Le roi ne me fit subir d'abord aucun mauvais
traitement; il m'assura même que je conserverais la vie
et mon royaume, pourvu que, revenant sur mes résolutions premières, je consentisse à devenir l'épouse d'Arbante.

XXXVI.— « Forcée dans mes derniers retranchements,

je voulais du moins mourir pour échapper à mon tyran. Mais il me sembla que si je ne me vengeais pas d'abord, ce serait pour moi un sort plus cruel que tout ce que j'avais pu souffrir. Je me livrai à mille pensées et je compris que la dissimulation seule pouvait me venir en aide. Je feignis donc de désirer et même de désirer ardemment qu'il me pardonnât et qu'il fit de moi sa bru.

XXXVII. — « Parmi les jeunes gens qui avaient été attachés au service de mon père, je choisis deux frères, d'un grand esprit et d'un cœur généreux, mais surtout d'une fidélité à toute épreuve, comme ayant été toujours élevés et nourris à la cour dès leurs plus jeunes années, et qui m'étaient enfin si dévoués que, pour me sauver, ils auraient fait volontiers le sacrifice de leur vie.

XXXVIII. — « Je leur fis part de mon dessein : ils me promirent de m'aider à l'exécuter. L'un d'eux se rend en Flandre pour m'y préparer un vaisseau et l'autre reste auprès de ma personne. Or, tandis que les étrangers, les habitants du pays se préparent à célébrer mes noces, j'apprends que Birène avait levé une armée en Biscaye, toute prête à passer en Hollande.

XXXIX. — « Après la première bataille, dans laquelle un de mes frères avait été vaincu et tué, j'avais fait partir aussitôt un courrier pour la Biscaye, pour aviser Birène de cette triste aventure, et pendant qu'il s'occupait à armer une flotte, le roi de Frise s'emparait de mes états. Birène l'ignorait et il accourut sur des vaisseaux à mon secours.

LX. — « A cette nouvelle, le roi de Frise laisse à son fils le soin de conclure le mariage et s'embarque avec son armée pour aller au-devant de Birène. Ille rencontre, le défait, brûle et détruit ses vaisseaux. Il a même le bonheur de le faire prisonnier. Nous ne savions encore rien de cette fâcheuse nouvelle. Le jeune prince m'épouse donc, et, à l'heure où le soleil se couche, il se dispose à user de ses droits.

LXI. — « J'avais fait cacher derrière mes rideaux ce

serviteur fidèle qui se tint immobile, jusqu'à ce qu'il vît venir à moi mon époux ; il n'attendit pas qu'il fût couché et, s'armant d'une hache, il lui en asséna derrière la tête un coup si vigoureux qu'il lui enleva à la fois la parole et la vie. A l'instant, je m'élançai moi-même et lui coupai la gorge.

LXII. — « Ainsi qu'un bœuf tombe sous les coups d'une massue, de même tomba ce misérable jeune homme, au grand tourment du roi Cimosco, c'est ainsi que se nomme le tyran frison, de ce monstre qui m'avait ravi mes deux frères et mon père et qui ne désirait m'avoir pour bru que pour devenir maître de mes états, peut-être même pour faire de moi une autre victime.

XLIII. — « Avant que le bruit de cette action se répandît, je pris tout ce qui avait le plus de valeur et le moins de poids. Mon compagnon me fit descendre rapidement, suspendue par une corde, par une fenêtre du palais qui donnait sur la mer, à un endroit où son frère m'attendait avec la barque amenée de Flandre. Nous faisons force voiles et force rames et, avec l'aide de Dieu, nous sommes sauvés.

XLIV. — « Je ne sais si le roi de Frise fut plus attristé de la mort de son fils qu'enflammé de colère contre moi, lorsque le lendemain il se rendit aux lieux où ce fils avait été massacré. Ivre d'orgueil et de joie, il revenait avec son peuple après la victoire qu'il avait remportée sur Birène devenu son prisonnier ; il croyait arriver pour des noces et des fêtes et il trouvait autour de lui le deuil et le désespoir.

XLV. — « Ni nuit, ni jour, son affection pour son fils et sa haine contre moi ne l'abandonnèrent. Mais enfin, comme les larmes ne rendent pas la vie aux morts et que la vengeance est une satisfaction pour la haine, il voulut que la pensée qui devait faire éclater sa tendresse en soupirs et en gémissements s'unît avec le sentiment de la haine pour s'emparer de ma personne et me punir.

XLVI. — « Tous ceux qu'il savait être de mes amis ou qu'on lui disait attachés aux deux jeunes gens qui m'avaient prêté leur concours furent mis à mort ou déclarés coupables de lèse-majesté et leurs possessions livrées aux flammes. Il voulait d'abord pour se venger de moi faire tuer Birène, croyant me porter ainsi le coup le plus cruel; mais il réfléchit qu'en lui laissant la vie il trouverait en lui le moyen de me faire tomber dans ses piéges.

XLVII. — « Il lui propose une dure et cruelle condition. Il lui assigne le terme d'une année à la fin de laquelle il le fera mourir en secret, à moins que par force ou par ruse, employant ses amis et ses parents, usant, en un mot, de tous les moyens imaginables, il ne parvienne à me livrer à lui, en sorte que le seul moyen de sauver sa vie sera d'assurer ma mort.

XLVIII. — « Tout ce que je pouvais faire pour le délivrer, excepté de me livrer moi-même, je l'ai mis en œuvre. Il me restait six châteaux en Flandre, je les ai vendus, et le prix plus ou moins élevé que j'en ai retiré je l'ai entièrement employé soit en tâchant de corrompre les gardiens du duc au moyen d'adroits émissaires, soit pour faire armer contre cet indigne prince les Anglais ou les Allemands.

XLIX. — « Mais les agents employés par moi n'ont pu m'être de quelque secours que par de vaines paroles, soit qu'ils n'aient pu réussir, soit qu'ils n'aient pas fait tout ce qu'ils devaient faire, et maintenant que je leur ai donné mon or, ils me laissent dans l'oubli. Et cependant nous arrivons au terme fatal fixé par le roi de Frise ; et alors, ni tous les trésors du monde, ni la force ne pourront empêcher qu'une mort cruelle ne devienne le partage de mon cher époux.

L. — « Pour lui j'ai perdu mon père, mes frères, mes états, pour lui j'ai perdu mon royaume, pour lui j'ai dissipé le peu de biens qui me restaient et qui devaient servir au soutien de ma vie. J'ai tout sacrifié pour le tirer de prison, il ne me reste plus d'autre ressource que d'aller maintenant me jeter moi-même dans les mains de mon cruel tyran et d'acheter à ce prix sa délivrance.

LI. — « S'il ne me reste plus que ce moyen, si je ne puis sauver sa vie qu'en sacrifiant la mienne, il me sera doux de lui faire ce dernier sacrifice ; mais je tremble encore de ne pouvoir conclure un pacte assez solide avec le tyran pour être sûre qu'il ne me trompera pas aussitôt qu'il me tiendra en sa puissance.

LII. — « Quand il sera maître de moi, quand il m'aura fait subir les plus cruels supplices, qui me répond qu'il rendra la liberté à Birène? En sorte que celui-ci ne pourra pas même me savoir gré d'avoir bravé la mort pour lui, car cet abominable tyran, emporté par sa rage, ne se contentera pas de ma mort seule, et le sort cruel qui sera mon partage il le fera certainement subir à Birène.

LIII. — « Maintenant, le motif qui m'engage à vous entretenir de mes infortunes et à les raconter à tous les chevaliers qui abordent dans ces lieux, est seulement parce que j'espère qu'après avoir parlé à tant de personnes, l'une d'elles pourra m'enseigner de quelle manière je dois me conduire à l'égard de mon tyran pour qu'il ne retienne pas mon cher Birène et ne le mette pas à mort après qu'il m'aura fait périr moi-même.

LIV. — « J'ai prié quelques guerriers de m'accompagner lorsque je me remettrai entre les mains du roi de Frise, mais à condition qu'ils me promettront en engageant leur foi, que l'échange sera fait de telle sorte que, dans le même temps où je serai livrée, la liberté soit rendue à Birène ; et alors, que l'on me conduise au supplice si l'on veut, je mourrai satisfaite puisque mon trépas aura sauvé la vie à mon amant.

LV. — « Jusqu'à présent, je n'ai pu trouver aucun ami qui consente à me donner sa parole que, lorsque je serai conduite au roi, si celui-ci veut s'emparer de moi sans donner la liberté à Birène, il s'opposera à ce

que je sois contre ma volonté retenue prisonnière, tant
sont redoutées ces armes terribles auxquelles aucune
cuirasse, aucun haubert, quelque finement trempé qu'il
soit, ne peuvent résister.

LVI. — « Mais si votre valeur répond à votre fier
visage, à votre aspect d'hercule, si vous croyez pouvoir
me livrer au roi et m'arracher de ses mains s'il me
manque de parole, acceptez la tâche de m'accompagner
auprès de lui et de me remettre entre ses mains. Tant
que vous serez près de moi, je ne craindrai rien, et si je
meurs, je serai certaine au moins que mon amant ne périra pas. »

LVII. — C'est ainsi que parle la demoiselle, en inter-
rompant souvent ses discours par ses gémissements et
ses plaintes. Roland, qui n'était jamais lent à prendre son
parti, ne perdit point son temps en vaines paroles, car,
de sa nature, il n'était pas grand discoureur : il lui
promit et lui donna sa parole qu'il ferait pour elle
plus qu'elle n'avait demandé.

LVIII. — Le généreux guerrier ne veut pas qu'elle se
livre à son ennemi pour délivrer Birène ; il les sauvera
tous deux si son épée et sa valeur ne lui font pas défaut.
Dès le jour même, il profite d'un vent propice et serein pour se mettre en route. Le paladin ne perd pas
un instant, tant est grand son désir d'arriver à l'île du
tyran.

LXIX. — L'habile pilote fait voguer le vaisseau sur
la surface de la mer, en le dirigeant tantôt d'un côté,
tantôt de l'autre. Il découvre une des îles de Zélande,
puis une autre. Une troisième se présente devant lui et
il en laisse une autre par derrière. Le troisième jour
enfin, Roland se trouve en Hollande. Mais la jeune
fille victime du roi de Frise ne débarque pas avec lui,
Roland veut qu'elle ne descende à terre que quand elle
aura appris la mort du roi parjure.

LX. — Le chevalier couvert de ses armes descend sur
le rivage, monte un coursier moitié bai, moitié noir, de

race danoise et élevé en Flandre, se distinguant plutôt par sa force et sa grandeur que par sa légèreté. Roland avait laissé en Bretagne, avant de s'embarquer, son coursier Bride-d'or, si beau et si vif qu'il ne connaissait d'égal que Bayard.

LXI. — Roland arrive à Dordrecht où il trouve une troupe armée, nombreuse, rangée devant la porte, soit parce que toute domination nouvelle exige de plus grandes précautions, soit parce que le roi venait d'apprendre qu'un cousin de Birène retenu prisonnier était arrivé de la Zélande avec une flotte portant de nombreuses troupes.

LXII. — Roland prie un des gardes d'aller informer le roi, qu'un chevalier errant désire lutter contre lui à la lance où à l'épée, et qu'il veut d'abord qu'il soit convenu entre eux, que si le roi est vainqueur, on lui livrera la femme qui a tué son fils Arban, que le chevalier peut lui livrer quand il le voudra puisqu'elle se trouve dans un lieu voisin.

LXIII. — Dans le cas contraire, c'est-à-dire si le roi succombe dans la lutte, Birène sera sur-le-champ mis en liberté et on le laissera aller partout où il lui plaira. Le soldat rendit compte au roi de l'objet de sa mission; mais celui-ci, qui ne connut jamais ce que c'est que la vertu et la loyauté, ne songea qu'à employer la fraude, la ruse et la trahison.

LXIV. — Il espère avoir en sa possession ce chevalier et qu'il aura ainsi la femme qu'il a offensée si mortellement, s'il est vrai qu'elle est entre les mains de ce guerrier et s'il a bien compris les paroles du fantassin. Aussitôt, il fait prendre à trente hommes un sentier différent de celui de la porte où il est attendu, afin qu'ils puissent surprendre le paladin, en faisant de longs et sombres détours, et l'attaquer par derrière.

LXV. — Le traître avait pendant ce temps cherché à amuser Roland par de vaines paroles jusqu'à ce que ses cavaliers et ses fantassins fussent arrivés à l'endroit qu'il leur avait indiqué. Il sort ensuite de la ville accompagné de trente autres soldats. De même que l'adroit chasseur fait entourer de tous côté les animaux et la forêt qu'ils habitent, de même que le pêcheur dans les environs de Volano, enserre au milieu de longs filets jetés dans la mer et l'onde et les poissons.

LXVI. — Ainsi le roi de Frise s'empare de toutes les issues, pour enlever tout moyen de fuir à Roland qu'il veut prendre vivant. Il croit arriver si aisément à son but qu'il oublie d'apporter avec lui cette foudre terrestre avec laquelle il a fait périr tant de guerriers. Il juge qu'elle lui sera inutile, puisqu'il veut le prendre et non le faire périr.

LXVII. — Tel que l'oiseleur rusé qui conserve vivant les premiers oiseaux qu'il a pris pour en prendre un plus grand nombre par le battement de leurs ailes et par leurs cris, tel le roi Cimosco se conduit à l'égard de Roland; mais ce héros n'est pas de ceux qui se laissent prendre du premier coup ; il eut bientôt rompu le cercle dans lequel on l'avait enfermé.

LXVIII. — Le chevalier d'Angers fond la lance en arrêt parmi la foule la plus épaisse. Il perce le premier, le second, le troisième, puis un quatrième, comme si c'étaient des hommes de pâte. Il en enfile jusqu'à six et les tient en l'air suspendus à sa lance, et comme elle ne peut en contenir un plus grand nombre, elle laisse le septième si dangereusement atteint qu'il en meurt du coup.

LXIX. — C'est ainsi que nous voyons un excellent archer agir sur le bord d'un canal ou d'un fossé à l'égard des grenouilles, les unes percées dans les flancs, les autres dans le dos, toutes enfin enfilées à la suite les unes des autres ; la flèche en est couverte sans qu'il existe un seul espace vide entre la tête et la pointe du fer. Après ce premier exploit, Roland jette loin de lui sa lance devenue trop pesante et se précipite sur ses ennemis l'épée à la main.

LXX. — Sa lance s'est rompue, il saisit donc cette épée

qui jamais ne lui a fait défaut ; à chaque coup qu'il frappe
d'estoc et de taille, il tue autant d'hommes qu'il en rencontre, fantassins ou cavaliers. Partout où il frappe, il fait
couler des flots de sang dont la couleur vermeille fait
disparaître le bleu, le blanc, le vert, le noir ou le jaune des
armures. Cimosco se désespère de n'avoir ni l'arme ni
le feu précisément où ils lui seraient le plus nécessaires.

LXXI. — Avec de grands cris et d'horribles menaces,
il ordonne qu'on les lui apporte ; mais sa voix n'est pas
entendue. Celui qui pour se sauver est retourné dans
la ville, n'est pas assez hardi pour en sortir. Voyant tous
ses gens prendre la fuite, le roi de Frise veut aussi mettre sa vie en sûreté ; il court à la porte et ordonne de
lever le pont-levis. Mais le comte l'a suivi de trop près.

LXXII. — Le roi tourne les épaules et laisse Roland
maître du pont et des deux portes ; comme son coursier
est plus rapide que tous les autres il les devance tous
dans sa fuite. Roland ne s'arrête point à cette misérable
plèbe, c'est le roi qu'il veut tuer et non les autres ;
mais son coursier est si lourd qu'il semble rester
en place tandis que celui du roi paraît avoir des ailes.

LXXIII. — En fuyant de rue en rue, le roi échappe à
la vue du paladin ; mais peu de temps après il revient
avec de nouvelles armes, avec ce fer creux et le feu qu'il
s'est fait apporter. Il s'embusque alors dans un lieu
pour attendre Roland au passage, comme un chasseur
qui, l'épieu à la main, et accompagné de ses chiens bardés de cuir, attend un fier sanglier qui descend avec
impétuosité de la montagne.

LXXIV. — Il brise les arbres, fait rouler les rochers,
et partout où il porte son front orgueilleux, il fait un tel
bruit qu'il semblerait que toute la forêt tombe en ruines
et que la montagne s'écroule. Cimosco est debout devant
sa porte, de sorte que le comte audacieux ne pourra
passer impunément. Dès qu'il le voit paraître, il touche
le fer avec le feu tout près du ressort et l'arme part avec
éclat.

LXXV. — A l'une des extrémités le feu brille comme un éclair et fait retentir l'air comme un tonnerre. Les murs tremblent, la terre s'agite sous les pieds. L'air retentit de ce bruit épouvantable. Le trait brûlant qui met en pièces et anéantit tout ce qu'il rencontre, n'épargnant personne, siffle et crie. Mais, en dépit du désir de cet assassin sauvage, il ne produit aucun effet.

LXXVI. — Soit qu'il se presse trop, soit que son désir de tuer le baron fasse dévier sa main, soit que son cœur tremblant comme la feuille ait communiqué son agitation à la main et au bras, ou soit plutôt que la bonté divine ne permette pas que son fidèle champion perde sitôt la vie, la balle va frapper le ventre du coursier qui tombe et ne peut se relever.

LXXVII. — Le cheval et le cavalier sont étendus sur la terre ; l'un la presse de tout son poids, l'autre la touche à peine. Roland se relève avec tant de prestesse et d'agilité que l'on dirait que sa vigueur s'est accrue. Tel jadis l'Africain Antée trouvait une nouvelle force en touchant la terre, tel le paladin se lève avec plus de force, comme si, en frappant le sol, il avait acquis plus de vigueur.

LXXVIII. — Quelqu'un a-t-il jamais vu tomber le feu du ciel lancé par Jupiter avec un bruit horrible, et pénétré dans les lieux où le charbon, le soufre et le salpêtre sont entassés, de sorte qu'à peine a-t-il touché ces matières, le ciel et la terre s'enflamment, les murs s'écroulent, les marbres les plus durs sont arrachés et leurs éclats volent jusqu'aux étoiles ?

LXXIX. — Il pourra se représenter le paladin lorsqu'en tombant il toucha la terre. Il se relève avec un air si furieux, si terrible, si redoutable, que Mars lui-même, dans le ciel, aurait été frappé de terreur. Le roi de Frise épouvanté voulut tourner bride et s'enfuir ; mais Roland le poursuivit plus vite que la flèche lorsqu'elle part de l'arc.

LXXX. — Ce qu'il n'avait pu faire d'abord à cheval

il l'exécutera à pied. Pour qui ne l'a pas vu, l'imagination ne peut se représenter la rapidité avec laquelle il poursuit le tyran. Il l'atteint dans une petite rue, lève son épée jusque sur le sommet de son casque et le frappe avec tant de force qu'il lui fend la tête jusqu'au cou et le précipite sur la terre rendant le dernier soupir.

LXXXI. — En ce moment, on entend dans toute la cité une rumeur nouvelle, un bruit d'épées retentit; c'est le cousin de Birène à la tête des troupes qu'il amenait de ses états. Il avait trouvé les portes ouvertes, il était entré dans la ville terrifiée par Roland et, sans être arrêté, il avait pu la parcourir tout entière.

LXXXII. — Le peuple s'enfuit en désordre ne sachant quelle est cette troupe et ce qu'elle demande. Mais, peu à peu, il reconnaît à leurs vêtements et à leur langage que ce sont des Zélandais. Aussitôt, présentant une blanche bannière, il demande la paix, il prie même le capitaine de se mettre à leur tête et d'aller les défendre contre les Frisons qui ont retenu leur duc en prison pendant si longtemps.

LXXXIII. — Ce peuple avait toujours été l'ennemi du roi de Frise et de tous ses partisans, car ce roi avait tué son ancien maître, et de plus était injuste, cruel et avide. Roland s'interposa entre les deux partis en qualité d'ami et leur fit faire la paix. Ainsi réunis, ils ne laissèrent aucun Frison qui ne fût tué ou prisonnier.

LXXXIV. — Les portes des prisons sont enfoncées sans qu'on en attende les clés. Birène exprime, dans des paroles pleines d'amabilité, toute sa reconnaissance pour Roland, et tous deux alors, suivis d'une foule immense, se rendent vers le vaisseau où Olympe les attend. C'est ainsi que l'on nommait la dame à qui appartenait de droit la seigneurie de cette île.

LXXXV. — Elle n'avait jamais pensé en amenant Roland dans ce lieu qu'il en ferait tant pour elle. Il lui avait semblé suffisant qu'il eût rendu la liberté à son époux, se résignant elle-même à perdre la vie sans se plaindre. Elle se voit, au contraire, révérée et honorée par tout le peuple. Il serait trop long de vous raconter toutes les caresses qu'elle et Birène se firent et combien d'actions de grâces ils rendirent l'un et l'autre au comte.

LXXXVI. — Le peuple rétablit la demoiselle sur le trône de son père et lui jura fidélité, et elle remit le gouvernement de l'État et de sa personne à Birène, que l'amour enchaîna avec elle d'une éternelle chaîne. Mais attiré par d'autres soins, il abandonna bientôt à son cousin le gouvernement de toute l'île et de toutes ses forteresses.

LXXXVII. — Il voulut retourner en Zélande, emmenant avec lui sa compagne fidèle. Son dessein était d'aller attaquer le royaume de Frise et d'en tenter la conquête, car il tenait entre ses mains un gage qu'il croyait important et qui lui permettait un succès assuré, c'était la fille du roi Cimosco qui s'était trouvée parmi nombre d'autres captifs.

LXXXVIII. — Il annonce encore qu'il l'a destinée pour épouse à l'un de ses jeunes frères. Roland partit le même jour que Birène mit à la voile. De toutes les riches dépouilles qu'il avait conquises sur le tyran, il ne voulut emporter que cet instrument redoutable qui, comme nous l'avons dit, ressemblait à la foudre par ses effets terribles.

LXXXIX. — Son intention certes n'est pas de s'en servir pour sa défense : il considère comme l'acte d'un lâche de combattre avec le moindre avantage en quelque sorte que ce soit, mais il veut la jeter dans un lieu où jamais elle ne pourra faire mal à personne. Il emporte aussi avec lui la poudre, les balles et tout ce qui appartenait à cette arme détestable.

XC. — Aussitôt donc qu'il se vit loin du bord, avancé dans la haute mer, de sorte qu'il ne découvrait rien sur le rivage, ni à droite, ni à gauche, il prit l'arme et s'écria : « Pour que désormais aucun guerrier ne puisse se fier à ton secours et que la lâcheté ne puisse jamais se confondre avec le courage, reste ensevelie en ces lieux.

XCI. — « Maudite et abominable machine, fabriquée dans le fond du Tartare, par la main du méchant Belzébuth, qui, par toi, voulait ruiner le monde, je te rends à l'enfer d'où tu es sortie. » En parlant ainsi, il la précipite dans le fond de la mer, et aussitôt, un vent favorable enflant ses voiles, il se dirige rapidement vers l'île cruelle.

XCII. — Impatient de savoir s'il y trouvera la femme qu'il préfère au monde tout entier et sans laquelle il ne peut vivre un seul jour, il craint en débarquant en Irlande d'apprendre quelque fâcheuse nouvelle qui le force à s'écrier en vain : Malheureux que je suis, pourquoi n'ai-je pas fait diligence pour arriver plus tôt ?

XCIII. — Il ne veut descendre ni en Angleterre, ni en Irlande, ni sur les rivages opposés. Mais laissons le paladin aller où le conduit l'archer malin que l'on représente tout nu et dont les flèches ont blessé son cœur. Je veux auparavant retourner en Hollande et je vous invite à m'y suivre, car vous seriez fâché comme moi que les noces de Birène se fissent sans vous.

XCIV. — Les noces furent sans doute belles et somptueuses, moins pourtant que celles que l'on devait célébrer en Zélande. Cependant je ne vous conseille pas d'assister à celles-là, car il surgira de nouveaux accidents qui les troubleront, et ces accidents, si vous voulez bien m'écouter, je vous les ferai connaître dans le chant qui suit.

CHANT DIXIÈME

ARGUMENT

Birène devient amoureux de la fille de Cimosco. — Il part pour la Zélande, abandonnant Olympe au désespoir. — Roger rencontre deux femmes de la cour d'Alcine qui s'avancent avec une flotte. — Secouru par Logistille, il est vainqueur d'Alcine. — Monté sur l'hippogriffe, il arrive en Angleterre. — Une armée destinée à secourir Charlemagne est passée en revue. — Roger trouve Angélique dans l'île des Pleurs. — Il triomphe du monstre qui se présente pour la dévorer. — Il délivre Angélique et l'emporte en croupe sur l'hippogriffe.

I. — Tous ceux que l'amour a séduits et qui se sont rendus les plus fameux par leur fidélité et leur constance, toutes celles qui, dans la prospérité ou dans l'infortune, ont fait leurs preuves à l'égard des plus célèbres amants, ne peuvent, selon moi, être comparés à Olympe. Elle occupe le premier rang plutôt que le second, et, si elle ne les surpasse tous, j'ose dire que, chez les anciens ou les modernes, on ne trouvera pas un amour qui surpasse le sien.

II. — Elle en a donné à son Birène des preuves si éclatantes, qu'une femme ne pourrait rien faire de plus pour un amant à moins de s'ouvrir le sein pour mettre à découvert son cœur. Et si les âmes si fidèles et si tendres ont droit à un amour réciproque, je soutiens qu'Olympe méritait que Birène l'aimât comme lui-même et plus encore.

III. — Il n'aurait jamais dû la quitter pour une autre femme, pas même pour cette Hélène qui causa tant de maux en Asie et en Europe, pas même pour aucune autre,

fut-elle douée de plus de perfections encore. Mais plutôt
que de la délaisser, il aurait dû renoncer à la lumière du
soleil, à ses goûts, à ses passions, à la vie, à sa réputation, à tout ce qu'il aurait pu imaginer ou croire de plus
précieux.

IV. — Si Birène aima Olympe comme celle-ci l'aimait,
s'il lui fut aussi fidèle qu'elle l'avait été, s'il a déployé
les ailes de son vaisseau pour suivre une autre route et
la délaisser, enfin s'il a payé d'ingratitude un cœur si
tendre, si fidèle, si amoureux, je vais vous le dire, et
mon récit, vous comblant de surprise, vous fera mordre
les lèvres et froncer le sourcil.

V. — Quand vous saurez par quelle ingratitude il a
payé tant de vertu, ô jeunes filles ! qu'aucune de vous
désormais n'ajoute foi aux paroles d'un amant. Pour
avoir ce qu'il désire, l'amant, oubliant que Dieu voit
tout et entend tout, entasse les promesses et les serments
que les vents emportent et dissipent dans les airs.

VI. — Oui, les vents emportent et dissipent dans les
airs les serments et les promesses, aussitôt que les
amants sont parvenus à éteindre la soif qui les brûle et les
dévore. Que cet exemple vous apprenne à vous montrer
moins crédules pour leurs prières et leurs larmes. Il est
bien heureux, charmantes jeunes filles, celui qui apprend
à être sage aux dépens des autres.

VII. — Défiez-vous des jeunes gens qui dans la fleur
de leurs belles années montrent des traits si délicats ; le
désir qui naît bientôt chez eux s'éteint bien vite et n'est
qu'un feu de paille. De même que le chasseur poursuit
le lièvre par le chaud, par le froid, par les montagnes
et dans la plaine, se souciant fort peu de la proie dont
il s'est rendu maître et poursuivant avec impétuosité
celle qui le fuit ;

VIII. — C'est ainsi qu'agissent ces jeunes gens. Plus
vous vous montrez à leur égard dures et sévères, plus
ils vous aiment et vous respectent avec toute l'ardeur
qu'a celui qui garde sa foi. Ils n'auront pas plutôt à se

vanter d'une victoire, que vous deviendrez leurs esclaves et non plus leurs amantes. Leur amour s'envo-
lera, ou ils le porteront ailleurs.

IX. — Ce n'est pas que je vous défende de vous laisser
aimer, Dieu m'en préserve! car sans amant vous seriez
comme la vigne sauvage rampant tristement dans un
jardin, lorsqu'elle n'y trouve aucun soutien sur lequel
elle s'appuie. Ce que je vous engage à fuir, c'est cette
première jeunesse inconstante et frivole; ce que je vous
conseille, c'est de ne pas cueillir des fruits trop âcres et
trop verts, sans cependant avoir la sottise de les prendre
trop mûrs.

X. — Je vous disais tout à l'heure qu'on avait trouvé,
parmi les prisonniers, une fille du roi de Frise; Birène
prétendait qu'il voulait la donner pour épouse à son
frère : mais à dire la vérité, c'était pour sa bouche qu'il
réservait ce mets si délicat. Il était réputé pour être avide
de pareils.morceaux, et il aurait cru faire une sottise en
l'ôtant de sa bouche pour la mettre dans celle d'un autre.

XI. — La jeune fille avait au plus quatorze ans; elle
était belle et fraîche comme une rose sur le point de
sortir du bouton et de s'épanouir aux premiers rayons
du jour. Birène n'en devint pas seulement amoureux,
mais jamais le feu ne prit si promptement à l'amorce,
jamais des épis mûrs ne prennent feu plus vivement
quand des mains envieuses et ennemies les embrasent,

XII. — Que Birène s'enflamma pour cette jeune
beauté. Une ardente flamme coula dans ses veines en la
voyant gémir sur le corps de son père expiré, son beau
visage tout baigné de larmes. Et de même que quelques
gouttes d'eau froide suffisent pour tempérer aussitôt
une eau bouillante, de même le nouveau feu dont il
brûlait éteignit l'ardeur de son amour pour Olympe.

XIII. — Birène n'est pas seulement ennuyé de sa
femme, mais il éprouve même un dégoût tel qu'il peut
à peine la voir. Et son ardeur pour une autre est devenue si vive, qu'il en mourra s'il est soumis à une

trop longue attente. Cependant jusqu'au moment où il a
résolu d'en venir à ses fins, il réprime tellement ses
désirs, qu'il a l'air d'aimer, que dis-je, d'adorer Olympe,
et de n'avoir d'autre volonté que de faire ce qu'elle veut.

XIV. — S'il lui arrive de caresser l'autre jeune fille,
ce qu'il fait plus souvent qu'il ne le devrait, personne
ne le prend en mauvaise part : on l'attribue à sa compassion, à la bonté de son cœur ; car relever un malheureux, précipité par la roue de la fortune, donner des
consolations aux affligés, ne peut être un sujet de blâme,
c'est même une gloire, surtout s'il s'agit d'une jeune
fille, d'une enfant innocente.

XV. — O grand Dieu ! comme les jugements humains
sont souvent enveloppés d'obscurs nuages ! Les actions
de Birène, impies et coupables, sont considérées comme
des actes de charité et de vertu.

Déjà des matelots ont pris en mains les rames, ils
ont quitté le port sûr, conduisant à bord, à travers les
ondes salées, vers la Zélande, le duc et ses compagnons.

XVI. — Déjà ils ont laissé derrière eux et perdu de
vue les côtes de la Hollande, craignant de toucher à
celles de Frise. Ils côtoyaient l'Écosse en voguant vers
la gauche, quant tout à coup, surpris par une violente
tempête, ils furent emportés pendant trois jours sur la
pleine mer. Le troisième jour seulement, ils abordèrent
le soir dans une île inculte et déserte.

XVII. — Le vaisseau entre dans une petite baie :
Olympe descend à terre et, joyeuse, se met à table, ayant
auprès d'elle l'infidèle Birène, sans éprouver la moindre
crainte, puis elle se couche avec son époux dans un
endroit charmant où l'on avait dressé une tente. Tous
les autres compagnons de Birène retournèrent vers le
vaisseau pour y trouver le repos de la nuit.

XVIII. — La fatigue de la mer, la peur qui pendant
plusieurs nuits l'avait tenue éveillée, la joie de se trouver
en sécurité sur un rivage, dans un bois éloigné de tout
bruit, l'absence de tout souci, de toute triste pensée,

puisqu'elle avait son amant auprès d'elle, tous ces
motifs plongent Olympe dans un sommeil si profond
que celui des ours et des loirs ne pourrait l'être davantage.

XIX. — Le traître Birène que des desseins perfides
tenaient éveillé, voyant Olympe endormie, descend du
lit tout doucement, rassemble en un faisceau ses vêtements et, sans prendre le temps de s'habiller, sort de la
tente, et, comme s'il avait des ailes, il vole vers ses gens,
les réveille sans faire entendre le moindre bruit, leur
fait lever l'ancre et quitter le rivage.

XX. — Déjà le rivage a fui derrière eux, et l'infortunée Olympe a dormi, sans se réveiller, jusqu'au moment
où l'aurore répand sur la terre une fraîche rosée et où
l'on entend sur la mer l'alcyon gémir sur ses anciens
malheurs. Elle n'est point éveillée, mais elle ne dort pas
non plus; elle étend la main pour embrasser son
époux, mais en vain.

XXI. — Elle ne trouve personne, elle retire son bras,
l'étend encore sans rien trouver. Elle cherche de nouveau étendant ses mains de côté et d'autre; elle pousse
de côté sa jambe qui se promène dans le vide. Saisie de
terreur, elle se réveille, ouvre les yeux, regarde de tous
côtés et n'aperçoit personne. Elle ne veut pas plus
longtemps fouler et réchauffer la plume de sa couche
déserte, elle se jette hors du lit précipitamment et
s'élance hors du pavillon.

XXII. — Elle court sur le rivage de la mer, et ne doutant plus de son infortune, elle s'arrache les cheveux,
se frappe la poitrine et, à la faveur de la lune, regarde
de tous côtés si elle ne verra pas quelque autre objet
sur le rivage. Hélas! le rivage seul paraît à ses yeux;
elle appelle Birène, et les échos émus répondent seuls
à ce nom.

XXIII. — Sur les bords du rivage s'élevait un rocher
creusé à sa base par les flots venant se heurter contre
lui. Il s'avançait en forme d'arc comme suspendu au-

dessus de la mer. Olympe monte sur ce roc d'un pas précipité, la douleur lui donnant des forces, et elle voit au loin les voiles enflées du navire qui emporte son cruel époux.

XXIV. — Elle le voit, ou plutôt croit le voir dans le lointain, car la clarté du jour était encore bien faible, et toute tremblante, elle se laisse tomber sur le rocher, plus blanche et plus froide que la neige. Mais dès qu'elle eut la force de se relever, elle poussa des cris vers le vaisseau, appelant de toutes ses forces son barbare époux dont elle répéta mille fois le nom.

XXV. — Lorsque sa faible voix ne put se faire enten-dre, elle y suppléa par des gémissements et, en se frap-pant les mains : « Cruel, s'écria-t-elle, où fuis-tu si vite ! Ton vaisseau n'a pas toute la charge qu'il devait avoir. Laisse-moi le monter avec toi. Il emporte mon âme. Mon corps ne sera pas pour lui un poids bien lourd. » En parlant ainsi, elle fait de ses bras et de ses vêtements autant de signaux pour que le vaisseau revienne la chercher.

XXVI. — Mais les vents qui enflent les voiles du navire sur lequel s'en allait le jeune infidèle, empor-taient avec eux les prières et les plaintes, les gémisse-ments et les cris de la malheureuse Olympe. Trois fois, cruelle envers elle-même, elle fut sur le point de se pré-cipiter du haut du rocher dans les flots. Elle cessa enfin d'y porter ses regards et retourna aux lieux où elle avait passé la nuit.

XXVII. — Là, se jetant sur son lit baigné de ses lar-mes, elle appelait encore Birène. « Hier au soir, s'écriait-elle, nous étions encore tous deux ensemble; pourquoi n'étions-nous pas encore ensemble au moment du réveil? O perfide Birène ! maudite soit l'heure où je suis née ! Que faire ? Que puis-je seule ici ? Hélas ! qui viendra à mon secours ? Qui me consolera dans ma détresse?

XXVIII. — « Je ne vois ici aucun homme, je ne vois nulle trace indiquant que ces lieux sont habités. Point

de vaisseau non plus sur lequel je puisse échapper à
mon triste sort ! Je mourrai de misère, et personne ici
pour me fermer les yeux, personne pour me mettre au
tombeau, à moins que des loups, cruels habitants de
cette forêt, ne me donnent leur ventre pour sépulture.

XXIX. — « La terreur me gagne ; il me semble déjà
voir sortir de ces bois des ours, des lions ou des tigres,
ou d'autres bêtes féroces, armées par la nature, pour me
déchirer, de leurs dents aiguës et de leurs griffes tranchantes. Mais quel monstre pourra se montrer plus cruel
envers moi, que toi, misérable époux? Moins durs que
toi, ils se contenteront de me faire mourir une fois, et
toi tu me fais souffrir mille morts.

XXX. — « Mais supposons encore qu'il arrive en ces
lieux quelque nocher qui, par pitié, me reçoive sur son
bord, et vienne m'arracher ainsi aux loups, aux ours, aux
lions furieux, avides de mon sang, et à une mort horrible :
sans doute il me conduira en Hollande. Là, toutes les
forteresses, tous les ports ne l'appartiennent-ils pas?
Mais me conduira-t-il sur ma terre natale que ta trahison m'a déjà enlevée?

XXXI. — « Tu m'as pris mes états sous prétexte d'affection et de parenté ; tu les a remplis bien vite de tes
sujets pour t'en assurer la possession. Retournerai-je
en Flandre où j'ai vendu tout ce qui soutenait mon existence, quoique ce fût bien peu, pour te secourir et te
tirer de prison? O malheureuse! où aller? Je ne sais où
diriger mes pas !

XXXII. — « Faut-il aller en Frise, où je pouvais être
reine, où par amour pour toi j'ai renoncé à la couronne ?
Fatal refus qui a coûté la vie à mon père, à mes frères
et a causé ma ruine. Ce que j'ai fait pour toi, je ne voudrais pas te le reprocher, ingrat, ni t'apprendre ce que
tu aurais dû faire. Tu le sais aussi bien que moi et cependant voilà comment tu payes mon dévouement.

XXXIII. — « Hélas ! pour que je ne devienne pas la
proie des corsaires et par eux vendue comme esclave,

permets, ô mon Dieu! qu'un loup, un tigre ou tout autre
animal féroce me déchirent de leurs ongles, me dévorent,
et entraînent mes membres sanglants dans leur caverne.»
En parlant ainsi, elle porte une main désespérée à ses
blonds cheveux et les arrache avec violence.

XXXIV. — Elle retourne de nouveau sur le bord de la
mer, elle agite sa tête, jette au vent sa chevelure dorée; elle
a l'air d'une forcenée, poursuivie non par un seul démon,
mais par une légion d'esprits infernaux. Telle Hécube,
en voyant le corps sanglant de Polydore, devint folle de
douleur. Olympe s'arrête sur le rocher, immobile et les
yeux fixés sur la mer, elle ressemble elle-même à un
rocher.

XXXV. — Mais laissons-la se désoler, nous la retrouverons plus tard. Je veux maintenant vous parler de
Roger qui, sous le poids de la chaleur de midi, parcourait
le rivage accablé de fatigue. Le soleil frappe les coteaux
et ses rayons réfléchis sont plus brûlants encore. Un
sable fin et blanc bouillonne sous ses pieds; peu s'en fallait que les armes qui pesaient sur son corps, ne fussent
aussi brûlantes que lorsqu'elles sortaient de la forge.

XXXVI. — Pendant que la soif et la marche fatigante
le long de ce sable brûlant et le désert aride lui faisaient
une fâcheuse compagnie et lui rendaient la route plus
pénible, il rencontra à l'ombre d'une tour antique, qui
s'élevait au-dessus des ondes, près du rivage, des dames
de la cour d'Alcine; il les reconnut à leurs gestes et à
leurs habits.

XXXVII. — Étendues sur des tapis d'Alexandrie, elles
jouissaient avec délice de la fraîcheur, ayant auprès d'elles
les vins les plus délicats et toutes sortes de mets exquis.
Près de la plage, les attendait une barque légère qui se
jouait mollement avec les flots, attendant qu'un vent favo-
ble enflât la voile. Car en ce moment, aucun souffle du
zéphyr n'agitait l'air.

XXXVIII. — Elles virent cheminant avec peine sur le
sable mouvant Roger qui poursuivait son chemin, les lè-

vres flétries par la soif et le visage couvert de sueur. Elles
s'empressèrent de lui dire de ne pas s'attacher à continuer sa route, au point de refuser de se rafraîchir sous
un ombrage délicieux et de réparer ses forces épuisées.

XXXIX. — L'une d'elles s'approche du cheval et lui
tient l'étrier pour l'aider à descendre, une autre lui présente une coupe de cristal où pétille un vin généreux
dont la vue redouble sa soif. Mais Roger se garde bien
de donner dans le piége ; le moindre retard auquel il se
serait prêté aurait donné à Alcine le temps de le joindre,
car elle venait derrière lui et s'approchait à grands pas.

XL. — Le soufre et le salpêtre ne s'enflamment pas
plus promptement au contact du feu, la mer ne frémit
pas plus violemment quand un tourbillon descend sur
elle et soulève les flots, que la troisième de ces femmes ne
devint furieuse en voyant Roger continuer, tranquillement et sans s'arrêter, sa route pénible à travers les
sables, méprisant cette beauté dont chacune d'elles était
si fière.

XLI. — « Tu n'es ni noble, ni chevalier, lui cria-t-elle
d'une voix retentissante, tu as dérobé ces armes, et ce
coursier ne serait pas en ta possession si tu ne l'avais
volé aussi ! Je voudrais donc, si cela est vrai, comme
j'en suis sûre, te voir punir d'une mort infâme, je voudrais que tu fusses écartelé, brûlé, pendu, mauvais voleur,
vilain, insolent, ingrat ! »

XLII. — Outre ces paroles injurieuses et beaucoup
d'autres que cette femme violente vomit contre lui, quoique Roger dédaigne de lui répondre, car il n'espère
aucun honneur de cette vile querelle, la voilà qui monte
avec ses sœurs sur la barque qui était à leur disposition
et, à force de rames, elles le suivent le long du rivage
sans le perdre un instant de vue.

XLIII. — Elle ne cesse de le menacer, de le maudire,
de l'outrager par les paroles les plus insultantes qui lui
viennent à la bouche. Pendant ce temps, Roger arrive
au passage qui conduit au domaine de la bonne fée. Au

même instant, il aperçoit un vieux nocher, quittant le rivage opposé sur une barque qu'il dirige vers lui, prévenu que Roger devait passer au lieu même où il l'attendait.

XLIV. — Il félicite Roger d'avoir pu échapper à temps aux mains d'Alcine, avant qu'elle lui présentât le breuvage enchanté, comme elle l'avait fait à tant d'autres amants, et d'avoir gagné les domaines de Logistille où il ne trouvera que des mœurs pures, une beauté éternelle et les grâces infinies qui remplissent et nourrissent les cœurs, sans provoquer jamais la satiété.

XLV. — « Cette digne fée, lui dit-il, inspire l'étonnement et le respect à celui qui la voit pour la première fois ; s'il contemple ensuite son visage divin, tous les autres biens sont sans prix auprès d'elle. Il y a une grande différence entre son amour et celui des autres femmes. Celui-ci agite l'âme et lui fait éprouver mille regrets et mille tourments; mais dans l'amour de Logistille tous les désirs sont satisfaits, dès qu'on l'a vue , on est heureux et content.

XLVI. — « Elle te fera connaître des choses plus agréables que la danse, la musique, les parfums, les bains, la bonne chère ; elle t'enseignera comment tes premières pensées, en se développant, prendront un essor plus élevé que celui des oiseaux dans les airs, et comment, dans un corps mortel, on peut jouir d'une partie des plaisirs célestes. » En s'entretenant ainsi, ils dirigeaient leur barque vers le rivage fortuné, dont ils étaient encore éloignés.

XLVII. — Tout à coup, ils découvrent sur la mer un nombre infini de vaisseaux, qui venaient à leur poursuite ; avec eux venait Alcine furieuse de l'injure qui lui était faite, ayant rassemblé un grand nombre de ses sujets, résolue à tout essayer ou à se perdre elle-même, ou à recouvrer le cher objet qu'elle avait perdu. Elle est sans doute emportée par l'amour, mais elle obéit bien plus encore au dépit de se voir outragée.

XLIII. — Depuis sa naissance, elle n'a jamais éprouvé
une indignation plus grande que celle qui la dévore
aujourd'hui. Par ses ordres, les rames frappent les eaux
de coups si précipités que les flancs des vaisseaux se
blanchissent d'écume. Au bruit qui se fait, la mer, les
rivages retentissent et de toutes parts l'écho les fait résonner. — « Roger, il en est temps, découvre promptement ton bouclier, sinon tu mourras ou tu tomberas dans
un honteux esclavage ! »

XLIX. — Ainsi parla le nocher de Logistille. Il fit plus,
il s'empara du bouclier, arracha son enveloppe et en fit
sortir une lumière éclatante. Cette splendeur enchantée
qui brille comme un éclair éblouit les yeux des ennemis
qui, frappés de cécité, tombent les uns de la poupe, les
autres de la proue.

L. — Un des soldats posés en sentinelle sur des
rochers découvre la flotte d'Alcine, il sonne aussitôt
l'alarme et le port se remplit à l'instant de soldats. L'ar-
tillerie pareille à la tempête disperse tout ceux qui veulent s'opposer à Roger ; il lui vient de tous côtés tant
de secours qu'il conserve la vie et la liberté.

LI. — En ce moment, arrivent sur la plage quatre
dames envoyées par Logistille : l'intrépide Andronique,
la sage Fronésie, l'honnête Décelie et la chaste Sophro-
sine. Celle-ci, embrassant plus vivement la cause de Roger, s'anime de la plus vive ardeur. L'armée de Logistille, qui n'a pas sa pareille dans le monde, sort de la forteresse et se range en bataille sur le bord de la mer.

LII. — Au pied du château et dans un port tranquille,
était une flotte nombreuse, composée de grands vaisseaux, toujours prêts à prendre la mer au moindre signal,
au premier son de la cloche. Un combat terrible et sanglant s'engage alors et sur terre et sur mer, et les états
qu'Alcine avait enlevés à sa sœur sont bouleversés et
détruits.

LIII. — Ah ! combien de batailles ont un résultat différent de celui qu'on présumait ! Non-seulement Alcine ne

pût recouvrer comme elle l'espérait son fugitif amant,
mais de tous les vaisseaux qu'elle possédait et que la
mer pouvait à peine contenir, elle ne put sauver des
flammes qui les dévore tous que la frêle barque sur
laquelle elle s'enfuit.

LIV. — Elle fuit en effet, et ses malheureux sujets
sont détruits, brûlés, submergés ou faits prisonniers.
Mais de toutes les pertes qu'elle éprouve, il n'en est
pas de plus cruelle que celle de Roger. Nuit et jour, en
songeant à lui, elle gémit, et des larmes amères coulent
sans cesse de ses yeux. Elle se plaint souvent de l'immortalité qui l'empêche de mettre fin à un si cruel martyre.

LV. — Mais aucune fée ne peut mourir, tant que le
soleil continuera sa course, tant que les mouvements du
ciel ne changeront point ; sans cela, la douleur d'Alcine
était si vive, que, par pitié, la parque aurait tranché le fil
de ses jours. Peut-être, comme Didon, eût-elle employé
le fer d'une épée pour mettre fin à ses tourments. Peut-
être, comme la superbe reine du Nil, eût-elle fait couler
dans ses veines un poison mortel. Mais les fées ne
peuvent mourir.

LVI. — Retournons à ce héros digne d'une éternelle
gloire, au vaillant Roger, et laissons Alcine en proie à
sa douleur. Aussitôt qu'en débarquant il se trouva sur un
rivage plus tranquille, il rendit grâces à Dieu de l'heureux succès de ses desseins, tourna le dos à la mer
et, prenant sa course, il s'avança d'un pas léger vers
la colline où s'élevait le château de Logistille.

LVII. — Jamais l'œil d'un mortel n'a vu ni ne verra
un château plus fort et plus magnifique. Ses murailles
sont plus précieuses que si elles étaient faites de diamants et d'escarboucles. On ne pourrait se figurer une
telle quantité de matières précieuses ; mais il faudrait
y aller pour en avoir une exacte idée, car je ne crois
pas que l'on trouve ailleurs un aussi admirable édifice,
si ce n'est peut-être dans le ciel.

LVIII. — Ce qui fait la supériorité de ces murs si riches et si brillants, c'est que l'homme qui s'y regarde voit l'intérieur de son âme. Il y voit ses vices et ses vertus représentés au naturel, en sorte qu'il ne peut être dupe des flatteurs, ni se laisser attaquer par une censure injuste. En se regardant dans ce brillant miroir, il apprend à se connaître lui-même et à devenir plus prudent.

LIX. — L'éclat de sa lumière, égal à celui du soleil, répand, tout autour de celui sur qui il se réfléchit, une telle clarté, qu'en quelque lieu qu'il soit, et toutes les fois qu'il le veut, à la honte de Phébus, il peut marcher comme en plein jour. Les pierres ne sont pas seulement admirables, mais l'art et la matière se disputent si bien le prix, qu'il est impossible de distinguer celui des deux qui mérite la préférence.

LX. — Sur des arcs, si élevés qu'en les voyant l'on croirait qu'ils supportent la voûte des cieux, il y avait des jardins si beaux et si spacieux qu'il serait difficile d'en tracer de pareils sur la terre. A travers de lumineux créneaux, l'on aperçoit des arbrisseaux odoriférants qui, dans l'été et dans l'hiver, se couronnent constamment de belles fleurs et de fruits mûrs.

LXI. — Il n'y a sur la terre que ces jardins qui possèdent des arbres aussi beaux, des roses, des violettes, des lis, des amarantes, des jasmins de couleurs aussi vives. Partout ailleurs, un même soleil les voit naître, vivre et incliner leurs têtes desséchées, partout ailleurs, la fleur, soumise à toutes les variations du ciel, laisse sa tige mûre et flétrie.

LXII. — Il régnait en ces lieux une verdure éternelle et la beauté des fleurs était toujours la même. Ce n'était pas seulement la nature qui dans sa bonté faisait régner une douce température, mais Logistille, par ses soins et son habileté, sans recourir au mouvement céleste, conservait dans ses jardins un éternel printemps, privilége impossible pour toute autre.

LXIII. — Logistille témoigna un grand plaisir en voyant dans ses états un si noble chevalier. Elle ordonna qu'on l'accueillît de la manière la plus gracieuse et que chacun lui rendît les plus grands honneurs. Astolphe était déjà depuis longtemps arrivé, Roger fut charmé de l'y trouver. En peu de jours tous les autres personnages à qui Mélisse avait rendu leur première forme furent réunis chez Logistille.

LXIV. — Après un ou deux jours de repos, Roger et Astolphe allèrent trouver la sage fée. Il n'était pas moins désireux que lui de retourner en Europe. Mélisse prit la parole pour tous deux et supplia humblement la fée de les aider de ses conseils, de sa faveur et de son secours pour qu'ils pussent retourner aux lieux d'où ils étaient partis.

LXV. — La fée répondit: « J'y penserai et dans deux jours je vous en donnerai les moyens. » Elle songea ensuite en elle-même comment elle pourrait les aider tous deux. Elle conclut que le coursier ailé transporterait Roger en Aquitaine. Mais elle voulut d'abord qu'on lui fît un mors qui permît de le diriger ou de l'arrêter dans sa course.

LXVI. — Elle montre à Roger ce qu'il devra faire pour élever ou pour abaisser son vol ; comment il pourra le faire tourner, aller vite ou planer dans l'air sur ses ailes. Toutes les évolutions qu'un cavalier fait faire à un bon cheval en pleine campagne, Roger les fit faire au coursier ailé et devint habile à le conduire à son gré dans l'espace.

LXVII. — Lorsque Roger fut suffisamment instruit, il prit congé de l'aimable fée, à laquelle il demeura toujours tendrement attaché, et se mit en route. Je parlerai d'abord de Roger parti sous de si heureux auspices, puis je vous raconterai comment le héros anglais retourna, après bien du temps et bien des fatigues, à la cour de Charlemagne dont il était l'allié.

LXVIII. — Voilà Roger parti; mais il ne suit plus la

route que lui avait fait prendre autrefois l'hippogriffe,
le tenant malgré lui au-dessus de la mer et lui laissant
à peine voir la terre. A présent qu'il est le maître de
diriger son vol à droite ou à gauche, suivant que cela
lui convient le mieux, il veut, en s'en retournant, prendre
une autre voie, comme le firent autrefois les rois mages
pour échapper à Hérode.

LXIX. — Quand l'hippogriffe l'avait amené là, laissant
l'Espagne derrière lui, il avait dirigé sa course vers
l'Inde, dans les lieux que baigne la mer Orientale, où les
deux fées se faisaient la guerre; maintenant il veut voir
d'autres pays que ceux où Éole déchaîne les vents; il
veut achever son voyage de manière à faire, comme le
soleil, le tour du monde entier.

LXX. — Il parcourt ainsi le Cathai, puis la Man-
giane, le grand pays de Quansi; il passe par-dessus le
mont Himaüs, laisse à droite le pays de la Séricane, puis,
descendant toujours de la Scythie hyperboréenne vers
la mer d'Hircanie, il atteint les bords de la Sarmatie;
puis enfin, arrivant aux lieux qui séparent l'Europe de
l'Asie, il vit la Prusse, la Russie et la Poméranie.

LXXI. — Quelque impatient que fût Roger de rejoindre Bradamante, il trouva tant de plaisir dans ce
voyage autour du monde, qu'il n'en voulut pas moins
voir encore la Pologne, la Hongrie, l'Allemagne et une
partie de ce rude territoire septentrional, et il ne s'arrêta qu'aux extrémités de l'Angleterre.

LXXII. — Ne croyez cependant pas, seigneur, que
Roger fit cette longue course sans descendre de l'hippogriffe : il descendait chaque soir dans une hôtellerie,
ayant soin de choisir les meilleurs gîtes. Ainsi se passèrent les jours et les mois, tant il éprouva de plaisir à
voir et la terre et la mer. Enfin, le coursier ailé descendit un beau matin près de Londres, sur les bords de
la Tamise.

LXXIII. — Là, dans les prairies avoisinant cette cité,
il vit un grand nombre de fantassins et de cavaliers qui

s'avançaient au son des trompettes et des tambours, partagés en groupes, rangés en bon ordre et passés en revue par le bon Renaud, l'honneur des paladins. Vous n'avez pas oublié sans doute que ce héros avait été envoyé dans ces lieux par Charlemagne pour demander du secours.

LXXIV. — C'est au moment même qu'avait lieu cette revue que Roger arrivait dans la plaine. Il descend sur la terre et, pour savoir ce qui se passe, il appelle un cavalier. Celui-ci lui dit d'une manière affable et polie, que toutes ces troupes, qui marchaient avec leurs enseignes déployées, étaient venues d'Écosse, d'Irlande, d'Angleterre et des îles voisines ;

LXXV. — Aussitôt que la revue serait finie, cette armée devait se rendre sur les bords de la mer, où des navires l'attendaient au port pour lui faire traverser l'Océan. Les Français assiégés se réjouissaient dans l'espérance que leurs alliés les délivreraient. « Mais, ajouta le cavalier, pour que vous connaissiez mieux ce qu'est cette armée, je vais vous indiquer les différentes nations dont elle se compose.

LXXVI. — « Vous voyez cette grande bannière où sont placés ensemble les fleurs de lis et les léopards, c'est celle que le capitaine général a déployée, et autour de laquelle doivent se rallier tous les étendards. Le nom de ce chef renommé parmi tous ces guerriers, est Lionel, la fleur des héros, maître dans le conseil et dans la guerre. Il est neveu du roi et duc de Lancastre.

LXXVII. — « La première bannière qui suit le gonfalon royal, qui se déploie au vent du côté de la montagne et qui porte trois ailes blanches sur un fond de sinople, est portée par Richard, comte de Warwick. Cette autre, où vous voyez deux cornes de cerf et la moitié d'une tête, est l'enseigne du duc de Glocester ; celle du duc de Clarence a un flambeau, et celle du duc d'York, un arbre.

LXXVIII. — « Vous voyez une lance brisée en trois pièces, c'est l'enseigne du duc de Norfolk. La foudre orne celle du vaillant comte de Kent. Le comte de Pembroke a un griffon ; le duc de Suffolk, une balance. Le comte d'Essex a deux dragons attachés au même joug. La guirlande en champ d'azur annonce la maison de Northumberland.

LXXIX. — « Sur l'étendard du comte d'Arundel est une barque s'enfonçant dans la mer. Voyez de ce côté les armes du marquis de Barkley et des comtes de La Marche et de Richmond. Le premier porte une montagne entr'ouverte d'argent, le second un palmier, le troisième un pin sortant de l'eau. Les comtes de Dorset et de Southampton portent le premier un char et le second une couronne.

LXXX. — « Le faucon qui étend ses ailes sur son nid appartient à Raymond, comte de Devonshire. Le comte de Vigore a une enseigne jaune et noire. Un chien est peint sur celle du comte de Derby, et un ours sur celle du comte d'Oxford. La croix cristalline que vous voyez est celle du riche évêque de Bath. Enfin, cette chaise brisée en champ de sable est celle d'Arimon, duc de Sommerset.

LXXXI. — « Les hommes d'armes et les archers à cheval forment un corps de quarante-deux mille soldats. L'infanterie compose, à cent hommes près, le double de la cavalerie. Regardez ces enseignes dont l'une est cendrée, l'autre verte, la troisième jaune, la quatrième bordée de noir et d'azur; elles appartiennent à Godefroy, Henri, Hermann et Édouard. Ce sont les quatre commandants de l'infanterie ayant chacun leur drapeau.

LXXXII. — « Le duc de Buckingham marche à leur tête. Henri est comte de Salisbury, le vieil Hermann est seigneur d'Abergaveny et Édouard est comte de Schrewsbury. Toutes les troupes campées à l'Orient sont anglaises. Si vous tournez les yeux vers le couchant, vous verrez les trente mille Écossais que commande Zerbin, fils du roi d'Écosse.

LXXXIII. — « Vous voyez ce grand lion, entre deux licornes, qui porte dans une de ses pattes une épée d'argent : c'est la bannière du roi d'Écosse. Auprès de lui est campé son fils Zerbin. C'est le plus beau de tous ces guerriers. La nature l'a formé et a brisé le moule. On ne voit aucun homme qui brille d'autant de vertu, de grâce et de vigueur. Il est duc de Ross.

LXXXIV. — « Le comte d'Athol porte sur son enseigne une barre d'or en champ d'azur; l'autre étendard, où vous voyez un léopard, est celui du duc de Marr; ornée d'un plus grand nombre de couleurs, de divers plumages est l'enseigne du valeureux Alcabrun. Il n'est ni duc, ni comte, ni marquis, mais il occupe le premier rang dans ce pays sauvage.

LXXXV. — « Cette enseigne où vous voyez un aigle regardant fixement le soleil est au duc de Strafford; Lurcain, comte d'Angus, a un taureau assailli par deux chiens. Vous voyez là-bas le duc d'Albanie qui porte de blanc et d'azur. Ce vautour déchiré par un dragon est l'enseigne du comte de Bukan.

LXXXVI. — « Le vaillant Arman, qui possède Forbes, a sur son enseigne le noir et le blanc. A sa droite est le comte d'Erely, ayant un flambeau d'argent sur un champ d'azur. Maintenant, regardez les Irlandais, près de cette plaine; ils forment deux escadrons : l'un a pour chef le comte de Kildare ; l'autre, qui est l'élite des montagnards, est commandé par le comte de Desmond.

LXXXVII. — « Le premier porte un pin enflammé sur son étendard, le second une bande de gueules sur argent. L'Angleterre, l'Écosse et l'Irlande n'ont pas seules promis de venir au secours de Charles. Des troupes lui arrivent encore de Suède, de Norwége, de Thulé et de l'île lointaine d'Islande. Tous ces pays couverts de glace sont naturellement ennemis du repos.

LXXXVIII. « —Ils sont sortis, au nombre de seize mille, des cavernes et des forêts ; ils ont la figure, la poitrine, le flanc, le dos, les bras et les jambes couverts de poils

comme les bêtes sauvages ; autour de leur étendard blanc,
leurs lances forment une espèce de forêt s'élevant de
terre : c'est la couleur adoptée par Murat, leur chef,
dans l'espérance de le teindre du sang des Maures. »

LXXXIX. — Tandis que Roger admire les mille étendards de cette belle armée qui se dispose à secourir la
France et qu'il en cause avec ce cavalier, apprenant les
noms de tous les seigneurs de la Grande-Bretagne, les
uns et les autres, pour voir l'animal unique et rare sur
lequel il est monté, s'approchent de lui, émerveillés et
stupéfaits, et bientôt les curieux forment un cercle nombreux autour de lui.

XC. — Roger, pour exciter encore plus leur étonnement et pour se donner lui-même un amusement, lâche
la bride au coursier ailé et lui touche légèrement les flancs
de l'éperon. Aussitôt l'animal s'élève dans l'espace et
laisse tous les spectateurs pleins d'étonnement. Alors
Roger, après avoir examiné dans toutes ses parties
l'armée anglaise, prend le chemin de l'Irlande.

XCI. — Il voit la fabuleuse Hibernie, où un saint
vieillard a percé le trou, source divine de tant de grâces,
que l'homme peut y purger tous ses péchés. De là, s'é-
levant au-dessus de la mer, il se dirige vers les côtes
de la petite Bretagne. En regardant au-dessous de lui,
il aperçoit Angélique attachée et dépouillée de tous ses
vêtements.

XCII. — Il la voit sur un aride rocher, dans l'île des
Pleurs. C'était le nom de cette île, parce qu'elle était
habitée par une nation barbare et inhumaine qui, comme
je vous l'ai dit dans un chant précédent, courait de rivage
en rivage tout armée pour s'emparer de toutes les belles
femmes dont ils faisaient à un monstre un horrible festin.

XCIII. — Angélique y avait été attachée le matin même,
dans l'endroit où le monstre informe et immense, l'orque
de mer, qui ne se nourrit que de chair humaine, allait
venir la dévorer. Je vous ai dit comment elle fut enlevée
par les Ébudiens qui l'avaient trouvée sur la rive à côté

de l'ermite impur qui, par ses enchantements, l'avait amenée en ces lieux.

XCIV. — Ce peuple cruel, barbare et inhospitalier avait exposé sur le rivage, pour être la proie du monstre-dieu, cette beauté, toute nue comme au jour où la nature l'avait formée. Aucun voile ne recouvrait les roses vermeilles et les blancs lis que ne peuvent faire disparaître ni les étés, ni les hivers et qui sont répandus sur tous ses membres doux et polis.

XCV. — Roger l'aurait prise pour une statue d'albâtre ou du marbre le plus pur attachée sur ce roc par la main d'un sculpteur habile, s'il n'avait vu ses larmes couler sur les lis et les roses de son visage et tomber ensuite en rosée sur les deux globes de sa gorge naissante, et s'il n'eût vu aussi s'agiter sous le souffle du zéphyr sa blonde chevelure.

XCVI. — En arrêtant ses regards sur les beaux yeux d'Angélique, il lui souvint de sa chère Bradamante : alors la pitié et l'amour le saisissent en même temps et il peut à peine retenir ses larmes. Suspendant le vol de son coursier, il dit à la jeune fille de sa voix la plus douce : « O charmante fille, vous qui ne devriez porter que les chaînes avec lesquelles l'amour mène en triomphe celles qui lui obéissent,

XCVII. — « Vous qui ne méritez ni ce traitement, ni toute autre indignité semblable, quel est donc le cruel qui a osé, dans sa fureur, meurtrir de ces infâmes liens l'ivoire de vos belles mains? » En entendant ces paroles, Angélique se voyant toute nue devient elle-même un ivoire très-blanc teint d'un léger vermillon. La pudeur l'engagerait à cacher malgré leur beauté ses membres nus et délicats.

XCVIII. — Elle aurait couvert son visage avec ses mains si elles n'eussent été attachées au dur rocher, mais elle le couvre du moins de ses larmes qui peuvent couler en liberté et elle s'efforce de tenir ses regards baissés. Après quelques sanglots, elle commençait à

parler d'une voix faible et fatiguée ; mais elle s'arrêta
aussitôt en entendant du côté de la mer s'élever un grand
bruit.

XCIX. — Tout à coup apparaît le monstre-géant, moitié
caché sous les ondes et moitié hors de l'eau, et tel qu'un
vaisseau poussé par un vent impétueux du nord ou du
midi vers le port, il s'avance vers la proie qui lui est
offerte. L'horrible bête est bientôt arrivée tout près de
sa victime à moitié morte de peur ; la malheureuse se
croit perdue sans espoir d'être secourue.

C. — Roger ne tenait pas alors sa lance en arrêt,
mais, de ses deux mains, il frappait l'orque à coups
redoublés. Je ne saurais comparer cette bête horrible
qu'à une grande masse qui s'agite et se tourne. Elle n'a
de l'animal que la tête ; ses yeux, ses dents sortant de
sa gueule ressemblent à ceux d'un sanglier. Roger l'atteint sur le front entre les deux yeux, mais c'est comme
s'il frappait sur du fer ou sur le caillou le plus dur.

CI. — Voyant que le premier assaut n'a pas réussi,
il en essaye un second. L'orque, qui voit l'ombre que font
les grandes ailes en s'étendant de côté et d'autre sur la
mer, abandonne la proie certaine qu'elle avait à sa disposition sur le rivage et court en fureur après cette nouvelle proie, qui n'est cependant qu'une ombre fugitive ;
elle la poursuit en se tournant tantôt d'un côté, tantôt
de l'autre, et alors Roger tombant sur elle lui porte mille
coups.

CII. — Et de même qu'un aigle se précipitant du haut
des airs sur le serpent qu'il voit ramper sur l'herbe
ou qui, s'étendant au soleil sur un rocher, s'occupe de
polir et de lécher ses écailles dorées, se garde bien
d'attaquer le monstre du côté où se trouve son venin
mortel, mais le saisit par derrière en battant des ailes
pour l'empêcher de se retourner et lui faire des morsures,

CIII. — De même Roger frappait l'orque de sa lance
et de son épée, mais non pas son museau armé de dents

10.

menaçantes; il dirige ses coups tantôt sur les oreilles, tantôt sur l'échine, tantôt enfin sur la queue. Aussitôt que la bête se retourne et change de route, Roger tombe sur elle à l'instant et s'élève dans les airs. Mais comme s'il frappait le jaspe le plus dur, ses coups ne peuvent entamer les écailles du monstre.

CIV. — Ainsi combat une mouche audacieuse s'acharnant contre un mâtin dans le temps poudreux du mois d'août, ou pendant le temps des vendanges ou de la moisson, dans le mois qui produit les épis ou dans celui qui fait naître les raisins; elle lui pique les yeux, lui mord le museau, elle vole tout autour de lui et le harcèle sans cesse; le chien fait claquer ses dents aiguës; mais s'il attrape la mouche il met d'un seul coup fin à ses attaques.

CV. — L'orque bat les flots de sa queue avec tant de force qu'elle la fait jaillir jusqu'aux astres, en sorte que Roger ne sait pas si son destrier s'élève dans les airs ou s'il nage dans l'eau. Souvent il voudrait être sur la terre, car, s'il continue ainsi à supporter cette aspersion, il craint de ne pouvoir se soutenir sur les ailes mouillées de son hippogriffe et de se voir réduit à désirer une barque ou un esquif.

CVI. — Prenant alors une résolution nouvelle qui lui réussit mieux, il emploie contre le monstre d'autres armes : il veut l'éblouir par la splendeur du bouclier enchanté qu'il tenait couvert. Il descend sur la rive et, pour ne pas rendre victime la dame attachée au rocher, il lui met au doigt le petit anneau qui avait le pouvoir de détruire l'enchantement.

CVII. — C'était l'anneau que Bradamante avait enlevé à Brunel pour délivrer Roger. C'était aussi cet anneau qu'elle avait envoyé dans les Indes par Mélisse, pour l'arracher au palais de la trop séduisante Alcine. Mélisse, je vous l'ai dit ci-dessus, avait déjà fait bien des merveilles avec cet anneau, elle l'avait enfin rendu à Roger qui, depuis ce moment, l'avait toujours porté à son doigt.

CVIII. — Roger le donne donc à Angélique pour qu'il n'empêche point la vertu de son écu et surtout pour ne point offenser les deux yeux qui l'ont déjà fait tomber dans les filets de l'amour. Le monstre se dirige alors vers le rivage et de son ventre immense couvre presque la moitié de la mer. Roger l'attend de pied ferme, lève le voile et l'éclat de son bouclier semble ajouter au ciel un nouveau soleil.

CIX. — La lumière magique frappe les yeux du monstre et produit son effet accoutumé. Avez-vous vu quelquefois une truite ou une carpe flottant sur la rivière, dont un montagnard a troublé l'eau en y jetant de la chaux ? Dans ce cas, vous pourrez vous représenter le monstre renversé, flottant sur les flots écumeux. Roger ne cesse de lui porter des coups sur toutes les parties de son corps, mais il ne peut réussir à le percer.

CX. — La belle Angélique supplie son défenseur de ne pas s'acharner inutilement sur ses écailles impénétrables.

— « Venez, je vous en prie seigneur, lui cria-t-elle en pleurant, venez me délivrer avant que l'orque se réveille, emmenez-moi avec vous ou noyez-moi au milieu de la mer plutôt que de m'abandonner à ce monstre tout prêt à se repaître de mon corps. » Roger touché de ces justes plaintes la délie à l'instant et l'enlève du rivage.

CXI. — Aussitôt le coursier piqué de l'éperon frappe lui-même la terre, s'élève dans les airs et galope dans les plaines du ciel, portant sur son dos Roger ayant Angélique en croupe. Ainsi l'horrible bête fut privée d'un repas trop délicat et trop friand pour elle. Roger, tout en fendant les airs, se retourne, imprime mille baisers sur le sein et sur les yeux brillants d'Angélique.

CXII. — Il renonce au projet qu'il avait conçu de faire le tour de l'Espagne, mais il conduit son coursier vers le plus prochain rivage, là où la Basse-Bretagne s'avance le plus dans la mer. Là se trouvait un bois planté de chênes touffus, que la plaintive Philomèle faisait retentir de ses chants. Au milieu, était un pré où coulait un ruisseau limpide, et de chaque côté s'élevait une colline solitaire.

CXIII. — C'est là que le chevalier, enflammé par le désir, arrête sa course audacieuse. Il descend dans la prairie, fait replier les ailes à son coursier, mais il ne peut réprimer ses sens enflammés. Aussitôt qu'il est descendu de son coursier il voudrait sans perdre de temps satisfaire sa passion amoureuse; mais son armure le retient, il faut qu'il s'en délivre et qu'il diffère ainsi son bonheur.

CXIV. — Dans son empressement, il arrache en désordre toutes les pièces de son armure. Jamais il ne lui a fallu, se dit-il, autant de temps pour s'en délivrer. S'il dénoue une aiguillette il en noue deux. Mais ce chant, seigneur, est déjà beaucoup trop long, peut-être vous ennuie-t-il? Différons donc la suite de cette histoire pour un temps où il vous sera plus agréable de l'entendre.

———

CHANT ONZIÈME

ARGUMENT

Angélique échappe au danger qu'elle court en devenant invisible; elle s'empare d'un cheval pour retourner en Orient. — Roger croit voir Bradamante entre les bras d'un géant. — Roland tue dans l'île d'Ébude le monstre marin qui menaçait Olympe. — Les Irlandais détruisent tout dans l'île. — Roland délivre Olympe et le roi d'Irlande, qui en devient amoureux, se propose de la venger du traître Birène. — Roland se remet à la recherche d'Angélique.

I. — Il arrive souvent qu'il suffit du frein le plus faible pour arrêter dans sa course le coursier le plus impétueux ; mais il est plus rare que la raison arrête l'ardeur luxurieuse d'un homme qui trouve l'occasion de s'y abandonner. Il ressemble à l'ours qui, attiré par le parfum du miel caressant délicieusement son odora', ne peut s'en éloigner, si une goutte a déjà découlé sur sa lèvre, du vase qui le contient.

II. — Quelle raison pourrait empêcher Roger de faire son plaisir de cette charmante Angélique, qu'il tient toute nue entre ses bras, dans un bois solitaire favorable à ses désirs ? Il ne se souvient plus de Bradamante dont l'image était si profondément gravée dans son cœur. Lors même qu'il s'en souviendrait comme par le passé, bien fou serait-il de ne pas profiter du bonheur qu'il a sous la main.

III. — Je suis sûr qu'en pareil cas l'austère Xénocrate lui-même n'aurait pas conservé plus que lui la continence. Roger avait jeté par terre son écu et sa lance ; il se débarrasse avec impatience du reste de son armure lorsque Angélique, abaissant ses regards avec pudeur sur son corps nu, aperçoit tout à coup à son doigt l'anneau précieux que jadis dans Albraque Brunel lui avait enlevé.

IV. — C'était le même anneau qu'elle avait déjà apporté en France la première fois qu'elle y vint avec son frère. Celui-ci, de son côté, possédait la lance qui tomba plus tard entre les mains d'Astolphe. C'était avec le même anneau qu'elle s'était dérobée aux enchantements de Maugis, auprès du perron de Merlin, et qu'un jour elle avait délivré de la prison de Dragontine Roland et quelques autres chevaliers.

V. — Avec cet anneau, elle était sortie invisible de la tour où un méchant vieillard l'avait retenue prisonnière. Mais pourquoi vous raconter toutes ces merveilles à vous qui les savez aussi bien que moi ? Brunel était parvenu à l'enlever à Angélique pour le donner à Agramant, qui désirait ardemment le posséder. Depuis cette époque la fortune lui avait toujours été contraire et il avait perdu tous ses **États**.

VI. — Maintenant qu'Angélique l'aperçoit, comme je l'ai dit, à son doigt, elle est tellement transportée d'étonnement et de joie qu'elle craint d'abord que ce ne soit un vain songe. Elle se fie à peine à ses mains et à ses yeux. Elle le tire adroitement de son doigt et le met dans sa bouche. Aussitôt plus promptement que l'éclair elle disparaît aux yeux de Roger et demeure cachée comme le soleil qui se voile d'un épais nuage.

VII. — Roger cependant regardait tout à l'entour de lui et comme un fou courait de côté et d'autre. Mais enfin il se rappelle l'anneau, il demeure confus et interdit de se voir pris pour dupe. Il maudit son imprudence et il accuse Angélique de cet acte d'ingratitude et de perfidie, Angélique qui le récompense de ses services par une telle noirceur.

VIII. — « Fille ingrate, s'écriait-il, c'est donc là le prix de mes bienfaits! Tu as mieux aimé dérober cet anneau que de le recevoir en pur don. Pourquoi ne me l'as-tu pas demandé? Non-seulement je te l'aurais donné, mais je t'aurais livré mon bouclier, mon rapide coursier. Tu en aurais fait l'usage que tu aurais voulu, je ne t'eusse demandé que de me laisser la vue de ton beau visage. Tu m'entends, je le sais, cruelle, mais tu refuses de me répondre. »

IX. — En parlant ainsi, il s'en allait, comme un aveugle, en marchant à tâtons autour de la fontaine. Que de fois, croyant saisir la jeune fille dans ses bras, il n'embrassa qu'une ombre vaine! Elle était déjà loin; elle ne s'arrêta qu'en arrivant à une caverne spacieuse située au pied de la montagne, où elle trouva un peu de nourriture pour apaiser sa faim.

X. — Cette caverne servait de retraite à un vieux pasteur qui avait sous sa garde un grand troupeau de juments; elles paissaient l'herbe tendre dans la vallée et le long des frais ruisseaux. En plusieurs endroits, se trouvaient des étables où elles trouvaient un abri contre la chaleur du soleil de midi. Angélique y entra et y fit un long séjour sans être aperçue de personne.

XI. — Sur le soir, ayant repris des forces, et croyant être suffisamment reposée, elle s'enveloppa d'un vêtement grossier, bien différent de ceux qu'elle portait et que distinguaient les couleurs les plus riches et les plus variées, vertes, jaunes, bleues et vermeilles. Mais malgré l'humilité de ses habits, elle ne put empêcher qu'elle ne parût à tous les yeux une belle et noble dame.

XII. — Qu'on cesse de vanter Philis, Nérée, Amaryllis, la légère Galatée, dont aucune, soit dit sans offenser Tityre et Mélibée, ne l'égalait en beauté. Angélique, trouvant une des juments à son gré, la fait sortir de la caverne et aussitôt prend la résolution de retourner en Orient.

XIII. — Pendant ce temps, Roger avait attendu dans l'espérance de voir Angélique reparaître ; mais enfin, reconnaissant son erreur et voyant bien qu'elle n'était plus près de lui, qu'elle ne pouvait l'entendre, il retourne dans le lieu où il avait laissé ce coursier habitué à voyager dans les airs comme sur la terre ; mais il vit qu'il avait rompu son mors, recouvré sa liberté et pris son essor vers le ciel.

XIV. — Cette perte, ajoutée à celle qu'il venait de faire, lui causa une douleur inconcevable. Se voir privé de son coursier ailé lui parut un malheur non moins grand que la perfidie d'Angélique ; mais ce qui l'affligea plus que toute autre chose, ce fut la perte de ce précieux anneau, non pas tant à cause de la vertu qu'il possédait que parce que c'était un cadeau de sa maîtresse.

XV. — En proie à une douleur immense, il remet sa cuirasse sur son dos ainsi que son bouclier ; il s'éloigne du rivage de la mer et se met en route à travers les prairies verdoyantes, se dirigeant vers une vallée spacieuse où il aperçoit un sentier plus large et plus battu qui traversait une haute et sombre forêt. Il n'avait pas

longtemps marché que, sur sa droite et dans l'endroit le
plus épais de la forêt, il entendit un grand bruit.

XVI. — Il écoute ce bruit, c'est celui d'un choc épouvantable d'armes; il s'avance à grands pas et il aperçoit
deux guerriers qui se livrent un furieux combat dans
un lieu étroit et serré; ils se chargent sans se regarder,
respirant, je ne sais pour quel sujet, la colère et la
vengeance. L'un est un géant d'un aspect terrible,
l'autre semble être un cavalier hardi et loyal.

XVII. — Celui-ci se défend avec son épée et son
bouclier, en voltigeant de côté et d'autre pour échapper
aux coups d'une massue que le géant tient à deux
mains pour le frapper. Son cheval est étendu mort sur
le chemin. Roger s'arrête pour être témoin de ce
combat; aussitôt son esprit s'anime d'un sentiment
de sympathie pour le chevalier, et il désire le voir
victorieux.

XVIII. — Il ne croit pas pour cela pouvoir aller à son
secours; il se tient à l'écart, comme un simple specta-
teur du combat. Tout à coup le géant lève sa redoutable
massue et la fait retomber à deux mains sur le casque
du chevalier plus faible que lui. Le chevalier sous la
force du coup est terrassé; l'autre, qui le voit couché
sans connaissance sur la poussière, lui délace déjà son
casque dans l'intention de lui ôter la vie, et, en faisant
ce mouvement, il découvre aux yeux de Roger le visage de son adversaire.

XIX. — Roger reconnaît aussitôt les traits de sa
douce et belle, de sa chère Bradamante. C'est celle que
le cruel géant veut immoler. Alors il s'empresse de le
provoquer au combat, et il court sur lui l'épée à la
main. Mais le géant, peu disposé à soutenir une nouvelle lutte, saisit la dame à demi-morte et la prend
entre ses bras.

XX. — Il la charge sur ses épaules et l'emporte,
comme un loup enlève un tendre agneau, ou comme un
aigle porte entre ses serres une colombe ou un autre

oiseau semblable. Roger voit combien le besoin de secours est pressant, il court de toutes ses forces pour
attaquer le géant; mais celui-ci fait de si longs pas que
Roger peut à peine le suivre des yeux.

XXI. — C'est ainsi que l'un en courant, l'autre en le
poursuivant par un sentier étroit et obscur qui s'élar-
gissait de plus en plus, ils trouvèrent à la sortie du bois
une grande prairie. Mais en voilà assez sur ce sujet; je
reviens à Roland qui avait jeté dans les profondeurs
de la mer, pour qu'elle ne se retrouvât jamais, l'arme
foudroyante que portait autrefois le roi Cimosco.

XXII. — Mais cette précaution fut vaine, car l'ennemi du genre humain inventeur de cette arme terrible,
composée sur le modèle du feu céleste qui perce les nues
et tombe sur la terre, invention maudite qui ne fut pas
moins funeste que la séduction par laquelle il entraîna
Ève à cueillir le fruit défendu; cet ennemi, dis-je, la fit
retrouver par un magicien, au temps de nos derniers
aïeux ou un peu auparavant.

XXIII. — Cette machine infernale resta pendant plus
de cent ans au fond de la mer; elle en fut retirée enfin
par enchantement et portée chez les Allemands. Ceux-
ci en firent diverses expériences et le démon, pour notre
malheur, sut si bien subtiliser leurs esprits que finalement ils en retrouvèrent l'usage.

XXIV. — L'Italie, la France et toutes les autres nations du monde apprirent bientôt cet art cruel. Les uns
font couler le bronze dans des cylindres creux après
l'avoir mis en fusion dans des fournaises ardentes; les
autres creusent le fer et en font des canons petits ou
grands et de poids divers, et l'on donne à ces divers
engins les noms de bombardes, de fusils, de canons de
différentes grandeurs.

XXV. — D'autres portent les noms d'arquebuses, de
faucons, de coulevrines, au gré de leur inventeur, et
les armes meurtrières mettent en pièces le fer, rédui-
sent en poudre les marbres les plus durs, et partout où

elles frappent s'ouvrent un libre passage. Malheureux
soldat, tu vois maintenant toutes les armes, jusqu'à ton
épée, céder à ces armes à feu. Prends donc un mousquet
sur tes épaules et arme-toi d'une arquebuse, sans cela,
je te le dis, tu ne recevras jamais ta solde de guerre.

XXVI. — Comment as-tu pu trouver place dans un
cœur humain, cruelle et brutale invention? Avec toi plus
de gloire militaire, avec toi le métier des armes perd
son honneur, car tu rends inutiles la force et la valeur.
Le lâche devient avec toi bien souvent vainqueur de
l'homme le plus courageux. La bravoure, l'intrépidité
n'ont plus le moyen de se faire distinguer dans les combats.

XXVII. — C'est par toi qu'ont péri et que doivent périr
encore tant de chevaliers et de princes. Avant que l'on
voie la fin de cette guerre qui a fait gémir le monde, et
l'Italie plus que tous les autres pays, lorsque j'ai dit que
l'auteur de ces abominables inventions a été plus cruel,
plus impie, plus méchant que tous ceux qui, dans le
monde, se sont le plus distingués par leurs crimes, je
crois avoir dit la vérité.

XXVIII. — Je croirais presque que Dieu pour rendre
éternelle sa vengeance a précipité dans les abîmes les
plus profonds de la mer cette âme maudite auprès de
celle du perfide Judas. Mais retournons au chevalier
qui est si impatient de se rendre à l'île d'Ébude où de
belles et frêles jeunes femmes doivent être la pâture
d'un monstre marin.

XXIX. — Mais plus le paladin montre d'empressement, plus le vent au contraire semble se ralentir. Qu'il
souffle du côté droit ou du côté gauche, ou même en
poupe, c'est toujours si faiblement que le vaisseau
semble presque n'avoir aucun mouvement. Quelquefois
il tombe dans un calme parfait, une autre fois il souffle
dans un sens si contraire que le vaisseau est forcé de
retourner en arrière ou de voguer vers le nord en lou-
voyant.

XXX. — Telle était la volonté de Dieu, et Roland ne devait pas arriver dans cette île avant le roi d'Irlande, afin qu'il pût exécuter plus facilement les hauts faits que je vous raconterai dans les pages qui suivent. « Gouverne sur le nord de l'île, dit Roland à son pilote; tu pourrais aussi jeter l'ancre ici; donne-moi ta chaloupe, car je veux descendre sans que personne m'accompagne sur cet écueil.

XXXI. — « Donne-moi aussi le plus gros câble et l'ancre la plus lourde de ton vaisseau : si je puis combattre le monstre, je te montrerai comment je m'en servirai. » Il fait donc jeter à la mer la chaloupe sur laquelle il s'embarque avec tout ce qui lui est nécessaire pour accomplir ses projets. Il laisse dans le vaisseau toutes ses armes à l'exception de son épée, et il vogue droit vers le rocher.

XXXII. — Il se saisit des rames qu'il manœuvre en tournant le dos à la partie où il se propose de descendre, imitant les écrevisses qui quittent à reculons la mer ou les vallées pour arriver sur le rivage. C'était l'heure où la belle Aurore venait d'étaler sa blonde chevelure au soleil moitié levé et moitié caché sous l'horizon, non sans causer un vif déplaisir aux jaloux tritons.

XXXIII. — Arrivé tout près du roc dépouillé de verdure et dont il n'est éloigné que de la distance où peut être lancée une pierre par un bras vigoureux, il croit entendre une voix plaintive et mourante qui vient frapper ses oreilles. Il ne sait s'il se trompe, mais se retournant vers la gauche, il porte ses regards sur le bord de l'onde et il aperçoit une femme nue comme le jour où elle vint au monde, attachée à un tronc d'arbre et les pieds baignés par les flots.

XXXIV. — Comme cette femme est encore loin de lui et qu'il s'avance en baissant la tête, il ne peut distinguer qui elle est; il fait alors force de rames, et s'approche, impatient de la reconnaître. Mais à l'instant même il entend mugir la mer, et ces mugissements sont répétés

par les échos des forêts et des cavernes. Les ondes se
gonflent et tout à coup paraît le monstre qui de son
corps immense semble couvrir les flots.

XXXV. — De même que d'une obscure vallée descend
un brouillard portant la tempête et la pluie, répandant
une sombre nuit sur tout le monde et semble avoir fait
disparaître le jour ; de même l'énorme bête nage sur les
eaux, occupant un si grand espace que l'on peut dire
qu'il tient sous lui les ondes frémissantes. Roland, d'un
regard fier et tranquille, attache ses yeux sur le monstre
sans laisser paraître sur son visage la moindre émotion.

XXXVI. — Et comme un homme ayant pris une ferme
résolution d'accomplir le dessein qu'il avait conçu, il
s'avance promptement ; et comme il veut à la fois défendre la femme et attaquer le monstre, il se place avec son
esquif entre l'orque et la femme, laissant son épée dans
le fourreau. Il prend en main l'ancre et le câble et attend
de pied ferme l'horrible monstre.

XXXVII. — Aussitôt que l'orque se fut approchée et
qu'elle eut aperçu près d'elle Roland dans sa chaloupe,
elle ouvre pour l'engloutir sa gueule si grande qu'un
homme à cheval pouvait y entrer. Roland s'avance vers
elle et plonge dans cette effroyable gueule l'ancre et le
câble et le bateau lui-même, si je ne me trompe, puis il
pose l'ancre qui entre à la fois dans le palais et dans la
langue.

XXXVIII. — L'orque ainsi frappée ne peut ni fermer
ni hausser ses vastes mâchoires. C'est ainsi que ceux
qui travaillent le fer dans les mines soutiennent la terre
à mesure qu'ils s'avancent afin de n'être pas engloutis
sous ses décombres, lorsqu'ils se livrent à leur travail
périlleux. La distance d'une pointe de l'ancre à l'autre
est si grande que Roland ne pourrait en atteindre la
partie supérieure qu'en faisant un saut.

XXXIX. — S'étant assuré ainsi que l'orque ne peut
plus fermer la gueule, Roland tire son épée, frappe dans
cet antre obscur d'estoc et de taille, tantôt d'un côté,

tantôt de l'autre. Et de même qu'une citadelle ne peut se défendre lorsque les ennemis ont pénétré dans son intérieur, de même l'orque ayant dans sa gueule son ennemi ne peut se défendre contre lui.

XL. — Vaincue par la douleur, tantôt elle s'élance au-dessus de la mer, montrant son vaste flanc et son dos couvert d'écailles, tantôt elle s'enfonce dans l'abîme et, agitant au fond de l'eau son énorme ventre, en fait jaillir le sable. Le chevalier de France voit que l'eau trop abondante va le gagner; alors, se jetant à la nage et laissant l'ancre dans la gueule du monstre, il prend en main le câble auquel l'ancre est attachée.

XLI. — Puis il gagne en nageant le rocher et met pied à terre, tirant à lui l'ancre dont les deux pattes sont fixées dans les mâchoires du monstre. L'orque est forcée de suivre le cordage, attirée par un bras tellement fort que d'un seul coup il produit plus d'effet qu'un cabestan ne pourrait le faire en dix.

XLII. — De même qu'un taureau sauvage se sentant tout à coup enlacé d'un lien puissant saute de côté et d'autre, tourne autour de lui-même, se couche, se lève sans pouvoir se délivrer de l'entrave, de même l'orque tirée par un bras vigoureux hors de son séjour ordinaire suit le câble en faisant mille mouvements saccadés, mille tours et mille bonds sans pouvoir se dégager.

XLIII. — De sa gueule sort une si grande abondance de sang que cette mer pourrait bien en ce jour s'appeler la mer Rouge. Le monstre frappe les flots avec tant de violence qu'il ouvre l'abîme dans toute sa profondeur; quelquefois aussi il fait jaillir l'eau jusqu'aux nues et obscurcit la lumière brillante du soleil. Le bruit qu'il excite fait retentir les forêts, les montagnes et les rivages les plus éloignés.

XLIV. — A ce bruit inusité, le vieux Protée sort de sa grotte, lève la tête sur la surface de l'eau, et voyant Roland entrer dans la gueule de l'orque ou en sortir et tirer vers le rivage ce poisson gigantesque, s'enfuit de terreur à travers les profondeurs de l'Océan, oubliant son troupeau dispersé ; et le vacarme devient si grand que Neptune lui-même fait atteler les dauphins à son char et s'enfuit précipitamment vers l'Éthiopie.

XLV. — Portant à son cou Mélicerte, Ino la néréïde, les cheveux épars, gémit ; Glaucus, les tritons et les autres dieux marins, ne sachant où aller, se sauvent de côté et d'autre pour échapper au danger. Roland tire enfin l'horrible poisson sur le rivage et n'a plus besoin de se fatiguer pour triompher de lui, car l'épuisement et les blessures qu'il avait reçues l'avaient fait mourir avant qu'il touchât le rivage.

XLVI. — De nombreux habitants de l'île étaient accourus pour regarder cet étrange combat. Cet acte de courage leur avait paru un sacrilége, tant ils étaient aveuglés par une vaine superstition. Ils se disent que c'était se rendre encore Protée défavorable, et s'attirer son courroux et sa rigueur, et qu'il ne manquerait pas d'envoyer sur la terre tous ses monstres marins et de recommencer la guerre qu'il leur avait faite précédemment.

XLVII. — « Mieux vaut, s'écrient-ils, implorer la paix de ce dieu offensé, pour éviter de nouvelles catastrophes, et nous fléchirons certainement Protée en précipitant dans les flots ce mortel audacieux. » De même qu'un flambeau allumé communique sa flamme à un autre et bientôt embrase une contrée tout entière, de même la colère gagne d'un esprit à l'autre et tous forment le projet de précipiter Roland dans les flots.

XLVIII. — L'un saisit une fronde, l'autre un arc ; celui-ci une épée ou une lame ; tous descendent sur le rivage et par devant, par derrière, de tous côtés, de près et de loin, ils attaquent Roland à qui mieux mieux. Le chevalier, surpris et indigné de cette insulte grossière et de cette brutalité insensée, se voit outragé pour avoir tué le monstre, tandis qu'il n'en devait attendre que la gloire et la reconnaissance.

XLIX. — Mais de même que l'ours conduit dans les

foires par les Russes ou les Lithuaniens ne craint pas
en passant par les rues l'aboiement importun des petits
chiens et dédaigne même de les regarder, de même Roland regarde avec dédain ces vils assaillants, sachant
bien que de son souffle seul il mettra en pièces cette
infime multitude.

L. — Il se fait place promptement en se précipitant
sur eux sa Durandal à la main. Cette foule insensée
s'était imaginé que ce guerrier tout seul ne leur résis-
terait pas, ne voyant sur lui ni cuirasse sur le dos, ni
bouclier au bras, ni aucune autre armure. Elle ignorait
que des pieds jusqu'à la tête le chevalier avait la peau
plus dure que le diamant.

LI. — Mais ce que Roland ne permet pas aux autres
de lui faire il a le pouvoir de le faire aux autres. Il en tue
trente en ne frappant que dix coups ou guère plus. Il
chasse bientôt du rivage toute cette canaille, et déjà il
s'avance vers la dame pour rompre ses liens, lorsque
de l'autre côté du rivage un nouveau bruit s'élève et de
nouveaux cris se font entendre.

LII. — C'est que, pendant que Roland tenait d'un côté
ces barbares en respect, des Irlandais étaient descendus
dans plusieurs parties de l'île laissées sans défense et ils
massacraient sans pitié tous ceux qu'ils trouvaient sur
le rivage, carnage horrible, car, soit justice, soit cruauté,
ils n'épargnaient ni le sexe ni l'âge.

LIII. — Les insulaires ne font aucune résistance ou
résistent faiblement, tant parce qu'ils sont attaqués à
l'improviste, tant parce que l'île ne contenait qu'un petit
nombre d'habitants et que d'ailleurs ces pauvres gens
étaient fort peu avisés. Tout leur avoir est saccagé, leurs
maisons sont incendiées, leurs murs rasés jusqu'au sol ;
tous périssent et il ne reste pas dans l'île un seul être
vivant.

LIV. — Roland, qui tient peu de compte de ce grand
bruit, de ces rumeurs et de ces massacres, s'approche de
la femme qui, sur le rocher stérile, devait être dévorée

par l'orque marine. Il la regarde, il lui semble reconnaître
la jeune fille, et plus il s'avance plus il la reconnaît en
effet ; c'est Olympe, c'est Olympe elle-même qui a été si
indignement récompensée de sa fidélité !

LV. — Pauvre Olympe! après avoir été si outragée
par l'amour, il a fallu encore que la fortune cruelle
te livrât et dans le même jour aux corsaires qui t'ont
conduite dans l'île d'Ebude. Elle reconnaît immédiatement Roland dès qu'il s'approche du rocher; mais
comme elle est nue, elle tient la tête baissée, elle n'ose
ni lui parler, ni même jeter ses regards sur lui.

LVI. — Roland lui demande quelle fatalité a pu la
conduire dans cette île, elle qu'il avait laissée avec son
époux dans une joie et un bonheur qui semblaient combler
tous ses vœux. « Je ne sais, lui répondit-elle, si je dois
vous remercier de m'avoir arrachée à la mort ou m'affliger de ce que grâce à la vigueur de votre bras je n'ai
pas vu la fin de ma malheureuse vie.

LVII. — « Je ne vous en suis pas moins reconnaissante
de m'avoir épargné l'horrible mort dont j'étais menacée.
Certes c'eût été un genre de mort bien cruel de me
voir engloutie dans les entrailles de ce monstre; mais je
ne puis vous remercier de me laisser vivre, puisque la
mort seule peut mettre fin à mes douleurs. Quelle reconnaissance je vous devrai si, par votre bras, je puis voir
enfin arriver le terme de mes malheurs! »

LVIII. — Elle lui raconta ensuite en pleurant comment
elle avait été trahie par son époux qui l'avait laissée endormie dans cette île où elle avait été surprise par des
corsaires; et pendant qu'elle parlait elle se retournait,
prenant l'attitude dans laquelle Diane est représentée
par les peintres et les sculpteurs, jetant l'eau d'une fontaine sur le front d'Actéon.

LIX. — Elle fait tous ses efforts pour cacher son sein
et ses beautés les plus secrètes, laissant voir cependant
les contours de son dos et du reste de son corps. Roland
voyant que son vaisseau n'arrive pas, s'impatiente; il vou-

drait pouvoir couvrir de quelques vêtements la jeune
femme qu'il a délivrée de ses chaînes. Sur ces entrefaites,
Obert arrive, Obert, roi d'Irlande, qui venait d'apprendre
que le monstre marin était étendu sur le rivage.

LX. — On lui dit qu'un chevalier en nageant était
parvenu à lui attacher dans la gueule une ancre pesante
avec laquelle il l'avait tiré sur la rive, de même que
l'on remorque un bâtiment sur la mer. Pour s'assurer
du fait, Obert était accouru, et pendant ce temps ses gens
répandus dans toutes les parties de l'île y portaient le
fer et la flamme.

LXI. — Le roi d'Irlande reconnut Roland, bien qu'il fût
tout couvert de sang et de sueur, de ce sang qui l'avait
souillé lorsqu'il sortait de la gueule de ce monstre, où il
était entré tout entier. Il reconnut d'autant plus le comte
qu'en entendant le récit de ce combat extraordinaire, il
avait pensé que Roland seul était capable d'une action
si merveilleuse.

LXII. — Il le connaissait parce qu'il avait été élevé en
France comme garçon d'honneur; il en était parti seulement depuis une année pour prendre la couronne que la
mort de son père lui avait laissée. Il avait mille et mille
fois vu et entretenu Roland. Il court donc l'embrasser et
lui faire fête après avoir ôté le casque qui lui couvrait la
tête.

LXIII. — Le paladin ne fut pas moins charmé de
revoir le roi, que l'était le roi lui-même de le retrouver.
Après des embrassements répétés de part et d'autre,
Roland raconta la trahison dont Olympe avait été la victime et le nom de son auteur, de ce perfide Birène qui
aurait dû, moins qu'un autre, se rendre coupable d'une
action si noire.

LXIV. — Il lui expose les preuves qu'elle lui avait tant
de fois données de son amour, comment elle a perdu ses
parents, et tout ce qu'elle possédait au monde, comment
enfin elle voulait mourir pour l'amour de son époux. Témoin lui-même d'une partie des faits qu'il raconte, il pou-

vait en faire un récit fidèle. Pendant qu'il parlait les
beaux yeux de la jeune femme étaient baignés de larmes.

LXV. — Son visage offrait alors l'apparence du ciel
dans certaines journées du printemps, lorsqu'une pluie
légère tombe sur la terre et que tout à coup le soleil
se dégage du voile nuageux qui l'entoure. De même aussi,
que le rossignol fait entendre ses chants aimables sous
les branches d'un arbre vert, de même l'amour baigne
les plumes de ses ailes dans les pleurs de cette jeune
beauté et contemple avec plaisir leur brillante lumière.

LXVI. — Dans le feu de ses beaux yeux, l'amour
allume un trait doré, il en refroidit la pointe dans le
petit ruisseau qui coule entre les lis et les roses de son
visage, et, l'ayant ainsi trempé, il le lance contre le jeune
prince avec tant de force que ni son écu, ni sa cotte de
mailles, ni son armure de fer ne peuvent le garantir :
pendant qu'il contemple les yeux et la chevelure de la
belle Olympe il se sent frappé au cœur sans savoir d'où
part le coup.

LXVII. — Les beautés d'Olympe étaient celles que
l'on voit le plus rarement. Non-seulement son front, ses
yeux, ses joues, ses cheveux étaient pleins de charmes,
ainsi que sa bouche, son nez, ses épaules et son cou,
mais en descendant plus bas que son sein, et en con-
templant ce que cache ordinairement la pudeur, on y découvrait tant de perfections qu'il était impossible d'en
trouver de pareilles dans le monde.

LXVIII. — Sa gorge surpassait la blancheur de la
neige; elle était plus douce au toucher que l'ivoire le plus
poli. Les deux globes charmants admirablement arrondis
ressemblaient au lait que l'on prend dans une corbeille
de jonc ; le petit espace qui les séparait ressemblait à
des vallons ombragés situés entre deux petites collines,
agréables dans la saison printannière et couvertes de
neige pendant l'hiver.

LXIX. — Les flancs relevés d'Olympe, ses belles hanches, son ventre et ses blanches cuisses plus polies et

plus brillantes que la glace d'un miroir, semblaient être
d'ouvrage de Phidias ou d'un artiste plus parfait encore.
Je vous parlerais bien des autres parties de son corps
qu'elle cherche en vain à cacher : qu'il me suffise de dire
que depuis les pieds jusqu'à la tête elle possédait tous
les genres de beauté qu'on peut imaginer.

LXX. — Si le pasteur de Phrygie l'eût vue dans les
vallées du mont Ida, je crois que Vénus elle-même, dont
la beauté surpassait celle des autres déesses, n'aurait pas
remporté le prix. Peut-être Pâris ne serait-il pas allé dans
Sparte violer les lois de l'hospitalité, il aurait dit : « Garde
ton Hélène, ô Ménelas, car je ne puis aimer qu'Olympe. »

LXXI. — Et si elle se fût trouvée à Crotone quand
Zeuxis, voulant faire la statue qui devait être placée
dans le temple de Junon, réunit un si grand nombre de
jeunes filles toutes nues, pour composer une statue
parfaite en empruntant à chacune d'elles leurs beautés
particulières, il n'eût eu besoin que de voir Olympe et
de la prendre pour modèle, puisqu'en sa personne
étaient réunies toutes les beautés.

LXXII. — Jamais sans doute Birène n'avait vu sa
femme nue et sans voile, car je suis certain qu'il n'aurait
pas eu la cruauté de l'abandonner dans le désert. Pour
conclure, Obert à cette vue fut tellement enflammé qu'il
ne put cacher son amour. Il s'empressa de la consoler
et de lui donner l'espoir que tous ses malheurs seraient
suivis d'une félicité méritée.

LXXIII. — Il ira avec elle en Hollande, lui rendra ses
États, et tant qu'il n'aura pas tiré du traître et parjure
Birène une juste et éclatante vengeance, il ne cessera de
soulever contre lui l'Irlande, et il l'attaquera sans tarder.
Cependant il fait chercher dans toutes les maisons les
robes et les vêtements nécessaires à une femme.

LXXIV. — On en trouva facilement sans sortir de
l'île, car toutes les infortunées que dévorait le monstre
marin en avaient laissé chaque jour ; et sans chercher,
Obert s'en procura un grand nombre de toutes sortes

dont Olympe se revêtit, regrettant cependant de ne pouvoir lui-même la parer comme il le désirait.

LXXV. — Mais la plus belle soie, les étoffes brochées de l'or le plus fin par la main industrieuse des ouvriers de Florence, les plus riches broderies tissues avec le plus d'art, de soin et d'habileté, fussent-ils même l'œuvre de Minerve ou du Dieu de Lemnos, ne lui auraient pas paru dignes de couvrir le corps charmant dont les beautés ne cessaient de se réprésenter à sa pensée.

LXXVI. — Roland pour plusieurs motifs approuva cet amour d'Obert ; il lui fit espérer qu'il ne laisserait pas impunie la trahison de Birène, ce qui lui épargnerait à lui-même une tâche pénible et ennuyeuse, car il n'était pas venu dans cette île pour Olympe, mais pour sauver Angélique s'il l'y eût trouvée.

LXXVII. — Elle n'y était pas, il put s'en assurer ; mais n'y était-elle pas déjà venue ? C'est ce qu'il ne put savoir puisque tous les habitants étaient morts et qu'il n'y en avait plus un seul de survivant. Ils quittèrent donc le port le lendemain, partant tous ensemble comme un corps d'armée. Le paladin les accompagna en Irlande. C'est par là qu'il avait à passer pour regagner la France.

LXXVIII. — Il s'y arrêta un jour à peine ; les plus instantes prières ne purent le retenir. L'amour qui le poussait à la recherche de sa maîtresse ne lui permettait pas un plus long séjour. Il partit en recommandant d'abord Olympe au roi et en lui rappelant ses promesses ; recommandation inutile, car ce prince fit beaucoup plus qu'on ne lui avait demandé.

LXXIX. — En peu de jours il eut réuni une armée, conclu une alliance avec les rois d'Angleterre et d'Écosse, et enlevé la Hollande à Birène. Il ne lui laissa pas un pouce de terre dans la Frise. Il excita ensuite ses sujets à se révolter contre lui, et il ne cessa de le poursuivre jusqu'à ce qu'il l'eût mis à mort, punition bien inférieure à ce qu'il avait mérité par ses crimes.

LXXX. — Olympe devint l'épouse d'Obert, changeant

pour le titre de reine son nom de comtesse. Mais retournons au paladin qui vogue à pleines voiles sur la mer et chemine nuit et jour. A peine entré dans le port d'où il était parti, il s'élance tout armé sur Bride-d'or et laisse derrière lui les vents et l'onde amère.

LXXXI. — Je crois qu'il fit pendant le reste de l'hiver des exploits qui mériteraient d'être racontés; mais ils ont été si secrets jusqu'à présent qu'il m'est bien impossible de ne vous en rien dire. D'ailleurs Roland était toujours bien plus disposé à faire de belles actions qu'à les raconter, et jamais l'on n'a connu aucun de ses exploits que quand ils ont eu des témoins pour les publier.

LXXXII. — Il passa le reste de l'hiver si secrètement qu'on ne sait rien de ce qu'il fit; mais enfin quand le soleil, entrant dans le signe qui a pris le nom de l'animal paisible qui porta Phrixus, eut illuminé le monde et que le souffle doux et tendre du zéphyr eut ramené la fleur du printemps, les brillantes actions de Roland s'élevèrent avec les fleurs nouvelles et l'herbe naissante.

LXXXIII. — Des plaines aux montagnes et des rivages aux plaines, le paladin marchait plein de tristesse et de fatigue, lorsque, à l'entrée d'un bois, un long cri et un gémissement profond frappèrent ses oreilles. Aussitôt il piqua son cheval, saisit sa fidèle Durandal et courut précipitamment du côté d'où venait le bruit. Mais je vous raconterai une autre fois la suite de cette aventure, si vous voulez bien m'accorder votre attention.

CHANT DOUZIÈME

ARGUMENT

Roland entre dans un palais enchanté où le conduit une ruse d'Atlant. — Il y trouve Ferragus, Brandimar, Gradasse et Sacripant. — Pendant ce temps, Angélique se montre au roi de Circassie qu'elle prend pour guide. — Un combat s'engage entre Roland et Ferragus. — Angélique enlève le casque de Roland, dont Ferragus s'empare. — Roland détruit deux escortes de Sarrasins. — Arrivé au bord d'une fontaine, il y rencontre deux femmes éplorées.

I. — Lorsque Cérès quittant la mère des dieux arriva en marchant à grands pas dans la vallée solitaire où le mont Etna pèse sur les épaules d'Encelade foudroyé, et qu'elle ne trouva plus sa fille aux lieux où elle l'avait laissée loin de tout chemin frayé, elle s'en prit à ses joues, à son sein, à ses cheveux, à ses yeux, qu'elle déchira de ses mains ; et, dans sa fureur, elle déracina deux pins.

II. — Elle enflamma ces pins à la fournaise de Vulcain, les rendit inextinguibles et, les portant dans chaque main sur un char attelé de deux serpents, elle parcourut les forêts, les champs, les monts, les plaines, les fleuves, les étangs, les torrents et la terre et la mer. Après avoir visité le monde entier elle descendit dans les profondeurs du Tartare.

III. — Si Roland avait eu autant de puissance que la déesse Éleusine, comme il l'eût désiré, il n'aurait laissé sans les parcourir à la recherche d'Angélique, ni forêts, ni champs, ni l'air, ni ruisseaux, ni vallées, ni montagnes, ni la terre, ni la mer, ni le ciel ; il se serait plongé dans l'abîme de l'éternel oubli. Mais comme il n'a ni char, ni dragon, il se sert le mieux qu'il peut, pour faire sa recherche, des moyens qu'il possède.

IV. — Après avoir cherché Angélique en France, il se dispose à parcourir l'Italie, l'Allemagne, la vieille et la nouvelle Castille; il traversera même la mer pour passer en Afrique. Tandis qu'il songe à ces grands voyages, une voix plaintive vient frapper son oreille. Il pique des deux sans balancer et il voit trotter devant lui un cavalier sur un grand destrier.

V. — Ce cavalier emporte entre ses bras, sur l'arçon de sa selle, une demoiselle éplorée. Elle gémit, elle se débat et donne tous les signes de la plus profonde douleur. Elle appelle à son secours le vaillant paladin d'Angers, et celui-ci croit reconnaître précisément en elle celle qu'il cherche nuit et jour dans toute la France et les pays circonvoisins.

VI. — Je ne dis pas que ce fût Angélique elle-même, mais elle ressemblait infiniment à celle qu'aimait si tendrement Roland. En voyant emporter triste et gémissante sa maîtresse adorée, la déesse de son âme, saisi de colère et de fureur, il appelle d'une voix terrible le cavalier qui fuit. Il l'appelle, le menace et pousse à toutes brides son cheval à sa poursuite.

VII. — Mais le drôle ne lui répond pas, ne songeant qu'à veiller sur sa proie et qu'à conserver un si précieux objet. Il court si vite à travers la forêt, que le vent le plus rapide ne pourrait l'atteindre. L'un fuit, l'autre le chasse et l'on entend la forêt profonde retentir de gémissements. Dans leur course précipitée, ils débouchent enfin sur une grande prairie au milieu de laquelle s'élevait un riche et spacieux palais.

VIII. — La main d'un artiste habile l'avait bâti de différents marbres. Le cavalier, portant toujours la demoiselle entre ses bras, s'élance par une porte ciselée d'or; mais Bride-d'or le suit de près, portant Roland dont l'air est plein de fierté et de menace. A peine entré, jetant les yeux de tous côtés, il n'aperçoit ni le guerrier, ni la demoiselle.

IX. — Il monte aussitôt, traverse avec la rapidité de la foudre les lieux les plus reculés, il court de côté et d'autre, ne laisse aucune chambre, aucun réduit sans le visiter. Après avoir fouillé les appartements les plus secrets du premier étage, il monte aux étages supérieurs; mais il perd son temps et sa peine dans cette nouvelle recherche, comme il l'avait fait dans la première.

X. — Il voit des lits couverts d'or et de soie, il n'aperçoit que des murs et des parquets recouverts de tentures ou de tapis d'une richesse incomparable. Mais c'est en vain que Roland court d'un étage à l'autre; quoi qu'il fasse, ses yeux ne peuvent rencontrer cette Angélique si désirée, ni le ravisseur qui emportait cette charmante beauté.

XI. — Pendant que courant de côté et d'autre il se consumait en vains efforts, agité par les pensées les plus tristes et les plus douloureuses, il rencontra Ferragus, Brandimar, le roi Gradasse et le roi Sacripant, qui, comme lui, montant et descendant dans le palais, cherchaient de tous côtés et se plaignaient d'être trompés par l'invisible et malfaisant maître de ce palais.

XII. — Tous le cherchent, tous l'accusent de les avoir rendus victimes de quelque larcin. L'un se désole de ce qu'il lui a enlevé son cheval, l'autre de s'être vu ravir sa maîtresse, d'autres l'accusent d'autres méfaits; c'est ainsi que tous errent en désordre dans cette demeure, vrai labyrinthe dont ils ne peuvent sortir. Quelques-uns d'entre eux, surpris comme Roland par cet enchantement, erraient ainsi inutilement depuis plusieurs semaines et même plusieurs mois.

XIII. — Roland, après avoir cinq ou six fois parcouru dans tous les sens ce palais, se dit en lui-même : « Je perdrais en demeurant ici mes fatigues et ma peine, car le voleur pourrait bien s'en être allé par une autre porte, entraînant au loin ma maîtresse. Cette pensée l'engage à sortir et il s'élance dans la prairie qui entourait le palais.

XIV. — Tandis qu'il fait le tour de ce lieu champêtre, tenant ses regards attachés vers la terre pour voir s'il découvrira à droite ou à gauche, il s'entend appeler d'une fenêtre, il lève les yeux et il lui semble entendre la voix divine et voir l'admirable visage de celle qui l'a rendu si différent de ce qu'il était autrefois.

XV. — Il lui semble entendre Angélique qui d'une voix plaintive et suppliante lui crie : « Au secours ! au secours ! Je te recommande mon honneur plus que mon âme, plus que ma vie. Quoi donc ! sous les yeux mêmes de mon cher Roland serais-je ravie par ce brigand ? Que je reçoive la mort de ta main plutôt que de rester en proie à mon malheureux sort. »

XVI. — Ces paroles le font à l'instant retourner sur ses pas, et le voilà qui parcourt encore plein de fatigue et d'anxiété tous les appartements du palais; mais l'espérance le soutient. Parfois il s'arrête et il entend une voix qui lui semble être celle d'Angélique : s'il va d'un autre côté, la même voix retentit à son oreille l'appelant à son aide; il ne sait où porter ses pas.

XVII. — Mais retournons à Roger que j'ai laissé dans un sentier épais et touffu, où il poursuivait le géant emportant sa dame. A la sortie d'un bois, il était arrivé dans une grande prairie. C'était, si je ne me trompe, le lieu même où Roland était arrivé peu de temps auparavant. Cet énorme géant, suivant le même chemin, entre par la même porte suivi par Roger qui court sur ses pas.

XVIII. — Roger a mis à peine le pied sur le seuil de cette porte, que regardant dans la cour et dans l'intérieur du palais, il n'aperçoit ni le géant, ni la dame. Il porte en vain ses regards de tous côtés, il court en vain en haut en bas, en vain il va et revient ; il ne trouve rien de ce qu'il désire. Il ne peut s'imaginer où s'est caché si vite le géant ravisseur de sa maîtresse.

XIX. — Il a déjà visité quatre et cinq fois les chambres, les salles, les galeries, en haut, en bas ; il y retourne de nouveau et ne quitte point ces lieux sans avoir regardé sous les escaliers même. Enfin, croyant qu'ils sont entrés dans la forêt voisine, il court les y chercher ; mais une voix semblable à celle qui avait appelé Roland l'appelle aussi lui-même et le fait rentrer sur-le-champ dans le palais.

XX. — Cette même voix, cette même personne que Roland a cru être Angélique, semble être pour Roger la voix et la personne de Bradamante, de cette beauté qui le retient dans ses liens. S'adresse-t-elle à Gradasse ou à quelque autre de ceux qui vont errant dans ce palais, elle paraît être à chacun d'eux celle de la femme aimée, celle de l'objet de ses plus ardents désirs.

XXI. — C'était le résultat d'un charme inconnu et nouveau, inventé par Atlant de Carène, afin que Roger tellement occupé dans cette recherche, dans ce tendre souci, échappât à la mauvaise influence dont il était menacé et qui devait causer la mort du jeune homme. Après l'insuccès du château d'acier et des jardins d'Alcine, Atlant tentait cette autre épreuve.

XXII. — Ce n'était pas seulement lui, mais tous les chevaliers les plus illustres de la France qu'Atlant avait voulu attirer dans ce séjour enchanté, afin que Roger ne fût pas exposé à être tué par eux. Pendant qu'il retenait ainsi les dames et les paladins, il avait eu soin de leur fournir toute la nourriture qui leur était nécessaire, tout ce qui pouvait leur rendre ce séjour agréable.

XXIII. — Mais retournons à Angélique qui possédait l'anneau merveilleux. Mis dans sa bouche, il rendait aveugles tous ceux qu'elle trouvait autour d'elle, et placé à son doigt, il la rendait inaccessible aux enchantements des magiciens. Après avoir trouvé dans la caverne de la montagne nourriture, vêtements, jument, tout ce dont elle avait besoin enfin, elle se disposait à revenir dans les Indes, dans son beau royaume du Cathaï.

XXIV. — Elle aurait bien désiré d'être accompagnée de Roland ou de Sacripant. Ce n'était pas qu'elle fût sensible à l'amour de l'un ou de l'autre, car elle était rebelle à tous les désirs de ces deux guerriers; mais dans son voyage vers l'Orient elle devait traverser tant de villes, tant de châteaux, qu'elle avait besoin d'un compagnon et d'un guide, et c'était à eux qu'elle devait se fier le plus.

XXV. — Elle allait à la recherche de l'un ou de l'autre, dans les cités, dans les villes, dans les forêts profondes, partout enfin, sans trouver la moindre information ni le moindre indice. Le hasard enfin la conduisit dans les lieux où Roland, Ferragus et Sacripant avec Roger, Gradasse et beaucoup d'autres avaient été conduits par Atlant, qui les retenait dans les détours de ce singulier labyrinthe.

XXVI. — Elle y entre sans être aperçue par le magicien et, à l'aide de l'anneau qui la rend invisible, elle trouve Roland et Sacripant vainement occupés tous deux à la chercher dans ce château. Elle voit comment Atlant abuse l'un et l'autre en leur offrant une fausse image d'elle-même. Mais lequel des deux choisira-t-elle ? c'est ce qui l'embarrasse, et elle ne sait quelle résolution prendre.

XXVII. — Elle ne peut juger quel est du comte Roland ou du roi de Circassie celui qui méritera le plus sa confiance. Le premier sans doute par son incomparable valeur pourra le mieux la sauver dans les rencontres périlleuses : mais si c'est lui qui la guide, elle se donnera un maître. Elle ne voit pas comment elle pourra rabaisser ses prétentions et le renvoyer en France, quand elle n'aura plus besoin de lui.

XXVIII. — Quant au Circassien, elle sait qu'elle pourra se débarrasser de lui, quand bien même elle lui aurait fait espérer un bonheur céleste. Cette seule raison la décide à le prendre pour guide et à lui témoigner une confiance sans bornes. Elle retire donc l'anneau de sa bouche et découvre ainsi son visage aux yeux de Sacripant. Elle croyait bien n'être aperçue que de lui, mais au moment même survinrent Ferragus et Roland.

XXIX. — Ils arrivaient ensemble, car ils ne faisaient également qu'errer dans ce palais de côté et d'autre, cherchant à l'intérieur ou à l'extérieur de ce vaste palais celle qui était pour eux une divinité. Alors, n'étant plus arrêtés par aucun enchantement, ils accourent vers Angélique, car l'anneau une fois mis à son doigt rendait inutiles tous les artifices d'Atlant.

XXX. — Deux de ces guerriers dont je parle avaient la cuirasse sur le dos et le casque en tête. Ni jour, ni nuit, depuis qu'ils étaient entrés dans ce château, ils n'avaient déposé leurs armes. Ils les portaient aussi facilement que leurs vêtements ordinaires, tant ils en avaient pris l'habitude. Le troisième, Ferragus, était aussi tout armé, mais il n'avait point de casque et n'en voulait point avoir.

XXXI. — Il ne s'armerait d'un casque, que lorsqu'il aurait conquis celui que Roland avait enlevé au frère du roi Trojan. Il en avait fait le serment le jour où il chercha vainement le casque brillant d'Argail, et bien que Roland fût tout près de lui, Ferragus ne put l'attaquer, car il était dit qu'ils ne pourraient se reconnaître entre eux tant qu'ils resteraient dans ce château.

XXXII. — Tel était en effet le charme jeté sur cette demeure, qu'on était ensemble sans se reconnaître. Ni la nuit, ni le jour leurs épées et leur cuirasse ne les quittaient, leurs boucliers étaient toujours à leur bras. Leurs chevaux ayant toujours leur selle sur le dos et la bride pendant à l'arçon, mangeaient dans une écurie voisine de la porte, toujours abondamment fournie de paille et de foin.

XXXIII. — Atlant ne peut les arrêter ni les empêcher de monter aussitôt à cheval pour courir après les joues vermeilles, cette chevelure dorée et les beaux yeux d'Angélique qui pique de l'éperon le plus qu'elle peut sa jument, peu désireuse d'avoir en sa compagnie les trois amants que peut-être elle aurait volontiers choisis l'un après l'autre.

XXXIV. — Aussitôt qu'elle les vit assez éloignés du palais pour qu'elle n'eût pas à craindre quelque artifice employé contre eux par l'art trompeur du magicien, elle s'empressa de mettre entre ses lèvres couleur de rose l'anneau qui l'avait déjà sauvée de tant de périls, et dans le même instant elle disparut aux yeux des trois guerriers qui demeurèrent tous insensés et stupides.

XXXV. — Elle avait eu d'abord la pensée de se faire accompagner par Roland ou Sacripant, ayant le dessein de retourner aux extrémités de l'Orient; mais elle fut immédiatement dégoûtée de l'un et de l'autre. Elle change d'idée en un instant, elle ne veut avoir d'obligation à aucun d'eux; elle pense que son anneau suffira pour les remplacer.

XXXVI. — Ainsi déçus, les malheureux portent de tous côtés leurs regards dans le bois, aussi étonnés que le chien qui a perdu la trace du lièvre ou du renard à qui il donnait la chasse, lorsque l'animal se dérobe à l'improviste dans une étroite tanière, ou dans une haie touffue, ou dans un fossé. La malicieuse Angélique, qui les voit sans être vue, se moque d'eux et de leur piteuse contenance.

XXXVII. — A travers le bois on n'aperçoit qu'un seul sentier; c'est par là, pensent-ils, qu'Angélique a pu prendre la fuite puisqu'il n'y a pas d'autre issue. Roland s'y précipite, Ferragus l'imite sans hésiter et Sacripant presse aussi de toutes ses forces les flancs de son cheval. Angélique retient la bride de son coursier et marche après eux tout à son aise.

XXXVIII. — Arrivés tous trois en courant à un endroit où le sentier se perd dans la forêt, les guerriers se mirent à observer s'ils ne trouveraient pas sur l'herbe quelques traces. Ferragus, qui aurait pu parmi les hommes les plus insolents de la terre occuper le premier rang, se tourna tout en colère vers ses compagnons et leur cria « : Où allez-vous?

XXXIX. — « Retournez sur vos pas ou prenez une autre voie si vous ne voulez pas trouver la mort sur cette place. Ni pour aimer, ni pour poursuivre cette beauté qui m'appartient, sachez que je ne suis d'humeur à souffrir aucun compagnon. » Roland dit au roi de Circassie : « Que pourrait dire de plus cet insolent s'il était accompagné par les plus viles créatures et les plus timides filles de joie qui aient jamais tiré la laine d'une quenouille? »

XL. — Puis se tournant vers Ferragus : « Homme brutal, lui cria-t-il, si je ne te voyais sans casque, je te ferais payer cher sans le moindre délai ce que tu viens de dire, et je t'apprendrais si tu as bien ou mal parlé? — Que t'importe, répondit le païen, que j'aie ou non un casque, puisque moi-même je n'en prends nul souci; je puis vous apprendre à tous deux que je suis assez fort pour soutenir ce que j'ai dit.

XLI. — « Prête, je t'en prie, dit Roland au Circassien, prête pour me servir, à cet insensé, ton casque afin que je puisse le guérir de sa folie, car je n'en ai jamais vu de pareille. — Qui de nous deux serait plus insensé, répondit le roi, si j'agissais ainsi? Mais si ta demande te paraît honnête, pourquoi ne lui prêterais-tu pas le tien? car je suis aussi bien que toi capable de corriger un fou.

XLII. — « Imbéciles que vous êtes, reprit Ferragus, croyez-vous que s'il me plaisait de porter un casque vous eussiez conservé les vôtres? Je vous les aurais bien arrachés malgré vous. Mais je veux bien vous mettre au fait de mes motifs. J'ai juré que j'irais ainsi sans casque jusqu'à ce que je me fusse rendu maître de celui que Roland porte sur sa tête.

XLIII. — «Est-ce que tu prétends, répondit en souriant le comte, pouvoir faire à Roland la tête privée de son casque, ce que Roland lui-même a fait dans Appremont au fils d'Agolant? Je suis certain que si tu le voyais en face tu tremblerais de la tête aux pieds, et, au lieu de t'emparer de son casque, tu lui donnerais toutes les armes que tu portes. »

XLIV. — L'Espagnol vantard répartit : « Est-ce que je n'ai pas plus d'une fois déjà serré de si près Roland qu'il m'eût été facile de lui enlever ses armes, et non-seulement son casque? Si je ne l'ai pas fait, c'est que souvent il nous vient des pensées que l'on n'avait pas eues d'abord. Je n'ai pas eu autrefois l'envie d'avoir ses armes, mais je l'ai aujourd'hui et j'espère bien réussir sans peine à les lui enlever. »

XLV. — Roland ne pouvant maîtriser sa colère : « Imposteur! s'écria-t-il, mauvais mécréant! Où donc, dans quel pays, en quel temps t'est-il arrivé d'être supérieur à moi les armes à la main? Ce paladin que tu te vantes d'avoir vaincu, c'est moi-même! Tu me croyais bien loin d'ici. Viens donc essayer de m'enlever mon casque et voir si je suis capable de t'arracher tes autres armes? »

XLVI. — « Je ne veux pas avoir sur toi le moindre avantage. » En parlant ainsi il ôta son casque, le suspendit à la branche d'un hêtre et dans le même instant tira sa Durandal. Ferragus ne perdit pas pour cela courage. Il tire aussi son épée, se met en garde; se servant de son épée et de son bouclier qu'il élève, il peut défendre sa tête découverte.

XLVII. — Les deux guerriers commencent alors un combat terrible; ils font tourner et caracoler leurs chevaux et ils cherchent à s'atteindre en se frappant au défaut de la cuirasse et sur les parties où le fer a le moins d'épaisseur. Le monde ne connaissait pas deux guerriers aussi redoutables. Egaux en vigueur et en audace, ils se portent l'un et l'autre des coups furieux sans pouvoir s'atteindre.

XLVIII. — Je pense, Monseigneur, que vous savez déjà que Ferragus avait tout le corps enchanté, excepté à l'endroit où l'enfant encore emprisonné dans le ventre de sa mère prend sa première nourriture, de sorte que jusqu'à ce que la noire terre du sépulcre lui couvrit le visage il ne cessa de garantir la partie du corps exposée au danger, au moyen de sept plaques de l'acier le plus finement trempé.

XLIX. — C'était ainsi que Roland, par un enchantement du même genre, ne pouvait être blessé que dans une partie de son corps, c'est à-dire à la plante de ses pieds. Aussi employait-il tout son art et toute son habileté à les bien couvrir ; tout le reste de son corps était plus dur que le diamant si toutefois l'on s'en rapporte à ce que l'on disait. Les deux guerriers en allant au combat couverts de leurs armes les portaient plutôt comme un ornement que comme une nécessité.

L. — Cependant leur combat devient de plus en plus âpre et effrayant à voir ; rien ne saurait en égaler l'horreur. Ferragus, soit qu'il frappe d'estoc ou de taille, ne donne pas un seul coup qui ne touche à plein son adversaire. A tous ceux que lui porte Roland les mailles se brisent, les corselets et toutes les armes défensives sont mis en pièces. Invisible pour tous deux, Angélique assiste seule à ce spectacle effrayant.

LI. — Elle était seule, car le roi de Circassie, croyant qu'elle ne pouvait être bien éloignée, et voyant aux prises Ferragus et Roland, avait pris la route qu'ils pensaient avoir été suivie par elle au moment où elle disparaissait à leurs yeux. Ainsi donc la fille de Galafron demeura seule spectatrice du combat.

LII. — Après avoir considéré pendant quelque temps cette horrible et émouvante bataille, la jugeant aussi périlleuse pour l'un que pour l'autre, elle eut la fantaisie d'enlever le casque de Roland, afin de voir ce que feraient les deux combattants quand ce casque aurait disparu ; elle n'avait pas l'intention de le garder longtemps.

LIII. — Elle se proposait de le rendre au comte, mais elle voulait auparavant jouir de leur embarras. Elle prend donc le casque, le place sous sa robe et s'arrête encore quelque temps à les regarder ; puis elle part sans dire mot, et elle était déjà assez loin d'eux sans qu'ils se fussent aperçus de son stratagème, tant ils étaient tous deux aveuglés par la fureur.

LIV. — Mais Ferragus, qui le premier avait porté les yeux vers le lieu où devait être le casque, s'écarta de Roland et lui dit : « Par ma foi ! nous avons été traités comme des fous et des dupes par le chevalier qui était avec nous. Quel sera donc le prix du vainqueur puisque ce voleur vient de nous enlever votre casque ? » Roland s'arrête aussitôt, jette les yeux sur l'arbre, n'y voit plus son casque et sa fureur redouble.

LV. — Comme Ferragus, il croit que c'est par Sacripant qui était avec eux qu'il a été emporté. Aussitôt il tourne bride et fait sentir à Bride-d'or les pointes de ses éperons. Ferragus qui le voit quitter le champ de bataille s'empresse de le suivre et arrive en un lieu où l'herbe paraissait avoir été foulée par Angélique et le Circassien.

LVI. — Le comte prend à droite vers une vallée par où le Circassien avait passé, Ferragus se dirige dans la montagne vers le sentier qu'avait pris Angélique. Celle-ci était arrivée en ce lieu sur les bords d'une fontaine ombragée et coulant dans le site le plus agréable. La fraîcheur de l'ombre invitait les passants à s'y reposer, et lorsqu'ils s'y étaient arrêtés pendant quelques instants ils ne la quittaient qu'à regret.

LVII. — Angélique s'arrête sur le bord de cette fontaine limpide, elle ne craint pas que l'on vienne l'y surprendre; d'ailleurs grâce à l'anneau qui la cache à tous les regards elle ne redoute aucun danger. Son premier soin en s'arrêtant sur les bords verdoyants du ruisseau est de suspendre à un arbre le casque de Roland, puis elle cherche dans le bois l'endroit où l'herbe fraîche assure à sa jument le meilleur pâturage.

LVIII. — Le chevalier espagnol, qui avait suivi le même sentier qu'elle, arriva à la fontaine. A sa vue, Angélique disparaît et pique sa jument; mais elle n'eut pas le temps de reprendre l'armet qui était tombé sur l'herbe, car elle était déjà loin. Le Sarrasin l'aperçoit cependant et court vers elle le front illuminé par la joie.

LIX. — Mais, comme je vous l'ai dit, elle était déjà devenue invisible, disparaissant comme un vain fantôme au départ du sommeil. Le voilà qui court à sa recherche en parcourant tout le bois, mais ses yeux infortunés ne peuvent la découvrir. Il maudit alors Mahomet, Tervagant et tous les docteurs de sa loi, et de retour vers la fontaine il aperçoit tout à coup sur l'herbe le casque de Roland.

LX. — Il le reconnut à première vue à cause des lettres gravées sur son cercle; elles faisaient connaître où, comment et en quel lieu Roland l'avait conquis et à qui il l'avait enlevé. Le Sarrasin en couvre aussitôt sa tête et son cou, car sa douleur ne l'a pas empêché de s'en saisir. Cette douleur causée par le départ d'Angélique s'était évanouie comme disparaissent les larves de la nuit.

LXI. — Après avoir lacé l'armet admirable sur sa tête, il pensa que son bonheur serait complet s'il retrouvait Angélique, disparue à ses yeux comme un éclair. Longtemps il parcourut en la cherchant toute la forêt; désespérant enfin de trouver sa trace, il s'en retourne vers Paris au camp des Maures.

LXII. — Le chagrin qu'il éprouvait de n'avoir pu obtenir ce qu'il désirait et l'ardeur dont il était enflammé étaient bien adoucis par le bonheur de porter, comme il en avait fait le serment, le casque de Roland sur sa tête. Celui-ci, instruit de tous ces faits, chercha longtemps Ferragus; mais il ne reconquit sur lui son armet que le jour où, rencontrant le Sarrasin entre deux ponts, il lui arracha la vie.

LXIII. — Toujours seule et invisible, Angélique poursuit sa route le trouble sur le front, désolée d'avoir dans sa précipitation laissé le casque sur le bord de la fontaine. « Pour vouloir faire ce que je ne devais pas, disait-

elle, j'ai enlevé au comte son casque. Est-ce donc là le
prix dont je devais récompenser ses bienfaits et ses
loyaux services?

LXIV. — « Dieu sait que c'est dans les meilleures intentions du monde que j'avais enlevé ce casque. L'effet
en a été malheureux ; mais enfin mon seul désir était
d'interrompre ce combat et non de donner à ce païen
brutal le moyen d'atteindre son but. » Ainsi la belle Angélique s'en allait en gémissant et en s'accusant d'avoir
elle-même privé Roland de son casque.

LXV. — Irritée, mécontente, elle prend le chemin
qu'elle croit le plus court pour gagner l'Orient. Tantôt
elle voyage invisible, tantôt elle se découvre, selon les
circonstances et les gens qu'elle rencontre. Après avoir
visité bien des pays, elle arrive dans un bois où elle
trouve, étendu entre deux compagnons morts, un
jeune homme dangereusement blessé au milieu de la
poitrine.

LXVI. — Mais pour le moment je laisse Angélique,
ayant à raconter bien d'autres aventures. Mes vers ne
vous entretiendront pas plus longtemps de Sacripant et
de Ferragus. Le comte d'Angers m'appelle et veut que
je laisse pour lui tout autre sujet. J'ai besoin de vous
raconter les peines et les fatigues qu'il essuya pour
tâcher d'arriver au but qu'il ne put jamais atteindre.

LXVII. — A la première ville qu'il trouva sur son
chemin, il avait eu soin de marcher sans se faire connaître ; il se couvrit la tête d'un nouveau casque sans
s'assurer si la trempe était bonne ou mauvaise. Il sait
d'ailleurs que rien n'est capable de lui nuire ou le servir
puisque son corps ne peut être atteint par aucune blessure. Ainsi armé, il poursuit sa recherche le jour
et la nuit sans être arrêté par la pluie ou les ardeurs du
soleil.

LXVIII. — C'était l'heure où Phébus fait sortir de la
mer ses coursiers inondés de rosée, où l'Aurore répand
partout dans le ciel les fleurs amaranthes et vermeilles,

où les étoiles ont cessé leur scintillation et semblent
s'être couvertes d'un voile ; c'est en ce moment que
Roland, passant un jour près de Paris, y donna d'éclatantes preuves de sa valeur.

LXIX. — Il se trouve au milieu de deux escadrons ;
l'un était commandé par Malinar, vieux Sarrasin, roi de
Noricie, jadis puissant et brave chevalier, mais alors
plus propre aux conseils qu'à la guerre ; l'autre avait
pour chef le roi de Trémizène, que les Sarrazins consi-
déraient comme leur chevalier le plus parfait ; ceux qui
le connaissaient l'appelaient Alzirde.

LXX. — Ces deux troupes avaient passé l'hiver autour
de Paris avec toute l'armée païenne, les uns tout auprès,
les autres plus loin, occupant les villes et les châteaux
d'alentour. Le roi Agramant, après avoir perdu vainement plus d'un jour dans le siége de Paris, prit enfin la
résolution de tenter un assaut, désespérant de s'emparer
autrement de la belle cité.

LXXI. — Dans cet espoir, il avait rassemblé une armée innombrable, outre celle qu'il avait amenée d'Afrique avec lui et celle d'Espagne qui avait suivi la royale
bannière de Marsille ; il avait pris à sa solde des Français,
car de Paris à la rivière d'Arles et jusqu'à la Gascogne
tout le pays lui était soumis.

LXXII. — Dans la saison où les ruisseaux attiédis
commencent à couler en se délivrant des glaces de l'hiver, où les prairies se couvrent d'herbes nouvelles et les
arbrisseaux se revêtent d'un tendre feuillage, Agramant
avait rassemblé autour de lui tous ceux qui s'étaient
attachés à sa fortune prospère : il voulait passer ses
troupes en revue et puis donner à son entreprise des
dispositions meilleures.

LXXIII. — Par ses ordres, le roi de Trémizène et
celui de Noricie devaient se rencontrer dans ce même
lieu où l'on fit le dénombrement des troupes bonnes ou
mauvaises. C'est au milieu de ces escadrons, ainsi que je
l'ai dit, que se trouva Roland toujours cherchant, comme

à son ordinaire, la femme qui le tenait enchaîné dans les liens de l'amour.

LXXIV. — Aussitôt qu'Alzirde vit arriver le comte dont personne au monde n'égalait la valeur, avec un air si menaçant et un front si superbe que le Dieu des armées eût paru inférieur à lui, il demeura tout surpris, ne pouvant douter, en voyant ce fier regard et ce visage furieux, qu'il n'eût devant lui un des plus illustres preux. Il éprouva une trop vive impatience de se mesurer avec un guerrier si intrépide.

LXXV. — Alzirde était jeune, sa force et sa valeur mises à un trop haut prix l'avaient rendu arrogant et présomptueux. Il lança donc son cheval au galop et défia Roland. Il eût mieux fait de demeurer à la tête de ses soldats, car dès la première rencontre le prince d'Angers lui perça le cœur de sa lance et le renversa mort sur la poussière. Son coursier épouvanté prit aussitôt la fuite, ne sentant plus le frein qui contenait son ardeur.

LXXVI. — Aussitôt un cri horrible qui remplit tous les airs s'éleva parmi les Sarrasins voyant tomber le jeune prince et le sang jaillir à gros bouillons de sa poitrine. Toute la troupe frémissante se précipite en désordre sur Roland et lui porte mille coups de la pointe ou du tranchant de l'épée; le plus grand nombre fait tomber une grêle de traits sur l'intrépide guerrier, la fleur des paladins.

LXXVII. — Tel est le bruit que fait un troupeau de sangliers courant dans la montagne ou dans la plaine lorsqu'un loup, sorti d'un antre caché, ou bien descendu d'une colline, a saisi un de leurs petits, criant et faisant entendre les gémissements les plus bruyants. C'est avec un semblable bruit que cette troupe barbare s'élance de tous côtés vers Roland, en criant : Courez sur lui ! Courez sur lui !

LXXVIII. — Le haubert et le bouclier sont en un moment assaillis de traits lancés, de coups d'épée et de lance. L'un le frappe par derrière d'un coup de massue,

12.

celui-ci le frappe par devant, celui-là par le côté. Mais
Roland, sur lequel la peur n'a jamais eu de prise, ne
tient pas plus compte de la vile multitude et de ses
armes qu'un loup n'en fait des timides agneaux dont il
a pendant la nuit envahi la bergerie.

LXXIX. — Il avait tiré et tenait en main cette épée
foudroyante qui avait mis à mort un si grand nombre
de Sarrasins. Quiconque essaierait de compter tous ceux
de cette troupe qui sont tombés sous ses coups entre-
prendrait une tâche difficile. Déjà le chemin était inondé
de sang et pouvait à peine contenir tous ceux que Roland avait tués ; car contre les coups de la fatale Durandal il n'est ni targe, ni casque qui puisse garantir un
seul de ceux qu'elle atteint.

LXXX. — Rien ne peut leur servir, ni le coton qui
garnit leurs habits, ni les toiles qui se replient mille
fois autour de leur tête : non-seulement l'air retentit de
gémissements et de cris lamentables, mais on voit de
toutes parts voler les bras, les épaules et les têtes abattus
par le tranchant du fer. La mort sous les formes les plus
variées et les plus horribles parcourt le champ de bataille.
Elle se dit : « Durandal dans la main de Roland travaille
mieux pour moi que ne feraient cent de mes faux. »

LXXXI. — Un coup n'attend pas l'autre. Tous bientôt
prennent la fuite, et ceux qui les premiers, voyant Roland seul, s'étaient jetés sur lui croyant l'égorger sans
peine, s'échappent à qui mieux mieux sans attendre
leurs amis pour se sauver avec eux. L'un s'enfuit à force
de jambes, l'autre à force d'éperons. Que la route soit
bonne ou mauvaise, aucun d'eux ne s'en informe.

LXXXII. — L'honneur cheminait avec eux portant
le miroir où l'âme peut se contempler avec toutes ses
taches. Nul n'y jette les yeux à l'exception d'un vieillard
dont l'âge a glacé le sang et non le courage. Le brave
guerrier comprend qu'il vaut mieux mourir que de fuir
avec déshonneur. Je veux parler du roi de Noricie. Il
s'arrêta mettant sa lance en arrêt.

LXXXIII. — La lance vient se briser contre l'écu du valeureux comte, qui n'en est nullement ébranlé et qui, tenant à la main son épée nue, en frappe Malinard en passant. Le hasard sauva le guerrier, car le fer redoutable tourna dans la main de Roland : tous les coups d'épée ne sont pas également heureux ; le roi n'en fut pas moins renversé de la selle.

LXXXIV. — Tout étourdi du coup, il vide les arçons. Roland ne se détourne pas pour le regarder, ne s'occupant que de tailler, tronquer, fendre, pourfendre, assommer tous ceux qu'il rencontre. Tous croient avoir sur les épaules ce terrible paladin. C'est ainsi que dans les airs où l'espace s'étend outre mesure, les étourneaux fuient devant l'audacieux émerillon. De même dans cette troupe mise en déroute, l'un tombe, l'autre fuit, l'autre se jette à plat ventre sur la terre.

LXXXV. — L'épée ensanglantée ne cessa de frapper que lorsque sur le champ de bataille il ne resta plus personne. Roland ne sait pas quel chemin il prendra, quoiqu'il connaisse parfaitement tout le pays. Qu'il aille à droite, qu'il se tourne vers la gauche, dans tous les pas qu'il fait, sa pensée est absente, Angélique l'occupe tout entière ; il craint de la chercher où elle n'est pas et de suivre une route opposée à la sienne.

LXXXVI. — En voyageant ainsi à l'aventure, il demande sans cesse de ses nouvelles, et, comme hors de lui-même, il quitte les chemins frayés et arrive au pied d'une montagne où, la nuit, il aperçoit de loin, à travers les fentes d'un rocher, vaciller une brillante lumière ; il s'approche vivement de ce rocher pour s'assurer si Angélique n'y a pas trouvé un asile.

LXXXVII. — C'est ainsi que dans les bois de genévriers dont les touffes couvrent la terre ou dans les chaumes d'une plaine ouverte, le chasseur poursuit et cherche un lièvre timide, à travers les sentiers perdus, ne laissant ni un buisson, ni une touffe d'herbe sans s'assurer qu'il ne s'y est pas retiré. De même Roland

cherchait, avec une grande fatigue, la femme aimée
partout où le poussait l'espoir de la trouver.

LXXXVIII — Le comte se dirigeant avec rapidité
vers ce rayon lumineux, arriva dans un lieu où, dans la
forêt, par un étroit soupirail, dans les flancs de la montagne qui cachait une grotte profonde, s'échappait cette
lumière qui éclairait toute la forêt. Il trouve sur le premier plan des épines et des arbrisseaux formant une
espèce de mur derrière lequel ceux qui se retirent dans
cette caverne se mettent à couvert de toute insulte et
de toute attaque.

LXXXIX. — Pendant le jour, il eût été impossible de
la découvrir, mais pendant la nuit elle était révélée par
la lumière qui brillait à l'intérieur. Roland se douta
bien de ce qu'était cette grotte, mais il voulut s'en assurer par lui-même; il attache Bride-d'or à l'entrée et
s'avance vers cet antre sombre sans faire de bruit · il
écarte les rameaux les plus épais qui ferment la grotte,
et y entre sans avoir besoin d'introducteur.

XC. — Il descend plusieurs degrés de cette espèce de
tombeau où des êtres vivants se sont ensevelis. La caverne était très-spacieuse, taillée en voûte par la main
d'un ouvrier; elle n'était pas entièrement privée de la
lumière du jour, quoique l'entrée trop étroite ne pût en
admettre qu'une faible partie; mais ce qui lui en venait
partait d'une fenêtre percée dans le roc, à main droite.

XCI. — Au milieu de la caverne, et près d'un foyer,
était une jeune femme agréable et jolie, paraissant
n'avoir guère plus de quinze ans, autant que Roland en
put juger au premier aspect. Elle était si belle que sa
présence faisait de ce lieu sauvage un vrai paradis.
Cependant ses yeux baignés de larmes témoignaient
qu'elle était en proie à une profonde douleur.

XCII. — Il y avait près d'elle une vieille femme avec
qui elle était en grande contestation, comme il arrive
assez souvent entre des femmes. Mais lorsque le comte
fut descendu dans la grotte, la conversation et la dispute

cessèrent tout à coup. Roland les salua avec une grande
courtoisie, comme on doit le faire pour toutes les femmes,
et se levant elles-mêmes à l'instant, elles lui rendirent
son salut avec une égale politesse.

XCIII. — Elles avaient été, il est vrai, effrayées en
entendant tout à coup une voix humaine et voyant ainsi
entrer tout armé un homme d'un extérieur aussi terrible.
« Quel est, leur dit Roland, l'homme assez discourtois,
assez injuste, assez barbare, assez scélérat, pour avoir
retenu comme ensevelie dans une caverne une jeune
beauté dont le visage est si gracieux et si adorable ? »

XCIV. — La jeune fille lui répond avec peine, et ne
peut retenir ses douloureux sanglots, tandis que du
corail et des perles délicieuses de sa bouche sortent de
doux accents entrecoupés ; les larmes descendent à
travers les lis et les roses de son visage jusque sur
son sein où quelques unes vont se perdre. Mais vous
entendrez le reste dans l'autre chant, seigneur, car il
est temps de clore celui-ci.

CHANT TREIZIÈME

ARGUMENT

Histoire d'Isabelle. — Roland tue vingt voleurs entrés dans
la grotte. — Il part avec Isabelle. — Rencontre d'un chevalier prisonnier. — Mélisse fait connaître à Bradamante
comment elle pourra délivrer Roger des enchantements
d'Atlant. — Énumération de toutes les femmes illustres qui
doivent descendre d'elle et de lui. — Arrivée dans le palais
enchanté pour délivrer Roger, elle est elle-même surprise
par la magie. — Revue générale de l'armée d'Agramant.

I. — Bien heureux furent ces chevaliers aventureux des temps anciens qui, dans les vallons, les grottes

obscures, les bois épais, retraites des serpents, des
ours et des lions, trouvaient ce que les yeux les plus
clairvoyants ne pourraient trouver aujourd'hui dans
les plus brillants palais : des femmes dans toute la
fraîcheur de la jeunesse, réunissant en elles les avantages les plus rares de la beauté.

II. — Je vous ai raconté plus haut que Roland avait
trouvé dans une grotte une jeune fille à qui il demandait
comment elle se trouvait dans ce lieu. Je poursuis mon
récit pour vous dire que dans les termes les plus doux
et les plus touchants, souvent interrompus par ses sanglots, elle raconta le plus brièvement qu'il lui fut possible, ses aventures et ses malheurs.

III. — « Quoique je sois certaine, noble chevalier, dit-
elle, que mon récit me causera plus d'un ennui, car la
vieille que voici ne manquera pas de le rapporter à
celui qui me tient ici renfermée, je ne vous cacherai
point néanmoins la vérité, dussé-je m'exposer ainsi à
perdre la vie. D'ailleurs quelle satisfaction puis-je attendre de l'homme injuste qui tôt ou tard doit me donner
la mort?

IV. — « Mon nom est Isabelle. J'étais la fille de l'infortuné monarque de Galicie. Je dis que j'étais, car aujour-
d'hui je ne suis plus que la fille de la douleur, de la
tristesse et du désespoir. De tous mes maux, l'amour
fut l'unique cause et c'est une de ses iniquités dont j'ai
le plus à me plaindre, car le perfide commence toujours par flatter notre amour-propre, tout en tramant
les noirs complots qui doivent nous tromper et nous
séduire.

V. — « Jeune, riche, aimable, honnête et belle, je vi-
vais autrefois satisfaite de mon bonheur; je suis aujour-
d'hui pauvre et dans une humble condition, je suis
aujourd'hui malheureuse, et si quelqu'un est à plaindre
dans le monde, c'est moi. Mais je veux vous apprendre
la cause première des malheurs qui m'accablent, et lors
même que vous ne pourriez y remédier, c'est pour moi

une consolation de voir que vous n'y êtes pas insensible.

VI. — « Mon père fit annoncer un tournoi dans Bayonne il y a, je crois, aujourd'hui près d'une année. Le bruit de cette joûte attira dans notre pays un grand nombre de chevaliers étrangers. Entre tous, soit que l'amour m'inspirât, soit que la vertu se découvre d'elle-même, il me sembla que Zerbin, fils du grand roi d'Écosse, méritait d'avoir la préférence.

VII. — « Je le vis dans les combats briller par les faits chevaleresques les plus merveilleux ; l'amour s'empara de mon cœur et je ne m'en aperçus que lorsque je vis que je ne m'appartenais plus ; et quoique cet amour ait été la source de tous mes chagrins, j'éprouve la plus douce des consolations en pensant que je n'ai pas donné mon amour à un objet méprisable, mais au guerrier le plus digne et le plus beau qui soit au monde.

VIII. — « Zerbin surpassait tous ses rivaux en valeur et en beauté ; il témoigna et je pense qu'il éprouva pour moi de l'amour ; et le sentiment qui me porta vers lui ne fut pas moins ardent. Nous eûmes plus d'un moyen de nous faire connaître notre amour mutuel, et, lorsque nous ne pûmes nous voir, nous n'en restâmes pas moins toujours étroitement unis.

IX. — « La grande fête terminée, mon cher Zerbin retourna en Écosse. Si vous savez ce que c'est que l'amour, vous pouvez vous faire une idée de ma douleur. Nuit et jour je ne fis que penser à lui, bien certaine qu'une ardeur non moins vraie avait pris possession de son cœur. Zerbin ne pouvant plus mettre un terme à ses désirs, rechercha tous les moyens de me posséder.

X. — « Mais la différence de religion ne permettant pas qu'il me demandât en mariage à mon père, car il était chrétien et moi musulmane, il prit le parti de m'enlever hors de ma riche patrie. Dans un endroit situé au milieu de vastes plaines voisines de la mer, se trouvait un beau jardin, sur un tertre d'où l'on pouvait découvrir la pleine mer et les coteaux environnants.

XI. — « Ce lieu sembla propre à l'éxécution d'un dessein auquel la différence de religion présentait un obstacle. Il me fit savoir les dispositions qu'il avait prises pour assurer à jamais notre félicité. Par ses soins, une galère avec des gens armés avait été cachée secrètement près du port de Sainte-Marthe, sous la conduite d'Odoric de Biscaye, illustre dans les combats aussi bien sur terre que sur mer.

XII. — « Ne pouvant exécuter lui-même son projet à cause du grand âge de son père qui le forçait de partir pour aller au secours du roi de France, il me confia aux soins de cet Odoric qu'il avait choisi entre tous ses amis comme celui qui lui était le plus fidèle et le plus cher. En cela, il ne se serait pas trompé, si les bienfaits pouvaient rendre les amis reconnaissants.

XIII. — « Il devait venir à un jour convenu sur un bâtiment armé pour m'enlever, et ce jour si désiré par moi étant arrivé, je pris mes mesures pour me laisser surprendre dans mon jardin. Odoric, pendant la nuit, accompagné de gens habiles à combattre sur terre et sur mer, remonta la rivière voisine de la ville et entra en silence dans le jardin.

XIV. — « Je le quittai et je fus conduite à cette galère fraîchement espalmée avant qu'on ne s'en aperçût dans la cité. Parmi mes serviteurs, les uns nus et désarmés furent mis en fuite, les autres furent tués, quelques-uns furent enlevés et retenus captifs avec moi. C'est ainsi que je quittai ma terre natale avec un bonheur que je ne saurais vous exprimer, car j'espérais rencontrer bientôt mon cher Zerbin.

XV. — « Nous étions à peine arrivés à la hauteur de la Mongiane que nous fûmes assaillis par un vent d'ouest qui, en un instant, troubla la sérénité de l'air, bouleversa la mer et fit jaillir les flots jusqu'aux nues. Le mistral nous prit en travers : sa violence s'accroissant de plus en plus, nous fit dériver. Il devint enfin si furieux et si violent qu'il ne nous eût servi de rien de retourner en arrière.

XVI — « On cargue les voiles, on baisse les mâts, on détruit les haubans et tout ce qui peut donner prise au vent. Tout fut inutile et nous fûmes jetés sur des récifs tout près de La Rochelle. Si nous n'eussions été secourus par l'Être suprème qui régit le monde, cette terrible tempête nous eût engloutis dans les flots. Elle nous pousse de plus en plus vers la terre; un vent impitoyable continue à nous donner la chasse et notre vaisseau s'enfuit avec plus de rapidité que la flèche décochée dans l'espace.

XVII. — « Le capitaine voit le péril et lui oppose un remède qui ne réussit pas toujours : il s'empresse d'avoir recours à la chaloupe. Il y descend et m'y fait descendre avec lui; deux autres s'y placent en même temps et tout l'équipage y serait descendu si ceux qui avaient d'abord pris ce parti l'eussent souffert. Mais ceux-ci les écartèrent avec leurs épées, puis coupèrent le câble et nous prîmes le large.

XVIII. — « Je fus avec ceux qui étaient descendus dans la chaloupe jetée sur la côte; les autres périrent avec le bâtiment détruit par la tempête. Tout ce que contenait le vaisseau fut entraîné dans l'abîme. Alors je rendis à l'éternelle bonté, à l'amour infini qui m'avait arrachée à la fureur de la mer, les actions de grâces les plus profondes, puisque cette bonté souveraine me donnait l'espoir de revoir encore mon cher Zerbin.

XIX. — « J'avais laissé sur le vaisseau mes vêtements, mes bijoux et tout ce que j'avais de plus précieux; mais pourvu que je revisse Zerbin, j'abandonnais volontiers toutes les richesses que m'avait enlevées la mer. Il n'y avait sur la plage où nous avions été jetés aucun sentier et nous n'y apercevions aucun lieu habité. On n'y voyait que la montagne dont le sommet ombreux était sans cesse frappé par le vent et dont le pied plongeait dans la mer.

XX. — « C'est là que l'amour, ce cruel tyran qui se fait un plaisir de manquer à sa foi et à ses promesses, l'amour qui imagine sans cesse comment il pourra troubler et traverser les desseins les plus raisonnables, changea cruellement et d'une façon infàme mon bonheur en infortune et ma joie en douleur. Cet ami en qui Zerbin avait placé toute sa confiance devint pour moi de feu et pour son maître de glace.

XXI. — « Soit que déjà sur le vaisseau il eût été pris pour moi d'une ardente convoitise sans oser m'en faire l'aveu, soit que sa passion eût pris naissance sur le rivage où nous avions abordé et où je devenais pour lui une proie facile, il résolut de satisfaire sans délai ses grossiers désirs. Mais il voulut d'abord éloigner un des hommes qui étaient descendus avec nous dans la chaloupe.

XXII. — « C'était un Écossais nommé Almon, qui paraissait fort dévoué à Zerbin. Celui-ci en le donnant à Odoric le lui avait recommandé comme un guerrier parfait. Le scélérat lui dit que ce serait un sujet de blâme et une honte s'il souffrait que je me rendisse à pied à La Rochelle; il le pria donc d'aller en avant pour amener un cheval à ma rencontre.

XXIII. — « Almon, sans défiance, se mit aussitôt en route vers la ville, dont un bois nous masquait la vue et qui était à peine éloignée de nous de six milles. Quant à son autre compagnon, il crut devoir lui dévoiler ses projets criminels, soit qu'il ne trouvât aucun prétexte pour l'éloigner, soit qu'il crût pouvoir se fier à lui.

XXIV. — « Cet homme, de Bilbao, s'appelait Corèbe; dès sa première enfance il avait été élevé dans la même maison qu'Odoric. Le traître pensa qu'il pouvait lui communiquer ses projets criminels, espérant qu'il serait plus disposé à servir son ami qu'à demeurer fidèle à l'honneur.

XXV. — « Mais Corèbe était plein de délicatesse et de vertu. Il ne put sans indignation recevoir les confidences

de son maître ; il condamna sa trahison ; par ses discours
et par la force il s'opposa à sa résolution. Tous les deux
s'enflammèrent l'un contre l'autre d'une ardente colère
et ils mirent en conséquence l'épée à la main. Quand
j'entendis le bruit de leurs fers, je pris précipitamment
la fuite vers les endroits les plus épais de la forêt.

XXVI. — « Odoric habile dans les combats, après plusieurs coups, prend une telle supériorité sur Corèbe qu'il
le renverse et le laisse pour mort, puis il se met à courir
avec rapidité sur mes traces. L'amour sans doute lui
donna des ailes, si je ne m'abuse, pour qu'il pût m'atteindre plus vite, et l'amour aussi lui inspira les prières
et les propos les plus séducteurs pour toucher mon
âme.

XXVII. — « Ce fut en vain ; j'étais décidée à mourir plutôt que de lui céder. Voyant que ni prières, ni flatteries,
ni menaces même ne pouvaient me toucher, il voulut
employer la force ouverte. Vainement je le suppliai en
lui parlant de la confiance que lui avait témoignée Zerbin
et avec laquelle je m'étais remise entre ses mains. Rien
ne put l'émouvoir.

XXVIII. — « Voyant que mes prières étaient inutiles,
que je ne pouvais espérer aucun secours et que cet
homme infâme dans ses désirs se jetait sur moi comme
un ours affamé, je me défendis des pieds et des mains,
j'employai les ongles et les dents, je lui arrachai la barbe,
lui déchirai le visage en poussant des cris qui s'élevaient
jusqu'au ciel.

XXIX. — « Je ne sais si ce fut l'effet du hasard ou parce
que mes cris s'entendirent de plus d'une lieue, ou plutôt
parce que dans ce pays l'usage veut que les habitants
courent au rivage quand quelque navire se brise ou se
perd, mais je vis une troupe de gens paraître sur la
montagne, descendre vers la mer et se diriger de mon
côté. En les voyant venir, le Biscayen abandonna son
infâme entreprise et se mit à fuir.

XXX. — « Contre ce scélérat cette troupe, seigneur, me

fut d'un grand secours. Mais hélas! comme le dit souvent un proverbe, c'était tomber de Charybde en Scylla. Il est vrai que je n'ai pas été assez malheureuse pour que ces gens aient osé me faire violence, ce que je n'attribue point à leur vertu ou à quelque sentiment honnête;

XXXI.—«Mais ils espéraient, en me conservant vierge comme je le suis, me vendre un prix plus élevé. Huit mois se sont écoulés, et le neuvième commence depuis que je suis ici, enlevée toute vivante. J'ai perdu tout espoir de retrouver mon cher Zerbin, car déjà, si j'en crois leurs discours, ils m'ont promise et vendue à un marchand qui doit me conduire en Orient et me livrer au soudan. »

XXXII. — Ainsi parlait la gentille demoiselle, et ses douces paroles, à chaque instant interrompues par ses soupirs et ses sanglots, auraient été capables d'attendrir les serpents et les tigres. Tandis qu'elle renouvelle ainsi ses douleurs ou qu'elle les adoucit peut-être par ses récits, une vingtaine d'hommes armés les uns de pieux, les autres de haches se précipitent dans la caverne.

XXXIII. — Celui qui les conduit porte un visage impitoyable et n'a qu'un seul œil, dont le regard est sombre et farouche; son autre œil avait été frappé du même coup qui lui avait enlevé le nez et la mâchoire. Il aperçoit le chevalier assis à l'intérieur de la grotte auprès de la belle jeune fille. « Voici là-bas, dit-il aussitôt en se retournant vers ses compagnons, un nouvel oiseau pour qui je n'ai pas tendu mes filets, mais qui vient de s'y jeter. »

XXXIV. — Puis s'adressant au comte «: Je n'ai jamais rencontré, dit-il, un homme plus commode et plus complaisant que toi. Je ne sais si tu as deviné, ou si tu as appris par quelqu'un que je suis très-désireux de posséder ces belles armes et ce bel habit brun que tu portes, mais tu viens véritablement fort à propos pour m'apporter des objets dont j'ai si grand besoin. »

XXXV. — Roland se dresse sur ses pieds et avec un sourire amer : « Je te vendrai ces armes, dit-il à ce brigand, mais je te les vendrai si cher, qu'il n'est point de marchand qui puisse en payer le prix. » Il saisit alors dans le foyer qui était tout près de lui un tison enflammé plein de feu et de fumée, le lance et atteint par hasard le malandrin à l'endroit où les sourcils se joignent au nez.

XXXVI. — Le tison lui enlève les deux paupières; mais il fait plus de ravages du côté gauche, car il lui crève le malheureux œil par lequel il voyait la lumière; et ce terrible coup ne se borne pas à l'aveugler, il l'envoie grossir le nombre des esprits que Caron précipite dans les étangs bouillants du Tartare.

XXXVII. — Il y avait dans la caverne une grande table épaisse de deux palmes; sa large surface carrée reposait sur un pied massif et mal dégrossi, sous lequel aurait pu se ranger aisément toute la bande des voleurs. Roland, avec la même aisance qu'un cavalier espagnol lance la canne, jette cette table sur la troupe là où cette canaille semble être la plus nombreuse.

XXXVIII. — Elle brise à l'un la poitrine, à l'autre le ventre, à ceux-ci la tête, les bras ou les jambes; ceux qui sont les plus légèrement atteints prennent la fuite; les uns sont massacrés, les autres estropiés. C'est ainsi qu'une grosse pierre jetée au milieu d'un groupe de serpents qui, joyeux du départ de l'hiver, s'étalent et s'épanouissent au soleil, écrase la tête aux uns et brise aux autres les reins et l'échine :

XXXIX. — On ne pourrait énumérer tous les genres d'accidents que produit la pierre ainsi jetée au milieu de ces serpents. L'un meurt, l'autre reste sans queue, un troisième, ne pouvant ramper en avant, revient et se replie en vain sur lui-même en formant des nœuds. Celui-ci, plus heureux, glisse à travers les herbes et va chercher en rampant un asile. Le coup porté par Roland produisit des effets semblables. Mais on ne saurait s'en étonner puisqu'il venait de la main d'un guerrier aussi robuste.

XL. — Ceux qui ne furent pas atteints par la table ou qui ne reçurent que des blessures légères (Turpin nous apprend qu'ils furent au nombre de sept), espérant se sauver, se mettent à fuir; mais ils trouvent Roland à l'entrée de la grotte; celui-ci les saisit sans peine et leur attache étroitement les mains avec une corde trouvée par hasard dans la caverne.

XLI. — Puis il les traîne en dehors, jusqu'à un vieux cormier dont les branches touffues répandaient l'ombre tout autour; il taille ces branches avec son épée et y attache les prisonniers pour qu'ils servent de pâture aux corbeaux. Ainsi, pour délivrer la terre de cette troupe malfaisante, il n'eut besoin ni dè crocs ni de chaînes; l'arbre lui fournit tout ce qui lui était nécessaire pour qu'il pût les accrocher tous par le menton.

XLII. — L'infâme vieille, amie de ces malandrins, les voyant morts, prit aussitôt la fuite en pleurant et, s'arrachant le reste de ses cheveux, elle courut à travers les ronces, les rochers et les routes diverses de la forêt. Après avoir marché longtemps et péniblement, en proie à la terreur, par des sentiers âpres et difficiles, jusqu'au bord d'une rivière, elle y trouva par hasard un chevalier. Quel était-il? je vous le dirai plus tard.

XLIII. — Je retourne à la jeune Isabelle qui supplie le paladin de ne point la laisser seule, promettant de le suivre partout où il ira. Le paladin la console avec une grande courtoisie, et aussitôt que la blanche aurore parée de roses et de ses voiles de pourpre commença sa carrière, il partit avec Isabelle.

XLIV. — Ils marchèrent plusieurs jours sans rencontrer rien qui soit digne d'être raconté. Ils trouvèrent enfin, dans leur chemin, un chevalier que l'on emmenait prisonnier. Je dirai plus tard quel était ce chevalier. Je veux attirer votre attention sur un sujet qui ne doit pas vous être moins cher, sur la fille d'Aymon, que j'ai laissée dans la douleur et regrettant la perte de son amant.

XLV. — Cette belle guerrière soupirant en vain après le retour de son cher Roger, faisait son séjour ordinaire à Marseille, et livrait sans cesse des combats aux Sarrasins qui se répandaient tous les jours dans les plaines et les montagnes du Languedoc et de la Provence. Elle ne signalait pas moins sa prudence et sa valeur comme général que comme simple guerrière.

XLVI. — C'est ainsi qu'elle attendait Roger, et que voyant s'écouler un temps plus long que celui que ce héros avait fixé pour son retour, elle éprouvait les plus vives inquiétudes, craignant pour lui mille accidents fâcheux. Un jour, entre autres, qu'étant toute seule elle faisait entendre ses plaintes, elle vit paraître tout à coup celle qui, par le moyen du précieux anneau, avait délivré Roger des chaînes de l'amoureuse Alcine.

XLVII. — Lorsqu'elle vit celle-ci (c'était Mélisse) retourner seule après un si long terme, sans amener avec elle son amant, elle pâlit, se soutenant à peine sur ses pieds et toute tremblante. Mais la bonne fée, s'avançant vers elle en riant, s'efforça de dissiper son trouble, et la rassura par son visage gai comme celui d'une personne chargée d'une bonne nouvelle.

XLVIII. — « Ne craignez rien, lui dit-elle, aimable fille, Roger est vivant et bien portant, il vous aime d'un amour toujours fidèle; mais il n'est plus libre, il est en la puissance de votre plus cruel ennemi. Si vous voulez le délivrer, hâtez-vous de monter à cheval et suivez-moi : je vous procurerai les moyens de lui rendre sa liberté. »

XLIX. — Elle lui raconte alors par quelle illusion Atlant avait encore trompé Roger en faisant apparaître à ses yeux le fantôme de Bradamante enlevée par un géant qui avait disparu du palais magique. « C'est par cette ruse, ajouta-t-elle, qu'Atlant arrête les dames et les chevaliers que le hasard conduit près de son château.

L. — « Tous se persuadent, en regardant le magicien, qu'ils voient la personne pour laquelle ils soupirent. Les affections de chacun d'eux n'étant pas les mêmes, ils courent dans le palais, cherchant sans cesse en vain les objets qui les attirent, et l'enchanteur leur inspire un si vif désir de les retrouver qu'ils ne peuvent se résigner à quitter le palais.

LI. — « Lorsque vous arriverez, ajouta Mélisse, dans le voisinage de cette demeure enchantée, vous verrez arriver le magicien sous les traits de Roger ; il le fera paraître à vos yeux, par la puissance de son art, sur le point d'être vaincu par une puissance supérieure. Vous serez ainsi engagée à venir à son secours, et alors vous serez comme les autres retenue prisonnière dans le château.

LII. — « Si vous voulez ne pas être à votre tour, comme tant d'autres, victime de ces artifices, je vous préviens que celui qui sous les traits et avec l'apparence de Roger s'offrira à vos regards, implorant votre secours, ne sera nullement le véritable Roger. Vous demeurerez donc à l'écart sans montrer la moindre émotion, et quand ce faux Roger s'approchera de vous, arrachez-lui la vie sans hésiter et sans craindre que ce soit Roger qui tombera sous vos coups. Celui que vous immolerez ne sera autre que l'homme qui a causé tous vos maux.

LIII. — « Il vous paraîtra bien cruel sans doute, j'en suis sûre d'avance, de tuer un homme qui ressemblera si parfaitement à Roger : n'en croyez donc point vos yeux que les enchantements offusqueront de manière à vous empêcher de voir le vrai. Prenez une résolution inébranlable avant que je vous conduise au bois. Si par malheur vous aviez la faiblesse de changer de sentiment, si vous laissiez vivre le magicien, vous perdriez votre Roger pour toujours. »

LIV. — La courageuse jeune fille prend son parti;

elle suivra les conseils de Mélisse en laquelle elle met
toute sa confiance. Elle prend donc ses armes, bien résolue à tuer l'enchanteur. La magicienne la guide et la
conduit à grandes journées à travers les champs et les
forêts, charmant par ses récits les fatigues de la route.

LV. — Elle rappelle surtout dans ses entretiens que
c'est de Bradamante et de Roger que doivent naître une
multitude de princes excellents et d'illustres demi-
dieux. Comme si les décrets éternels étaient présents à
ses yeux, elle lui prédit tous les événements des siècles
futurs.

LVI. — « Oh ! chère et prudente conductrice, dit alors
la célèbre fille d'Aymon à Mélisse, vous m'avez éclairée
depuis bien longtemps sur les grands princes qui doivent naître de ma race. Ne pourriez-vous pas aussi me
faire connaître quelques-unes des femmes de mon sang
et celles surtout qui se distingueront par leurs vertus et
par leur beauté ? » Mélisse toujours obligeante lui répondit :

LVII. — « Sachez, ô ma fille ! que je vois naître de vous
des femmes d'une vertu éprouvée, des mères d'empereurs et de rois ; elles seront le plus ferme appui et les
réparatrices de maisons illustres et de vastes états.
Leur piété, leur âme élevée, leur prudence extrême,
enfin leur sagesse incomparable honoreront autant
leurs vêtements de femmes que les plus grands guerriers peuvent honorer les armes dont ils se couvrent.

LVIII. — « Mes récits seraient trop longs si j'entreprenais d'énumérer toutes celles de votre race qui mé-
riteront d'être louées. Je n'en vois aucune qui ne soit
digne d'éloges. J'en choisirais seulement quelques unes
entre mille ; mais je regrette que vous ne m'ayez pas
témoigné ce désir lorsque nous étions dans la grotte de
Merlin où je les aurais fait paraître à vos yeux.

LIX. — « De votre illustre race il naîtra une femme
amie des beaux-arts et des belles-lettres. Je ne pourrais
vous dire si elle se distinguera plus par ses grâces et

sa beauté que par sa sagesse et sa vertu. C'est la magnanime et libérale Isabelle ; la ville bâtie sur les bords du Menzo à laquelle la mère d'Ocnus a donné son nom, lui devra tout son lustre et toute sa renommée.

LX. — « Entre elle et son digne époux, il y aura une lutte honorable et continuelle pour savoir qui des deux l'emportera pour son amour de la vertu et se montrera plus aimable et plus bienfaisant. Si l'un se vante de ses exploits sur les bords du Taro, s'il a délivré le royaume de Naples de l'oppression des Français, l'autre dira : Par sa vertu et sa chasteté, Pénélope ne s'est pas moins rendue célèbre qu'Ulysse par son courage.

LXI. — « Les éloges que je donne à cette illustre Isabelle sont bien bornés et ce que j'en dis n'est encore qu'une faible partie de ce que m'avait appris Merlin dans ce jour où, me séparant du monde, je me retirai dans sa grotte. Si je devais voguer à pleines voiles sur cette mer immense, ma navigation serait bien plus étendue que celle de Tiphys. Je puis vous dire en somme qu'elle aura en partage toutes les vertus et toutes les perfections que peut donner le ciel.

LXII. — « Elle aura pour sœur Béatrix, qui remplira la destinée annoncée par ce nom. Non-seulement elle jouira de la félicité la plus parfaite à laquelle les mortels puissent prétendre, mais elle pourra rendre heureux comme elle l'époux qu'elle aura choisi parmi les princes les plus riches, et tant qu'elle vivra sur la terre elle lui épargnera les malheurs et les catastrophes qui l'accableront lorsqu'il l'aura perdue.

LXIII. — « Louis le More, Sforza et les couleuvres des Visconti seront redoutés depuis les glaces hyperboréennes jusqu'au rivage de la Mer Rouge, depuis l'Indus jusqu'aux montagnes que baigne la mer ; mais leurs États désolés seront la proie des Insubriens. L'époux de Béatrix perdra sa liberté par un coup fatal à toute l'Italie, et quand Béatrix aura cessé d'exister, on ne donnera plus que le nom de hasard à la prudence la plus consommée.

LXIV. — « Plusieurs autres princesses nées bien longtemps auparavant porteront aussi le nom de Béatrix. L'une verra couvrir ses beaux cheveux de la couronne de Hongrie ; l'autre, renonçant à tous les biens terrestres, sera placée par l'Ausonie au rang des saintes, on lui adressera des vœux et on lui élévera des autels.

LXV. — « Je me tais sur les autres, car il serait trop long, je vous le répète, de les énumérer toutes, quoiqu'il n'en existe aucune dont la trompette ne dût célébrer l'héroïsme et les vertus. Les Blanche, les Lucrèce, les Constance et beaucoup d'autres seront les mères d'illustres princes qui gouverneront l'Italie, et par elles se relèveront les plus grandes maisons.

LXVI. — « Plus que toutes les autres familles, la vôtre aura été féconde en femmes distinguées, non-seulement par le mérite de celles qui en sortiront, mais encore par les qualités de celles que l'hymen y réunira. C'est sans doute afin que je puisse vous en parler que Merlin m'avait donné toutes ces indications ; c'est un bonheur pour moi de vous les redire.

LXVII. — « Je vous parlerai d'abord de Richarde digne modèle de courage et de vertu. Elle restera malheureusement veuve à la fleur de son âge, ainsi qu'il n'arrive que trop souvent aux femmes les plus estimables. Ses enfants dépouillés de l'héritage paternel tomberont au pouvoir de leurs ennemis et seront ensuite transportés dans une contrée étrangère. Mais son courage parviendra à tout réparer.

LXVIII. — « Je ne puis passer sous silence une illustre princesse qui sortira de l'antique maison d'Aragon. Aucune histoire, grecque ou latine, n'en a célébré de plus sage et de plus vertueuse, et en même temps plus favorisée de la fortune, car c'est elle que la bonté divine choisira pour devenir l'heureuse mère d'Alphonse, d'Hippolyte et d'Isabelle.

LXIX. — « C'est elle qui viendra s'enter sur votre illustre tige. Mais que dirai-je de sa belle-fille, de cette Lucrèce Borgia qui régnera après elle sur Ferrare ? De même qu'une plante naissante croit et s'élève dans un terrain fertile, de même sa beauté, sa vertu, son bonheur et sa réputation ne cesseront de s'accroître de jour en jour.

LXX. — « Ce que l'étain est à l'argent, le cuivre à l'or, le pavot des champs à la rose, le verre peint à une pierre précieuse, le saule pâle au laurier toujours vert, toutes les autres femmes le seront à l'égard de Lucrèce. Elle n'est pas encore née, néanmoins je la signale comme devant être douée d'une beauté singulière, d'une grande prudence et de toutes les perfections que l'on admire.

LXXI. — « Mais parmi tous les éloges qui lui seront prodigués pendant sa vie et après sa mort, le plus beau sera d'avoir inspiré à Hercule et à ses autres fils les sentiments les plus élevés, et d'avoir semé dans leurs cœurs les germes des qualités qui les distingueront plus tard et dans la robe et dans les armes. Car elle est lente à se dissiper l'odeur bonne ou mauvaise dont on remplit un vase nouveau.

LXXII. — « Je ne veux point aussi passer sous silence Renée de France, fille de Louis XII et de la femme qui sera l'éternel honneur de la Bretagne. Toutes les vertus que l'on a vues briller dans les femmes depuis que le soleil échauffe la terre de ses rayons, que la mer baigne ses rivages, que le monde tourne sur ses pôles, toutes ces vertus, dis-je, se réuniront pour orner et embellir Renée.

LXXIII. — « Je ne finirais jamais si je vous racontais tout ce qui concerne Alde de Saxe ou la comtesse de Celano, ou Blanche-Marie de Catalogne, ou la fille du roi de Sicile, ou la belle Lippa de Bologne, et bien d'autres ; toutes mériteraient de recevoir les louanges les plus étendues ; mais ce serait entrer dans une mer sans limites. »

LXXIV. — Après avoir raconté, à la grande satis-

faction de Bradamante, les actions illustres de ses descendants, Mélisse revient à Roger, et répète mille et
mille fois par quelle ruse il a été attiré dans ce palais.
Elle se tut alors, voyant qu'elle était tout près du château, dans la crainte d'être découverte par le magicien.

LXXV. — Après avoir encore une fois renouvelé des
conseils donnés mille fois, elle laissa seule la fille
d'Aymon. La jeune guerrière ne marcha pas plus de dix
milles dans un étroit sentier sans voir tout à coup
Roger, c'est-à-dire un chevalier qui lui ressemblait parfaitement, attaqué par deux géants d'un aspect féroce,
qui l'entouraient et le pressaient si vivement qu'ils paraissaient prêts à lui donner la mort.

LXXVI. — Dès qu'elle aperçoit celui qu'elle reconnais
sait à tant de marques, Roger exposé à un si grand péril,
elle oublie toutes ses résolutions. Elle est assez injuste
pour soupçonner la bonne foi de la fée; elle se met en
tête que Mélisse a voulu se venger de Roger pour quelque injure secrète qu'elle en aurait reçue, et que, par
un nouvel artifice, la magicienne a formé le dessein de
le faire mourir de la main même de celle qu'il adore.

LXXVII. — « N'est-ce donc pas là, se disait-elle en
elle-même, n'est-ce pas ce Roger que mes yeux et mon
cœur me font reconnaître? Si je ne le vois pas maintenant, si je ne le reconnais pas, qui pourrai-je désormais
voir et reconnaître? Pourquoi voudrais-je me fier au
témoignage d'un autre plutôt que de m'en rapporter au
jugement de mes yeux? et quand bien même je serais
privée de la vue, est-ce que mon cœur seul ne suffirait
pas pour me dire s'il est près ou loin de moi? »

LXXVIII. — Tout en faisant ces réflexions, elle entend une voix qui lui semble être celle de Roger l'appelant à son secours; dans le même moment elle le voit
piquer son cheval, fuir à toute bride tandis que ses ennemis le poursuivent avec rapidité. Bradamante n'hésite pas à voler à son secours et de le suivre jusque
dans l'intérieur du palais magique.

LXXIX. — Mais aussitôt qu'elle a mis le pied sur le seuil de la porte, elle subit l'influence magique et partage l'erreur commune. Elle cherche Roger de tous côtés, à droite, à gauche, en haut, en bas, dedans, dehors, parcourant tous les lieux ; elle le cherche la nuit, le jour, sans relâche, tant le charme est irrésistible, car l'enchanteur avait poussé si loin son art magique, qu'ayant toujours Roger devant ses yeux, elle ne pouvait le reconnaître, ni être reconnue de lui, bien qu'il la vît sans cesse.

LXXX. — Laissons Bradamante victime de ce prestige, mais n'en ayez aucune inquiétude : quand il en sera temps je saurai bien la tirer ainsi que son Roger de ce palais enchanté. Car si la diversité et la variété des mets aiguise l'appétit, j'espère qu'il en sera de même de mon histoire : plus elle sera variée, plus elle sera, ce me semble, agréable à mes auditeurs.

LXXXI. — J'ai besoin d'ailleurs d'avoir en main bien des fils différents pour tramer le long tissu de ma toile. Qu'il ne vous déplaise donc pas d'écouter en ce moment comment l'armée des Maures, sortant de ses quartiers, prit les armes pour paraître devant Agramant. Ce roi, menaçant continuellement l'empire des Lis, faisait une revue générale pour connaître exactement le nombre de ses soldats.

LXXXII. — Il savait qu'outre les cavaliers et les piétons qu'il avait perdus il lui manquait un grand nombre de capitaines et de ses meilleurs. En sorte que les escadrons et les troupes des diverses nations erraient sans guides et sans chefs. C'était pour en donner à tous qu'il préparait dans le camp une revue générale.

LXXXIII. — En effet, pour remplacer ceux qui avaient péri dans les batailles et les combats particuliers, le roi d'Afrique et celui d'Espagne avaient fait venir de grands renforts et appelé tous ceux qui s'étaient engagés à servir, pour les distribuer dans les différents corps et

les placer sous le commandement de différents chefs.
Mais si vous me le permettez, Seigneur, j'interromprai
ici mon récit et je vous parlerai de cette grande revue
dans le chant qui va suivre.

CHANT QUATORZIÈME

Agramant se dispose a donner l'assaut à la ville de Paris. —
Mandricard, ayant appris que Roland a mis seul en fuite les
troupes de Manilard et d'Alzirde, quitte le camp et le cherche
pour le combattre. — Il enlève Doralice, fille du roi de Grenade,
à une compagnie de soldats et l'emmène. — Par l'ordre de Dieu,
saint Michel archange va chercher le Silence et la Discorde.
— L'ange découvre celle-ci dans un couvent : elle passe dans
le camp des Sarrasins. — Renaud, conduit par l'archange et
le Silence, arrive avec l'armée d'Angleterre et d'Écosse au
secours de Charlemagne. — Tableau du siége. — Rodomont
se distingue par sa bravoure. — Les Sarrasins périssent
dans les flammes.

I. — Une multitude de guerriers avaient perdu la vie
et leurs corps étaient restés la proie des loups, des corbeaux et des aigles aux serres tranchantes, dans les
grands combats et les nombreux assauts que l'Espagne
et l'Afrique avaient livrés à la France. Les Français
paraissaient être les plus maltraités. Ils étaient désolés
d'avoir perdu la campagne demeurée au pouvoir des
Sarrasins. Mais ceux-ci avaient à regretter un plus
grand nombre de princes et de guerriers illustres immolés par leurs ennemis.

II. — Leur victoire avait été trop sanglante pour qu'ils
pussent avoir sujet de s'en réjouir. Si l'on peut comparer les événements des siècles passés à ceux du temps

présent, il n'y a point de doute, ô invincible Alphonse,
que la grande victoire, dont le souvenir coûtera toujours
tant de larmes à Ravenne et qui a été le prix de votre
valeur, ne ressemble entièrement à celle-ci.

III. — Déjà les Flamands, les Picards, les Normands
et les Gascons commençaient à perdre courage, lorsque,
suivi de cette généreuse jeunesse qui mérita par sa valeur de recevoir de votre vaillante main les étriers et
les éperons dorés, vous attaquâtes les étendards des
Espagnols qui se croyaient déjà victorieux.

IV. — Avec ces braves guerriers qui vous suivaient
de près ou vous accompagnaient en partageant vos périls, vous relevâtes de telle sorte les glands d'or et bri-
sâtes si complétement le bâton jaune, que c'est à vous
seul que fut décerné l'immortel laurier et qu'appartient
la gloire d'avoir conservé intact l'honneur du lis. Mais
Rome pare encore votre front d'une autre couronne, car
dans ce même jour vous lui avez conservé son Fabricius.

V. — Ce ferme pilier du nom romain, ce grand Fa-
brice Colonna que vous fîtes prisonnier et que vous
sauvâtes, vous fit plus d'honneur que si vous eussiez
seul terrassé cette fière milice qui maintenant engraisse
la campagne de Ravenne, et même que si vous eussiez
mis en déroute toutes les troupes d'Aragon, de Castille
et de Navarre qui, abandonnèrent leurs étendards en
voyant que leurs épieux et leurs machines de guerre
leur étaient inutiles.

VI. — Cette victoire fut pour vous plutôt un sujet de
consolation que de joie, car trop de douleur empoisonna
notre joie quand nous vîmes le chef des Français et de
l'armée frappé de mort, et en voyant que cet orage avait
emporté tant de princes illustres qui, pour la défense de
leurs provinces et de celles de leurs alliés, avaient franchi les sommets glacés des Alpes.

VII. — Cette victoire nous a rendu la liberté et la vie,
elle a empêché l'hiver et la tempête du ciel irrité d'exercer sur nous sa violence. Mais comment n'aurions-nous

pas gémi en nous représentant les plaintes, les gémissements dont tant de veuves, en longs habits de deuil et les joues baignées de larmes, faisaient retentir la France.

VIII. — Que le roi Louis songe donc à pourvoir ses troupes de nouveaux capitaines qui pour l'honneur des lis châtient les mains impies et avides qui ont outragé les moines noirs, gris et blancs, violé les épouses, les filles, les mères, les sœurs, et jeté par terre les saintes hosties afin de dérober un tabernacle d'argent.

IX. — O misérable Ravenne ! quel fruit as-tu retiré de ta vaine résistance au vainqueur ? Pourquoi Brescia ne t'a-t-elle pas servi d'exemple comme tu en aurais toi-même servi à Rimini et à Faenza ? O roi Louis, envoie donc le bon, le sage Trivulce, afin qu'il apprenne la modération à tes troupes et qu'il leur fasse voir que de tels excès ont été dans tous les temps en Italie punis de mort.

X. — Or, de même que le roi de France a besoin aujourd'hui de donner de nouveaux chefs à ses troupes, ainsi Agramant et Marsille furent jadis contraints à faire sortir en ordonnance, dans la campagne, la grande armée quittant les lieux où elle avait passé l'hiver, afin de donner des chefs et des capitaines aux troupes qui en avaient besoin.

XI. — Le roi Marsille fut le premier et Agramant le second qui firent passer et défiler en ordre leur armée, bataillon par bataillon. A la tête de tous marchent les Catalans sous l'enseigne de Doriphèbe ; vient ensuite le régiment de Navarre, privé de son roi Folvirant tombé sous les coups de Renaud. Le roi d'Espagne l'a remplacé par Isolier.

XII. — Balugand le suit, conduisant ceux de Léon, et Grandoine guide les Algarves ; Falsiron, frère du roi Marsille, conduit les régiments armés de la Petite-Castille ; ceux qui habitent Malaga et Séville, depuis Cadix jusqu'à la fertile Cordoue et les bords verdoyants baignés par le Bétis, suivent la bannière de Madarasse ;

XIII. — Stordillan, Tessire et Baricond conduisent à la revue leurs régiments les uns à la suite des autres. Le premier règne à Grenade, le second à Lisbonne et le troisième à Majorque. Ce Tessire, parent de Larbin, remplaça celui-ci après sa mort sur le trône de Lisbonne. Galice vient après, sous la conduite de Serpentin qui remplace Maricolde son ancien chef.

XIV. — Les troupes de Tolède et de Calatrava qui marchaient jadis sous la bannière de Sinagon avec tous les peuples dont le fleuve Guadiana baigne le pays, sont maintenant commandés par le vaillant Mataliste. Blanchardin réunit les troupes d'Astorga à celles de Salamanque, de Placentia, d'Avila, de Zamora et de Palencia, qui ne forment qu'un seul et même corps.

XV. — Ferragus est le chef de Saragosse et de tous les guerriers de la cour du roi Marsille : tous sont braves et puissamment armés. Dans le nombre, sont Malgarni, Balingerne, Malsaris et Morgant, qu'un même sort avait conduits dans un pays étranger et qui, après avoir perdu leur royaume, avaient été accueillis à la cour de Marsille.

XVI. — Follicon d'Almerie, le plus âgé des bâtards de Marsille, faisait aussi partie de cette troupe avec Doricont, Bagard, Argalife, et Analard, Archidant comte de Sarragosse, l'Amirante, le valeureux Languiran, le vif et rusé Malagur et bien d'autres dont j'aurai plus tard à raconter des exploits guerriers.

XVII. — Lorsque tous les escadrons d'Espagne eurent marché dans un ordre parfait devant Agramant, on vit paraître le roi Oran dont la taille approchait de celle d'un géant. Il s'avançait dans la plaine avec son escadron. Celui qui le suit déplore le trépas de son chef Martin mis à mort par Bradamante ; il s'indigne et s'attriste de ce qu'une femme puisse se vanter d'avoir tué le roi des Garamantes.

XVIII. — La troisième troupe est celle de Marmonde : elle a perdu son chef Argoste qui a été tué en Gascogne, si bien qu'il faut donner un chef à ce régiment aussi bien qu'au second et même au quatrième. Agramant n'a pas de capitaines pour tous ses escadrons ; il est cependant nécessaire qu'il y songe et qu'il y remédie ; il fait donc choix de Buralde, d'Ormide et d'Arganio qu'il met à la place des capitaines qui lui manquent.

XIX. — Arganio devient chef des troupes de Libye, dont le commandant avait été Dodrinas le noir. Brunel marche à la tête des peuples de Tingitane : il baisse les yeux, son air est triste et pensif, parce que depuis le jour où Bradamante lui avait enlevé l'anneau dans la forêt voisine du château d'Atlant qui est bâti sur la cime d'un rocher, il était tombé dans la disgrâce d'Agramant.

XX. — Si le frère de Ferragus, Isolier, n'eût assuré le roi qu'il l'avait trouvé attaché à un arbre, et n'avait pas attesté devant le roi la vérité du fait, Agramant l'eût certainement fait pendre, car déjà il lui avait fait attacher la corde au cou, lorsque, supplié par un grand nombre de chevaliers, il la lui fit ôter, en se promettant bien toutefois de le faire pendre à la première faute qu'il commettrait.

XXI. — Ce n'est donc pas sans sujet que Brunel s'avançait tristement, et tenait ses yeux attachés vers la terre ; il était suivi de Farulant qui conduisait la cavalerie et l'infanterie de la Mauritanie. Il guidait les troupes de Constantine, ayant reçu du nouveau roi de Liban, qui marchait à côté de lui, le sceptre et la couronne que Pinadore portait auparavant.

XXII. — Les troupes d'Hespérie sont commandées par Soridan et celles de Ceuta par Dorilon ; Pulian commande les Nasamones, et le roi Agrigalte fait marcher ceux d'Ausonie ; Malabuferce est à la tête des Pisans ; Finadure, des troupes de Canarie et de Maroc, et Balastre des peuples soumis précédemment au roi Tardoc.

XXIII. — Viennent ensuite des escadrons, l'un de Molga, et l'autre d'Alzille : le premier est conduit par son ancien chef, le second n'en a pas. Agramant donne ce commandement à Corinée son ami fidèle; il fait aussi Caïque roi des peuples d'Armanzilla, gouvernés auparavant par Tanfirion, et il confère la couronne de Gétulie à Rimedon; Balifront le suit avec les troupes de Cosca.

XXIV. — L'escadron qui suit est celui de Bolga. Clarinde en est le roi, succédant à Mirabalde. Balivers vient ensuite, le plus méchant, sans contredit, de toute l'armée sarrasine. Mais je ne crois pas que parmi toutes ces troupes il y ait aucune bannière déployée, ou des troupes plus braves et plus fermes que celles dont se compose le régiment commandé par Sobrin. Il n'y a pas aussi de chef sarrasin plus prudent que ce monarque.

XXV. — Les peuples de Bellemarine, autrefois conduits par Gualciotte, sont aujourd'hui commandés par Rodomont de Sarze, roi d'Alger, qui conduisait une nouvelle levée de cavaliers et de fantassins. Il avait été envoyé en Afrique par Agramant, dans un moment où le soleil était couvert de brouillards sous le signe du grand Centaure et entrait dans l'horrible et rude Capricorne; Rodomont était de retour depuis trois jours seulement.

XXVI. — L'armée d'Afrique ne possédait pas un Sarrasin plus audacieux que ce Rodomont; il était plus redoutable aux portes de Paris et les habitants le craignaient plus que Marsille, Agramant et tous les capitaines qui accompagnaient en France ces deux rois, et nul parmi les chefs et les soldats passés en revue ne portait plus de haine à notre foi.

XXVII. — Il est suivi de Prusion roi des Alvaraches, et après lui par Dardinel roi de Zumara. Je ne sais s'il s'est trouvé quelque chouette, ou quelque vieille corneille, ou quelque autre oiseau de mauvais augure annonçant ordinairement sur les toits ou sur les arbres les malheurs à venir, qui ait prédit à ces deux guerriers leur sort funeste; mais déjà dans le ciel leur mort était décidée pour le combat du lendemain.

XXVIII. — Il ne restait plus de tout le camp que les troupes de Trémisène et de Noricie à passer en revue. L'on n'en voyait pas encore flotter dans les airs l'étendard, et l'on n'en avait aucune nouvelle. Agramant ne savait que dire, que penser d'une pareille négligence, lorsque enfin un écuyer du roi de Trémisène, amené en sa présence, lui raconta tout ce qui s'était passé.

XXIX. — « Alzirde et Malinard avec un grand nombre des leurs sont étendus sur la poussière. Le redoutable chevalier qui a mis à mort les troupes de mon maître, ajouta l'écuyer, aurait certainement, seigneur, fait tomber sous ses coups tout le camp, s'il eut différé plus longtemps que moi à partir, car je me suis sauvé avec bien de la peine. Ce guerrier traite les cavaliers et les piétons comme le loup traite les chèvres et les moutons. »

XXX. — Il était arrivé depuis quelques jours au camp des Africains un guerrier que, ni dans l'Orient ni dans l'Occident, personne n'aurait pu égaler ni pour la force ni pour la valeur. Il était traité avec les plus grands égards par le roi Agramant, car c'était le fils et le successeur du célèbre Agricant roi des Tartares. Mandricard était le nom de ce guerrier redoutable.

XXXI. — De nombreux et éclatants exploits l'avaient rendu fameux. Tout l'univers retentissait du bruit de son nom, mais son plus beau titre de gloire était la conquête qu'il avait faite, dans le château de la fée de Syrie, de la brillante armure que le Troyen Hector avait portée mille ans auparavant. La circonstance dans laquelle Mandricard avait conquis cette armure est si étrange et si épouvantable, que le seul récit en fait frémir.

XXXII. — En entendant le récit de l'écuyer, Mandricard lève une tête audacieuse, et se dispose sur-le-champ à marcher contre le guerrier dont il a parlé et à suivre ses traces ; mais il garde son dessein au fond de de sa pensée et ne le communique à personne, soit

qu'il méprise tous les autres guerriers, soit qu'il craigne, en annonçant sa résolution, qu'un autre ne lui
enlève l'honneur de cette entreprise.

XXXIII. — « De quelle couleur est la cotte d'armes de
ce chevalier? demanda-t-il à l'écuyer. — Elle est toute
noire, répondit celui-ci; son écu est noir, et aucun cimier
ne surmonte son casque. » Il disait vrai, car vous le
savez, seigneur, Roland avait laissé jusqu'à son écus-
son, voulant exprimer par la sombre couleur de son
armure la tristesse de son âme en deuil.

XXXIV. — Mandricard avait reçu de Marsille un
coursier bai-châtain dont les pieds et les crins étaient
noirs. Il était né d'une jument de Frise et d'un vilain
d'Espagne. Mandricard, couvert de ses armes, s'élance
sur lui et se dirige au grand galop vers la campagne.
Il jure qu'il ne rentrera au camp qu'après avoir trouvé
le chevalier aux armes noires.

XXXV. — Il rencontre sur sa route une multitude
effrayée, à grand'peine échappée des mains de Roland.
L'un pleurait son frère, l'autre son fils, tués sous leurs
yeux. Leur poltronnerie et leur frayeur étaient empreintes
sur leurs visages blêmes; égarés par la terreur dont ils
avaient été frappés, ils erraient à l'aventure pâles et
muets.

XXXVI.—Mandricard ne fit pas une longue route sans
être frappé de la vue d'un cruel et lamentable spectacle,
net émoignant que trop visiblement des merveilleuses
prouesses dont l'écuyer avait tracé le tableau en présence
du roi d'Afrique. Çà et là sont étendus les différents
morts; il les voit, en retourne plusieurs, voulant de
sa propre main mesurer leurs blessures. Une extraordinaire jalousie l'anime contre l'auteur de tous ces massacres.

XXXVII. — Semblable à un loup ou à un dogue qui,
attiré le dernier à l'odeur d'un bœuf abandonné mort
dans la campagne par les paysans, n'en trouve plus
que les cornes et les os, le reste ayant été la proie

des chiens et des vautours, et regarde en vain cette
carcasse toute décharnée, le cruel Mandricard promène
ses regards sur cette plaine. La douleur et l'envie lui
arrachent des blasphèmes : il est furieux d'être arrivé
trop tard pour une si riche proie.

XXXVIII. — Ce jour et la moitié du jour suivant, il
suit au hasard les traces du chevalier aux armes noires,
dont il demande partout des nouvelles. Tout à coup il
aperçoit un pré couvert d'ombrage ; ce pré est côtoyé par
un fleuve qui serpente en forme de guirlande, laissant à
peine un petit espace par où l'eau se détourne pour
suivre un autre cours. Ce lieu rappelle celui où le Tibre,
en tournant, embrasse le terrain au-dessous d'Otri-
coli.

XXXIX. — Plusieurs cavaliers armés se tenaient à
l'entrée de ce pré. Le Sarrasin leur demande par qui ils
ont été rassemblés dans un lieu si écarté, et pourquoi ils sont réunis en si grand nombre ? Le chef de cette
troupe, frappé de l'air majestueux de Mandricard et de
la magnificence de ses harnais qui, tout brillants d'or et
de pierreries, annoncent un chevalier du plus haut rang,
lui répondit :

XL. — « Nous sommes ici appelés pour escorter la
fille du roi de Grenade, qui vient d'accorder sa main
au prince de Sarze. Le bruit de cet hymen n'est pas
encore répandu dans le public. Ce soir, quand la cigale
dont vous entendez le cri, aura cessé son chant, nous
la conduirons au roi son père, qui se trouve au milieu
de l'armée espagnole. Elle est en ce moment endormie. »

XLI. — Mandricard, qui ne respecte rien, veut aussitôt
s'assurer si cette troupe saura défendre bien ou mal la
jeune fille confiée à sa garde. « D'après ce que j'entends,
dit-il, votre jeune fille doit être belle, et je serais bien
aise de m'en assurer par moi-même ; conduisez-moi vers
elle ou faites-la venir ici, car je suis pressé et je dois
partir sur-le-champ. »

XLII. — « Il faut que tu sois un fou fieffé, » repartit le

Grenadin. Il ne put en dire davantage, car le Tartare le frappa aussitôt d'un coup de sa lance abaissée et lui traversa la poitrine. La cuirasse ne put résister au coup et le malheureux tomba par terre sans vie. Le fils d'Agrican retira promptement sa lance pour en percer un autre.

XLIII. — Mandricard ne portait ni épée, ni massue. Lorsqu'il devint maître des armes qui jadis avaient appartenu à Hector, il trouva que l'épée y manquait : il jura alors (et il ne jura jamais en vain), qu'il ne porterait jamais d'épée tant qu'il ne se serait pas emparé de celle de Roland. Cette Durandal dont Almont faisait tant de cas et que portait alors Roland, avait été jadis portée par Hector.

XLIV. — Il fallait que ce Tartare fût bien hardi pour entreprendre contre cette multitude une lutte si inégale. « Voyons, s'écria-t-il, qui de vous veut me barrer la route ? » En parlant ainsi, il se jeta au milieu d'eux la lance à la main. Ceux-ci l'entourent de tous côtés, les uns abaissant leurs lances, les autres tirant leurs épées. Mandricard en fit périr un grand nombre avant que sa lance ne se brisât.

XLV. — Lorsqu'elle fut rompue, il en prit l'énorme tronçon à deux mains et fit un si grand massacre que jamais on ne vit un combat plus meurtrier. Ainsi l'Hébreu Samson assommait les Philistins avec une mâchoire d'âne qu'il trouva sous ses pas. De même le Tartare met les écus en pièces, enfonce les casques et d'un même coup souvent renverse le cheval et le cavalier.

XLVI. — Ces malheureux courent à l'envi au devant de la mort. Quand l'un tombe, l'autre s'empresse de prendre sa place ; mais la manière de mourir leur paraît plus triste que la mort elle-même. Ils ne peuvent souffrir de se voir enlever la vie qui leur est si chère, avec le tronçon d'une lance brisée, et d'être en quelque sorte enfilés comme des grenouilles ou des couleuvres.

XLVII. — Mais quand, à leurs dépens, ils s'aperçoivent que la mort, quelle qu'elle soit, est une chose fort désagréable, que déjà plus des deux tiers d'entre eux ont péri, ceux qui restent s'empressent de fuir. Le cruel Sarrasin ne peut souffrir que de cette troupe épouvantée il y en ait un seul qui prétende échapper vivant à ses coups.

XLVIII. — De même que dans un marais desséché ou une campagne aride le bruyant roseau ou le chaume sec ne résistent point à l'ardeur du feu que l'habile laboureur sait unir à un vent impétueux, quand la flamme, poussée de tous côtés, court de sillon en sillon, éclate et pétille, de même ces malheureux n'opposent qu'une faible résistance à la fureur de Mandricard.

XLIX. — Il voit alors que l'entrée mal gardée est devenue libre, et suivant la voie sur laquelle il remarque des traces nouvellement imprimées sur l'herbe, il entend des plaintes qui de loin frappent ses oreilles. Il veut voir si la princesse de Grenade est réellement aussi belle qu'on le dit et mérite les éloges que l'on en fait. Il passe à travers les morts dans le chemin que lui découvre le fleuve en serpentant.

L. — Il aperçoit Doralice, c'était le nom de la jeune fille, dans le milieu du pré, assise auprès d'un frêne sauvage ; elle pleurait et ses larmes qui se succèdent comme les flots d'une source vive tombaient sur son beau sein. Son beau visage portait l'empreinte de la crainte qu'elle éprouvait pour elle-même et de la douleur que lui causait la perte de ses gens.

LI. — Sa terreur s'accrut encore lorsqu'elle vit Mandricard s'avancer tout souillé de sang, l'air farouche et impitoyable. Elle perce les airs de ses cris tant elle a de frayeur pour elle-même et pour son entourage. Car outre ses gardes elle avait pour guides et pour prendre soin de sa personne plusieurs vieillards et les plus grandes dames et demoiselles et en même temps les plus belles du royaume de Grenade.

LII. — Aussitôt que le Tartare aperçut ce beau visage qui dans toute l'Espagne n'avait pas son pareil et auquel les larmes ajoutaient un nouveau charme (qu'eût-ce été si le sourire l'eût encore embelli?), ce visage où l'amour prépare ses traits inévitables, le guerrier ne sait s'il vit sur la terre ou dans le paradis; et le résultat de toute sa victoire consiste à devenir lui-même, sans qu'il s'en aperçoive, le captif de sa prisonnière.

LIII. — Cependant il ne veut pas perdre le fruit de ses pénibles exploits, bien que la jeune fille témoigne par ses larmes toute l'affliction et toute la douleur que puisse éprouver une femme; mais il espère bien changer ses plaintes en un contentement suprême. Il se dispose à l'emmener avec lui et, la faisant monter sur une blanche haquenée, il se met en route.

LIV. — Dames, demoiselles, vieillards, ainsi que tous ceux qui étaient venus de Grenade, sont congédiés par lui avec une grande politesse : « Il suffira, leur dit-il, que je l'accompagne. Je lui servirai de camérier, de gouvernante et de garde, et je pourvoirai à tous ses besoins. Adieu donc, mes amis ! » Ne pouvant faire aucune résistance, ces pauvres gens se retirent en pleurant et en soupirant.

LV. — Quelle sera, disaient-ils entre eux, la douleur de son père quand il apprendra cette triste aventure ! Quel sera le chagrin de son époux ! De quelle fureur ne sera-t-il pas pénétré ! Quelle vengeance terrible n'en prendra-t-il pas ! Pourquoi n'est-il pas ici pour sauver l'illustre sang du roi Stordilan avant que ce barbare l'emmène plus loin?

LVI. — Cependant le prince tartare, content de ce que lui ont conquis sa valeur et sa bonne fortune, n'est plus aussi pressé qu'il l'était de rejoindre le chevalier aux armes noires. Tout à l'heure il courait, maintenant il marche lentement et sans se presser. Il n'a plus d'autre

pensée que de trouver un lieu commode pour donner
carrière au feu qui l'embrase.

LVII. — Chemin faisant toutefois, il console Doralice
dont les yeux et les joues délicates étaient mouillés de
larmes. Il invente et imagine les moyens de pénétrer
jusqu'à son cœur. Depuis longtemps, lui dit-il, le bruit
de sa beauté l'a touché ; il n'a pas voulu quitter sa patrie et les riches domaines qui seuls au monde méritent
le nom de grands, pour voir la France ou l'Espagne,
mais uniquement pour contempler ses traits charmants.

LVIII. — « S'il suffit d'aimer pour être aimé, disait-il,
moi qui vous aime je mérite bien votre amour. S'il faut
une haute naissance, en est-il une plus illustre que la
mienne. Le puissant Agricant était mon père. Sont-ce
les richesses ; qui possède de plus vastes États ? En fait
de puissance, Dieu seul est supérieur à moi. S'agit-il
enfin de valeur, je crois vous avoir prouvé aujourd'hui
que je mérite votre amour pour mon courage. »

LIX. — Ces paroles et d'autres semblables que l'amour
lui-même dictait de sa propre bouche à Mandricart, allaient tout doucement au cœur affligé de la jeune fille
et commençaient à la consoler. La crainte cède d'abord
et puis la douleur qui lui avait percé l'âme. Puis elle
parut écouter sans impatience et même avec plaisir ce
nouvel amant.

LX. — Enfin lui faisant de plus douces réponses, lui
montrant beaucoup d'affabilité et de politesse, elle ne lui
refuse plus d'arrêter sur ses yeux les siens où brille la
tendresse. Alors le païen fort expérimenté en amour et
qui n'en était pas à son coup d'essai commença non-
seulement à espérer, mais à regarder comme certain
que cette jeune beauté ne serait pas longtemps rebelle
à ses désirs.

LXI. — Plein d'amour et de joie dans la douce compagnie de Doralice qui peu à peu se rassure et se rend à
ses désirs, il voit arriver l'heure où la fraîcheur de la
nuit invite tous les animaux à goûter les douceurs du

repos. Déjà le soleil couchant était à moitié couvert par l'horizon : il marcha avec plus de vitesse jusqu'à ce qu'il entendit retentir le son des chalumeaux champêtres et qu'il vît s'élever la fumée des villas et des chaumières.

LXII. — C'étaient les cabanes habitées par les pasteurs, moins ornées et moins belles qu'agréables et commodes. Là, un honnête gardien de troupeaux reçut avec honneur le chevalier et la jeune fille, et avec tant de cordialité qu'ils furent charmés de son accueil. Ce n'est pas seulement dans les villes et dans les palais que l'on rencontre le plus la politesse : elle habite souvent dans les cabanes rustiques et sous les toits de chaume.

LXIII. — Que se passa-t-il pendant la nuit entre Doralice et le fils d'Agricant? Je n'en suis pas assez sûr pour le dire. Ainsi que chacun en pense ce qu'il voudra. On peut croire cependant qu'ils furent tous deux en assez bonne intelligence, car ils se levèrent le lendemain plus gais et plus joyeux. Doralice remercia le berger du gracieux accueil qu'il leur avait fait dans sa demeure.

LXIV. — De là, errant de lieu en lieu, ils se trouvèrent enfin au bord d'un beau fleuve qui coulait en silence vers la mer, et d'un cours si paisible que l'on ne pouvait y distinguer le moindre mouvement; ses eaux étaient si limpides et si claires qu'en s'y mirant on pouvait voir sans peine jusqu'au fond de son lit. Ils trouvèrent sur la rive une dame et deux cavaliers qui se reposaient sous la fraîcheur d'un délicieux ombrage.

LXV. — Mais la haute fantaisie qui ne me permet pas de suivre toujours la même route me force à quitter cet agréable lieu pour retourner vers cette armée des Sarrasins qui assourdit toute la France de ses clameurs et de ses cris et me ramène au pavillon où le fils du roi Trojan défit le saint-empire, et où l'audacieux Rodomont se vante de brûler Paris et de détruire la sainte ville de Rome.

LXVI. — On venait d'apprendre à Agramant que déjà les Anglais avaient passé la mer; il fit donc appo-

ler Marsille, le vieux roi de Garbe et les autres chefs.
Tous lui conseillent de faire les plus grands préparatifs
afin de prendre d'assaut la ville de Paris, certains qu'ils
ne pourront s'en rendre maîtres si on ne l'attaque
avant l'arrivée des secours.

LXVII. — Déjà d'innombrables échelles avaient été
apportées dans ce but de tous les lieux d'alentour.
On avait fait rassembler aussi des claies, des poutres, des madriers destinés à divers travaux, à faire
des ponts, des bateaux. Agramant se donnait plus de
peine que tous les autres. Déjà il avait commandé les
troupes qui devaient donner le premier et le second
assaut. Lui-même se proposait bien d'y prendre une
large part.

LXVIII. — Le jour qui précéda celui de la bataille,
Charlemagne fit célébrer partout dans Paris l'office religieux ; il commanda des messes aux prêtres et aux religieux gris, blancs, noirs. Tous ceux qui se confessèrent
se mirent ainsi en état de grâce et communièrent comme
s'ils se fussent préparés à mourir le lendemain.

LXIX. — L'empereur, entouré des princes, des barons, des paladins et des ambassadeurs, prit part, dans
la principale église, avec une grande dévotion, à ces
actes religieux, et donna l'exemple à ses sujets. Les
mains jointes et les yeux élevés vers le ciel : « Seigneur,
dit-il, que la bonté ne permette pas que ton peuple fidèle
porte la peine de mes fautes !

LXX. — « Si c'est ta volonté qu'il souffre et si nos
crimes doivent être punis par de justes supplices, diffère
au moins cette punition, surtout ne nous l'inflige pas par
la main de tes ennemis. S'il arrive que nous périssions
sous leurs coups, puisque nous portons le nom de tes
enfants, les païens diront que ta puissance est nulle,
puisque tu laisses périr ceux qui te sont fidèles.

LXXI. — « Pour un seul homme rebelle à ta loi, cent
autres dans le monde la délaisseront, et la fausse loi do
Babel prévaudra sur la tienne et la détruira de fond en

comble. Protége ces peuples qui ont délivré de tous les mécréants infâmes ton saint temple et le monde, qui ont défendu ta sainte Église avec les pontifes qui sont tes vicaires sur la terre.

LXXII. — « Je sais que nos mérites ne sont pas assez grands pour acquitter la moindre de nos fautes, que si nous considérons notre vie indigne, nous ne devons espérer de toi aucun pardon; mais si tu veux bien y joindre le don de ta grâce, notre cœur en deviendra meilleur et plus pur. Enfin nous ne pouvons désespérer de ton secours tant que nous nous rappellerons ta miséricorde. »

LXXIII. — Ainsi priait le pieux empereur dans toute l'humilité et la contrition de son cœur. Il ajouta d'autres prières et des vœux proportionnés à ses pressants besoins et à la grandeur de Dieu. Ses ferventes prières ne demeurèrent pas sans effet, car son bon génie, l'ange supérieur, les recueillit, et, déployant ses ailes vers le ciel, vint les déposer devant le Sauveur du monde.

LXXIV. — Dans le même temps, les vœux innombrables des fidèles sont portés à Dieu par les messagers célestes, car aussitôt que ces esprits bienheureux les entendent, ils sont émus d'une sainte piété, ils lèvent leurs regards vers l'Éternel qu'ils adorent et lui expriment leur commun désir : que la juste prière du peuple chrétien qui implore son secours soit favorablement reçue.

LXXV. — La bonté ineffable que jamais un cœur fidèle n'implore en vain regarde avec des yeux pleins de miséricorde Charles et les siens, et l'Éternel faisant signe de la main à l'archange Michel de s'approcher : « Va, lui dit-il, à l'armée des chrétiens qui vient d'aborder sur les côtes de Picardie; amène-la sous les murs de Paris sans que les ennemis s'en aperçoivent.

LXXVI. — « Va trouver d'abord le Silence, dis-lui de ma part qu'il t'accompagne dans cette entreprise. Avec adresse il saura pourvoir à tout ce qui sera nécessaire

pour que ma volonté s'accomplisse. Lorsque tu auras
exécuté cet ordre, cours aux lieux où la Discorde a son
siége, dis-lui de prendre son amorce et son fusil et
d'allumer du feu dans le camp des Maures.

LXXVII. — « Sème tant de zizanie et tant de haine
entre ceux que l'on considère comme les plus vaillants
qu'ils combattent les uns contre les autres. Que les
uns soient tués, les autres blessés ou faits prisonniers;
que ceux-ci indignés portent ailleurs leurs étendards,
de sorte que le roi ne reçoive d'eux aucun appui. » Sans
répondre un seul mot à la divine parole, l'ange bienheureux se précipite du haut du ciel.

LXXVIII. — Partout où l'ange Michel dirige son vol
les nuages s'enfuient et le ciel devient serein. La tête
de l'ange est entourée d'un cercle d'or aussi brillant que
l'éclair pendant une nuit obscure. Dans sa course, le
messager céleste songe de quel côté il se dirigera afin
de ne pas manquer cet ennemi de la parole à qui il doit
tout d'abord communiquer ses instructions.

LXXIX. — Il parcourt dans sa pensée tous les lieux
qu'il croit habités par le Silence : c'est dans les monastères, parmi les frères et les religieux, c'est dans les
églises qu'il espère le rencontrer; car la parole est tellement interdite aux moines que le mot silence est écrit
dans le chœur où ils chantent les psaumes, dans leur dor-
toir, dans les réfectoires, enfin dans toutes les cellules.

LXXX. — Croyant le rencontrer dans ces lieux, il
agite avec plus de vivacité ses ailes dorées; c'est là
qu'il compte trouver la Paix, le Repos, la Charité. Mais
il se trouva trompé dans son attente dès qu'il eut mis
le pied dans un monastère. — Ce n'est pas ici, lui dit-on,
qu'habite le Silence, il n'en existe que le nom.

LXXXI. — Il n'y aperçut encore ni la Piété, ni le Repos, ni l'Humilité, ni l'Amour, ni la Paix; ces vertus y
avaient bien résidé, mais c'était dans les siècles passés;
elles en avaient été bannies par la Gourmandise, l'Avarice,
la Colère, l'Orgueil, l'Envie, la Paresse et la Cruauté.

L'ange fut bien surpris d'une telle nouveauté, et en jetant un coup d'œil sur cette exécrable tourbe il y découvrit encore la Discorde.

LXXXII. — C'était elle-même qu'il devait aller trouver suivant le commandement de l'Éternel lorsqu'il aurait trouvé le Silence. Il avait cru qu'elle devait habiter l'enfer parmi les damnés ; c'était la route qu'il se proposait de prendre ; et, chose incroyable, il la trouvait dans cet enfer nouveau, dans le sein des saints offices et des messes. Cela sembla bien étrange à saint Michel ; il croyait avoir à faire pour la trouver un plus grand voyage.

LXXXIII. — Il la reconnut aussitôt à son habit de cent couleurs différentes et composé d'un nombre infini de bandes inégales qui tantôt la couvraient et tantôt laissaient voir sa chair nue. Car à chaque pas qu'elle faisait, le vent enflait les étoffes bouffantes et légères toutes décousues ; de ses cheveux les uns étaient dorés, les autres argentés, les uns noirs, les autres gris ; l'on eût dit qu'ils étaient toujours prêts à se quereller. Ceux-ci étaient en tresses, ceux-là relevés et crêpés ; d'autres lui descendaient sur les épaules, d'autres étaient épars sur sa poitrine.

LXXXIV. — Ses mains et son sein étaient pleins d'ajournements, d'exploits, d'informations, d'enquêtes, de procurations, de grands sacs farcis de gloses, de conseils et d'inventaires ; toutes choses qui font que les malheureux ne sont jamais sûrs de conserver dans les villes le peu de biens qu'ils possèdent. Elle avait derrière elle, par-devant et à ses côtés des notaires, des procureurs et des avocats.

LXXXV. — Saint Michel l'appelle et lui ordonne d'aller se mêler parmi les plus vaillants Sarrasins et de trouver les moyens de les exciter les uns contre les autres afin qu'ils se battent et se détruisent dans des combats acharnés. Il lui demande ensuite des nouvelles du Silence, car il suppose qu'elle peut facilement en avoir puisqu'elle va de côté et d'autre en y semant le feu et la division.

LXXXVI. — « Je n'ai aucun souvenir, répond la Discorde, de l'avoir jamais vu; j'ai bien souvent entendu prononcer son nom et parler de lui comme d'un être fin et astucieux; mais la Fraude, une de mes compagnes qui est ici, s'est souvent rencontrée avec lui et je pense qu'elle pourra t'en dire des nouvelles. » En prononçant ces mots la Discorde la montra du doigt en disant : La voilà.

LXXXVII. — La Fraude avait un visage riant, un vêtement décent, un regard humble et une démarche grave. Elle avait une manière de parler si douce, si modeste, si bénigne qu'on l'aurait prise aisément pour l'ange Gabriel disant *Ave* à la vierge Marie. Mais dans tout le reste elle était laide et difforme ; toutefois elle cachait ses imperfections sous une robe ample et longue, sous laquelle elle portait un couteau empoisonné.

LXXXVIII. — Saint Michel lui demanda quel chemin il devait prendre pour trouver le Silence. « Autrefois, dit la Fraude, il avait sa demeure parmi les gens vertueux et non ailleurs, chez les moines de Saint-Benoît, ceux du prophète Élie, dans les cloîtres, dans les temps où furent fondés les monastères. Il habita aussi jadis dans les écoles, dans celles de Pythagore et d'Archytas principalement.

LXXXIX. — « Mais ces philosophes et ces saints personnages qui le menaient par les chemins droits et où l'on pratique les bonnes mœurs étant venus à lui manquer, il prit la voie du crime. Il commença par accompagner la nuit les amants dans leurs rendez-vous, puis les voleurs et à commettre mille forfaits. Il a fait un long séjour chez la Trahison et je l'ai vu souvent avec l'Homicide.

XC. — « Il a coutume de suivre encore ceux qui se retirent dans les lieux obscurs et dans quelque cave profonde pour y faire de la fausse monnaie. Enfin il change si souvent de compagnie et de demeure que ce sera un grand hasard si tu le rencontres. Toutefois je ne désespère pas de t'indiquer le lieu où tu pourras le trouver. Prends la peine d'aller à minuit dans la maison du Sommeil, je ne doute pas que tu ne l'y trouves alors endormi. »

XCI. — Quoique la Fraude soit naturellement portée à mentir, l'ange trouva ce qu'elle disait si vraisemblable qu'il n'hésita pas à la croire. Il quitte donc aussitôt le monastère, et en modérant le battement de ses ailes il s'étudie et s'arrange de manière à arriver à temps à la maison du Sommeil. Il sait où elle est située, il espère bien y surprendre le Silence.

XCII. — Il y a en Arabie une délicieuse vallée éloignée des villes et des villages, située à l'ombre des montagnes; elle est toute couverte de vieux sapins et de gros hêtres. C'est en vain que le soleil y dirige ses rayons; il ne peut les y faire pénétrer tant la route est embarrassée par d'épais rameaux qui lui en défendent l'entrée. Là se trouve un autre souterrain :

XCIII. — C'est une grotte longue et spacieuse qui pénètre dans le roc sous cette ténébreuse forêt; l'entrée est obstruée par un épais rideau de lierre; c'est dans ce lieu que repose le Sommeil. D'un côté l'Oisiveté avec son corps gras et pesant, de l'autre la Paresse assise par terre ne pouvant marcher et se soutenir sur ses pieds.

XCIV. — L'Oubli stupide garde la porte et ne laisse entrer ni ne connaît personne; il n'écoute ni message ni rapport et chasse sans distinction tous ceux qui se présentent. Le Silence fait la ronde dans tous les environs; il porte des souliers de feutre, un manteau noir, il fait signe de la main à tous ceux qu'il découvre de loin de ne pas approcher.

XCV. — L'ange s'avance et lui dit à l'oreille de sa voix la plus basse : « Dieu t'ordonne de conduire Renaud à Paris avec l'armée qu'il amène au secours de son prince. Tu le feras si secrètement que les Sarrasins ne

pourront entendre aucun bruit ; de sorte qu'avant même
que les Infidèles aient appris de la renommée quel chemin prennent ses troupes, il puisse tomber sur eux à
l'improviste.   .

XCVI. — Le Silence sans répondre baissa la tête et
fit signe qu'il exécuterait l'ordre donné. Il se met donc
à la suite de l'ange et tous deux, du premier vol, se trouvèrent en Picardie. Saint Michel anime le courage des
guerriers chrétiens, leur raccourcit considérablement
une partie du chemin, si bien que dans un seul jour ils
arrivent près de Paris sans que personne se doutât
du miracle.

XCVII. — Le Silence courait de côté et d'autre, répandant un nuage épais devant, derrière et autour des régiments, tandis que le soleil éclairait comme à l'ordinaire tous les autres objets. Cette nuée épaisse empêchait
aussi d'entendre au dehors les cors et les trompettes.
Il vola ensuite à travers les troupes païennes ayant
avec lui je ne sais quoi qui les rendit sourdes et
aveugles.

XCVIII. — Tandis que Renaud marchait avec une telle
vitesse qu'il paraissait guidé par un ange, et avec un
tel silence que dans le camp des Sarrasins nul ne
s'apercevait de son approche, le roi Agramant, qui
avait logé son infanterie dans les faubourgs de Paris
et aux fossés des murailles qu'il menaçait, s'effor-
çait de faire ses derniers efforts pour s'emparer de la
ville.

XCIX. — Celui qui pourrait énumérer les hommes
qu'Agramant mit en campagne ce jour-là, ainsi que ceux
de Charlemagne, compterait aussi facilement les arbres
qui couvrent le dos ombreux de l'Apennin, et dirait combien de vagues et de flots baignent le pied du grand
Atlas dans la Mauritanie quand la mer est en fureur, et
par combien d'yeux le ciel, pendant la nuit, découvre
les larcins des amoureux.

C. — Déjà les cloches que les marteaux frappent à

coups redoublés retentissent horriblement. Dans tous les temples on ne voit que des mains levées vers le ciel, on n'entend que des prières suppliantes. Si dans le ciel on faisait autant de cas des trésors et des richesses qu'en font ici-bas les mortels insensés, il faut croire qu'il n'y aurait eu dans le paradis aucun saint qui n'eût obtenu sur la terre une statue d'or.

CI. — Les sages vieillards se plaignent de se voir réservés pour tant d'affliction, ils vantent le bonheur de ceux qui ont cessé de vivre et ont été depuis longtemps ensevelis dans le tombeau ; mais les jeunes gens robustes, courageux, songeant moins aux périls qui les menacent, dédaignent les plaintes de ceux qui sont plus âgés qu'eux, et courent de côté et d'autre sur les remparts.

CII. — On y voyait les barons et les paladins, les rois, les ducs, les marquis, les comtes, les chevaliers, les soldats de la France et des pays étrangers, tous prêts à donner leur vie pour le Christ et pour l'honneur. Ils supplient l'empereur de faire abaisser les ponts afin de pouvoir, avant d'être attaqués, tomber sur les Sarrasins. Charlemagne se réjouit de voir en eux tant de hardiesse et de valeur, mais sa prudence lui défend de permettre une sortie.

CIII. — Il les range les uns après les autres dans les lieux les plus favorables, afin de fermer l'accès de la ville à ces barbares. Là, peu de soldats suffisent pour les garder, ailleurs une troupe nombreuse n'est pas de trop. Quelques-uns prennent soin de diriger les feux, les autres les machines de guerre qu'ils devront employer au besoin. L'empereur, toujours en mouvement, ne s'arrête jamais en un même lieu ; il va, portant ses secours de côté et d'autre, et mettant tout en état de défense.

CIV. — Paris est assis dans une grande plaine au nombril, ou plutôt au cœur de la France. La Seine passe au milieu de ses murs, le traverse d'un bout à l'autre ;

mais elle forme d'abord une île qui défend la partie de la ville la plus forte ; les deux autres parties (car cette ville en a trois) sont défendues d'un côté par la rivière, et de l'autre par des fossés.

CV. — On peut attaquer par différents côtés cette ville qui a plusieurs milles de tour. Toutefois Agramant se propose de ne donner l'assaut que d'un côté, ne voulant pas étendre démesurément son armée. Il se retire donc vers le couchant, derrière le fleuve, afin de donner l'assaut par ce côté. Il n'y a en effet dans cette partie ni ville ni château qui ne lui appartienne jusqu'à l'Espagne.

CVI. — Charlemagne avait rassemblé toutes sortes de munitions autour des remparts dont la ville était environnée. Il avait pratiqué des tranchées, des remparts de terre, et fortifié de bastions et de casemates toutes les avenues. Il avait fait tendre de grosses chaînes à l'entrée et à la sortie de la Seine, mais il s'était attaché surtout à fortifier les endroits qui lui donnaient le plus sujet de craindre.

CVII. — L'illustre fils de Pépin, aussi clairvoyant qu'Argus, avait prévu de quel côté Agramant devait donner l'assaut, et le roi d'Afrique ne formait point de dessein que le roi de France ne prévît aussitôt. Marsille était demeuré en armes dans la campagne avec Ferragus, Isolier, Serpentin, Grandonie, Jalsuin, Ballagant et avec tous les Maures qu'il avait amenés d'Espagne.

CVIII. — A sa gauche était Sobrin sur les bords de la Seine avec Pullian, Dardinell, fils d'Almon, avec le roi d'Oran, un véritable géant mesurant des pieds à la tête six brasses. Hélas! pourquoi suis-je plus lent à faire courir ma plume que les Sarrasins à manier leurs armes! Déjà le roi de Sarse, plein de colère et d'indignation, crie, blasphème, et ne peut plus rester en paix sous sa bannière.

CIX. — De même que, dans les grandes chaleurs de l'été, un essaim de mouches importunes battant des

ailes font entendre un rauque bourdonnement sur les
vases de lait ou sur les restes appétissants d'un repas,
de même que les étourneaux assaillent les treilles déjà
rougies par les raisins mûrs, ainsi les Maures, faisant
retentir le ciel de cris et de hurlements, courent en foule
vers les murailles pour livrer un terrible assaut.

CX. — L'armée chrétienne, placée sur les remparts,
défend avec intrépidité la ville avec les lances, les épées,
les hallebardes, les pierres et les feux : elle professe
un grand mépris pour l'orgueil de ces barbares. Si un
chrétien tombe, un autre le remplace ; il n'en est aucun
qui par lâcheté refuse le poste du péril ; ils précipitent
les Sarrasins dans les fossés, en faisant pleuvoir sur
eux avec fureur mille coups précipités.

CXI. — Ils emploient non-seulement le fer, mais de
grosses pierres ; ils jettent sur les assaillants des créneaux tout entiers, des pans de murailles démolis avec
beaucoup de peine, des toits, des tours avec des frag-
ments énormes, des corniches ; les eaux bouillantes
qu'ils font tomber d'en haut sur les Maures les échau-
dent d'une manière insupportable, et ils résistent mal à
cette pluie qui entre par la visière de leurs casques et
les aveugle.

CXII. — Cette pluie leur fait plus de mal que le fer ;
mais jugez ce que peut une nuée pierreuse de chaux ,
quels effets produisent des vases enflammés remplis de
salpêtre, de soufre, de poix et de térébenthine! Les
assiégés n'oublient pas de se défendre avec des cercles
de fer embrasés ; on les voit incessamment tomber
avec leurs crinières enflammées et, lancés sur les Sarrasins, ils les enlacent d'étranges et cruelles guir-
landes.

CXIII. — Cependant le roi de Sarse avait poussé sur
les murailles une seconde troupe : Buraldo et Ormido
l'accompagnent, l'un roi des Garamantes et l'autre de
Marmande ; à ses côtés marchent Clarinde et Soridan. Le
roi de Sarse n'a nullement envie de se cacher. Viennent

ensuite le roi de Maroc et celui de Cosca impatients l'un et l'autre de faire preuve de valeur.

CXIV. — Sur sa bannière toute rouge, Rodomont de Sarse a fait peindre un lion dont la terrible gueule s'ouvre sans résistance pour recevoir un mors de la main d'une jeune fille. C'est lui-même que Rodomont a voulu représenter sous l'image d'un lion, et la dame qui le dompte et le soumet au frein, c'est la belle Doralice fille de Stordillan, roi de Grenade.

CXV. — La jeune fille qu'avait enlevée le roi Mandricart (j'ai raconté plus haut où et de quelle manière), Rodomont l'aimait plus que son royaume, plus que sa propre vie. C'est pour elle qu'il cherchait à briller par sa valeur et sa courtoisie; il ne savait pas qu'elle était au pouvoir d'un autre; s'il l'avait su, il aurait fait à l'instant même tout ce qu'il fit dans cette journée pour Agramant.

CXVI. — Les Sarrasins dressent le long des murs mille échelles qui ne portent pas moins de deux soldats sur chaque degré. Celui qui monte le premier est poussé par le second, qui lui-même est porté en avant malgré lui par le troisième. L'un obéit à son courage, l'autre cède à la peur. Aucun d'eux ne peut se dispenser de s'exposer au danger, car tous ceux qui hésitent sont frappés ou tués par le roi d'Alger ou l'impitoyable Rodomont.

CXVII. — C'est donc à qui gagnera le premier le haut de la muraille à travers les feux et les ruines; mais tous les autres recherchent les endroits par où ils pourront s'ouvrir un passage avec le moins de risque possible. Rodomont au contraire dédaigne la route la plus facile et la plus sûre, et tandis que tous les autres au milieu des plus grands périls adressent des vœux au ciel, Rodomont ne fait entendre que d'audacieux blasphèmes.

CXVIII. — Il était armé d'une forte et dure cuirasse, faite de la peau écailleuse d'un dragon; un de ses aïeux, celui qui bâtit la tour de Babel et osa former le projet de chasser Dieu du firmament et de lui enlever le gouvernement des étoiles, avait autrefois porté cette cuirasse. C'était dans le même but qu'il avait fait forger le casque, l'écu et l'épée dont la trempe était parfaite.

CXIX. — Indompté et superbe comme Nemrod et furieux comme lui, Rodomont n'aurait pas hésité à escalader le ciel s'il eût pu s'y frayer une route. Il ne perd point son temps à examiner si les murs sont entiers ou rompus, si l'eau des fossés est profonde ; il court et les traverse quoique l'eau monte jusqu'à sa bouche.

CXX. — Tout couvert de fange et tout inondé d'eau, il s'avance à travers le feu, les pierres, les arcs et les balistes, ainsi qu'un sanglier brisant avec sa poitrine, son boutoir et ses défenses les faibles roseaux des marais des vallées, et s'ouvre un large chemin partout où il passe. Le Sarrasin, sans s'émouvoir, le bouclier sur sa tête, professe un égal mépris pour le ciel et pour les remparts.

CXXI. — A peine sorti de l'eau, Rodomont se sent transporté sur la terrasse qui offrait au dedans de la muraille un large espace pour les troupes françaises. Aussitôt on le voit briser les crânes, faire des blessures plus larges que les tonsures des moines ; il fait voler les bras et les têtes et couler des ruisseaux de sang tout le long des murs, presque dans les fossés.

CXXII. — Il jette son écu, prend à deux mains sa redoutable épée et attaque le duc Arnolphe. Celui-ci venait du pays où le Rhin se jette dans le golfe salé. Ce misérable prince ne se défend pas plus contre Rodomont que le soufre contre le feu. Il tombe sur la terre ayant le corps fendu depuis le sommet de la tête jusqu'à la ceinture.

CXXIII. — Il tue encore d'un seul revers d'épée Anselme, Oldrad, Spinlock et Prandon. Le peu d'espace où se pressait la foule était cause que le fer ne frappait jamais en vain. Les deux premiers furent enlevés à la Flandre et les deux autres à la Normandie. Ensuite il

fend la tête à Orges de Mayence et son épée le partage
en deux moitiés jusqu'au ventre.

CXXIV. — Il précipite des créneaux dans le fossé
Andropon et Mosquin ; le premier était prêtre, le second
n'adorait d'autre dieu que le vin. Quelquefois il vidait
d'un seul trait tout un baril ; il abhorrait et fuyait l'eau
autant que le venin ou le sang d'une vipère, et maintenant il meurt avec le regret de mourir dans l'eau.

CXXV. — Rodomont partage encore en deux parties
le corps de Louis de Provence, et il perce de part en
part Arnaud de Toulouse. Il fait sortir l'âme avec le sang
du corps de Hubert, de Claude, de Hugue et de Denis,
tous quatre Tourangeaux ; et auprès d'eux, quatre Parisiens : Gauthier, Satalon, Odet et Ambeau, sont jetés par
terre avec plusieurs autres dont je ne saurais vous dire
la patrie et le nom.

CXXVI. — Les soldats qui suivaient Rodomont dressent soudain des échelles et montent par plusieurs endroits. Les Parisiens ne peuvent résister. Leur première
défense a été inutile malgré leur bravoure. Ils savent
que c'est à l'intérieur que les plus grands dangers attendent l'ennemi qui ne s'applaudira pas longtemps de leur
retraite. Entre le mur et le second retranchement il
existe en effet un fossé horrible et profond.

CXXVII. — Outre les chrétiens qui se défendaient
vigoureusement de haut en bas, il arrivait sans cesse de
nouveaux renforts sur la terrasse intérieure, et avec
leurs lances, leurs flèches, ils accablaient la grande
multitude des assaillants dont le nombre eût été beaucoup moins considérable, je pense, si le fils du roi Elien
n'y avait été.

CXXVIII. — Mais il animait les uns, réprimandait les
autres et les chassait devant lui malgré eux ; quelquefois
même il fendait la poitrine à celui-ci, la tête à celui-là,
lorsqu'il voyait qu'il tournait le visage avec l'intention
de fuir ; il les poussait, il les heurtait les uns sur les
autres ; il en saisissait quelques-uns par les cheveux,

par le cou, par les bras, et il en jetait dans le fossé un si grand nombre l'un par-dessus l'autre qu'il était trop étroit pour les contenir tous.

CXXIX. — Pendant que cette troupe de barbares descend ou plutôt se précipite dans ce périlleux fossé et qu'elle s'efforce à l'aide d'échelles d'escalader le second retranchement, le roi de Sarse, comme s'il avait eu des ailes à chacun de ses membres, prend son élan et, malgré la masse énorme de son corps immense et le poids de ses armes, saute de l'autre côté du fossé.

CXXX. — Ce fossé n'avait guère moins de trente pieds de largeur et Rodomont le franchit aussi légèrement que l'aurait fait un lévrier; il ne fit pas plus de bruit en tombant que s'il eût eu sous ses pieds des semelles de feutre. Alors il se met à frapper et à tailler en pièces tous ceux qui s'opposent à lui. Il les transperce aussi aisément que s'ils eussent été recouverts au lieu de fer de la peau la plus tendre, tant son épée est tranchante, tant son bras est vigoureux.

CXXXI. — Cependant nos guerriers avaient tendu un piége au fond du fossé; ils y avaient amassé une grande quantité de fascines et de fagots de bois sec enduits de poix. Personne ne s'en était aperçu, quoique les deux bords fussent pleins jusqu'au sommet et garni de pots, placés les uns à la suite des autres.

CXXXII. — Les uns étaient remplis de nitre ou d'huile, les autres de soufre ou de quelque matière du même genre, et pour faire repentir les Sarrasins qui étaient dans le fossé de leur folle témérité et les empêcher de monter, comme ils se le proposaient, de leurs échelles sur la seconde tranchée, ils firent, à un signal donné, mettre le feu dans plusieurs endroits, partout où ces moyens obtiendraient l'effet le plus sûr.

CXXXIII. — Soudain les flammes éparses se rassemblent et ne forment qu'un vaste foyer remplissant le fossé dans toutes ses parties; elles s'élèvent si haut qu'elles pourraient dessécher l'humide atmosphère de

la lune. Au-dessus on voit tournoyer un nuage épais et
noir qui obscurcit le soleil et répand partout l'obscurité
et les ténèbres. L'on entend des éclats et des bruits continuels qui forment un grand et effrayant tonnerre.

CXXXIV. — Cet épouvantable concert, cette horrible
harmonie de plaintes, de hurlements, de grincements
de dents de ces malheureux qui périssent dans cette
fosse ardente par la faute de leur chef audacieux, se
joignant au pétillement de cette flamme homicide, com-
posaient le plus effroyable des concerts; mais, seigneur,
je ne puis suivre plus loin ce chant déjà long; ma voix
s'enroue et j'ai besoin de prendre un peu de repos.

CHANT QUINZIÈME

ARGUMENT

Continuation de l'assaut donné à la ville de Paris par les Sarrasins. — Astolphe prend congé de Logistille qui lui fait
présent d'un cor et d'un livre merveilleux. — Il prend le
géant Caligoran dans ses propres filets, se rend maitre de
lui et le mène au grand Caire. — Il rencontre Aquilant et
Griffon qui se battaient contre un monstre dont il les délivre. — Ils vont ensemble visiter les saints lieux. — Griffon
reçoit des nouvelles fâcheuses de sa maitresse Origile. — Il
part pour Antioche.

I. — La victoire est toujours une chose glorieuse,
qu'on la doive à la fortune ou à son génie. Il est vrai
qu'une victoire ensanglantée rend souvent un chef d'armée moins digne d'éloges; mais celle qui est digne d'une
gloire éternelle et vaut à son auteur les honneurs di-

vins, c'est celle qui met en déroute les ennemis en épargnant le sang des vainqueurs.

II. — Telle fut, seigneur, la glorieuse victoire que vous sûtes remporter lorsque vous réprimâtes l'orgueil de ce lion, si fier sur la mer, qui avait occupé l'une et l'autre rive du Pô, depuis Francolin jusqu'à l'embouchure du fleuve. Vous l'avez si bien dompté, que ses rugissements ne me causeraient aucune frayeur tant que je vous verrais à notre tête. Vous avez montré alors comment il faut vaincre, car vous avez détruit vos ennemis et nous avez sauvés.

III. — Ce n'est pas ainsi qu'agit le païen Rodomont, trop audacieux pour son malheur; il ne put empêcher que les siens, poussés par lui dans le fossé, ne fussent dévorés par les flammes, qui les consumèrent tous sans en épargner un seul. Ce grand fossé même n'eût pas suffi pour contenir tant de victimes, si le feu ne l'eût contribué à les renfermer toutes en les réduisant en cendres.

IV. — Onze mille vingt-huit soldats étaient tombés dans l'ardente fournaise; ils y étaient descendus à leur grand regret, contraints par la volonté de leur imprudent capitaine. Au milieu d'une si grande flamme, ils avaient perdu la lumière du jour. Rodomont, cause de leur malheureux sort, ne partagea pas leur martyre.

V. — Il s'était déjà mêlé parmi les ennemis après avoir d'un seul bond franchi comme par miracle le fossé. S'il fût descendu, comme les autres, dans cette fournaise, cet assaut terrible aurait été le dernier qu'il aurait livré. Lorsqu'en tournant les yeux vers cette vallée infernale, il aperçoit la flamme monter si haut, et entend pareillement les plaintes et les gémissements de ses soldats, il jette un cri épouvantable et profère contre Dieu mille blasphèmes.

VI. — Cependant le roi d'Afrique livrait un furieux assaut à l'une des portes de la ville, car pendant que l'on soutenait une lutte si acharnée dans l'endroit où Rodo-

mont avait perdu tant de guerriers, ce monarque croyait
trouver cette porte dépourvue de défenseurs et incapable de résister à ses attaques. Auprès de lui étaient
Bambiroque, roi d'Arzilla, et Balivers, misérable souillé
de toute espèce de crimes.

VII. — Il y avait aussi avec lui Corinée de Molga,
Pausion, l'opulent monarque des îles Fortunées. On y
voyait Malabufer, prince de la région de Jisan où règne
un été perpétuel. Il y avait encore d'autres chefs expérimentés dans la guerre et bien armés. Beaucoup d'autres aussi sans valeur, sans armes, auxquels mille boucliers n'auraient pu inspirer du courage.

VIII. — Agramant trouva que dans cette attaque tout
contrariait ses desseins, car le roi Charles, chef de l'empire, y était en personne accompagné de ses meilleurs,
tels que Salomon, Ogier le Danois, les deux Gris, les
deux Angelin, le duc de Bavière, Ganelon, Béranger,
Avole, Avin et Othon.

IX. — Avec Charlemagne étaient encore une multitude d'Allemands, de Français, de Lombards, d'une
moindre importance, mais tous brûlant du désir de se
distinguer parmi les plus vaillants en présence de leur
prince. Mais je vous rendrai ailleurs un compte fidèle
de leurs exploits, car je suis forcé de tourner les yeux
vers un grand duc qui m'appelle et qui m'a fait signe
de loin en me priant de ne point l'oublier dans mon
récit et de le tirer de l'embarras où je l'ai laissé.

X. — Certes, il est bien temps que je retourne aux
lieux où j'ai laissé l'aventureux Astolphe, prince d'Angleterre qui, abhorrant le long exil où il avait été retenu
si longtemps, était impatient de revenir dans sa patrie.
La fée qui avait vaincu Alcine lui en avait donné l'espoir, mais elle était occupée du soin de l'y renvoyer
par la voie la plus prompte et la plus sûre.

XI. — Elle avait fait appareiller une galère, la meilleure qui sillonna jamais les flots de la mer ; mais craignant toujours qu'Alcine ne troublât l'Anglais dans son

voyage, Logistille ordonna à Andronique et à Sofrosine
de l'accompagner avec une forte armée navale, jusqu'à
ce qu'il fût parvenu en sûreté au golfe Arabique ou
Persique.

XII. — Elle veut qu'il côtoie les rivages, les sites des
Indiens et des Nabathéens, et qu'il se rende ainsi en faisant de longs détours chez les Perses et les Erythréens,
au lieu de naviguer, de voguer par la mer boréale que
troublent perpétuellement les vents et les orages, afin
d'éviter les contrées dont les habitants sont plusieurs
mois sans voir le soleil.

XIII. — Les préparatifs terminés, la fée laissa partir
le duc Astolphe ; mais elle lui remit auparavant et lui
expliqua une instruction sur plusieurs choses qu'il serait
trop long de rapporter. En outre, pour que les enchantements n'eussent plus de puissance sur lui, elle lui fit
présent d'un livre d'une grande utilité, qu'elle le pria de
porter toujours sur lui pour l'amour d'elle.

XIV. — Le livre dont elle lui fit présent enseigne à
l'homme de se garantir des charmes et des arts magiques. Des marques particulières et des rubriques s'y
trouvent afin d'indiquer les passages qu'il est utile d'y
chercher. Logistille lui fit encore un autre présent
qui, par son prix, dépasse tous ceux que les mortels
pourraient faire. C'était un cor qui produisait un son
si épouvantable, qu'il mettait en fuite tous ceux qui
l'entendaient.

XV. — Ce cor, je le répète, rend un si terrible son,
qu'il n'y a courage si ferme et si résolu qui n'en tremble
sans prendre la fuite. Le bruit des vents, le tremblement
de terre, les éclats du tonnerre, ne sont rien en comparaison. Le prince anglais, après avoir mille fois remer-
cié Logistille, prit congé de cette fée.

XVI. — Il laissa le port et vogua sur les ondes tranquilles, favorisé par un doux zéphyr soufflant à la poupe
du navire. Il côtoie les villes riches et populeuses de
l'Inde si fertile en parfums. A main droite et à main

gauche, il découvre des milliers d'îles éparses. Enfin,
il vogue avec un vent si favorable qu'il aperçut peu de
jours après la terre où prêcha saint Thomas, et de là le
pilote tourna la proue vers la Tramontane.

XVII. — La flotte fend les flots, rase la Chersonèse
d'or, et Astolphe, s'approchant de plus près de ces riches
rivages, voit le Gange précipitant ses flots blancs dans
la mer. Il découvre la Taprobane, le cap Comorin et
l'Océan qui se rétrécit entre les deux rivages. Après
avoir parcouru de vaste plages, il parvint à Cochin et
de là sortit des mers de l'Inde.

XVIII. — Pendant que le prince anglais parcourt les
mers guidé par des mains si fidèles et si sûres, la curiosité lui fait demander à Andronique si quelque navire
parti de l'Occident peut parvenir à rames ou à voiles
jusque dans les mers Orientales et si l'on peut, sans
toucher la terre, se rendre en France ou en Angleterre.

XIX. — « Vous savez, répond Andronique, que l'Océan
embrasse la terre de toute part, que tous ses flots se
réunissent soit aux contrées où les ondes bouillonnent,
soit à celles où elles sont glacées. Mais comme l'Ethiopie
s'avance bien avant et s'élargit du côté du midi, on a
cru que le royaume de Neptune ne s'étendait pas au delà.

XX. — « C'est pour cela qu'aucun vaisseau ne veut entreprendre de naviguer de nos îles Orientales en Europe et qu'aucun navigateur n'a entrepris de venir de
l'Europe dans notre pays. La longueur de cette terre
avancée fait que les uns et les autres sont portés à s'en
retourner dans la persuasion qu'un si grand espace doit
être joint à l'autre hémisphère.

XXI. — « Mais dans la suite des siècles je vois de nouveaux argonautes et de nouveaux Tiphys partir des extrémités de l'Occident et s'ouvrir des routes jusqu'alors
inconnues à tous les hommes; j'en vois d'autres tourner
autour de l'Afrique, naviguer le long de la côte des
Nègres et dépasser le signe d'où part le soleil pour retourner vers nous en quittant le Capricorne.

XXII. — « Quand ils auront trouvé l'extrémité de cette
longue route qui semble indiquer deux mers différentes
et qu'ils auront parcouru toutes les côtes et toutes les
îles voisines des Indiens et des Persans, d'autres quit-
teront les rivages de droite et de gauche de cette extrémité de l'Afrique où l'on a placé les colonnes d'Hercule
et, en suivant la ligne courbe que parcourt le soleil, ils
découvriront de nouvelles terres et un nouveau monde.

XXIII. — « Je vois la sainte croix, je vois l'étendard
impérial dressés sur des rivages verdoyants; j'en vois
qui sont établis pour la garde des vaisseaux, d'autres
qui sont élus pour faire la conquête de ces nouvelles
terres. Je vois deux hommes en mettre mille en déroute,
des royaumes d'au delà des Indes soumis à l'Aragon. Je
vois les capitaines de Charles-Quint remporter la victoire dans tous les lieux où ils passent.

XXIV. — « Dieu veut que cette route ait été longtemps
inconnue aux anciens et qu'elle ne soit encore découverte de longtemps, puisqu'on ne la connaîtra que
lorsque six ou sept siècles se seront écoulés. Il ne permettra la découverte de ces nouvelles provinces que
lorsqu'il aura donné la plus grande monarchie du monde
au plus sage et au plus juste empereur qui ait régné
depuis Auguste.

XXV.— « Un prince, à la valeur duquel toute autre
valeur rendue mémorable par la poésie ou l'histoire
ne peut être comparée, naîtra sur les rives du Rhin, du
sang d'Autriche uni à celui d'Aragon. Je vois ce prince
rendre la vie à la vierge Astrée et celle-ci remise sur son
trône, avec les vertus que le monde bannit lorsqu'il chassa
la fille de Thémis.

XXVI. — « Pour ses éclatants services la bonté souveraine a non-seulement résolu de le rendre possesseur
du sceptre du grand empire sur lequel Auguste, Trajan,
Marc-Aurèle, Sévère ont régné jadis, mais encore de
toutes les terres les plus éloignées et les plus étendues
et qui ne voient jamais le soleil se lever ni se coucher

sur l'horizon. Il veut que sous cet empereur il n'y ait
qu'un seul troupeau et qu'un pasteur unique.

XXVII. — « Et pour que les décrets inscrits de toute
éternité dans le ciel aient un succès plus facile, la Pro-
vidence divine lui donnera des capitaines invincibles
sur mer comme sur terre. Je vois Fernand Cortez qui
rangera de nouvelles cités sous l'autorité de César, et
conquerra des états si reculés dans le Levant, que même
dans les Indes que nous habitons ils sont entièrement
ignorés.

XXVIII. — « Je vois un Prosper Colonna, je vois un
marquis de Pescaire, j'aperçois encore un jeune marquis di Guost qui feront acheter chèrement l'Italie aux
fleurs de lis. Je vois après eux un héros qui s'efforce
de partager avec eux la couronne de laurier, semblable
à un coursier généreux qui, parti le dernier, atteint et
dépasse bientôt ceux qui le précédaient.

XXIX. — « Je vois tant de valeur et tant de fidélité
dans cet Alphonse (c'est ainsi qu'on le nomme), que
l'empereur lui confiera le commandement de son armée
quand il sera encore dans la fleur de l'âge et qu'il aura
à peine atteint sa vingt-sixième année. Avec un si vaillant capitaine non-seulement Charles-Quint sauvera ses
troupes et conservera les pays qu'il a conquis, mais il
sera capable de soumettre le monde entier à son empire.

XXX. — « Et comme ce grand empereur, grâce à la valeur de ses lieutenants, agrandira son empire jusqu'aux
lieux les plus reculés où l'on peut pénétrer par terre,
de même il se rendra victorieux sur toutes les mers qui
d'un côté entourent l'Europe et de l'autre l'Afrique, aussitôt qu'il aura gagné l'amitié d'André Doria, de ce Doria
qui purgera toutes vos mers des pirates et des corsaires.

XXXI. — « Jamais Pompée n'acquit tant d'honneurs et
tant de gloire; il chassa autrefois, il est vrai, tous les
corsaires, mais ils étaient loin de posséder des forces
égales à celles du plus puissant empire qui fut jamais,
tandis que le vaillant Doria, par son génie et sa valeur,

purgera toutes ces mers. Il me semble voir tous les vaisseaux qui vont de Calpée jusqu'au Nil trembler au seul bruit de son nom.

XXXII. — « Ce sera sous la foi et sous la conduite de ce capitaine dont je vous parle, que les portes de l'Italie s'ouvriront pour Charles et qu'il y recevra la couronne. Je vois déjà que ce héros refuse pour lui-même la récompense qu'il mérite, pour la faire donner à sa patrie. Ses prières obtiendront la liberté de sa patrie dont un autre aurait peut-être cherché à se rendre le tyran.

XXXIII. — « Cet amour filial de Doria pour son pays est plus glorieux que toutes les batailles remportées jadis par Jules César dans les Gaules, en Espagne, dans la Grande-Bretagne, en Afrique et en Thessalie. Jamais Auguste ni celui qui lui disputa l'empire ne méritèrent tant d'honneur et tant de gloire pour leurs hauts faits, puisque la violence employée par eux contre leur patrie suffit pour obscurcir leur gloire.

XXXIV. — « Honte à ces deux hommes et à tous ceux qui comme eux détruiront la liberté de leur patrie ! Qu'ils rougissent et baissent les yeux lorsqu'ils entendront nommer Doria ! Honneur à Charles qui, augmentant les pensions de ce grand homme et qui, outre les récompenses qu'il lui fera partager avec ses concitoyens, lui donnera la principauté de Melfe, qui sera pour les Normands un point de départ pour conquérir la Pouille.

XXXV. — « Le magnanime Charles ne se montrera pas seulement généreux envers Doria, sa libéralité se répandra sur ceux qui auront versé leur sang dans ces brillantes entreprises. Je le vois plus content et plus joyeux d'avoir donné quelque cité ou quelque province à ses amis et à tous ceux qui en sont dignes, que d'avoir conquis de nouveaux royaumes et de nouveaux empires. »

XXXVI. — C'est ainsi qu'Andronique racontait au prince anglais les victoires que les grands chefs d'armée de Charles-Quint devaient remporter quelques siècles plus tard. Pendant ce temps, la fée, sa bonne et fidèle compagne, retenait et gouvernait les vents, les rendant alternativement favorables en les modérant ou les déchaînant à son gré.

XXXVII. — Ils avaient déjà parcouru la mer de Perse et vu comment elle s'étend sur un si large espace, et, peu de jours après, ils entrèrent dans ce bras de mer à qui les mages ont donné leur nom. C'est là qu'ils débarquèrent et qu'ils dirigèrent la poupe de leur léger vaisseau vers le rivage. Ce fut là aussi qu'Astolphe, ne craignant plus les embûches et les efforts d'Alcine, prit son chemin par terre.

XXXVIII. — Il traversa plus d'une plaine, plus d'un bois, plus d'une montagne, plus d'une vallée. Souvent il eut à lutter, et de nuit et de jour, contre des brigands, marchant tantôt devant lui, tantôt par derrière; souvent il fut arrêté en son chemin par des lions et des dragons à la dent venimeuse et par d'autres animaux sauvages ; mais à peine avait-il approché le cor de sa bouche, que tous s'enfuyaient pleins d'épouvante.

XXXIX. — Il traversa l'Arabie heureuse, riche en myrrhe et en encens parfumé, et les lieux où le phénix a établi sa demeure de préférence au reste du monde. Enfin il parvint au bord de cette mer dont les flots vengeurs des enfants d'Israël engloutirent par l'ordre de Dieu Pharaon avec toute son armée. Puis il arrive à la terre des héros.

XL. — Il s'avançait le long du fleuve Trajan, sur un coursier qui n'a point son pareil dans le monde : sa course est si légère que ses pieds n'impriment sur le sable aucune trace. Il ne foule ni l'herbe ni même la neige dans sa course rapide. Il pourrait aller ainsi sur les flots de la mer, sans se fouler les pieds. Il est si prompt et si rapide qu'il devance la flèche, la foudre et le vent.

XLI. — C'est ce coursier qui fut celui d'Argail. Le feu et le vent l'avaient engendré; il ne mangeait ni foin ni

avoine; il ne se nourrissait que d'air pur. Son nom est
Rabican. Le duc poursuivant sa route se trouva un jour
près du confluent où la rivière de Trajan se perd dans
le Nil; mais il n'était pas arrivé jusqu'à son embouchure
qu'il vit s'avancer vers lui une barque rapide.

XLII. — Sur la poupe se tenait un ermite, ayant une
barbe blanche qui descendait jusqu'à la ceinture; il invitait le paladin à entrer dans sa barque en lui disant
de loin : « Si tu n'as pas la vie en haine et si tu ne veux
pas la perdre aujourd'hui, permets que je te passe de
l'autre côté du rivage; le chemin que tu tiens te conduirait tout droit au trépas.

XLIII. — « Tu n'auras pas fait six milles, que tu trou-
veras la sanglante demeure où se retire un horrible
géant qui dépasse de huit pieds la commune stature des
hommes. Il n'est point de chevalier ni de passant qui
puisse espérer lui échapper. Ce monstre cruel assomme
les uns, écorche les autres; plusieurs sont par lui mis
en pièces et quelques-uns dévorés tout vivants.

XLIV. — « Au milieu de ces cruautés, son plaisir est
de confectionner les filets avec beaucoup d'art; il les
tend à peu de distance de son antre et sait si bien les
cacher sous le sable que, lorsqu'on n'en est pas prévenu,
il serait impossible de s'en apercevoir, tant ils sont dé-
liés et subtilement agencés. De plus, il épouvante de ses
cris les voyageurs, tellement qu'il parvient à les faire
tomber dans ses filets.

XLV. — « Alors, en éclatant de rire, il les entraîne
ainsi enveloppés dans ses liens jusqu'à sa demeure. Il
ne respecte ni chevaliers, ni dames de grande ou de
petite condition. Quand il en a mangé la chair, sucé la
cervelle et le sang, il en jette les ossements dans la
campagne et pare horriblement tout l'intérieur de son
palais de leurs peaux.

XLVI. — « Prends donc, mon fils, prends cet autre
sentier qui te conduira en sûreté jusqu'à la mer. » Le chevalier, sans peur, se hâta de lui répondre : « Merci, mon

père, de l'avis que tu me donnes; mais sache que je me
soucie peu du danger quand il y va de l'honneur, lequel
m'est plus cher que la vie. C'est en vain que tu m'en-
gages à quitter ce chemin pour entrer dans ta barque.
Je n'ai plus que le désir d'aller tout droit à la caverne
de ce monstre.

XLVII. — « Je sais qu'en fuyant je ne puis sauver ma
vie qu'en perdant l'honneur, mais j'abhorre plus que la
mort un pareil salut. Au pis aller, si j'y vais, quelle périlleuse rencontre pourrais-je y faire, sinon d'y perdre
la vie comme tant d'autres l'ont fait avant moi? Mais si
Dieu soutient mon courage au point que le géant perde
la vie et que je conserve la mienne, je rendrai par ce
moyen le chemin libre à mille voyageurs. De sorte
que l'utilité sera plus grande que ne l'a été le dom-
mage.

XLVIII. — « J'aurai exposé la vie d'un seul homme
pour le salut d'une multitude d'autres. — Eh bien! répond
l'ermite, va donc en paix, mon fils, et que Dieu envoie
du plus haut des cieux l'archange Michel à ton secours. »
Ainsi parla l'ermite en lui donnant sa bénédiction.
Astolphe continue sa route tout le long du Nil, ayant
plus de confiance dans son cor que dans son épée.

XLIX. — Il se trouve en ces lieux sablonneux un
petit sentier entre le fleuve et le marais : il conduit à la
demeure solitaire du géant, séjour où l'on ne connaît
ni l'humanité ni l'intimité. Tout autour sont étalés les
têtes et les membres nus des malheureux qui ont abordé
dans ce lieu; il n'y a pas une fenêtre, pas un créneau
qui ne porte quelques membres suspendus.

L. — Tel un chasseur qui a couru les plus grands
dangers en poursuivant les ours dans les montagnes,
a coutume d'attacher à la porte de son château ou de sa
métairie leurs têtes, leurs griffes, leurs peaux velues
et leurs pattes, ainsi le géant agissait à l'égard de ceux
qui avaient montré le plus de courage en venant l'attaquer. Les ossements de plusieurs autres étaient épars

aux environs et il n'y avait aucun fossé qui ne fût rempli de sang humain.

LI. — Aligoran se tient debout à l'entrée de sa caverne. Tel est le nom de ce monstre impitoyable qui pare sa demeure de cadavres, comme un autre orne la sienne de tapisseries d'or et de pourpre. Aussitôt qu'il aperçut de loin le duc, la joie qu'il éprouva ne put être contenue, car deux mois déjà s'étaient écoulés et le troisième était commencé sans qu'aucun chevalier ne se fût engagé dans ce dangereux chemin.

LII. — Il court aussitôt vers le marécage qui était sombre et couvert de roseaux; il voulait devancer le paladin et fondre ensuite sur lui par derrière en le chassant vers les filets qu'il avait cachés dans le sable, de même qu'il avait déjà fait pour les autres étrangers que leur mauvaise fortune avait conduits dans ces lieux.

LIII. — Dès qu'Astolphe aperçoit le géant, il arrête son coursier, regardant toujours à ses pieds, de peur de tomber dans les filets, comme le lui avait recommandé le vieil ermite. Ce fut là qu'il eut besoin de recourir à son cor; le son qu'il en tira produisit son effet accoutumé; en l'entendant, en effet, le géant fut tellement épouvanté qu'il tourna aussitôt les épaules et prit la fuite.

LIV. — Astolphe continue à sonner, sans cesser cependant d'avoir les yeux attachés sur le sol, craignant toujours de tomber dans le piége. Le géant continue à fuir sans voir où il va, car le bruit lui a ôté la lumière des yeux en même temps que le courage. Enfin, sa frayeur est telle qu'il perd la tête et va se jeter dans les filets, dans lesquels il est saisi, enveloppé de toute part, et il tombe à terre étreint de mille nœuds.

LV. — Astolphe voyant étendu par terre cet énorme colosse et ne craignant plus pour lui-même, court à lui en toute hâte, met pied à terre, et s'apprête à venger l'épée à la main la mort des victimes immolées par ce monstre. Mais en le voyant pris dans ses filets, il se représente qu'il y aurait peu d'honneur et peu de courage à tuer un homme ayant les pieds, les bras, le cou si étroitement liés qu'il ne peut faire aucun mouvement.

LVI. — C'était Vulcain qui avait jadis façonné ces rets composés de mailles d'acier et travaillés si habilement que l'on se serait donné une fatigue vaine en essayant d'en rompre la plus petite maille. C'étaient ces mêmes filets que ce mari jaloux avait employés pour lier étroitement Mars et Vénus par les pieds et par les mains. Il n'avait eu d'autre but que de les prendre ainsi couchés ensemble dans un même lit.

LVII. — Mercure les déroba plus tard au dieu forgeron afin d'y prendre la belle Chloris qui vole dans les airs derrière l'aurore au moment où le soleil paraît et lorsque du pan de sa robe elle répand les lis, les roses et les violettes sur la terre. Mercure la saisit un jour et l'enveloppa dans ce filet au moment où elle volait dans les airs.

LVIII. — La nymphe s'élevait alors vers les lieux où le grand fleuve d'Ethiopie se décharge dans la mer. Les filets furent soigneusement gardés pendant plusieurs siècles à Canope dans le temple d'Anubis. Trois mille ans plus tard, Aligoran, après avoir brûlé la ville et pillé le temple, emporta avec lui les filets qui y étaient consacrés.

LIX. — Cet odieux géant savait si bien les disposer sur le sable que tous ceux auxquels il donnait la chasse s'y précipitaient, et à peine les avait-il touchés qu'ils se voyaient pris par le cou, par les pieds et par les bras. Astolphe défit un chaînon dont il lia les mains à ce misérable derrière le dos, et tout son corps fut tellement entouré qu'il lui fut impossible de s'en débarrasser, puis il le força à se lever.

LX. — Astolphe avait d'abord délié une partie de ses membres, car le géant était devenu plus doux qu'une jeune fille ; il résolut de l'emmener avec lui et de le montrer par toutes les villes, les châteaux et les villages. Voulant aussi conserver les filets, le plus bel ouvrage qu'aient jamais produit la lime et le marteau, il en charge les épaules du géant dont il fait une bête de somme qu'il emmène derrière lui en triomphe en le traînant en laisse.

LXI. — Il lui donne aussi à porter, comme à un valet, son casque et son bouclier, puis il se met en route, et partout où il passe il remplit de joie ceux qu'il rencontre, car chacun pourra désormais voyager en sûreté. Il marcha tant qu'il arriva tout près des tombeaux de Memphis si renommée par ses pyramides, et du côté opposé il aperçut le grand Caire.

LXII. — Tout le peuple courait en foule pour voir l'énorme géant. Est-il bien possible, se disait-on, que ce petit homme ait enchaîné ce colosse? Astolphe avait bien de la peine à s'avancer tant le peuple le pressait de tous côtés. Chacun l'admire, chacun lui rend les plus grands honneurs, comme à un chevalier d'une valeur extraordinaire.

LXIII. — Le Caire n'était pas aussi grand alors qu'il l'est aujourd'hui, s'il est vrai qu'avec ses dix-huit mille grandes rues il ne pouvait contenir tous ceux qui l'habitent. L'on dit encore que toutes les maisons ont pour le moins trois étages et que néanmoins une infinité de gens dorment dans la rue, enfin que le soudan habite un château merveilleux d'étendue, de richesse et de beauté.

LXIV. — Ce prince a réuni sous le même toit quinze mille de ses vassaux, tous chrétiens renégats, avec leurs femmes, leur famille, leurs chevaux. Astolphe voulut voir à Damiette par combien de bouches le Nil descend à la mer. Il prit cette résolution avec d'autant plus d'empressement qu'il avait entendu dire que quiconque prenait ce chemin y demeurait mort ou prisonnier.

LXV. — Il y avait en effet à l'embouchure du Nil un brigand demeurant dans une tour, qui désolait les voyageurs et les paysans; il avait pillé et dévasté le pays jusqu'aux portes du Caire. Personne ne pouvait lui résister. Chacun disait qu'on ne pourrait lui ôter la vie. Il avait en effet déjà reçu mille et mille blessures et jamais aucune n'avait pu lui faire perdre la vie.

LXVI. — Le prince d'Angleterre entreprend de combattre Horille, pour éprouver si la parque par son moyen tranchera le fil de ses jours et il arrive à Damiette ; de là il passe dans l'endroit où le Nil se perd dans la mer. Il aperçoit sur le rivage la grande tour où demeure le monstre enchanté, fruit d'une fée et d'un lutin.

LXVII. — Horille, c'était le nom du géant, était alors aux prises avec deux guerriers ; quoique seul, il les poussait si vigoureusement qu'ils avaient bien de la peine à lui résister. Cependant leur valeur était telle que le monde entier retentissait de leur renommée. C'étaient les deux fils d'Olivier, Griffon le blanc et Olivier le noir.

LXVIII. — Il est vrai que le magicien en était venu aux mains avec eux avec de grands avantages : il avait amené avec lui sur le terrain un animal féroce que l'on ne trouve que dans ces parages. Il vit dans le Nil ou sur ses bords et il dévore les malheureux qui s'approchent de la rivière ou les navigateurs qui en suivent les bords avec trop peu de précaution.

LXIX. — Cet animal, frappé par les deux frères, venait d'être étendu sur le sable auprès du port ; mais Horille n'avait pas besoin de lui quoique les deux frères fissent tomber en même temps sur lui leurs coups. Ils l'avaient plus d'une fois taillé en pièces sans parvenir à le tuer. On pouvait en effet lui couper tous les membres les uns après les autres sans lui ôter la vie. Lui enlevait-on une main, une jambe, il se les rattachait comme s'ils eussent été de cire.

LXX. — Griffon lui fend la tête jusqu'aux dents, Aquilan jusqu'à la poitrine, c'est inutile : Horille ne fait qu'en rire ; ceux-ci s'irritent de plus en plus en voyant l'inutilité de leurs efforts. Vous avez vu peut-être quelquefois tomber l'argent que les alchimistes ont nommé

mercure : d'abord il s'éparpille, puis ses gouttes séparées se réunissent. Il en était ainsi des membres de ce
géant.

LXXI. — Lui coupe-t-on la tête, Horille descend de
cheval et va tâtant partout jusqu'à ce qu'il la retrouve,
puis il la saisit par les cheveux ou par le nez, la rajuste
sur son cou et la cloue par je ne sais quel moyen. Quelquefois Griffon la saisit et à tour de bras la lance dans
le fleuve ; il n'en est pas plus avancé : Horille, nageant
comme un poisson, plonge au fond, revient bientôt après
sain et sauf avec sa tête sur ses épaules.

LXXII. — Deux belles dames convenablement parées,
vêtues l'une de blanc, l'autre de noir, regardaient ce
terrible combat dont elles étaient l'occasion. C'étaient
les deux fées bienfaisantes qui avaient élevé les fils
d'Olivier après leur avoir sauvé la vie dans leur enfance
en les arrachant aux serres cruelles de deux monstres
ailés.

LXXIII. — Ces monstres les avaient enlevés à leur
mère Gismonde et transportés loin de leur pays; mais
il n'est pas nécessaire que je m'étende sur cette histoire
connue de tout le monde quoique l'auteur, je ne sais
comment, se soit trompé à propos du nom de leur père
en prenant l'un pour l'autre. Quoi qu'il en soit c'est à la
prière de ces deux fées que les jeunes gens avaient livré
ce combat.

LXXIV. — Déjà dans ces climats le soleil qui éclairait les îles Fortunées venait de se coucher, les ombres
du soir commençaient à dérober la vue des objets
d'alentour imparfaitement éclairés par la lumière incertaine de la lune. Horille s'en retourna alors sous son rocher, car les deux dames avaient voulu interrompre le
combat jusqu'à ce que le soleil du lendemain ait paru
sur l'horizon.

LXXV. — Astolphe avait reconnu sur-le-champ Aquilan et Griffon à leurs armes et plus encore par les
grands coups qu'ils portaient. Il s'approcha d'eux promp-

tement pour les saluer et ceux-ci, reconnaissant en lui
l'homme qui menait le géant en laisse (on lui avait donné
le nom à la cour de chevalier du Léopard), l'accueilli-
rent avec une égale courtoisie.

LXXVI. — Les dames conduisirent les chevaliers
pour leur faire prendre du repos dans leur palais situé
à peu de distance; deux jeunes filles vinrent à leur rencontre jusqu'au milieu du chemin avec deux écuyers
portant des flambeaux allumés; leurs chevaux furent
remis à des écuyers qui durent en prendre soin. Les
deux guerriers se débarrassèrent de leurs armes; arrivés dans un jardin, ils y trouvèrent une table toute
préparée auprès d'une fontaine agréable et limpide.

LXXVII. — Ils font lier le géant sur le pré avec une
seconde chaîne très-forte à un chêne durci par les ans
que les secousses les plus violentes ne pouvaient
ébranler. Dix sergents sont chargés de veiller sur lui
pendant la nuit, de peur qu'il ne cherche à se détacher
pour venir les attaquer et peut être leur faire beaucoup
de mal pendant qu'ils dormiraient en sécurité et sans se
tenir sur leurs gardes.

LXXVIII. — Assis autour d'une table abondante et
somptueuse et dont la bonne chère faisait le moindre
agrément, ils employèrent tout leur temps à parler
d'Horille et de cette prodigieuse faculté qu'il avait, et
qui paraît plutôt un songe qu'une réalité, de pouvoir
ramasser soudain le bras ou la tête qu'on lui avait
coupés, de les remettre en place et de revenir plus fort
et plus fier qu'auparavant au combat.

LXXIX. — Astolphe avait déjà lu dans son livre où
sont consignés les moyens de conjurer les enchantements qu'il ne pourra triompher d'Horille et lui ôter la
vie s'il ne parvient à arracher de sa tête un cheveu fatal.
S'il parvient ou à l'arracher ou à le briser, aussitôt le
géant sera malgré son art privé de vie. C'était bien là
ce que disait le livre, mais il n'indiquait pas comment

il pourrait distinguer ce cheveu au milieu d'une crinière si épaisse.

LXXX. — Il ne s'en réjouit pas moins en comptant sur la victoire comme si déjà il l'avait remportée ; il croyait qu'il lui serait facile, après plusieurs coups, d'arracher au nécroman le cheveu et la vie. Il se chargera donc seul de toute l'entreprise et de tous les risques, et il est sûr de faire mourir Horille, si les deux frères ne lui refusent pas le plaisir de le combattre.

LXXXI. — Les deux jeunes gens lui accordent volontiers sa demande quoique persuadés qu'il se fatiguera en vain à combattre le géant. Aussitôt que la nouvelle aurore se fut élevée dans le ciel et que Horille fut descendu de sa roche dans la plaine, entre le duc et lui s'engagea le plus furieux combat. L'un était armé de sa massue et l'autre de son épée. Entre les mille coups qu'Astolphe lui portera il espère bien qu'il y en aura un qui lui séparera l'âme du corps.

LXXXII. — Tantôt d'un coup de massue il lui fait tomber le poing, tantôt l'un ou l'autre bras avec la main, quelquefois il coupe le géant en deux et fend sa cuirasse. Tantôt il taille dans son corps de nombreux morceaux ; mais Horille ramassant aussitôt ses membres coupés, revient sain et sauf. Quand bien même Astolphe l'eût tranché en mille pièces, il l'eût vu se rétablir immédiatement en son entier.

LXXXIII. — Enfin, après lui avoir donné vainement mille coups, il lui en porta un qui l'atteignit à l'extrémité des épaules, et lui enleva la tête. Aussitôt, plus agile et plus prompt qu'Horille, il sauta à terre, saisit d'une main l'horrible chevelure, remonta sur son cheval, puis galopant le long du cours du Nil, il l'emporta assez vite pour qu'Horille ne pût le rattraper.

LXXXIV. — L'insensé ne se doutant pas du fait, perd son temps à chercher sa tête dans le sable ; mais dès qu'il s'aperçoit que le cavalier, bride abattue, emporte sa tête à travers la forêt, il saute lui-même sur

son cheval, et le poursuit vivement. Il voulait crier :
Arrête, retourne, retourne ; mais Astolphe lui avait
emporté la bouche.

LXXXV. — Comme Horille n'avait pas perdu la trace
du fugitif, il conservait l'espoir de l'atteindre, et le
poursuivait à toutes brides ; mais Rabican, le merveilleux coursier, le laisse bien loin derrière lui dans la
campagne. Cependant Astolphe parcourt l'horrible chevelure depuis la nuque jusqu'au front, pour trouver s'il
le peut le cheveu fatal auquel Horille doit l'immortalité.

LXXXVI. — Mais parmi tant d'innombrables cheveux
il n'y en a pas un seul qui paraisse plus long ou plus
court que les autres. Lequel donc choisira Astolphe
pour donner la mort au brigand ? Il vaut mieux, dit-il,
que je les coupe ou que je les arrache tous ; mais,
n'ayant ni ciseaux, ni rasoir, il eut recours sur-le champ
à son épée qui coupe si bien que l'on pourrait dire
qu'elle rase.

LXXXVII. — Il saisit la tête par le nez, et se mit à
la tondre complétement dans tous les sens, et parmi la
touffe des cheveux il trouva par hasard celui qu'il cherchait. Aussitôt le visage d'Horille devint pâle et livide,
ses yeux tournèrent et des signes visibles montrèrent
qu'il allait mourir. Le tronc, qui courait à toutes jambes,
tomba dans le même moment de la selle, et donna dans
sa chute sur le sable le dernier signe de vie.

LXXXVIII. — Astolphe retourne à l'endroit où il
avait laissé les dames et les deux chevaliers. Il tient à
la main cette tête qui présentait toutes les apparences
de la mort, et montre de loin le tronc du géant étendu.
Je ne sais si les deux frères le revirent avec plaisir,
malgré l'aimable accueil qu'ils lui firent, car ils pouvaient bien être jaloux d'une victoire qu'ils auraient pu
remporter, et dont il leur avait enlevé l'honneur.

LXXXIX. — Je ne crois pas non plus que le résultat
de la bataille ait été bien agréable aux dames ; elles
avaient cherché, en mettant les deux frères aux mains

avec le géant, à prolonger par là leur propre destinée, car elles savaient qu'elles ne devaient plus avoir en France une durée bien longue ; elles espéraient la tenir ainsi en suspens jusqu'à ce que la malheureuse influence des astres se fût dissipée.

XC. — Dès que le châtelain de Damiette fut certain de la mort d'Horille, il lâcha une colombe qui avait sous l'aile une lettre attachée avec un fil. La colombe arriva au Caire et donna la nouvelle, puis on en lâcha une seconde pour un autre endroit, selon la coutume de l'Égypte, de sorte qu'en très peu d'heures on apprit dans tout le pays que le géant avait péri.

XCI. — Après avoir heureusement terminé cette entreprise, Astolphe pressa les deux jeunes gens d'interrompre leurs exploits d'Asie pour aller défendre la sainte Église. Ils n'avaient pas besoin d'être stimulés, ni excités pour abandonner les champs de bataille de l'Orient pour l'empire romain, et aller dans leur propre pays chercher la gloire des combats.

XCII. — Aquilan et Griffon prirent congé de leurs dames qui, malgré la douleur qu'elles éprouvaient, ne purent se dispenser de consentir à leur départ. Astolphe partit avec eux, prenant le chemin de la droite, résolu, avant de retourner en France, d'aller adorer les lieux saints où Dieu prit le corps d'un homme.

XCIII. — Ils auraient pu prendre leur chemin sur la gauche, et y trouver une route plus agréable et plus faite sans s'éloigner des bords de la mer, mais ils préférèrent prendre le chemin de la droite, quoiqu'il fût horrible et sauvage, parce qu'en le suivant ils devaient arriver six jours plus tôt dans la Palestine. On y trouve de l'eau et de l'herbe, mais le pays est dépourvu de toute autre chose.

XCIV. — Nos voyageurs furent donc obligés, avant de se mettre en route, de réunir toutes les provisions dont ils auraient besoin. Ils en chargèrent les épaules du géant, qui aurait bien pu porter en outre une tour. Sur la fin de ce voyage si pénible et si dur, ils découvrirent du haut d'une montagne la terre sainte où l'amour suprême voulut par son propre sang laver toutes les souillures humaines.

XCV. — En entrant dans la ville, ils rencontrèrent un jeune chevalier qui leur était connu. C'était Sansonnet de la Mecque qui avait, quoique à la fleur de l'âge, la sagesse d'un vieillard. Il était estimé de tous pour son extrême valeur et sa grande courtoisie ; il avait été converti à la foi chrétienne par Roland qui avait voulu lui donner le baptême de sa propre main.

XCVI. — Il était occupé, quand les deux chevaliers le rencontrèrent, à faire le plan d'une forteresse contre le Calife d'Égypte. Il voulait entourer le mont Calvaire d'une ceinture de murailles d'une étendue de deux milles. Ils reçurent de lui un accueil qui prouvait bien qu'il était joyeux de leur arrivée. Il les accompagna à l'intérieur de la ville, et les reçut libéralement dans son royal palais.

XCVII. — Il avait le gouvernement de cette terre, et il régnait sur le pays avec justice, au nom de Charlemagne. Astolphe lui fit présent de ce grand et démesuré géant qui, pour porter des fardeaux, avait la force de deux bêtes de somme, tant il était robuste. Il lui donna aussi le filet dans lequel il avait pris le géant et au moyen duquel il s'en était rendu maître.

XCVIII. — Sansonnet lui donna en retour pour son épée un riche baudrier, et, en même temps, une paire d'éperons ayant des boucles et des molettes d'or. On croit que ces armes avaient appartenu au saint chevalier qui délivra une jeune fille de la gueule d'un dragon. C'est à Jaffa qu'il s'en était emparé, ainsi que d'un grand nombre de riches dépouilles.

XCIX. — Après avoir reçu l'absolution de leurs péchés dans un monastère où l'on ne respirait que la vertu et la piété, ils visitèrent tous les temples, en adorant les mystères de la passion du Christ, ces temples vénérés qui, à la honte éternelle des chrétiens, sont aujourd'hui au pouvoir des impies Sarrasins. L'Europe est en armes, ardente à guerroyer de tous les côtés, excepté dans les lieux où elle devrait le faire.

C. — Pendant qu'avec une dévotion profonde nos guerriers s'occupaient uniquement d'indulgences et de pieuses cérémonies, un pèlerin grec connu de Griffon venait lui apporter les nouvelles les plus tristes et les plus fâcheuses. Elles étaient bien opposées à ses résolutions premières et à ses vœux ; elles firent naître dans son cœur tant d'angoisses et de troubles qu'il mit bientôt de côté toutes les oraisons.

CI. — Ce chevalier aimait pour son malheur une femme nommée Origile. Sa beauté, sa taille élégante étaient telles qu'on n'aurait pas trouvé son égale entre mille ; mais elle était d'une nature si déloyale et si perverse que l'on aurait pu parcourir les cités et les villes, le continent et les îles de la mer, sans y rencontrer, je le crois, sa pareille.

CII. — En quittant Constantinople, Griffon l'y avait laissée atteinte d'une fièvre aiguë et ardente ; au moment où il espérait la retrouver en retournant auprès d'elle plus belle que jamais, et qu'il espérait jouir de son amour, le pauvre jeune homme apprit qu'elle était partie pour Antioche avec un nouvel amant, ne pouvant, disait-elle, souffrir plus longtemps de vivre et de dormir seule dans un âge aussi tendre.

CIII. — Depuis le moment où Griffon apprit cette fâcheuse nouvelle, il ne fit que soupirer la nuit et le jour. Toutes les distractions, tous les plaisirs qui plaisent aux autres hommes lui parurent insupportables. Pensez combien il dut souffrir, vous qui avez essuyé les soucis de l'amour. Ce qu'il y avait de plus grave encore dans son martyre c'est que la honte ne lui permettait pas d'avouer le mal dont il souffrait.

CIV. — Car Aquilant, beaucoup plus sage, lui avait mille fois reproché sa faiblesse. Il avait essayé d'arracher de son cœur le souvenir de celle qui, à son avis, était la plus perverse de toutes les femmes qu'il connaissait. Griffon, de son côté, excusait celle que condamnait son frère, car bien trop souvent nous nous laissons égarer et tromper par ce qui nous flatte.

CV. — Il forma donc le dessein de partir seul pour Antioche sans en parler à son frère, pour enlever la femme qui lui avait enlevé à lui-même son cœur. Il voulait attaquer celui qui la lui avait ravie, et tirer de lui une vengeance éclatante dont il serait parlé dans tous les temps. Je vous dirai comment l'effet suivit sa pensée et ce qui lui arriva, mais ce sera dans un autre chant.

CHANT SEIZIÈME

ARGUMENT

Griffon trouve Origile près de Damas, accompagnée de Martan. — Rodomont entre seul dans Paris et y fait un grand carnage. — Renaud, guidé par le Silence, arrive avec l'armée d'Angleterre et d'Écosse au secours de la ville, attaque les assiégeants et déploie la plus brillante valeur. — Charlemagne repousse Agramant, et avec ses chevaliers s'efforce d'arrêter la fureur de Rodomont.

I. — Que de peines fait éprouver le dieu d'amour! J'en ai ressenti moi-même la plus grande partie et je me les rappelle si bien pour mon malheur que j'en puis parler en homme expérimenté. Ainsi donc, si je dis et si j'ai dit autrefois dans mes discours ou dans mes paroles que les chagrins d'amour sont doux et légers et qu'il y

en a d'autres qui sont cruels et rudes, vous pouvez vous
en rapporter à mon jugement.

II. — Je le dis, je l'ai dit, et je le dirai tant que je vivrai : celui dont le cœur est tombé dans les liens d'une
femme digne d'estime, lors même qu'elle ne répond à sa
tendresse que par des froideurs, quand bien même elle
ne satisferait aucun de ses désirs et qu'elle lui refuserait le prix de son amour, quand bien même il aurait
perdu et son temps et sa peine, ne doit pas se plaindre
pourvu qu'il ait placé dignement son cœur, dût-il en
être accablé et en mourir.

III. — Celui-là doit gémir qui s'est fait l'esclave de
deux beaux yeux, d'une belle chevelure, sous lesquels
se cache un cœur pervers, une âme basse et souillée
par le vice. Le malheureux voudrait fuir ; mais comme
le cerf il emporte partout avec lui le trait qui l'a blessé ;
il a honte de lui-même et de son amour, il n'ose en
parler et il fait de vains efforts pour en guérir.

IV. — Telle était la situation où se trouvait Griffon.
Il connaît son erreur et il ne peut la corriger, il voit à
quelle créature indigne il a donné son cœur en aimant
Origile, cette femme sans vertu et sans foi, cependant
une fatale habitude triomphe de sa raison, sa volonté
cède à l'entraînement de la passion. Toute perfide, tout
ingrate qu'elle est, il se sent irrésistiblement poussé à
chercher où elle est.

V. — Mais pour reprendre le fil de mon histoire je
dirai que Griffon sortit secrètement de la ville, n'ayant
pas osé en parler à son frère qui lui avait fait si souvent d'inutiles représentations. Il prit vers Rama la
route sur la gauche qui était la plus facile et la plus fré-
quentée, passa à Damas en Syrie et continua sa route
vers Antioche.

VI. — Il rencontra près de Damas le chevalier à qui
Origile ava idonné son cœur, et en vérité ces âmes
corrompues se convenaient l'une à l'autre aussi bien
que la fleur convient à sa tige. Ils avaient en effet tous

deux le cœur aussi léger. Si l'une était perfide, l'autre était un traître et, pour le malheur d'autrui, l'un et l'autre savaient cacher leurs vices sous les plus aimables apparences.

VII. — Le chevalier dont je parle venait, magnifiquement armé, sur un grand cheval de bataille, ayant à ses côtés Origile parée d'une robe tissue d'or et d'azur; il était suivi de deux serviteurs dont l'un portait un casque et l'autre un bouclier. Il avait toute l'apparence d'un guerrier résolu à se distinguer par sa magnificence aux joûtes de Damas.

VIII. — Une fête splendide que le roi de Damas avait fait annoncer dans les jours précédents engageait les chevaliers à s'y rendre dans le plus riche équipage qu'ils pourraient. Aussitôt que cette femme éhontée aperçut Griffon, elle eut peur d'essuyer ses reproches et de ressentir les effets de sa colère. Elle savait que son amant n'avait ni assez de force ni assez de courage pour la défendre et sauver sa vie.

IX. — Mais comme elle était aussi artificieuse que hardie, elle sut, quoiqu'elle tremblât de frayeur, si bien composer son visage et mettre tant d'art dans sa voix, qu'elle ne fit voir aucune apparence de trouble. Exécutant alors le projet concerté entre elle et son amant, elle feint une joie extrême, court vers Griffon les bras ouverts, se jette à son cou et y demeure longtemps suspendue.

X. — A ses gestes affectueux correspondaient les paroles les plus caressantes. « Quoi! dit-elle en pleurant, est-ce donc-là, seigneur, la récompense que mérite la femme qui vous adore et vous révère? Quoi! vous l'avez laissée seule pendant une année entière et déjà une seconde année commence et vous ne vous en inquiétez pas! Si j'étais restée pour attendre votre retour, je n'aurais jamais pu jouir de cet heureux moment.

XI. — « Quand j'espérais qu'à votre retour de Nicosie, où vous vous rendîtes à la grande cour qui y était

rassemblée, vous retourneriez promptement vers votre
Origile que vous aviez laissée en proie à une fièvre
brûl~ te et presque en danger de mourir, j'appris que
vous étiez passé en Syrie. Cette nouvelle fut pour moi
un coup si cruel que, ne sachant comment je pourrais
vous suivre, je fus sur le point de me percer le cœur
de mes propres mains.

XII. — « Mais la fortune a été pour moi plus favorable
et plus douce que vous ne l'aviez été : elle m'envoya
d'abord mon frère, sous la garde duquel je suis venue
ici sans que mon honneur courût le moindre risque, et
maintenant je lui dois encore votre heureuse rencontre
dont je fais plus de cas que de tout ce qui pourrait
m'arriver sur la terre. Elle se fait bien à propos, car si
vous eûtes tardé plus longtemps je serais morte de
douleur à force de vous attendre et de vous appeler de
tous mes vœux. »

XIII. — La perfide Origile, aussi rusée qu'un renard,
continua ses reproches avec tant d'artifices qu'elle fit
tomber tous les torts sur Griffon ; elle lui fit croire que
son compagnon était non-seulement son parent, mais
qu'ils devaient l'un et l'autre le jour à un même père.
Elle sait donner enfin à ses mensonges une couleur si
spécieuse que saint Luc et saint Jean ne lui auraient
pas paru plus véridiques.

XIV. — Au lieu donc d'accuser de perfidie cette femme
plus méchante encore que belle, au lieu de se venger de
son infâme complice, Griffon se crut encore trop heureux s'il pouvait obtenir d'elle son pardon, et il fait
même mille caresses au chevalier comme s'il eût été
véritablement le frère d'Origile.

XV. — Il se dirige avec lui vers les portes de Damas
et il apprend chemin faisant que le puissant roi de la
Syrie devait y tenir une brillante cour, que tout chevalier de quelque condition qu'il soit, à quelque religion
qu'il appartienne, chrétienne ou autre, jouira à l'inté-

rieur de la ville et au dehors d'une sécurité parfaite pendant tout le temps que durera la fête.

XVI. — Je ne suis pas cependant tellement astreint à suivre l'histoire de la perfide Origile, qui pendant toute sa vie à trahi mille et mille fois ses amants, que je ne retourne auprès des deux cent mille combattants et surtout aux flammes du terrible incendie qui ont causé tant de désastres et d'alarmes dans les murs de Paris.

XVII. — J'ai laissé mon récit au moment où Agramant venait d'attaquer une des portes de la ville qu'il croyait trouver sans défense. Au contraire il n'y en avait pas une seule qui fût mieux gardée, puisque Charlemagne s'y trouvait en personne ayant autour de lui les plus braves de l'armée, les deux Guys, les deux Angelini, Angelier, Avole, Avin, Othon et Béranger.

XVIII. — Devant Charlemagne, devant le roi Agramant, les guerriers de chaque armée sont fiers d'étaler leurs prouesses. Tous espèrent en faisant leur devoir obtenir ou des éloges ou des récompenses. Cependant les Maures ne firent pas d'assez grands exploits pour réparer leurs pertes, plusieurs d'entre eux périssent et tombent en faisant voir aux autres combien leur entreprise a été téméraire.

XIX. — Les flèches lancées sur les ennemis du haut des murs ressemblent à la grêle, les cris que font entendre chrétiens et infidèles portent la terreur jusqu'au ciel. Mais ayez un peu de patience, vous, Charles, et vous, Agramant, car je veux parler du Mars africain, de ce terrible et effrayant Rodomont qui court déjà au milieu de Paris.

XX. — Je ne sais, seigneur, si vous vous souvenez de ce Sarrasin si intrépide et si confiant en lui-même qui avait laissé entre le second et le premier rempart ses soldats en proie aux flammes dévorantes. Jamais on ne vit un spectacle plus affreux. J'ai dit, il vous en souvient, qu'il avait franchi d'un saut le fossé qui s'étend autour de la ville.

XXI. — Dès que l'on eut aperçu ce Sarrasin féroce,
et qu'on l'eut reconnu à ses armes étrangères et à ses
écailles de dragon, des lieux où les vieillards et la partie
la moins belliqueuse du peuple prêtaient l'oreille à toutes
les nouvelles qu'on leur rapportait, il s'éleva de tous
côtés des cris, des gémissements, des voix perçantes, et,
en même temps, des battements de mains retentirent
jusqu'aux cieux. Tous ceux qui purent fuir ne restèrent
pas à leurs places, ils coururent se renfermer dans les
temples et dans les maisons.

XXII.— Mais le robuste Sarrasin faisant la roue avec
son épée, ne permit qu'à un petit nombre de s'y réfugier. Ici, il fait voler une jambe ou un bras, là, il fait
sauter une tête bien loin du buste ; l'un est partagé par
le milieu du corps, l'autre est pourfendu droit depuis le
front jusqu'aux hanches, et de tant de gens qu'il tue,
qu'il frappe ou qu'il met et fuite, aucun n'ose le regarder en face.

XXIII. — Ce que fait le tigre d'un faible troupeau dans
les champs d'Hircanie ou dans le voisinage du Gange, ce
que fait le loup des chèvres et des brebis sur la montagne dont le poids écrase le géant Typhée, le cruel
Sarrasin en fait de même, je ne dis pas de ces troupes,
ni de ces bataillons, mais de cette vile multitude qui
mériterait de mourir avant d'avoir vécu.

XXIV. — Oui, parmi tant d'hommes qu'il taille, perce,
égorge, il ne se trouve personne qui puisse le regarder pleinement en face. Rodomont fier et terrible
court le long de cette grande rue si peuplée qui aboutit
au pont Saint-Michel, et en continuant à faire tourner
en rond son épée ensanglantée il ne fait pas plus d'attention au maître qu'au valet, il n'a pas plus de pitié du
juste que du pécheur.

XXV. — La religion ne peut défendre le prêtre, pas
plus que l'innocence ne sauve le jeune enfant et la jeune
fille au regard touchant et aux joues vermeilles ; il poursuit et frappe la vieillesse elle-même. Le féroce Sarrasin

ne montra pas moins de cruauté que de courage, frappant sans distinction ceux qu'il rencontre, sans égard pour le rang, le sexe ni l'âge.

XXVI. — La fureur de ce roi, le plus impie de tous les mortels, ne se borne pas à répandre le sang humain, elle s'étend aux maisons. Il incendie les plus beaux édifices et les églises profanées. En ce temps-là, les maisons étaient toutes de bois, ce qui n'est pas étonnant puisque aujourd'hui encore il y en six sur dix construites de la même matière.

XXVII. — Quoique l'embrasement s'étende partout, il ne paraît pas suffir pour assouvir sa rage; il regarde où il pourra accrocher ses mains, de manière à faire écrouler une maison à chaque secousse. Vous devez croire, seigneur, que la grosse bombarde que vous avez vue à Padoue n'aurait pas fait tomber une muraille aussi sûrement qu'une secousse donnée par le roi d'Alger.

XXVIII. — Si pendant que le Sarrasin maudit faisait par le fer et par la flamme tant de ravages, le roi Agramant avait attaqué plus vivement les murailles, toute la ville dans ce jour eût été perdue. Mais il n'en eut pas le loisir; il fut arrêté par le paladin qui venait d'arriver de la Grande-Bretagne et tombait sur lui avec les troupes anglaises et écossaises, guidé par l'ange et par le Silence.

XXIX. — Dieu voulut qu'à l'instant où Rodomont entrait dans Paris et y allumait un si terrible incendie, Renaud, l'honneur de la maison de Clermont, et les Anglais arrivassent près des murs de cette ville. Il avait fait jeter un pont de bois sur la Seine et pris une voie détournée sur la gauche, car décidé à tomber sur les barbares, il ne voulait pas être arrêté par le fleuve.

XXX. — Il avait envoyé six mille archers de pied sous la haute bannière d'Odoard et plus de deux mille hommes de cavalerie légère confiés à la conduite du brave Arimane. Il les avait fait passer par les sentiers qui viennent de la Picardie afin qu'ils pussent arriver à Paris par les portes de Saint-Martin et de Saint-Denis.

XXXI. — Il fit arriver par le même chemin les chariots et les bagages, et avec le reste de l'armée il prit lui-même un peu au-dessus un autre détour. Ils avaient avec eux des bateaux et des ponts avec les ustensiles nécessaires pour traverser la Seine qui n'était pas guéable. Toutes les troupes étant passées, il fit couper les ponts par derrière et rangea en bataille les Anglais et les Écossais, chacun sous leurs bannières.

XXXII. — Mais auparavant Renaud ayant réuni auprès de lui les barons et les capitaines sur le rivage, à un endroit élevé au-dessus de la plaine, d'où ils pouvaient être vus et entendus de tous : « Seigneurs, leur dit-il, vous avez bien des actions de grâces à rendre au ciel qui vous a guidés jusqu'ici, car avec un peu de fatigue vous allez vous élever au-dessus de toutes les autres nations.

XXXIII. — « Si vous faites lever le siége de la ville vous sauverez deux monarques, votre roi dont vous êtes obligés de défendre la liberté et la vie, et un des empereurs les plus renommés qui aient jamais tenu une cour au monde, et, avec eux, plusieurs rois, ducs, marquis, seigneurs et chevaliers d'un grand nombre de pays.

XXXIV. — « Ainsi en sauvant une seule ville vous n'aurez pas sauvé uniquement les Parisiens qui sont beaucoup moins alarmés des périls qui les menacent eux-mêmes qu'ils ne sont attristés et inquiets pour leurs femmes et leurs enfants qui doivent partager leur sort et pour les pieuses vierges renfermées dans les monastères et qui sont aujourd'hui exposées à avoir fait des vœux inutiles.

XXXV. — « Oui, en sauvant cette belle cité, vous n'obligerez pas seulement les Parisiens, mais toutes les contrées d'alentour. Je ne parle pas seulement des peuples voisins, mais il n'y a pas dans toute la chrétienté un pays qui n'ait pas à Paris un seul de ses habitants. De sorte qu'en remportant la victoire vous gagnerez la reconnaissance de tous les peuples plus encore que celle de la France.

XXXVI. — « Si les anciens décernaient une couronne à celui qui avait sauvé la vie d'un citoyen, quelle récompense n'aurez-vous pas méritée vous qui aurez sauvé une multitude infinie! Mais si par jalousie ou par lâcheté vous laissez inachevée une œuvre si sainte, croyez-moi, cette ville tombant au pouvoir des infidèles, il n'y aura plus de sûreté ni pour l'Italie ni pour l'Allemagne.

XXXVII. — « Les lieux mêmes où l'on adore celui qui pour nous racheter fut attaché à une croix n'échapperont pas à ces barbares. Ne croyez pas que les Maures soient tellement éloignés de votre royaume, quoique environnés de tous côtés par la mer, qu'ils ne puissent réussir à s'en emparer. S'ils ont bien autrefois traversé le détroit de Gibraltar et les colonnes d'Hercule, que ne feront-ils pas lorsqu'ils seront devenus maîtres de notre pays ?

XXXVIII. — « Mais quand même ni l'honneur ni votre propre intérêt ne vous exciteraient à tenter cette entreprise, il est un devoir pour tous, c'est de nous secourir les uns les autres, puisque nous combattons pour la même Église. Qu'aucun de vous ne doute de triompher bientôt de ses ennemis et même sans de grands efforts, car toutes ces troupes païennes me semblent sans expérience, sans discipline, sans courage et sans armes. »

XXXIX. — C'est par de semblables discours, renforcés encore par d'autres raisonnements, que Renaud, parlant d'une voix assurée et claire, parvint à animer ces magnanimes barons et toute cette armée belliqueuse. Ce fut, comme dit le proverbe, donner de l'éperon au coursier qui va déjà très-vite. Ce discours achevé, Renaud fit peu à peu avancer ses troupes, après les avoir rangées sous leurs bannières respectives.

XL. — Sans aucun bruit et dans le plus profond silence, Renaud divisa cette armée en trois corps. i accorda à Zerbin l'honneur d'attaquer le premier les

barbares le long du fleuve. Il fit prendre un long dé
tour à ceux d'Irlande pour s'étendre dans la campagn
Le milieu est occupé par les cavaliers et les fantass
Anglais sous la conduite du duc de Lancastre.

XLI. — Renaud chevauche le long de la Seine, ap
avoir ainsi disposé ses troupes; il devance bientôt
prince Zerbin et toute l'armée qu'il commandait. Il su
prend le roi Othon, le roi Sobrin et les autres guerriers
qui occupent l'espace compris entre les troupes espa
gnoles, espace d'un demi-mille où ils gardaient de ce côté
la campagne.

XLII. — Les chrétiens, arrivés sous une si fidèle et
si sûre escorte, puisqu'ils étaient gardés par un ange et
par le Silence, ne purent cependant retenir longtemps
leurs voix captives. Dès qu'ils aperçurent les ennemis
ils poussèrent des cris, et aussitôt éclata le son aigu des
trompettes. Ces clameurs immenses s'élevant jusqu'au
ciel glacèrent de terreur l'armée des Sarrasins.

XLIII. — Renaud pousse en avant son coursier, la
lance en arrêt, laisse les Écossais derrière lui à une
portée d'arc, tant il est impatient de frapper les premiers coups. Tel qu'un tourbillon de vent entraînant
après lui une horrible tempête, l'intrépide chevalier
s'élance hors des rangs, et fond sur l'ennemi en piquant
des deux son cheval Bayard.

XLIV. — En voyant paraître le paladin français, les
Maures pressentent le malheur qui les menace. L'on
voit les lances leur trembler à tous dans les mains, les
pieds s'agiter et les corps chanceler sur les arçons. Le
roi Pullian, qui ne connaissait pas Renaud, seul ne manifeste aucune crainte et ne change pas de visage. Ne
croyant pas avoir affaire à un si terrible adversaire, il
pousse contre lui son cheval au galop.

XLV. — Il s'appuie en partant sur sa lance, affermit
toute sa personne sur la selle, rassemble toutes ses
forces, et pique des deux en lâchant toutes les rênes de
son coursier. D'un autre côté, le fils d'Aymon, ou plutôt

le fils de Mars, ne dément pas sa valeur et montre par
ses actions qu'il est digne du nom qu'il porte, tant il
déploie en combattant d'art et de grâce.

XLVI. — Les deux guerriers se portèrent des coups
terribles avec la même habileté, dirigeant les fers de
leurs lances vers la visière; mais la valeur et l'effet de
leurs armes furent différents : Renaud passa en avant
et Pullian tomba mort sur la place. C'est qu'il ne suffit
pas de donner les plus éclatantes marques de sa valeur
et de mettre la lance en arrêt avec grâce, il faut encore
avoir pour soi la fortune, sans laquelle la plus grande
valeur n'est que rarement, sinon jamais, suffisante.

XLVII. — Remettant aussitôt sa lance en arrêt, Renaud pousse rapidement son cheval du côté du roi
d'Oran qui n'avait qu'un cœur timide et que bien peu
de courage, mais dont la chair et les os étaient de la
plus riche dimension. Le coup que lui porta Renaud
peut être considéré comme un des plus beaux dont on
ait conservé le souvenir. Quoique la lance n'eût porté
que dans le bas du bouclier, il ne faut pas que l'on en
blâme Renaud, et on doit bien l'excuser, car la taille du
géant ne permettait pas à Renaud de l'atteindre plus
haut.

XLVIII. — Le bouclier quoique formé de l'acier le
plus fin, doublé de palmier, ne put empêcher le coup
d'entrer, ni cette âme hors de proportion avec ce grand
corps de sortir par le ventre. Le cheval, qui s'attendait
à porter son maître pendant tout un jour, dut en remercier Renaud, puisque, délivré du poids énorme qui le
surchargeait, il put, grâce à cette rencontre, ne pas
souffrir de la chaleur plus longtemps.

XLIX. — Renaud, voyant sa lance rompue, tourne son
cheval et le pousse si vivement qu'on dirait qu'il a des
ailes. Il attaque avec impétuosité la masse la plus
épaisse des ennemis. Il fait brandir cette sanglante flamberge avec tant de légèreté, que les ennemis semblent
n'être protégés que par des armures de verre. Le fer

le mieux trempé ne peut arrêter cette épée tranchante,
ni l'empêcher de se plonger jusque dans la chair vive.

L. — Partout où frappe l'épée, elle ne trouve pas
d'armures sans les enfoncer et les traverser. Mais alors
elle ne rencontre que de petits boucliers ou de cuir ou
de bois, des cottes d'armes piquées et des turbans ; rien
n'est donc plus facile à Renaud que de renverser sur la
poussière tous ceux qu'il attaque. Transpercés, mis en
pièces et assommés, ils ne peuvent pas plus résister à
ses coups que l'herbe ne résiste à la faux ou les blés
à la tempête.

LI. — Il avait déjà mis en déroute le premier corps
de bataille, quand Zerbin arriva avec l'avant-garde. Ce
chevalier s'avançait d'un air martial, la lance en arrêt,
et les soldats rangés sous sa bannière le suivaient en
montrant la même fierté et le même courage. C'étaient
autant de lions et de loups se jetant sur des troupeaux
de chèvres ou de moutons.

LII. — Quand ils furent arrivés près des ennemis, ils
poussèrent à la fois leurs chevaux de l'éperon, et fran-
chirent en un instant le petit intervalle, le faible espace
qui séparait les deux armées. On n'assista jamais à une
pareille scène. Les Écossais seuls frappaient et les
païens ne faisaient que tomber, comme s'ils eussent
été conduits au supplice.

LIII. — Le païen semble plus froid que la glace, l'É-
cossais est tout feu et tout flamme ; pour les Sarrasins
chaque chrétien semblait avoir le bras de Renaud. Cependant le roi Sobrin, sans attendre le signal d'Aralde,
fait avancer ses soldats ; sa petite troupe était mieux
armée, plus vaillante et conduite par un meilleur capitaine que la première.

LIV. — C'était même la moins imparfaite qu'eussent
les Sarrasins d'Afrique. Il s'en fallait cependant de beaucoup qu'elle fût bonne. Dardinel s'avance aussitôt avec
la sienne, mal armée et peu préparée pour la bataille.
Il portait en tête un casque brillant et il était couvert

d'armes superbes et de riches cottes de mailles. Le quatrième corps d'armée qui vint ensuite sous les ordres d'Isolier était, je crois, supérieur aux trois autres.

LV. — Le brave Thrason, duc de Marr, tout joyeux de se voir en mesure de se signaler, voyant Isolier s'avancer avec les troupes de Navarre, donne le signal à sa cavalerie et l'exhorte à combattre de manière à remporter la victoire. Ariodant, duc d'Albanie, fait aussi marcher ses soldats en avant.

LVI. — L'éclat retentissant des trompettes sonores, des tambours et des instruments de ces barbares, joint au bruit continuel des arcs, des frondes, des roues, des machines de guerre de tous genres, et plus encore le tumulte, les cris, les gémissements qui s'élèvent jusqu'au ciel, produisent un vacarme égal à celui que font entendre les cataractes du Nil dont la chute assourdit tous les peuples voisins.

LVII. — Une ombre épaisse remplit tout le ciel d'alentour, produite par les flèches qui partent des deux camps; l'haleine, la sueur des soldats échauffés et la poussière forment dans l'air un épais brouillard. Là, s'avance tantôt un corps d'armée, tantôt un autre; vous eussiez vu de tous côtés, l'un s'enfuir, l'autre le poursuivre. Là aussi, le soldat tombe mort dans le lieu même ou près du lieu où il vient de tuer son ennemi.

LVIII. — Une troupe est-elle épuisée et rompue par la fatigue, une autre aussitôt s'avance pour prendre sa place. De côté et d'autre, les bataillons se grossissent sans cesse. Une terrible mêlée met aux prises ici les cavaliers et là les fantassins; le sang rougit la terre où le combat s'engage, il donne sa couleur aux herbes froissées. Cette terre, où fleurissaient naguère les fleurs les plus variées, n'offre plus que les corps des hommes et des chevaux immolés.

LIX. — C'était Zerbin, qui entre tous ces guerriers, se distinguait le plus par ses hauts faits. Jamais guerrier si jeune n'avait donné tant de preuves de valeur. Il taille, il tue, il anéantit les troupes païennes qui l'assaillent de tous côtés. Ariodant donne à ses nouveaux sujets d'éclatantes preuves de sa vaillance. Il émerveille et remplit de terreur les soldats de Navarre et de Castille.

LX. — Chelinde et Morgue, tous les deux bâtards de feu Calabran, du feu roi d'Aragon, et un autre guerrier de Barcelone, Calamidor, déjà renommé par ses hauts faits, ont laissé derrière eux leurs étendards, et, dans l'espoir d'acquérir à la fois honneur et récompense, viennent attaquer Zerbin par derrière, espérant le mettre à mort, et ils frappent dans les flancs le coursier qui le porte.

LXI. — Percé par leurs trois lances, le coursier tombe mort. Zerbin se relève aussitôt et lève son bras pour punir les auteurs de cet acte de lâcheté. Morgue qui s'attendait à prendre facilement Zerbin démonté, se présente le premier à ses coups; il est atteint mortellement d'un coup de lance dans le flanc; il tombe pâle et glacé sur la poussière.

LXII. — Chelinde, témoin de la mort de son frère, pousse son cheval avec fureur sur Zerbin, espérant le renverser du choc; mais celui-ci, saisissant fortement la bride, renverse sur son maître le cheval qui, n'ayant jamais pu se relever, n'eut plus besoin à l'avenir ni d'orge ni de paille. Zerbin d'un seul coup tue le cheval et le cavalier.

LXIII. — Calamidor, épouvanté d'un coup si terrible, tourne la bride de son coursier et se met à fuir. Zerbin lui lance par derrière un grand coup de taillant en lui criant : « Attends-moi, attends-moi, traître ! » Mais le coup n'atteignit pas le point sur lequel il était dirigé, il ne s'en éloigna pas beaucoup; mais ce fut le cheval qui, le recevant sur la croupe, roula par terre.

LXIV. — Le Sarrasin abandonne son coursier et marche à quatre pattes pour se sauver. Tentative inutile ; le duc

Trazon se trouve sur son passage, lui passe sur le ventre et l'écrase du poids de son cheval. Ariodant et Lurcain s'élancent à l'endroit où Zerbin est accablé par une foule d'ennemis qu'ils amènent avec eux. D'autres chevaliers et d'autres seigneurs renommés font les plus grands efforts pour remonter Calamidor.

LXV. — Ariodant brandissant son épée en fait sentir le poids à Morgan et à Artalique, mais la puissance du guerrier se manifeste encore plus contre Etéarque et Casimir. Sur ces quatre adversaires, deux tombent morts et les deux autres sont mortellement blessés. Lurcain, de son côté, déploie toute sa valeur; il heurte, frappe, renverse les Sarrasins et en fait un horrible carnage.

LXVI. — Ne croyez pas, seigneur, qu'en ce même temps le combat fût moins terrible dans la plaine que sur le bord du fleuve, ni que les troupes commandées par le vaillant duc de Lancastre restassent en arrière sans combattre. Ce duc, à la tête des Anglais, avait attaqué la troupe espagnole. Le combat fut longtemps incertain, car fantassins, cavaliers et capitaines de part et d'autre déployaient une vigueur égale.

LXVII. — A leur tête marchent Oldrade, duc de Glocester et Fieramont, duc d'York. Ils sont accompagnés de Richard, comte de Warwick et du vaillant Henri, duc de Clarence. Ils ont devant eux Mataliste, Follicon et Barcion s'avançant avec toute leur suite; le premier guide les troupes d'Almérie, le second celles de Grenade et le troisième celles de Mayorque.

LXVIII. — Longtemps le combat resta incertain sans que l'un des côtés prît le dessus. On voyait s'avancer tantôt les chrétiens, tantôt les infidèles, ainsi que des épis que le vent agite, ou tels encore que les flots mobiles de la mer qui vont et viennent tour à tour sur le rivage sans jamais tenir la même route. Mais la fortune, après s'être longtemps jouée au milieu de ces luttes cruelles, devint fatale aux Maures et leur tourna le dos.

LXIX. — Sans perdre un instant, le duc de Glocester

fait vider les arçons à Mataliste, Fieramont blesse à l'épaule droite Follicon et le renverse sur la poussière. Ces deux guerriers demeurent au pouvoir des Anglais, qui les emmènent prisonniers. Dans le même moment Barcion perdait la vie sous les coups du duc de Clarence.

LXX. — A partir de cet instant, les païens furent tellement épouvantés et les fidèles s'animèrent d'une ardeur si vive, que les premiers ne firent plus autre chose que de battre en retraite en quittant leurs rangs, et les seconds que s'avancer, gagner du terrain et poursuivre les ennemis. Si ces derniers n'eussent été secourus à temps, tout le camp occupé de ce côté par eux aurait été perdu.

LXXI. — Mais Ferragus, qui jusqu'alors ne s'était point séparé du roi Marsille, voyant fuir cette bannière et cette armée à moité détruite, piqua son coursier et le poussa au plus fort de la mêlée. A peine arrivé, il voyait tomber Olympe de la Serre, la tête fendue et renversé de son coursier.

LXXII. — Olympe était un tout jeune homme qui se vantait par les doux accents de sa voix unie aux sons de la lyre, d'attendrir tous les cœurs, fussent-ils du marbre le plus dur. Il eût été bien heureux s'il avait su se contenter de cette gloire et pris en horreur le carquois, l'arc, le bouclier, la lance et le cimeterre, qui lui firent trouver la mort en France, à la fleur de l'âge.

LXXIII. — Ferragus, qui l'aimait et le tenait en grande estime, le voyant tomber, fut plus affligé de sa mort que de celle des milliers de guerriers déjà renversés sur le champ de bataille. Il s'élança sur celui qui l'avait tué et lui asséna sur la tête un si violent coup d'épée qu'il le fendit en deux parties, depuis le cimier de son casque jusqu'à la poitrine, en traversant le front, les yeux et la figure, et l'étendit mort sur la place.

LXXIV. — Il ne se borne pas à cette vengeance; il promène son épée dans la foule, brise tous les casques et entaille les cuirasses; il blesse l'un au front, l'autre à la joue; à celui-ci il coupe la tête, à celui-là le bras; il enlève la vie à tant de gens, il répand tant de sang que le combat s'arrête dans cet endroit, car cette vile multitude de soldats effarés, dissipée et taillée en pièces s'enfuit de tous côtés.

LXXV. — Le roi Agramant, jaloux de donner des preuves de sa valeur et de répandre le sang, engage aussi le combat, ayant avec lui Balivers, Farusan, Pruzzion, Sozidant et Bambirage. Quant à cette foule sans nom, dont le sang versé dans ce jour dut former un véritable lac, elle était si nombreuse qu'il me serait plus facile de compter les feuilles tombées des arbres en automne que de faire le compte des combattants.

LXXVI. — Agramant ayant retiré des murs de la ville une grande troupe de fantassins et de cavaliers, les envoie aussitôt sous la conduite du roi de Fez. Il lui ordonne de marcher par derrière les tentes pour s'opposer aux Irlandais qu'il voyait s'avancer rapidement, après avoir fait de grands circuits et de larges détours, vers le camp pour s'y ranger en bataille.

LXXVII. — Le roi de Fez exécute aussitôt cet ordre, voyant bien que le moindre retard aurait des conséquences funestes. Le roi Agramant ramasse le reste de ses troupes, les partage en bataillons et les envoie au combat. Lui-même s'avance vers le fleuve où l'on avait grand besoin de sa venue. Le roi Sobrin lui avait envoyé un hérault pour implorer son secours.

LXXVIII. — Cette troupe composait plus de la moitié de son armée; le bruit de sa marche fait trembler les Écossais; leur terreur est si grande, qu'infidèles à l'honneur, ils abandonnent leurs rangs. Zerbin, Lurcain et Ariodant, restés presque seuls, soutinrent vaillamment ce choc furieux; mais le premier, qui se trouvait encore à pied, eût péri peut-être si le brave Renaud ne fût venu à propos à son secours.

LXXIX. — Ce généreux guerrier qui ailleurs venait

17.

de mettre en fuite plus de cent escadrons, apprenant la triste nouvelle du péril que courait Zerbin resté seul à pied au milieu de l'armée d'Arène, abandonné par ses propres troupes, tourna aussitôt la bride de son coursier et accourut précipitamment vers le lieu où il voyait fuir les Écossais.

LXXX. — Il arrive sur le champ de bataille auquel il tournait le dos ; il les arrête et leur crie : « Où allez-vous ? Pourquoi cédez-vous à une lâcheté si infâme, en abandonnant le champ de bataille à de si méprisables adversaires ? Sont-ce donc là les dépouilles dont on me dit que vous voulez orner vos églises ? Oh ! quel honneur, oh ! quelle gloire de laisser seul et à pied le fils de votre roi ! »

LXXXI. — En disant ces mots, il saisit des mains de son écuyer une pesante lance et, apercevant près de lui Prusion, roi des Alvaraches, il se précipite sur lui et le jette sans vie hors des arçons. Il tue Agricolte, renverse Bambirage et blesse cruellement Soridan qu'il aurait tué comme les autres si sa lance avait été plus forte.

LXXXII. — La lance vole en éclats ; Renaud saisit son glaive et en frappe Serpentin, chevalier de l'Etoile ; celui-ci avait des armes enchantées, mais le coup qui le frappe ne le renverse pas moins de la selle, à moitié mort. Renaud fait donc ainsi une large place au chef de la nation écossaise, qui sans difficulté peut alors monter sur un des chevaux qui n'ont pas de maîtres.

LXXXIII. — Il s'était mis en selle bien à propos. Un peu plus tard il n'eût pu le faire, car Agramant et Dardinel, Sobrin et Balastre arrivèrent tous quatre à la fois ; mais Zerbin, remonté heureusement sur un cheval, déjà promenait son épée de côté et d'autre, envoyant tantôt l'un, tantôt l'autre dans les sombres demeures, afin d'y porter des nouvelles de ce qui se passait sur la terre.

LXXXIV. — L'intrépide Renaud, qui avait toujours l'œil fixé sur ceux qui faisaient le plus de ravage, tire son épée contre Agramant qui lui paraît un adversaire

redoutable et terrible, car à lui seul il frappait plus de
coups que mille autres. Il fond sur lui avec Bayard et il
le frappe à propos et le heurte avec tant de force qu'il le
renverse sur la terre avec son cheval.

LXXXV. — Pendant que hors des murs se livrent ces
combats terribles, que la haine, la rage, la fureur poussent les deux armées l'une contre l'autre, Rodomont dans
Paris massacre tous les habitants, met le feu aux palais
et aux églises. Charlemagne ne voit rien et n'apprend
rien de ce qui se passe à l'intérieur de Paris. Il venait
d'accueillir Odoard et Ariman, entrant dans la ville avec
les troupes anglaises.

LXXXVI. — Un écuyer pâle et pouvant à peine respirer se présente à lui et lui dit : « Hélas, seigneur ! »
répétant plusieurs fois ce mot avant de pouvoir prendre
haleine et continuer. « Hélas ! l'empire romain est aujour-
d'hui détruit, anéanti ! aujourd'hui le Christ a abandonné
son peuple ! Il est tombé des nues aujourd'hui un vrai
démon pour détruire de fond en comble cette ville et la
rendre inhabitable.

LXXXVII. — « Satan (car ce ne peut être que Satan)
détruit et abîme cette malheureuse cité ; tournez-vous et
voyez les tourbillons de fumée qui s'échappent de la
flamme rouge et dévastatrice. Écoutez ces plaintes qui
percent la nue, attestant la vérité des paroles de votre
fidèle serviteur. C'est un seul, un seul guerrier qui met à
feu et à sang ce beau pays et qui fait tout fuir devant lui. »

LXXXVIII. — Charlemagne, en apprenant ce désastre,
ressembla à un homme qui, entendant d'abord le tumulte,
puis le triste son du tocsin, aperçut tout à coup un incendie qu'il ignorait seul, quoique ce malheur le touchât
plus que personne. Il marcha droit aux lieux où il entendait plus de cris et de rumeur, à la tête de ses meilleurs soldats.

LXXXIX. — Il ordonne à ses paladins, à ses guerriers
les plus vaillants de le suivre ; il fait porter ses étendards sur la place où le païen exerçait le plus de car-

nage; il entend les cris, il voit les horribles marques de sa cruauté, des membres humains épars de tous côtés... Mais je m'arrête : ceux qui voudront savoir la suite de cette histoire l'apprendront plus tard.

CHANT DIX-SEPTIÈME

ARGUMENT

Charlemagne attaque Rodomont. — Griffon arrive au tournoi de Damas avec Origile et Martan. — Il renverse tous les chevaliers. — Martan s'empare de l'armure de Griffon et se fait donner le prix de la joûte. — Griffon se voit obligé de se servir de l'armure de Martan et se met à sa poursuite. — On le prend pour Martan et il est promené dans la ville au milieu des huées. — Il se précipite sur la foule l'épée à la main.

I. — Quand nos crimes sont devenus indignes de pardon, Dieu, pour faire voir que sa justice égale sa bonté, permet souvent à des tyrans et à des barbares de régner; il leur donne la force et le génie nécessaires pour faire le mal. C'est dans ce dessein qu'il envoie sur la terre les Marius, les Sylla, les deux Néron et l'insensé Caligula.

II. — Il envoie pareillement sur la terre et Domitien et le dernier des Antonins. Pour la même raison, il a choisi au milieu de la plus infime et de la plus immonde populace, l'italien Maximin, pour faire de lui un empereur. Dans les temps anciens, il avait fait naître Créon à Thèbes, donné le trône d'Étrurie à Mézence, ce monstre qui engraissa la terre de sang humain. Plus récemment il livra l'Italie aux fureurs des Huns, des Lombards et des Goths.

III. — Que dirai-je d'Attila, de l'horrible Ezzelin, de Romani et de mille autres que Dieu, las de nos crimes et de nos iniquités incessantes, a envoyés pour nous punir et nous châtier? Ce n'est pas seulement dans les temps reculés que Dieu envoya ces fléaux : sa justice nous frappe encore nous-mêmes quand il nous donne pour pasteurs des loups ravissants, nous regardant comme des troupeaux inutiles ou infectés par le mal.

IV. — La faim de ces loups ne leur suffisant pas pour dévorer tant de victimes, ni leur ventre pour contenir leurs chairs, il appelle des loups plus affamés encore des forêts ultramontaines pour achever leur destruction. Les ossements privés de sépulture qui encombrent Cannes, le lac de Trasimène et la Trébie sont peu de chose en comparaison de ceux qui ont engraissé les rivages et les plaines arrosées par l'Adda, la Mella, le Ronco et le Taro.

V. — Oui, Dieu veut que nous soyons punis par des peuples peut-être plus méchants que nous, des crimes infinis, des honteuses erreurs dont nous sommes coupables. Il viendra un temps, si jamais nous devenons meilleurs, où nous irons aussi porter la dévastation chez eux, quand leurs crimes arriveront au point d'exciter le courroux et l'indignation de son éternelle bonté.

VI. — Il fallait bien que les excès des chrétiens eussent courroucé la Divinité et troublé son front auguste, pour que le Turc et le Maure portassent sur leur territoire l'insulte, l'outrage, le meurtre et la ruine. Mais de tous les maux qu'ils souffrirent, les plus horribles leur furent infligés par Rodomont. Rappelez-vous que je vous ai dit que Charlemagne, ayant appris les massacres auxquels il se livrait, s'était hâté de se rendre sur les lieux où s'exerçaient ses fureurs.

VII. — Il voit partout où il passe son peuple mutilé, ses palais incendiés, les temples détruits et la ville

presque entièrement déserte. Jamais plus cruel spectacle
n'affligea les regards : « Où fuyez-vous, malheureux
emportés par la frayeur ? N'est-il aucun de vous qui
s'arrête et qui ose contempler nos désastres ? Ah ! si
vous laissez si lâchement perdre cette cité, quelle ville
et quel refuge vous restera-t-il ?

VIII. — « Eh quoi ! un seul homme renfermé dans
vos murs d'où il n'a pu s'échapper, n'en sortira que
lorsqu'il vous aura tous fait mourir et vous n'aurez osé
lui porter la moindre atteinte ? » Ainsi parlait Charlemagne qui, enflammé de colère, ne pouvait supporter un
pareil affront. Il arrive lui-même là où le Sarrasin
faisait de son peuple une horrible boucherie, jusques
auprès des portes de la grande cour du palais.

IX. — Une foule nombreuse s'y était déjà réfugiée,
espérant y trouver un asile, car le palais, entouré de
hautes murailles, était pourvu de provisions assez abon-
dantes pour soutenir un long assaut. L'insensé Rodomont, que l'orgueil et la fureur enivraient, occupait à lui
seul toute la place, et d'une main qui bravait la nature
entière, faisait tournoyer son épée; de l'autre, il lançait
autour de lui la flamme.

X. — Il frappait et faisait retentir de ses cris les
portes de la demeure royale, haute et majestueuse. Le
peuple jetait d'en haut sur lui les créneaux et les tours;
se croyant déjà perdu, il ne se souciait guère de voir
s'écrouler les maisons; il faisait voler également le bois,
les pierres, les pilastres, les colonnes, les poutres dorées,
si longtemps admirés par ses pères et par ses aïeux.

XI. — Debout sur le seuil, se dressait le roi d'Alger
tout brillant de l'armure d'acier dont sa tête et tout son
corps étaient couverts. Tel, sorti de ses sombres retraites,
un serpent, après avoir dépouillé sa peau usée par le
temps, tout fier de la nouvelle écaille qui le couvre et se
sentant rajeuni et renouvelé, plus fort que jamais, darde
sa triple langue; le feu sort de ses yeux et, partout où
il passe, son aspect fait fuir les animaux.

XII. — Pierres, créneaux, poutres, arcs, arbalètes tombent en vain sur le Sarrasin; rien ne peut ralentir les coups de sa main sanglante qui secoue, taille et met en pièces la grande porte du palais. Il a fait à l'intérieur une telle ouverture qu'il peut être aperçu de tous les malheureux qui remplissent la cour. Il les voit lui-même portant sur leur visage la pâleur de la mort.

XIII. — On entend retentir sous les voûtes spacieuses et élevées du palais les cris et les lamentations des femmes : elles se frappent la poitrine, courent éperdues et pâles, embrassent les portes de leur chambre et leur lit nuptial qui va tomber au pouvoir de soldats étrangers. Tel était le péril auquel tout était en proie quand arriva Charlemagne entouré de ses guerriers.

XIV. — Charles jette un regard attristé sur ses mains jadis si robustes et qui furent si longtemps si promptes à agir. « N'êtes-vous donc plus, s'écrie-t-il, ce que vous fûtes dans Apremont contre Agolant? Votre vigueur a-t-elle disparu tellement qu'après avoir mis à mort Trojan et Almond avec cent mille autres, vous redouteriez aujourd'hui un seul homme, un homme de ce sang et de cette race ?

XV. — « Pourquoi faut-il que je voie en vous moins de force que vous n'en aviez alors ? Montrez donc à ce brigand votre puissance, à ce brigand qui dévore mes hommes ! Un cœur magnanime brave la mort, prompte ou tardive, pourvu qu'il périsse avec honneur. Mais partout où vous serez, je suis sûr que vous ferez votre devoir, puisque vous m'avez toujours rendu vainqueur ! »

XVI. — A ces mots, il pousse son coursier et, la lance baissée, fond sur le Sarrasin. En même temps Ogier, Nayme, Olivier, Avin, Avole, Othon et Béranger, ces deux guerriers inséparables, s'élancent à sa suite. Tous ensemble ils frappent Rodomont à la poitrine, aux flancs, à la tête.

XVII. — Mais au nom de Dieu, seigneur, cessons un instant de parler de colère, de massacre et de sang.

Laissons pour quelque temps le Sarrasin aussi terrible que vaillant. Il est temps de retourner à Damas où j'ai laissé Griffon et la perfide Origile avec celui qui se disait son frère et qui n'était que son amant adultère.

XVIII. — Damas est, dit-on, une des villes du Levant les plus peuplées, les plus riches et les plus ornées; elle est à sept journées de Jérusalem, dans une plaine fertile, abondante et non moins agréable en hiver qu'en été. Les premiers rayons de la naissante aurore lui sont dérobés par une colline voisine.

XIX. — Dans la ville, deux rivières pures comme le cristal arrosent, en se divisant en mille canaux, un nombre infini de jardins que les fleurs et la verdure n'abandonnent jamais. On dit encore que plusieurs moulins pourraient être mis en mouvement par les eaux de naphte qui s'y trouvent en grande abondance, enfin qu'il se répand par toute la ville des odeurs parfumées s'exhalant de toutes les maisons.

XX. — La grande rue de cette ville était alors tendue de tapis aux couleurs les plus variées; des plantes odoriférantes, des branches d'arbustes couvraient la terre et les murs. Point de portes, point de fenêtres qui ne fussent ornées des étoffes les plus fines et des tapis les plus riches. Mais ce qu'il y avait de plus admirable, c'étaient de belles femmes superbement parées et toutes couvertes de pierreries.

XXI. — A l'intérieur, se formaient des danses et de joyeux ballets; des cavaliers faisaient caracoler dans les plus belles rues les chevaux richement caparaçonnés. Mais plus magnifique encore était la cour du roi, où princes, seigneurs et vassaux étalaient tout ce que l'Inde et la mer Rouge produisent de plus rare en perles, en or et en pierres précieuses.

XXII. — Griffon et sa compagnie marchaient jetant de côté et d'autres les yeux animés par le plaisir, lorsqu'un cavalier se présentant à eux les pria de s'arrêter et d'entrer dans son palais. Là, selon l'usage, il leur fit,

avec politesse, un tel accueil qu'ils n'eurent rien à
désirer ; par ses soins, ils entrèrent d'abord au bain,
puis ils vinrent s'asseoir à une table somptueusement
servie.

XXIII. — L'étranger leur exposa comment Noradin,
roi de Damas et de toute la Syrie, avait invité tous les
chevaliers, les étrangers comme ses sujets, à prendre
part à un tournoi qui le lendemain matin devait avoir
lieu sur la place. Si leur valeur répondait aux apparences,
ils pouvaient, s'ils le voulaient, en donner les preuves
sans aller plus loin.

XXIV. — Griffon n'était pas venu à Damas dans l'intention de combattre ; il n'en accepta pas moins la proposition, car toutes les fois qu'il trouvait l'occasion de
montrer son courage, il s'empressait de la saisir. Il pria
le chevalier de lui faire connaître le motif de cette fête.
Était-elle solennelle ? Avait-elle lieu tous les ans ?
Était-ce une nouvelle institution du roi pour éprouver la
valeur de ses sujets ?

XXV. — « Cette belle fête, répondit le chevalier, doit
être célébrée tous les quatre mois ; celle-ci est la première de toutes. Elle doit rappeler qu'à pareil jour le
roi eut le bonheur d'échapper à un grand péril, après
avoir été pendant quatre mois dans les larmes et dans le
deuil, ayant incessamment la mort devant les yeux.

XXVI. — « Mais, afin que vous n'en ignoriez rien, je
vous dirai que notre roi, qui se nomme Noradin, avait
été pendant plusieurs années ardemment amoureux de
la fille du roi de Chypre, la plus aimable et la plus
belle princesse du monde. Il l'avait épousée et, entouré
de dames et de chevaliers, il revenait avec elle en Syrie.

XXVII. — « Mais à peine fûmes-nous éloignés du port,
voguant à pleines voiles dans la mer Carpathienne, qu'il
s'éleva une si furieuse tempête qu'elle fit perdre la raison au vieux patron du vaisseau. Trois jours et trois
nuits nous errâmes à l'aventure au milieu des vagues
menaçantes, sans pouvoir nous diriger. Enfin épuisés

de fatigue, nous pûmes débarquer sur le rivage, près
de sources fraîches et de collines ombreuses et verdoyantes.

XXVIII. — « A l'ombre des arbres, nous nous empres-
sons de faire dresser des pavillons et des tentes, joyeux
d'avoir échappé au naufrage. D'un côté, on allume des
feux, on prépare des mets; de l'autre, on dresse des tables sur des tapis. Pendant ce temps, le roi s'était amusé
à chasser dans les bois et les vallées voisines quelques
biches, quelques daims ou quelques cerfs. Deux serviteurs portaient derrière lui son arc et ses flèches.

XXIX. — « Nous attendions en nous livrant au plaisir
et tranquillement assis à l'ombre, que notre prince fût
revenu de la chasse; tout à coup nous aperçûmes venir
en courant sur le rivage un monstre horrible : c'était
un ogre; il marchait vers nous. O seigneur, que Dieu
vous garde de rencontrer jamais ce monstre maudit !
Il vaut mieux le connaître par ce qu'en raconte la renommée que de l'avoir vu de près.

XXX. — « Je ne pourrais vous dire combien il est
gros et combien sa taille est démesurée. Il a sous le
front, à la place de ses yeux, deux excroissances osseu-
ses, couleur de suie. Il venait à nous, vous disais-
je, en côtoyant le rivage. On eût cru voir marcher
une montagne; d'horribles défenses sortent de sa
bouche, semblables à celles du sanglier, et de son nez
horriblement long sortent les flots d'une écume fétide.

XXXI. — « Le monstre arrivait en courant et levant le
museau à la manière d'un chien braque qui suit la trace
d'un gibier. En le voyant, nous prenons tous la fuite, le
visage effrayé et la pâleur sur le front. Nous étions
un peu rassurés en le voyant aveugle; mais son flair
seul lui rendait presque autant de service qu'à celui
qui joint la vue à l'odorat. Pour l'éviter nous aurions
eu besoin d'avoir des ailes.

XXXII. — « Chacun courut où il pouvait; mais comment pouvoir échapper à un monstre plus rapide que

le vent ? Sur quarante, nous fûmes à peine dix qui pûmes
en nageant gagner le vaisseau. Il saisit quelques-uns
d'entre nous dont il fit un paquet et qu'il mit sous son
bras ; il en mit d'autres sur sa poitrine. Enfin il en jeta
plusieurs dans un grand sac pendu à sa ceinture et
semblable à la panetière d'un berger.

XXIII. — « Nous fûmes emportés par ce monstre
sans yeux dans son antre, taillé dans le roc sur le bord
de la mer. L'intérieur est formé d'un marbre aussi
blanc que la feuille de papier sur laquelle on n'a rien
écrit. Dans ce lieu habitait avec lui une femme dont le
visage et le maintien témoignaient un profond chagrin.
Elle avait autour d'elle des dames, des demoiselles de
tout âge, de toutes conditions, les unes laides, les autres
jolies.

XXXIV. — « Près de l'antre habité par l'ogre on en
voyait un autre aussi vaste que le premier, et presque
au sommet du roc. L'ogre y renfermait ses troupeaux si
nombreux qu'on ne pouvait en faire le compte. Il en
était le pasteur en été comme en hiver, les menait paître
partout où il lui semblait bon, et il les tenait enfermés
plutôt pour son plaisir que pour sa nourriture.

XXXV. — « Il aimait beaucoup mieux la chair humaine ; il le prouva bien, car avant d'entrer dans sa caverne il prit trois jeunes gens des nôtres et les mangea
ou plutôt les engloutit tout vivants. Arrivé à l'étable, il
leva une grosse pierre, fit sortir son troupeau et nous
y enferma à sa place : puis il le conduisit aux lieux où
il le faisait ordinairement paître, en jouant d'une musette
pendue à son cou.

XXXVI. — « Notre prince, de retour sur le rivage, connut bientôt son malheur. De tous côtés régnait un profond silence ; tentes et pavillons étaient vides ou détruits ; il ne put imaginer par qui nous avions été
enlevés. Dans son inquiétude mortelle, il s'approcha du
rivage et y trouva des matelots occupés à jeter l'ancre
et à déployer les voiles. »

XXXVII. — « Aussitôt qu'ils l'aperçoivent sur le rivage, ils lui envoient une chaloupe pour le recevoir; mais Noradin, apprenant qu'un ogre vient de nous enlever, songe sans hésitation à le poursuivre partout où il pourra le trouver. Se voyant enlever sa chère Lucine, il est saisi d'une telle douleur qu'il mourra volontiers s'il ne peut l'arracher des mains du monstre.

XXXVIII. — « Il suit, avec la rapidité dont sa fureur amoureuse le rend capable, toutes les traces fraîches qu'il voit imprimées sur le sable, jusqu'à ce qu'il arrive à la tanière dont je viens de parler, où chacun de nous attend le retour de l'ogre avec une frayeur dont jamais pendant toute sa vie il n'a ressenti la pareille. Au moindre bruit que nous entendons, nous nous voyons déjà tombés entre les mains du monstre accouru pour nous dévorer.

XXXIX. — « La fortune voulut que le roi en arrivant ne trouvât dans la caverne que la femme de l'ogre. Dès que celle-ci l'aperçut elle s'écria : « Fuyez, malheureux, fuyez, c'en est fait de vous si l'ogre vous trouve ici ! — Oh ! qu'il me trouve ou non, répondit Noradin, qu'il me tue ou me laisse vivre, peu m'importe, car je suis si misérable que rien ne pourrait accroître mon malheur. Ce n'est pas le hasard, c'est ma volonté qui m'a conduit ici ; je veux mourir auprès de mon épouse. »

XL. — « Alors il lui demande des nouvelles de ceux que l'ogre a enlevés sur le rivage, mais avant tous les autres de la belle Lucine; était-elle morte, était-elle prisonnière? — « Elle n'est point morte, répond avec douceur la femme de l'ogre; elle est d'autant plus en sûreté que l'ogre ne mange jamais les femmes!

XLI. — « Je suis moi-même une preuve de ce que je vous dis, ainsi que toutes les dames qui sont autour de moi. L'ogre ne fait de mal ni à moi, ni aux autres, pourvu qu'elles ne s'éloignent pas de la caverne. Il traite avec la dernière rigueur celles qui tentent de fuir; jamais elles ne trouvent de repos auprès de lui; ou il les enterre toutes vives, ou il les enchaîne, ou bien enfin il les expose toutes nues sur le sable en plein soleil.

XLII. — « Quand il a aujourd'hui emmené plusieurs de vos gens, il n'a pas séparé les hommes des femmes ; mais il les a tous entassés pêle-mêle dans la caverne. La finesse de son odorat lui fera bien faire la différence des sexes. Les femmes n'ont pas à craindre d'être tuées par lui ; mais pour les hommes, leur mort est certaine et cinq ou six chaque jour devront satisfaire son immense appétit.

XLIII. — « Je ne puis vous donner aucun conseil sur les moyens de délivrer votre femme : contentez-vous de savoir que sa vie ne court aucun danger. Elle restera parmi nous partageant notre sort heureux ou malheureux ; mais au nom du ciel, mon enfant, retirez-vous, que l'ogre ne vous sente pas, car il vous dévorerait bien vite. Aussitôt qu'il arrive, il flaire ici tout autour et il sent jusqu'à une souris, s'il s'en trouve une dans la maison. »

XLIV. — « Je ne partirai pas, repartit le roi, avant d'avoir revu Lucine. J'aimerais mieux mourir sous ses yeux que de vivre loin d'elle. — La femme de l'ogre voyant que tout ce qu'elle pourrait dire ne le ferait pas changer de résolution, chercha comment elle lui viendrait en aide, et elle appliqua tout son esprit et toute son habileté a en trouver les moyens.

XLV. — « L'ogre avait toujours dans sa caverne des chèvres, des boucs, des agneaux pour sa nourriture et celle des femmes renfermées dans la caverne. Les peaux de ces animaux étaient suspendues à la voûte. Par les conseils de cette femme, le roi consentit à prendre la graisse des intestins d'un grand bouc et de s'en enduire tout le corps depuis la tête jusqu'aux pieds ; de sorte que l'odeur de ce bouc l'emportait sur celle de son propre corps.

XLVI. — « Et lorsque le malheureux jeune homme parut avoir assez de l'odeur fétide que le bouc exhale, la femme de l'ogre prit une peau velue d'un de ces animaux et en revêtit le prince, car la peau était assez large pour envelopper tout son corps. Lorsqu'il eut endossé un si étrange vêtement d'emprunt, elle le fit marcher à quatre pattes, puis le conduisit à la caverne où la charmante Lucine était renfermée. L'entrée en était close par une grosse pierre.

XLVII. — « Noradin se tapit à l'ouverture de la caverne, attendant le moment où il pourrait y entrer avec le troupeau. Il attendit jusqu'au soir avec une grande impatience. Enfin à l'arrivée de la nuit, il entendit le son du chalumeau qui invitait les troupeaux à quitter l'herbe humide et à retourner à leur demeure, et vit venir derrière eux l'affreux pasteur.

XLVIII. — « Vous pouvez vous imaginer combien son cœur trembla quand il vit l'ogre qui revenait et que son horrible figure s'approcha de l'entrée de la caverne. Mais la tendresse l'emporta sur la peur : ce qui peut faire juger s'il aimait véritablement, ou si son amour était feint! L'ogre arrive, lève la pierre, ouvre la caverne et Noradin y entre avec les chèvres et les brebis.

XLIX. — « Le troupeau entré, l'ogre ferme la porte et s'avance vers nous. Il nous flaire tous et enfin en saisit deux dont il se dispose à manger la chair toute crue. Je sue et je tremble encore au souvenir de ces dents horribles dont j'entendis le craquement. Enfin il part, le roi jette sa peau de bouc et embrasse sa chère Lucine.

L. — « Mais ce qui devait combler celle-ci de joie et de consolation causa sa peine et son effroi. Son inquiétude fut extrême en voyant son époux dans un lieu où sa mort était inévitable, et où elle devait elle-même perdre la vie. « Hélas! dit-elle, au milieu de mon triste sort, j'éprouvais au moins une grande joie en ne te trouvant pas parmi nous quand l'ogre nous amena dans ce lieu!

LI. — « Car si le malheur de perdre la vie me semblait affreux, du moins je n'avais à pleurer que sur moi-même et sur un trépas commun à tous. Mais main-

tenant, ta mort, avant même qu'elle n'arrive, me sera
bien plus douloureuse que la mienne ! » Lucine continua
en montrant une bien plus vive inquiétude sur le sort de
Noradin que sur le sien.

LII. — « Je suis venu ici, dit le roi, dans la pensée de
te sauver, ainsi que tous tes compagnons d'infortune ;
et si je ne puis y réussir, je préfère mourir plutôt que
de vivre dans l'abandon après t'avoir perdue. O soleil
de ma vie ! puisque je suis entré ici, je pourrai bien en
sortir ; et vous tous vous viendrez avec moi, si vous
avez comme moi la force de supporter l'horrible puan-
teur du bouc. »

LIII. — « Il nous fit connaître alors la ruse par laquelle
la femme de l'ogre lui avait appris à tromper l'odorat
subtil de son mari : c'était de nous revêtir tous de peaux
de boucs, en cas que le monstre s'aviserait de nous tâter
à la sortie de la caverne. Nous approuvâmes tous l'excel-
lence de cet expédient ; nous tuâmes aussitôt autant de
boucs que nous étions d'hommes et de femmes, et nous
eûmes soin de choisir les plus vieux et les plus infects.

LIV. — « Nous nous frottâmes tout le corps de la
graisse de leurs intestins et nous nous couvrîmes tous
des peaux de ces horribles bêtes. Cependant le soleil
sortit de ses demeures dorées, et à l'apparition de ses
premiers rayons, l'affreux berger retourna à la caverne,
et, faisant résonner de son souffle ses pipeaux rustiques, il appela son troupeau hors de ses étables.

LV. — « Il tenait une main à l'entrée de la caverne, de
crainte que nous ne sortissions en même temps. Il tâtait
exactement tout ce qui se présentait, et quand il sentait
sur le dos du poil ou de la laine, il laissait la sortie
libre. C'est ainsi que tous, hommes et femmes, purent
sortir, couverts de peaux de bouc, au moyen d'un stratagème si étrange. L'ogre nous laissa passer tous, à l'exception de Lucine.

LVI. — « La pauvre femme fut reconnue : elle avait
eu sans doute de la répugnance à s'oindre comme nous ;

peut-être sa manière de marcher avait-elle été plus lente et moins assurée que ne l'aurait été celle de l'animal qu'elle imitait ; peut-être enfin la frayeur lui avait-elle fait pousser un cri lorsque l'ogre lui avait mis la main sur la croupe, enfin ses cheveux trop longs s'étaient probablement détachés ; ce qui est certain, c'est que je ne pourrais vous dire comment elle fut reconnue.

LVII. — « Nous étions tous tellement préoccupés pour notre propre compte, que nous ne pouvions remarquer ce que faisaient les autres. En entendant un cri, je me retournai et je vis l'ogre qui après avoir enlevé à Lucine sa peau de bouc l'avait fait rentrer et l'avait enfermée dans la caverne ; quant à nous, conduits par ce monstre, nous arrivâmes dans une agréable prairie, toujours enveloppés de nos peaux, au milieu de côteaux verdoyants.

LVIII. — « Là, nous attendîmes jusqu'à ce que ce monstre au large nez fût endormi à l'ombre d'un bois touffu, et alors nous prîmes tous la fuite, les uns du côté de la mer, les autres vers la montagne. Noradin seul ne voulut pas nous suivre ; il était tellement dominé par son amour pour sa femme qu'il voulut retourner dans la grotte avec le troupeau, déterminé à mourir s'il ne pouvait délivrer sa fidèle compagne.

LIX. — « Il l'avait vue rester seule et captive à l'entrée de la caverne et alors, dans son désespoir, il fut sur le point de se jeter volontairement dans la gueule de ce monstre vorace. Il s'avança, ou plutôt il courut jusqu'à son horrible museau, peu s'en fallut qu'il ne fût broyé sous ses dents ; mais l'espoir qu'il conserva de retirer sa Lucine de l'affreux repaire le retint avec le reste du troupeau.

LX. — « Le soir arrivé, l'ogre revenant avec son troupeau s'aperçut que nous avions pris la fuite, et voyant qu'il était forcé de se priver de son souper, il fit venir Lucine qu'il considérait comme la cause de notre évasion et il la condamna à rester enchaînée sur le sommet d'un rocher très-élevé pour le reste de ses jours. Le roi désespéré de la voir souffrir à cause de lui s'abandonna à sa douleur et la mort seule manquait à son infortune.

LXI. — « Matin et soir le malheureux amant est condamné à voir sa femme qui s'afflige et se plaint. Mêlé avec le troupeau de chèvres, soit qu'il sorte de la caverne, soit qu'on le conduise dans la campagne, le même spectacle attriste ses yeux. Lucine d'un air triste et suppliant, le conjure par signes de ne pas demeurer dans ce lieu plus longtemps, car il risque d'y perdre la vie sans lui être d'aucun secours.

LXII. — « La femme de l'ogre priait aussi le roi de partir; mais c'était en vain : il ne voulut pas s'en aller sans Lucine et il resta de plus en plus ferme dans son dessein. La pitié et l'amour le retinrent dans cette servitude et lui firent subir opiniâtrément cette épreuve, jusqu'au jour où le fils d'Agrican et le roi Gradasse arrivèrent auprès de ce rocher.

LXIII. — « Leurs efforts réunis rendirent la liberté à Lucine : ils eurent en cela plus de bonheur que de prudence; ils la saisirent et l'emportèrent en courant vers la mer, jusqu'à son père descendu avec eux sur le rivage. On était alors à la première heure du matin, tandis que le roi de Syrie était encore avec le reste du troupeau enfermé dans la caverne.

LXIV. — « Mais dès que le jour parut et qu'il sut par la femme de l'ogre que Lucine était partie, et comment cet heureux évènement avait eu lieu, il rendit grâces à Dieu et le conjura, puisqu'il avait bien voulu arracher son épouse à son sort cruel, de lui permettre de la conduire dans quelque lieu où il pourrait par ses armes, ses prières ou ses trésors la mettre en sûreté.

LXV. — « Le cœur joyeux, il se mêle alors parmi e troupeau des boucs et se rend dans les verdoyants pâturages. Là, il attend jusqu'à ce que le monstre s'étende sur l'herbe pour se livrer à son sommeil accoutumé, sous les épais ombrages. Il se sauve alors, court

tout le jour, toute la nuit et, certain enfin que l'ogre ne
pourra l'atteindre, il s'embarque à Satalie sur un vaisseau. Il y a aujourd'hui trois mois qu'il est de retour
en Syrie.

LXVI. — « Le roi a fait chercher partout la belle
Lucine; à Rhodes, à Chypre, dans les châteaux et dans
les villes, en Afrique, en Egypte et en Turquie. Mais ce
n'est qu'avant-hier qu'il a pu savoir ce qu'elle était devenue. En effet son beau-père lui a écrit avant-hier
qu'elle était auprès de lui saine et sauve. Son vaisseau
avait été longtemps battu par les vents contraires sur
une mer orageuse.

LXVII. — « Pour témoigner la joie que lui cause une
si heureuse nouvelle, le roi a préparé cette brillante
fête. Il a décidé de plus que, à chaque quatrième lune,
il se célébrerait une pareille solennité, afin de rappeler
la mémoire des quatre mois qu'il a passés, couvert d'une
peau de bouc, parmi les troupeaux de l'ogre. La journée
de demain sera l'anniversaire du jour où il a été délivré
d'un si grand péril.

LXVIII. — « Ce que je vous raconte ici, j'en ai vu
moi-même une partie; l'autre m'a été apprise par un
des acteurs de toute l'aventure, c'est-à-dire par le roi
lui-même qui a passé les mois et les jours dans la douleur jusqu'au moment où ses souffrances se sont changées en plaisir. Si quelqu'un vous raconte ces faits
d'une autre manière, vous pouvez lui dire qu'il en a été
mal informé. » C'est ainsi que le gentilhomme syrien
fit connaître à Griffon le motif extraordinaire de cette
belle fête.

LXIX. — Les chevaliers employèrent une grande
partie de la nuit à s'entretenir de toutes ces choses; ils
en conclurent que le roi avait dans cette circonstance
montré un amour ardent, une immense tendresse et une
grande habileté. Lorsqu'ils eurent quitté la table, ils
furent conduits dans des appartements où ils trouvèrent
tout ce qu'ils pouvaient désirer. Le lendemain le soleil

se leva dans un air pur et serein et ils se réveillèrent
au milieu des cris d'allégresse dont retentissait la ville.

LXX. — Les tambours et les trompettes se font entendre, tous les habitants se rassemblent sur la place.
On entend le bruit des chevaux et des chars; les cris de
joie éclatent dans tous les lieux. A ce bruit, Griffon se
revêt de ses armes brillantes et d'une telle qualité qu'on
en trouverait difficilement d'aussi parfaites; car c'était la
fée Blanche elle-même qui, de sa propre main, les avait
enchantées et trempées de manière à les rendre impénétrables.

LXXI. — Martan, le chevalier d'Antioche, le plus vil
et le plus lâche des hommes, se revêtit aussi de ses
armes et tint compagnie à Griffon. Leur hôte, avec une
aimable prévenance, leur avait préparé des lances à
manches noueux, aussi massives et aussi grosses que
des antennes. Réunissant autour d'eux une troupe nombreuse et distinguée de ses parents, il se rendit en leur
compagnie sur la place, après avoir établi près de chacun d'eux des écuyers et des gens de pied pour les
servir.

LXXII. — Arrivés sur la place, ils se tinrent un peu
à l'écart pour éviter de se donner en spectacle au peuple et voir plus à leur aise tous les enfants de Mars se
présentant aux joûtes, seuls ou deux à deux, ou trois à
trois. Les couleurs et les livrées dont l'un se pare attestent à sa dame la joie ou la douleur qu'il ressent;
l'autre fait entendre, au moyen de son cimier ou de son
écu, si l'amour lui est cruel ou favorable.

LXXIII. — A cette époque, les Syriens avaient coutume de s'armer à la manière des peuples de l'Occident.
Peut-être avaient-ils pris cet usage des Français avec
lesquels ils se trouvaient constamment en contact.
Ceux-ci étaient, en effet, maîtres de la cité sainte où
habita le Dieu fait homme et qu'aujourd'hui les orgueilleux et misérables chrétiens abandonnent, à leur honte,
aux mains des infidèles.

LXXIV. — Ils devraient abaisser leurs lances pour
soutenir notre sainte foi, tandis que c'est contre leurs
propres seins, contre les poitrines de leurs frères qu'ils
portent leurs coups destructeurs. O vous, Espagnols
vous, Français, vous, Germains et Suisses, dirigez ail
leurs vos pas, cherchez de plus dignes conquètes. Le
pays que vous envahissez appartient déjà au Christ.

LXXV. — Si vous voulez être dignes du nom de
chrétiens, pourquoi versez-vous le sang des chrétiens ?
pourquoi les dépouillez-vous de leurs biens ? pourquoi
n'allez-vous pas conquérir Jérusalem que vous ont ravie
des renégats ? Pourquoi Constantinople et la plus grande
partie du monde sont-elles occupées par les Turcs immondes ?

LXXVI. — Espagne, n'as-tu pas auprès de toi l'Afrique qui t'a bien plus souvent outragée que l'Italie ? Et
pour tourmenter ce pauvre petit royaume, tu abandonnes
celle qui fut ta première et ta plus louable entreprise.
Et toi, Italie, où tous les vices semblent avoir élu do-
micile, tu t'endors dans une honteuse sécurité, et tu ne
t'indignes pas d'être devenue l'esclave de ces nations
qui tantôt l'une, tantôt l'autre, ont autrefois fléchi sous
loi ?

LXXVII. — Malheureuse Suisse, si la crainte de mourir de faim dans tes cavernes te pousse sur la Lom-
bardie, si tu viens chercher quelqu'un qui te donne ici
du pain, ou qui, en t'immolant, mette fin à ta misère, les
richesses immenses du Turc ne sont pas si loin de toi;
chasse-les de l'Europe ou, au moins, délivre la Grèce
de leur présence. Tu pourras ainsi échapper à ton indi-
gence ou tomber au moins avec honneur en envahissant
leur pays.

LXXVIII. — Ce que je te dis, je le dis aussi à l'Allemagne ta voisine. Là, sont les richesses que Constantin
a emportées de Rome. Il garda pour lui ce qu'il y avait
de plus précieux et donna le reste. Là, le Pactole et
l'Hermus roulent de l'or avec leur sable ; la Migdonie

la Syrie, pays si vantés par tous les historiens, ne sont pas éloignées de toi, si tu veux t'en emparer.

LXXIX. — Et toi, grand Léon, qui portes sur tes épaules la pesante charge des clés du ciel, ne permets pas à l'Italie de se plonger dans un profond sommeil, puisque c'est toi qui veilles sur ses destinées. Tu es son directeur et son guide. Dieu a remis entre tes mains le bâton pastoral. Justifie le nom auguste que tu portes et, comme le lion, défends par tes rugissements et tes efforts, défends contre la fureur des loups le troupeau confié à ta garde !

LXXX. — Mais comment ai-je donc pu d'un sujet à un autre m'écarter si loin du chemin que je suivais tout à l'heure ? Je ne pense pas néanmoins m'être égaré si fort que je ne puisse le retrouver encore. Je disais donc qu'en Syrie on avait l'habitude de s'armer à la française, de sorte que la belle place de Damas était toute remplie de guerriers couverts de casques et de cuirasses.

LXXXI. — Les dames jetaient du haut des balcons les fleurs les plus variées sur les combattants et ceux-ci, animés par les bruits des trompettes et des clairons, faisaient tous leurs efforts pour déployer leur grâce et leur adresse à manier leurs chevaux. Tous, habiles ou maladroits cavaliers, cherchent à se faire voir, font sauter et caracoler leurs chevaux. Parmi eux les uns ne recueillent ni applaudissements ni éloges, tel autre fait rire à ses dépens et s'entend railler par le peuple qui le poursuit de ses huées.

LXXXII. — Le prix du tournoi était une belle armure que le roi possédait depuis quelques jours, et qu'un marchand revenant d'Arménie avait trouvée par hasard sur la route. Noradin, toujours généreux, ajouta à cette armure un surtout couvert de tant de perles, de broderies d'or et de diamants, qu'il en fit un trésor inestimable.

LXXXIII. — Si le roi avait su quelles étaient ces

18.

armes, il les aurait conservées bien précieusement et,
malgré toute sa magnificence et sa générosité, il n'en
aurait pas fait le prix du vainqueur. Il serait trop long
de raconter maintenant par qui ces armes avaient été
dépréciées et presque aviées, puisque, abandonnées sur
un grand chemin, elles pouvaient tomber au pouvoir du
premier voyageur venu dans cette partie de l'Arménie.

LXXXIV. — J'en parlerai plus loin. En ce moment
j'ai besoin de vous entretenir de Griffon qui, en arrivant sur la place, trouva qu'il y avait eu déjà plus d'un
coup d'épée donné, plus d'une lance rompue. Un des
groupes du tournoi se composait de huit chevaliers des
plus fidèles et des plus chers au roi, tous jeunes, habi-
tués à manier les armes, habiles et courageux, tous
grands seigneurs et issus de familles illustres.

LXXXV. — Ils devaient répondre dans la lice, dès
qu'elle serait ouverte, à tous les combattants, un à un
ou tous à la fois, d'abord avec la lance, puis avec l'épée
ou la masse, tant que le roi se complairait à les voir
combattre. Souvent les cuirasses étaient percées, et
quoiqu'il ne s'agît que de joûtes, ils y employaient la
même force que s'ils eussent eu affaire à de véritables
ennemis; mais le roi pouvait, quand il le voulait, les
séparer.

LXXXVI. — Le chevalier d'Antioche dépourvu de
toute espèce de raison, ce Martan que tous avaient
surnommé le lâche, osa se présenter pour combattre,
comme si la compagnie de Griffon près duquel il se
trouvait eût pu lui donner quelque chose de sa force.
Il se tint donc dans le lieu indiqué pour ceux qui devaient combattre, afin de contempler de là la fin d'une
lutte animée qui venait de commencer entre deux chevaliers.

LXXXVII. — Le seigneur de Séleucie, l'un de ceux
dont j'ai parlé et qui avaient entrepris de soutenir la
lutte, combattait avec Ombrun; il lui porta un coup si
violent dans la visière qu'il le fit tomber mort. Tout le

peuple le plaignit, car il était considéré comme un des
plus vaillants chevaliers. Il n'était pas seulement brave,
mais il était doué d'une courtoisie que personne dans
le pays n'avait égalée.

LXXXVIII. — Martan voyant porter un pareil coup
fut saisi de peur; il craignit d'en recevoir un pareil et
revenant à ses lâches instincts, il n'eut plus qu'une
seule pensée, celle de fuir; mais Griffon qui était auprès
de lui et qui prenait soin de son honneur, fit et dit tout
ce qu'il put pour l'engager à combattre contre un brave
chevalier qui se présentait, de même que l'on excite
contre un loup un mâtin trop timide.

LXXXIX. — Ce chien d'abord s'avance contre le
loup de douze ou vingt pas; puis il s'arrête et regarde
en aboyant l'animal montrant des dents menaçantes et
des yeux que la fureur enflamme. Là, en présence de
tant de princes, de tant de seigneurs distingués et de
braves guerriers, le lâche Martan n'attend pas son
adversaire et tourne à main droite la bride et la tête.

XC. — Il aurait pu rejeter la faute sur son cheval
et lui en faire supporter la responsabilité; mais il
montra ensuite l'épée à la main tant de faiblesse que
l'éloquence de Démosthène n'aurait pas suffi pour le
défendre. On eût dit qu'il portait des armes de carton
et non de fer, tant il montrait de peur de recevoir une
blessure, tant il cherchait à éviter les coups de son
ennemi. Enfin il prit la fuite en rompant la presse, au
milieu des cris et des éclats de rire de tout le peuple.

XCI. — La foule tout entière bat des mains et poursuit le fugitif de ses cris et de ses huées. Martan chassé
comme un loup, va se réfugier en toute hâte dans sa
demeure. Griffon reste, et il lui semble être deshonoré
lui-même et couvert d'infamie par la conduite méprisable de son compagnon. Il aimerait mieux se trouver
au milieu d'un brasier ardent qu'à la place qu'il occupe.

XCII. — Une ardente colère l'agite, elle éclate dans
ses yeux, comme si toute la honte retombait sur lui.

Mais le peuple s'attend à le voir se signaler par des exploits du même genre, et il faudrait que sa valeur pût éclater plus brillante que la lumière du jour, car le moindre geste, une seule hésitation seraient interprétés comme dignes de mépris : c'était la conséquence de la fâcheuse impression que venait de produire Martan.

XCIII. — Griffon, accoutumé à ces sortes de joûtes, s'avance la lance sur la cuisse, pousse son cheval à toute bride, et quand il est près de son adversaire, met sa lance en arrêt : puis il frappe avec une si grande vigueur le baron de Sidonie qu'il le renverse sur la poussière. La foule, qui ne s'attendait guère à un pareil fait d'armes, se lève émerveillée d'un coup si terrible.

XCIV. — Griffon recommence un nouveau combat avec la même lance qui était encore ferme et entière et la rompt en trois morceaux sur le bouclier du prince de Loadicée. Celui-ci est tellement ébranlé que trois ou quatre fois il est près de tomber ; il reste étendu sur le croupe de son cheval, à la fin il se lève, met l'épée à la main, tourne son cheval et se précipite sur Griffon.

XCV. — Celui-ci qui le voit en selle est étonné de ce qu'il ait pu résister à une si rude attaque et qu'il puisse encore combattre : « Mon épée, dit-il, fera ce que ma lance n'a pu exécuter et cinq ou six coups me suffiront. » Aussitôt il fait tomber son épée sur le bord de l'armure qui couvre son adversaire, avec une telle impétuosité, que l'on dirait qu'elle tombe du ciel. Il lui en applique un second, puis un troisième coup qui l'étourdit complétement et lui fait vider les arçons.

XCVI. — Deux frères d'Apamée, Tircis et Corimbe, se trouvaient tout auprès ; le fils d'Olivier les renverse tous les deux, malgré leur force et leur habitude des tournois. Le premier est enlevé des arçons d'un coup de lance ; Griffon attaque l'autre l'épée à la main et, dès ce moment, l'opinion générale est que c'est à lui qu'appartiendra l'honneur du tournoi.

XCVII. — Alors se présente dans la lice Salinterne,

grand écuyer et maréchal de la couronne. C'était le premier ministre du roi et nul guerrier n'était plus habile. Il ne peut supporter qu'un étranger remporte le prix de ce tournoi ; il saisit une lance, court sur Griffon et le défie en lui adressant des paroles menaçantes.

XCVIII. — Griffon répond à ce défi en dirigeant contre Salinterne la forte lance qu'il a choisie entre dix et en frappe le milieu de son écu ; il ne manque pas son coup, il perce la cuirasse et le corps du chevalier. Le fer cruel passe entre deux côtes et sort du milieu de son dos, long d'une palme. Toute la foule, à l'exception du roi, applaudit à ce nouveau coup, car cet homme était détesté pour son extrême avarice.

XCIX. — Après lui, Griffon jette successivement par terre Hermophile et Carmonte de la ville de Damas. Le premier était chef de la milice royale, et le second grand amiral de la mer. A la première rencontre, l'un vide les arçons, l'autre se trouve renversé sous le poids de son cheval, ne pouvant soutenir le choc impétueux de Griffon.

C. — De tous les tenants il ne restait plus que le prince de Séleucie, supérieur aux sept autres et dont la valeur était soutenue par un excellent coursier et les armes les plus perfectionnées. Griffon et lui se frappèrent également à l'endroit du casque où s'attache la visière : mais le coup porté par le fils d'Olivier, plus fort que celui de son adversaire, fit perdre à celui-ci ses étriers.

CI. — Ils jettent les tronçons de leurs lances, reviennent l'un sur l'autre l'épée à la main, remplis d'une ardeur nouvelle. Le païen est atteint le premier d'un coup qui aurait pu mettre en pièces une enclume. Le fer et l'os de son écu, quoique choisis entre mille, sont coupés, et si les cuissards n'eussent pas été doubles et de la plus fine trempe, l'épée, coulant le long de la cuirasse, lui aurait certainement fait une large blessure.

CII. — Le prince de Séleucie frappe en même temps Griffon à la visière d'un coup si terrible qu'il l'aurait

ouverte et rompue si elle n'eût été enchantée comme le
reste des armes. Le païen a beau frapper, ses efforts
sont inutiles, car toutes les armes qui couvrent le corps
de son rival offrent la même résistance, tandis que les
siennes sont déjà fatiguées, puis rompues par Griffon
dont tous les coups portent.

CIII. — On pouvait voir partout combien le prince de
Séleucie était inférieur à Griffon ; et si le roi n'eût mis
fin à la lutte, le prince allait perdre la vie. Mais Noradin ordonne à sa garde d'entrer dans la lice et de faire
cesser ce combat acharné. Chacun des combattants fut
donc emmené de son côté et l'on rendit grâces au roi de
cet acte d'humanité.

CIV. — Les huit champions qui s'étaient offerts comme
les tenants du tournoi contre tous ceux qui entreraient
en lice, n'ayant pu soutenir leur entreprise contre un
seul et s'étant fort mal défendus, étaient sortis du camp
l'un après l'autre. Ceux qui étaient venus leur disputer
le prix restèrent sur la place n'ayant plus d'adversaires,
puisque Griffon seul avait exécuté ce que tous se proposaient de faire contre les huit chevaliers.

CV. — La durée du tournoi avait été bien courte, car
tout s'était exécuté en moins d'une heure ; mais Noradin
voulant prolonger la fête et la faire durer jusqu'au soir,
descendit de son balcon et fit évacuer la place. Puis il
divisa en deux troupes la totalité de ses chevaliers, les
disposa en raison de leur noblesse et de leurs exploits
et fit commencer une joûte nouvelle.

CVI. — Pendant ce temps, Griffon, outré de dépit et
le cœur plein de rage, était rentré dans son logis. Il
était plus humilié de l'affront de Martan qu'il n'était
sensible à la gloire d'avoir été vainqueur. Martan eut
recours au mensonge pour couvrir la lâcheté de sa conduite, et la fourbe et artificieuse Origile fit tous ses
efforts pour lui venir en aide.

CVII. — Griffon, qu'il y crût ou non, accepta leurs
excuses par discrétion, et pensa que ce qu'il avait de

mieux à faire était de partir sans délai, de peur que le
peuple en voyant Martan, ne recommençât ses huées.
Prenant donc une route détournée et étroite, les trois
voyageurs se dirigèrent vers une porte de la ville.

CVIII. — Ils avaient fait environ une demi-lieue tout
au plus lorsque Griffon, soit que son cheval fût fatigué,
soit que le sommeil appesantît ses paupières, entra dans
la première hôtellerie qu'il rencontra, ôta son casque, se
dépouilla de toutes ses armes, fit enlever aux chevaux
les selles et les brides, puis, se renfermant dans une
chambre isolée, se jeta sur un lit pour dormir.

CIX. — Il eut à peine posé la tête sur l'oreiller que
ses yeux se fermèrent et qu'il tomba dans un assoupissement profond. Jamais blaireau ni loir ne dormirent
plus profondément. Martan et Origile, pendant ce temps,
entrèrent dans un jardin voisin, et là ourdirent la trahison la plus infâme qu'un homme eût pu imaginer.

CX. — Martan résolut d'enlever le cheval, les vêtements et les armes que Griffon venait de quitter et
d'aller se présenter au roi comme le cavalier qui venait
de s'illustrer par sa valeur dans la dernière joûte. L'exécution suivit de près la pensée ; il prit donc le cheval
plus blanc que du lait, l'écu, le panache et la cotte d'armes, toute l'armure enfin que Griffon venait de laisser.

CXI. — Ayant à ses côtés ses écuyers et la perfide
Origile, il se rendit sur la place où le peuple était encore assemblé. Il y arriva au moment même où se ter-
minaient les exercices de l'épée et de la lance. Le roi
commanda que l'on cherchât partout et que l'on trouvât
le chevalier qui portait pour cimier un panache blanc,
des armes blanches et montait un cheval blanc, cet heureux vainqueur dont il ignorait le nom.

CXII. — Le lâche qui avait endossé une armure qui
ne lui appartenait pas, semblable à l'âne revêtu de la
peau d'un lion, entendant l'appel auquel il s'attendait,
vint se présenter à Noradin, à la place de Griffon. Le
roi avec une bienveillante politesse se lève, va à sa

rencontre, l'embrasse et le fait asseoir à ses côtés. Il
ne lui suffit pas de l'honorer et de le combler d'éloges,
il veut que sa valeur soit partout hautement publiée.

CXIII. — Les trompettes retentissent et le roi le fait
proclamer vainqueur du tournoi dans cette grande
journée. La voix des hérauts se fait entendre sur toutes
les estrades d'alentour, proclamant un nom indigne de
cet honneur. En revenant à son palais, le roi veut encore
que Martan chevauche à ses côtés ; enfin il le comble de
tant d'éloges qu'il n'en aurait pu obtenir davantage s'il
eût été Hercule ou le dieu Mars.

CXIV. — Un bel et superbe appartement lui est
donné au palais. Origile n'est pas traitée avec de moin-
dres égards. Le roi la fait accompagner jusqu'en sa demeure par les plus nobles dames et les plus braves
chevaliers. Mais il est temps de revenir à Griffon qui,
ne redoutant aucune trahison de la part de son compagnon ni d'ailleurs, s'était endormi profondément et ne
se réveilla que vers le soir.

CXV. — S'apercevant, à son réveil, qu'il était tard, il
sortit aussitôt de sa chambre et courut dans celle où
il avait laissé son prétendu frère avec l'artificieuse Origile et leur suite : ne les y trouvant plus et s'apercevant
que ses armes et ses habits de guerre avaient disparu,
il soupçonna quelque perfidie ; ses soupçons s'accrurent
quand il vit que ses livrées avaient été remplacées par
celles de Martan.

CXVI. — L'hôte survenant lui apprit que depuis déjà
longtemps le chevalier couvert d'armes blanches avec
la dame et leur suite étaient retournés à la ville. Griffon
s'expliqua alors tous les piéges dans lesquels l'amour
l'avait fait tomber jusqu'à ce jour ; il reconnut avec une
grande douleur que celui qu'Origile lui avait présenté
comme son frère n'était que son amant.

CXVII. — Alors il se reproche, bien en vain, la sottise qu'il avait commise quand, malgré ce que lui avait
dit le pèlerin, il s'était laissé séduire par les paroles

d'une femme qui l'avait si souvent trahi. Il aurait pu se venger alors, il n'avait pas su le faire; et maintenant il voudrait punir le traître qui s'est dérobé à sa vengeance. Pour comble de malheur, il se voit par sa faute forcé de se revêtir des armes d'un lâche et de prendre son cheval.

CXVIII. — Il eût été plus heureux pour lui de s'en aller sans armes et tout nu, que de se couvrir d'une indigne cuirasse, d'armer son bras d'un bouclier déshonoré, de mettre sur sa tête un casque objet de l'universelle risée. Mais dans son désir de se venger de la courtisane et de son infâme complice, la colère ne lui permit pas d'entendre la voix de la raison. Il arriva à Damas assez tôt pour qu'il y eût encore une heure de jour.

CXIX. — Près de la porte par laquelle Griffon entra, se trouvait à main gauche un magnifique château, moins fort et moins bien disposé pour la guerre que richement orné à l'intérieur. Le roi, les grands, les seigneurs de Syrie avec les dames de haut rang élégamment vêtues, réunis dans un riche salon, célébraient ce jour de fête autour de tables où était servi un royal, splendide et joyeux festin.

CXX. — Ce beau salon s'élevait au-dessus des murs de la ville, et dominait, ainsi que le roc sur lequel il était assis, les remparts. On découvrait au loin de vastes plaines et de longues suites de routes. Au moment où Griffon arriva aux portes de la ville, revêtu d'armes notées d'infamie et d'opprobre, il fut aperçu par le roi et par toute la cour.

CXXI. — On le prit naturellement pour le personnage auquel les armes appartenaient: un immense éclat de rire de la part des chevaliers et des dames salua son entrée. L'infâme Martan était assis auprès du roi, comme un homme jouissant de la faveur royale au plus haut degré, au premier rang, ayant auprès de lui sa maîtresse, bien digne d'un tel amant. Noradin voulut savoir d'eux et leur demanda en riant quel était le nom du poltron qui avait montré si peu de souci de son honneur.

CXXII. — « Quoi! dit-il, il a le front de paraître en ma présence, après avoir offert un spectacle aussi deshonorant et aussi honteux! Je suis bien étonné, ajouta-t-il, et c'est une chose qui me paraît bien étrange, qu'un guerrier aussi valeureux, aussi distingué que vous l'êtes, ait pour compagnon le mortel le plus lâche qui soit dans tout l'Orient : vous l'avez choisi sans doute pour faire briller votre valeur par un contraste qui devait la rendre plus éclatante.

CXXIII. — « Mais je vous jure par les dieux éternels que si ce n'était par égard pour vous, je lui ferais, en présence de tous, l'accueil ignominieux que reçoivent ordinairement de moi ses pareils. Il se souviendrait toute sa vie jusqu'à quel point je fus toujours l'ennemi déclaré des lâches. Qu'il sache donc, s'il part sans être puni, que c'est uniquement à votre considération et parce que c'est vous qui l'avez amené ici. »

CXXIV. — L'infâme Martan, dont l'âme recélait toutes les iniquités, répondit : « Je ne saurais vous dire quel est cet homme ; je l'ai rencontré par hasard lorsque je venais à Antioche. Sur son apparence extérieure, j'avais cru qu'il était digne de ma compagnie : je ne connaissais de lui aucun fait d'armes et je n'ai pu avoir d'autre preuve de ce qu'il est qu'en étant témoin du triste rôle qu'il a joué dans le tournoi de ce jour.

CXXV. — « J'en ai été tellement indigné que, pour punir son inconcevable poltronnerie, peu s'en est fallu que je ne m'amusasse à ses dépens, de manière à le mettre hors d'état de se servir jamais de la lance ou de l'épée. Mais par égard pour ce lieu et pour votre majesté, et non certes à cause de lui, je me suis retenu. Je ne voudrais pas néanmoins qu'il se fît un mérite d'avoir été dans ma compagnie un jour ou deux.

SXXVI. — « Il me semble que j'en suis déshonoré

et ce sera toujours pour mon cœur un poids insupportable, si au mépris de l'honneur de la chevalerie je le vois partir d'auprès de vous sans avoir été puni. Vous me ferez bien plus de plaisir en ordonnant qu'on le pende à l'un de ces créneaux qu'en le laissant partir. Ce sera une œuvre vraiment louable et digne d'un roi que de le faire servir d'exemple et de spectacle à tous ceux qui sont aussi lâches que lui. »

CXXVII. — A tout ce que proposait Martan, Origile ne manqua pas de donner son approbation. « Non, non, répondit le roi ; la conduite de ce poltron ne mérite pas qu'on lui fasse perdre la vie. Je veux seulement, pour le punir, qu'il donne au peuple assemblé la joie d'un nouveau spectacle. » Aussitôt il appela à lui un de ses officiers et lui donna des ordres.

CXXVIII. — Ce baron, suivi de plusieurs soldats armés, descend à la porte de la ville ; sa troupe s'y rassemble en silence et attend l'arrivée de Griffon. Dès qu'il le voit entrer, il s'empare de lui à l'improviste, entre deux ponts, sans qu'il puisse se défendre et, après lui avoir fait subir mille affronts, le renferme dans un obscur cachot, où il le garde jusqu'au lendemain.

CXXIX. — Le soleil avait à peine quitté le sein de son antique nourrice, et ses rayons dorés commençaient à chasser les ombres des montagnes et à éclairer leurs cimes, quand le lâche Martan, craignant que Griffon ne finît par se faire entendre et que le châtiment ne retombât sur le vrai coupable, prit congé du roi et partit aussitôt.

CXXX. — Il avait imaginé un prétexte pour s'excuser auprès du prince de ne point assister, malgré ses prières, à ce spectacle. Le roi ajouta de nouveaux présents à ceux qu'il lui avait déjà donnés en récompense d'une victoire qui ne lui appartenait pas ; il fit dresser de plus un acte authentique dans lequel il recevait les plus honorables témoignages. Mais laissons-le partir : je puis vous promettre d'avance qu'il sera traité plus tard selon son mérite.

CXXXI. — Quant à Griffon, on le traîna avec ignominie sur la place publique, où déjà s'était réunie une foule immense. Il avait été dépouillé de son casque et de sa cuirasse. On avait jeté sur son corps un ignoble pourpoint, et comme un malfaiteur qu'on aurait conduit à la potence, il avait été placé sur une charrette très-élevée que traînaient à pas lents deux vaches efflanquées, exténuées par la fatigue et la faim.

CXXXII. — Autour de cet équipage ignominieux marchaient de vieilles femmes hideuses et des femmes publiques. Tantôt l'une, tantôt l'autre, elles mettaient la main à la charrette en l'accablant des plus sales injures. Les enfants lui en adressaient de plus mordantes et de plus grossières encore, et ils l'auraient même lapidé si des gens plus raisonnables ne les en avaient empêchés.

CXXXIII. — Les armes qui avaient causé son malheur, et pour lesquelles on l'avait pris pour ce qu'il n'était pas, étaient attachées derrière la charrette et traînées dans la boue. La charrette enfin s'étant arrêtée devant un tribunal, il entendit lui-même proclamer à son de trompe le déshonneur qui aurait dû retomber sur un autre que lui.

CXXXIV. — Ils l'emmenèrent pour le conduire par toute la ville, devant les temples, les palais, les maisons, où l'on proféra contre lui les noms de scélérat, de brigand, de lâche; aucun terme injurieux ne fut oublié. Toute la populace le conduisit ensuite hors la ville, croyant devoir le bannir, le chasser au son des instruments les plus discordants, étant bien loin de savoir quel était l'homme que l'on maltraitait ainsi.

CXXXV. — Mais à peine eut-on enlevé les fers qui chargeaient ses pieds et ses mains, qu'on le vit saisir le bouclier et l'épée qui depuis quelques heures étaient traînés dans la fange. Ce misérable peuple qui l'avait suivi sans armes ne trouva pour se défendre contre lui ni lance ni épée. Mais il est temps de finir ce chant; je renvoie au suivant la fin de cette histoire.

CHANT DIX-HUITIÈME

ARGUMENT

Griffon se précipite sur la foule et fait un grand carnage. — Rodomont reçoit par un nain des nouvelles de Doralice et part pour aller attaquer Mandricard. — Le siège de la ville de Paris se poursuit. — Griffon est délivré ; Origile et Martan sont ramenés à Damas ; Martan est fouetté par la main du bourreau. — Dans une nouvelle joûte, organisée par le roi, Marphise reconnaît ses armes. — Elle part pour la Frise avec les paladins. — Dardinel est tué par Renaud. — Les Sarrasins sont mis en fuite. — Cloridan et Médor sortent des retranchements. — Médor retrouve le corps de son maître.

I. — Magnanime seigneur, j'ai toujours loué comme je le fais aujourd'hui vos belles actions; je regrette de vous enlever une partie de votre gloire par la rudesse, la grossièreté et le peu d'élégance de mon style. Mais une qualité entre toutes m'a surtout paru digne d'être vantée; ma parole et mon cœur sont d'accord pour les admirer : c'est que si l'on trouve auprès de vous une grande facilité à se faire écouter, on ne parvient pas toujours aussi aisément à vous persuader.

II. — Souvent, pour défendre un accusé absent, je vous entends alléguer tantôt une raison, tantôt une autre, ou du moins vous fermez l'oreille à l'accusation, jusqu'à ce que l'accusé puisse venir lui-même se défendre. Oui, toujours avant de condamner les gens vous voulez les voir, écouter leurs raisons et enfin attendre des jours, des mois et des années entières, s'il le faut, avant de prononcer leur sentence.

III. — Si Noradin eût imité votre prudence, il n'aurait pas traité Griffon comme il l'a fait. Vous avez acquis une gloire éternelle tandis que Noradin a mérité de voir flétrir son nom à jamais. Par sa faute, un grand nombre de ses sujets périt. Griffon, ardent à se venger et dominé par sa fureur, en moins de dix coups qu'il porta de la pointe ou du tranchant de l'épée, fit tomber morts trente hommes auprès de la charrette.

IV. — Les autres fuient partout où la terreur les emporte, çà et là à travers les chemins et les rues. Ceux qui essayent de rentrer dans la ville tombent les uns sur les autres en se pressant près des portes. Sans dire mot, sans menacer, mais sans la moindre pitié, Griffon massacre cette foule désarmée et tire de l'outrage qu'il a reçu une vengeance éclatante.

V. — Ceux qui les premiers parviennent à la porte (et ce sont les plus agiles à la course), songeant beaucoup plus à leur salut qu'à celui de leurs amis, se hâtent de lever le pont après eux. Les autres, en se lamentant et pâles comme la mort, fuient sur tous les points sans oser tourner la tête. Du sein de cette foule épouvantée sortent des cris, des gémissements et des rumeurs étranges.

VI. — Griffon saisit deux fugitifs, au moment même où se levait le pont. A l'un il fait jaillir la cervelle en le frappant rudement avec une pierre; il prend l'autre par le milieu du corps et le lance dans la ville pardessus les murailles. Les témoins du fait sont couverts d'une sueur glacée, en voyant tournoyer le malheureux qui semble tomber du ciel.

VII. — Il y en a qui craignent que le terrible Griffon ne s'élance lui-même d'un saut sur la muraille. La confusion ne serait pas plus grande si le soudan venait livrer l'assaut à Damas. Le tapage que font les fuyards en frappant le sol du pied, les sons retentissants du tocsin, se joignant au bruit des tambours et des trompettes, font un vacarme si épouvantable que les oreilles en sont assourdies et que l'écho en retentit dans les airs.

VIII. — Mais je veux remettre à un autre moment le récit des événements qui suivirent. Je reviens donc au bon roi Charlemagne s'avançant en toute hât vers

Rodomont qui répand la mort parmi ses sujets. Le monarque, je vous l'ai dit plus haut, avait autour de lui Ogier le Danois, Nayme, Olivier, Avin, Avol, Othon et Bérenger.

IX. — Aux lances de ces huit guerriers la cuirasse écaillée de Rodomont opposa une résistance invincible; il soutint leur choc sans s'ébranler; et de même que le vaisseau se redresse lorsque le pilote lâche les cordages en voyant s'élever un vent impétueux, de même Rodomont se redressa plus fier après avoir reçu ces terribles coups capables de renverser une montagne.

X. — Aux huit guerriers dont je viens de parler se joignent Guidon, Regnier, Richard, Salomon, Ganelon le traître, le fidèle Turpin, Angeolier, Angelin, Huguet, Yvon, Marc et Mathieu de Saint-Michel : entrés avec Arimon et Odoard dans Paris à la suite des Anglais, ils attaquent tous à la fois le redoutable Sarrasin.

XI. — Le vent du nord soufflant contre une forte tour assise sur des fondements solides, au sommet des Alpes, ne frémit pas avec plus de fureur, lorsqu'il arrache les frênes et les sapins, que ce Sarrasin enflé d'orgueil, enflammé par la colère et altéré de sang. De même que dans la tempête la foudre se joint au bruit du tonnerre, de même chez ce barbare éclatent en même temps le courroux et la vengeance.

XII. — Il fait tomber sa fureur sur le malheureux Huguet de Dordonne qu'il trouve le plus à sa portée. Il le renverse sur le sol, la tête fendue jusqu'aux dents, malgré la fine trempe de son casque. En même temps, mille coups pleuvent sur lui de tous côtés; mais ils ne font pas plus d'effet sur sa cuirasse qu'une aiguille sur une enclume.

XIII. — Tous les remparts, tous les quartiers de la ville sont abandonnés, car Charlemagne avait attiré sur la place où le péril était le plus grand la plus forte partie de son armée. La population y accourait aussi de tous côtés en voyant le peu d'avantage qu'elle avait à fuir. La présence du roi enflamme tellement les cœurs que chacun reprend courage et que tous saisissent leurs armes.

XIV. — Lorsque dans l'intérieur de la cage solidement fermée d'une lionne dressée pour le combat, on a enfermé, pour le plaisir du peuple, un taureau indompté, les lionceaux qui voient courir et mugir sur le sable cet animal furieux, et aperçoivent ces cornes menaçantes auxquelles ils ne sont pas accoutumés, se cachent effrayés et timides.

XV. — Mais si leur mère, s'élançant sur le taureau, saisit ses oreilles entre ses dents, les lionceaux aussi veulent ensanglanter ses joues et viennent bravement au secours de la lionne. L'un mord le taureau sur le dos et l'autre sous le ventre. C'est ainsi que le peuple se précipite sur le païen et fait pleuvoir des toits et des fenêtres un nuage de traits des plus épais.

XVI. — La foule des cavaliers et des fantassins est si grande que la place peut à peine les contenir. La foule surgit de tous côtés, de toutes les rues. Aussi nombreuse que des abeilles, elle afflue sans cesse quoique désarmée et aussi facile à briser qu'un frêle arbrisseau : cependant Rodomont n'aurait pu parvenir à la détruire en vingt jours, quand bien même elle eût été entassée en un seul lieu.

XVII. — Le païen commence à trouver peu agréable un pareil jeu, car il ne sait comment il pourra s'en tirer, voyant que la foule grossit sans cesse. Quoique la terre soit rougie du sang des milliers d'hommes qu'il a massacrés, il sent que les forces lui manquent, que s'il ne sort de la ville lorsqu'il est encore plein de vigueur et sain et sauf, il lui sera bien difficile d'y parvenir plus tard.

XVIII. — Il jette alors des regards furieux autour de lui; il s'aperçoit que de tous côtés il s'est formé une enceinte qu'il lui sera difficile de franchir. Mais il compte bien la rompre et se faire jour au travers, en massacrant tous ceux qui s'opposent à son passage, en

faisant tournoyer sa redoutable épée partout où sa fureur l'entraîne; il se détermine à choisir la nouvelle
troupe d'Anglais que viennent d'amener Odoard et
Arimon.

XIX. — Celui qui a vu rompre les barrières d'une
arène à un taureau furieux et indomptable, qu'une foule
nombreuse a pendant une partie de la journée environné de toutes parts et dont la colère a été excitée par
les flèches lancées contre lui, le peuple s'enfuyant épouvanté, les uns écrasés sous ses pieds, les autres élevés
dans l'air par ses longues cornes; celui-là peut se faire
une idée du ravage horrible que le Sarrasin, plus terrible encore, fait dans les rangs des Anglais en se précipitant sur eux.

XX. — De ses coups redoublés frappés à plomb ou
de revers, il fait voler quinze ou vingt têtes, coupe en
deux et en travers ou fend jusqu'à la poitrine tous ceux
qui s'opposent à son passage. On dirait qu'il taille des
ceps de vigne ou des branches de saule. Tout couvert
de sang, ses pas sont marqués par des bras abattus, des
épaules, des jambes coupées qui couvrent la terre. Il
quitte enfin le théâtre de ces massacres.

XXI. — On le voit sortir de la place à pas lents et il ne
paraît éprouver et n'éprouve, en effet, aucun sentiment de
crainte; toutefois il cherche quel sera le moyen le plus
sûr d'opérer sa retraite. Il arrive à l'endroit où la Seine
court au-dessous de l'île et sort des murailles de Paris.
Alors les soldats et le peuple s'enhardissent, le suivent
de plus près, l'entourent et s'opposent à son départ.

XXII. — Semblable au fier lion attaqué par les chasseurs dans les forêts de Numidie, lorsqu'on le voit la
crinière hérissée ne se retirer qu'à pas lents et menaçant, de même Rodomont toujours inaccessible à la
crainte se dirige d'un pas lent et tardif à travers une
haie de piques, de lances et d'épées vers la rivière.

XXIII. — Trois fois et plus, transporté de fureur, il
revient au milieu de la ville, dont il était déjà sorti; il

rougit encore une fois son épée du sang des assaillants,
dont il tue plus d'une centaine. Mais la rage finit par
céder à la raison, qui le détermine à cesser le carnage.
Par une résolution plus sage, il s'élance du rivage dans
le fleuve et sort ainsi du péril.

XXIV. — Couvert de sa pesante armure, il nage aussi
facilement que s'il était soutenu par du liége. Afrique!
non, tu n'as jamais produit un guerrier égal à Rodomont, quoique tu puisses te vanter d'avoir vu naître un
Antée et un Annibal! Rodomont atteint l'autre rive,
éprouvant le regret de laisser encore derrière lui cette
ville qu'il venait de traverser et de ne l'avoir pas brûlée
tout entière et détruite de fond en comble.

XXV. — L'orgueil et la colère le dévorent même
encore tellement, qu'il regarde s'il ne pourrait pas y
rentrer. Dans le fond de son âme, il gémit, il soupire ;
il voudrait n'être sorti de Paris qu'après l'avoir rasé et
brûlé. Mais pendant qu'il se livre à sa fureur, il voit
venir le long du fleuve un personnage qui modérera sa
haine et suspendra ses transports de colère. Je vous
dirai bientôt quel était ce personnage ; mais j'ai auparavant une autre chose à vous raconter.

XXVI. — J'ai à vous parler de la cruelle Discorde, à
qui l'ange Michel avait commandé de semer l'irritation
et la haine dans le camp d'Agramant et de mettre aux
prises ses plus vaillants chevaliers. Elle quitta le couvent le soir même en confiant son office à une autre ;
elle laissa à la Fraude le soin d'entretenir la guerre et
d'y maintenir le feu jusqu'à son retour.

XXVII. — Il lui sembla que sa puissance serait plus
grande si elle se faisait suivre de l'Orgueil, et comme
leur habitation était voisine, elle n'eut pas besoin d'aller
bien loin pour le trouver. L'Orgueil partit donc avec
elle. Mais il fallait se faire remplacer dans le monastère,
quoique son absence ne dût pas se prolonger au delà
de quelques jours ; il choisit pour son lieutenant l'Hy-
pocrisie.

XXVIII. — Voilà donc l'implacable Discorde se mettant en chemin en compagnie de l'Orgueil. Sur sa route elle rencontra l'affligée, l'inconsolable Jalousie, qui se rendait aussi au camp d'Agramant. Elle était accompagnée d'un tout petit nain que la belle Doralice envoyait au roi de Sarse pour lui donner de ses nouvelles.

XXIX. — Quand elle s'était vue tombée au pouvoir de Mandricard (je vous ai dit en quel lieu et dans quelle circonstance), elle avait secrètement députe ce nain pour en informer le roi d'Alger. Elle comptait bien ne pas envoyer inutilement un pareil message; elle espérait que ce fier guerrier donnerait encore de terribles preuves de sa colère en se vengeant cruellement du ravisseur qui l'avait enlevée.

XXX. — La Jalousie avait rencontré ce nain et deviné la cause de son voyage; elle s'était mise à marcher à côté de lui, jugeant bien que son intervention dans cette affaire ne serait pas inutile. La Discorde fut satisfaite d'avoir rencontré la Jalousie; elle le fut bien plus encore quand elle apprit pourquoi elle venait, car elle trouverait en elle un excellent appui pour l'exécution de son dessein.

XXXI. — Elle aurait, de cette manière, un sûr moyen de brouiller Rodomont avec le fils du roi Agrican; elle saurait bien imaginer d'autres querelles pour les autres; mais l'occasion qui se présentait lui parut excellente pour exciter ces deux princes l'un contre l'autre. Elle se dirigea donc avec le nain vers le lieu où le fier païen avait tenu Paris entre ses serres. Ils arrivèrent sur les bords du fleuve, au moment même où le redoutable guerrier venait de le traverser à la nage.

XXXII. — Aussitôt que Rodomont eut reconnu celui qui servait de messager à sa maîtresse, toute sa colère disparut; la sérénité reparut sur son front, et son cœur tressaillit de joie. Il attendait une tout autre nouvelle que celle du sanglant outrage qui lui avait été fait; il s'avança donc vers le nain et, d'un air joyeux : « Comment se porte ma belle maîtresse, lui dit-il, et où t'envoie-t-elle ? »

XXXIII. — « Elle n'est plus ni votre maîtresse ni la mienne, répondit le nain, car elle est l'esclave d'un autre. Hier nous avons rencontré un chevalier qui nous l'a enlevée et l'a emmenée avec lui. » A cette nouvelle, la jalousie, froide comme un aspic, arrive et se glisse dans le cœur de Rodomont. Le nain continue son récit et lui apprend comment un seul guerrier a ravi Doralice et tué tous ses gens.

XXXIV. — La Discorde prend alors de l'acier et une pierre à feu, frappe l'une contre l'autre, tandis que l'Orgueil y mettait une amorce ; le feu prend en un moment et allume dans l'âme du Sarrasin un incendie qui s'empare de lui tout entier. Il soupire, il frémit, son visage devient tellement horrible qu'il semble jeter la menace au ciel et à la nature entière.

XXXV. — Comme une tigresse qui trouve en arrivant sa tanière vide et court furieuse de tous côtés, et, s'apercevant enfin qu'on lui a enlevé ses petits, s'abandonne à une telle colère, à une telle rage qu'elle ne connaît ni montagnes, ni ruisseaux, ni l'obscurité de la nuit, ni la longueur du chemin, ni la tempête, et s'abandonne tout entière au ressentiment qui la pousse à poursuivre le ravisseur,

XXXVI. — De même le Sarrasin frémissant de rage, se tourne vers le nain en lui disant : « Allons, marchons vite. » Il n'attend ni cheval, ni char ; il ne dit aucun mot à ceux qui l'entourent ; il s'élance plus rapidement que le lézard ne traverse un chemin sous les rayons enflammés du soleil. Il court à pied ; mais il se propose d'enlever de force ou de gré le premier coursier qu'il trouvera sur son passage.

XXXVII. — La Discorde qui lit dans sa pensée regarde en riant l'Orgueil et lui dit : « Je lui trouverai un cheval qui deviendra pour lui une occasion de nouveaux débats et de rixes mortelles. Elle a soin d'écarter de la route

qu'il suit tous les autres chevaux, pour qu'il ne trouve
à sa portée que celui qu'elle lui destine ; elle sait
d'avance où il le trouvera. Mais laissons là ce monstre
et retournons à Charlemagne.

XXXVIII. — Aussitôt après le départ de Rodomont,
l'empereur avait fait éteindre le feu qui dévorait la ville
et rétabli l'ordre parmi ses troupes. Il en laisse une
partie dans les lieux les plus faibles et fait sortir le
reste pour fondre sur les Sarrasins à l'improviste et
assurer le succès de la journée. Ils sortent par toutes
les portes qui sont depuis Saint-Germain jusqu'à Saint-
Victor.

XXXIX. — C'est à la porte Saint-Marcel qu'il leur
ordonne de se réunir. Il y avait là une grande plaine où
ils devaient s'attendre les uns les autres, pour se ranger
ensuite sous une même bannière. Il les exhorte en
enflammant leur courage à faire des Sarrasins un tel
carnage que le souvenir ne s'en efface jamais. Enfin
il fait avancer chaque troupe avec ses enseignes et
donne le signal du combat.

XL. — Le roi Agramant était dans le même moment
remonté à cheval, malgré les efforts des chrétiens, et il
livrait un fier et périlleux assaut contre l'amant d'Isabelle. Lurcain était aux prises avec le roi Sobrin.
Renaud tenait tête à un escadron tout entier. Grâce à
son courage et à sa force invincible et grâce aussi à la
fortune, il le heurte, l'entr'ouvre, le détruit et le met en
déroute.

XLI. — La bataille ainsi engagée, Charlemagne
marche sur l'arrière-garde ennemie, à l'endroit où Marsille venait de ranger autour de son étendard la fleur
de la chevalerie espagnole. L'empereur avec son infanterie, ayant sa cavalerie sur les ailes, se précipite avec
ses soldats pleins d'ardeur sur la troupe de Marsille
avec un tel bruit de tambours et de trompettes que
toute la terre en retentit.

XLII. — Les troupes sarrasines commençaient à se

retirer et même, rompues et dispersées, elles allaient
prendre la fuite, sans pouvoir jamais se rallier, lorsque
le roi Grandonio et Falsiron, qui bien souvent s'étaient
trouvés dans un plus grand péril, se présentèrent avec
Balugant, Serpentin le cruel et Ferragus, qui leur cria
à haute voix :

XLIII. — « Mes braves guerriers! mes compagnons!
mes frères! gardez vos rangs et tenez bon : tous les
efforts des ennemis seront vains si nous demeurons
fermes et faisons notre devoir! Songez à l'honneur et
aux riches récompenses que la fortune vous réserve, si
vous êtes victorieux. Songez à la honte et aux malheurs
lamentables qui vous accableraient si vous étiez
vaincus! »

XLIV. — Ferragus, en parlant ainsi, s'était emparé
d'une forte lance dont il alla frapper Béranger qui combattait l'Argalife et avait déjà rompu son casque ; il
lui porta un coup si violent qu'il le renversa sur la
poussière. Puis avec sa redoutable épée il tua autour
de lui huit autres guerriers. A chaque coup qu'il frappe
il fait vider les arçons à un chevalier.

XLV. — Renaud, de son côté, avait immolé un si
grand nombre de Sarrasins que je ne pourrais les compter. Aucun rang ne pouvait tenir devant lui. Vous
l'auriez vu de tous côtés faisant le vide dans le camp.
Zerbin et Lurcain ne combattaient pas avec moins d'ardeur. Leurs exploits sont si nombreux que le souvenir
n'en périra jamais. L'un d'un coup d'épée avait tué
Balastre, et l'autre avait fendu le casque et la tête de
Finadure.

XLVI. — Le premier conduisait les troupes d'Alzerbe
qui avaient eu peu auparavant Tardoc pour chef; le second
commandait les régiments de Zancora, de Saffi et de
Maroc. Mais parmi les Africains, me dira-t-on, n'y
avait-il donc aucun guerrier qui sût se servir de la
lance et manier l'épée? Qu'on se rassure, je n'oublierai
aucun des noms glorieux qui méritent d'être signalés.

XLVII. — Je n'oublierai point le roi de Zumara, Dardinel, le noble fils d'Almont, dont la lance avait abattu Hubert de Mirfort, Claude Dubois, Élie et Dauphin-Dumont, et qui avait renversé d'un coup d'épée Anselme de Stanford, Raymond de Londres et Pinamont, trois guerriers fort braves cependant. Des sept qu'il avait combattus, il en avait tué quatre, blessé un et jeté les deux autres par terre tout étourdis.

XLVIII. — Mais malgré ses prodiges de valeur, il ne peut assez retenir ses soldats pour qu'ils résistent aux attaques des chrétiens, moins nombreux, mais plus vaillants, plus habiles à manier l'épée et la lance, plus expérimentés enfin dans l'art de la guerre. Les troupes maures, celles de Zumara, de Suez, de Maroc, de Canar sont mises malgré lui en pleine déroute.

XLIX. — La troupe que commande Alzerbe, plus effrayée que les autres, s'enfuit; mais le jeune héros essaye de l'arrêter et de ranimer son courage, en employant tantôt les prières et tantôt les menaces. « Nous allons voir, s'écrie-t-il, si la mémoire d'Almont est encore présente à vos cœurs et peut encore produire quelque effet! Je verrai moi-même si vous voudrez m'abandonner, moi qui suis son fils, au milieu d'un si grand péril.

L. — « Arrêtez! je vous en prie, au nom de ma verte jeunesse sur laquelle vous aviez fondé de si grandes espérances. Vous ne voulez pas sans doute être tous passés au fil de l'épée, de manière à ce qu'aucun de vous ne puisse reporter sa race en Afrique! De tous côtés vous trouverez les chemins fermés, si nous ne nous rallions et ne marchons tous ensemble en serrant nos rangs. Les montagnes nous opposent une trop haute muraille, et la mer étend devant nous un trop large fossé pour que nous espérions retourner dans notre pays.

LI. — « Il vaut mieux mourir ici que de nous exposer au supplice et de nous mettre à la discrétion de ces maudits chrétiens! tenez ferme au nom de Dieu, mes

fidèles amis; il n'y a qu'à résister : tout autre parti n'est
qu'un remède inutile. Nos ennemis n'ont qu'une vie
comme nous, ils n'ont qu'une âme comme nous, que
deux bras comme nous! » En parlant ainsi, le brave
guerrier donnait la mort au comte d'Athol.

LII. — Le souvenir d'Almont enflamme tellement la
troupe africaine, qui déjà tournait le dos, qu'elle se met
à penser qu'il vaut mieux employer ses bras et ses
mains à se défendre que fuir devant l'ennemi. Guil-
laume de Burnik était un Anglais dont la tête s'élevait
au-dessus de celles de tous les autres. Dardinel la lui
coupe et rend ainsi sa taille égale à celle de ses compagnons. Il abat pareillement la tête à Aramon de Cor-
nouailles.

LIII. — Son frère le voit tomber, il vole à son secours ; mais Dardinel lui ouvre les épaules et le fend
jusqu'au milieu de l'estomac. Il perce le ventre à Bogio
de Vergalle et le dégage ainsi de la promesse qu'il
avait faite à sa femme de venir la rejoindre au bout
de six mois, encore plein de vie.

LIV. — Non loin de là, Dardinel voit venir Lurcain
qui venait de coucher par terre Dorchin et Gardon, le
premier en lui perçant la gorge de part en part, le second
en lui fendant la tête jusqu'aux dents. Althée, ce guerrier
qu'il aimait autant que lui-même, Althée qui avait
voulu, mais trop tard, prendre la fuite, tombe aussi
sous les coups de Lurcain, qui l'a frappé mortellement
derrière le cou.

LV. — Dardinel prend une lance et court pour venger
son ami. Il promet à Mahomet, malheureusement sourd
à sa voix, que s'il parvient à jeter Lurcain mort sur le
sable, il lui consacrera dans une mosquée les armes
dont il l'aura dépouillé. Alors franchissant l'espace qui
le sépare de son ennemi, il lui porte dans le flanc un si
rude coup de lance, qu'il la lui passe tout entière au
travers du corps. Puis il commande à ses compagnons
de lui enlever son armure.

LVI. — Ne me demandez pas si Ariodant éprouve une grande douleur en apprenant la mort de son frère, et s'il désire vivement envoyer dans les enfers l'âme de Dardinel; mais ses soldats et ceux des troupes infidèles l'empêchent également d'exécuter son dessein. Il veut cependant se venger, et l'épée à la main il cherche soit d'un côté, soit d'un autre, à se frayer un passage.

LVII. — Il heurte, fend, chasse, renverse et taille en pièces tout ce qui s'oppose à lui ou veut lui résister. Et Dardinel, qui s'aperçoit de son intention, brûle déjà d'envie de la satisfaire; mais la foule qui l'entoure l'en empêche et rompt aussi son dessein. Si l'un fait des Maures un affreux massacre, l'autre ne fait pas tomber sous ses coups moins d'Anglais, d'Écossais et de Français.

LVIII. — La fortune empêcha leur rencontre pendant tout le jour; elle voulait conserver le fils d'Almont aux coups d'une main plus puissante: car l'homme peut rarement se soustraire à sa destinée. En ce moment Renaud se dirigeait vers ce lieu, ce qui rendait la mort du jeune homme inévitable. Il paraît : la fortune le conduit pour lui faire obtenir la gloire d'avoir fait tomber sous ses coups le vaillant Dardinel.

LIX. — Mais c'est assez parler pour cette fois des hauts faits des héros de l'Occident, il est temps que je retourne à Griffon que j'ai laissé tout brûlant de colère et d'indignation. Il faisait fuir plus que jamais la population épouvantée. Noradin accourait au bruit avec plus de mille hommes bien armés.

LX. — Ce prince, voyant tout son peuple en fuite, venait avec toute sa troupe bien ordonnée à la porte de la ville, qu'il se fit aussitôt ouvrir. Griffon pendant ce temps avait chassé devant lui cette lâche et pusillanime populace, et il avait remis pour la seconde fois sur son dos, pour se défendre, l'armure de Martan, objet de tant de dédain et de mépris.

LXI. — Près d'un temple entouré de murs et bien

fortifié, qu'environnait un fossé profond, Griffon occupa et barricada l'entrée d'un pont de manière à ne pouvoir être entouré. Tout à coup une foule de gens de guerre sort de la ville en poussant des cris et en proférant mille menaces. Griffon intrépide et ferme reste à son poste et montre à ses assaillants qu'ils ne lui inspirent aucune crainte.

LXII. — Dès qu'il les vit s'approcher, il courut à leur rencontre au milieu de l'esplanade, puis après en avoir fait un horrible massacre (car il frappait sans désemparer de l'épée avec ses deux mains), il se retirait vers la partie la plus resserrée du pont, et il n'y tenait pas longtemps ses ennemis en paix. Il faisait une nouvelle sortie, se précipitait sur eux, et laissait parmi eux des marques terribles de sa valeur.

LXIII. — En frappant du tranchant ou de la pointe de l'épée, il fait mordre la poussière aux fantassins et aux cavaliers. Le peuple tout entier s'acharne contre lui et le combat devient de plus en plus opiniâtre. Griffon enfin a peur de se voir submerger par la mer montante des assaillants; il est blessé à l'épaule et à la cuisse gauche et il commence à perdre haleine.

LXIV. — Mais la vertu, qui vient souvent au secours de ceux qui l'aiment, excite l'admiration de Noradin et lui fait trouver grâce devant lui. Ce prince, qui était accouru en entendant le bruit qui se faisait autour de Griffon, voyant tant de morts couchés sur la terre après avoir reçu des blessures telles qu'elles paraissaient faites de la main d'Hector, reconnut à ces preuves de valeur qu'il avait eu tort de traiter si indignement et avec tant d'ignominie un si parfait chevalier.

LXV. — Quand il se fut approché de lui et qu'il vit en face celui qui avait massacré un si grand nombre de ses sujets, quand il aperçut cette montagne horrible de morts qu'il avait élevée devant lui, le sang ruisselant dans le fossé, l'eau toute rougie, il lui sembla voir Horatius Coclès se tenant sur le pont du Tibre et arrêtant

seul l'armée toscane. Pour son honneur et pour son
propre intérêt, il fit éloigner ses soldats qui lui obéirent
sans peine.

LXVI. — Il élève sa main nue et désarmée, signe de
trêve et de paix en usage dès les temps les plus
anciens, et dit à Griffon : « J'avoue sans hésiter mes
torts envers toi, et tout le regret que j'éprouve. Un
manque de réflexion et des conseils perfides m'ont fait
tomber dans une étrange erreur. J'ai cru punir le plus
lâche des hommes, et j'ai fait injure au plus vaillant.

LXVII. — « Et quoique cette injure et cette honte, que
dans mon ignorance je t'ai infligées, soient bien com-
pensées et surpassées même par la gloire dont tu viens
de te couvrir, la prompte et insigne satisfaction que je
veux te donner sera proportionnée à ma puissance :
heureux de pouvoir m'acquitter envers toi, soit avec
de l'or, soit en te donnant des villes et des châteaux.

LXVIII. — « Demande-moi la moitié de mon royaume
et je t'en garantirai la possession ; mais tout cela n'est
pas une récompense suffisante pour ta haute valeur, je
t'offre de plus mon amitié. Que ta main touche la
mienne, ce sera pour moi un gage de foi et d'éternelle
amitié. » En parlant ainsi, il descend de cheval et présente à Griffon sa main droite.

LXIX. — Griffon, touché de la bonté du prince qui
vient l'embrasser si cordialement, quitte son épée et
dépose avec elle tout esprit de vengeance et de ressentiment. Il s'agenouille avec respect devant Noradin.
Le roi voit son sang couler par deux blessures ; il se
hâte d'appeler des médecins, le fait transporter com-
modément dans la ville et le loge dans son palais.

LXX. — Le jeune homme attendit pendant plusieurs
jours qu'il eût assez de force pour se revêtir de ses
armes. Mais laissons-le chez Noradin, pour aller retrouver, dans la Palestine, son frère Aquilant et le prince
Astolphe. Depuis que Griffon avait quitté les murs de
la ville sainte, ces deux guerriers l'avaient cherché long-

temps à Jérusalem et dans tous les lieux qui entourent cette ville.

LXXI. — Ils étaient loin d'avoir pu deviner l'un et l'autre ce qu'était devenu Griffon, mais ils apprirent du pèlerin grec, en parlant de plusieurs autres choses, qu'Origile était partie de Constantinople pour se rendre à Antioche, éprise d'un amour subit pour un jeune homme de cette ville.

LXXII. — Aquilant demanda au pèlerin s'il n'en avait pas informé Griffon. Sur sa réponse affirmative, il ne douta pas qu'il ne fût parti, soupçonnant bien les raisons qui l'avaient déterminé. Il avait dû se mettre à la recherche d'Origile à Antioche, dans la pensée de l'arracher à son rival, et de tirer de lui une terrible et mémorable vengeance.

LXXIII. — Aquilant ne supporta pas l'idée de laisser son frère aller seul et sans lui courir cette nouvelle aventure. Il prit ses armes pour le suivre ; mais auparavant il pria Astolphe de différer son retour en France et dans la maison paternelle jusqu'à ce que lui-même fût revenu d'Antioche. Aussitôt il se rend à Japha et s'embarque, pensant que la voie de la mer devait être la meilleure et la plus courte.

LXXIV. — Un vent de sirocco qui régnait alors sur la mer poussa le vaisseau si rapidement que, dès le jour suivant, il découvrit la terre de Sur, puis Saphet ; il dépassa ensuite Béryte et Zibelet. Laissant de côté à gauche l'île de Chypre, il dirigea sa course vers Tripoli, Tortose, Lizza et le golfe d'Ajazzo.

LXXV. — Le pilote faisant voile vers l'est poursuivit directement sa course vers l'embouchure de l'Oronte, attendant le moment favorable pour y opérer sa descente. Aquilant fait jeter le pont, débarque tout armé, monte sur un excellent coursier et, marchant toujours le long du fleuve, le remonte jusqu'à son arrivée à Antioche.

LXXVI. — Pendant la route il s'informa de ce Mar- tan et il apprit qu'il était parti avec Origile pour Damas,

où devait avoir lieu un magnifique tournoi ordonné par
le roi de Syrie. Aquilant ne perdit pas un instant pour se
mettre en route, ne doutant pas que son frère n'eût suivi
les fugitifs. Dans son ardente impatience, il quitta le même
jour Antioche, trouvant trop long un voyage par mer.

LXXVII. — Il traversa la Lydie, se dirigea sur Larisse,
laissa derrière lui la riche et puissante ville d'Alep.
Dieu, voulant montrer qu'il ne refuse jamais de récompenser la vertu et de punir le vice, voulut qu'Aquilant
rencontrât le lâche Martan à une lieue de Mamuga. Ce
Martan faisait porter devant lui, en grande pompe, le
prix du tournoi.

LXXVIII. — Au premier abord, Aquilant prit ce vil
Martan pour son frère, trompé par les armes qu'il portait et par ses livrées plus blanches que la neige sur
laquelle les pas ne se sont point encore imprimés. Poussant un cri de joie par un Oh! qui en est le signe le
plus expressif, il avait commencé par courir vers lui;
mais dès qu'il fut plus près et qu'il reconnut que ce n'était
pas son frère, il changea bientôt de visage et de ton.

LXXIX. — Il s'imagina que Martan secondé par les
artifices d'Origile, sa digne compagne, avait tué Griffon.
Aussi lui cria-t-il d'une voix terrible : « Dis-moi, toi
qui à en juger par ton air ne dois être qu'un voleur et
un traître, dis-moi, où as-tu pris ces armes? D'où vient
que je te trouve sur le cheval de guerre de mon frère?
Allons! vite, réponds-moi. Mon frère est-il mort ou vivant? Comment as-tu pu lui enlever ces armes et ce
coursier? »

LXXX. — Quand Origile entendit cette voix irritée,
elle détourna son cheval et voulut fuir; mais celui
d'Aquilant était plus rapide que le sien et il la força de
s'arrêter, bon gré mal gré. Aux menaces terribles du
chevalier, Martan, surpris, devient pâle et tremblant
comme une feuille, il ne sait que faire ni que répondre.

LXXXI. — Les cris et les menaces d'Aquilant ne
cessent de retentir; il lui porte au visage la pointe de

son épée et le menace en jurant de le tuer sans tarder,
aussi bien qu'Origile, à moins qu'il ne lui fasse connaître toute la vérité. Ainsi pris au dépourvu, Martan
réfléchit quelques instan's, il cherche par quel faux-
fuyant il pourra atténuer son crime et dit enfin :

LXXXII. — « Vous saurez d'abord, seigneur, que cette
demoiselle est ma sœur; elle appartient à une famille
honorable et vertueuse, et cependant la vie scandaleuse
qu'elle a menée jusqu'à présent avec Griffon l'a malheureusement couverte d'opprobre. Je n'ai pu supporter une
pareille infamie ; ne pouvant l'enlever par la force des
armes à un homme si vaillant, j'ai eu recours pour y
parvenir à l'artifice et à la finesse.

LXXXIII. — « Avec ma sœur, désormais déterminée à
mener une vie plus honorable, je profitai du sommeil
de Griffon pour partir sans qu'il le sût ; elle a pris la
fuite avec moi, et, pour que le chevalier fût hors d'état
de nous poursuivre et de rompre notre dessein, nous le
laissâmes à pied et désarmé ; et c'est ainsi que nous
sommes arrivés dans ce lieu où vous nous trouvez. »

LXXXIV. — Si Aquilant se fût laissé persuader par
ses belles paroles, Martan aurait pu se vanter d'être le
plus habile des hommes. Ce qu'il disait de l'enlèvement
des armes et du cheval, et tout ce qu'il avait dit aussi de
Griffon, aurait pu paraître vraisemblable. Mais en voulant s'excuser, il alla trop loin, car il imagina un autre
mensonge beaucoup plus grave encore que le premier.
Il aurait pu s'en tenir à celui-ci ; il eut tort d'ajouter
que cette demoiselle était sa sœur.

LXXXV. — Une foule de personnes dans Antioche
avaient appris à Aquilant que cette femme était sa maîtresse. « Impudent menteur ! insigne larron ! lui cria-t-il
enflammé de colère, tu ne m'en imposeras pas ! » Et dans
l'instant il lui asséna sur la figure un si violent coup de
poing qu'il lui cassa deux dents, et, sans l'écouter davantage, il lui lia les deux mains par derrière avec
une corde.

LXXXVI. — Il en fait autant à Origile, malgré toutes ses protestations d'innocence, puis il les traîne tous deux par les châteaux et les villes ; il les conduit ainsi jusqu'à Damas. Il leur aurait fait faire ainsi mille et mille lieues en leur infligeant des tourments et des traitements ignominieux jusqu'à ce qu'il eût trouvé son frère et qu'il les lui eût remis entre les mains, pour qu'il pût se venger d'eux comme il lui plairait.

LXXXVII. — Aquilant se fit suivre aussi de leurs écuyers et de leurs bagages. Il arriva à Damas ; il y trouva le nom de Griffon et sa valeur faisant le sujet des entretiens et de l'admiration de la ville entière. Les petits et les grands savaient déjà que c'était lui qui avait vaincu dans le tournoi, et que c'était à lui que son compagnon par une lâche trahison avait dérobé la gloire du triomphe.

LXXXVIII. — Tout le peuple reconnut d'abord cet infâme Martan ; on se le montrait du doigt les uns aux autres. « N'est-ce pas là, disait-on, ce vil imposteur qui s'était fait gloire de la victoire d'un autre ? N'est-ce pas celui qui a couvert de son infamie et de son déshonneur le brave guerrier qui l'avait accompagné ? N'est-ce pas là cette femme ingrate qui trahit les honnêtes gens et favorise les coquins ? »

LXXXIX. — D'autres disaient : « Comme ils se trouvent bien ensemble, comme ils sont bien de la même race et du même naturel ! » Celui-ci les maudissait, celui-là criait par derrière : « Qu'on les pende, qu'on les brûle, qu'on les écartèle, qu'on les mette en pièces ! » La foule se presse, se heurte pour les voir ; elle court à leur rencontre à travers les rues et les places. La nouvelle en parvint au roi qui en témoigna plus de joie que de la conquête d'un royaume.

XC. — Sans être accompagné de ses écuyers ou de ses gardes, il sort du palais en toute hâte ; en l'état où il se trouve il va à la rencontre d'Aquilant qui venait de si loin venger son frère. Il lui fait l'accueil le plus ho

norable et le plus aimable ; il l'invite à l'accompagner
dans son palais, après avoir, avec son consentement,
fait enfermer au fond d'une tour les deux prisonniers.

XCI. — Le roi et Aquilant allèrent ensemble trouver
Griffon qui n'avait pas quitté son lit depuis le jour où
il avait reçu des blessures. En voyant son frère il
rougit, ne doutant pas qu'il ne connût tout son malheur.
Après qu'Aquilant eut un peu plaisanté à ce sujet, on
parla des moyens de traiter comme ils le méritaient les
deux coupables tombés en leur puissance.

XCII. — Aquilant et le roi étaient disposés à leur
faire subir les traitements qu'ils méritaient; mais Griffon n'osant pas solliciter seulement pour Origile supplia
pour qu'on pardonnât à l'un et à l'autre. Il fit valoir un
grand nombre de raisons exposées avec habileté. On
lui répondit, et, pour conclure, on décida que Martan
serait livré au bourreau pour être fustigé et qu'on lui
ferait grâce de la vie.

XCIII. — On le fit attacher, mais non au milieu des
fleurs et des campagnes verdoyantes; il fut promené et
fouetté à travers la ville tout entière. Puis Origile fut
retenue en prison jusqu'au retour de la belle Lucine
qui dut décider de la punition douce ou rigoureuse qui
lui serait réservée. Aquilant demeura auprès du roi
jusqu'à ce que son frère fût entièrement guéri et pût
reprendre ses armes.

XCIV. — Le roi Noradin, qui depuis sa méprise
était devenu plus sage et plus modéré, ne pouvait se
consoler d'avoir fait une injure si regrettable à ce guerrier, et la douleur qu'il ressentait de l'outrage qui lui
avait été fait lui inspirait le désir de lui offrir une répa-
ration suffisante. Il n'avait jour et nuit d'autre pensée
que d'en chercher les moyens.

XCV. — Il résolut de combler un chevalier si magnanime de tous les honneurs que peut rendre un roi puissant. Il voulut, en présence du peuple tout entier et
dans la ville même, coupable envers lui d'un si grand

outrage, lui restituer le prix que la fourberie d'un traître
lui avait enlevé. Il fut donc annoncé le mois suivant
qu'un nouveau tournoi aurait lieu dans la ville de Damas.

XCVI. — On déploya, dans les préparatifs de cette fête,
toute la pompe que pouvait imaginer une royale muni-
ficence. La renommée en répandit bientôt la nouvelle
dans toute la Syrie. En Phénicie et en Palestine, le bruit
en parvint jusqu'à Astolphe, qui résolut avec le vice-
roi de ne pas manquer de figurer à cette fête guerrière.

XCVII. — L'histoire a célébré avec justice la valeur
éclatante et le grand nom de Sansonnet. Il avait reçu
le baptème de la propre main de Roland, et c'est
Charlemagne qui lui avait confié le gouvernement de la
Palestine, comme je l'ai dit plus haut. Astolphe et lui
s'empressèrent de réunir leurs équipages pour se rendre
à cette fameuse joûte dont on parlait dans tous les lieux
et que préparait la ville de Damas.

XCVIII. — Ils voyageaient à travers le pays, lentement, à petites journées, sans se presser; ils voulaient
arriver frais et dispos à Damas pour le jour où com-
mencerait la joûte. Arrivés à l'embranchement de deux
routes, ils rencontrèrent un personnage que d'après ses
vêtements et sa physionomie assurée ils prirent pour un
guerrier. C'était cependant une femme, mais une femme
qui dans les combats brillait d'un éclat incomparable.

XCIX. — La jeune guerrière s'appelait Marphise; sa
valeur était telle qu'elle avait bien des fois, l'épée en
main, fait trembler plus d'un chevalier; elle avait même
vaillamment lutté contre Roland et le seigneur de Montauban. Nuit et jour elle marchait armée, cherchant de
tous côtés sur les montagnes et dans les vallées des
chevaliers errants pour se battre contre eux et immortaliser ainsi son nom.

C. — Lorsqu'elle vit Astolphe et Sansonnet s'avançant
ensemble, revètus de leurs armes, elle reconnut en eux
deux preux chevaliers, tant leur mine était fière, tant
leur force et leur haute taille attiraient l'attention. Tou-

jours désireuse de se signaler dans les combats, elle avait déjà poussé son cheval en avant, lorsqu'en les regardant de plus près elle reconnut le duc Astolphe.

CI. — Elle se souvint de l'amabilité et de la courtoisie du chevalier lorsqu'il était auprès d'elle au Cathay. Elle l'appela par son nom, ôta son gantelet et leva la visière de son casque. Malgré la fierté sans pareille qui la distinguait, elle alla l'embrasser avec de grands transports de joie. Astolphe, de son côté, répondit à cette aimable prévenance par l'accueil le plus cordial et le plus empressé.

CII. — Ils s'informèrent réciproquement du motif de leur voyage. Dès qu'Astolphe, qui parla le premier, eut raconté qu'il se rendait à Damas où le roi de Syrie avait invité les chevaliers les plus courageux à venir se signaler par leurs faits d'armes, Marphise, toujours animée du désir de se distinguer, déclara qu'elle voulait prendre sa part de cette fête guerrière.

CIII. — Astolphe et Sansonnet furent charmés d'avoir avec eux une compagne si illustre; ils se rendirent donc à Damas la veille du jour où devait avoir lieu le tournoi et ils se logèrent dans un des faubourgs de la ville. Ils y dormirent jusqu'au moment où l'aurore quitta le lit de son vieil époux qui lui fut toujours si cher, beaucoup plus à leur aise que s'ils étaient descendus au palais du roi.

CIV. — Un soleil brillant répandit au matin ses rayons sur la terre, et alors Marphise et les deux guerriers se revêtirent de leurs armes. Ils envoyèrent à la ville plusieurs messagers qui, à leur retour, leur annoncèrent que le roi Noradin était déjà venu pour voir tous les préparatifs de la joûte et qu'il était prêt à donner le signal du combat.

CV. — Sans perdre de temps, ils entrent dans la ville, se rendent sur la place par la grande rue et ils y trouvent les chevaliers les plus distingués, rangés à droite et à gauche, attendant le signal du roi. Le prix qui devait

être ce jour-là donné au vainqueur consistait en une
épée courte, en une masse richement ornée et en un
cheval de guerre, dignes présents d'un si grand prince.

CVI. — Noradin ne pouvait douter que Griffon ayant
vaincu dans la première lutte ne triomphât aussi dans
la seconde; et pour lui faire présent de ce qu'un homme
aussi brave devait désirer le plus, croyant ne pas devoir
faire moins, il avait joint aux autres armes l'épée, la
masse et un coursier de la plus grande valeur.

CVII. — On avait attaché en forme de trophée, sur la
place et par l'ordre du prince, les armes qui dans la
joûte précédente devaient être le prix de la victoire de
Griffon, et que l'infâme Martan, se faisant passer pour
ce héros, avait indignement usurpées. Noradin y avait
ajouté la riche épée et la masse suspendues à l'arçon de
la selle du cheval; le tout devait être attribué au fils
d'Olivier en récompense de sa rare valeur.

CVIII. — Mais quelqu'un empêcha l'accomplissement
de ses bonnes intentions; c'était la guerrière magnanime
qui venait d'arriver sur la place en compagnie de Sansonnet et d'Astolphe. En voyant les armes dont je viens
de parler elle les reconnut sur-le-champ, car elles lui
avaient autrefois appartenu : elle les considérait comme
les objets les plus précieux et les plus rares qu'elle pût
posséder.

CIX. — Elle les avait laissées sur la route pour ne
pas être embarrassée dans sa course le jour où, voulant
recouvrer son excellente épée, elle poursuivit ce Brunel
qui méritait d'être pendu. Il est inutile que je vous
raconte cette histoire: je la tais ; il me suffira de dire
comment Marphise trouva ses armes à Damas.

CX. — Je vous dirai encore que, reconnaissant ses
armes à des signes certains, elle n'aurait pas consenti
pour tout au monde à les laisser un seul jour en possession d'un autre. Qu'elle s'en empare d'une manière
honnête ou non, peu lui importe! Elle veut les avoir,
et sans hésitation s'approche du poteau où elles sont

attachées, étend la main et s'en empare sans scrupule.

CXI. — En y mettant cependant trop de précipitation, elle n'en prend qu'une partie et fait tomber les autres par terre. Noradin offensé de sa hardiesse donne d'un seul regard le signal de la révolte contre elle. Le peuple ne peut supporter cet outrage, et pour se venger de Marphise s'arme sur-le-champ de lances et d'épées, oubliant ce qui lui était arrivé quelques jours auparavant pour avoir imprudemment attaqué un chevalier errant.

CXII. — Le jeune enfant qui au retour du printemps court parmi les prés émaillés de fleurs, jaunes ou azurées, la jeune fille belle et élégamment parée qui se montre dans un bal au milieu d'une musique invitant à la danse, éprouve moins de plaisir que n'en ressent Marphise, la guerrière intrépide, au bruit des armes et des coursiers, au milieu des lances et des épées et au sein du carnage et de la mort.

CXIII. — Elle pique son coursier et, la lance en arrêt, se précipite avec impétuosité sur le peuple ; elle perce à l'un le cou, à l'autre la poitrine ; elle jette par terre à droite et à gauche tout ce qu'elle rencontre, puis frappe de son épée tantôt l'un, tantôt l'autre, fait voler à l'un la tête, perce à l'autre les flancs, coupe à ceux-là un bras, une main ou une jambe.

CXIV. — Astolphe et Sansonnet, pleins de hardiesse et de courage, revêtus comme Marphise de toutes les pièces de leur armure, quoique n'ayant pas eu l'intention de combattre, s'empressent, au spectacle de la bataille engagée, de baisser la visière de leurs casques et de se jeter la lance à la main sur la populace, à travers laquelle ils s'ouvrent un large chemin avec leur puissante épée.

CXV. — Les chevaliers venus de divers pays dans la perspective seule d'un tournoi s'étonnent de voir les armes employées avec fureur à un autre usage. Ils s'attendaient à des joûtes, ils les voient remplacées par des combats meurtriers ; ils ignorent les motifs qui ont suscité l'indignation et la colère du peuple ; ils ignorent la grossière injure faite au roi de Syrie, ils demeurent donc dans l'incertitude et la stupéfaction.

CXVI. — Les uns entreprennent de seconder les efforts du peuple, ce dont ils eurent lieu bientôt de se repentir ; les autres, qui ne s'intéressent pas plus aux habitants de la ville qu'aux étrangers, se disposent à partir ; les plus sages, tenant en main la bride de leurs chevaux, attendent quelle sera l'issue de cette aventure. De ce nombre étaient Griffon et Aquilant qui s'avancèrent pour punir ceux qui avaient pris indûment les armes.

CXVII. — Les deux guerriers voyant les yeux du roi remplis d'une vive colère et troublés par l'indignation, et d'ailleurs étant informés parfaitement de la cause de toute cette mêlée et du sujet de la querelle, Griffon surtout, persuadé que l'injure l'atteignait lui-même aussi bien que le roi, avaient fait promptement apporter leurs armes et, rapides comme la foudre, couraient à la vengeance.

CXVIII. — Astolphe, de son côté, monté sur Rabican, devance tous les autres, piquant des deux, et tenant à la main cette lance d'or enchantée qui renverse tous ceux qui se présentent au combat. C'est avec cette arme merveilleuse qu'il atteint et renverse d'abord Griffon ; il court ensuite vers Aquilant et à peine a-t-il touché le bord de son écu que ce guerrier tombe sur le sable.

CXIX. — Les plus fiers chevaliers, les plus expérimentés et les plus braves, frappés par Sansonnet, vident aussi les arçons. Le peuple trouvant une issue s'élance hors de la place. Le roi est en proie au ressentiment et à la rage. Pendant ce temps Marphise, voyant tout le monde fuir devant elle, retourne à son hôtel, fière d'avoir conquis deux cuirasses et deux casques.

CXX. — Astolphe et Sansonnet ne perdent pas un moment ; ils retournent avec Marphise vers la porte de la ville, le peuple leur faisant place, et rentrent à leur logis. Aquilant et Griffon, désolés d'avoir été renversés dès la première atteinte, baissaient la tête, pleins de honte, n'osant pas se présenter devant le roi.

CXXI. — Dès qu'ils furent remontés sur leurs chevaux, ils se mettent à poursuivre vivement leurs ennemis ; le roi les suit avec un grand nombre de vassaux déterminés à périr ou à le venger. La populace timide leur crie : En avant! en avant! mais elle demeure en arrière, attendant les événements. Griffon arrive au moment où ses trois adversaires faisaient volte-face en tête du pont dont ils s'étaient emparés.

CXXII. — Arrivé près d'Astolphe, il le reconnaît à la livrée, au cheval et aux armes qu'il avait le jour où il combattit l'enchanteur Horille. Il ne l'avait pas regardé et n'avait fait à lui aucune attention lorsqu'il avait joûté contre lui sur la place ; le reconnaissant alors il le salua, et lui demanda quels étaient les personnages dont il était accompagné.

CXXIII. — Il lui demanda aussi pourquoi ils avaient jeté les armes à terre en manquant ainsi de respect au roi Noradin. Le duc d'Angleterre ne refusa pas de faire connaître les noms de ses deux compagnons. Quant aux armes qui avaient donné lieu à la lutte, il ne put lui donner des informations précises. Mais comme Sansonnet et lui avaient accompagné Marphise, ils avaient cru devoir lui prêter main-forte.

CXXIV. — Aquilant, voyant Griffon s'entretenir avec Astolphe, s'approcha d'eux et reconnut le prince anglais : son désir de vengeance s'évanouit aussitôt. Dans le même temps arrivèrent plusieurs des vassaux de Noradin qui les voyant tous trois réunis et s'entretenir amicalement n'osèrent approcher de trop près et se contentèrent d'écouter les résultats de leur conversation.

CXXV. — Plusieurs entendant dire que Marphise, dont le monde entier célébrait la valeur sans pareille, était en ce lieu, tournèrent bride aussitôt pour annoncer à Noradin que s'il ne voulait pas dans ce jour voir sa cour anéantie, il devait se hâter, avant qu'elle ne fût massacrée tout entière, de l'arracher des mains d'une Tisiphone et par conséquent à la mort, car c'était la redoutable Marphise elle-même qui sur la place avait enlevé l'armure.

CXXVI. — En entendant ce nom si redouté de tout l'Orient, qui faisait dresser les cheveux aux plus braves, lors même que celle qui le portait n'était pas présente, Noradin ne douta pas que les événements ne fussent tels qu'on venait de le lui dire s'il ne se hâtait de prendre les devants. Il rappelle donc et range autour de lui ses troupes chez lesquelles la colère avait fait place à la peur.

CXXVII. — D'un autre côté les fils d'Olivier avec Sansonnet et le fils d'Othon supplièrent Marphise avec tant d'instances qu'elle consentit à mettre fin à la terrible lutte. Elle s'avança avec un visage altier et intrépide vers le roi et lui dit : « Je ne sais en vertu de quel droit vous voulez faire don de ces armes, qui ne vous appartiennent pas, au vainqueur de votre tournoi.

CXXVIII. — « Ces armes sont à moi ; je les ai laissées un jour, au milieu d'une route qui d'Arménie conduit en ces lieux, pour suivre à pied un voleur qui m'avait fait une cruelle offense. Je puis en donner pour preuve une devise que vous pouvez reconnaître, si vous l'avez jamais vue. » En parlant ainsi elle lui montra sa cuirasse sur laquelle était gravée une couronne brisée en trois parties.

CXXIX. — « Je conviens, lui répondit le roi, que c'est d'un marchand d'Arménie que je tiens ces armes. Il me les a apportées il y a peu de jours, et si vous me les aviez demandées je vous les aurais remises, qu'elles vous appartiennent ou non. Je les ai déjà données il est vrai à Griffon, mais j'ai en lui assez de confiance pour être certain qu'il m'eût rendu ce présent pour que je pusse vous le restituer.

CXXX. — « Il n'est pas nécessaire, pour me persuader qu'elles sont à vous de m'assurer qu'elles portent votre devise, il suffit que vous, me le disiez, car un seul mot de vous est une preuve suffisante. Ces armes vous appartiennent, si elles doivent être données à celle qui en est la plus digne par sa vaillance. Prenez-les donc et que toute dispute cesse ; Griffon recevra en échange une plus magnifique récompense. »

CXXXI. — Griffon, se souciant fort peu de posséder ces armes, mais fort désireux de plaire au roi, lui dit : « Vous m'aurez suffisamment récompensé si vous m'assurez que j'ai pu vous complaire. » Marphise se dit en elle-même : « Il me semble que l'on me rend ici suffisamment honneur en tous points ; » alors, prenant l'air le plus gracieux, elle veut que Griffon possède ces armes précieuses et le décide à en accepter le présent.

CXXXII. — Tous rentrèrent à la ville en parfaite intelligence : on y recommença la fête ; les joûtes eurent lieu ; ce fut Sansonnet qui en eut tout l'honneur et en obtint le prix ; Astolphe et les deux frères ne voulurent pas y prendre part, désirant en bons amis et en gracieux compagnons que Sansonnet fût proclamé vainqueur de la joûte.

CXXXIII. — Ils passèrent plusieurs jours auprès de Noradin au milieu des plaisirs et des fêtes, puis sollicités par leur amour pour la France, qu'ils ne voulaient point abandonner plus longtemps, ils prirent congé du roi, et Marphise qui voulait aller visiter le même pays les y accompagna. Il y avait longtemps qu'elle désirait se mesurer avec les paladins de France.

CXXXIV. — Elle voulait savoir par elle-même si leurs actes répondaient à leur réputation. Sansonnet laissa le commandement de la Palestine à un lieutenant. Réunis ainsi dans un but commun, ces cinq guerriers d'élite, après avoir obtenu la permission du roi, partirent et se rendirent à Tripoli sur les bords de la mer.

CXXXV. — Ils y trouvèrent un vaisseau que l'on chargeait pour l'Occident ; ils firent pour eux et leurs chevaux un arrangement avec un vieux patron qui était de Luna. Le temps était magnifique et leur promettait une heureuse navigation. Ils quittèrent le rivage et leurs voiles se déployèrent sous un vent des plus favorables.

CXXXVI. — L'île consacrée à la déesse des amours fut le premier port qui reçut les voyageurs. L'air y est si

pernicieux qu'il n'est pas seulement nuisible aux hommes
dont il abrége la vie, mais qu'il attaque même le fer.
L'infection vient d'un marais; et certes la nature n'aurait pas dû traiter si mal Famagusta en la plaçant si près
de l'air mortel de Constance, quand elle s'est montrée si
bienveillante pour le reste de l'île de Chypre.

CXXXVII. — Les exhalaisons qui s'échappaient de
ce marais malsain ne permirent pas au vaisseau d'y sé-
journer longtemps. Le pilote déployant alors toutes ses
voiles côtoya l'île à main droite et, poussé par un vent
d'est, arriva à Paphos; il posa des échelles et tous
débarquèrent, les uns pour poursuivre leur commerce
et d'autres pour visiter une terre où tout respire le
plaisir et l'amour.

CXXXVIII. — Le terrain s'élève peu à peu à six ou
sept milles depuis le rivage jusqu'à la colline; les myrtes,
les cèdres, les orangers, les lauriers et mille autres arbres
odoriférants remplissent ces beaux lieux. Le serpolet,
le thym, les roses, les lis, le safran, répandent dans les
airs des parfums si doux que les vents soufflant du côté
de la terre les portent jusque sur les mers voisines.

CXXXIX. — Un beau ruisseau, jaillissant d'une limpide fontaine, y fait mille agréables circuits. On peut
bien dire qu'un séjour si délicieux et si charmant ne peut
être que celui de la belle Vénus. Là toutes les femmes
et toutes les filles sont plus séduisantes qu'en aucun
lieu du monde. Grâce à la déesse, jeunes gens et vieillards y éprouvent les feux de l'amour jusqu'au dernier
terme de la vie.

CXL. — Là, on apprit aux voyageurs l'histoire de Lucine et de l'ogre, dont ils avaient déjà entendu parler en
Syrie. Ils apprirent qu'elle faisait à Nicosie de grands
préparatifs pour se rendre auprès de son époux. Le patron lève l'ancre, ayant terminé ses affaires, et, voulant
profiter d'un vent favorable, tourne sa proue vers l'Occident et le vaisseau vogue à pleines voiles.

CXLI. — Le vaisseau présentait son flanc gauche au

vent de mistral et avait pris déjà la haute mer, quand un
vent d'ouest s'éleva avec violence, sur le soir, après avoir
pendant le jour et tant que le soleil s'était montré sur
l'horizon, soufflé assez doucement; les vagues de la mer
s'agitent, le tonnerre gronde, l'air est sillonné d'éclairs
si brillants que l'on dirait que le ciel éclate et s'enflamme
de toutes parts.

CXLII. — Les nuages étendent sur le ciel un voile
ténébreux qui ne laisse apercevoir ni le soleil ni les
étoiles. Le matelot entend mugir la mer sous ses pieds
et le ciel sur sa tête. Un tourbillon de pluie poussé par
les vents, rend l'obscurité plus profonde. Les malheureux voyageurs ne peuvent soutenir les grêlons qui les
flagellent et les glacent, et la nuit, de plus en plus sombre, ajoute à l'effroi que répandent tour à tour les flots
irrités.

CXLIII. — Les matelots mettent en usage toute leur
habileté et toutes les ressources que l'art leur enseigne;
l'un indique avec le sifflet la manœuvre que les autres
doivent faire; l'autre tient les ancres toutes prêtes en
cas de besoin; quelques-uns tendent les câbles vers la
proue, d'autres les tirent vers la poupe, ceux-ci affer-
missent les mâts, ceux-là prennent en main le gou-
vernail, d'autres enfin s'occupent de débarrasser le pont.

CXLIV. — Ce temps affreux continua pendant toute
la nuit, qui fut plus obscure et plus noire que l'enfer. Le
pilote s'efforce de gagner la haute mer, espérant que les
vagues y seront moins fortes et moins redoutables; il a
soin d'opposer la proue aux vagues impétueuses et à la fureur des flots; il espère que la tempête pourra cesser au
point du jour ou du moins qu'elle sera moins violente.

CXLV. — Mais cet horrible temps ne fit qu'augmenter
pendant toute la nuit; l'orage continua avec redouble-
ment pendant le jour, si toutefois on peut donner le nom
de jour au temps où l'obscurité est pareille à celle de
la nuit et où le calcul des heures peut seul indiquer que
le soleil est sur l'horizon. Dans son désespoir et s'aban-

donnant à sa frayeur, le patron se laisse emporter par le
vent; tournant la poupe vers les flots, il cargue les
grandes voiles et vogue avec les plus petites.

CXLVI. — Mais pendant que la fortune tourmente ces
cinq guerriers sur la mer, elle ne laisse point en repos
ceux qui sont sur la terre. En France, chrétiens et infidèles, Sarrasins et Anglais s'acharnent les uns contre
les autres et s'entr'égorgent. Renaud attaque, enfonce
et renverse des escadrons entiers d'ennemis fuyant avec
leurs bannières. Il avait, comme je l'ai dit, poussé son
cheval Bayard contre le vaillant Dardinel.

CXLVII. — Il remarqua l'écu écartelé de blanc et de
rouge que portait ce jeune prince. En voyant qu'il osait
porter des armes pareilles à celles du comte d'Angers,
il le jugea plein de hardiesse et de courage; arrivé près
de lui, il en fut encore plus convaincu lorsqu'il aperçut
autour de lui des montagnes de morts. « Il faut, s'écria-
t-il, arracher sans perdre un seul instant cette plante dangereuse avant qu'elle ait pris tout son accroissement. »

CXLVIII. — Chacun devant le paladin s'écarte avec
respect et lui laisse un libre passage; Chrétiens et Sarrasins se retirent devant lui, tant ils redoutent sa formidable épée. Renaud n'en veut qu'à Dardinel et ne s'arrête pas à poursuivre les autres : « Jeune homme, lui
crie-t-il, celui qui t'a donné ce bouclier t'a laissé un bien
dangereux héritage.

CXLIX. — « Je viens vers toi pour éprouver, si tu
veux m'attendre, comment tu pourras défendre ces quartiers rouges et blancs. Si tu ne peux les défendre contre
moi, comment les défendrais-tu contre Roland? » Dardinel
répond : « Tu vas apprendre que, si je porte cet écu, je
sais encore mieux le défendre. Tu vas voir que ces
armes que je tiens de mon père feront ma gloire et ne
seront jamais un danger pour moi.

CL. — « Je suis jeune, mais ne crois pas m'inti-
mider, me faire fuir devant toi et me forcer à t'abandonner ces armes : tu ne me les enlèveras qu'avec la

vie. Mais j'espère que Dieu en décidera autrement. Dans tous les cas il ne sera pas dit que j'aie jamais commis une action indigne de ma naissance. » Il dit et fond l'épée à la main sur le chevalier de Montauban.

CLI. — Quand les Africains virent Renaud s'élancer sur leur prince avec la fureur d'un lion qui, dans une prairie, fond sur un jeune taureau n'ayant point encore ressenti les ardeurs de l'amour, tout leur sang se glaça dans leurs veines. Dardinel frappa le premier, mais son coup fut sans effet sur l'armet de Membrin.

CLII. — « Tu vas voir, lui dit Renaud avec un sourire moqueur, si mes coups sont plus sûrs que les tiens. » En parlant ainsi, il pousse Bayard, lui rend la bride et frappe Dardinel avec tant de force, il lui porte à la poitrine la pointe de son épée avec tant de violence, qu'il la lui passe tout entière à travers le corps. Le glaive sort tout sanglant derrière son dos, par cette horrible blessure la vie du malheureux fils d'Almont s'écoule avec son sang, et son corps froid et pâle tombe sur la poussière.

CLIII. — Telle on voit une tendre fleur qu'a moissonnée en passant le soc de la charrue languir et tomber, de même que l'on voit dans un jardin un pavot sous le poids d'une pluie trop abondante incliner sa tête vers le sol, ainsi tombe le malheureux Dardinel, dont le visage se couvre de la pâleur de la mort : il emporte en perdant la vie le courage et la valeur de ses soldats.

CLIV. — De même que des eaux soutenues par des digues construites par l'art humain coulent et se répandent à grand bruit lorsque l'obstacle qui les retenait vient à se rompre, de même le courage que l'exemple de Dardinel avait fait entrer dans le cœur des Africains se dissipe et s'évanouit lorsque leur chef succombe, et ils ne songent plus qu'à se dérober par la fuite à la mort qui les menace.

CLV. — Renaud n'arrête pas ceux qui prennent la fuite ; il poursuit seulement ceux qui font mine de résister. Partout où passe Ariodant, qui se montra en ce jour l'égal de Renaud, les rangs s'éclaircissent. Lionel d'un côté, Zerbin de l'autre, faisant assaut de valeur, renversent tous ceux qu'ils rencontrent. Charlemagne donne l'exemple à tous : Olivier Turpin, Guidon, Salomon et Oger ne montrent pas moins de courage.

CLVI. — Dans ce jour fatal, les Sarrasins furent tellement écrasés qu'aucun d'eux peut-être ne fût revenu dans sa patrie si le sage roi d'Espagne n'eût pas fait sonner la retraite et ne se fût retiré avec les hommes qui lui restaient. Il préféra reculer devant l'ennemi, malgré tous ses regrets, plutôt que de tout perdre, soldats, armes et bagages; c'était le meilleur parti à prendre; il vaut mieux sauver une partie des troupes que de s'exposer à voir tout périr en continuant une lutte inutile.

CLVII. — Il fait porter ses étendards vers son camp, défendu par un rempart et un fossé, avec Stordilan le roi d'Andalousie et celui de Portugal qu'accompagnent de nombreuses troupes. Il envoie aussi vers le roi d'Afrique, pour le prier de se retirer le mieux qu'il lui sera possible. S'il peut sauver en ce jour sa personne et son camp il aura accompli une œuvre difficile.

CLVIII. — Agramant qui se croyait déjà perdu entièrement et qui désespérait de revoir jamais Biserte, lui qui n'avait jamais vu la fortune le traiter d'une manière si cruelle et si horrible, se réjouit de ce que Marsille avait déjà mis en sûreté une partie de son armée. Il se décida lui-même à cesser le combat, et, faisant faire volte face à ses drapeaux, donna le signal de la retraite.

CLIX. — Mais la plus grande partie de ses troupes n'entend au milieu de la déroute ni ordres, ni tambours, ni trompettes. Elles sont tellement dominées par la terreur qu'elles s'égarent et qu'un grand nombre va se noyer dans la Seine. C'est en vain qu'Agramant cherche à les rallier, il court de tous côtés, accompagné par Sobrin; et, secondant leurs efforts, les chefs les plus vaillants essaient de faire rentrer une partie des troupes dans le camp.

CLX. — Mais ni le roi, ni Sobrin, ni aucun autre chef, malgré leurs prières leurs menaces et tous leurs efforts, n'en peuvent ramener plus du tiers, loin qu'ils puissent les ramener tous, dans les lieux où se réunissent leurs enseignes abandonnées. Pour un seul qui reste, il y en a deux qui sont morts ou qui fuient, et celui qui demeure est dans un triste état : L'un est blessé par derrière, l'autre par devant ; tous sont épuisés, découragés et accablés de fatigue.

CLXI. — Les Sarrasins tremblants sont poursuivis jusqu'à l'entrée de leurs retranchements, et cet asile ne les défendrait que bien faiblement, en dépit de toutes leurs précautions, car Charles savait profiter de sa victoire et saisir la fortune favorable, mais les ténèbres de la nuit qui survint l'arrêtèrent et tout resta dans le calme.

CLXII. — Ce fut sans doute l'Eternel qui, par pitié pour sa créature, avait précipité le retour de la nuit. Le sang inondait la campagne, il coulait comme un grand fleuve et couvrait toutes les routes. Dans cette sanglante journée, quatre-vingt mille combattants furent passés au fil de l'épée ; les paysans enlevèrent leurs dépouilles, et les loups, sortant pendant la nuit de leurs retraites, vinrent les dévorer.

CLXIII. — Charlemagne ne séjourne plus dans l'intérieur des villes ; il campe au dehors en face des ennemis, les assiège dans leurs tentes en faisant allumer tout autour de leur camp une multitude de feux. Le roi des Sarrasins prépare sa défense, fait creuser des fossés, s'entoure de bastions et de remparts ; lui-même fait la ronde, tient en éveil les sentinelles et ne quitte point ses armes de toute la nuit.

CLXIV. — Les soldats, peu confiants dans les remparts où les ennemis les tiennent assiégés, se livrent pendant toute la nuit au désespoir. On n'entend de tous côtés que des gémissements, des cris de douleur et des lamentations. Les uns pleurent les amis ou les parents qu'ils ont perdus ; les autres gémissent sur eux-mêmes, sur leurs blessures et leurs souffrances ; mais ce qui domine chez eux c'est la crainte de nouveaux désastres.

CLXV. — Il se trouvait parmi les sarrasins, deux jeunes Maures, d'une naissance obscure, ayant vu le jour à Ptolémaïs, dont la tendre amitié, digne de servir de modèle, doit trouver place dans cette histoire. Cloridan était le nom du premier et Médor celui du second. Tous deux, dans la bonne ou la mauvaise fortune, fidèlement attachés à leur prince Dardinel, l'avaient, à travers les mers, suivi jusqu'en France.

CLXVI. — Adonné à la chasse, dès ses plus jeunes ans, Cloridan était robuste et agile ; Médor portait sur ses joues fraîches et rosées tous les signes du printemps de la vie. Parmi la troupe guerrière qui partageait les périls de cette expédition, aucun ne réunissait plus de grâce et de beauté ; ses yeux étaient noirs, ses cheveux de couleur dorée ; il ressemblait à un ange ayant laissé pour la terre les chœurs célestes.

CLXVII. — Avec plusieurs autres Sarrasins ces deux jeunes gens étaient sur les remparts en sentinelle ; c'était l'heure où la nuit, arrivée au milieu de sa carrière, tourne vers le ciel ses yeux appesantis par le sommeil. Là, Médor parlant à ses compagnons ne put s'empêcher de se rappeler le sort de Dardinel et de le plaindre d'être resté sans sépulture au milieu de la campagne.

CLXVIII. — Il se tourne vers son ami : « O Cloridan, lui dit-il, je ne puis t'exprimer combien je suis attristé en pensant que le corps de notre maître est resté sur la terre pour devenir une pâture hélas ! trop noble pour les corbeaux et les loups. Le souvenir de toutes ses bontés pour moi m'a fait penser que, lors même que je sacrifierais ma vie pour l'honneur de son nom, je serais loin de payer le prix des immenses obligations que j'ai contractées envers lui.

CLXIX. — « Je veux aller chercher son corps au milieu de la campagne où il gît sans sépulture ; je le retrou-

verai; Dieu permettra que je traverse sans être vu le
camp de Charlemagne où tout dort en ce moment. Toi
tu resteras ici, et s'il est écrit dans le ciel que je dois
mourir dans cette entreprise, tu pourras la raconter. Si
la fortune s'oppose à l'exécution d'un si louable dessein,
la renommée du moins fera connaître ce que ma tendresse et mon bon cœur m'ont inspiré. »

CLXX. — Cloridan étonné de voir dans une âme si
jeune tant de courage et de fidélité veut, car il l'aime
tendrement lui-même, le détourner d'une résolution
qu'il lui représente comme périlleuse et vaine. Il ne peut
y parvenir, car une douleur si grande n'admet ni consolation, ni conseils. Médor était décidé à mourir ou à
confier à la tombe les restes de son prince.

CLXXI. — Cloridan voyant qu'il ne peut ni le fléchir,
ni toucher son cœur : « Eh bien ! lui dit-il, moi aussi, moi
aussi, je m'associerai à ton noble projet ! moi aussi j'aime
et je désire m'illustrer par ma mort. Et qui pourrait d'ailleurs te remplacer, cher Médor, si tu n'étais plus auprès de moi ? N'est-il pas mieux de périr avec toi les
armes à la main, que de mourir de douleur, dans le cas
où je viendrais à te perdre ? »

CLXXII. — Décidés à partir, ils se font remplacer par
d'autres gardes, traversent les fossés et les remparts,
et arrivent bientôt auprès des chrétiens qu'ils surpren-
nent sans défense. Tout le camp est endormi, tous les
feux sont éteints ; on croyait n'avoir rien à craindre des
Sarrasins. Les soldats étendus au milieu des armes et
des bagages sont plongés à la fois dans l'ivresse et
dans le sommeil.

CLXXIII. — Cloridan s'arrête un instant et dit : « On
ne doit jamais laisser échapper l'occasion. Il faut sans
hésiter massacrer les gens qui ont tué notre prince.
Toi, Médor, veille ici pour empêcher que personne ne
nous surprenne, prête une oreille attentive à tous les
bruits. Je t'ouvrirai, je te jure, avec mon épée, un large
chemin à travers nos ennemis.

CLXXIV. — Il exécute aussitôt ce qu'il a dit ; il entre dans la tente où reposait le savant Alphée, venu depuis un an à la cour de Charlemagne. Versé, dans la médecine, la magie et l'astrologie, il se sert peu de son savoir dans cette occasion, et c'est sa science elle-même qui l'a induit en erreur ici comme en toutes choses. Il s'était prédit qu'après avoir vécu plein de jours il mourrait auprès de sa femme dans une extrême vieillesse.

CLXXV. — En ce moment, l'adroit sarrasin lui enfonce dans la gorge la pointe de son épée. Il tue quatre autres personnes auprès de l'astrologue, sans qu'elles aient le temps de prononcer une parole. Turpin n'a pas pas fait mention de leurs noms et le temps en a fait disparaître le souvenir. Cloridan après eux tue Palidon de Moncaillé, qui, entre deux coursiers, s'était profondément endormi.

CLXXVI. — Il vient ensuite au malheureux Grillon qui était couché la tête appuyée sur un baril qu'il avait vidé tout entier, espérant vivre en paix dans un doux et profond sommeil. L'audacieux sarrasin lui tranche la tête et de la même blessure fait jaillir le sang avec le vin. Son corps était devenu presque un tonneau ; il rêvait encore qu'il buvait, lorsque Cloridan mit fin à ce songe.

CLXXVII. — Près de Grillon, deux coups successifs font tomber un grec et un allemand, Andropon et Conrad ; ils avaient passé ensemble la nuit entière au frais entre le cornet et les dés, heureux s'ils avaient pu jouer encore jusqu'au moment où le soleil devait se lever sur l'horizon ! Mais si les hommes pouvaient connaître d'avance leur sort, le destin n'aurait plus de pouvoir sur eux.

CLXXVIII. — Comme un lion affamé, entré dans une étable bien remplie, amaigri, desséché par un long jeûne, tue, déchire et met en pièces le faible troupeau tombé en son pouvoir ; ainsi le cruel sarrasin égorge les chrétiens plongés dans le sommeil et fait d'eux un horrible carnage. Médor n'avait pas encore fait usage de son épée ; il dédaignait de frapper une vile multitude.

CLXXIX. — Il était venu jusqu'à la tente où le duc d'Albret s'était endormi, tenant sa maîtresse entre ses bras. Ils étaient tellement serrés l'un près de l'autre qu'ils ne laissaient pas même à l'air un passage entre eux deux. D'un seul coup Médor coupe leurs deux têtes. Heureuse mort! enviable destinée! leurs âmes unies comme l'étaient leurs corps s'envolèrent sans doute ensemble vers leur éternelle demeure.

CLXXX. — Médor tue encore Malinde, Ardalique et son frère, tous deux fils du comte de Flandre. Depuis très-peu de temps Charlemagne les avait faits chevaliers, ajoutant des fleurs de lys à leurs armes. Il leur avait accordé cet honneur en les voyant revenir tous deux l'épée à la main couverts du sang des ennemis. Il leur avait promis, de plus, des terres dans la Frise ; et il les leur eût données, si l'épée de Médor n'avait tranché leurs jours.

CLXXXI. — Les épées menaçantes des deux amis touchaient déjà aux tentes que les paladins avaient fait dresser autour du pavillon de Charlemagne ; ils y faisaient la garde chacun à leur tour. Les deux guerriers Sarrasins mirent alors fin au carnage et firent à propos leur retraite ; il leur paraissait impossible que, parmi tant de chevaliers, il ne s'en trouvât pas un qui fût éveillé.

CLXXXII. — Quoiqu'ils eussent pu se charger d'un riche butin, ils s'estimèrent assez heureux s'ils se retiraient sains et saufs. Cloridan se dirige vers les passages qui lui semblent les plus sûrs et son compagnon le suit. Ils arrivent sur le champ de bataille où sont étendus, baignés dans leur sang, au milieu des boucliers, des lances et des épées, le pauvre, le riche, le roi et les simples soldats. Les guerriers y sont pêle mêle avec les chevaux.

CLXXXIII. — Au milieu de cet horrible mélange de cadavres entassés dont les champs d'alentour étaient

remplis, toute recherche de la part des deux amis aurait
été inutile jusqu'à l'arrivée du jour. Mais à la prière de
Médor, la lune répandit ses rayons en traversant une
nuée obscure, Médor éleva pieusement ses regards vers
le ciel et la lumière protectrice à laquelle il adressa cette
prière.

CLXXXIV. — « O sainte déesse surnommée Tri-
forme par nos frères! Toi qui dans le ciel, sur la terre
et dans les enfers fais briller ta beauté sous des formes
différentes! Toi qui, chasseresse vénérée, poursuis dans
les forêts les animaux sauvages et les monstres, montre
moi l'endroit où mon roi, si fidèle pendant sa vie à tes
nobles exemples, est couché sur la terre au milieu de
tant de guerriers. »

CLXXXV. — Aussitôt la lune paraît à travers les
nuages, soit par l'effet du hasard, soit par l'effet d'une
foi si vive. Elle est aussi belle que lorsque toute nue
elle se jeta entre les bras d'Endymion. Paris et le camp
tout entier, et la montagne et la plaine s'éclairent tout à
coup d'une douce lumière. On aperçut de loin deux collines, celle des Martyrs à gauche, et de Montlhéry à
droite.

CLXXXVI. — Le rayon lumineux éclaira d'un plus vif
éclat l'endroit où le fils d'Almont gisait sans vie sur la
poussière. Médor s'avance en pleurant vers son cher
maître, qu'il reconnaît à son écu rouge et blanc. Son
visage est baigné de larmes amères qui, semblables à
deux ruisseaux, coulent de ses yeux. Ses mouvements
sont si gracieux, ses lamentations si douces et si tou-
chantes que les vents se seraient arrêtés pour les en
tendre.

CLXXXVII. — Mais ses plaintes s'exhalent d'une voix
si faible qu'on l'entend à peine. Ce n'est pas qu'il craigne
de perdre la vie si quelqu'un les entend, car la vie lui est
odieuse et il ne demanderait pas mieux que de la perdre,
mais il a peur d'être interrompu dans l'accomplissement
du pieux devoir qui l'a conduit en ce lieu. Les deux

jeunes gens chargent sur leurs épaules le corps du prince, partageant entre eux le poids d'un être qui leur était si cher.

CLXXXVIII. — Ils s'avancent en précipitant leurs pas le plus qu'ils peuvent et emportent le précieux fardeau. Déjà le dieu du jour montait à l'horizon, chassant les étoiles du ciel et l'ombre de dessus la terre, lorsque Zerbin que son intrépide valeur défendait du sommeil, quand il était nécessaire, après avoir pendant toute la nuit donné la chasse aux Maures, rentrait dans le camp aux premiers rayons du jour.

CLXXXIX. — Après lui s'avançaient plusieurs cavaliers qui aperçurent les deux amis ; ils se précipitent de leur côté, espérant y trouver quelque riche butin. « Cher frère, dit Cloridan, se voyant découvert, laissons-là notre fardeau et fuyons sans délai ; il serait peu raisonnable que deux hommes vivants s'exposassent au trépas pour sauver un mort. »

CXC. — En parlant ainsi, il lâche sa charge, pensant que Médor suivrait son exemple ; mais le jeune homme, plus attaché à son maître, supporta seul le poids sur ses épaules. Cloridan fuyait de toutes ses forces, croyant avoir son ami à ses côtés ou derrière lui : s'il eût su qu'il le laissait dans un si grand danger, il aurait souffert mille morts plutôt que de l'abandonner.

CXCI. — Cependant les cavaliers de Zerbin, déterminés à s'emparer de ces deux hommes ou à les tuer, se répandent de tous côtés dans la campagne, s'emparant de tous les chemins par lesquels ils pourraient s'échapper. Leur chef, qui se tient auprès d'eux, montre dans la poursuite une ardeur plus grande encore. La terreur dont il voit frappés les deux fugitifs, lui prouve qu'ils appartiennent à l'armée des infidèles.

CXCII. — Dans ce temps-là existait près de ce lieu une antique forêt plantée d'arbres touffus et d'épais buissons. C'était comme un labyrinthe coupé par des sentiers étroits, où les bêtes sauvages seules pouvaient pénétrer. Les deux païens espéraient y trouver un asile sûr au milieu de ces rameaux épais ; mais si vous trouvez quelque plaisir à mes chants, vous apprendrez plus tard la fin de cette aventure.

CHANT DIX-NEUVIÈME

ARGUMENT

Cloridan tombe sous les coups des soldats écossais. — Médor blessé est secouru par Angélique qui s'éprend pour lui d'un grand amour. — Bientôt tous le arbres d'alentour portent gravés les noms de ces deux amoureux. — Angélique part pour l'Orient avec Médor. — Marphise, Astolphe, Aquilant et Griffon font naufrage. — Ils sont jetés dans un pays habité par des femmes cruelles. — Ils entrent dans la ville. — On leur propose de se battre ou de demeurer prisonniers. — Sur dix combattants opposés à Marphise, elle en tue neuf.

I. — Aucun homme ne peut savoir par qui il est aimé, tant qu'il occupe le haut de la roue de la fortune ; car il a près de lui des amis vrais ou faux qui lui témoignent le même attachement. Mais si son bonheur vient à être détruit par le sort, aussitôt la foule de ses flatteurs lui tourne le dos ; il ne reste près de lui que celui dont l'amitié est sincère, et qui chérira son maître, même lorsqu'il aura cessé d'exister.

II. — Si l'on pouvait découvrir le fond de l'âme comme l'on découvre le visage, on verrait souvent tel, qui, triomphant à la cour, opprime les faibles, et tel autre, qui ne jouit d'aucune faveur auprès du maître, changer bientôt de fortune et d'état. Le plus humble serait mis au premier rang, et l'homme qui était en évidence, rentrerait dans la foule. Mais revenons à Médor, à ce sujet fidèle et reconnaissant, qui dans la vie et dans la mort fut également attaché à son maître.

III. — A travers les sentiers les plus écartés de la forêt, le malheureux jeune homme cherchait à se sauver; mais le poids du fardeau qu'il portait sur ses épaules rendait ses efforts inutiles. Il ne connait pas le pays; il se perd dans les chemins et souvent il va s'embarrasser au milieu des buissons épineux. Cloridan n'ayant aucun poids à supporter, marche plus facilement et trouve un sûr asile, loin des chrétiens.

IV. — Arrivé dans un lieu où ne pénètre aucun bruit il pense avoir échappé à tout danger; mais tout à coup il s'aperçoit que Médor n'est pas auprès de lui; il a donc laissé en arrière l'ami le plus cher qu'il ait au monde. « Hélas! s'écrie-t-il, comment ai-je été si peu prudent? comment me suis-je oublié moi-même, pour arriver ici sans toi, cher Médor, sans savoir où j'ai pu te délaisser? »

V. — En disant ces mots il rentre dans les chemins tortueux de l'épaisse forêt; il retourne aux lieux qu'il a quittés; c'était courir à la mort. Il entend le bruit des chevaux, les cris et les menaces des ennemis, enfin il entend la voix de Médor qui seul, à pied, est entouré d'un grand nombre de cavaliers.

VI. — Il le voit enveloppé de tous côtés par plus de cent cavaliers; ils sont commandés par Zerbin qui ordonne de le prendre vivant. Médor leur fait face à tous en tournant sur lui-même comme une roue; tantôt il se place derrière un chêne ou derrière un orme ou tout autre arbre, sans se séparer de son précieux fardeau; il le dépose enfin sur l'herbe, quand il se sent impuissant à le défendre et marche errant autour de lui dans l'endroit où on l'assiége.

VII. — Semblable à l'ourse attaquée par un chasseur des montagnes dans sa tannière pierreuse, restant obstinée auprès de ses petits, frémissant dans son cœur, inquiète d'amour et de rage. Sa colère et sa fureur naturelles la poussent à déployer et à ensanglanter ses ongles et ses dents, mais la tendresse maternelle adoucit sa férocité et la retient auprès de ses petits sur lesquels elle ne cesse de veiller.

VIII. — Cloridan ne sait comment le secourir, mais il est déterminé à mourir auprès de lui, non pas sans avoir vengé sa mort, et il fait tomber sous ses coups plusieurs ennemis. Il pose sur son arc une de ses flèches les plus aiguës, et du lieu secret qui le dérobe aux regards, la dirige si juste qu'il perce la tête à un Écossais, qui tombe mort de son cheval.

IX. — Tous les soldats se tournent aussitôt vers l'endroit d'où part le trait homicide. Cependant le sarrasin en décoche un autre dirigé contre un cavalier qui se trouvait à la gauche de celui qu'il avait tué. Celui-ci demandait avec empressement aux uns et aux autres quel était celui qui avait lancé la flèche, et à l'instant même où il criait de toutes ses forces, le second trait arrive, lui perce la gorge et lui enlève la parole et la vie.

X. — Zerbin qui les commande perd toute patience, outré de colère et de fureur, il s'avance vers Médor. « Tu vas payer, lui dit-il, pour celui qui a lancé les flèches ! » Saisissant alors le jeune homme par sa belle chevelure dorée, il le traîne avec violence pour l'immoler ; mais en jetant les yeux sur un si gracieux visage, il est saisi de pitié et suspend ses coups.

XI. — « Seigneur, s'écrie le jeune homme, d'un ton suppliant, je te conjure par le Dieu que tu sers, de ne pas être assez cruel pour m'empêcher de donner la sépulture au corps du roi mon maître. Je ne te demande point d'autre faveur pour moi. Ne crois pas que je désire sauver ma vie, je ne veux la conserver que pendant autant de temps qu'il me sera nécessaire pour lui rendre les derniers devoirs.

XII. — « Et si c'est ton bon plaisir de repaître les loups et les vautours, si tu as le cœur aussi cruel que Créon le Thébain, donne leur en pâture mes membres, et laisse moi seulement ensevelir le fils d'Almont. » Ainsi parlait Médor d'une voix touchante, avec des paroles qui auraient pu attendrir un rocher. Zerbin éprouve une émotion si vive que la pitié et la tendresse pénètrent dans son cœur.

XIII. — En ce moment un cavalier farouche, sans respect pour son prince, frappa sans pitié, de toutes ses forces le sein délicat du jeune suppliant. Zerbin s'indigna de cette action cruelle, d'autant plus qu'il vit sous le coup tomber le beau Médor si pâle et si défait qu'il le crut mort.

XIV. — Dans sa colère et sa douleur il s'écria : « Pauvre enfant, tu seras vengé! » Aussitôt il se retourne exaspéré contre le cavalier coupable de cet acte de barbarie; mais celui-ci avait déjà pris la fuite, échappant ainsi à une mort certaine. Cloridan a vu tomber Médor, il s'élance hors du bois et veut combattre à découvert.

XV. — Il jette son arc, ne respirant que la vengeance, et se précipite sur les ennemis l'épée à la main. Il n'espère pas sans doute triompher dans la lutte qu'il engage, et tirer une vengeance égale à sa fureur; il sait que sa mort est certaine. En effet, percé de mille coups, il tombe bientôt, et la terre est rougie de son sang. Il voit qu'il va mourir et il se laisse tomber à côté de son cher Médor.

XVI. — Les Écossais suivent à travers les forêts leur chef outré de dépit; ils abandonnent les deux sarrasins; l'un déjà mort, l'autre respirant à peine. Le jeune Médor demeura longtemps étendu par terre, perdant son sang qui coulait d'une large plaie en si grande abondance, qu'il aurait bientôt cessé d'exister, si quelqu'un n'était venu à son secours.

XVII. — Près de lui, par hasard, survint une jeune fille vêtue simplement, comme il convient à une bergère. Elle avait un air noble, une figure d'une rare beauté, un maintien plein de dignité et de majesté. Je ne vous ai pas parlé depuis longtemps de cette jeune fille, que vous reconnaîtriez avec peine, mais si vous voulez rappeler vos souvenirs, vous saurez que c'était Angélique elle-même, Angélique, la superbe fille du grand Khan de Cathay.

XVIII. — Fière d'avoir recouvré l'anneau magique, qui lui avait été enlevé par Brunel, elle avait pris en elle-même une si grande confiance, qu'elle méprisait le monde entier. Elle s'en allait donc seule; elle aurait dédaigné de se faire accompagner par le plus illustre chevalier. Elle s'indignait d'avoir pu autrefois donner le nom d'amant à Roland et à Sacripant.

XIX. — Mais par dessus tout, elle ne se rappelait pas sans douleur qu'elle avait elle-même éprouvé de l'amour pour Renaud. Il lui paraissait qu'elle s'était avilie en portant si bas son amour. Mais l'amour, pour punir cet orgueil et cette arrogance qu'il ne put supporter plus longtemps, se mit en sentinelle auprès du lieu où Médor était étendu sur la terre et banda son arc, attendant Angélique au passage.

XX. — En voyant le jeune homme fermer ses yeux languissants, comme s'il était à ses derniers moments, et se plaignant encore doucement de voir le corps de son roi sans sépulture, Angélique éprouva un sentiment inconnu qui s'empara de tout son être, et lorsque Médor lui raconta ce qui lui était arrivé, son insensibilité naturelle fut adoucie et changée en tendresse.

XXI. — Elle se souvint alors qu'elle avait autrefois dans les Indes appris la sience médicale. Dans ce pays, cette étude a toujours été tenue en grand honneur. Elle s'y transmettait des pères aux enfants, sans qu'on eût recours aux livres. Angélique se disposa donc à employer le suc des herbes pour rendre la vie à Médor.

XXII. — Elle se rappela aussi, qu'en traversant une agréable prairie, elle avait aperçu une plante médici-

nale, Dictame ou Panacée, ou quelque autre plante du
même genre, ayant pour effet d'arrêter l'effusion du
sang, de soulager les douleurs les plus vives, et de
ranimer ceux qui ont perdu connaissance. Cette plante
n'était pas loin de ce lieu; elle va la cueillir et retourne
aussitôt auprès de Médor.

XXIII. — Elle rencontra en revenant un pasteur qui,
monté sur un cheval, parcourait le bois à la recherche
d'une génisse, qui depuis deux jours s'était écartée de
son troupeau, et courait à l'aventure. Angélique le conduisit avec elle dans l'endroit où Médor perdait de plus
en plus ses forces, avec le sang qui coulait de sa plaie.
La terre en était imprégnée, et le jeune homme n'avait
plus qu'un souffle de vie.

XXIV. — Angélique descendit de son palefroi, fit
descendre aussi le pasteur, broya l'herbe entre deux
pierres, la prit et en exprima le suc de ses blanches
mains; elle le fit couler sur la poitrine et le ventre du
jeune homme jusques aux hanches; et telle fut la puissance de cette liqueur que le sang s'étancha et que le
blessé reprit sa vigueur.

XXV. — Ses forces revinrent même assez vite pour
qu'il pût remonter sur le cheval du pasteur; mais il ne
voulut point quitter ce lieu avant d'avoir confié à la
terre les restes de son maître. Il ensevelit Cloridan à
côté de Dardinel, puis il se laissa guider par Angélique
et conduire où elle le voulait. Celle-ci, touchée de compassion, resta avec lui sous l'humble toit du complaisant
berger.

XXVI. — Elle ne voulut point partir avant d'avoir remis
Médor en parfaite santé, tant elle éprouvait d'estime
pour lui, tant la pitié était profondément entrée dans
son âme, lorsqu'elle l'avait vu gisant à terre. Mais quand
elle eut remarqué sa beauté, ses grâces et son beau
caractère, elle sentit son cœur attaqué comme par une
sourde lime, puis tout à coup embrâsé par les feux d'un
violent amour.

XXVII. — La demeure du berger était une maisonnette jolie et commode, située à la lisière d'un bois entre deux collines ; elle avait été depuis peu de temps reconstruite à neuf. Il y demeurait avec sa femme et ses enfants. Dans cet asile tranquille, la blessure de Médor, grâce aux soins de la belle Angélique, fut rapidement cicatrisée et guérie. Mais elle-même ressentit bientôt au cœur une blessure plus vive et plus dangereuse.

XXVIII. — Un trait invisible avait fait dans son cœur une plaie large et profonde. Le dieu d'amour l'avait lancé des beaux yeux et de la belle tête blonde de Médor. Un feu brûlant circule dans ses veines, son ardeur s'accroît de plus en plus. Mais d'abord elle est encore plus occupée de Médor que du mal dont elle souffre. Elle oublie sa propre douleur et n'a qu'une pensée, celle de guérir celui qui l'a blessée et qui est devenu la cause de ses tourments.

XXIX. — A mesure que la blessure de Médor se cicatrise et se ferme, celle d'Angélique devient plus douloureuse et plus âpre. Tandis que le jeune homme guérit, la fièvre s'empare d'elle, la plonge dans une langueur insupportable et tantôt la brûle et tantôt la glace. Chaque jour qui s'écoule fait ressortir de plus en plus les charmes de Médor, et la malheureuse jeune fille se consume et se détruit comme la neige qui, tombée après la saison sur un terrain découvert, se fond aux premiers rayons du soleil.

XXX. — Elle se sent mourir, mais elle veut vivre et il faut que sans tarder elle donne satisfaction aux désirs qui la rongent. Elle sent qu'il ne faut pas qu'un autre instruise Médor du mal dont elle veut à tout prix se guérir. Elle renonce donc à toutes les lois de la pudeur. Sa bouche devient aussi hardie que ses yeux et elle demande à Médor le remède du mal dont il ne savait pas lui-même peut-être être la cause.

XXXI. — O comte Roland ! O roi de Circassie ! A

quoi vous a servi, dites-moi, votre brillante valeur et
votre illustre renommée ? A quoi vous sert toute votre
gloire ? Quel en est le prix ? Quelle a été la récompense
de tous vos bienfaits ? Dites-moi si jamais Angélique
vous a accordé en aucun temps la faveur la plus légère,
pour payer vos grands services et vous dédommager
des souffrances endurées pour elle ?

XXXII. — O roi Agrican ! si tu pouvais revenir à la
vie, combien ne te serait-il pas cruel d'avoir éprouvé
de la part de cette Angélique tant d'amers dédains et
d'inhumanité ! O Ferragus, avec mille autres que je ne
nomme point, vous tous, qui avez fait tant d'exploits
inutiles pour cette ingrate beauté, combien vous souffri-
riez aujourd'hui de la voir entre les bras de Médor !

XXXIII. — Angélique laisse cueillir à Médor cette
première rose à laquelle personne n'avait encore touché.
Jamais homme n'avait eu la bonne fortune de pouvoir
dérober cette fleur de son jardin. Afin de couvrir sa
faute sous un voile de décence, Angélique voulut célébrer son union d'une manière solennelle et sacrée, sous
les auspices de l'amour, et la femme du pasteur lui servit
de mère.

XXXIV. — Ce fut sous un humble toit que fut célébré
cet hymen avec toute la solennité qu'on put imaginer.
Pendant plus d'un mois les deux amants s'abandonnèrent en toute sécurité aux plaisirs de l'amour. Angélique n'avait d'yeux que pour son jeune amant; elle ne
pouvait se lasser de ses caresses et quoiqu'elle fût sans
cesse dans ses bras, les désirs qu'elle éprouvait ne
pouvaient jamais être satisfaits.

XXXV. — Est-elle assise à l'ombre, ou sort-elle de
la cabane ? elle a jour et nuit Médor auprès d'elle. Matin
et soir, ils vont tous deux chercher tantôt les bords d'un
ruisseau, tantôt une verte prairie. Dans le milieu du
jour, une grotte les met à l'abri du soleil, grotte aussi
délicieuse, aussi commode que celle où Énée et Didon,

fuyant l'orage, trouvèrent l'asile qui fut le témoin discret de leurs amours.

XXXVI. — Au milieu de leurs plaisirs, lorsqu'ils rencontrent un arbre étendant son ombre sur une fontaine
ou sur un clair ruisseau, ils saisissent un poinçon ou
un couteau pour y graver leurs noms; ils les gravent
pareillement sur les pierres les moins dures. En mille
endroits du dehors, ou sur les murs de l'intérieur de la
cabane, les noms d'Angélique et de Médor sont écrits et
entrelacés ensemble en mille manières.

XXXVII. — Lorsqu'Angélique crut avoir séjourné
suffisamment dans la demeure du berger, elle songea à
retourner dans l'Inde et dans son royaume de Cathay,
afin d'en déposer la couronne sur la tête de Médor. Elle
portait à son bras un bracelet d'or orné des pierreries
les plus riches. C'était un gage d'amour qui lui avait
été donné par le comte Roland et qu'elle avait longtemps
porté.

XXXVIII. — C'était un cadeau fait autrefois par la
fée Morgane à Ziliante, dans le temps où elle le tenait
caché au fond d'un lac, et celui-ci en avait fait don à
Roland lorsque ce valeureux guerrier l'avait délivré
pour le rendre à son père Monodant; et Roland, toujours
amoureux, avait souffert qu'on l'attachât à son bras dans
le dessein de le donner à sa belle reine, à cette Angélique dont je vous parle.

XXXIX. — C'était moins par amour pour le paladin
que ce bijou était cher à Angélique, que parce qu'il
était d'une grande richesse, d'un travail précieux; elle
y attachait un prix infini. Je ne saurais dire pour quelle
raison particulière elle l'avait conservé dans l'île des
Pleurs, lorsqu'elle fut exposée toute nue au monstre
marin par une nation sauvage et inhospitalière.

XL. — N'ayant à sa disposition que ce bijou pour
témoigner sa reconnaissance au bon pasteur et à sa
femme, qui, depuis le jour où elle était arrivée chez eux,
l'avaient servie avec tant de zèle et de fidélité, elle ôta

le bracelet de son bras et le leur donna, en les priant de le conserver par amour pour elle. Les deux amants prirent ensuite le chemin des montagnes qui séparent la France de l'Espagne.

XLI. — Ils voulaient s'arrêter pendant quelques jours à Valence ou à Barcelonne, pour y attendre quelque vaisseau faisant voile pour l'Orient. En descendant des montagnes, ils découvrirent la mer au-dessous de Girone, puis, côtoyant la mer à main gauche, ils suivirent la grande route qui conduit directement à Barcelone.

XLII. — Mais ils ne purent y arriver avant d'avoir rencontré sur les bords de la mer un fou qui, semblable à un porc, avait le visage, la poitrine et le dos couverts de fange et de poussière. Dès qu'il les aperçut il se jeta sur eux comme un chien qui s'élance sur un étranger. Peu s'en fallut qu'il ne leur fît courir un grand danger et leur fît un mauvais parti. Mais il faut que je retourne à Marphise.

XLIII. — Oui, j'éprouve le besoin de vous parler de Marphise, d'Astolphe, d'Aquilant, de Griffon et des autres voyageurs qui, assaillis par la tempête, ayant incessamment la mort devant les yeux, ne pouvaient plus lutter contre la fureur des flots ; car la mer, plus haute, plus impérieuse que jamais, les mettait dans le plus grand péril et devenait de plus en plus menaçante. La tempête avait déjà duré trois jours et rien n'annonçait qu'elle dût bientôt finir.

XLIV. — L'onde furieuse et le vent plus furieux encore brisent, fracassent le devant et l'arrière du vaisseau. Si le vent laisse quelque partie sur pied, les matelots l'abattent et la jettent dans la mer. L'un, la tête penchée sur une carte, cherche à la lueur d'une petite lanterne, le chemin qu'il doit suivre, l'autre descend avec une torche allumée à fond de cale.

XLV. — Celui-ci, placé à la poupe, celui-là à la proue ont les yeux attachés sur le sablier qu'ils tournent à chaque demi-heure, pour apprécier le chemin qu'ils ont déjà fait et de quel côté le vent se tourne. Enfin chacun des marins, sa carte à la main, donne son avis sur le milieu du vaisseau où le maître pilote a rassemblé tout l'équipage pour le conseil.

XLVI. — L'un dit : nous sommes arrivés près de Limisso, comme j'en puis juger d'après la vue des Sirtes; l'autre soutient que l'on est près de Tripoli où les vaisseaux viennent se briser souvent contre la pointe des rochers. Un autre affirme que l'on est perdu en Satalie et cette pensée fait gémir plus d'un marinier. Chacun raisonne d'après ce qu'il conjecture, mais tous éprouvent les mêmes inquiétudes et la même terreur.

XLVII. — Le troisième jour la tempête les attaque avec plus de fureur que jamais; la mer est plus terrible et plus frémissante; le trinquet est brisé et emporté par un coup de vent; un autre coup enlève le timon et le timonier, il aurait fallu avoir un cœur de marbre et plus dur que l'acier pour ne pas trembler. Marphise elle-même, que jamais rien n'a pu épouvanter, avoua que ce jour son cœur fut accessible à la crainte.

XLVIII. — On se voue au mont Sinaï, à Saint-Jacques de Galice, à Chypre, à Rome, au saint Sépulcre, à Notre-Dame du mont Ferrat, enfin à tous les lieux les plus célèbres. Cependant le vaisseau à demi brisé tantôt s'élève jusqu'aux nues, tantôt descend jusqu'au fond des abîmes. Le capitaine, pour que le vaisseau fût moins agité, avait fait couper le grand mât d'artimon.

XLIX. — Les caisses, les ballots, tout ce qui peut charger le vaisseau, sont jetés à la mer; de la poupe, de la proue, de tous les côtés du navire on fait évacuer toutes les chambres, toutes les hunes, les flots avides engloutissent les marchandises les plus précieuses. Les uns s'occupent de pomper et de jeter hors du vaisseau dans la mer les eaux entrées dans le navire; les autres, à fond de cale, s'occupent d'étouper les fentes ou les crevasses faites par la mer.

L. — Quatre jours s'écoulèrent pendant ces agitations

et ces labeurs pénibles. La mer aurait remporté une
victoire entière si pendant quelque temps encore elle
avait continué ses fureurs ; mais enfin la lumière désirée
du feu de Saint-Elme vint faire briller à leurs yeux fatigués une lueur d'espérance, présage d'un temps plus
serein, elle se posa sur une des corniches de la proue,
car le vaisseau n'avait plus ni mât, ni antenne.

LI. — En voyant venir du ciel cette belle lumière, tous
les marins se jettent à genoux ; ils implorent une mer
tranquille, les larmes aux yeux et la voix tremblante. La
tempête terrible, qui jusqu'alors s'était obstinée à sévir,
suspendit ses fureurs. L'aquilon et le mistral s'apaisè-
rent et le vent sud-ouest seul demeura maître de la mer.

LII. — Il domine sur l'onde avec tant de puissance
et de sa noire bouche il exhale un souffle qui en sort
avec tant de violence, la mer qu'il agite devient en
même temps si rapide, qu'il emporte le vaisseau avec
plus de vitesse que le faucon sauvage ne fend les airs
sur ses ailes rapides. Le pilote même a peur que son
vaisseau ne soit emporté jusqu'au bout du monde ou
qu'il ne se brise et coule à fond.

LIII. — Pour échapper à ce danger, il s'empresse de
faire suspendre les ancres du côté de la poupe et de lâ-
cher les câbles ; cette manœuvre ralentit des deux tiers la
marche du vaisseau. Il ordonne de plus d'allumer un
fallot sur la proue et sauve ainsi le navire qui se serait
abîmé dans les flots et put alors être dirigé en sûreté
sur la surface de la mer.

LIV. — Il entra enfin dans le golfe d'Ajazzo sur les
côtes de la Syrie, dans le voisinage d'une grande cité
dont on découvrit du vaisseau les deux forteresses par
lesquelles le port était défendu. Mais en reconnaissant
la plage sur laquelle on abordait, le pilote devint pâle
comme la mort, car il ne voulait pas débarquer en un
tel lieu et cependant il lui était difficile de l'éviter en
prenant la haute mer.

LV. — Privé de ses mâts et de ses antennes, le navire

était incapable de tenir la mer et de fuir. Tout était brisé, déchiré ou fracassé ; galerie, bordages, rien n'était debout. Prendre port, c'était courir à une mort certaine ou s'exposer à un esclavage éternel. Sur ce funeste rivage, en effet, tous ceux qu'avaient conduit ou leur imprudence ou leur mauvaise fortune perdaient la vie ou la liberté.

LVI. — Il fallait cependant prendre un parti ; l'irrésolution présentait un péril d'un autre genre. En effet, les habitants de cette terre en sortirent avec des vaisseaux armés et celui de nos voyageurs qui n'était en état ni de naviguer, ni de résister à une attaque allait être poursuivi. Tandis que le pilote demeurait dans cette incertitude, le prince anglais lui demanda d'où lui venait une telle irrésolution et pourquoi il n'était pas entré dans le port.

LVII. — « Ces rivages, lui répondit le patron, sont habités par des femmes homicides ; suivant un usage remontant à la plus haute antiquité, elles retiennent dans l'esclavage ou font mourir tous ceux qui y abordent. Celui-là seul peut échapper à ce double péril qui peut les armes à la main, vaincre dix chevaliers et qui dans une seule nuit peut enlever à dix jeunes filles la fleur de leur virginité.

LVIII. — « Si la première épreuve réussit, mais s'il ne peut se tirer avec succès de la seconde, il faut qu'il meure et que ses compagnons soient réduits à bêcher la terre ou à garder les troupeaux. Le chevalier a-t-il vaincu dans ce double combat, il obtient la liberté de tous ceux qui l'accompagnent, mais il perd lui-même la sienne car il doit devenir le mari de dix femmes ; il les choisit comme il lui plaît. »

LIX. — Astolphe ne peut entendre sans rire l'exposé de cette étrange coutume du pays. Sansonnet, puis Marphise, surviennent alors et après eux Aquilant et son frère. Ils apprennent aussi du patron le motif qui les retient loin du port et celui-ci s'écrie : « Qu'il aimerait mieux être englouti dans les abîmes de la mer que de s'exposer à tomber dans une si dure servitude ! »

LX. — Le parti proposé par le patron fut adopté par tous les marins et tous les passagers ; mais il fut repoussé par Marphise et ses compagnons. Ils se crurent plus en sûreté sur la terre que sur l'Océan. Cent mille épées leur eussent paru moins terribles que les flots en fureur. Pourvu qu'il leur fût possible de se servir de leurs armes, ce lieu pas plus que les autres ne leur semblait redoutable.

LXI. — Les guerriers étaient donc impatients d'aborder, et surtout le prince anglais ; car il savait que lorsqu'il aurait fait entendre le bruit de son cor, tout le pays autour de lui deviendrait désert. Les avis sont donc partagés : les uns veulent prendre port, les autres s'y refusent. Ce que l'un approuve est rejeté par les autres. A la fin la majorité l'emporte et le pilote malgré lui s'avance vers le port.

LXII. — Aussitôt que les habitants de cette ville cruelle avaient aperçu le vaisseau voguant sur la mer, ils avaient mis à la voile une galère avec d'habiles matelots pour s'emparer de ce vaisseau délabré où régnait tant de confusion, et cette galère ayant attaché immédiatement sa proue élevée à la poupe du navire l'entraîna hors des flots irrités.

LXIII. — Il entra à la remorque dans le port, poussé par les rames, car il n'avait plus de voiles, tous les cordages ayant été enlevés par la force du vent. Pendant ce temps les chevaliers se couvrirent de leurs armes : leurs épaisses cuirasses et leurs fidèles épées inspirent au patron et à tous ceux que la crainte avait saisis une grande confiance et l'espoir rentre dans leurs cœurs.

LXIV. — Le port a la forme d'une demi-lune, il a plus de quatre milles de tour, son entrée est de six cents pas. Un rocher s'élevant à chacune de ses extrémités lui sert de défense ; il ne redoute aucun assaut, à moins que les assaillants ne soient portés vers lui par le vent.

du sud. La ville s'élève en amphithéâtre, s'étendant vers
le côteau, et entoure le port.

LXV. — Le navire ne fut pas plutôt arrivé (déjà la
nouvelle s'en était répandue dans tous le pays) que le port
se couvrit de six mille femmes, toutes revêtues d'habits
guerriers, portant dans leurs mains des arcs meurtriers.
Les étrangers n'ont aucun moyen de fuir, car la mer se
trouve enfermée entre deux forteresses. D'ailleurs des
chaînes et des galères que l'on tenait toujours prêtes
pour cet usage arrêtèrent le vaisseau.

LXVI. — Une de ces femmes, aussi âgée que la Sybille
de Cumes ou la mère d'Hector, fit appeler le capitaine,
lui demanda si les passagers préféraient perdre la vie
ou subir le joug de l'esclavage, selon la coutume du
pays. Ils n'avaient tous qu'à choisir entre ces deux
partis : mourir ou devenir esclaves.

LXVII. — « Il est vrai, ajouta-t-elle, que s'il se trouve
parmi eux un homme assez brave et assez fort pour oser
se battre en champ clos contre dix de nos guerriers et
leur donner la mort, et pour remplir la nuit suivante
les devoirs d'un époux à l'égard de dix de nos jeunes
vierges, nous l'accepterons pour notre souverain, et vous
pourrez alors poursuivre en liberté votre chemin. »

LXVIII. — « Vous pourrez même, si vous le voulez,
rester avec nous ou tous ou en partie, à la condition
toutefois, pour ceux qui voudront demeurer ici en conservant leur liberté, de devenir chacun le mari de dix
femmes. Mais si votre guerrier est vaincu par les dix
nôtres, qu'il devra combattre tous à la fois, ou s'il ne
vient pas à bout pour son honneur de la seconde
épreuve, vous demeurerez tous ici en esclavage et il
sera mis à mort. »

LXIX. — La vieille, qui croyait ne trouver chez ces
chevaliers que le sentiment de la crainte, se trompa fortement : ses paroles redoublèrent leur audace. Chacun
d'eux estima assez sa force et sa valeur pour espérer
triompher dans les deux épreuves. L'une d'elles, sans

doute ne pouvait convenir à Marphise, mais elle comptait
bien par son courage et le pouvoir de son épée suppléer
à ce que la nature lui avait refusé.

LXX. — L'avis général des chevaliers fut communiqué par le patron, qui assura que son vaisseau ne contenait que des hommes aussi capables de remplir avec
succès leur devoir sur le champ de bataille, que dans le
lit. Aussitôt le vaisseau est débarrassé de toutes ses en-
traves, le pilote s'approche, jette le câble que l'on saisit;
il abat le pont, les guerriers descendent avec leurs armes, conduisant leurs chevaux par la bride.

LXXI. — Ils se dirigent à travers la ville et trouvent
dans chaque rue des femmes à la mine hautaine, à
cheval, comme des guerriers s'exerçant aux luttes
militaires. Dans cette ville, défense est faite aux hommes
de ceindre l'épée, de chausser l'éperon, de porter des
armes, à moins qu'ils ne soient dix ensemble, d'après
l'usage dont j'ai parlé plus haut.

LXXII. — Tous les autres sont astreints à manier la
quenouille, l'aiguille, le fuseau, la navette, à faire de
la broderie. Ils portent des vêtements féminins qui leur
descendent jusqu'aux pieds, ce qui les fait marcher avec
lenteur et mollesse. Plusieurs tenus à la chaine sont
employés à la culture de la terre ou à la garde des troupeaux. Du reste le nombre des hommes est peu considérable : Dans les villes et les campagnes on en compte
à peine un contre mille femmes.

LXXIII. — Les chevaliers voulant tirer au sort pour
désigner celui d'entre eux qui, pour sauver ses compagnons, mettrait à mort, en champ clos, les dix guerriers
ennemis et sortirait victorieux de l'autre genre de
lutte, n'avaient point parlé de la vaillante Marphise, dans
la pensée qu'elle serait impropre à la seconde épreuve,
son sexe ne comportant pas une pareille victoire.

LXXIV. — Mais l'intrépide guerrière voulut tirer au
sort comme les autres. Le hasard voulut qu'il tombât
précisément sur elle. « Je serai heureuse de mourir

leur dit-elle, plutôt que de vous voir privés de votre
liberté. Mais cette épée, (elle leur montra celle qu'elle
portait à sa ceinture) saura bien, soyez en sûrs, comme
celle d'Alexandre, trancher le nœud gordien.

LXXV. — « Je veux que dans l'avenir et tant que durera le monde, cette terre maudite ne soit plus funeste
aux étrangers. » Elle dit, et ses compagnons ne purent
lui refuser le privilége que la fortune venait de lui donner. Ainsi, qu'elle succombât ou qu'elle leur rendît la
liberté, ils s'en rapportèrent à elle. Aussitôt la guerrière armée de toutes pièces se présenta dans le lieu
destiné au combat.

LXXVI. — Sur la partie la plus élevée de la contrée
s'étendait une place circulaire entourée à l'intérieur de
gradins ; elle était destinée aux joûtes, aux luttes militaires, à la chasse, et non à d'autres usages. L'entrée
en était fermée de quatre portes de bronze. Là se réunit
la foule confuse des femmes guerrières et là aussi Marphise fut introduite.

LXXVII. — Elle entra montée sur un cheval gris,
parsemé de taches et d'étoiles dont la tête était petite,
le regard animé, l'allure superbe et les formes élé-
gantes. Noradin l'avait choisi entre mille comme étant
le plus grand, le plus léger, le plus fringant des coursiers ; après l'avoir richement harnaché, il l'avait donné
à Marphise.

LXXVIII. Ce fut par la porte du midi que Marphise
fit son entrée ; elle était à peine dans la lice qu'elle entendit retentir dans toute l'enceinte le son aigu et brillant des trompettes. Aussitôt arrivèrent par la porte du
nord les dix guerriers qu'elle aurait à combattre. Le
chef qui marche à leur tête semble valoir à lui seul tous
les autres.

LXXIX. — Il arrive au milieu de la place, monté sur
un coursier de haute taille, sur lequel on n'aurait pu distinguer rien de blanc, excepté sur son front et sur son
pied gauche ; tout le reste était plus noir qu'un corbeau ;

quelques poils blancs s'apercevaient à la tête et à la jambe. Aussi noires que son cheval étaient les armes du cavalier; il voulait indiquer par là que son cœur était aussi éloigné de la joie que les ténèbres le sont de la lumière.

LXXX. — Le signal est donné : neuf de ces guerriers abaissent en même temps leurs lances; mais le chevalier aux armes noires dédaigne de profiter de cet avantage, préférant blesser les lois du pays plutôt que de forfaire à sa générosité naturelle. Il se tient à part, voulant voir ce que pourra faire une seule lance contre neuf.

LXXXI. — Le coursier de Marphise, dont l'allure était agréable et douce, porta sur-le-champ la guerrière en avant : dans sa course, celle-ci mit en arrêt une lance si lourde que quatre hommes auraient eu de la peine à la manier. Elle l'avait, en sortant du vaisseau, choisie entre un grand nombre d'autres. L'air martial avec lequel elle se présente fait pâlir mille visages et trembler mille cœurs.

LXXXII. — Elle perce le premier qu'elle rencontre, aussi facilement que s'il eût été nu; son fer traverse la cuirasse, la cotte de mailles, et après avoir pénétré à travers un épais bouclier garni de fer la lame sort de plus d'un pied hors des épaules, tant le coup était lancé avec vigueur. Marphise le laisse en arrière avec la lance dans le corps et, bride abattue, se précipite sur les autres.

LXXXIII. — Elle en rencontre un second qu'elle heurte avec violence et à un troisième elle lance un coup si terrible qu'elle lui brise les reins; elle leur fait à tous vider les arçons et leur enlève la vie, tant avait été dure et pesante la rencontre et tant la troupe de ces assaillants était serrée; elle fait au milieu d'eux une trouée semblable à celle qu'un boulet de canon peut s'ouvrir à travers un bataillon.

LXXXIV. — Sur son armure s'abattent de tous côtés les lances sans l'ébranler; elles ne font pas plus d'effet sur elle que les coups d'une balle n'en produisent sur les murs d'un jeu de paume. Sa cuirasse était d'un acier si fortement trempé que tous les coups qu'on lui portait demeuraient impuissants, car elle avait été forgée par enchantement au feu des enfers et trempée dans les eaux de l'Averne.

LXXXV. — Parvenue à l'extrémité du camp, elle arrête son cheval, puis le tourne et après s'être arrêtée pendant quelques instants, elle le pousse tout à coup avec vigueur contre les autres tenants ; elle les sépare, les renverse et baigne dans leur sang son épée jusqu'à la garde. A l'un elle tranche la tête, à l'autre elle abat un bras, à un troisième elle fait de son épée une ceinture qui partage son corps en deux parties : la tête, les bras et la poitrine roulent à terre, le ventre et les jambes demeurent sur la selle.

LXXXVI. — Ce terrible coup d'épée avait porté entre les côtes et les hanches de sorte que la moitié du corps demeurée sur la selle avait l'air de ces ex-voto en argent ou en cire, que les pèlerins ou les fidèles, arrivant des pays lointains ou voisins, suspendent devant les images des saints pour accomplir un vœu ou les remercier d'avoir exaucé leurs prières.

LXXXVII. — Un des combattants avait pris la fuite ; Marphise le poursuit, l'atteint au milieu de la place et de sa redoutable épée lui fend la tête et le cou, de telle sorte qu'aucun médecin ne pourra jamais les réunir. Enfin elle tue ses neuf adversaires l'un après l'autre, ou les blesse si grièvement qu'elle les met hors d'état de combattre. Elle peut être assurée qu'aucun d'eux ne se relèvera de terre pour continuer contre elle une lutte inégale.

LXXXVIII. — Pendant le combat, le chevalier noir qui avait amené les dix guerriers sur la place, s'était tenu à l'écart ; une lutte contre un seul guerrier avec un si grand avantage lui avait semblé un acte honteux et lâche. Mais en voyant que ce fier adversaire seul avait triomphé de tous ses compagnons, il voulut prouver que c'était la générosité et non la crainte qui l'avait retenu jusqu'alors, et il s'avança sur Marphise.

LXXXIX. — D'une main il fait signe pour annoncer qu'avant de commencer le combat il a quelque chose à dire. Loin de se douter que cet extérieur si martial cache une jeune vierge : « Chevalier, lui dit-il, après avoir tué tant de guerriers, votre bras doit être fatigué. Si j'entreprenais d'accroître encore votre fatigue, je manquerais de générosité.

XC. — « Reposez-vous donc, je vous le permets, jusqu'à demain matin ; au point du jour vous reviendrez au camp. J'aurais peu d'honneur à remporter une victoire sur un adversaire harassé comme que vous paraissez l'être ! » Non, non, dit Marphise, je ne me harasse pas pour si peu ; je suis habituée aux armes ; vous l'apprendrez bientôt, je l'espère, à vos dépens.

XCI. — « Merci, cependant, de cette offre courtoise ; mais je n'éprouve nullement le besoin de me reposer. Il nous reste encore tant de jour qu'il y aurait de la honte pour moi à le passer dans l'inaction. » — Le chevalier répartit : « Que ne puis-je obtenir en toutes choses ce que mon cœur désire comme je puis en ce moment vous satisfaire ! Mais, prenez-y garde, ce jour vous paraîtra peut-être moins long que vous ne pensez. »

XCII. — En parlant ainsi il ordonne que l'on apporte deux énormes lances, ou plutôt deux grosses antennes ; il en donne le choix à Marphise et prend l'autre. Déjà ils sont prêts à combattre et ils n'attendent que le signal ; la trompette sonne et aussitôt la terre, l'air et la mer retentissent du seul mouvement que font les deux guerriers.

XCIII. — Dans cette foule de spectateurs, on n'en voit aucun respirer, ouvrir la bouche ou remuer les yeux ; ils ne songent qu'à regarder lequel des deux champions demeurera vainqueur. Marphise dirige sa lance de manière à renverser son ennemi le chevalier aux armes noires, sans qu'il puisse jamais se relever ; celui-ci, de son côté, cherche tous les moyens de donner la mort à Marphise.

XCIV. — On eût dit que les deux lances qui étaient d'un chêne dur et vert, n'étaient qu'un saule sec et fragile, car elles se brisèrent en mille éclats jusqu'à la poignée. Les deux coursiers se heurtèrent en même temps si violemment qu'ils s'abattirent, comme si leurs jarrets et leurs muscles eussent été tranchés par un seul coup de faulx. Mais les deux guerriers furent aussi prompts l'un que l'autre à se dégager.

XCV. — A mille cavaliers dans sa vie Marphise avait dès la première rencontre fait vider les arçons, sans avoir jamais elle-même été ébranlée sur sa selle. Mais, cette fois, comme vous venez de l'apprendre, elle vida les arçons. Elle fut, non pas seulement étonnée d'un accident si nouveau pour elle, mais toute stupéfaite et comme étourdie. Le chevalier noir, de son côté, éprouva le même sentiment de surprise, car il n'était pas accoutumé à tomber aussi facilement.

XCVI. — Tous deux eurent à peine touché la terre qu'ils furent sur pied, prêts à recommencer la lutte ; ils se frappent alors de la pointe et du tranchant de l'épée ; ils parent les coups tantôt avec le bouclier, tantôt avec la lance, tantôt en s'écartant par un saut. Que les coups portent ou non, l'air en retentit et résonne au loin. Les casques, les cuirasses et les écus paraissent plus durs que des enclumes.

XCVII. — Le bras de la dame est pesant, celui du chevalier ne l'est pas moins ; ils semblent être égaux en force. Chacun d'eux reçoit autant de coups qu'il en donne. Quiconque voudrait rencontrer deux guerriers intrépides, deux âmes héroïques, ne pourrait les trouver ailleurs : ils réunissent en leur personne tout ce qu'il est possible de posséder.

XCVIII. — Les dames, qui pendant longtemps ont été témoins de tant de prouesses et de coups terribles, ne

voyant se manifester chez les deux guerriers ni la moindre lassitude, ni aucun symptôme de faiblesse, jugent
qu'elles ont devant les yeux les deux guerriers les plus
vaillants que l'on pourrait rencontrer dans tous les pays
qu'embrassent les mers : s'ils n'avaient une vigueur
plus qu'humaine, la fatigue seule aurait dû causer leur
mort.

XCIX. — Marphise, raisonnant en elle-même, se disait :
« Ce fut un grand bonheur pour moi que celui-ci se soit
tenu à l'écart. Certes j'aurais couru risque de périr s'il
se fût joint d'abord à ses compagnons, puisque je me
trouve presque maintenant dans l'impossibilité de résister à ses coups. » Mais, en pensant ainsi, Marphise ne
laissait pas de faire agir son épée.

C. — « C'est pour moi un bonheur, disait de l'autre
côté le chevalier noir, que mon adversaire ait refusé de
prendre du repos ; je ne puis me défendre contre lui
quoiqu'un premier combat eut dû épuiser ses forces.
Que serait-il donc arrivé s'il avait pris du repos jusqu'à demain et repris toute sa vigueur? J'ai eu véritablement de la chance et le plus grand bonheur qui
ait pu m'arriver a été qu'il ait refusé d'accepter mon
offre. »

CI. — Le combat dura jusqu'au soir sans qu'on eût pu
distinguer à qui resterait la victoire. Ni l'un ni l'autre
ne voyait assez clair pour parer les coups. La nuit
étant survenue, le chevalier fut le premier à dire à Marphise : « Que ferons-nous, puisque la nuit importune
nous surprend avec un avantage égal?

CII. — « Je crois qu'il convient de vous laisser prolonger votre vie du moins jusqu'au retour du jour. Je
ne puis promettre de vous laisser vivre au delà de
cette courte nuit, mais si vous devez mourir si tôt n'en
faites pas retomber sur moi la faute. Vous ne pouvez
en accuser que la volonté rigoureuse du sexe qui commande en ces lieux.

CIII. — « Si je vous plains, ainsi que vos autres com-

pagnons, Dieu m'en est témoin, Dieu à qui rien n'est
caché ! Mais vous pouvez venir avec eux passer la nuit
dans ma demeure ; partout ailleurs votre vie ne serait
pas en sûreté; car ces femmes dont vous avez aujourd'hui
tué les maris conspirent déjà contre vous. Chacun de
ceux dont vous avez tranché les jours était le mari de
dix femmes.

CIV. — « Ainsi quatre vingt dix femmes ont à se venger du mal que vous leur avez fait. Si donc vous n'acceptez pas l'hospitalité que je vous offre, vous devrez
vous attendre à subir cette nuit une attaque terrible.
Marphise répond : « J'accepte, bien certaine que votre
sincérité et la bonté de votre âme ne sont pas moins
parfaites que la force et le courage dont vous m'avez
donné la preuve.

CV. — « Mais ne vous attristez pas d'avoir à me
donner la mort, car vous pouvez éprouver un chagrin
tout contraire : je ne crois pas jusqu'à présent vous
avoir donné le droit de me considérer comme un adversaire moins redoutable que vous. Qu'il vous convienne
donc de continuer ou d'interrompre notre combat, de le
reprendre à la clarté de l'astre de la nuit ou de l'astre
du jour, vous me trouverez toujours prête à répondre à
votre appel aussitôt et toutes les fois que vous le voudrez. »

CVI. — Le combat fut donc suspendu jusqu'au moment où la nouvelle aurore sortirait des eaux du Gange.
Rien ne fut décidé au sujet de la supériorité que l'un
des guerriers pouvait avoir sur l'autre. Le chevalier
généreux alla trouver Aquilant, Griffon et leurs amis,
il les invita à venir loger chez lui jusqu'au retour du
jour.

CVII. — Les guerriers acceptent volontiers l'invita-
tion, et, à la clarté des torches enflammées, ils se rendent tous dans un palais magnifique séparé en plusieurs
beaux appartements. Les deux adversaires ayant levé la
visière de leurs casques demeurèrent bien étonnés en se

considérant l'un l'autre. Le chevalier, selon toutes les apparences, paraissait n'avoir pas plus de dix-huit ans.

CVIII. — Marphise est étonnée de voir tant de valeur dans un jeune homme d'un âge aussi tendre ; l'autre, de son côté, s'étonne bien plus en reconnaissant à ces longs cheveux quelle était la personne contre laquelle il venait de combattre. Ils se demandèrent mutuellement leur nom et ils ne tardèrent pas à se l'apprendre. Mais quel était le nom du jeune homme ? Si vous voulez le savoir, je vous l'apprendrai dans l'autre chant.

CHANT VINGTIÈME

ARGUMENT

Marphise se découvre au chevalier, qui lui raconte son histoire. — Les Paladins et Marphise cherchent à s'échapper. — Les femmes homicides tombent sur ces guerriers. — Astolphe donne du cor enchanté. — Terreur générale qui fait fuir Marphise même et ses compagnons. — Astolphe brûle la ville d'Alexandra. — Marphise renverse Pinabel et fait revêtir Gabrine des habits de la dame de ce chevalier — Elle désarçonne Zerbin, et lui fait prendre Gabrine en croupe.

I. — Les femmes dans l'antiquité se sont illustrées dans la carrière des armes, et dans les travaux des muses sacrées ; et leurs beaux ouvrages sont répandus par tout le monde avec un grand et glorieux éclat. Arpalice et Camille sont illustres par leur habileté et leur science de la guerre ; Sapho et Corinne ont acquis par leur esprit une célébrité à jamais immortelle.

II. — Les femmes sont parvenues à la perfection dans chacun des arts où elles se sont essayées ; et qui-

conque lit attentivement l'histoire voit que leur renommée n'est pas encore obscurcie. Si le monde a longtemps été privé de femmes distinguées, ce mal n'a pas
toujours duré ; et peut-être aussi, l'envie et l'ignorance
des écrivains leur ont-elles enlevé les honneurs qui leur
sont dus.

III. — Il me semble pour ma part, que, dans notre
siècle, beaucoup de vertus brillent chez les femmes, et
qu'elles peuvent donner de l'ouvrage aux écrivains
qui voudront en instruire les temps futurs pour que,
langues odieuses, vos calomnies et votre éternelle infamie périssent à jamais ! Et cette gloire des femmes ap-
paraîtra si éclatante qu'elle surpassera même celle de
Marphise.

IV. — Mais revenons à cette dernière : Marphise
n'avait pas refusé de se faire connaître à ce cavalier,
si courtois envers elle, mais à la condition qu'à son
tour, il lui révélerait qui il était. Elle s'empresse alors de
le satisfaire, tant elle a hâte de savoir son nom. « Je suis
Marphise, » dit-elle : ce fut assez, le reste était connu du
monde entier.

V. — L'autre commença, quand ce fut son tour, par
quelques explications préliminaires, à raconter son histoire : « Je crois, dit-il, que chacun de vous a présent à
l'esprit le nom de ma famille ; non-seulement la France,
l'Espagne et les pays voisins, mais l'Inde, l'Éthiopie, et
le froid Pont-Euxin connaissent la maison de Clermont ;
c'est d'elle qu'est sorti le chevalier qui a tué Almont.

VI. — « C'est lui qui a donné la mort à Clariel et au
roi Mambrin, c'est lui qui a détruit leur royaume. Je
suis du même sang ; c'est pendant un voyage que le
duc Aymon fit sur ces rives où le Danube se jette dans
l'Euxin par huit ou dix bras, que ma mère m'a conçu.
Il y a à peu près une année que je l'ai laissée, accablée
de tristesse, pour venir en France retrouver ma famille.

VII. — « Mais je n'ai pu finir mon voyage, une tempête
m'a jeté ici. Voilà dix mois et plus que j'y suis arrêté ;

tous les jours, et toutes les heures je les ai comptés.
Je me nomme Guidon le Sauvage ; mes actes de valeur
sont encore peu nombreux, et je suis peu connu. J'ai
tué ici Argilon de Mélibée et les dix cavaliers qui
l'accompagnaient.

VIII. — « J'ai triomphé aussi des dix dames, et elles ont
servi à mes plaisirs ; ce sont, selon moi, les plus belles
et les plus agréables de ce pays. Je règne sur elles
ainsi que sur les autres; elles m'ont donné leur direction et le sceptre. Elles le donneront de même à quiconque aura la chance de vaincre dix chevaliers. »

IX. — Les chevaliers demandèrent à Guidon comment
il se faisait qu'il y avait si peu d'hommes dans ce pays, et
qu'ils étaient gouvernés par les femmes, contrairement
à ce qui se pratique dans les autres parties du monde.
Guidon répondit : « J'en ai entendu raconter plusieurs
fois la raison depuis que je demeure ici. Vous l'apprendrez donc de moi, telle que je l'ai entendue moi-
même, puisque cela vous est agréable.

X. — « Au temps où les Grecs revinrent de Troie, au
bout de vingt ans (car le siège avait duré dix ans et
pendant dix autres années ils avaient erré sur les mers
poussés par des vents contraires et au milieu de mille
dangers), ils trouvèrent leurs femmes, qui avaient cherché un remède aux tourments d'une si longue absence,
en prenant de jeunes amants, pour ne pas se refroidir
seules dans leurs lits.

XI. — « Les Grecs trouvèrent leurs maisons pleines
des enfants des autres, et cependant ils accordèrent à
leurs femmes un pardon unanime ; ils comprirent bien
qu'elles n'avaient pu rester si longtemps seules. Mais
quant aux enfants adultérins, ils durent aller ailleurs
chercher un autre sort, les maris ne voulant pas souffrir
qu'ils vécussent plus longtemps à leur dépens.

XII. — « Les uns furent exposés, les autres tenus
cachés par leurs mères, et conservés à la vie. Ceux qui
étaient déjà grands, se divisèrent en différentes troupes

et se répandirent ça et là dans tout les pays. Les uns
prirent le métier des armes, d'autres choisirent l'étude
et les arts, d'autres cultivèrent la terre, d'autres allèrent
servir à la cour, d'autres gardèrent les troupeaux, selon
la volonté du sort qui règle tout ici-bas.

XIII. — « Parmi eux, il y avait un jeune homme, fils
de Cytemnestre, cette cruelle reine ; il avait dix-huit ans,
était frais comme un lis ou une rose que l'on vient de
cueillir encore sur son épine. Celui-ci, ayant équipé un
navire, se fit corsaire, se livra au pillage, pilla les
mers, en compagnie de cent jeunes gens de son âge,
venus de tous les coins de la Grèce.

XIV. — « A la même époque, les Crétois qui avaient
chassé le cruel Idoménée de son royaume, et qui,
pour assurer leur nouvel État, faisaient des levées
d'hommes et d'armes, mirent à leur tête, avec une
forte solde, Phalante, (c'était le nom du jeune homme),
et lui confièrent, ainsi qu'à tous ceux qu'il avait avec
lui, la garde de la ville de Diethyne.

XV. — « Entre les cent villes célèbres, que possède
la Crète, Diethyne était la plus riche et la plus agréable ;
les femmes y était belles et faciles à l'amour ; les plaisirs et les jeux les occupaient du matin au soir ; et comme
de tout temps, elles avaient l'habitude de combler de
caresses les étrangers, elles firent si bon accueil à Phalante, que lui et les siens y restèrent et furent bientôt
les maîtres de la ville.

XVI. — « Ils étaient tous jeunes, beaux et aimables,
(car Phalante avait choisi la fleur de la jeunesse
grecque), si bien que les belles dames, dès qu'elles les
eurent vus une fois, ne purent contenir les élans de
leur cœur. Puis, ces jeunes gens, qui n'étaient pas seulement beaux, se montrèrent agréables et très-empressés
auprès d'elles ; ils surent tellement les captiver en peu
de temps, que bientôt elles les préférèrent à tout ce
qu'elles avaient aimé jusqu'alors.

XVII. — « Quand la paix vint mettre fin à la guerre,

pour laquelle Phalante avait été nommé chef, la solde militaire fut supprimée, puisqu'on n'avait plus besoin de jeunes gens; ceux-ci, voyant cela, résolurent de quitter le pays. Les dames de Crète en eurent une douleur plus grande, et cet abandon leur fit verser des larmes plus amères que si elles avaient assisté à la mort de leurs pères.

XVIII. — « Elles supplièrent longtemps ces jeunes gens de demeurer, chacune priant le sien. Sur leur refus de rester, les voilà abandonnant pères, enfants et frères, pour suivre leurs amants; elles avaient emporté de chez elles des pierres précieuses et de grandes sommes d'argent. L'exécution en fut si secrète que pas un homme en Crète ne s'aperçut de leur fuite.

XIX. — « Le vent fut si favorable, et le moment choisi par Phalante pour la fuite, si propice, qu'ils étaient déjà loin de plusieurs milles, quand les Crétois avaient pu encore à peine s'affliger de leur malheur. C'est cette plage, inhabitée alors, qui les reçut, c'est ici que le sort les conduisit. Ils s'y arrêtèrent, et se croyant en toute sûreté, ils jouirent en paix du fruit de leur crime.

XX. — « Ce lieu fut pour eux, pendant dix jours, une demeure toute pleine de plaisirs amoureux. Mais, comme souvent l'abondance amène l'ennui surtout, dans les jeunes cœurs, tous furent d'avis de rester sans femmes, et de se délivrer d'un pareil souci, car il n'est pas de supplice plus grand que d'avoir une femme qui a cessé de plaire.

XXI. — « Ces jeunes hommes, pleins d'ardeur pour la rapine et le gain, et peu portés à la dépense, virent que pour entretenir tant de concubines, il leur fallait autre chose que des arcs et des flèches. Ils abandonnèrent donc ces malheureuses, et partirent chargés de leurs richesses. Ils débarquèrent dans la Pouille, et sur les bords de la mer bâtirent la ville de Tarente.

XXII. — « Les femmes, se voyant ainsi trahies par des amants en qui elles avaient mis toute leur confiance, restèrent tellement abattues pendant plusieurs jours, qu'elles avaient l'air de statues immobiles sur le bord de la mer. Puis jugeant que des plaintes et des larmes intarissables ne leur profiteraient aucunement, elles se mirent à réfléchir, et à chercher comment elles trouveraient dans leur propre énergie un remède à une si grande détresse.

XXIII. — « Elles émirent chacune leur opinion : les unes étaient d'avis de retourner en Crète; elles préféraient s'exposer au jugement et à la sévérité de leurs pères et de leurs maris offensés, plutôt que de mourir de faim sur ce rivage désert, dans ces bois sauvages et malsains. D'autres disaient qu'il serait plus digne pour elles de se précipiter dans la mer que de prendre un tel parti.

XXIV. — « Il serait moins triste pour elles de courir le monde comme courtisannes, comme mendiantes ou comme esclaves, que d'aller s'offrir aux supplices qu'elles avaient mérités par leur conduite honteuse. Ces malheureuses se proposaient des partis désespérés, tous plus pénibles et plus graves les uns que les autres. A la fin, une d'entre-elles se leva : c'était une certaine Orontée, qui par son origine, descendait du roi Minos.

XXV. — « Elle était la plus jeune de toutes, la plus belle, la plus adroite, et avait été la moins coupable. Elle avait aimé Phalante, elle s'était donnée vierge à lui, et pour lui avait quitté son père. Elle montra sur son visage et dans ses paroles un cœur magnanime : enflammée de colère, et combattant les projets de toutes les autres, elle exposa son plan, qui fut exécuté en effet.

XXVI. — « Elle ne fut pas d'avis de quitter cette terre, dont elle avait reconnu la fécondité, l'air sain, et où se trouvaient de limpides ruisseaux, des forêts épaisses, de grandes plaines avec des ports, des baies, où les étrangers avaient un refuge contre la mauvaise fortune

sur mer, quand ils apportaient d'Afrique ou d'Égypte
leurs diverses marchandises et tout ce qui est nécessaire à la vie.

XXVII. — « Elle fut donc d'avis de s'y fixer, et de
se venger des hommes qui les avaient tant offensées ;
elle voulut que tout vaisseau, qui, poussé par les vents,
viendrait se réfugier dans le port de leur État, fût mis
à sac, et à feu et à sang, et qu'il ne fût fait grâce de la
vie à aucun de ceux qui s'y trouveraient. Tel fut le discours, telle fut la conclusion ; la loi fut établie et mise
en vigueur.

XXVIII. — « Quand ces femmes voyaient que le ciel
se couvrait, elles accouraient en armes sur le rivage,
conduites par l'implacable Orontée, qui leur avait donné
des lois, et qui était devenue leur reine. Les navires
jetés dans leurs ports étaient cruellement incendiés et
pillés ; pas un homme n'était laissé en vie, et personne
ne pouvait ainsi donner de leurs nouvelles et dire où
se trouvait ce pays, ni quel il était.

XXIX. — « Elles vécurent ainsi seules pendant plusieurs années, toujours ennemies acharnées des hommes.
Mais elles s'aperçurent bientôt qu'elles travailleraient à
leur propre perte, si elles ne changeaient de manière,
et si elles ne s'occupaient de leur postérité ; que leur
loi serait bientôt nulle et avilie, et tomberait avec
leur État qui n'était pas fécondé, et qu'elles auraient
voulu cependant rendre éternel.

XXX. — « Elles adoucirent donc un peu leur rigueur,
et choisirent, pendant une période de quatre ans, parmi
ceux qui abordèrent dans ce lieu, les dix plus beaux et
plus vaillants chevaliers, qui seraient assez forts pour
lutter contre elles dans les jeux amoureux ; elles étaient
cent en tout, et il fut convenu qu'on ne choisirait
qu'un mari sur chaque dizaine.

XXXI. — « Beaucoup furent d'abord décapités, n'étant
pas assez vigoureux pour soutenir la lutte ; mais les dix
qui se montrèrent dignes de l'épreuve, furent admis à

partager leur lit et leur gouvernement. Elles leur firent jurer que tous les autres hommes qu'ils verraient arriver dans ces ports, seraient, sans aucune pitié, passés au fil de l'épée.

XXXII. — « Les femmes devinrent grosses, et eurent des fils ; elles commencèrent alors à craindre la naissance abondante d'enfants mâles, qui plus tard pourraient se révolter contre elles, de sorte qu'un jour le gouvernement dont elles étaient si éprises tomberait dans les mains des hommes. Elles établirent donc, pendant qu'elles étaient encore dans leurs belles années, une loi conçue de manière à ce qu'ils ne pussent être rebelles.

XXXIII. — « Pour ne pas être les esclaves des hommes, toute mère ne devait, selon cette horrible loi, garder avec elle qu'un seul fils ; les autres devaient être étouffés, chassés du royaume, ou vendus. Elles les envoyèrent donc en différents endroits, recommandant à ceux qui les emmenaient, de prendre des femmes, s'ils pouvaient faire des échanges et, s'ils ne le pouvaient pas, de ne pas revenir du moins les mains vides.

XXXIV. — « Elles n'élèveraient même pas un seul enfant mâle, si elles pouvaient s'en passer pour perpétuer leur espèce. C'est là toute la pitié, et toute la clémence de cette loi inique, plus cruelle pour ceux de leur propre sang que pour les étrangers ; ceux-ci sont condamnés par un jugement semblable ; le seul correctif qui y a été apporté est que les femmes ne pouvaient plus les tuer indistinctement, selon la première coutume.

XXXV. — « Si dix hommes ou vingt ou plus même, venaient aborder là par hasard, ils étaient jetés en prison ; chaque jour, on en tirait un au sort, et pas plus, qui devait périr dans l'horrible temple qu'Orontée avait élevé, et où un autel était érigé à la vengeance ; un des dix choisi par le sort, était dans la cruelle obligation d'accomplir le sacrifice.

XXXVI. — « Plusieurs années après, un jeune homme

vint aborder sur ce rivage homicide ; par son origine,
il descendait du grand Hercule ; sa renommée dans les
armes était grande : il se nommait Elban. Il fu saisi à
peine à terre, et arrivant là sans aucune défiance. Gardé
par une escorte nombreuse, il fut enfermé dans une
étroite prison, où on le réserva pour partager le cruel
sort des autres.

XXXVII. — « Ce jeune homme était d'une figure noble
et agréable ; ses manières étaient pleines de grâces ; et
sa parole si douce et si élégante qu'un aspic même l'eût
écouté volontiers. Aussi, en parla-t-on bientôt, comme
d'une merveille, à Alexandra, fille d'Orontée qui, malgré ses nombreuses années, vivait encore.

XXXVIII. — « Orontée était encore en vie, et déjà
toutes les autres qui avaient habité l'île les premières
étaient mortes, leurs forces avaient grandi, et leur valeur
était plus grande aussi elles étaient alors plus de dix
mille. Mais pour dix ateliers qui souvent étaient fermés
il y avait à peine un ouvrier ; et de plus les dix cavaliers
devaient faire subir, à quiconque arrivait, un sort cruel.

XXXIX. — « Alexandra impatiente de connaître le
jeune homme dont on faisait tant d'éloges, obtint de sa
mère, après d'instantes prières, la permission de voir
Elban et de l'entendre. Quand elle dut le quitter, elle sentit
que son cœur percé de mille traits ne lui appartenait
plus. Elle se sentit liée et ne put faire aucune résistance ;
en un mot, elle se trouva prisonnière de son prisonnier.

XL. — Elban lui dit : « Si vous aviez, madame, un
peu de cette pitié qui est connue encore dans toutes les
autres contrées que le soleil éclaire et colore, j'oserais
vous demander, au nom de votre beauté angélique, qui
remplit d'amour tout cœur sensible, de m'accorder une
vie, que je serai toujours prêt à sacrifier pour vous.

XLI. — « Mais, puisque, en dehors de toute raison,
les cœurs humains sont ici privés d'humanité, je ne
vous demanderai point de me laisser la vie, sachant
bien que toutes mes supplications seraient vaines ;

mais en cavalier malheureux et brave que je suis, je voudrais du moins mourir les armes à la main, et non comme un criminel condamné par jugement, ou comme un animal conduit au sacrifice ! »

XLII. — La sensible Alexandra, les yeux humides, et déjà émue en faveur de ce jeune homme, répondit : « quoique cette terre soit plus cruelle encore que toutes les autres contrées, je ne conviens pas cependant que toutes les femmes y sont des Médées, comme vous le dites ; d'ailleurs, quand toutes les autres le seraient, moi seule, entre toutes je veux être exceptée.

XLIII. — « Et si par le passé je me suis montrée impie et cruelle, comme elles le sont toutes, je puis dire pourquoi, c'est que je n'avais encore trouvé aucun objet qui pût m'émouvoir et me donner de la pitié. Mais j'eusse été plus barbare encore que le tigre, et j'aurais le cœur plus dur que le diamant, si ma rigueur n'avait pas disparu devant votre beauté, votre valeur et votre distinction.

XLIV. — « Si la loi établie contre les étrangers n'était pas la plus forte, je n'hésiterais certainement pas à racheter votre vie plus précieuse que la mienne aux dépens même de mes jours ! mais il n'y a personne d'un rang assez élevé qui puisse vous donner une libre assistance ; et quoique ce que vous souhaitez soit bien peu de chose, il sera difficile de l'obtenir dans ce pays.

XLV. — « Cependant, je tâcherai de vous le faire accorder et de vous donner au moins ce contentement avant de mourir ; mais je crains bien que vous ne prolongiez vos tourments en voulant retarder votre mort. » Elban repartit ! « Quand même j'aurais à lutter contre dix guerriers, je me sens assez de courage, et j'ai l'espoir de sauver ma vie, et de les tuer, fussent-ils armés de pied en cap ! »

XLVI. — « Alexandra ne répondit à ces paroles, que par un long soupir, et s'éloigna ; elle emportait dans son cœur mille traits amoureux qui l'avaient percé et blessé sans remède. Elle alla trouver sa mère, et lui exposa son désir de ne pas laisser mourir le chevalier, de mettre son courage à l'épreuve, et de voir s'il pourrait à lui seul mettre dix hommes à mort.

XLVII. — « La reine Orontée fit assembler son conseil, et lui dit : « Il nous convient toujours de confier la garde de nos ports et de nos rivages au plus vaillant que nous trouverons ; mais pour savoir qui nous devons admettre ou rejeter, il faudrait toujours soumettre à une épreuve ceux qui arrivent, afin de ne pas nous faire du tort en donnant le royaume à celui qui en est indigne, et en faisant mourir celui qui est plein de valeur.

XLVIII. — « Il me semble donc, si vous êtes de cet avis, qu'il soit bon d'établir que dorénavant tout cavalier que la fortune aura poussé sur nos bords, pourra lui seul, avant d'aller au temple recevoir la mort, défier au combat, si ce parti lui plaît, nos dix guerriers ensemble ; et s'il vient à bout de les vaincre, il aura la garde du port, et aura sous sa domination tout le reste du pays.

XLIX. — « Je vous parle ainsi, parce que nous avons ici un prisonnier, qui s'offre de les vaincre tous les dix. Si sa seule vaillance peut égaler celle de tant de chevaliers, ce sera bien certainement le plus digne : mais au contraire, il sera puni s'il a eu la hardiesse de parler par vanité et témérité. » Orontée termina ainsi son discours, et une des plus anciennes lui répondit :

L. — « La principale raison qui nous a déterminées à supporter ici le commerce des hommes ne fut pas seulement de défendre ce royaume ; nous n'avons pas pour ce soin besoin de leur aide ; pour le faire nous avons assez d'audace et d'intelligence par nous-mêmes, et nous pouvons y suffire ; puissions-nous sans eux encore, empêcher que notre postérité ne s'éteigne !

LI. — « Mais puisque sans eux cela n'est pas possible, nous les avons admis, mais en petit nombre, en notre compagnie. Ils ne peuvent être plus d'un contre dix de nous, pour qu'ils ne puissent nous dominer. Nous avons agi ainsi pour concevoir d'eux, et non parce que leur aide nous était nécessaire pour notre défense. Qu'ils aient de la vaillance et du courage pour cette première tâche, et qu'ils soient lâches et inutiles pour le reste!

LII. — « Garder au milieu de nous un homme qui a tant de courage, serait tout à fait contraire à notre principal but. Si un seul homme peut en mettre dix à mort, cela ne nous marque-t-il pas de combien de femmes il pourra être vainqueur? Si nos dix chevaliers avaient été comme lui, dès le premier jour, ils nous auraient ravi notre royaume. Ce n'est pas le moyen de dominer, que de mettre des armes dans la main de celui qui peut plus que nous.

LIII. — « Songez encore, que si la fortune lui est favorable, et qu'il tue ces dix adversaires, vous aurez à entendre les plaintes de cent femmes, privées de leurs maris. S'il veut vivre, qu'il propose un parti autre que celui de tuer dix jeunes hommes. Cependant, s'il peut réussir à faire avec cent femmes ce qu'ont fait les dix, je lui pardonne.

LIV. — «Telle fut la proposition de la cruelle Artemie, (c'était son nom) et il s'en manqua peu, grâce à elle, qu'Elban ne fût conduit au temple pour être sacrifié à l'inhumaine déesse. Mais la mère Orontée, qui voulait complaire à sa fille, répondit par mille excellentes raisons; et fut si ferme que le sénat adopta son projet.

LV. — Elban était vanté pour sa beauté au-dessus de tous les chevaliers du monde; les jeunes femmes qui étaient au conseil, prirent tant à cœur sa défense, et firent tant, que l'avis des vieilles qui voulaient, avec Artémie, que l'on agît d'après l'ancienne loi fut rejeté; il ne s'en fallut même pas de beaucoup qu'on ne fût disposé à absoudre Elban.

LVI. — « On résolut à la fin de lui pardonner, mais après qu'il aurait vaincu les dix chevaliers, et que dans un autre assaut, il se serait rendu au désir non de cent dames, mais de dix. Le lendemain on le fit sortir de pri-

son ; il fut armé, choisit un cheval, et s'avança seul
contre les dix guerriers, qu'il coucha sur la place l'un
après l'autre.

LVII. — « La nuit suivante il fut mis à l'épreuve contre
dix femmes, nu et seul ; son ardeur et son succès furent tels qu'il fut admiré par toute la troupe ; et cet
acte lui acquit tellement les faveurs d'Orontée, qu'elle
le prit pour gendre. Elle lui donna Alexandra et les
neuf autres femmes avec qui il avait fait ses preuves
pendant la nuit.

LVIII. — « Elle le laissa de plus avec la belle Alexandra, héritier de cette terre à qui celle-ci donna son nom,
à condition qu'il observerait cette loi imposée aussi à
tous ses successeurs : que chaque homme, contraint
par sa funeste étoile de poser le pied sur cette terre,
pourrait choisir, ou de se donner en sacrifice, ou de se
battre seul contre dix guerriers ;

LIX. — « Et que s'il parvenait à mettre à mort ces
hommes, il ferait une autre épreuve la nuit avec dix
femmes. Si dans cet assaut la fortune lui souriait encore,
et le rendait vainqueur, il serait prince et chef de la
tribu féminine, et aurait dix femmes à son choix. Son
règne ne finirait qu'à l'arrivée d'un autre, qui serait plus
fort que lui, et lui arracherait la vie.

LX. — « Après deux mille années cette coutume cruelle
s'est maintenue et subsiste encore, et il se passe peu de
jours que le temple ne voie mourir un malheureux
étranger. Si quelques-uns demandent à combattre contre
les dix guerriers, comme Elban, (il y en a qui le tentent), ils laissent leur vie au premier assaut, et sur
mille, à peine un seul passe à la seconde épreuve.

LXI. — « Cependant quelques-uns y ont réussi, mais
si rarement que l'on pourrait les compter sur les doigts.
L'un d'eux fut Argilon ; mais il ne fut guère de temps
le maître avec les dix femmes ; car des vents contraires
m'ayant poussé ici, je lui ai fermé les yeux d'un
sommeil éternel. Puissé-je être mort le même jour que

lui, plutôt que de vivre esclave dans une pareille honte!

LXII. — « Les plaisirs de l'amour, les ris, les jeux que ceux de mon âge aiment tant; la pompe, les pierres précieuses, et la jouissance du premier rang sur tous ceux de sa patrie, ont bien des charmes : mais tout cela réjouit peu l'homme qui est privé de la liberté! Et ne pouvoir plus jamais quitter ces lieux est pour moi une pénible et intolérable servitude.

LXIII. — « Me voir consumer la plus belle fleur de mes meilleures années dans cet état de honte et d'oisiveté tient sans cesse mon cœur dans le tourment et l'inquiétude, et m'enlève toute pensée de plaisir. La renommée porte par toute la terre et jusqu'au ciel la gloire de mon sang; peut-être en aurais-je eu une bonne partie, si j'avais pu rejoindre mes frères!

LXIV. — « Je trouve que c'est une injustice que le sort m'a faite, de m'avoir choisi pour un si vil esclavage, comme un cheval que l'on cache dans un troupeau, parce qu'il est aveugle ou estropié, ou réduit par d'autres accidents à ne plus servir, inutile pour la guerre ou tout autre usage. Je n'espère plus rien que la mort ; elle seule peut me délivrer de ce honteux esclavage, et je l'appelle. »

LXV. — Guidon cessa alors de parler, maudissant le triste jour où par sa victoire sur les dix cavaliers il était arrivé à la tête du royaume. Astolphe l'écoutait silencieusement et ne s'était pas fait connaître avant d'avoir un signe plus certain que ce Guidon était, comme il l'avait dit, fils de son parent Aymon.

LXVI. — Il lui répondit alors : « Je suis le duc anglais, ton cousin Astolphe » et il l'embrassa, dans un élan d'affection et de tendresse, non sans répandre des larmes, au milieu de ses embrassements. « Mon cher parent, il est certain que ta mère pouvait ne pas te faire une marque au cou ; car l'on voit assez que tu es de notre sang par la valeur que tu as montrée dans tes combats. »

LXVII. — Guidon qui dans un autre temps se serait

fait une grande fête d'avoir retrouvé un si proche parent, ne l'embrassa que douloureusement, fort triste de le voir en un pareil lieu. S'il vit, il sait qu'Astolphe sera réduit en esclavage ; et que le jour suivant au plus tard, est la dernière limite. Au contraire, la liberté pour Astolphe, sera sa mort : le bien de l'un sera nécessairement le malheur de l'autre.

LXVIII. — Il regrette aussi que sa victoire réduise les chevaliers en servitude, même s'il mourait dans cet engagement : car si Marphise succombe dans la seconde épreuve, même après avoir triomphé dans la première, elle perdra la vie, et ses compagnons leur liberté.

LXIX. — D'un autre côté, l'extrême jeunesse de Guidon, sa distinction, sa valeur, avaient rempli tellement d'amour et de pitié le cœur de Marphise et de ses compagnons, qu'ils n'avaient tous pour ainsi dire que du mépris pour leur liberté, s'ils la devaient à sa mort; et Marphise aimerait mieux mourir que de le tuer dans le combat.

LXX. — « Unissons-nous, dit Marphise au chevalier et je vous réponds que nous sortirons d'ici à force ouverte. — Hélas ! répondit Guidon, renoncez à l'espoir de quitter ces lieux, que nous soyons l'un et l'autre vainqueur ou vaincu. — Je n'ai jamais eu peur, dit Marphise, de finir ce que j'avais commencé; il n'est pour moi de voie plus sûre que celle que m'ouvrira mon épée.

LXXI. — « Je connais votre valeur je l'ai assez éprouvée aujourd'hui, je puis donc avec vous tout oser. Demain, quand les femmes seront réunies sur les gradins du théâtre, nous tomberons sur elles et nous les tuerons toutes, soit qu'elles prennent la fuite, soit qu'elles essayent de se défendre. Nous abandonnerons leurs corps aux loups et aux vautours et nous mettrons le feu à leur ville. »

LXXII. — « Vous me verrez toujours, dit Guidon,

prompt à vous suivre et résolu de mourir à vos côtés :
mais perdons tout espoir de rester ici vivants. Qu'il nous
suffise de ne pas périr sans être vengés. Sur cette place
j'ai vu souvent réunies à la fois dix mille femmes ; il y
en a encore dix mille autres qui gardent le port, les
murs et les forteresses. Il n'existe pas une seule voie
par laquelle nous puissions sortir en sûreté. »

LXXIII. — « Fussent-elles, dit Marphise, plus nombreuses que les troupes rassemblées autrefois par Xercès
ou que ces esprits de révolte qui, à leur honte éternelle,
furent chassés du ciel, je veux les exterminer toutes en
un seul jour, si vous combattez avec moi, ou du moins
si vous ne vous rangez point de leur parti. « Je connais,
dit Guidon, un moyen, un seul moyen de nous sauver et
je vais vous l'apprendre.

LXXIV. — « Ce moyen qui me revient en ce moment
à l'esprit nous sauvera s'il peut réussir. Les femmes
seules ont ici le droit de sortir et de mettre le pied sur
le rivage de la mer. Il est donc nécessaire que je me
confie à l'une des miennes, dont j'ai souvent éprouvé
l'amour et la fidélité dans des circonstances plus dé-
favorables encore que celle-ci.

LXXV. — « Elle n'est pas moins désireuse que moi de
m'arracher à la servitude, pourvu qu'elle partage mon
sort ; elle espère qu'ainsi je vivrai avec elle sans partage avec ses rivales. Elle pourra faire préparer dans
le port une flûte ou tout autre vaisseau, au moment où
les ténèbres couvriront la terre, de sorte que vos pilotes
trouveront le moyen de mettre à la voile en arrivant.

LXXVI. — « Quant à vous, chevaliers, marchands et
matelots qui avez logé chez moi, vous n'aurez qu'à me
suivre jusqu'au port, serrés et en bon ordre, prêts à
vous défendre si l'on essaye de nous barrer le passage.
C'est ainsi que j'espère que, grâce à nos épées, nous
pourrons sortir de cette cruelle cité.

LXXVII. — « Faites comme vous voudrez, répondit
Marphise ; quant à moi je ne doute point de me tirer

d'ici saine et sauve ; je trouve plus facile de faire périr de ma main des femmes renfermées dans ces murs que de prendre la fuite et de faire supposer que j'aie pu un seul instant avoir peur. Je sortirai en plein jour en employant la vigueur de mon bras. Toute autre manière de quitter ces lieux me semblerait une honte.

LXXVIII. — « Si l'on me connaissait ici pour femme je jouirais des honneurs et des priviléges que possèdent celles de mon sexe ; on m'y retiendrait volontiers ; peut-être y occuperais-je un rang des plus distingués dans le conseil. Mais je suis venue ici avec des chevaliers et je ne veux pas être traitée plus favorablement qu'eux ; je serais déshonorée si je conservais ma liberté, tandis que mes compagnons seraient réduits en servitude. »

LXXIX. — Ces paroles et celles qui suivirent montrèrent assez que c'était uniquement par crainte de mettre en péril ses compagnons, (car son ardeur pourrait leur devenir funeste), qu'elle ne voulait pas se signaler par une attaque audacieuse et rendre ainsi son nom digne de mémoire. Elle laissa donc à Guidon le soin d'employer le moyen qui lui paraîtrait le plus sûr.

LXXX. — Guidon, la nuit venue, parla à Aléric ; c'est ainsi que se nommait la plus fidèle de ses épouses. Il n'eut pas besoin de la prier longtemps, car il la trouva toute disposée à suivre ses volontés. Elle prit un vaisseau, le fit armer et charger de tout ce qu'elle put sauver de plus précieux, sous prétexte qu'elle voulait aller à la pointe du jour faire avec ses compagnes une course sur la mer.

LXXXI. — Elle avait eu soin d'abord de faire apporter dans le palais des lances, des épées, des cuirasses et des boucliers, pour les donner aux marchands et aux matelots du vaisseau qui étaient à moitié nus. Les uns se mirent en sentinelle, tandis que les autres dormaient, partagés entre leur sommeil et leurs travaux ; ceux qui veillaient, revêtus de leurs armes, regardaient si l'Orient ne se colorait pas des premiers feux du jour.

LXXXII. — Le soleil n'avait pas encore dissipé les voiles obscurs et sombres étendus sur la surface de la terre; la fille de Lycaon avait à peine promené la charrue sur les sillons célestes, lorsque les femmes, impatientes de voir quelle serait l'issue du combat, remplirent en foule l'amphithéâtre, semblables à un essaim d'abeilles assiégeant l'entrée de leur ruche, quand elles veulent au printemps chercher une nouvelle demeure.

LXXXIII. — Le peuple fait retentir le ciel et la terre du bruit des tambours, du son des trompettes et des clairons, appelant ainsi Guidon son souverain, pour qu'il vînt mettre fin à la lutte commencée. Aquilant, Griffon, le prince Anglais, Guidon, Marphise, Sansonnet et tous les autres, les uns à pied, les autres à cheval, étaient là armés de toutes pièces.

LXXXIV. — Pour passer du palais à la mer et au port, il était nécessaire de traverser la place. Il n'existait pour y parvenir aucun autre chemin ni plus long, ni plus court. Guidon en avait prévenu ses compagnons. Après les avoir exhortés à déployer tout leur courage il se mit tranquillement en route et entra sur la place d'armes où était le peuple, accompagné de plus de cent hommes armés.

LXXXV. — Guidon se dirigeait vers l'autre porte pour sortir de la place avec ses compagnons dont il pressait le pas; mais la foule des femmes qui se tenaient tout autour les armes à la main et prêtes à frapper, devina qu'il avait l'intention de fuir avec ceux qui l'accompagnaient. Aussitôt toutes en même temps s'emparèrent de leurs arcs, et s'élançant vers la sortie, s'opposèrent à leur passage.

LXXXVI. — Guidon et ses valeureux amis et avant tous les autres, l'intrépide Marphise, ne perdirent pas un instant pour déployer la vigueur de leurs bras : tous leurs efforts réunis eurent pour but de s'ouvrir un pas-

sage. Mais comme une grêle de traits prodigieuse pleu-
vait sur eux de tous côtés, ils virent tomber morts ou
blessés les hommes qui les accompagnaient. Ils crai-
gnirent enfin d'être accablés et de ne pas se tirer avec
honneur de leur entreprise.

LXXXVII. — Leurs armes heureusement étaient si
finement trempées qu'ils n'avaient rien à craindre de ce
côté; sans cela ils étaient perdus. Le cheval de Sansonnet avait déjà été tué sous lui, celui de Marphise fut
aussi mortellement frappé. « Il est grand temps se dit
alors Astolphe de me servir de mon cor; jamais il ne
m'aura été plus utile qu'en ce moment, puisque l'épée
ne peut nous servir. Essayons si par ce moyen nous ne
pourrons pas sortir de ce pas dangereux. »

LXXXVIII. — « C'est dans les périls extrêmes qu'on
emploie les moyens les plus puissants. » Astolphe porte
donc le cor à sa bouche et aussitôt la terre et l'univers
tout entier semblent trembler. Quand le terrible son de
l'instrument retentit dans les airs, la terreur est universelle. Toutes les femmes éperdues et demi-mortes
s'abandonnent à la fuite, se précipitent en bas des galeries et ne laissent plus personne à la garde de la porte.

LXXXIX. — Comme l'on voit d'une maison envahie
par le feu, toute la famille épouvantée se jeter par les
fenêtres et des lieux les plus élevés pour échapper à
l'incendie qui s'est peu à peu développé pendant que
tous étaient engourdis par un profond sommeil : ainsi
tous les habitants ne s'occupent que d'échapper au son
effrayant du cor, sans prendre souci de leur vie.

XC. — Cette foule, dans son effroi, fuit de çà, de là, de
toutes parts; chaque porte est assaillie par plus de mille
personnes. Les femmes dans ce désordre tombent les
unes sur les autres en monceaux. Dans une si grande
presse, les unes perdent la vie, les autres s'élancent du
haut des fenêtres et des échafauds, celles-ci se rompent
le cou, celles-là ont la tête brisée; les autres demeurent estropiées.

XCI. — Les gémissements et les cris au milieu du
fracas et de la destruction font retentir les airs ; tous
ceux dont les oreilles sont frappées par le son du cor se
sauvent avec terreur. Si la vile multitude éprouve tant
de frayeur et se montre si faible et si lâche, vous n'en
serez pas étonné, car il est dans la nature du lièvre de
céder au sentiment de la peur.

XCII. — Mais que direz-vous du cœur toujours si fier
et si intrépide de Marphise ? Que direz-vous de Guidon
le Sauvage ? des deux jeunes fils d'Olivier, dont les noms
ont brillé si souvent dans les combats et ont illustré leur
race ? Autrefois, une armée de cent mille hommes ne les
eût pas effrayés, et maintenant ils s'abandonnent honteusement à la fuite, comme les lièvres ou les colombes
timides qu'effraye quelque bruit retentissant dans leur
voisinage.

XCIII. — La puissance que ce cor devait à la magie
agissait autant sur les amis que sur les étrangers. Sansonnet, Guidon et les deux frères sont malgré eux forcés
de prendre la fuite, à la suite de Marphise épouvantée.
Mais ils ont beau s'éloigner : ils ne peuvent courir assez
vite pour que le bruit fatal ne retentisse pas à leurs
oreilles. Pendant ce temps-là, Astolphe ne cesse de parcourir la ville en tous sens, faisant retentir son cor de
plus en plus.

XCIV. — Parmi les femmes, les unes courent vers la
mer, les autres gravissent le sommet des montagnes,
d'autres cherchent une retraite dans la profondeur des
bois ; plusieurs furent pendant dix jours entiers sans
oser seulement tourner la tête ; dans leur terreur, quelques-unes se précipitèrent du haut du pont dans l'eau
où elles disparurent pour jamais ; enfin les places, les
temples, les maisons furent tellement abandonnés que
la cité resta presque vide.

XCV. — Marphise, le brave Guidon, les deux frères et
Sansonnet, pâles et tremblants arrivent en fuyant sur le
bord de la mer ; ils sont suivis par les matelots, les

passagers et les marchands. Tous arrivèrent à l'endroit
où ils trouvèrent Alérie qui, entre les deux forteresses,
leur avait fait préparer un vaisseau ; ils s'y précipitent,
déploient toutes les voiles et s'éloignent à force de
rames.

XCVI. — Astolphe avait parcouru l'intérieur et les
dehors de la ville depuis les montagnes jusqu'au rivage ;
les rues étaient abandonnées ; chacun avait fui devant
lui et s'était caché pour l'éviter ; on trouva plusieurs de
ces femmes qui tout effarées s'étaient jetées dans les
égoûts et dans les lieux les plus immondes ; beaucoup
d'autres enfin ne sachant où se réfugier s'étaient mises
à la nage et avaient péri au milieu des flots.

XCVII. — Le prince anglais accourut alors vers le
port où il espérait trouver ses compagnons ; il regarde
autour de lui et n'aperçoit qu'un rivage désert ; aucun
de ses compagnons ne paraît à ses yeux. Portant plus
loin ses regards, il les découvre fuyant sur la mer avec
la plus grande vitesse. A défaut du vaisseau, il est
obligé de chercher un autre moyen pour reprendre sa
route.

XCVIII. — Laissons-le aller ; mais ne vous inquiétez
pas, sachant qu'il devra seul parcourir tant de pays
infidèles et barbares que nul ne peut visiter sans courir
les plus grands dangers. Il possède dans son cor merveilleux, le moyen d'échapper à tous les périls. Nous
venons d'en avoir la preuve. Occupons-nous donc de
ses compagnons qui, saisis de crainte, fuient en voguant
sur la mer.

XCIX. — A pleines voiles ils s'éloignent de ce pays
cruel et homicide. Mais dès que le son du cor qui leur
a causé tant de terreur a cessé de retentir à leurs oreilles,
leurs âmes sont saisies d'une honte telle, que la rougeur
brille sur leurs visages comme un charbon ardent. Ils
n'osent se regarder les uns les autres : l'air triste, les
yeux baissés, ils demeurent interdits et silencieux.

C. — Le pilote attentif à sa route laissait derrière lui

Chypre et Rhodes ; il voyait déjà fuir les cent îles de la mer Égée et le cap dangereux de Malée. Poussé par un vent toujours favorable, il passe devant la Morée, tourne vers la Sicile et arrive enfin sur les bords délicieux de l'Italie par la mer Tyrrhénienne.

CI. — A la fin, il voit apparaître la ville de Luna, où il avait laissé sa famille, et, rendant grâce au ciel d'avoir pu traverser tant de mers sans y laisser sa vie, il aborde à ce rivage de lui si bien connu. Là, les voyageurs trouvèrent un vaisseau faisant voile pour la France. Le chef conseilla aux chevaliers de partir avec lui, ils y consentirent, montèrent sur son bord et ils arrivèrent peu de jours après à Marseille.

CII. — Bradamante qui gouvernait cette contrée était alors absente ; elle n'eût pas manqué sans cela de les engager avec sa courtoisie ordinaire à rester auprès d'elle. Quand ils furent descendus sur le rivage, Marphise prit congé des quatre chevaliers, de la femme de Guidon le sauvage et reprit sa route aventureuse.

CIII. — Elle leur dit qu'il était peu convenable que des chevaliers voyageassent ensemble en si grand nombre. « Laissons aller en troupe les étourneaux, les pigeons, les daims, les cerfs et tous les animaux peureux. Mais l'audacieux faucon, l'aigle altier qui ne compte jamais sur l'appui d'autres oiseaux, les ours, les lions, les tigres, vont seuls sans éprouver la crainte de rencontrer des supérieurs en puissance. »

CIV. — Aucun des chevaliers ne partagea cette opinion et Marphise partit seule sans être accompagnée. Elle marche selon son habitude à travers les bois, par des sentiers étroits et inconnus. Mais Griffon le blanc, Aquilant le noir et les deux autres amis prirent la route la plus battue ; le jour suivant, ils arrivèrent à un château où on les accueillit avec beaucoup de politesse.

CV. — Mais cette politesse était, je dois le dire, plus apparente que réelle ; ils l'éprouvèrent bientôt, car le maître du château qui les avait engagés du ton le plus aimable et le plus courtois à accepter chez lui l'hospitalité, les fit saisir pendant la nuit dans leurs lits, tandis qu'ils se livraient sans défiance au sommeil. Il ne les relâcha qu'après leur avoir fait jurer qu'ils observeraient une coutume qu'il avait établie.

CVI. — Mais je veux d'abord continuer à vous parler de la belliqueuse Marphise. Elle passa la Durance, le Rhône, la Saône et elle arriva au pied d'une montagne découverte. Là, elle vit venir le long d'un torrent une vieille femme vêtue d'une robe noire; elle paraissait accablée de fatigue et avoir fait une longue route; mais ce qui dominait en elle, c'était une profonde tristesse.

CVII. — C'était précisément la vieille dame qui avait servi les brigands dans la caverne de la montagne, où la Justice céleste avait fait venir le comte Roland, pour les punir en les mettant à mort. La vieille craignant pareillement d'être immolée (je vous dirai bientôt pourquoi) marchait déjà depuis plusieurs jours par les chemins les plus détournés et les plus obscurs, évitant tous ceux qui pouvaient la reconnaître.

CVIII. — Les armes et les vêtements de Marphise lui firent reconnaître en elle un chevalier étranger; elle cessa donc de fuir, comme elle avait coutume de le faire lorsqu'elle rencontrait quelque habitant du pays; elle s'arrêta au contraire avec confiance et attendit de loin sa venue. Quand Marphise eut atteint le bord du torrent, la vieille alla à sa rencontre et la salua.

CIX. — « Passez-moi, lui dit-elle, je vous prie, de l'autre côté de ce ruisseau. » Avec son obligeance ordinaire, Marphise ne la transporta pas seulement au delà du torrent, elle la conduisit, en la faisant monter à cheval derrière elle, à une assez grande distance, pour la mettre hors d'un terrain marécageux et dans une bonne voie. Là, elles virent venir vers elles un chevalier.

CX. — Sur un cheval garni d'une riche selle, revêtu

des armes les plus brillantes et magnifiquement équipé, le chevalier se dirigeait vers le torrent. Une jeune fille et un écuyer l'accompagnaient. La demoiselle était fort belle, mais avait un air fier et dédaigneux. Toute sa personne respirait l'orgueil; elle paraissait en tout point digne du chevalier qui la conduisait.

CXI. — Ce chevalier était en effet Pinabel, un des représentants de la maison de Mayence, celui-là même qui, quelque temps auparavant, avait précipité Bradamante dans la grotte profonde de Merlin. Tous les soupirs, tous les sanglots, tous les gémissements, toutes les larmes qu'il avait versées au point d'en perdre presque les yeux, n'avaient eu d'autre objet que la jeune fille qu'il avait maintenant à ses côtés et qui avait été jusqu'alors retenue par un magicien.

CXII. — Mais aussitôt que le château enchanté par le vieil Atlant avait été détruit et avait disparu du sommet de la colline, les prisonniers qu'il renfermait avaient pu aller librement partout où il leur plairait, grâce à l'habileté et à la valeur de Bradamante. La jeune fille en question qui s'était toujours montrée facile et complaisante pour Pinabel qu'elle ne quittait jamais, vint le rejoindre, et en compagnie l'un de l'autre, ils voyageaient de château en château.

CXIII. — Cette demoiselle, dont l'esprit était porté à la plaisanterie et à la causticité, voyant la vieille qui accompagnait Marphise, ne put contenir son penchant à la raillerie et elle se mit à rire. La fière Marphise, peu habituée à supporter l'injure, de quelque manière qu'elle se produisît, se mit en colère et dit à la demoiselle que cette vieille femme était beaucoup plus belle qu'elle.

CXIV. — « Je suis, dit-elle, tout prêt à le prouver à votre chevalier, à condition que si je puis lui faire vider les arçons je vous enlèverai tous vos habits et deviendrai maîtresse de votre coursier. » Pinabel, qui ne pouvait sans honte garder le silence, lui répondit aussitôt les armes à la main. Saisissant son bouclier et sa lance il pousse contre Marphise son coursier et fond sur elle avec fureur,

CXV. — Marphise mettant en arrêt une énorme lance atteignit dans la visière Pinabel qu'elle renversa sur la terre, si étourdi du coup qu'il mit plus d'une heure à se relever. Alors la victorieuse Marphise enjoignit à la demoiselle de se dépouiller de tous ses habits, de toutes ses parures, et les donna à la vieille.

CXVI. — Elle ordonna à celle-ci de se revêtir et de se parer de ces habillements faits pour la jeunesse ; elle la fit monter ensuite sur le cheval qui avait amené la jeune femme, puis elle reprit son chemin, accompagnée de la vieille dont la riche et élégante parure faisait ressortir la laideur. Elles voyagèrent ainsi pendant trois jours sans qu'il leur arrivât rien qui mérite d'être raconté.

CXVII. — Après quatre jours de marche, elles rencontrèrent un chevalier qui accourait seul en toute hâte sur son cheval au galop. S'il vous était agréable de savoir qui il était, je vous dirai que c'était Zerbin, le fils du roi d'Écosse, ce jeune homme d'une rare beauté et d'un courage sans égal. En ce moment il paraissait en proie à la plus vive irritation ; sa colère venait de ce qu'il n'avait pu se venger d'un des siens, qui s'était opposé à un acte généreux qu'il voulait accomplir.

CXVIII. — C'est en vain qu'il avait poursuivi à travers les bois celui qui l'avait offensé ; mais cet homme s'était si à propos détourné de la route, pour fuir sans pouvoir être atteint, qu'il échappa à la fureur de Zerbin. Le bois, un brouillard épais avaient facilité sa fuite et pendant ce temps la colère de Zerbin s'était un peu calmée.

CXIX. — Malgré sa colère, Zerbin ne put s'empêcher de rire en apercevant la vieille ; il crut qu'une parure qui convenait seulement à la jeunesse formait un ridicule contraste avec cette antique et laide figure. Il dit à Marphise, qui marchait à côté d'elle : « Chevalier, vous êtes vraiment bien avisé de vous être chargé de servir de guide à une demoiselle pareille ; vous n'avez pas à craindre en effet qu'on soit tenté de vous la disputer. »

CXX. — Cette vieille, à en juger par son visage ridé et ses cheveux semblait plus âgée que la Sybille ; avec les ornements de son costume, elle avait l'air d'une de ces guenons que l'on pare pour faire rire le public. Mais alors la colère qui s'empara d'elle accrut encore sa laideur ; ses yeux caves s'enflammèrent d'un éclat sauvage, car on ne peut faire à une femme un plus sanglant outrage qu'en lui disant qu'elle est vieille ou laide.

CXXI. — La vaillante Marphise feignit d'être piquée des paroles de Zerbin, afin d'y trouver, comme elle le fit en effet, un sujet de divertissement. « Parbleu ! lui dit-elle, la dame que j'accompagne a beaucoup plus de beauté que vous n'avez de politesse ; mais je crois que ce n'est pas du fond de votre cœur qu'est sorti ce propos railleur. Vous faites semblant de méconnaître la beauté afin d'excuser votre extrême lâcheté.

CXXII. — « Est-il un seul chevalier qui, trouvant sur son chemin et sans être autrement accompagné, au milieu d'une forêt, une dame si jeune et si belle, ne ferait pas tous ses efforts pour l'avoir en sa possession ? — Oh, répondit Zerbin, elle est trop bien avec vous pour qu'aucun homme ait jamais la pensée de vous l'enlever. Pour moi je croirais être trop indiscret si je songeais à vous en priver. Soyez donc sur ce point sans inquiétude.

CXXIII. — « Si pour tout autre motif vous désirez faire l'épreuve de ce que je puis faire les armes à la main, je suis prêt à vous satisfaire. Mais il faudrait que je fusse bien aveugle pour hasarder en sa faveur une seule joûte. Belle ou laide, qu'elle reste près de vous ; je ne veux point troubler une si touchante union. Vous êtes parfaitement assortis. Je jurerais que vous avez autant de valeur qu'elle possède de charmes.

CXXIV. — « Non, non, dit Marphise, vous me la disputerez malgré vous ; je ne souffrirai pas que vous ayez vu tant de grâces et de beauté sans rien tenter pour en devenir maître. — Et moi, repartit Zerbin, je ne me figure

pas pour quelle raison un homme s'exposerait au danger
et au hasard d'un combat pour remporter une victoire
aussi désagréable pour le vainqueur qu'agréable pour
le vaincu. »

CXXV. — « Si le parti que je propose, reprit Marphise,
ne vous convient pas, en voici un autre que vous accep-
terez sans doute. Si je suis vaincue par vous, je
serai forcée de garder cette femme ; mais si je suis vainqueur, il vous faudra nécessairement la recevoir de ma
main. Eprouvons donc qui de nous deux en sera délivré. Si vous êtes vaincu, vous vous engagerez à l'accompagner partout où il lui plaira d'aller. »

CXXVI.— « Soit » répondit Zerbin, et il tourna aussitôt son cheval pour prendre champ. Il s'appuie sur ses
étriers, se tient ferme sur les arçons et pour ne pas
perdre son coup dirige sa lance droit au milieu du bouclier de la guerrière. Mais c'est comme s'il avait frappé
sur une montagne de métal ; il fut lui-même atteint si
violemment sur son casque qu'il fut renversé tout
étourdi sur le sol.

CXXVII. — Jamais pareille aventure n'était arrivée à
Zerbin ; il y fut extrêmement sensible. Après avoir renversé mille et mille adversaires, il lui était dur de subir
cet éternel affront. Il resta pendant longtemps sans dire
un seul mot ; mais ce qui l'affligeait le plus était la promesse qu'il avait faite d'avoir toujours à ses côtés cette
horrible vieille.

CXXVIII. — Marphise s'approchant de lui en riant :
« Souffrez, lui dit-elle, que je vous présente madame ;
plus je contemple ses grâces et sa beauté, plus je suis
heureuse de la remettre entre vos mains. Remplacez-
moi donc auprès d'elle, comme son défenseur et son
guide. Escortez-la, puisque vous l'avez promis, partout
où sa volonté la conduira. »

CXXIX. — Elle n'attend pas la réponse de Zerbin ;
elle pousse son coursier en avant et s'enfonce aussitôt
dans la forêt. Zerbin qui l'avait prise pour un chevalier

pria la vieille de lui dire à qui il avait eu affaire. Celle-ci se garda bien de lui cacher la vérité et sa réponse ne fit que redoubler son dépit et sa fureur. « Le coup qui vous a jeté par terre, lui dit-elle, vous a été porté par la main d'une demoiselle.

CXXX. — « Par son courage, cette fille peut disputer à tous les chevaliers l'honneur de porter une lance et un bouclier ; elle est récemment arrivée de l'Orient pour se mesurer avec les paladins français. » Cette parole fit monter la rougeur au front de Zerbin. Il éprouva un tel sentiment de honte qu'il fut sur le point de teindre de son propre sang les armes dont il était revêtu.

CXXXI. — Il remonte à cheval, se reprochant de n'avoir pu se tenir plus ferme sur ses arçons ; la vieille sourit et cherche à le piquer de plus en plus et à augmenter sa douleur et son dépit. Elle lui rappelle qu'il s'est engagé à l'accompagner. Zerbin reconnaissant qu'il en a fait la promesse, baisse les oreilles comme un coursier que la fatigue accable, qui sent le mors dans sa bouche et l'éperon dans les flancs.

CXXXII. — « Malheureux que je suis, dit-il en soupirant ! O fortune cruelle ! voilà donc les échanges que tu fais. Tu viens de m'enlever la plus belle des femmes, que je devais maintenant avoir à mes côtés et tu veux que je garde en place de cette beauté la vieille femme dont tu viens de me charger ! Mieux eût valu pour moi tout perdre que de subir un échange si inégal.

CXXXIII. — « La femme qui pour ses vertus et sa beauté n'aura jamais d'égale, a été engloutie dans les flots ; son corps a été brisé sur les rochers aigus, tu l'as livrée en proie aux poissons et aux oiseaux des mers, et cette méchante vieille, qui depuis longtemps aurait dû être la pâture des vers, tu as voulu la faire vivre dix ou vingt ans de plus qu'il ne fallait, pour rendre encore plus amère la douleur que j'éprouve ! »

CXXXIV. — Ainsi parlait Zerbin, montrant par l'affliction peinte sur son visage et par ses discours qu'il était encore plus attristé de l'odieuse conquête qu'il venait de faire que de la perte de celle qu'il aimait. La vieille, qui n'avait jamais vu Zerbin, soupçonna en l'entendant ainsi parler que c'était précisément le chevalier dont Isabelle de Galice l'avait autrefois entretenue.

CXXXV. — Si vous n'avez pas oublié ce qui a été dit plus haut, vous vous souviendrez que cette vieille venait de la caverne où, pendant plusieurs mois, avait été retenue prisonnière cette jeune Isabelle dont Zerbin était éperdûment amoureux. Elle lui avait plus d'une fois raconté comment elle avait abandonné la demeure paternelle, comment une tempête avait fait briser son vaisseau contre les rochers, comment enfin elle avait été sauvée en abordant sur les côtes de La Rochelle.

CXXXVI. — Isabelle lui avait dépeint si souvent la beauté et les grâces de Zerbin, que la vieille en l'entendant parler et après avoir considéré son visage et son front, ne douta pas qu'il ne fût le jeune guerrier pour lequel Isabelle avait soupiré dans la caverne de la montagne et dont l'absence l'affligeait encore plus que les malheurs qui l'avaient fait tomber au pouvoir des brigands.

CXXXVII. — En entendant les discours dans lesquels Zerbin exhalait son dépit et ses regrets, la vieille s'aperçut qu'il croyait à tort qu'Isabelle avait été submergée sous les flots; elle savait parfaitement bien le contraire. Mais la méchante femme, pour ne point apporter de consolation au cœur du jeune homme, ne lui révéla pas le fait qui aurait pu lui causer un si vif plaisir et elle insista seulement sur ce qui devait l'attrister le plus.

CXXXVIII. — « Toi qui fais tant le fier, lui dit-elle, toi qui me méprises et me railles si cruellement, écoute: si tu savais que j'ai des nouvelles de la femme dont tu déplores la mort, tu serais pour moi bien plus aimable. Mais plutôt que de te les révéler j'aimerais mieux être tuée et mise en mille pièces par toi. Si tu avais été plus honnête et moins insultant, je l'aurais peut-être fait part de ce secret, »

CXXXIX. — De même qu'un mâtin qui s'élance furieux contre un voleur, s'apaise aussitôt, lorsque celui-ci lui a jeté un morceau de pain ou de viande, ou qu'il a employé pour le faire taire quelque charme secret, de même Zerbin devint tout à coup humble et soumis, dans l'espérance d'apprendre ce que la vieille refusait de lui révéler et de savoir des nouvelles qu'elle pouvait lui donner sur la beauté qu'il pleurait comme morte.

CXL. — Il se tourne vers elle de l'air le plus aimable, il la supplie, la prie, la conjure par les hommes et par Dieu, de ne rien lui cacher du sort heureux ou malheureux de sa chère Isabelle. « Ce que je te dirai, lui répond l'obstinée et impitoyable vieille, n'aura rien pour toi de bien agréable : Isabelle n'est pas morte, comme tu le crois, mais, si elle vit, son sort est assez triste pour lui faire envier la condition de ceux qui ne sont plus.

CXLI. — « Depuis le jour où tu as cessé d'entendre parler d'elle, une vingtaine de brigands s'en sont emparés, et si elle revenait aujourd'hui entre tes mains, tu peux bien penser que tu ne pourrais en recueillir encore la première fleur. » « Maudite vieille! s'écrie Zerbin, tu cherches en vain à déguiser ton mensonge. Ce que tu me dis est faux, tu le sais bien. Si Isabelle était tombée, comme tu le dis, entre les mains de vingt brigands, aucun d'eux n'eût osé lui ravir l'honneur. »

CXLII. — Zerbin veut savoir quand et en quel lieu elle l'a vue, mais il ne peut rien en tirer. La vieille s'obstine à ne rien ajouter à ce qu'elle avait dit. Il emploie d'abord avec elle les paroles les plus douces, puis il la menace de lui couper la tête, mais ses menaces ne produisent pas plus d'effet que ses prières ; il ne peut, quoi qu'il fasse, engager la maudite sorcière à desserrer les dents.

CXLIII. — Il se résigna enfin à garder le silence

voyant que ses paroles étaient inutiles. Ce qu'elle lui
avait dit avait fait naître en son âme un vif sentiment de
jalousie qui le rendait furieux. Son désir de retrouver
Isabelle était si grand, que, pour la posséder, il aurait
passé à travers les flammes. Mais la promesse qu'il avait
faite à Marphise ne lui permettait poin d'aller autre part
qu'aux lieux où l'exécrable vieille voudrait le conduire.

CXLIV. — Elle se fit suivre en effet par lui partout
où l'entraîna sa fantaisie, à travers les routes écartées
et désertes ; mais en gravissant les collines ou en descendant les vallées tous les deux ne prononcèrent jamais un seul mot et ne se regardèrent même jamais en
face. Après que le soleil eut terminé la moitié de sa
course, leur silence fut interrompu par la rencontre
qu'ils firent d'un chevalier. Ce qui se passa entre eux,
se verra dans l'autre chant.

CHANT VINGT ET UNIÈME

ARGUMENT

Zerbin se bat contre Hermonide de Hollande qui, vaincu par
lui, raconte l'histoire de Gabrine. — Mais la blessure qu'il
a reçue l'empêche de continuer son histoire. — Zerbin part
avec Gabrine; attiré par un bruit d'armes, il devient témoin d'un terrible combat.

I. — Il n'est point selon moi de lien qui puisse serrer
plus étroitement un ballot, ni de clou qui attache plus
fermement un morceau de bois, que la fidélité qui lie
une belle âme d'un nœud indissoluble. Aussi les anciens
n'ont jamais représenté cette fidélité sainte, autrement

que revêtue et couverte tout entière d'un voile blanc,
dont le moindre tache, le moindre objet peuvent altérer
la pureté.

II. — La foi ne doit jamais être souillée, qu'elle soit
donnée à une seule personne ou à mille. Elle doit être
aussi inviolable dans une forêt, dans une grotte éloignée des villes et des villages, que devant les tribunaux,
en présence d'une multitude de témoins, par écrit ou par
acte authentique. Il n'est pas besoin de serment ou de
signature : il suffit d'avoir fait une simple promesse.

III. — Cette fidélité, Zerbin l'observa comme il le devait dans tous les actes de sa vie : il prouva bien qu'il
en tenait religieusement compte, lorsque, pour suivre
cette vieille femme, il s'écarta de sa route ; et il s'agissait
cependant d'une mégère qui lui était aussi odieuse que s'il
eût eu à ses côtés la peste ou la mort ; mais la promesse
qu'il avait faite triompha de toutes ses répugnances.

IV. — Il éprouvait, comme je vous l'ai dit, un tel serre-
ment de cœur, en se voyant obligé de conduire cette
vieille, que sa douleur ressemblait à de la rage. Il ne disait mot et tous deux marchaient en silence et sans ouvrir la bouche. Je vous ai dit aussi, qu'au moment où le
soleil atteignait l'extrémité de sa carrière, leur silence
avait été rompu par un chevalier errant qu'ils rencontrèrent par hasard au milieu de leur route.

V. — Ce chevalier était Hermonide de Hollande, que la
vieille reconnut aussitôt au bouclier noir traversé par
une bande vermeille qu'il portait pour arme. Cette vue
lui fait perdre aussitôt sa contenance hautaine et son
orgueil. Du ton le plus humble, elle se recommanda à
Zerbin en lui rappelant la promesse qu'il avait faite à la
guerrière qui l'avait remise entre ses mains.

VI. — Le Paladin, qui venait ainsi à leur rencontre
était son ennemi et celui de toute sa famille. « Il a tué,
dit la vieille, sans aucun sujet, mon père et mon frère
unique que j'avais. Son unique désir serait de traiter de
la même manière le reste de ma famille. — Vous êtes sous

ma garde, madame, lui répondit Zerbin, vous n'avez donc rien à craindre auprès de moi. »

VII. — En voyant de près une figure qui lui inspirait tant d'aversion, le chevalier s'écria d'une voix fière et menaçante : « Chevalier, prépare-toi à combattre avec moi ou renonce à défendre cette vieille que je veux faire périr de ma main comme elle le mérite. C'est toi qui périras dans le combat si tu prends sa défense. Aussi sont traités par moi tous ceux qui protègent l'iniquité. »

VIII. — Zerbin lui répond d'un ton poli que son dessein est contraire aux lois de l'honneur, qu'il est indigne d'un chevalier de donner la mort à une femme, que s'il veut se battre il acceptera sans difficulté la lutte, mais qu'il le prie de considérer qu'un chevalier aussi noble qu'il paraissait l'être ne pouvait sans se déshonorer vouloir tremper ses mains dans le sang d'une femme.

IX. — Toutes ces représentations furent vaines et il fallut qu'il en vînt aux mains. Alors ils prirent chacun de leur côté un espace suffisant et se précipitèrent bride abattue l'un contre l'autre. Les fusées qui aux fêtes publiques s'élèvent dans les airs s'échappent des mains avec moins de vitesse que les deux rapides coursiers ne portèrent les adversaires l'un contre l'autre.

X. — Hermonide de Hollande dirigea sa lance en bas dans l'intention d'atteindre Zerbin au côté droit, mais son arme trop faible vola en éclats sans faire beaucoup de mal à Zerbin ; il n'en fut pas ainsi du coup que lui porta celui-ci. Il brisa son bouclier et le frappa si rudement à l'épaule qu'il le perça d'outre en outre et l'étendit lui-même renversé sur l'herbe.

XI. — Zerbin crut l'avoir tué : saisi de pitié il descendit promptement de son cheval il leva la visière de son casque. Le chevalier, comme réveillé d'un profond sommeil, regarda fixement Zerbin sans parler ; enfin il lui dit : « Je suis moins fâché d'avoir été vaincu puisque je le suis par un homme qui paraît être véritablement la fleur des chevaliers errants.

XII. — « Ce qui m'attriste, c'est que ma défaite ait eu pour cause cette femme perfide dont je m'étonne que vous puissiez être le défenseur. Elle est indigne de votre courage, et quand vous saurez le motif qui m'engage à tirer d'elle une éclatante vengeance, vous regretterez toute votre vie, toutes les fois que vous vous le rappellerez, de m'avoir traité ainsi pour l'amour d'une telle femme.

XIII. — « Si je conserve assez de force pour vous en faire le récit, ce que je ne puis espérer, je vous montrerai que dans toutes les occasions elle a poussé la scélératesse au delà de toutes les bornes. J'avais un frère qui partit jeune de Hollande, notre patrie commune, pour se mettre au service d'Héraclius, qui à cette époque tenait sous sa puissance l'empire Grec.

XIV. — « Là il gagna l'amitié d'un baron pour lequel il était presque un frère. Ce baron possédait, sur les frontières de Servie et dans une situation agréable, un château protégé par de fortes murailles. Argée était son nom et il avait pour épouse cette méchante femme qu'il aimait beaucoup plus qu'il ne convenait à un homme d'un si haut rang et dans une telle position.

XV. — « Mais plus légère que les feuilles emportées dans un automne très-sec lorsqu'un vent froid en dépouille les arbres et les pousse devant lui au gré de sa fureur, cette femme changea bientôt de sentiment à l'égard de son mari ; elle tourna toute sa pensée et toutes ses affections vers mon frère, dont elle n'eût d'autre désir que de faire son amant.

XVI. — Mais l'acrocéraunien, cette montagne célèbre par la Chimère, n'est pas plus immobile contre les flots de la mer ; le pin qui a plus de cent fois renouvelé sa parure de feuillage et dont les racines s'enfoncent aussi profondément dans la terre que sa tête s'élève au-dessus des rochers alpestres, ne résiste pas avec plus de force au souffle de l'aquilon déchaîné, que mon frère ne

résista aux instances et aux prières de cette femme, vil
réceptacle des vices les plus abominables.

XVII. — « Or, comme il arrive plus d'une fois aux braves chevaliers qui cherchent des aventures et qui en
trouvent facilement, mon frère fut blessé dans une rencontre dans un lieu voisin du château de son ami. Il
avait coutume d'y aller sans être invité, soit qu'Argée
fût avec lui ou non : il s'y fit donc transporter pour y
demeurer jusqu'à ce qu'il fût guéri.

XVIII. — « Pendant qu'il y garda le lit, il arriva qu'Argée s'absenta pour quelques affaires ; aussitôt cette
femme accourut auprès de mon frère pour le solliciter
de répondre à ses désirs, comme elle l'avait déjà fait.
Mais fidèle à l'amitié, mon frère ne put supporter plus
longtemps d'avoir à ses côtés une si pressante tentatrice,
et, pour éviter de trahir son ami, il choisit entre plusieurs
maux celui qui lui parut le moindre.

XIX. — « Parmi les moyens qui se présentèrent à sa
pensée, il s'arrêta à celui de renoncer à la longue intimité qui l'unissait à Argée et de s'en aller si loin que
son nom ne pût désormais parvenir aux oreilles de cette
femme éhontée. Ce parti lui paraissait bien dur mais il
le trouva plus honnête que celui de céder à la passion
coupable de cette femme, ou de se rendre son accusateur
auprès de son mari, qui l'aimait autant que lui-même.

XX. — Encore affaibli par sa blessure, il se revêtit de
ses armes et quitta le château, déterminé à ne revenir
jamais. C'est en vain qu'il prit cette résolution généreuse car la fortune se plut dans son caprice à la renverser. Voilà en effet que tout à coup Argée arrive et
trouve sa femme gémissante et toute éplorée.

XXI. — Elle paraît à ses yeux, les cheveux épars, le
visage enflammé ; elle se laisse questionner plusieurs
fois avant de répondre ; elle n'a qu'un dessein celui de
se venger de celui qui l'a dédaignée. Il convenait à son
caractère volage et inconstant de passer sans transition
de l'amour à la haine.

XXII. — « Hélas ! dit-elle enfin, pourquoi chèr seigneur, vous cacherai-je la faute que j'ai commise pendant votre absence ! Quand même j'en voudrais dérober la connaissance à tout le monde pourrais-je la cacher à ma propre conscience ? L'âme qui sent en elle-même toute la honte de son crime en est tellement tourmentée qu'il n'est point de martyre qui puisse égaler celui que me cause mon forfait.

XXIII. — « Mais peut on donner le nom de forfait à un acte auquel on a été contraint par la violence ? Quoi qu'il en soit, je dois vous l'apprendre : vous pourrez après, si vous le voulez, avec votre épée séparer de son enveloppe souillée mon âme pure et sans tache, priver pour toujours mes yeux de la lumière, afin qu'après tant d'ignominie je ne sois plus obligée de les tenir toujours baissés et que je n'aie plus à rougir devant ceux qui s'ouvriront devant moi.

« XXIV. — Votre ami m'a ravi mon honneur, il m'a fait violence, il a souillé mon corps et, craignant que je ne vous révélasse son crime, le misérable est parti d'ici sans prendre congé de personne. » Ces perfides paroles excitèrent une haine furieuse dans le cœur d'Argée contre l'homme qu'il chérissait plus que tout autre. Il y crut et sans prendre d'autres informations, saisit ses armes et courut à la vengeance.

XXV. — Il connaissait le pays, il put donc atteindre mon frère avant qu'il fût bien loin, car faible et malade, il marchait doucement et sans aucune défiance. Il le rencontre dans un lieu écarté et aussitôt l'arrête, afin de satisfaire son ressentiment. Malgré les excuses que peut imaginer mon frère, Argée n'écoutant rien le force à se battre avec lui.

XXVI. — L'un était sain et animé par la vengeance, l'autre était affaibli et son amitié pour Argée suspendait ses mouvements. Mon frère ne put donc tenir longtemps contre les attaques de celui qui, après avoir été son ami, était devenu son ennemi mortel. Donc Philandre (c'était le nom du maleureux jeune homme, qui certes ne méritait pas un destin si cruel, ne put soutenir une lutte si inégale, fut vaincu et devint le prisonnier d'Argée.

XXVII. — « A Dieu ne plaise, lui dit alors celui-ci, que mon ressentiment et ton crime me portent à arracher la vie à un homme que j'ai tant aimé. Je t'étais cher moi-même, je le sais, quoique tu m'aies si mal témoigné ton amour. Je veux faire voir à tout le monde que, comme je fus supérieur à toi en amour, je suis encore meilleur que toi, même dans ma vengeance.

XXVIII. — « Je punirai donc ton crime autrement qu'en trempant mes mains dans ton sang. » En disant ces mots, il fit préparer avec des branches d'arbre une sorte de brancard que l'on plaça sur un cheval; il y fit asseoir mon frère, qu'il fit transporter mourant dans une tour de son château, où malgré son innocence il le condamna à une prison perpétuelle.

XXIX. — Il n'y manqua de rien de ce qui lui était nécessaire, excepté la liberté; il continua, comme il l'avait fait et comme s'il eût été libre, à commander dans le château. Mais cette méchante femme, chez laquelle rien n'avait pu éteindre une passion qu'elle voulait satisfaire, venait presque chaque jour dans la prison dont elle avait les clés et qu'elle pouvait ouvrir quand il lui plaisait de le faire.

XXX. — Chaque jour, c'étaient de nouveaux assauts livrés à mon frère; elle devenait plus audacieuse que jamais. « Quel prix te revient-il de cette fidélité, lui disait-elle, puisque l'on continue à croire à ta perfidie? Quel noble et glorieux triomphe! Quelle victoire! Quel riche butin! Quel est le résultat de cette vertu dont tu te vantes, lorsque chacun te traite de parjure et te comble d'outrages!

XXXI. — « N'aurais-tu pas eu plus de profit et d'honneur en m'accordant ce que je te demande. Te voilà aujourd'hui bien payé de ton obstination; tu n'y as gagné que la prison. Sois bien certain que tu n'en sor

tiras jamais si ton cœur cruel et dur ne s'amollit. Prête-
toi donc à mes désirs, je saurai te faire rendre la liberté
et rétablir la réputation dans son premier lustre. »

XXXII. — « Non, non, dit Philandre, n'espère pas
que ma fidélité soit autre qu'elle l'a toujours été. Que
m'importe si ma vertu a été si mal récompensée et si
le monde me traite en criminel ? N'ai-je pas dans ma
conscience une récompense suffisante, et ne suffit-il pas
que celui-là seul qui voit tout et qui accorde aux hommes
vertueux une récompense éternelle connaisse mon innocence ?

XXXIII. « — Si ce n'est pas assez pour Argée de me
tenir dans les fers, qu'il tranche le fil de mes tristes
jours ; le ciel peut-être ne me refusera pas le prix d'un
acte méconnu sur la terre. Peut-être même l'ami qui
s'est cru outragé par moi se repentira-t-il, lorsque j'aurai quitté la vie, de son injustice à mon égard et pleu-
rera-t-il la mort de celui qui lui a toujours été fidèle ! »

XXXIV. — C'est ainsi que l'odieuse femme essaya
dans son effronterie de séduire Philandre ; elle ne peut
y réussir. Dans ses amoureux désirs, qu'elle ne peut à
son gré satisfaire, elle imagine toutes sortes de ruses
et donnant carrière à tous les mauvais instincts de sa
nature, elle les rassemble, roule dans son esprit mille
projets divers sans s'arrêter à aucun.

XXXV. — Pendant six mois entiers elle cessa de
mettre le pied dans la prison comme elle l'avait fait auparavant. Philandre, dans sa misère, crut et espéra que
la passion avait enfin quitté le cœur de cette femme.
Mais la fortune trop favorable au mal fournit à la criminelle épouse le moyen de satisfaire d'une manière à
jamais déplorable l'ardente et infâme passion dont elle
était dévorée.

XXXVI. — Il existait depuis longtemps une inimitié
violente entre son mari et un baron que l'on appelait le
beau Morand ; il avait eu souvent la hardiesse, pendant
l'absence d'Argée, de faire des courses sur ses terres et

de pénétrer même dans son château. Mais lorsqu'Argée
était présent, il n'eût pas osé approcher de sa demeure
de plus de dix milles. Argée désira lui donner occasion
de faire une incursion nouvelle et il prétexta un voyage
à Jérusalem où il publia qu'il avait fait vœu d'aller.

XXXVII. — Il partit en effet comme il l'avait dit, au
vu et au su de tous, voulant que la nouvelle s'en répandît dans le pays. Mais il ne fit connaître à personne ses
secrètes pensées, excepté à sa femme, en qui sa confiance était entière. Le soir, il rentrait dans le château
où il ne passait que les nuits ; dès la pointe du jour il
en sortait secrètement sous des vêtements déguisés,
sans être vu de personne.

XXXVIII. — Pendant tout le jour il allait de côté et
d'autre, dans les lieux situés autour de son château,
voulant voir si le crédule Morand reprendrait ses tour-
nées accoutumées sur son domaine. Il se cachait le
jour dans une forêt et lorsque le soleil couchant avait
disparu en se plongeant dans l'océan, il rentrait au
château, l'accès lui en étant ouvert au moyen d'une
porte secrète par son infidèle épouse.

XXXIX. — Tout le monde croyait, excepté cette femme
perfide, que Argée était bien loin de son château ; elle
saisit le moment favorable, et tramant une nouvelle ruse
elle alla trouver mon frère. Elle avait à son service,
toutes les fois qu'elle en avait besoin, un déluge de
larmes dont s'inondait son sein. « Hélas ! dit-elle en pleurant, ou pourrai-je trouver quelque secours contre un
danger dans lequel peut succomber mon honneur ?

XL. — « L'honneur de mon époux n'est pas moins
menacé que le mien. S'il était ici, je serais sans crainte.
Vous connaissez Morand, vous savez qu'il ne redoute
ni les hommes, ni Dieu, quand il sait qu'Argée est
absent. Par ses prières ou ses menaces il a poussé tout
à l'extrême. Il n'est aucun de mes gens qu'il n'ait corrompu pour me faire céder à ses désirs. Je ne sais
quelle défense je puis lui opposer.

XLI. — « Instruit du départ d'Argée, sachant que son retour n'aura lieu que dans plusieurs jours, il a poussé l'audace jusqu'à pénétrer dans ma maison, sans excuse et sans aucun prétexte. Certes, si mon mari était présent, il se serait bien gardé d'avoir une pareille hardiesse; il ne se serait pas cru en sûreté s'il eût approché notre château, seulement de trois milles.

XLII. — « La requête infâme qu'il m'avait jusqu'à présent fait présenter par ses émissaires, il a eu la témérité de me l'adresser à moi-même. Il a été tellement pressant, que je me suis vue en danger d'être déshonorée par lui; et si je n'avais pas, avec quelques douces paroles, calmé son ardeur en lui faisant entendre que je pourrais plus tard répondre à ses désirs, il aurait ravi par la force ce que mes protestations lui ont fait espérer d'obtenir sans violence.

XLIII. — « En lui faisant cette promesse, je n'ai pas eu certainement l'intention de la tenir; elle n'a eu pour but que de suspendre pour le moment ses violences. Vous connaissez maintenant le danger que je cours; vous seul pouvez le conjurer : autrement mon honneur et celui d'Argée périront, cet honneur, qui d'après ce que vous m'avez dit, vous est aussi cher et aussi précieux que le vôtre.

XLIV. — « Si vous rejetez ma prière, je dirai que cette fidélité dont vous vous vantez n'est qu'une feinte, et que si vous avez résisté à mes larmes et à mes supplications, c'est uniquement par cruauté d'âme et non par respect pour l'honneur d'Argée, dont vous vous êtes fait un bouclier à mes yeux. Si vous aviez répondu à mes vœux notre liaison eût été secrète, mais aujourd'hui ma honte et mon déshonneur seraient publics. »

XLV. — « Pourquoi employer toutes ces circonlocutions et ces détours, répondit Philandre, ne suis-je pas disposé à obliger mon cher Argée? Dites-moi seulement ce que je dois faire. Je suis aujourd'hui tel que je n'ai cessé d'être, malgré l'injuste traitement que m'a valu

ma fidélité. Ce n'est pas lui d'ailleurs que j'en accuse.
Pour lui être utile j'affronterais mille morts, dussé-je
avoir contre moi l'univers entier et ma propre destinée. »

XLVI. — « Je veux, répliqua la perfide, que vous don-
niez la mort à l'homme qui veut attenter à mon honneur.
Vous n'avez rien à craindre, car je vous indiquerai le
plus sûr moyen de nous débarrasser de lui. Il doit venir
me trouver vers les neuf heures du soir, au moment où
l'obscurité rendra sa démarche plus sûre. Je lui ferai
un signal convenu entre nous et il entrera, sans qu'on
s'en aperçoive, dans mon appartement.

XLVII. — « Vous m'y attendrez, il n'y aura point de
lumière dans ma chambre et alors quand je lui aurai
fait quitter ses armes, je viendrai le livrer presque nu
entre vos mains. » C'est ainsi que cette épouse s'apprêtait
à rendre son mari victime d'une combinaison infâme,
si l'on peut toutefois donner le nom d'épouse à cette
furie infernale, capable des crimes les plus horribles.

XLVIII. — « Aussitôt que fut arrivée cette nuit sinistre,
elle alla chercher mon frère dans sa prison, l'arma et
le conduisit dans sa chambre, où elle le tint caché jusqu'au retour du malheureux Argée. Tout arriva comme
cette infâme scélérate l'avait préparé, car le succès couronne souvent les desseins les plus odieux. Philandre
frappa son ami Argée, croyant qu'il faisait tomber Morand sous ses coups.

XLIX. — « Il lui asséna un coup si violent qu'il lui
fendit la tête et le cou; l'infortunée Argée n'avait pas de
casque pour se garantir: sans avoir le temps de proférer
un seul mot, il passa de cette vie malheureuse à une
mort épouvantable. L'auteur de cette mort ne s'en serait
jamais douté, jamais il n'aurait pu le croire. Malheur
inouï! en s'imaginant servir un ami, il le traita plus
cruellement que l'ennemi qu'il eût détesté le plus!

L. — « Aussitôt qu'Argée fut tombé sous ses coups,
mon frère remit son épée à Gabrine, (c'était le nom de
ce monstre, né pour faire le malheur de tous ceux qui

l'approchent. Elle crut alors pouvoir faire connaître à Philandre la vérité qu'elle lui avait cachée. Elle lui met à la main une lumière, et il reconnaît en celui qu'il vient de tuer Argée, son cher et malheureux ami.

LI. — « Alors elle le menace, s'il résiste encore aux désirs passionnés qu'elle lui a si souvent exprimés, de faire connaître à tout le pays le crime qu'il a commis et qu'il lui sera impossible de nier. Il périra donc honteusement comme un traître et un vil assassin ; s'il ne tient pas à la vie, il devra du moins prendre soin de sauver son honneur.

LII. — « La douleur et l'effroi s'emparent de Philandre aussitôt qu'il a reconnu son erreur. Dans sa fureur, il veut tuer cette horrible femme : il demeure quelque temps en suspens. S'il ne se fût vu dans une maison ennemie (c'est à quoi il pensa en reprenant sa raison), il l'aurait déchirée en mille pièces, avec ses dents et ses ongles, à défaut d'autres armes.

LIII. — « C'est ainsi que quelquefois un vaisseau en pleine mer, agité et frappé par deux vents contraires, dont l'un le pousse en avant et l'autre le fait revenir aux lieux d'où il était parti, après avoir été ballotté de la proue à la poupe, obéit enfin au souffle le plus puissant ; de même Philandre, au milieu des résolutions contradictoires qui s'offrent à sa pensée, s'arrête enfin à celle qui lui paraît la plus convenable.

LIV. — « Sa raison lui fait voir l'extrême péril qu'il court ; ce n'est pas seulement la mort qui le menace, mais la honte et l'infamie, si la nouvelle de ce meurtre se répand dans le château. Il n'a qu'un instant pour se déterminer. Qu'il le veuille ou non, il se voit contraint de vider l'amer calice. La crainte du déshonneur agit plus puissamment sur son âme attristée que toutes les sollicitations de Gabrine.

LV. — « La crainte d'un supplice cruel et ignominieux lui fait promettre avec mille serments de répondre à la passion de Gabrine, à condition qu'ils sortiront en sûreté

de ce lieu. Ainsi cette infâme adultère recueillit le fruit
de ses désirs. Ils quittèrent ensuite tous deux le château. Philandre alors retourna vers nous, laissant après
lui dans la Grèce un nom déshonoré et détesté de tous.

LVI. — « Le souvenir de son ami resta gravé dans
son cœur, de cet ami qu'il avait, dans une erreur funeste,
fait tomber sous ses coups, pour devenir, à son grand
regret, le compagnon d'une Progné, d'une cruelle Médée.
Si les serments qu'il avait faits, la foi qu'il avait jurée,
ne l'eussent retenu dans leurs liens indissolubles, il
l'aurait tuée lorsqu'il se vit arrivé en lieu de sûreté.
Mais s'il ne la tua pas, elle ne cessa pas moins d'être
pour lui un objet d'exécration.

LVII. — « A dater de ce moment, on ne le vit jamais
sourire : toutes ses paroles étaient empreintes de tristesse; de sa poitrine attristée il ne sortait que des soupirs. C'était un nouvel Oreste. Il était aussi désespéré
que ce fils d'Agamemnon devenu meurtrier sacrilége
de sa mère et d'Égisthe et poursuivi par les furies ven-
geresses. Philandre, en proie à sa douleur cruelle, en
fut tellement frappé qu'il fut contraint de garder le lit.

LVIII. — « Alors cette infâme courtisane, se voyant
haïe et méprisée par ce second mari, passa de l'amour
qui l'avait enflammée aux fureurs de la haine et de la
rage. Elle devint aussi animée contre mon frère qu'elle
l'avait été contre Argée. Elle forma donc le criminel
projet de se débarrasser du second mari comme elle
l'avait fait du premier.

LIX. — « Elle connaissait un médecin plein des plus
mauvais sentiments, tout disposé à la seconder dans son
infâme projet. Il était plus habile à faire périr ses malades par le poison qu'à les guérir par ses remèdes.
Elle va le trouver et lui promet de lui donner beaucoup
plus qu'il ne demandait lui-même s'il voulait employer
pour la délivrer de son mari quelque breuvage empoisonné.

LX. — « J'étais présent moi-même avec d'autres per-

sonnes, quand cet infâme vieillard entra dans la chambre,
tenant dans sa main la coupe empoisonnée. C'était,
disait-il, un breuvage salutaire qui rendrait à mon frère
la santé et la vigueur. Mais Gabrine, inspirée par une
autre pensée, arrêta tout à coup la main du médecin
avant que les lèvres du malade eussent touché à ce
breuvage. Elle voulait se défaire d'un complice embar-
rassant et se dispenser de lui payer la récompense
promise.

LXI. — « En arrêtant la main du médecin au moment
où il présentait à mon frère le vase contenant le poison
caché, « Vous ne pourrez, lui dit-elle, me savoir mauvais
gré de craindre pour les jours d'un homme qui m'a toujours été si cher. Je veux avoir la certitude que cette
potion ne contient rien de dangereux et que ce n'est pas
un breuvage empoisonné que contient cette coupe. Vous
ne refuserez pas, je pense, d'en faire vous-même l'essai
avant de l'offrir à mon époux. »

LXII. — « Vous pouvez, seigneur, vous faire une idée
du trouble que ces paroles produisirent dans l'âme du
vieux médecin ; mais le temps presse et ne lui laisse
pas le pouvoir de délibérer. Voulant donc échapper à
tout soupçon, il boit sans retard une partie de la liqueur
contenue dans le vase. Le malade, rassuré complétement
par cette épreuve, prit à l'instant le reste qui lui était
offert.

LXIII. — « Tel que l'épervier qui tenait dans ses serres
crochues l'étourneau qu'il allait dévorer, et qui voit le
chien, tenu jusqu'à présent pour son compagnon fidèle,
lui enlever sa proie et l'engloutir à ses yeux, le médecin,
qui songeait déjà à la riche récompense qui lui était
promise, vit tomber d'un seul coup toutes ses espérances. Mais écoutez un rare exemple de l'audace portée
au plus haut degré. Puisse-t-il en arriver autant à tous
les avares !

LXIV. — « Le médecin, ayant rempli sa tâche, se mettait déjà en route pour aller chercher dans sa maison

un contre-poison qui devait détruire l'effet produit par le breuvage ; mais Gabrine ne le lui permit pas : il ne pouvait sortir, lui dit-elle, avant que l'on eût apprécié l'efficacité de la potion versée dans l'estomac de son mari.

LXV. — « Il eut beau prier et offrir même à Gabrine la plus forte récompense, elle le contraignit à rester. Mais alors le médecin, dans son désespoir et certain de ne pouvoir échapper à la mort, révéla le mystère à tous les assistants, et Gabrine ne put trouver le moyen de se disculper. Cet excellent médecin fut donc forcé de faire sur lui-même ce qu'il était accoutumé à faire aux autres.

LXVI. — « Sa mort suivit de près celle de mon frère ; leurs âmes sortirent en même temps de ce monde, et nous, témoins de tant d'horreurs, informés de la vérité par la bouche même du médecin, nous saisîmes cette horrible bête féroce, plus cruelle que celles qui habitent les forêts ; nous l'enfermâmes dans un sombre cachot, en attendant qu'elle fût, comme elle l'avait mérité, jetée au feu. »

LXVII. — Tel fut le récit d'Hermonide : il voulait continuer et faire connaître à Zerbin comment Gabrine s'était sauvée de sa prison ; mais la douleur que lui causa la blessure qui lui avait été faite fut si violente qu'il tomba presque inanimé sur la terre. Deux écuyers qui l'accompagnaient avaient formé un brancard avec des branches d'arbre : Hermonide s'y plaça, car il lui aurait été impossible autrement de quitter ce lieu.

LXVIII. — Zerbin lui témoigna son regret de l'avoir mis dans un si triste état ; mais, fidèle aux lois de la chevalerie, il ne pouvait se dispenser de prendre la défense de la femme qui s'était mise sous sa protection ; agissant autrement, il aurait violé le serment qu'il avait fait, en la prenant sous sa garde, de la protéger contre tous ceux qui chercheraient à la maltraiter.

LXIX. — « Si je pouvais, lui dit-il, vous être utile

en quelque chose, je me mets entièrement à votre disposition. » — Hermonide lui répondit que le seul service qu'il pût lui rendre était de se débarrasser de cette femme avant qu'elle eût tramé quelque nouveau complot dont il aurait plus tard à se repentir. Pendant ce temps, Gabrine tenait les yeux baissés vers la terre, n'ayant rien à dire contre un récit qui n'était que trop véridique.

LXX. — Mais Zerbin, qui s'était engagé dans une voie dont il ne pouvait sortir, quitta ce lieu, toujours en compagnie de la vieille. Pendant tout le jour il ne cesse de la maudire en songeant à l'outrage qu'elle lui avait fait faire à ce chevalier, à tous les forfaits dont elle s'était rendue coupable et à tous les maux qu'elle avait causés, d'après le témoignage d'un homme qui devait si bien les connaître. Elle était devenue pour lui un objet non pas seulement de dégoût, mais d'une telle horreur qu'il ne pouvait la voir.

LXXI. — Sachant elle-même combien elle était odieuse à Zerbin, elle ne veut pas que sa haine soit supérieure à celle qu'elle éprouve. Elle lui rend parfaitement la pareille et le paye avec usure de la même monnaie. Le venin de la colère gonflait son cœur, et dans ses regards farouches se reflétait le sombre ressentiment que contenait son âme. C'est dans cette conformité de sentiments qu'ils firent route à travers une antique forêt.

LXXII. — Voilà que, tout à coup, au moment où le soleil allait terminer son cours, leurs oreilles sont frappées d'un bruit de cliquetis d'armes, de coups multipliés, dont le retentissement annonce quelque combat terrible. Les cris qu'ils entendent leur font juger que la cause de ce tumulte ne doit pas être bien éloignée. Zerbin, pour s'en assurer, court vers l'endroit où la scène doit se passer, et Gabrine le suit avec empressement. Je parlerai dans l'autre chant de ce dont ils furent témoins.

CHANT VINGT-DEUXIÈME

ARGUMENT

Astolphe, après un voyage en Angleterre, retourne en France. — On lui enlève son cheval Rabican. — Arrivé dans un palais enchanté, il met le magicien en fuite et retrouve son hippogriffe. — Roger visite avec Bradamante l'abbaye de Vallombreuse. — Aquilant, Griffon, Sansonnet et Guidon sont retenus prisonniers par Pinabel qui est tué par Bradamante.

I. — Aimables dames qui, fidèles à vos amants, n'éprouvez d'amour que pour un seul, ce qui malheureusement, parmi un si grand nombre de belles, est toujours assez rare, vous me pardonnerez sans doute les paroles sévères mais justes par lesquelles j'ai flétri la conduite de Gabrine. Je vous demande pardon d'avance pour les vers qui pourront m'échapper encore contre les âmes perverses et criminelles.

II. — Ce que j'ai dit de Gabrine n'était que la vérité ; d'après les ordres que m'a donnés celui qui a tout pouvoir sur moi il m'était impossible de la déguiser. Mes reproches, d'ailleurs, ne terniront pas la gloire de celles qui ont un cœur pur et sincère. L'infidèle disciple qui a livré son maître aux Juifs pour trente deniers n'a nui ni à saint Pierre, ni à saint Jean; la gloire d'Hypermnestre n'a pas été moins brillante pour avoir eu pour sœurs les cruelles Danaïdes.

III. — Pour une seule que j'ai blâmée dans mes chants, comme l'exigeait cette histoire, je m'engage à en célébrer cent autres et à faire briller leur gloire comme la lumière du soleil. Mais je reviens à l'œuvre que j'ai commencée et que je m'efforce de varier le plus possible. Elle a, Dieu merci, le bonheur de plaire au plus grand nombre et j'en suis fier. Je vous ai dit précédemment que Zerbin venait d'entendre, à peu de distance de lui, des cris et un grand bruit d'armes.

IV. — En suivant un étroit sentier situé entre deux montagnes, il arriva bientôt à l'endroit d'où partaient ces cris; il aperçut au fond d'un vallon un chevalier qui venait de perdre la vie. Je vous dirai qui il était; mais en attendant il me plaît de laisser la France pour me tourner du côté de l'Orient. Je veux y aller trouver le paladin Astolphe qui y faisait route du côté de l'Occident.

V. — Il était, vous vous le rappelez, dans la ville cruelle d'où, grâce aux sons formidables de son cor, il avait mis en fuite un peuple infidèle en échappant ainsi à un grand péril. Ses compagnons dispersés, en entendant les mêmes sons, avaient couru vers le rivage où ils s'étaient honteusement embarqués. Maintenant, pour continuer son histoire, je vous dirai qu'il sortit de ce pays et se dirigea vers l'Arménie.

VI. — Quelques jours après, il arrivait dans l'Anatolie se dirigeant vers Brousse; il traversa l'Hellespont, arriva dans la Thrace, longea le Danube jusque dans la Hongrie et, comme s'il avait eu son coursier ailé, parcourut en moins de vingt jours la Moravie, la Bohème et la Franconie, puis enfin il passa le Rhin.

VII. — En traversant la forêt des Ardennes, il arriva à Aix-la-Chapelle, il gagna le Brabant et la Flandre où il s'embarqua enfin. Le vent qui soufflait vers le pôle nord enfla tellement les voiles du côté de la proue qu'Astolphe se trouva au milieu du jour tout près de l'Angleterre. Il descend sur le rivage, s'élance sur son cheval, et pique si vivement Rabican qu'il se trouve le soir même à Londres.

VIII. — Là, il apprend le départ pour Paris de son vénérable père le roi Othon, dont le généreux exemple a été suivi par l'élite des barons d'Angleterre. Sans

perdre un instant, il se décide lui-même à prendre la
même route, se rend au port de la Tamise, se dirigeant
sur son vaisseau dont les vents enflent les voiles du
côté de la proue vers le port de Calais.

IX. — Une fraîche brise, poussant légèrement le
navire sur la gauche, l'avait porté jusqu'au milieu de
l'onde ; peu à peu le vent devint plus fort, et fut à
la fin si violent que le pilote ne put y résister. Il fut
contraint de lui présenter la poupe ; sans cela il eût été
en danger de se briser contre le rivage. Dirigeant
comme il peut son vaisseau sur le dos de la plaine
liquide, il suit une route tout opposée à celle qu'il
voulait prendre.

X. — Il court tantôt à droite, tantôt à gauche, de ce
côté-ci, de ce côté-là, au gré de la fortune. Il finit par
prendre terre auprès de Rouen. A peine débarqué sur
ce rivage tant désiré, Astolphe fait seller Rabican, ceint
son épée et, après s'être armé de toutes pièces, se
met en route, portant avec lui ce cor qui pouvait lui
être si utile.

XI. — A la sortie d'une forêt, il se trouva au pied
d'une colline sur le bord d'une claire fontaine, à l'heure
où les troupeaux, cessant de paître, se retirent dans les
étables ou se mettent à l'abri sous quelque rocher ; lui-
même, abattu par la chaleur et pressé d'une soif ardente,
ôte son casque et attache son cheval aux branches de
l'arbre le plus épais pour aller se rafraîchir dans ces
eaux limpides.

XII. — Il les avait à peine effleurées de ses lèvres
qu'un paysan caché dans les environs sort d'un buisson,
détache le cheval, s'élance dessus et prend la fuite. Au
bruit qu'il entend, Astolphe lève la tête, et voyant le vol
dont il vient d'être victime, il oublie sa soif, quitte la
fontaine et se met à courir de toutes ses forces pour atteindre le ravisseur.

XIII. — Ce drôle ne s'éloignait pas à toutes brides,

car alors Astolphe l'eût bientôt perdu de vue, mais il allait tantôt les lâchant, tantôt les retenant, prenant tantôt le galop, tantôt le trot. Tous deux, après une longue course, arrivèrent à l'issue de la forêt et se trouvèrent l'un et l'autre en face d'un château où un grand nombre de nobles chevaliers étaient, sans être prisonniers, détenus aussi étroitement que s'ils eussent été dans une prison.

XIV. — Monté sur un cheval rapide comme le vent, le paysan entre tout droit dans le château, tandis que Astolphe, qu'embarrassent son bouclier, son casque et ses autres armes, ne peut le suivre que de loin. Il arrive cependant, mais aussitôt il perd la trace qu'il venait de suivre ; il n'aperçoit ni Rabican, ni son voleur, il jette les yeux de côté et d'autre et presse vainement le pas.

XV. — Il court de tous côtés, mais en vain, à travers les galeries, les chambres, les salles : il a beau faire, il ne peut trouver le rusé villageois : il ne sait où il aura pu cacher Rabican, ce coursier qui dépasse en vitesse tous les animaux. Pendant tout le jour il le cherche sans réussir à le rencontrer, en haut, en bas, au dedans et au dehors.

XVI. — Honteux et confus d'avoir parcouru vainement tant de détours, il lui vint à la pensée qu'il était dans un lieu enchanté et il se souvint qu'il portait toujours avec lui un petit livre que Logistille lui avait donné dans les Indes et qui devait lui servir s'il lui arrivait de se trouver encore dans quelque lieu enchanté. Il en consulta aussitôt la table et il sut à quelle page du livre il trouverait un remède.

XVII. — Il était traité dans ce livre de tout ce qui concerne ce palais enchanté ; on y indiquait le moyen de confondre le magicien et de rendre la liberté à tous les prisonniers. Tous les prestiges, toutes les illusions qui s'y produisaient provenaient d'un esprit renfermé sous le seuil de la porte. En levant la pierre où il était enseveli, on pouvait réduire immédiatement le palais en fumée.

XVIII. — Désireux de mener à bonne fin cette glorieuse entreprise, le paladin, sans tarder, se préparait à éprouver la force de son bras en soulevant le marbre ; mais aussitôt Atlant, voyant déjà ses mains tendues pour rendre nuls tous les effets de son art et craignant ce qui devait en résulter, fit agir contre lui des enchantements nouveaux.

XIX. — Par le moyen de larves diaboliques, il donne à Astolphe des formes toutes différentes de la sienne : pour les uns il a l'air d'un géant, pour les autres d'un paysan, pour d'autres enfin d'un chevalier à la triste figure. Chacun des prisonniers trouve en lui la forme même sous laquelle le magicien leur avait apparu dans la forêt, et tous impatients de recouvrer ce que leur avait enlevé le magicien fondent à la fois sur Astolphe.

XX. — Roger, Gradasse, Irolde, Bradamante, Brandimart, Prasilde et les autres guerriers, dans leur égarement, aveuglés par un nouveau charme, se précipitent sur le duc pour lui donner la mort ; heureusement pour lui qu'il saisit son cor et à l'instant toute leur impétuosité s'arrête. Astolphe était perdu s'il n'eût pas eu recours à ce puissant moyen de salut.

XXI. — Il n'a pas plutôt embouché ce cor et fait entendre autour de lui cet horrible son, que les chevaliers prennent la fuite aussi vite que des pigeons s'envolent au bruit d'un coup de fusil. Le magicien lui-même ne résiste pas à la terreur qui les entraîne ; il abandonne sa retraite ; pâle et stupéfait, il court jusqu'à ce que l'épouvantable son ne frappe plus ses oreilles.

XXII. — Le gardien du château fuit avec ses prisonniers ; les chevaux abandonnent les écuries pour suivre leurs maîtres par divers sentiers, brisant leurs cordes impuissantes à les retenir. Il ne reste pas dans le palais une mouche, une souris ; tous semblent se dire : Fuyons vite ! Rabican lui-même aurait fait comme les autres si

Astolphe ne l'eût arrêté au moment où il sortait du château.

XXIII. — Après s'être ainsi débarrassé de l'enchanteur, Astolphe souleva la pierre qui couvrait le seuil de la porte ; il mit à découvert un grand nombre de caractères et de signes que je ne décrirai pas ici. Dans son impatience de détruire ces enchantements, il brise tout ce qu'il y trouve, comme le lui prescrivait le livre ; alors le palais s'évanouit et se disperse en fumée dans les airs.

XXIV. — Il trouve d'abord dans ce lieu le cheval de Roger attaché avec une chaîne d'or. C'était celui-là même, ce coursier ailé que l'enchanteur africain lui avait donné pour le transporter chez Alcine, et auquel Logistille avait appliqué un mors pour qu'il fût conduit en France. Sur ce cheval merveilleux, Roger avait traversé la partie de la terre qui s'étend à la droite depuis les Indes jusqu'à l'Angleterre.

XXV. — Je ne sais si vous vous rappelez que Roger avait laissé l'animal attaché par la bride à un arbre, le jour où la belle Angélique disparut au moment où Roger la tenait toute nue entre ses bras, le laissant plein de confusion et de tristesse. Le coursier ailé, au grand ébahissement de ceux qui le virent, était retourné auprès de son maître qu'il ne quitta pas jusqu'au jour où le paladin rompit l'enchantement.

XXVI. — Il ne pouvait survenir rien de plus agréable à Astolphe qu'une pareille aventure, car dans son désir de parcourir la terre et la mer et de visiter ce qui lui restait encore à y voir, il lui fallait faire en peu de temps le tour du monde, et l'hippogriffe venait on ne peut plus à propos. Il savait, pour l'avoir éprouvé longtemps lui-même, de quelle utilité il lui serait dans ses voyages.

XXVII. — Il en avait fait l'expérience le jour où la sage Mélisse l'arracha des mains de cette infâme Alcine qui l'avait métamorphosé en un myrte sauvage. Il avait vu comment Logistille, domptant ce fier coursier, avait fait plier sa tête sous le joug et soumis sa bouche au frein ; il avait vu pareillement comment, instruit par elle, Roger l'avait dirigé et fait aller partout où il voulait.

XXVIII. — Résolu de s'emparer de l'hippogriffe, il mit sur son dos la selle qu'il trouva près de lui ; il choisit entre les différents mors celui qui lui convenait le mieux, car les brides des chevaux que le son du cor avait fait fuir étaient restées dans ce lieu ; mais craignant d'abandonner Rabican, il ne prit pas immédiatement son vol.

XXIX. — Son attachement pour Rabican était bien mérité : il n'aurait pas pu en trouver un meilleur pour courir une lance ; c'était sur lui qu'il avait voyagé depuis l'Inde jusqu'en France. Après avoir longtemps réfléchi, il jugea que le parti le plus convenable était d'en faire cadeau à un ami plutôt que de l'abandonner sur la route au premier passant venu.

XXX. — Il regarda de tous côtés espérant voir venir par le bois un chasseur ou un villageois qui le suivît dans quelque ville pour y conduire Rabican. Il passa la journée à regarder en vain autour de lui jusqu'au lendemain matin. Il lui sembla enfin au point du jour voir un chevalier dans le bois.

XXXI. — Mais il faut, avant de vous raconter le reste, que je retourne à Roger et à Bradamante. Lorsque le son du cor eut cessé de se faire entendre et que ce couple charmant se fut éloigné, Roger reconnut aussitôt celle que lui avaient cachée les enchantements d'Atlant. Le magicien en effet avait si bien travaillé que jusqu'à cet instant il n'avaient pu se reconnaître.

XXXII. — Roger regarde Bradamante et Bradamante Roger, émerveillés l'un et l'autre d'avoir eu si longtemps les yeux offusqués par cette illusion qui avait trompé également leurs yeux et leur esprit. Roger presse dans ses bras sa belle maîtresse dont les joues se revêtent de l'incarnat des roses, sur cette bouche animée il cueille les premières fleurs d'un amour partagé.

XXXIII. — Ils redoublent mille et mille fois leurs embrassements et les deux heureux amants se pressent si étroitement l'un contre l'autre que leur poitrine peut à peine contenir leur bonheur. Ils regrettent bien vivement de ne s'être pas reconnus plus tôt, lorsqu'ils erraient dans le palais, et d'avoir, à cause de ce charme fatal, perdu un si grand nombre de jours heureux.

XXXIV. — Bradamante est disposée à accorder à Roger toutes les tendresses qu'une fille sage ne refuse pas à l'homme qu'elle aime, tout en conservant intact son honneur. Elle dit à Roger que, s'il veut qu'elle cesse d'être dure et sauvage à son égard et qu'elle lui accorde ses dernières faveurs, il doit avant tout la faire demander régulièrement en mariage à son père Aymon. Mais il devra avant tout se faire baptiser.

XXXV. — Roger, qui non-seulement n'eût pas hésité pour l'amour de Bradamante à embrasser le christianisme comme l'avaient fait son père, son aïeul et ceux qui l'avaient précédé dans la vie, mais qui pour lui plaire aurait sans balancer donné sa vie, lui dit : « Pour l'amour de vous je me plongerais non-seulement dans les eaux, mais même dans les flammes ! »

XXXVI. — Dans l'intention de recevoir le baptême et de devenir ensuite l'époux de Bradamante, Roger se met en route et conduit Bradamante à Vallombreuse : c'était le nom d'une belle et riche abbaye où régnait la religion dans toute sa pureté, et qui se recommandait par l'accueil que recevaient chez elle les étrangers. Au sortir de la forêt, ils rencontrèrent une dame qui leur parut plongée dans la plus grande douleur.

XXXVII. — Toujours humain et courtois envers tout le monde, surtout envers les femmes, Roger voyant les larmes qui baignaient le beau visage de cette jeune fille, fut touché de compassion et désira aussitôt savoir la cause de son affliction; il s'approcha d'elle et, après l'avoir saluée avec politesse, il lui demanda pourquoi ses yeux étaient inondés de pleurs.

XXXVIII. — La jeune fille, levant sur lui ses yeux humides, lui répondit de sa plus douce voix, pour lui apprendre, comme il le désirait, la cause du chagrin qu'elle éprouvait. « Noble chevalier, lui dit-elle, je dois vous dire que si je verse des larmes en si grande abondance, c'est par pitié pour un jeune homme qui doit mourir aujourd'hui même dans un château voisin.

XXXIX. — « Ce jeune homme aimait passionnément une jeune fille aimable et belle qui a pour père le roi d'Espagne Marsille. Couvert d'un voile blanc, ayant des vêtements de femme, sachant composer sa voix et son visage, il venait toutes les nuits coucher avec sa maîtresse, sans que sa famille en eût le moindre soupçon. Mais il n'est pas d'action si secrète qui à la longue ne soit découverte et connue.

XL. — « Quelqu'un s'en aperçut; il en fit part à deux amis, ceux-ci à d'autres, jusqu'à ce qu'enfin cette nouvelle arrivât aux oreilles du roi. Le prince a ordonné à un de ses favoris venu avant-hier au palais, de faire enlever les deux amants dans leur lit; tous deux ont été mis séparément dans une étroite prison. J'ai tout lieu de craindre que la journée ne se passe pas sans que cet infortuné jeune homme périsse dans les flammes.

XLI. — « Pour n'être pas témoin de cette cruauté, car il doit être brûlé vif, je me suis échappée du château. Rien ne m'affligerait plus cruellement que la mort d'un si beau jeune homme. Jamais je ne pourrais éprouver un plaisir si grand qu'il ne se changeât aussitôt en une douleur amère, si je devais me représenter les flammes cruelles qui auront réduit en cendres le corps si gracieux et les membres si délicats de cet aimable chevalier. »

XLII. — En entendant ce récit, Bradamante en est vivement émue, une tendre compassion saisit son cœur. Il semble qu'elle ne ressentirait pas une douleur plus vive s'il s'agissait d'un de ses frères. Ses pressentiments, comme je vous le dirai plus tard, ne la trompaient pas.

Elle se tourne vers Roger et lui dit : « Il me semble que nous ne pouvons nous empêcher d'employer nos armes pour la défense de cet infortuné ? »

XLIII. — Puis elle dit à la belle affligée : « Conduisez-nous, je vous en prie, dans les murs de cette ville, et si ce jeune homme n'a pas encore subi son horrible supplice, il ne périra pas, je vous en donne l'assurance. » Roger, voyant la tendre inquiétude et la bonté compatissante de Bradamante, se sent comme elle enflammé du désir de sauver la vie du prisonnier.

XLIV. — « Hâtons-nous donc, dit-il, en s'adressant à la demoiselle qui continuait à verser un torrent de larmes ; il s'agit non de le pleurer, mais de le secourir. Conduisez-nous au lieu où il est, nous vous promettons que, fût-il entouré de mille lances et protégé par mille épées, nous le délivrerons, si nous arrivons à temps. Marchons donc sans délai pour que nous puissions le secourir à propos et avant qu'il ait été dévoré par le bûcher. »

XLV. — La parole assurée, l'air noble et distingué de ce couple dont l'apparence était héroïque firent renaître dans le cœur de la demoiselle l'espérance qu'elle avait entièrement perdue. Mais comme elle craignait encore moins la longueur du voyage que les obstacles qui se trouveraient sur leur route et rendraient leur dévouement inutile, elle paraissait se trouver dans un grand embarras.

XLVI. — Alors elle leur dit : « Si nous prenons la route la plus directe et la plus facile qui conduit au château, nous pourrons sans doute y arriver à temps et avant que le bûcher soit allumé ; mais il faut que nous prenions une route tellement difficile et tortueuse qu'il nous serait impossible de la parcourir en un seul jour. Alors nous trouverons certainement en arrivant le jeune homme mort. »

XLVII. — « Pourquoi donc, dit Roger, ne prendrions-nous pas la voie la plus courte ? — C'est, répondit la dame, parce que l'on y trouve le château des comtes de Poitiers où, depuis trois jours à peine, la coutume la plus injurieuse et la plus cruelle pour les chevaliers et les dames a été introduite par Pinabel, fils du comte Anselme d'Hauterive, de tous les hommes qui existent le plus méchant et le plus faux.

XLVIII. — « Il ne peut passer devant ce château aucun chevalier ni aucune dame sans être exposés à quelque insulte et à quelque mauvais traitement. Les uns et les autres sont forcés d'aller à pied. Les chevaliers doivent laisser leurs armes et les demoiselles leurs vêtements. Quatre chevaliers ont fait serment de faire observer cette loi du château de Pinabel ; il n'y a pas en France, ou du moins on n'y a pas vu depuis longtemps des chevaliers aussi habiles qu'eux à manier la lance.

XLIX. — « Voici comment s'est introduite cette coutume, il n'y a pas plus de trois jours ; vous jugerez si est juste ou injuste le serment fait par ces quatre chevaliers. Pinabel a une maîtresse qui n'a pas sa pareille au monde pour la malice et la brutalité. Un jour qu'elle allait avec lui dans je ne sais quel lieu, elle se trouva en présence d'un chevalier qui leur fit à tous deux la plus sanglante injure.

L. — « Ce chevalier qui portait en croupe une vieille femme, ayant été raillé par la compagne de Pinabel, engagea une lutte dans laquelle succomba celui-ci qui avait beaucoup plus d'orgueil que de courage. Il fut vaincu et le chevalier fit mettre pied à terre à la dame, sur le pré, pour voir si sa taille était droite ou si elle était boiteuse. Il lui fit ensuite quitter ses vêtements pour en faire revêtir la vieille femme et il les laissa tous deux dans ce piteux état.

LI. — « La demoiselle dans sa fureur, se voyant indignement mise à pied, ne respira plus que la vengeance. Unie à Pinabel, toujours disposé à la seconder quand il s'agit de quelque mauvaise action, elle lui dit qu'il n'y avait point de repos à espérer pour elle ni le jour, ni la nuit, qu'elle ne se consolera de l'affront qu'elle a reçu si mille chevaliers et mille dames ne sont, comme elle l'a été elle-même, mis à pied, désarmés et dépouillés de leurs vêtements.

LII. — « Le hasard voulut que, le jour même, quatre puissants chevaliers, arrivés des contrées les plus éloignées, se présentèrent au château. Leur valeur est telle que l'on ne trouverait dans notre siècle de guerriers plus habiles et plus intrépides dans les combats. C'étaient Aquilant, Griffon, Sansonnet et Guidon le sauvage, le plus jeune des quatre.

LIII. — « Pinabel les reçut dans son château avec l'air le plus empressé et le plus aimable ; mais pendant la nuit tous, par ses ordres, furent saisis dans leurs lits et garrottés ; ils ne furent délivrés de leurs liens qu'après avoir juré qu'ils resteraient un an et un mois dans son château (ce fut le terme qu'il prescrivit), et qu'ils dépouilleraient tout autant de chevaliers errants qu'il s'en présenterait.

LIV. — « Ils devaient mettre à pied les demoiselles qu'ils accompagneraient, après les avoir dépouillées de leurs vêtements ; ils en firent le serment et ils furent contraints de l'observer malgré leur trouble et leur tristesse. Jusqu'à présent, il paraît qu'aucun chevalier n'a jouté contre eux sans avoir été désarçonné ; il s'en est présenté un grand nombre ; tous ont été réduits à s'en aller à pied et sans armes.

LV. — « D'après l'usage qu'ils ont adopté, celui des quatre désigné par le sort doit combattre seul ; mais s'il rencontre un adversaire assez robuste pour rester inébranlable sur sa selle et le renverser lui-même, les trois autres sont obligés de reprendre la lutte et de combattre contre lui jusqu'à la mort. Vous pouvez voir maintenant que chacun d'eux étant aussi redoutable, il est impossible de leur résister quand trois d'entre eux se réunissent pour prendre part au combat.

LVI. — « Peu importe à la grave affaire qui nous

préoccupe et qui ne permet aucun délai, aucun retard,
que vous vous arrêtiez ici pour entrer en lice. Sans
doute la noblesse de votre extérieur me fait espérer que
vous remporterez la victoire ; mais ce n'est pas l'affaire
d'un moment, et je crains bien qu'on ne brûle le jeune
chevalier si cette journée se passe sans que l'on vienne
à son secours. »

LVII. — « Ne songeons point à tout cela, répondit Roger ; faisons tout ce qui est en notre pouvoir, laissons à
Dieu qui gouverne tout le soin du reste, ou, à son défaut,
abandonnons-nous à la fortune. Si nous joûtons, nous
vous ferons connaître que nous sommes capables d'assister celui qui pour un motif si frivole et si léger,
comme vous nous l'avez raconté, doit être aujourd'hui
livré aux flammes. »

LVIII. — La demoiselle ne répond rien et elle prend
aussitôt le chemin le plus court. Ils eurent à peine fait
trois milles qu'ils se trouvèrent au pont et à la porte du
château ; là, ils se virent en grand danger de perdre la
vie ; ils furent obligés de laisser leurs armes et leurs
vêtements. Dès que du haut d'une tour on les aperçut,
dix coups retentirent sur la cloche.

LIX. — Aussitôt sort d'une porte, en trottant rapidement sur un roussin, un vieillard qui vient vers eux en
leur criant : « Halte-là ! arrêtez ! C'est ici qu'il faut
payer le prix du passage. Si vous ignorez l'usage établi
dans ce lieu, je vais vous le dire. » Puis il leur fit part de
la coutume introduite par Pinabel.

LX. — Il se disposait à leur donner des conseils
comme il l'avait fait aux autres chevaliers. « Commencez,
leur dit-il, mes enfants, par faire dépouiller cette dame de
ses habits ; vous-mêmes laissez ici vos armes et vos chevaux. Ce serait à vous une folie qui vous coûterait
cher, de vous mesurer avec quatre guerriers aussi redoutables. Vous trouverez partout des armes, des chevaux et des habits ; mais si vous perdez la vie, personne
ne pourra vous la rendre. »

LXI. — « C'est assez, s'écria Roger, n'en dites pas davantage, car je suis suffisamment instruit de tout. Si je suis venu ici, c'est pour éprouver ma valeur, et mes hauts faits seconderont mon courage. Je ne donne à personne mes armes, mes vêtements et mon cheval. Si je n'entends que proférer des menaces et donner des ordres, je suis bien persuadé que mon compagnon ne les cédera pas plus que moi sur de simples paroles.

LXII. — « Mais au nom de Dieu, faites donc en sorte que nous voyions de suite, en face, le guerrier qui prétend nous enlever nos armes et nos chevaux. Il nous tarde d'en finir. Nous voulons franchir cette montagne. — Voici, dit le vieillard, quelqu'un au delà du pont, qui s'avance pour vous satisfaire. » Il ne se trompait pas, car à l'instant parut un chevalier revêtu d'une cotte d'armes rouge, toute semée de fleurs blanches.

LXIII. — Bradamante fit de grandes instances auprès de Roger pour qu'il la laissât combattre la première contre ce chevalier qui portait un armure si richement fleurie. Roger refusa et ce fut lui qui se chargea d'accomplir cette tâche ; il voulut entrer dans la lice et engager la lutte dont Bradamante dut rester la simple spectatrice.

LXIV. — Puis il demanda au vieillard quel était le chevalier qui sortait du château. Il se nomme Sansonnet, répondit celui-ci ; je le reconnais à son armure. Les deux guerriers mirent aussitôt, chacun de son côté, la lance en arrêt sans perdre un instant et sans s'adresser la parole. Ils se précipitèrent l'un contre l'autre avec impétuosité et en pressant les flancs de leurs chevaux.

LXV. — Pendant ce temps, était sortie du château avec Pinabel une troupe de gens de pied, toute prête à dépouiller de leurs armes les chevaliers vaincus et jetés sur le sol. Les deux intrépides combattants coururent donc l'un sur l'autre, tenant à la main leurs énormes lances de deux palmes de circonférence, au manche de chêne vert, également grosses d'une extrémité à l'autre.

LXVI. — Sansonnet en avait fait tailler plus de dix, toutes semblables, dont le bois avait été coupé sur pied dans une forêt voisine ; on en avait apporté deux pour le combat. Il aurait fallu, pour résister à leurs coups, un bouclier et une cuirasse de diamant. Sansonnet fit donner aussitôt une lance à Roger et il prit l'autre.

LXVII. — Armés de ces lances qui auraient pu percer des enclumes, tant leur fer était acéré, les deux adversaires, se couvrant de leurs écus, se rencontrent et s'atteignent au milieu de leur course. Le bouclier de Roger, forgé par les démons qui y avaient mis toute leurs forces, était à l'épreuve de tous les coups. Cet écu était celui d'Atlant, dont je vous ai déjà fait connaître la puissance.

LXVIII. — Il jetait sa lumière magique dont les yeux étaient blessés avec tant de force qu'aussitôt qu'on lui avait enlevé le voile qui le couvrait, tout homme sur lequel elle tombait était frappé de cécité et tombait presque inanimé. Aussi Roger, à moins que quelque nécessité l'y contraignît, le tenait-il habituellement couvert d'un drap ; ce bouclier était, de plus, impénétrable, puisque le coup porté par Sansonnet ne put l'entamer.

LXIX. — Ce n'étaient pas les mêmes mains qui avaient forgé celui de Sansonnet, car il ne put soutenir l'atteinte terrible qui lui fut portée. Comme si la foudre l'eût frappé, il donna aussitôt passage au fer et s'ouvrit par le milieu. Le fer pénétra jusqu'à son bras mal protégé par son écu, en même temps qu'il reçut ce coup sur son bouclier. Sansonnet fut blessé lui-même et, à son grand regret, fut désarçonné.

LXX. — Il était le premier des quatre chevaliers défenseurs d'un inique usage, qui, au lieu de remporter des dépouilles, avait été jeté par terre. Celui qui rit est souvent forcé de pleurer et trouve la fortune cruelle à ses vœux. Le soldat qui veillait sur la tour redouble les coups de la cloche, pour avertir les autres chevaliers.

LXXI. — Pendant le combat, Pinabel s'était approché de Bradamante pour apprendre d'elle quel était le redoutable guerrier qui venait de frapper et de renverser si rudement un des défenseurs de son château. La justice divine, pour lui donner sans doute la récompense qu'il avait méritée, avait permis qu'il montât en ce moment le coursier qu'il avait, par trahison, enlevé quelque temps auparavant à Bradamante.

LXXII. — Il y avait juste huit mois que le fourbe Mayençais cheminant avec elle (vous ne l'avez pas oublié sans doute) l'avait précipitée dans la tombe de Merlin ; le rameau qu'elle tenait à la main où plutôt son heureuse destinée la sauva de la mort. Le traître, croyant qu'elle était ensevelie à jamais dans cette grotte, avait emmené son cheval.

LXXIII. — En reconnaissant ce cheval, Bradamante découvrit la perfidie du comte. Aussitôt qu'il lui eut parlé, elle reconnut sa voix, et lorsqu'il s'approcha, elle l'examina avec une plus grande attention. « Voilà, certainement, se dit-elle, le scélérat qui a tenté de m'outrager et de m'enlever l'honneur ; c'est le crime qu'il a voulu commettre qui l'a conduit ici où il va recevoir le prix de tous ses méfaits. »

LXXIV. — En un instant, Bradamante d'un air menaçant met la main à l'épée et fond sur lui ; mais avant tout, elle se met en travers de la route pour l'empêcher de fuir vers son château. Comme un renard enfermé dans sa tanière, Pinabel se voit dans l'impossibilité de se sauver. Il pousse des cris et, n'osant tenir tête, il fuit précipitamment pour chercher une retraite dans la forêt.

LXXV. — Pâle et rempli d'épouvante, le misérable éperonne son cheval, n'ayant plus de salut que dans la fuite; mais la valeureuse guerrière le poursuit l'épée dans les re, ni le presse et le frappe ; elle ne le quitte, elle ne cesse de courir après lui. Le bruit dont tous les lieux d'alentour retentissent n'est pas cependant entendu du château, dont les habitants portaient leur attention uniquement sur Roger.

LXXVI. — Cependant les trois autres chevaliers étaient descendus de la forteresse et arrivaient sur la route, accompagnés de la femme vindicative et perverse qui avait fait établir cet horrible usage. Tous trois auraient préféré la mort à l'obligation de subir la contrainte imposée par cette coutume ; la rougeur de la honte couvre leur visage et la douleur brise leurs cœurs en se voyant attaquer trois à la fois un seul adversaire.

LXXVII. — L'infâme courtisane, auteur de cet usage inique qu'elle tient à faire observer, leur rappelle leur serment et l'engagement qu'ils ont pris de la venger. « Si je puis seul le renverser d'un coup de cette lance, disait Guidon le sauvage, pourquoi voulez-vous que mes amis m'accompagnent ? Et si je manque à ma parole, que l'on me mette à mort, je ne me plaindrai pas. »

LXXVIII. — Ce que disait Guidon, Aquilant et Griffon le répètent ; chacun d'eux voulait combattre seul, et préférait l'esclavage ou la mort plutôt que de se mettre ensemble contre un seul homme. « Pourquoi tant de paroles inutiles, leur disait cette femme ? A qui profiteront-elles ? Je vous ai amenés ici pour enlever les armes à ce guerrier et non pour faire de nouvelles lois et de nouvelles conventions.

LXXIX. — « Vous auriez pu me faire vos observations lorsque je vous tenais en prison ; maintenant il est trop tard. Épargnez-moi toutes vos vanteries et faites ce que vous avez promis. » Roger de son côté leur criait : « Voici mes armes ! voici mon cheval ! la selle et les harnais en sont neufs ; voici encore les vêtements de cette dame, si vous les voulez, pourquoi tardez-vous à venir les prendre ? »

LXXX. — La dame du château les presse d'un côté, Roger, de l'autre, les provoque et les irrite tant, qu'à la fin ils s'avancent ensemble quoiqu'ils aient tous trois la rougeur au front. Les deux fils de l'illustre marquis de Bourgogne arrivent les premiers ; mais Guidon, ayant un cheval plus lourd que les leurs, vient après eux à peu de distance.

LXXXI. — Roger brandissait la même lance avec laquelle il avait abattu Sansonnet ; il s'avance couvert du bouclier que portait Atlant sur la cime des Pyrénées ; c'était ce bouclier enchanté dont l'éclat était si vif qu'un regard humain ne pouvait le supporter. Roger n'y avait recours que comme à une dernière ressource, dans les moments les plus périlleux.

LXXXII. — Trois fois seulement il s'était servi de cette lumière et il se trouvait alors en grand danger ; les deux premières fois, quand il s'arracha aux délices amollissantes du palais d'Alcine, pour s'illustrer par de plus nobles actions ; la troisième, lorsqu'il paralysa la dent avide de l'orque horrible qu'il laissa sur les écumes de la mer, au moment où elle allait dévorer toute nue la femme qui, malgré ce service, fut pour lui si cruelle.

LXXXIII. — Excepté dans ces trois occasions, il avait toujours, pendant le reste du temps, son bouclier couvert d'un voile épais qu'il pouvait sans peine enlever aussitôt qu'il croyait en avoir besoin. Armé du bouclier dont je vous parle, Roger reçoit les trois assaillants avec autant d'assurance que s'il avait à combattre de faibles enfants.

LXXXIV. — Il atteint Griffon à l'endroit où le bord de l'écu est au niveau de la visière. Ébranlé par ce choc, celui-ci vacille pendant quelques instants et va tomber loin de son cheval; il avait atteint le milieu du bouclier de Griffon, mais il avait glissé dessus, car il était d'un acier si lisse et si fin qu'il produisit un effet bien différent de celui qu'il attendait.

LXXXV. — Le fer de la lance déchira le voile qui

couvrait la surface d'où partait la formidable lumière
magique et dont la splendeur aveugle et terrasse ceux
qui l'aperçoivent sans qu'aucun puisse s'y dérober.
Aquilant qui courait auprès de son frère découvrit avec
sa lance le reste de l'enveloppe, aussitôt leurs yeux et
ceux de Guidon qui les suivait furent éblouis.

LXXXVI. — Ils tombent chacun de son côté; la
lumière n'éblouit pas seulement les yeux, elle enlève
tout sentiment. Roger qui ne s'aperçoit pas de ce résultat
tourne son coursier, en même temps il saisit cette épée
qui pique et taille si bien; mais il ne trouve plus d'ennemis à combattre : tous dans cette rencontre ont été
renversés sur le sol.

LXXXVII. — Les chevaliers, ceux qui étaient sortis
à pied du château et toutes les dames subissent le même
sort; les chevaux sont étendus par terre, leurs flancs
battent comme s'ils étaient près d'expirer. Roger s'é-
tonne d'abord, mais enfin il s'aperçoit que le voile qui
couvrait son écu penche du côté gauche, ce voile de
soie qui cachait la lumière magique cause de tous ces
accidents.

LXXXVIII. — Il se retourne aussitôt et cherche des
yeux sa chère Bradamante ; il court à l'endroit où il
l'avait laissée au commencement de la première joûte ;
ne la trouvant pas, il croit qu'elle a pris les devants
pour empêcher que le jeune homme périsse, craignant
sans doute qu'il ne fût déjà expirant dans un bûcher
pendant que la joûte se prolongeait.

LXXXIX. — Roger aperçoit, parmi ceux qui étaient
étendus par terre, la dame qui l'avait conduit au château; il la place devant lui sur son cheval, tout évanouie.
Plein de frayeur, il chemine avec elle, puis prenant un
voile qu'elle portait sur sa robe, il en couvre le bouclier
enchanté, ce qui lui rend à l'instant le sentiment que lui
avait fait perdre la lumière meurtrière.

XC. — Il suit sa route avec elle, mais il n'ose lever
les yeux, tant est grande sa confusion; il lui semble

que chacun va lui reprocher un victoire si peu glorieuse. « Hélas ! dit-il en gémissant, que puis-je faire désormais pour réparer une faute qui me déshonore ? On dira que les victoires que j'ai remportées jusqu'ici sont le résultat des enchantements et non de ma valeur. »

XCI. — Pendant qu'il s'abandonnait à cette triste pensée, il arriva en un lieu où il trouva ce qu'il cherchait : c'était un puits profond que l'on avait creusé sur le milieu d'une grande route. Là, dans les heures chaudes de l'été, les troupeaux rassasiés venaient se désaltérer ; Roger en le voyant s'écria : « Voici, misérable écu, le moyen de t'empêcher jamais d'être l'auteur de ma honte !

XCII. — « Tu vas me quitter : l'affront que tu viens de me faire sera le dernier. » Il descend aussitôt de cheval, choisit une grosse pierre bien pesante, l'attache à l'écu, et ces deux objets réunis sont précipités au fond du puits. « Puisses-tu, ajoute-t-il, demeurer ici éternellement et puisse mon opprobre y être enseveli avec toi ! »

XCIII. — Le puits était profond, l'eau montait jusqu'au bord, l'écu était pesant, la pierre ne l'était pas moins ; ils descendirent tout droit et sans s'arrêter jusqu'au fond : l'onde fluide et légère les couvrit entièrement. Cette action héroïque ne demeura pas secrète ; la renommée divulgua bientôt ce généreux sacrifice : la nouvelle, portée par sa trompette retentissante, se répandit en France, en Espagne et dans les contrées voisines.

XCIV. — Dès que, passant de bouche en bouche, cette aventure extraordinaire se répandit dans le monde, un grand nombre de chevaliers se mirent en quête ; ils partirent, les uns des pays voisins, les autres des contrées éloignées. Mais ils ignoraient quelle était la forêt où se trouvait le puits qui recélait le merveilleux écu : la dame qui fit connaître le fait ne voulut jamais dire ni le puits, ni le nom du pays où il était situé.

XCV. — En quittant le château où Roger avait ter-

rassé sans combat les quatre valeureux champions de
Pinabel, traités par lui comme des hommes de paille, il
avait, en emportant le bouclier magique, supprimé la
lumière qui éblouit les yeux et enlève le sentiment de
la vie. Alors les quatre guerriers tombés par terre, où
ils étaient restés demi-morts, se réveillèrent dans une
grande stupéfaction.

XCVI. — Ils ne parlèrent pendant toute la journée
que de cette singulière aventure; ils ne purent s'expli-
quer comment cette lumière terrible les avait si facilement terrassés. Pendant qu'ils s'entretenaient ainsi,
la nouvelle du triste destin de Pinabel leur fut apportée;
ils apprirent qu'il avait péri, mais ils ignoraient qui
lui avait donné la mort.

XCVII. — On se souvient que Bradamante, poursuivant avec vigueur Pinabel, l'avait poussé devant elle
jusqu'à un passage étroit. Là, elle l'atteignit, et lui
plongea son épée jusqu'à la garde dans les flancs et dans
le cœur. Après avoir délivré le monde de ce monstre
dangereux qui infestait les pays voisins, elle sortit de la
forêt témoin de sa vengeance, montée sur le coursier
que lui avait volé ce chevalier félon.

XCVIII. — Elle voulut retourner vers l'endroit où
elle avait laissé Roger, mais elle ne put en trouver le
chemin. Elle parcourut les vallées et les montagnes; sa
mauvaise fortune, en dépit des recherches qu'elle fit
dans toute la contrée, ne lui permit pas de retrouver la
route qui devait la conduire vers Roger. Les lecteurs
qui peuvent prendre quelque plaisir à cette histoire
en **entendront la suite dans le chant qui suit.**

CHANT VINGT-TROISIÈME

ARGUMENT

Bradamante rencontre Astolphe, qui lui donne son cheval
Rabican et la fameuse lame d'Argail. — Elle charge Hippalque
de conduire à Roger un autre cheval que Rodomont enlève.
— Zerbin trouve le corps de Pinabel ; il est accusé par Ga-
brine de l'avoir tué ; condamné à mourir, il est délivré par
Roland. — Celui-ci, arrivé chez le berger qui avait reçu
Angélique et Médor, apprend leur histoire ; il ressent les
premiers accès de sa folie furieuse.

I. — Que chacun se fasse une loi de rendre service à
autrui : rarement un bienfait demeure sans récompense.
A défaut de récompense, on n'a pas du moins à craindre
la mort, la ruine ou le déshonneur. Mais quiconque
nuit à autrui ne manque pas d'en subir, tôt ou tard, la
peine : une offense ne s'oublie jamais. Les montagnes,
dit un proverbe, restent toujours à leur place ; mais les
hommes se rencontrent souvent.

II. — Voyez quel a été le sort de Pinabel pour avoir
agi d'une manière si indigne ; le châtiment est venu
pour lui, son audace l'avait mérité. Dieu, qui n'aime pas
à voir longtemps souffrir l'innocence, sauva Bradamante,
comme il sauvera ceux qui n'auront jamais commis de
félonie.

III. — Pinabel croyait avoir fait périr cette guerrière,
il pensait l'avoir ensevelie au fond d'une caverne ; il ne
s'attendait guère à la revoir, encore moins à ce qu'elle
lui fît payer la peine de ses crimes. En vain avait-il
choisi pour retraite le château de ses pères, car le château d'Hauterive, voisin du territoire de Poitiers, était

situé au milieu de montagnes presque inaccessibles.

IV. — C'était le vieux comte Anselme qui habitait ce manoir : il était père du misérable qui, pour échapper aux mains de la fille du comte de Clermont, ne trouva ni ami ni défenseur. Cette guerrière courageuse arracha sans regret à ce traître son indigne vie ; en mourant, il ne put faire autre chose que de pousser des cris et de demander merci.

V. — Après cet exploit, voyant mort ce chevalier déloyal qui avait voulu la faire périr, elle voulut revenir vers l'endroit où elle avait quitté Roger ; mais la fortune cruelle ne le permit pas et fit qu'elle s'égara dans un étroit sentier qui la conduisit dans le lieu le plus obscur et le plus sauvage de la forêt, à l'heure même où le soleil laissait les ténèbres de la nuit se répandre sur le monde.

VI. — Ne sachant où elle pourrait passer la nuit, elle s'arrêta en ce lieu, se coucha sur l'herbe fraîche et tendre. Elle passa une partie du temps à dormir, l'autre à contempler Jupiter, Saturne, Mars, Vénus et les autres corps lumineux errants dans l'espace ; mais toujours, soit qu'elle veillât, soit qu'elle dormît, la seule image toujours présente à son esprit fut celle de Roger.

VII. — Elle soupire profondément, la douleur et le repentir s'emparent d'elle, elle se reproche d'avoir cédé à la colère en oubliant l'amour. « Cette colère, se dit-elle, m'a séparée de celui que j'aime. Si du moins, puisque je voulais me venger, j'eusse employé quelque moyen pour distinguer les lieux par lesquels je suis passée, j'aurais pu retrouver mon chemin. Mais malheureusement j'avais perdu les yeux et la mémoire ! »

VIII. — Ces plaintes et les tristes paroles qu'elle prononçait à haute voix retentissaient bien plus vivement encore dans son cœur. Ses soupirs se perdaient dans les airs, les larmes que versaient ses yeux formaient en quelque sorte une pluie de douleurs. L'aurore longtemps attendue et désirée par elle parut enfin aux portes de l'Orient. Bradamante s'élança sur son coursier qu'elle avait laissé paître aux environs et marcha au devant du jour dont les rayons naissants éclairaient le monde.

IX. — Elle n'alla pas bien loin sans se trouver à la sortie du bois et au même lieu où s'élevait le château dans lequel Atlant, l'enchanteur, l'avait si longtemps abusée par ses maléfices. Elle y rencontra Astolphe; il venait de trouver pour son hippogriffe une bride qui le rendait maître de le diriger à son gré; mais il était très-embarrassé au sujet de Rabican, ne voyant personne à qui il pût le confier.

X. — Bradamante, sortie de la forêt, arriva juste au moment où le paladin venait d'ôter son casque; elle reconnut aussitôt son cousin: elle le salua de loin et courut à lui, transportée de joie. Dès qu'elle est près de lui, elle l'embrasse, puis elle se nomme, lève la visière de son casque et se fait reconnaître de lui pour ce qu'elle est.

XI. — Astolphe ne pouvait trouver personne à qui il pût confier Rabican avec plus de plaisir qu'à la fille du duc de Dordonne. Elle saurait le garder avec soin et le lui rendre à son retour. C'est Dieu qui me l'envoie, se dit-il. Il voyait toujours Bradamante avec plaisir, mais sa présence en ce moment lui fut d'autant plus agréable qu'il avait besoin de ses services.

XII. — Ils s'embrassèrent encore fraternellement deux ou trois fois et se demandèrent avec un intérêt affectueux ce qui leur était arrivé à chacun. « Si je veux encore une fois voyager dans le pays des oiseaux, dit Astolphe, je n'ai pas de temps à perdre. » Puis faisant part à Bradamante de sa résolution, il lui montra le cheval ailé.

XIII. — Elle ne s'étonna pas beaucoup de voir le coursier déployer ses ailes, car déjà l'enchanteur Atlant, dirigeant son vol, était venu l'attaquer. C'était le même cheval qui avait causé à ses yeux une fatigue si grande lorsqu'elle suivit son vol à travers les airs, le jour où il avait entraîné au loin son cher Roger par un chemin si étrange.

XIV. — Astolphe lui annonça qu'il voulait lui laisser Rabican, son agile coursier, qui volait plus rapidement que la flèche échappée de l'arc au moment où elle en part; il lui confia pareillement toutes les armes qu'il possédait, en la priant de les porter à Montauban; elles ne pouvaient maintenant lui servir et il les y prendrait à son retour.

XV. — Il était nécessaire pour traverser plus librement les airs de prendre les plus légers vêtements; il ne garda avec lui que son épée et son cor, quoique celui-ci lui suffît pour le tirer des dangers qu'il pourrait courir. Bradamante reçut de sa main la lance que portait autrefois le fils de Galafron, cette lance dont la puissance est si grande qu'aucun de ceux qu'elle atteint ne peut demeurer en selle.

XVI. — Astolphe s'installe sur son coursier ailé; d'abord il prend lentement son vol dans les airs, puis il le pousse en avant si vite qu'en un instant Bradamante le perd de vue. C'est ainsi que le nocher, sur l'avis du pilote, part sans se presser lorsqu'il redoute les vents et les écueils, et déploie ensuite toutes ses voiles et s'abandonne au vent aussitôt qu'il a quitté le port et qu'il se trouve loin du rivage.

XVII. — Bradamante, après le départ d'Astolphe, se trouva dans une grande peine, ne sachant comment elle pourrait déposer à Montauban l'armure et le coursier de son cousin. Son plus ardent désir serait de rejoindre Roger, c'est le seul qui remplisse son âme et enflamme son cœur; elle espère le retrouver à Vallombreuse, peut-être même le rencontrera-t-elle plus tôt.

XVIII. — Au milieu de ces perplexités, elle aperçut un paysan qui par hasard venait de son côté. Elle lui fit placer du mieux qu'elle put cette armure sur Rabican et elle lui donna ensuite les deux autres chevaux pour qu'il les menât à sa suite, montant sur l'un et conduisant l'autre par la main. Elle avait en effet deux chevaux, celui qu'elle montait d'ordinaire, et celui qu'elle avait pris à Pinabel.

XIX. — Elle comptait aller à Vallombreuse dans l'espérance d'y retrouver Roger, mais elle ne savait quelle était la route la plus courte et la plus sûre pour s'y rendre; elle craignait toujours de s'égarer. Le paysan connaissait peu la contrée et il pouvait s'égarer avec elle. Enfin elle prit au hasard la route qui lui parut être celle qui la conduirait à son but.

XX. — Elle marcha longtemps tantôt d'un côté, tantôt d'un autre, sans rencontrer personne à qui elle demandât son chemin. Sur les neuf heures du matin, à la sortie de la forêt, elle découvrit non loin de là un château s'élevant sur la cime d'une montagne ; elle l'examine et croit voir Montauban. C'était en effet Montauban, qu'habitaient sa mère et quelques-uns de ses frères.

XXI. — En reconnaissant ces lieux, elle s'attriste plus que je ne pourrais le dire. Si elle s'arrête, elle craint d'être reconnue et de ne pouvoir plus s'en aller ; si elle ne part pas, la flamme dont elle brûle pour Roger la consumera au point de la faire mourir; elle ne reverra plus Roger et ne pourra par conséquent exécuter à Vallombreuse ce dont ils sont convenus.

XXII. — Elle réfléchit pendant quelque temps, puis enfin elle se détermina à tourner le dos à Montauban et à se diriger vers Vallombreuse dont elle connaissait enfin le chemin. Mais sa bonne ou sa mauvaise fortune voulut qu'avant de sortir du vallon elle rencontra Alard, un de ses frères : elle ne put se dérober à sa vue.

XXIII. — Alard venait d'organiser des logements dans la contrée pour des cavaliers et des fantassins qui, par ordre de Charlemagne, venaient d'être levés aux environs. Les saluts, les embrassements, le joyeux accueil s'en suivirent et, tout en s'entretenant ensemble de choses et d'autres, le frère et la sœur arrivèrent à Montauban.

XXIV. — La belle jeune fille entra dans le château où Béatrix, sa mère, avait versé tant de larmes pendant son absence. Elle l'avait fait chercher en vain dans toutes les parties de la France. Les baisers maternels, les caresses fraternelles, si vives qu'elles fussent, parurent bien froides auprès de celles que lui avait faites son cher Roger et dont elle devait conserver éternellement la douce impression.

XXV. — Dans l'impossibilité où elle se trouve maintenant d'aller à Vallombreuse, elle prend le parti d'envoyer quelqu'un à sa place, afin d'informer aussitôt Roger du motif qui la retenait ; elle le priait, si des prières étaient nécessaires, de se faire, par amour pour elle, baptiser dans cette abbaye ; il viendrait ensuite la trouver, d'après ses promesses, pour unir ensemble leurs destinées

XXVI. — Elle envoya par la même occasion à Roger son cheval auquel il était attaché pour bien des raisons, car il lui aurait été impossible de trouver, dans le royaume des Sarrasins aussi bien qu'en France, un destrier plus beau, plus vigoureux, si l'on en excepte Bride-d'or et Bayard.

XXVII. — Un autre coursier, Frontin, avait été laissé par Roger à Bradamante le jour où, par un excès d'audace, il monta sur l'hippogriffe et fut emporté dans les airs. Elle fit conduire ce cheval à Montauban, elle commanda de le traiter avec tout le soin possible et de ne le laisser monter par personne, si ce n'est pour marcher au petit pas et à petites journées ; à ce régime, il devint plus brillant et plus fort que jamais.

XXVIII. — Bradamante s'empressa alors de se mettre à l'œuvre avec les demoiselles et les dames du château ; elle leur fit exécuter un magnifique tissu dont le fond était de soie couleur blanc et gris de lin, et la broderie d'or ; elle en fit orner la selle et même les brides de Frontin ; elle choisit parmi ces dames la fille de Callitrésie sa nourrice, pour être la dépositaire de tous ses secrets.

XXIX. — Elle lui avait mille fois dévoilé son ardent amour pour Roger ; elle lui avait vanté sa beauté, sa valeur, ses grâces, portant jusqu'aux nues son admiration pour ce héros ; elle la prit à part et lui dit : « Je ne pourrais choisir pour remplir un message de confiance une personne plus fidèle et plus sage que toi, ma chère Hippalque.

XXX. — (Hippalque était le nom de cette demoiselle.) « Pars, » ajoute-t-elle en lui indiquant le lieu où elle devait se rendre. Elle lui expose ensuite avec les plus grands détails ce qu'elle dira à son amant ; elle l'excusera de n'avoir pu elle-même aller à Vallombreuse ; ce n'était pas pour lui manquer de parole, il ne devait attribuer son absence qu'à la fortune, toujours plus puissante que l'homme.

XXXI. — Elle la fait monter ensuite sur une haquenée, et lui remet en main la riche bride de Frontin. Si elle rencontre, ajoute-t-elle, un homme assez lâche ou assez fou pour essayer de le lui enlever, une seule parole suffira pour le remettre à la raison ; elle lui dira que le cheval appartient à Roger. Il n'était aucun chevalier, dans son opinion, qui ne dût trembler à ce seul nom.

XXXII. — Elle ajoute mille et mille recommandations qu'Hippalque devait faire de sa part à Roger. La messagère, après leur avoir prêté l'oreille la plus attentive et les avoir imprimées dans sa tête, partit sans délai. Elle parcourut plus de dix milles en cheminant à travers les routes, les campagnes, les forêts sombres et touffues, sans trouver personne qui lui fît obstacle ou qui lui demandât où elle allait.

XXXIII. — Vers le milieu du jour, en descendant d'une montagne par un sentier étroit et malaisé, elle rencontra Rodomont qui, tout armé, suivait à pied un petit nain ; le guerrier africain jette sur elle un regard farouche et se met à blasphémer la céleste hiérarchie en voyant un cheval si beau et si richement équipé marcher ainsi sans cavalier.

XXXIV. — Il avait juré, on s'en souvient, de s'emparer de gré ou de force du premier cheval qu'il rencontrerait sur sa route. Frontin était celui-là; il n'aurait pu en trouver un plus à sa convenance; mais l'enlever à une femme lui parut un acte peu honnête. Cependant il brûle d'envie de l'avoir; il demeure en suspens, le regarde, l'examine avec admiration; il répète souvent : « Ah! pourquoi ce cheval n'est-il pas monté par son maître! »

XXXV. — « S'il était ici, dit Hippalque, il te ferait changer de pensée; tu n'égales pas sans doute en valeur le maître de ce coursier qui, dans le monde, ne trouverait pas son pareil. — Quel est donc, reprit avec hauteur Rodomont, le guerrier qui écrase sous ses pieds l'honneur de tous les chevaliers? — C'est Roger, répond-elle. — Je prends donc le cheval, répliqua Rodomont, puisque je l'enlève à un champion si terrible.

XXXVI. — « D'ailleurs si ce que tu dis est vrai, si ton Roger est si vaillant et surpasse en valeur les mortels, non-seulement je lui rendrai son cheval, mais de plus je lui en paierai le louage dont il fixera le prix à son gré. Tu lui diras que je suis Rodomont; s'il veut se battre avec moi, il me trouvera sans peine, car partout où je suis, comme partout où je vais, l'éclat de mes actions me fait assez connaître.

XXXVII. — « Partout où je vais, je laisse après moi des traces telles que la foudre n'en laisse pas de plus profondes. » En parlant ainsi, il avait saisi le coursier par la bride dorée; il la passe sur la tête du cheval, saute dessus et laisse Hippalque tout en pleurs. Dans la douleur qui la presse, elle adresse à Rodomont des menaces et des malédictions; Rodomont, sans les écouter, se dirige vers la colline.

XXXVIII. — Il suit le sentier que lui montre le nain et qui doit le conduire vers Mandricart et Doralice; Hippalque les suit de loin, leur adressant dans sa colère mille imprécations. Je donnerai plus tard la suite de cette histoire. Turpin qui l'a racontée a fait ici une

digression pour retourner aux lieux où Pinabel avait
été tué.

XXXIX. — A peine la fille d'Aymon était-elle partie
de ce lieu dont elle s'éloignait à grands pas, que Zerbin,
accompagné de la méchante vieille, y arriva par un autre
chemin et vit le corps d'un chevalier étendu par terre.
Il ignore qui ce peut être, mais naturellement bon et
généreux, il éprouve pour ce malheureux une tendre
pitié.

XL. — Pinabel était gisant sur le sol. Son sang
coulait par des blessures si nombreuses qu'on eût pu
croire que cent épées s'étaient réunies pour lui donner
la mort. Le prince d'Écosse s'empressa de suivre les
traces nouvellement imprimées sur le sol, dans l'espoir
de trouver, s'il était possible, celui qui s'était rendu
coupable de ce meurtre.

XLI. — « Attendez-moi, dit-il à Gabrine, je serai
bientôt de retour. » La vieille s'approche du cadavre
qu'elle examine avec curiosité : si elle trouve à ses côtés
ou sur lui quelque objet qui lui plaise, elle s'en empa-
rera sans scrupule, un mort n'ayant pas besoin d'ornements ni de parures. Entre tous ses vices, cette
horrible vieille était aussi avare que peut l'être une
femme.

XLII. — Si elle avait connu quelque moyen ou quelque espérance de recéler son vol, elle lui aurait à
l'instant enlevé sa riche cotte d'armes et même toutes
les pièces de son armure. Mais elle ne put s'emparer
que de ce qu'elle pouvait aisément cacher, laissant, à son
grand regret, tout le reste. Ce qu'elle prit était, entre
autres choses, une riche ceinture qu'elle passa entre
deux jupes autour de son corps.

XLIII. — Elle fut bientôt rejointe par Zerbin, qui
avait inutilement suivi les traces de Bradamante. Arrivé
à un sentier qui se partageait en un grand nombre de
rameaux, menant les uns sur les hauteurs, les autres dans
les vallées, il s'aperçut que le jour baissait ; il ne voulut

pas passer la nuit au milieu des rochers, et, suivi de la
vieille, il laissa la funeste vallée pour chercher quelque auberge où il pourrait se loger.

XLIV. — Ils trouvèrent à deux milles de là le château
d'Hauterive. L'obscurité était profonde : ils se dispo-
sèrent à y passer la nuit. Mais ils étaient à peine arrivés,
que l'on entendit tous les environs retentir de cris et
de gémissements lamentables. Tous ceux qu'ils voient
versent des larmes amères, comme pour un malheur
qui les touche personnellement.

XLV. — Zerbin demande la cause de ce deuil général,
on lui répond que le comte Anselme vient d'apprendre
qu'on a trouvé son fils Pinabel étendu mort dans un
sentier étroit et creux, entre deux montagnes. Zerbin,
pour ne donner lieu à aucun soupçon, baisse les yeux
comme s'il apprenait le fait pour la première fois ; mais
il pense bien qu'il s'agit du chevalier qu'il a trouvé
mort sur la route.

XLVI. — Peu de temps après, on apporte le brancard
funèbre, éclairé de torches et de flambeaux. A cette vue,
les cris redoublent, le bruit des mains qui se frappent
s'élève jusqu'aux nues, les pleurs en plus grande abondance coulent des yeux de tous les habitants. Mais le
malheureux père portait sur son visage les traces d'une
douleur plus poignante et plus profonde.

XLVII. — Pendant que l'on préparait les obsèques
qui devaient, selon les usages antiques, être célébrées
avec une magnificence et un éclat inconnus de nos jours,
on entendit publier de la part du maître du château un
ban qui suspendit aussitôt le bruit des gémissements et
des plaintes. Le comte d'Hauterive promettait une
grande récompense à celui qui ferait connaître le
meurtrier de son fils.

XLVIII. — De bouche en bouche, et d'une oreille à
l'autre, cette proclamation est bientôt connue de tout
le pays ; elle arrive jusqu'à la vieille, à cette horrible
femme, dont la rage surpasse celle des ours et des

tigres. La haine qu'elle a conçue contre Zerbin lui fait trouver dans cet événement une cause de ruine pour son ennemi. On eût dit qu'elle voulait se vanter d'être la seule qui dans un corps humain ne conservât aucun sentiment d'humanité.

XLIX. — Elle était peut-être aussi poussée par le désir de gagner la récompense promise. Elle va donc trouver le malheureux père et, après un préambule qui paraissait vraisemblable, elle lui dit que Zerbin avait tué son fils. Elle tire à l'instant la ceinture de Pinabel qu'elle avait cachée sous ses vêtements : le comte la reconnaît aussitôt, et d'après ce témoignage et la déclaration funeste de cette méchante vieille, le père infortuné ne doute pas, d'après ces indices, que Zerbin ne soit véritablement le meurtrier.

L. — Il lève en pleurant ses mains vers le ciel, il jure que la mort de son fils sera vengée. Il fait entourer par ses gens son château ; le peuple se réunit à la hâte. Zerbin, qui ne croit pas avoir des ennemis aussi près de lui et qui ne s'attend pas à être traité de cette manière par le comte persuadé de sa culpabilité, est saisi dans son premier sommeil.

LI. — Il passe toute la nuit dans un sombre cachot, les pieds et les mains chargés de fers : le soleil n'avait pas encore répandu sa lumière, que déjà son injuste supplice était ordonné. Il devait être mis en pièces dans le lieu même où il avait commis le crime qui lui était imputé. On ne prend pas la peine d'instruire son procès : Anselme le croyait coupable, cela suffisait.

LII. — Au point du jour, lorsque l'aurore a répandu dans l'air pur ses couleurs rouges, jaunes et blanches, tout le peuple est réuni. Qu'il meure ! qu'il meure ! s'écrie-t-on de tous côtés. Il veut punir Zerbin du crime qu'il n'a pas commis. Cette populace grossière était hors du château, sans ordre, les uns à pied, les autres à cheval, et le prince d'Écosse s'avance les yeux baissés vers la terre, porté sur un misérable roussin.

LIII. — Mais Dieu, qui vient souvent au secours de l'innocence et n'abandonne jamais ceux qui comptent sur sa bonté, lui avait déjà préparé une telle défense, qu'il ne devait nullement, en ce jour, craindre de mourir. Roland, qui tout à coup survint, le tira de cet affreux péril. Le valeureux guerrier voit au milieu de la plaine cette foule qui conduit le malheureux Zerbin au supplice.

LIV. — Il a auprès de lui cette jeune fille qu'il avait rencontrée dans la caverne horrible et sauvage, Isabelle, fille du roi de Galice, qui était tombée au pouvoir des brigands lorsqu'elle avait échappé au naufrage et à l'horrible tempête qui avait brisé son vaisseau, cette Isabelle que Zerbin aimait plus que sa vie.

LV. — Après l'avoir retirée de la caverne, Roland ne l'avait pas quittée. Quand elle aperçut la foule répandue dans la campagne, elle demanda à Roland la cause d'un tel rassemblement. « Je l'ignore, » répond celui-ci. Et aussitôt, la laissant sur la montagne, il descendit précipitamment dans la plaine. A la vue de Zerbin, il juge que ce ne peut être qu'un chevalier de grand renom.

LVI. — Il s'approche et demande pourquoi et dans quel but on le mène ainsi chargé de chaînes. Zerbin lui-même lève tristement la tête en entendant la question faite par Roland, lui expose la vérité, et le fait d'un air si franc et si loyal qu'aussitôt le comte d'Angers juge qu'il mérite que l'on prenne sa défense. Il comprend, d'après ce qu'il a dit, qu'il est innocent et que sa mort est une injustice.

LVII. — En apprenant que c'est le comte Anselme d'Hauterive qui a prononcé l'arrêt, il n'a plus de doute : l'ordre donné est injuste, car cet homme sans cœur n'en a jamais donné d'autres. D'ailleurs, il existait entre Roland et lui une haine profonde, à cause de l'inimitié qui régnait depuis les temps les plus reculés **entre les maisons de Clermont et de Mayence, inimitié** qui causa tant de meurtres et donna lieu à tant d'outrages.

LVIII. — « Déliez ce chevalier, canailles, cria le comte aux archers, ou je vous tue tous! — Quel est cet individu dont les coups sont si terribles, dit un des soldats qui voulut paraître plus rassuré que les autres? Si nous étions de paille ou de cire et si cet homme était un brasier ardent, que pourrait-il dire de plus? » A ces mots, il fond sur Roland qui baisse sa lance contre lui.

LIX. — La brillante armure que le Mayençais avait pendant la nuit ravie à Zerbin et endossée ne le protégea pas contre le terrible choc du paladin. Le fer l'atteignit à la joue droite et ne put pénétrer le casque qui était à l'épreuve; mais la secousse fut si violente qu'il roula par terre ayant le cou brisé.

LX. — Sans s'arrêter, Roland pousse en avant sa lance qui traverse la poitrine d'un autre; il l'y laisse et, saisissant vivement Durandal, il se jette au milieu de la troupe; il fend en deux moitiés la tête de l'un, il fait voler celle d'un autre, à d'autres il l'enfonce dans la gorge, et en un instant il en a tué ou mis en fuite plus de cent.

LXI. — Il en a déjà tué plus d'un tiers, il chasse devant lui le reste, il taille et fend, il frappe, il perce, il coupe; l'un jette son écu, l'autre son casque qui le gêne, celui-ci abandonne son épieu, l'autre son javelot, celui-ci fuit le long du chemin, l'autre à travers champs, l'un se tapit dans un bois, l'autre dans un caverne. Roland est dans ce jour sans pitié; s'il le peut, il n'en laissera pas un seul vivant.

LXII. — Ils étaient cent vingt, Turpin en a fait le compte, quatre-vingts sont restés sur la place. Roland retourne près de Zerbin encore tout tremblant; sa joie, en revoyant le comte, fut plus grande qu'il ne me serait possible de l'exprimer; s'il n'eût été attaché sur le roussin, il se serait jeté à ses pieds.

LXIII. — Roland détache ses liens et l'aide à se re-

vêtir de ses armes dont le chef de la brigade s'était
paré pour son malheur. Zerbin alors aperçut Isabelle
qui s'était d'abord arrêtée sur la colline, mais qui, voyant
l'issue du combat, se rapprocha d'eux, laissant voir son
bel et charmant visage.

LXIV. — A l'aspect de la jeune fille qu'il avait tant
aimée et qu'il croyait, sur un faux avis, submergée
dans les flots, dont enfin il avait tant pleuré la mort,
Zerbin sent d'abord courir dans tous ses membres un
froid glacial qui fait trembler tout son corps; mais
aussitôt le froid extrême se dissipe, remplacé par le feu
le plus vif de l'amour.

LXV. — Il la serrerait dans ses bras, sans le respect
que lui inspire le comte d'Angers, car il s'imagine, il
croit même sans hésiter que Roland est amoureux
d'Isabelle. C'est ainsi qu'une peine succède à l'autre.
Sa joie ne fut pas longue : l'idée de voir sa maîtresse au
pouvoir d'un autre l'affecta plus cruellement que la
douleur qu'il avait éprouvée à la nouvelle de sa mort.

LXVI. — Ce qui rend sa douleur plus cruelle c'est
de la voir en la puissance d'un chevalier auquel il doit
tant de reconnaissance. La lui enlever serait une entreprise peu honnête, et d'ailleurs d'une exécution assez
difficile. Il n'aurait pas souffert qu'aucun autre lui ravît
une si riche proie sans en disputer la possession ; mais
il a tant d'obligations au comte qu'il n'est rien que celui-
ci ne soit en droit d'exiger de lui.

LXVII. — Sans se parler, ils approchèrent d'une fontaine près de laquelle ils descendirent pour y prendre
un peu de repos. Roland qui était fatigué détacha son
casque, engageant Zerbin à suivre son exemple. Isabelle
aperçoit tout à coup le visage de celui qu'elle aime, et
dans le transport de sa joie devient toute pâle ; mais la
couleur reparaît sur ses joues comme une fleur qui,
mouillée par la pluie, se ranime aux premiers rayons du
soleil.

LXVIII. — Sans hésitation, obéissant à son premier

mouvement, elle court à cet amant si cher et se jette à
son cou. Elle ne peut prononcer un seul mot, mais son
visage et son sein sont baignés de larmes. Roland est
témoin de ces transports amoureux; il ne demande pas
d'autres éclaircissements; il comprend aussitôt par ces
démonstrations que le chevalier qui en est l'objet ne
peut être que Zerbin.

LXIX. — Dès qu'Isabelle a recouvré l'usage de la
parole, elle s'empresse, les joues encore couvertes de
larmes, d'apprendre à Zerbin combien d'égards et de
respect lui a prodigués le comte d'Angers. Zerbin, qui
tenait dans la même balance la vie d'Isabelle et la sienne,
se jette aux pieds de Roland en adoration devant lui
comme devant un dieu, car deux fois en seul jour il lui
avait rendu la vie.

LXX. — Les deux chevaliers n'auraient pu mettre fin
à leurs remercîments et à leurs témoignages d'affection
s'ils n'eussent entendu tout à coup retentir un grand
bruit à travers une route obscure couverte d'un feuillage
épais et touffu. Reprendre leur casque et s'élancer sur
leurs coursiers ne fut que l'affaire d'un moment. A peine
sont-ils sur les arçons qu'ils voient venir vers eux une
demoiselle accompagnée d'un chevalier.

LXXI. — Ce chevalier était Mandricard qui s'était mis
à la poursuite de Roland avec une ardeur impatiente,
afin de venger la mort d'Alzirde et de Malinard que le
valeureux chevalier avait fait tomber sous ses coups.
Ils le suivaient cependant avec moins d'ardeur depuis
qu'il avait, avec un seul tronçon de chêne vert, enlevé
Doralice à ces deux guerriers tout bardés de fer.

LXXII. — Il ignorait encore que l'homme qu'il cherchait était le comte d'Angers; il savait seulement, et il
en avait des preuves certaines, que ce devait être un des
plus célèbres chevaliers errants. Mandricard regarde
plus attentivement Roland que Zerbin de la tête aux pieds,
il l'examine avec curiosité et, le reconnaissant aux in-

dices qui lui ont été donnés, il lui dit : « Tu es celui
que je cherche.

LXXIII. — « Depuis dix jours je ne me lasse pas de
courir après toi, tant la renommée de tes exploits dans
les campagnes de Paris a frappé mon esprit et enflammé
mon courage. Un seul guerrier, qui a pu avec peine
échapper vivant à tes coups sur mille que tu avais envoyés sur les bords du Styx, m'a raconté tous les massacres qu'a faits ta main des soldats des rois de Tremi-
sen et Noritié.

LXXIV. — « Je n'ai pas hésité alors à te suivre, j'ai
voulu te voir et me mesurer avec toi. Comme je me suis
informé des ornements dont tes armes sont couvertes,
je te reconnais, c'est toi que je veux combattre. Quand
bien même tu n'aurais pas ces armes et que pour te
cacher tu te mettrais au milieu de cent autres guerriers, ton air martial et fier te ferait reconnaître entre
tous.

LXXV. — « Il faut, répondit Roland, que tu sois un
chevalier d'une grande valeur, car ce n'est pas dans un
faible cœur que serait née une résolution aussi magnanime. Si c'est le désir de me voir qui t'amène en ces
lieux, je veux que tu connaisses ce que je suis aussi
bien à l'extérieur qu'à l'intérieur. Pour satisfaire ta curiosité je vais lever ma visière.

LXXVI. — « Crois bien que si j'ai cédé à ton envie de
me regarder en face, je suis aussi disposé à satisfaire
tes autres désirs; il ne me reste plus qu'à apprendre de
toi le motif qui t'a engagé à me suivre. Je verrai si ta
valeur répond à toutes les qualités guerrières que tu
vantes en ma personne. — Fort bien, répliqua Mandricard ; je suis satisfait pour le premier point, voyons si
je le serai aussi pour l'autre. »

LXXVII. — Pendant que Mandricard parle, Roland
considère toute sa personne; ses yeux la parcourent entièrement des pieds à la tête Il regarde ses côtés, l'arçon de sa selle, il ne lui voit ni épée, ni masse; il lui

demande de quelles armes il entend se servir si sa lance
vient à se briser. « Oh! ne t'en inquiète pas, répondit-il,
tel que tu me vois j'en ai fait trembler bien d'autres.

LXXVIII. — « J'ai fait le serment de ne pas ceindre
l'épée jusqu'à ce que j'aie enlevé Durandal à son possesseur ; c'est lui que je cherche en tous lieux dans l'espérance enfin de le trouver. J'ai fait ce serment, si tu
veux le savoir, quand j'ai posé sur ma tête ce casque et
sur mon corps cette armure, qui sont les mêmes que
portait Hector il y a plus de mille ans.

LXXIX. — « L'épée seule manque à ces armes excellentes. Comment fut-elle dérobée? je ne saurais le dire.
Je sais seulement qu'elle est en la possession du comte
Roland et que c'est à elle qu'il doit toute son audace. Si
jamais je le rencontre, je réponds bien que je le forcerai
à me restituer l'arme qu'il retient à tort. Mais j'ai pour
l'attaquer un autre motif: je veux venger la mort d'Agrican mon père.

LXXX. — « C'est par trahison que Roland lui a donné
la mort. Je sais certainement qu'il n'aurait pu le faire
autrement. » A ces mots, le comte ne put se retenir et
s'écria : « Toi et quiconque parle ainsi en avez menti !
Mais le hasard t'a bien servi : je suis Roland. J'ai tué
ton père dans un combat loyal : voici cette épée que tu
désires, si tu veux qu'elle t'appartienne, viens la mériter
par ta valeur.

LXXXI. — « Elle m'appartient légitimement sans doute,
mais je veux que les chances soient égales ; elle ne ser-
vira pas plus à l'un qu'à l'autre dans ce combat ; je vais
la suspendre à un arbre. Tu pourras la prendre sans
contestation, si tu peux m'ôter la vie ou me faire prisonnier. » En disant ces mots, il prit Durandal et l'accro-
cha à un arbre au milieu du champ de bataille.

LXXXII. — Déjà les deux guerriers se sont éloignés,
ne laissant entre eux deux que la distance d'une demi-
portée de trait. Ils piquent leurs chevaux et s'élancent
en lâchant les rênes. Déjà enfin l'un et l'autre se sont

portés des coups violents au défaut de la visière. Leurs
lances se brisent comme du verre, leurs mille éclats
volent jusqu'au ciel.

LXXXIII. — Ces lances devaient nécessairement se
rompre, car aucun d'eux ne saurait être ébranlé. Ils retournent l'un sur l'autre avec les tronçons qui leur sont
restés dans les mains. Alors ces deux guerriers accoutumés à ne combattre qu'avec du fer, maintenant armés
de bâtons, se chargent avec fureur comme des paysans
qui auraient à se disputer pour le partage d'une fontaine
ou les limites d'un pré.

LXXXIV. — Ces tronçons eux-mêmes, après quatre
coups échangés, ne résistent pas à ce combat furieux
et se brisent. Des deux côtés la colère s'allume de plus
en plus; n'ayant plus d'armes à employer, il ne leur
reste plus que leurs poings pour s'entre-frapper. Les
mailles sont déchirées, les clous, les attaches des armures sont arrachées partout où se portent leurs mains.
Ils n'ont ni l'un ni l'autre à demander de plus fortes
tenailles et de plus lourds marteaux.

LXXXV. — Comment le Sarrasin pourra-t-il réussir à
se tirer avec honneur de cette lutte terrible? Tous deux
seraient bien insensés s'ils continuaient à perdre leur
temps dans un genre de lutte où celui qui porte les
coups est plus grièvement blessé que celui qui les reçoit.
Ils s'efforcent donc de se saisir à bras le corps. Le Sarrasin s'élance, Roland le presse contre sa poitrine; il
croit pouvoir le traiter comme le fils de Jupiter traita
jadis Antée.

LXXXVI. — Aussitôt qu'il l'a saisi par le milieu du
corps, il le pousse ou le tire à lui; il est tellement emporté par la colère qu'il ne songe nullement à tenir la
bride de son cheval. Roland moins impétueux veut profiter de tous ses avantages pour obtenir la victoire, seul
objet de ses désirs. Il porte adroitement la main sur les
yeux du cheval de son ennemi, lui fait couler la bride
par-dessus la tête et la fait tomber à terre.

LXXXVII. — Le Sarrasin emploie toutes ses forces pour essayer d'étouffer Roland et lui faire vider les arçons ; mais le comte tient ses genoux serrés contre son cheval et ne penche ni d'un côté ni de l'autre. Cependant les secousses que lui imprime le païen sont si fortes qu'elles rompent les sangles qui retiennent la selle du cheval. Roland se trouve à terre et s'en aperçoit à peine, car il serrait toujours la selle et n'avait point perdu les étriers.

LXXXVIII. — En touchant la terre, Roland fait un bruit semblable à celui que ferait en tombant un faisceau d'armes. Cependant le coursier de Mandricard, sentant sa tête libre depuis que Roland lui avait enlevé la bride, prend sa course à travers les bois et les plaines, poussé de côté et d'autre par une crainte aveugle, et il emporte son maître avec lui.

LXXXIX. — Doralice, en voyant son chevalier quitter le champ de bataille et s'éloigner d'elle, ne se croit pas en sûreté si elle reste seule, et s'élance après lui en piquant de l'éperon son palefroi. Mandricard outré de dépit essaie en vain d'arrêter son cheval. Il pousse des cris, le frappe des mains ou des pieds, il le menace comme s'il ne s'adressait pas à une bête, pour qu'il s'arrête, et le cheval s'enfuit encore plus vite.

XC. — L'animal qui était peureux et ombrageux court toujours à travers champs, sans regarder à ses pieds. Il avait déjà fait trois milles et il serait allé plus loin encore s'il n'en eût été empêché par un fossé où l'homme et le cheval furent culbutés jusqu'au fond : ils n'y trouvèrent ni couche ni litière. Mandricard aurait pu se briser les jambes et les bras ; il alla seulement frapper rudement la terre.

XCI. — Le cheval fut obligé de s'arrêter, mais comme il n'avait ni mors ni bride, le Sarrasin ne put diriger sa course. Il le saisit par la crinière et, dans sa fureur, ne sait quel parti prendre. « Prenez la bride de ma haquenée, lui dit Doralice, elle pourra s'en passer ; qu'elle ait un

27.

frein ou qu'elle n'en ait pas, elle est toujours aussi facile
à conduire. »

XCII. — Le Sarrasin hésitait, il lui semblait peu convenable d'accepter la proposition de Doralice. Heureusement que la fortune plus favorable à ses désirs lui
procura le moyen d'avoir une autre bride. Elle mit sur
son chemin l'odieuse Gabrine qui, depuis quelle avait
trahi Zerbin, fuyait comme une louve entendant de loin
les chasseurs et les chiens arrivant de son côté.

XCIII. — Elle avait encore sur elle la robe et l'élégante parure qui avaient été ravies, pour l'en revêtir, à
la jeune et belle maîtresse de Pinabel. Elle était aussi
montée sur le cheval de la jeune fille, un des plus
beaux et des mieux harnachés du monde. Elle se trouva
tout à coup, sans s'en être doutée, face à face avec le
prince tartare.

XCIV. — Doralice montra en riant à Mandricard la
vieille, dont la toilette faite pour une jeune beauté la
faisait ressembler à une guenon ou à un singe coiffé.
Le Sarrasin s'empressa d'aller enlever la bride de son
cheval et de la mettre au sien. Après l'avoir ainsi désarmé de son mors, il le frappe, l'effraye par ses menaces et ses cris et le cheval s'enfuit au grand galop.

XCV. — Il fuit à travers la forêt, emportant au hasard
avec lui la vieille à moitié morte de frayeur, par les
vallons, les montagnes, les routes frayées, les chemins
de traverse, les fossés et les précipices. Mais laissons
cette vieille dont le voyage m'intéresse beaucoup moins
que Roland occupé de rétablir à son aise et sans obstacle
sa selle dans son premier état.

XCVI. — Remonté sur son cheval, il attendit longtemps le retour du Sarrasin. Il regarde de tous côtés et,
ne le voyant pas paraître, il prend le parti de partir
pour aller lui-même à sa rencontre. Mais toujours plein
de noblesse et d'amabilité, le paladin ne veut pas s'éloigner du jeune couple, sans lui adresser les plus tendres et les plus touchants adieux.

XCVII. — Cette séparation fut pour Zerbin bien pénible, et Isabelle attendrie ne put retenir ses larmes. Ils voulurent tous deux accompagner Roland ; mais celui-ci refusa, quelque agréable que fût pour lui leur compagnie. Il leur expliqua le motif de son refus, en leur faisant remarquer que c'est un déshonneur pour un guerrier qui doit engager un combat contre son adversaire, de prendre un compagnon qui pourrait le seconder et le défendre en cas de besoin.

XCVIII. — Il les pria seulement de dire au Sarrasin, s'il leur arrivait de le rencontrer avant lui, que Roland l'attendrait encore pendant trois jours dans les environs, mais que ce terme passé il se mettrait en route pour se rendre dans le royaume des Lis afin de se joindre à l'armée de Charlemagne, où, s'il en a le désir, il sera sûr de le trouver.

XCIX. — Les deux amants lui promirent de faire tout ce qu'il leur avait recommandé et ce qu'il pourrait leur demander encore, puis ils se séparèrent : Zerbin se dirigea d'un côté et le comte d'Angers de l'autre. Avant de se mettre en route, Roland avait eu soin de prendre sa Durandal à l'arbre où il l'avait suspendue et de la remettre à son côté, et il lança son cheval du côté où il espérait rencontrer Mandricard.

C. — La course étrange que le cheval du Sarrasin lui avait fait faire au travers des bois, sans suivre une route certaine, rendit inutiles les recherches faites par Roland pendant deux jours sans le rencontrer et sans avoir de lui aucune nouvelle. Il arriva sur le bord d'un ruisseau dont l'eau était pure comme du cristal. Autour de ce ruisseau s'étendait une riante prairie embellie par la nature, émaillée de fleurs aux couleurs les plus variées et plantée des plus beaux arbres.

CI. — C'était l'heure de midi ; la chaleur faisait désirer la fraîcheur des zéphyrs aux durs troupeaux et aux pâtres à demi-vêtus. Elle n'était pas moins insupportable pour Roland, chargé de son casque, de sa cuirasse et de son écu. Il descendit dans la prairie pour s'y reposer, mais il y trouva un séjour bien cruel et bien funeste, car le jour où il s'y arrêta fut le plus malheureux de sa vie.

CII. — En regardant autour de lui, il vit un grand nombre d'arbres situés près de cette rive ombragée, portant des caractères que la main y avait gravés. Aussitôt qu'il y eut arrêté ses regards, il reconnut l'écriture de sa maîtresse adorée : il se trouvait dans des lieux décrits ci-dessus, où souvent Angélique, la belle reine du Cathay, venait trouver Médor, en quittant la cabane du berger.

CIII. — Roland y voit les noms d'Angélique et de Médor entrelacés de mille manières et dans cent lieux différents : ces inscriptions, ces chiffres, ces nœuds sont autant de flèches dont l'amour lui perce le cœur. Sa pensée cherche tous les moyens de ne pas croire ce qu'il voit et ce qu'il ne peut s'empêcher de croire. Peut-être est-ce une autre Angélique qui aura gravé son nom sur l'écorce de ces arbres?

CIV. — « Hélas ! se dit-il, je ne connais que trop ces caractères ; j'en ai tant vu et tant lu de semblables ! Mais ne pourrait-il pas se faire que Médor fût un nom supposé et que c'est moi qu'Angélique a voulu cacher sous ce nom ? » C'est par de telles suppositions trop éloignées de la vérité que le malheureux Roland cherche à s'abuser lui-même. Dans sa douleur, il conserve encore et se plaît à nourrir cette espérance.

CV. — Mais plus il cherche à bannir loin de lui ce cruel soupçon, plus il revient à sa pensée, plus il obsède et déchire son âme. Tel que l'imprudent oiseau qui, s'étant laissé prendre dans un filet ou dans des gluaux attachés à sa poitrine, bat des ailes et s'embarrasse de plus en plus par les efforts mêmes qu'il fait pour se détacher de ses liens de plus en plus étroits, de même Roland arrive dans un lieu où le rocher, par sa courbure légère, formait une sorte de voûte sur le limpide ruisseau.

CVI. — C'était une grotte dont l'entrée était tapissée par les tiges tortueuses du lierre et les rameaux d'une vigne sauvage : c'était là précisément qu'évitant la chaleur brûlante du jour, les deux heureux amants se tenaient tendrement embrassés. Leurs noms s'y trouvaient partout inscrits, au dedans, au dehors, tracés avec de la craie, du charbon, gravés avec la pointe d'un couteau, et dans tous les environs aucun lieu ne portait un plus grand nombre de ces inscriptions.

CVII. — Le malheureux Roland, mettant pied à terre en ce lieu, put lire à l'entrée de la grotte quelques lignes écrites de la main même de Médor; elles paraissaient tout récemment gravées ; elles exprimaient en vers les ineffables plaisirs qu'il avait goûtés dans cette grotte. Ils étaient, je pense, d'une grande élégance dans la langue dont il se servait. J'en donne ci-après le sens dans la nôtre :

CVIII. — « Aimables plantes, herbe verdoyante, eau limpide, grotte obscure où, sous votre délicieux ombrage, la belle Angélique, l'aimable fille de Galafron, que tant de chevaliers aimèrent si longtemps en vain, s'est si souvent livrée toute nue à mes ardents désirs, le pauvre Médor ne peut vous remercier dignement des services délicieux que vous lui avez rendus qu'en célébrant dans ses vers vos ornements et vos charmes.

CIX. — « Qu'à ma prière tous les amants, dames ou chevaliers, toute personne enfin soit du pays, soit étrangère, que le hasard ou leur volonté amènera dans ces lieux, disent au gazon, à l'ombre, à la grotte, au ruisseau, à tous les arbres : Puissent le soleil, la lune vous prodiguer leurs faveurs, et puisse le chœur des nymphes s'opposer à ce que les bergers conduisent ici leurs troupeaux ! »

CX. — Ces vers étaient écrits en arabe, que le comte connaissait aussi bien que le latin ; c'était même l'arabe que, de toutes les langues qu'il parlait, il possédait le mieux. Par elle, il avait évité autrefois bien des dangers et des insultes, quand il se trouvait au milieu du peuple sarrasin. Mais il n'eut pas lieu de se vanter alors des avantages qu'il en avait retirés. La douleur qu'il éprouve les détruit tous en un instant.

CXI. — Le malheureux Roland lit et relit trois fois, quatre fois, six fois cet écrit. Il essaye en vain d'y trouver un sens différent de celui qu'il présente ; mais plus il lit, plus le sens lui paraît clair et évident, et à chaque fois, dans son cœur déchiré, il croit sentir une main glacée qui l'étreint et le presse. Enfin les yeux fixes, l'esprit obstinément attaché sur le rocher, il devient lui-même un rocher immobile.

CXII. — Dans l'excès de cette poignante douleur, il se trouva près de perdre la raison. Ah ! croyez-en ceux qui ont subi des épreuves semblables : il n'est point de tourment comparable à celui-là. Sa tête retombait sur sa poitrine ; sur son front qui s'incline disparaît sa noble hardiesse ; toute sa personne est tellement saisie par la douleur qu'il n'a plus d'accent dans la voix et de larmes dans les yeux.

CXIII. — Les plaintes par lesquelles s'exhalait cette immense douleur se pressent dans sa poitrine avec tant de violence qu'elles ne peuvent se faire un passage. Ainsi l'eau ne peut sortir d'un vase dont le goulot est trop étroit et le ventre trop large : si l'on renverse le vase, le liquide cherche en vain à s'échapper ; mais comprimé par son propre poids, il s'arrête dans cet étroit passage et il en sort à grand peine quelques gouttes.

CXIV. — Cependant Roland reprend ses esprits et se demande s'il ne serait pas possible que cet écrit fût un mensonge. Quelqu'un n'aurait-il pas cherché à perdre de réputation sa belle maîtresse ? Il le croit, il le désire, il l'espère : peut-être a-t-on voulu l'accabler lui-même sous le poids d'une horrible jalousie, pour le pousser à attenter à ses jours ? Mais quel que soit l'auteur de cet odieux écrit, il prouve qu'il ne connaît que trop bien le caractère d'Angélique.

CXV. — Cette pensée, cette espérance fondée sur des

motifs si frivoles, relève ses esprits et lui rend un peu
de calme. Il monte sur Bride-d'or au moment où le soleil fait place à l'astre du soir. Il a fait quelques pas à
peine qu'il voit des extrémités des toits sortir la fumée
des foyers allumés. Les chiens aboient, les troupeaux
mugissent. Il se trouve au milieu d'un village où il choisit un logement.

CXVI.—Triste et abattu, il descend de son cheval qu'il
confie aux soins d'un garçon intelligent. L'un le désarme,
l'autre détache ses éperons d'or, ceux-ci s'occupent de
nettoyer son armure. La maison où il est descendu se
trouve être celle-là même où Médor, après sa blessure,
avait été transporté et où l'attendait un bonheur inespéré.
Roland ne demande qu'un lit : il n'a pas besoin de nourriture, la douleur qui l'accable ne lui permet pas de
sentir la faim.

CXVII. — Mais il cherche en vain le repos ; sa pensée
ne trouve partout que des sujets d'inquiétude et de tristesse ; l'écrit odieux est encore là, ses yeux le rencontrent
sur toutes les portes, sur les murs, sur les fenêtres. Il
veut questionner les gens de la maison, mais il n'ose
ouvrir la bouche de peur d'être informé plus complète-
ment de la vérité ; elle pourrait éclater à ses yeux si
évidente et si claire qu'il s'efforce de la couvrir d'un
nuage pour la rendre moins cruelle.

CXVIII. — Les suppositions qu'il imagine pour se
tromper lui-même sont bien vaines ; il n'a pas besoin
de faire de questions, on vient tout lui dire sans qu'il
le demande. Le berger qui le voit si triste et si accablé
vient, dans le désir de lui apporter quelque consolation,
lui raconter dans tous les détails l'histoire des deux
amants, qu'il avait bien souvent répétée à tous ceux qui
voulaient l'entendre. Son récit était toujours écouté avec
un grand plaisir, et plusieurs se l'étaient fait redire
plus d'une fois.

CXIX. — Il lui apprit comment, à la prière de la belle
Angélique, il avait apporté dans sa maison Médor

grièvement blessé, comment elle-même s'était mise à
panser ses plaies et l'avait guéri en peu de jours.
Mais l'amour lui avait fait à elle-même, au cœur, une
bien plus dangereuse blessure; il lui avait jeté une
faible étincelle devenue bientôt une flamme si forte et
si cuisante qu'elle en avait été tout embrasée et que rien
n'avait pu l'éteindre.

CXX. — Oubliant qu'elle était la fille du plus grand
roi qu'il y eût dans l'Orient, elle s'était laissé posséder
par une si violente passion, qu'elle avait pris pour mari
un pauvre soldat de la condition la plus obscure. Il
termine son récit en apportant à Roland le précieux
bracelet qu'Angélique, en partant, lui avait laissé comme
un gage de sa reconnaissance pour l'hospitalité qu'il lui
avait donnée.

CXXI. — Cette conclusion fut comme un coup de
hache qui lui aurait séparé la tête du reste du corps.
Après les blessures innombrables que le perfide amour
était enfin las de lui porter, Roland fait tous ses efforts
pour cacher sa douleur, mais il ne peut y réussir,
quoi qu'il fasse pour se contraindre. Ses soupirs, ses
larmes, qu'il le veuille ou non, le trahissent en s'é-
chappant de ses yeux et de son sein.

CXXII. — Quand il se trouve seul et qu'il peut librement et sans témoins importuns s'abandonner à sa
douleur, des torrents de larmes inondent son visage et
sa poitrine. Il soupire, il gémit, se roule sur son lit,
s'y agite et s'y tourmente comme s'il était couché sur
le rocher le plus dur ou sur des épines.

CXXIII. — Au milieu de cette agitation fébrile, il lui
vient la pensée que ce lit où il était couché en ce moment, devait être celui où son ingrate maîtresse avait
dû s'abandonner bien des fois à son jeune amant. Ce lit
devient pour lui un objet d'horreur; il en sort avec une
précipitation égale à celle du paysan qui a vu sur l'herbe
où il était étendu pour s'y livrer au sommeil, se glisser
près de lui un serpent.

CXXIV. — Ce lit, cette maison, ce berger sont devenus pour lui l'objet d'une haine si violente, que sans attendre la lune ou l'aurore qui doit annoncer un jour nouveau, il prend ses armes et son cheval, et s'enfonce dans la partie la plus obscure et la plus épaisse du bois. Quand il se voit enfin seul, il exhale sa douleur par des cris et des gémissements auxquels il livre un libre cours.

CXXV. — Il ne cesse de gémir, il ne cesse de crier; ni nuit ni jour il ne trouve un instant de repos; il fuit loin des villes et des bourgs, dans les forêts; il couche tout nu sur la terre, il s'étonne lui-même comment sa tête peut contenir une source si abondante de larmes, comment il peut faire entendre une si grande quantité de soupirs. Souvent, au milieu de ses pleurs, il se parle ainsi à lui-même:

CXXVI. — « Ce ne sont plus des larmes qui coulent en si grande abondance de mes yeux, c'est trop peu pour ma douleur : elles ont cessé de couler lorsqu'elle était à peine au milieu de son cours; maintenant c'est ma vie elle-même, consumée par l'ardeur qui me brûle, qui cherche à m'échapper et à sortir par mes yeux. C'est là l'abondante source par laquelle doivent s'écouler ensemble ma vie et ma douleur.

CXXVII. — « Ces soupirs, témoignages de mon tourment, ne sont pas des soupirs. Ils ont un caractère bien différent : ils s'arrêtent quelquefois; mais mon cœur, je le sens, ne cessera jamais de donner issue à ses peines. C'est l'amour qui embrase mon cœur et qui produit ces sources enflammées lorsqu'il agite ses ailes pour en augmenter encore l'embrasement. O cruel amour, dis-moi par quel miracle tu entretiens ainsi éternellement un feu qui jamais ne se consume!

CXXVIII. — « Non ! non ! je ne suis plus celui que je parais être encore : celui qui fut Roland n'existe plus; la terre couvre sa tombe, il est tombé sous les coups de son ingrate maîtresse, dont le manque de foi l'a assassiné. Je ne suis plus que l'esprit de Roland détaché de son corps, errant ici comme dans un enfer. Je suis une ombre misérable qui peut servir d'exemple à tous ceux qui ont placé leur espérance dans l'amour. »

CXXIX. — Toute la nuit il erra dans la forêt, et lorsque percèrent les premiers rayons du soleil, il se retrouva, conduit par sa mauvaise fortune, vers cette même fontaine où était gravée l'inscription de Médor. A la vue de ces vers qui traçaient sur le rocher la preuve de l'affront qu'il avait reçu, sa colère déborde; elle enflamme tellement son cœur, qu'il n'y a plus de place pour d'autre sentiment que la haine, la rage et la fureur. Aussitôt il tire son épée du fourreau.

CXXX. — Il brise le rocher et détruit ainsi les vers qu'il porte; il en fait jaillir les éclats jusqu'aux nues. Malheur à la grotte ! malheur surtout aux arbres où se lisaient les noms d'Angélique et de Médor! Ce qui reste d'eux aujourd'hui ne donnera plus d'ombrage ni de fraîcheur aux bergers et aux troupeaux. Sa colère n'épargne pas davantage cette fontaine naguère si limpide et si pure.

CXXXI. — Les rameaux, les racines, les troncs, les pierres, les mottes de terre tombent comme la grêle dans ces flots limpides troublés jusqu'au fond de manière à perdre pour jamais leur pureté et leur limpidité. A la fin, épuisé de fatigue, le corps baigné de sueur, hors d'haleine, et ses forces ne secondant plus sa fureur, sa haine furieuse et son ardente colère, il tombe sur le sol et pousse des soupirs vers le ciel.

CXXXII. — L'horrible douleur qui l'accable l'a fait tomber haletant sur l'herbe; sans dormir, sans prendre de nourriture, il reste étendu et immobile, les yeux fixés vers le ciel. Le soleil achève trois fois sa révolution et il est toujours à la même place. Sa fureur gronde et s'accroît de plus en plus jusqu'à lui faire perdre la raison. Le quatrième jour, sa fureur est portée à son comble, il arrache ses armes de dessus son corps.

CXXXIII. — Il jette d'un côté son casque, de l'autre son bouclier ; il fait voler au loin son haubert et plus loin encore le reste de son armure. Tous ces objets sont épars sur tous les points de la forêt ; puis il déchire ses habits, il laisse à découvert son ventre, sa poitrine velue, son dos, son corps tout entier. Alors se produisirent les accès d'une folie si étrange et si épouvantable que jamais on n'en verra de semblable.

CXXXIV. — Sa fureur et sa rage sont portées à un tel degré, qu'un trouble universel s'empare de ses membres ; il ne songe nullement à garder dans sa main sa redoutable épée, il l'aurait employée, je pense, à de merveilleux exploits. Mais avec son étonnante vigueur il n'a besoin ni d'épée, ni de hache, ni de masse ; il donne en effet une preuve incontestable de sa force prodigieuse en déracinant un grand pin d'un seul coup.

CXXXV. — Il arrache de même deux autres arbres aussi élevés, comme si c'eût été du fenouil, des hièbles ou de l'anet. Les hêtres, les chênes, les ormes antiques, les sapins, les charmes ne lui résistent pas davantage. Ce que fait un oiseleur pour nettoyer un champ où il tendra ses filets, en arrachant les joncs, les genêts ou les orties, Roland le fait des arbres les plus antiques et les plus vigoureux.

CXXXVI. — Les bergers, en entendant ce fracas épouvantable, laissent errer leurs troupeaux dans les forêts et accourent de tous côtés, curieux d'en connaître la cause. Mais je suis arrivé au terme que je ne puis dépasser sans crainte d'ennuyer mes lecteurs. Pour ne pas produire un tel effet en allongeant cette histoire, j'en remets la suite à un autre chant.

FIN DU PREMIER VOLUME.

NOTES

I

Les princes de la maison d'Este, ducs de Ferrare, se montrèrent dès le XVe siècle les protecteurs des lettres. Nicolas III, Lionel, Borso, Hercule Ier et Alphonse Ier, fils d'Hercule, se distinguèrent de la même manière. Bembo, Gilradi, Strozzi, ses protégés, ont vanté son goût pour la poésie. Lucrèce Borgia, femme d'Alphonse Ier, fut aussi pour les savants une protectrice. Le cardinal Hippolyte, très-versé dans les mathématiques, avait encouragé les travaux de Celio Calcagnini, célèbre astronome, et ceux de Ziegler, qu'il attira à Ferrare. Hercule II, fils et successeur d'Alphonse, et Renée de France, sa femme, fille de Louis XII, très-savante elle-même, conservèrent les traditions de cette famille. Une de leurs filles, Léonore, est celle qui inspira à Torquato Tasso la passion devenue une des principales causes de ses malheurs. Un autre cardinal Hippolyte, frère d'Hercule, se distingua surtout par son faste et son luxe. Alphonse II, successeur d'Hercule, qui régna 38 ans, sembla vouloir que la cour ne fût qu'une suite de fêtes, de spectacles, de joûtes, de réceptions de princes étrangers et d'ambassadeurs. Il s'appliqua à augmenter et à enrichir la belle bibliothèque fondée par ses ancêtres. Toute la prospérité de cette illustre maison s'évanouit à la mort de ce prince : César d'Este, son cousin, devait être son successeur ; mais le pape Clément VIII, ne voulant pas reconnaître la légitimité de sa naissance, se déclara contre lui et ne lui donna que quinze jours pour comparaître devant lui et se démettre provisoirement du duché de Ferrare entre ses mains. Il fit soutenir ses prétentions par une armée qu'il dirigea sur Ferrare, que César dut lui abandonner. C'est ainsi que disparut l'illustre maison a laquelle les vers de l'Arioste ont donné une si grande renommée, et que Ferrare cessa pareillement d'être l'une des plus célèbres métropoles des lettres et des arts.

II

Outre les quarante-six chants dont se compose le *Roland*, l'Arioste avait commencé un autre ouvrage qui devait en être la suite; on en a conservé un fragment étendu, divisé en cinq chants, que l'on trouve après le poëme dans la plupart des bonnes éditions imprimées. Ce sont les mêmes personnages qui y figurent; l'action commence au moment où finit celle du *Roland;* tous les procédés de composition enfin sont les mêmes que ceux qui ont été employés dans le premier ouvrage. Charlemagne et les pairs, trahis par Ganelon de Mayence et conduits à leur perte, forment le sujet principal de ce fragment. Ganelon est ici l'instrument de la vengeance d'Alcine, furieuse de l'abandon de Roger. Après avoir remporté quelques avantages sur les ennemis que Ganelon lui suscite, il éprouve une défaite; il est précipité du haut d'un pont qu'il voulait défendre lui-même. Il tombe dans la rivière et son cheval a de la peine à le ramener au bord.

Parmi les conjectures auxquelles a donné lieu la composition d'un ouvrage dont la forme est si imparfaite, on peut accepter celle de Ruscelli qui prétend que le premier dessein de l'Arioste avait été de donner cinquante chants à son *Roland*, en y faisant entrer la mort de cet illustre guerrier et la célèbre défaite des paladins à Roncevaux. Le commentateur ajoute à ce détail que Bembo et quelques amis avaient fait renoncer le poëte de Ferrare à ce projet. Le poëme aurait eu le défaut d'être trop long, ce qui est déjà un assez grave inconvénient; mais il en aurait présenté un autre, celui d'être terminé par un dénoûment triste et funeste, ce qui est contraire aux règles du poëme épique.

TABLE DES MATIÈRES.

FIN DE LA TABLE DU TOME PREMIER.

Paris. — Société anonyme d'Imprimerie. — PAUL DUPONT, D.